DES VOIX SOUS LA CENDRE

Des voix sous la cendre

Manuscrits des *Sonderkommandos* d'Auschwitz-Birkenau

MÉMORIAL DE LA SHOAH / CALMANN-LÉVY

Ouvrage publié en association avec le Mémorial de la Shoah.

Préface

par Georges Bensoussan

Entre 1945 et 1980 ont été retrouvés sous la terre de Birkenau les manuscrits de cinq membres du *Sonderkommando*. Dès février 1945, celui de Haïm Herman (en français). En mars 1945, celui de Zalmen Gradowski (en yiddish), en avril, celui de Lejb Langfus (en yiddish également). Sept ans plus tard, en avril 1952, on retrouve un texte, non signé, attribué à Langfus. En juillet 1961 est mis au jour un premier texte de Zalmen Lewental (en yiddish), puis un second en octobre 1962. En octobre 1980, enfin, on découvre un manuscrit dû à Marcel Nadsari, rédigé en grec.

Ces textes sont connus, mais ils ont été peu diffusés, en particulier dans les langues occidentales. Quelques éditions partielles ont certes paru en français (dont celle de Ber Mark, en 1982), en anglais et en allemand. En Israël, deux éditions yiddish, plus complètes, ont paru, l'une en 1965 et l'autre en 1977. Le docteur Miklos Nyiszli, médecin juif hongrois, avait publié dès mars 1951 un texte essentiel dans la revue *Les Temps modernes*, mais il s'agissait d'un témoignage sur les *Sonderkommandos* et non de l'un des textes écrits par les protagonistes eux-mêmes. Ce que le Mémorial de la Shoah et les éditions Calmann-Lévy publient aujourd'hui en langue française est la version la plus complète (sans être exhaustive pour autant) jamais parue à ce jour. Les traductions du yiddish, totalement refaites, sont dues à Maurice Pfeffer et Batia Baum.

Pour la première fois, sont publiées en français les dépositions, faites en 1946 au procès de Cracovie, de trois membres juifs du *Sonderkommando*, Dragon, Tauber et Feinsilber (orthographié parfois aussi Foincilber). Szlama (Shalom) Dragon est arrivé à Auschwitz le 7 décembre 1942, il y a été témoin de gazages massifs dans les *Bunkers* 1 et 2 dans la forêt de Birkenau (cf. cartes, plans et photos p. 354-357 et 363-366). À l'instar des autres écrits, son témoignage confirme l'intensité du massacre des Juifs de Hongrie au printemps 1944 et la remise en activité, pour un temps et à cette fin, du *Bunker* n° 2. Ces témoignages précisent aussi le rythme du massacre comme celui de la crémation des corps. Est-ce relativiser l'ampleur de cette tragédie que l'aborder avec le souci de l'historien ? N'est-ce pas la banaliser, objecte-t-on, et certains même de renchérir sur l'« indécence » qu'il y aurait à *comprendre*. Ces réticences sont connues. Elles n'empêchent pas la dure réalité d'exister. Celle des témoins d'abord, de moins en moins nombreux. Celle d'un monde alentour, ensuite, souvent rétif à entendre une unicité perçue comme le dogme nouveau d'un « Occident arrogant ». Ce ne sont pourtant ni la seule vertu du temps passé, ni l'antienne lasse du « devoir de mémoire », mais la connaissance seule qui assurera demain la juste compréhension de cet événement hors normes. Non au nom d'on ne sait quelle hiérarchie des souffrances qui verrait l'Europe une fois encore dominer le reste du monde, mais plus simplement parce qu'en décidant pour d'autres le droit ou non d'habiter la planète, l'Allemagne nazie a rompu ce qui faisait jusque-là la trame des rapports humains.

Il faut entrer dans la connaissance précise de cette

« fabrication de cadavres [1] » pour essayer d'entendre cette histoire. Chacun des grands crématoires achevés au printemps 1943 (cf. Tableau synoptique, p. 517-586) compte cinq fours. Chaque four dispose de trois foyers dans chacun desquels on place cinq cadavres. Les crématoires I et II comprennent quinze fours chacun, les crématoires III et IV, six fours. Au total, 8 000 corps peuvent être brûlés chaque jour.

Au sortir de la guerre, le chiffre de quatre millions de victimes avait été avancé par plusieurs survivants. Longtemps tenu pour une vérité officielle, ce chiffre n'était pourtant qu'une estimation de rescapés et ne reposait sur aucun calcul scientifique [2]. C'est à partir de l'étude *historique* des crématoires de Birkenau et du complexe concentrationnaire d'Auschwitz qu'on est parvenu au chiffre de 1,1 million de personnes assassinées.

La terreur constitue la toile de fond de Birkenau. C'est d'elle que parlent tous les manuscrits retrouvés, c'est elle qui rend compte du silence qui baigne ce monde à l'envers où le meurtre est devenu la norme et l'impératif moral d'un peuple saisi d'angoisse obsidionale. C'est elle qui explique ces scènes démentes où il arrive, la nuit venue, que *Sonderkommandos* et Allemands chantent ensemble comme au cours d'une soirée amicale. Tel est l'envers de cette folie. L'endroit, lui, se dit en chiffres : sur les 1 000 membres qui composaient le *Sonderkommando* en septembre 1944, il en reste 90 le 18 janvier 1945, le jour de l'évacuation du camp.

Fainsilber était arrivé de Compiègne le 27 mars 1942

---

1. Cette expression employée par Hannah Arendt aurait été empruntée à Heidegger.
2. Tout comme on a longtemps colporté le chiffre de 135 000 tués à Dresde lors du bombardement allié du 13 février 1945, alors qu'aujourd'hui, les *études historiques*, en Allemagne et au-delà, s'accordent pour situer le bilan des pertes humaines à un chiffre oscillant entre 25 000 et 35 000 victimes.

avec 1 000 autres personnes. Au bout de cinq semaines, 250 seulement étaient encore en vie, les autres n'avaient pas été gazées, elles étaient mortes sous les coups. La terreur, c'est la panique de la chambre à gaz racontée par Tauber lors de sa déposition de 1946, la vision des victimes mortes piétinées et asphyxiées avant même que n'opère le gaz dans des scènes à proprement parler inimaginables. La terreur, c'est encore ce Juif français du *Sonderkommando* que les SS jettent vivant dans le four parce qu'il a oublié de retirer une dent en or sur un cadavre, raconte Tauber. C'est aussi le calvaire du jeune Juif Lejb dont se souvient Yakov Gabbay, massacré par le SS Otto Moll dans une scène d'horreur proche en tout point de celle décrite par Tauber. L'abîme dont ces textes ne donnent à voir qu'un reflet, c'est aussi la jouissance prise à humilier et à martyriser autrui, c'est faire marcher à quatre pattes un convoi de Juifs afin, comme le dit Gradowski, de transformer « une énorme masse humaine en animaux ». C'est un sadisme qui s'exprime sans limite, puisque tout est permis contre un peuple qu'on a placé hors humanité, c'est l'humiliation subie par ces jeunes femmes à leur entrée dans la chambre à gaz, c'est l'épouvante endurée par ces prisonniers russes, c'est l'horreur de la mise à mort de six cents jeunes garçons juifs, âgés de dix-huit ans à peine pour les plus vieux d'entre eux, ce sont les récalcitrants massacrés à coups de gourdin et finalement enfermés dans la chambre à gaz, sanglants et hurlant de douleur. Il faut se pénétrer de cette épouvante pour entendre une part seulement de la déréliction d'un peuple abandonné de tous. Et dont aucune évocation des malheurs anciens ne ressemble à cette césure, ni les Croisades, ni l'expulsion d'Espagne, ni Chelmniecki, ni les Cent-Noirs[3].

---

3. Pas même les chroniques souvent invoquées à ce propos, telle celle, célèbre entre toutes, de Salomon bar Shimshon relative aux massacres perpétrés par les croisés à Mayence à la fin du XIᵉ siècle :

On l'a dit à raison, le génocide ne fut pas une explosion de violence massacreuse, mais la mise à mort programmée et planifiée d'un peuple, de la même façon qu'aurait été menée une entreprise d'assainissement public. Mais s'en tenir à cette image laisse dans l'ombre les exécutants du terrain qui n'étaient pas les bureaucrates du RSHA et de sa section IV-B4. Avec eux, la Shoah fut aussi un pogrom, une orgie de violences, un « appel au salaud qui dort dans l'homme » ainsi que le député socialiste allemand Schumacher définissait le nazisme. Lewental raconte les viols à l'intérieur des familles commis sur ordre des assassins, les tourments sexuels qui y furent infligés, il décrit ce que Jean Améry nommera plus tard la « confiance brisée dans le monde ». Les manuscrits disent aussi le rôle joué par l'antisémitisme des acolytes, témoins polonais comme exécuteurs ukrainiens en particulier. Des Polonais (« zoologiquement de grands antisémites », dit d'eux Gradowski) prêts à faire feu de tout bois, à l'instar de celui qui, en 1946, a *vendu* à Haïm Wolnermann le manuscrit de Gradowski qu'il vient de déterrer à Birkenau. Un an plus tard, Wolnermann gagne Israël. C'est à lui que l'on doit la première publication de ce texte. Par maintes autres sources,

---

« Qui a jamais vu ni entendu de telles choses ? Demandez et voyez : y eut-il jamais une *akeda* (sacrifice d'Isaac) comme celle-ci dans toutes les générations depuis Adam ? Y eut-il jamais onze cents *akedot* le même jour, toutes comparables à Abraham liant son fils Isaac pour le sacrifice ? Mais pour celui qui fut lié au mont Moria, la terre trembla, et il est dit : "Voilà que les anges se mirent à pleurer et que le ciel s'assombrit."

« Mais que font maintenant les anges ? Pourquoi les cieux ne s'assombrissent-ils pas et les étoiles ne pâlissent-elles pas… quand en un seul jour… onze cents âmes pures furent sacrifiées, parmi lesquelles des nouveau-nés et des enfants… ? Garderas-tu le silence, Ô Notre Seigneur, Notre Dieu ? » (Cité *in* Y. H. Yerushalmi, *Zakhor Histoire juive et mémoire juive*, Paris, La Découverte, 1984, p. 53).

on savait aussi la sauvagerie des tueurs ukrainiens. La voici ici confirmée par Yakov Gabbay. Comme est également mis en lumière le rôle des *Kapos* dont seul un petit nombre était juif malgré la rumeur contraire destinée à soulager on ne sait quelle culpabilité sous-jacente.

Les *Sonderkommandos* sont des « hommes ordinaires, très modestes » écrivait Lewental qui fut l'un d'entre eux. Comme d'autres, « ils s'habituent à tout ». Fortes de mille hommes au printemps 1944, ces équipes travaillent douze heures d'affilée sans jamais côtoyer les autres détenus. Elles sont logées à part et sont mieux nourries que les autres. Hors classe au camp, ces hommes le demeurent aussi dans la mémoire collective comme le confirment d'autres témoignages de *Sonderkommandos*, en particulier ceux de Filip Muller et de Yakov Zylberberg (dans le film de Karl Fruchtmann, *Un homme simple*, 1985). Le destin de chaque membre du *Sonderkommando* se dissout dans les destinées collectives, explique Gradowski, la honte qui les étreint est telle qu'ils n'osent plus se regarder dans les yeux. Ce sont là, en partie, ces « vrais témoins » dont parlait Primo Levi. « Mais nous, comme le dira plus tard, en Israël, Yakov Gabbay, nous, nous avons vu le plus terrible de tout. » En ajoutant toutefois sur la question de la honte : « Ce sont les Allemands qui doivent avoir honte, pas moi. »

Gradowski note un jour qu'est « détruit à jamais [son] plaisir de vivre ». « Car tu ne voudras plus vivre, poursuit-il, dans [un monde] où de tels actes diaboliques peuvent être perpétrés, […] car tu fuiras le monde où vit l'homme. Tu préféreras y [les forêts] chercher un réconfort parmi les fauves les plus sauvages et les plus féroces plutôt que de te trouver parmi ces diables civilisés. » « Nous ne saisissons pas ce nouveau langage », écrit-il encore. La Shoah est la langue de la fin de l'humanité. Au sens premier du terme, l'abattoir de Birkenau est impensable ; impensable, un lieu conçu par des entreprises industrielles très ordinaires dans le but d'asphyxier des êtres humains, puis de brûler leurs corps comme on brûle des déchets dans un incinérateur. L'éradication d'une portion de l'humanité décrétée en trop sur la terre signifie l'éradication de la notion d'humanité, et c'est là ce qui contribue à signer la spécificité radicale de ce crime.

Déposant au procès de Cracovie en 1946, Tauber raconte qu'une équipe technique de la SS est venue assister à une crémation dans un foyer qui vient d'être livré par Topf & fils afin de chronométrer le temps nécessaire. Le processus qu'il décrit signe une mise à mort d'une nature différente. Le massacre et le meurtre excluent du monde des vivants. Ici, pourtant, ce n'est pas de meurtres qu'il s'agit mais d'une destruction de parasites. Les rapports techniques qui décrivent le processus, depuis l'asphyxie mortelle jusqu'aux cendres mêlées des cadavres incinérés, rendent compte d'une succession de transgressions. Les cendres *mêlées* nient la *personne* humaine, et c'est pourquoi Gabbay tient à brûler à part les membres de sa famille, pour en recueillir les cendres, les placer dans une boîte et dire sur elles le *Kaddish*. En refusant de mêler les cendres, il réintroduit la mort qui signe la condition humaine.

Parlant des « transports » qui arrivent à Birkenau, les SS usent des mots « matière première ». Nous sommes effectivement en présence d'un processus de production, d'un *travail*, au cœur d'une usine et non dans une mise à mort infligée à des hommes. On ne demande pas aux victimes de descendre du camion, on soulève l'avant du véhicule et on les fait tomber comme on ferait tomber de l'ordure. Ce détail peut sembler vain, une horreur ajoutée à l'horreur, et qui ne changerait pas le tableau d'ensemble. Mais c'est aussi à ces notations dites secondaires que se lit la nature nihiliste du nazisme et de ce qui l'a engendré, ce mouvement des anti-Lumières qui contribuèrent au *Sonderweg* (« chemin particulier ») suivi par l'Allemagne. Là, comme dans une grande partie du monde occidental, dans un univers désenchanté et sous un ciel silencieux, la personne humaine a été très tôt désacralisée.

On a souvent souligné l'absence de résistance des victimes. Les manuscrits des *Sonderkommandos*, comme les dépositions des survivants, permettent de mieux cerner la question. « Qui voulait croire qu'on prenait des millions d'hommes, écrit Gradowski, sans motif ni raison, pour les mener à un massacre sortant de l'ordinaire ? » Peut-on pour autant ramener l'« absence de résistance » à l'attitude hostile des Polonais, toujours « prêts à livrer les Juifs » ? Que la chose ait joué, l'affaire est entendue. Mais la question de la passivité dépasse pourtant les acolytes du crime de masse.

Gradowski note l'absence de résistance de *toutes* les victimes, Juifs, Russes, Polonais, Tsiganes, conduits, écrit-il lui aussi, « comme des moutons à l'abattoir ». Lorsque vingt partisans polonais arrivent devant la chambre à gaz, Gabbay s'attend à une réaction de révolte. Rien de tel ne se produit et lui aussi use de ces mots : « Ils allèrent comme des moutons à l'abattoir... ». Ces hommes et ces femmes viennent d'être brisés par une séparation qui, sur l'instant, leur a arraché leurs proches. Ils sont anéantis. Gradowski avait compris combien le malheur personnel contribuait à *sérialiser* les victimes et à faire de cette masse une *foule*. Pourtant, au cœur de cette horreur, chacun rapporte des actes de résistance dont il faut constamment rappeler le souvenir pour éviter les jugements de valeur a-historiques. Langfus raconte la fin du rabbin de Bayonne, Moshé Friedman, qui, au seuil de la chambre à gaz, apostrophe l'Allemand posté devant lui avant de réciter le *Shema Israël* que l'assistance tout entière reprend avec lui. La résistance, c'est aussi le geste de ces médecins juifs qui refusent de signer les attestations de « décès pour maladie contagieuse » des Tsiganes qui viennent d'être gazés. Ce sont ces femmes, arrivées de Varsovie en octobre 1944, qui se jettent sur les SS avant de périr. C'est cette femme juive qui, avant d'entrer dans le « *Bunker* », crie à l'adresse des SS : « Nos frères dans le monde n'auront de cesse qu'ils ne se vengent au nom de notre sang innocent. »

La révolte du *Sonderkommando* d'octobre 1944, dont on a ici le récit, fut différée de jour en jour à la demande de la résistance non-juive. Mais, pour les uns et les autres, le temps n'avançait pas au même rythme. Quand, pour les Juifs, la terre brûlait les pas, le reste du monde vivait au rythme tranquille de la vie ordinaire. Les chroniqueurs des ghettos l'avaient déjà noté : ici l'enfer, et là le printemps, et les mères promenant leurs enfants. À Auschwitz, la révolte fut reportée de jour en jour pour permettre aux non-Juifs de tenir jusqu'à l'arrivée de l'Armée rouge, quand chaque jour accroissait pour les Juifs le risque de mort. Entre-temps, plus de 400 000 Juifs hongrois avaient été anéantis.

La résistance passait par d'autres canaux qu'un hypothétique soulèvement armé. Selon Yakov Freimark[4], natif de la même ville, Zalmen Gradowski – qu'il avait rencontré au printemps 1943 à Birkenau – mettait chaque soir ses *tefilin* et son *talith* pour réciter le *Kaddish* en mémoire des assassinés du jour. Il ne s'agit pas de généraliser un comportement puisque, à côté de ces Juifs pieux et hauts en dignité, il y eut aussi ceux qui abandonnèrent leurs ouailles pour s'enfuir. Reste l'essentiel, la tentative de chacun des membres du *Sonderkommando* pour redevenir des hommes et réapprendre à pleurer. Langfus raconte ce camarade qui pleure quand des Juifs hongrois, ayant compris le sort qui les attendait, lui demandent de boire avec eux une bouteille qu'ils ont emportée et de les venger. Le même raconte encore cet autre détenu qui pleure en entendant le discours d'une des

---

4. Freimark, qui travaillait au *Kommando Kanada*, aurait fourni à Gradowski le papier de ses carnets (cf. l'article de C. Saletti, p. 23).

femmes conduites à la mort : « Ainsi donc ma mort sera accompagnée d'un gémissement, d'une larme d'un Juif vivant », dit-elle avant de se mettre, elle aussi, à pleurer. Ces hommes ne pleurent plus depuis longtemps. La destruction a brisé l'humanité des vivants comme elle a tué la mort des victimes, elle a faussé les repères humains et c'est pourquoi, chacun le dit à sa manière, c'est redevenir un homme que se remettre à pleurer.

Chez Zalmen Gradowski, comme chez Lejb Langfus et Zalmen Lewental, le sentiment demeure que leur peuple tout entier est mis à mort. C'est aussi ce que ressentaient Hillel Seidman comme Michel Mazor dans le ghetto de Varsovie[5]. Chez tous, la peur est obsédante de voir disparaître les témoignages de la catastrophe, et que, faute de traces ou de preuves matérielles, « on » en vienne un jour à dire que le peuple juif a « disparu naturellement ». La démence des faits nourrit l'angoisse de Gradowski : et si, demain, personne ne le croyait ? Tandis que Lewental doute qu'aucun témoignage écrit n'arrive jamais à rendre compte de cette réalité. Comment transmettre lorsqu'il ne restera plus pour disserter qu'historiens et psychologues, se demande-t-il ? Tous ces hommes savent l'effort déployé par les Allemands pour faire disparaître les preuves du crime de masse, les traces et les cadavres. Dragon témoigne à Cracovie de l'existence du « commando 1005 ». Il raconte, sans plus de précision chronologique, que c'est après l'offensive contre l'URSS que les cendres ne furent plus enterrées mais dispersées. À côté des crématoires, Tauber évoque un four spécial « pour ordures » où les SS viennent régulièrement brûler de nombreux documents, en particulier des fiches de gens morts et immatriculés à l'arrivée. Tous savent la minutie des Allemands pour faire disparaître les cendres, pour éviter qu'elles ne se déposent

---

5. Hillel Seidman, *Du fond de l'abîme. Journal du Ghetto de Varsovie*, Paris, Plon, « Terre humaine », 1998 ; Michel Mazor, *La Cité engloutie*, Paris, Éditions du Centre, 1955.

au fond des rivières ou qu'une petite partie ne tombe sur le sol. La volonté négationniste n'est pas une retombée de l'après-guerre, ce n'est pas le propre d'une secte nostalgique du IIIe Reich, c'est le fait des assassins eux-mêmes, au moment où ils commettent leurs crimes. Le négationnisme n'est pas un à-côté de cette histoire, il est consubstantiel au génocide lui-même.

Ces voix isolées de dessous la cendre disent la désolation du siècle écoulé. Mais elles sont aussi un document d'histoire unique qui confirme ce que nous savions du mode opératoire génocidaire des Allemands et des Autrichiens, et de leurs acolytes polonais, ukrainiens, baltes et roumains. Pourtant, ce n'est pas pour cette seule raison que ces textes sont essentiels. Placés où ils l'étaient, les membres juifs du *Sonderkommando* ne furent pas des naufragés au sens où l'entendait Primo Levi, et moins encore des rescapés (l'immense majorité d'entre eux a péri). La position unique de ces hommes fait le prix de ces textes sauvés des cendres. Du fond de cet abîme inapprochable, ces « modestes » nous disent en quoi la politique, le plus souvent à notre insu, prépare notre vie et notre mort.

Il faut revenir à la parole de Langfus qui fait l'expérience incommunicable de ne plus être au monde, ou, revenu, d'y demeurer étranger : « Ils sont si seuls, au milieu de la planète Terre qui appartient à tous, à tous sauf eux, les Juifs[6]. »

---

6. Étrange écho aux vers de Haïm Nahman Bialik à la fin de *Dans la ville du massacre* (1903) : « Il suffit maintenant. Enfuis-toi, homme, enfuis-toi pour toujours / Cours au fond du désert et deviens fou / Mets en pièces ton âme / Jette dehors ton cœur pour les chacals, / Laisse ta larme tomber sur les pierres ardentes / Et que ton cri soit englouti par l'ouragan. » (In *Anthologie de la poésie yiddish. Le miroir d'un peuple*, Paris, Gallimard, 2000, p. 80).

Printemps 1945, la guerre est finie. La quasi-totalité des *Sonderkommandos* n'a pas survécu au massacre. Pour les Alliés, c'est la victoire. Mais pour les Juifs, cette défaite inaugure un présent empoisonné. C'est de ce présent que nous avons hérité, d'une mort de masse devenue, pour ces « hommes normaux qui ne savent pas que tout est possible » (David Rousset), un nouvel alphabet du monde. C'est pour cette raison, aussi, qu'il fallait faire entendre ces voix venues de l'épicentre du désastre.

Cet ouvrage consacré aux Sonderkommandos *d'Auschwitz-Birkenau est dédié à la mémoire de Sara Halperyn (1920-2002).*

Il a été élaboré par Georges Bensoussan, Philippe Mesnard et Carlo Saletti. Merci à tous ceux qui nous ont aidés à le préparer, en particulier Sara Halperyn, Marcel Meslati et Jérôme Aubignat (CDJC), ainsi que Pauline de Ayala.

À propos des manuscrits des membres du *Sonderkommando* de Birkenau

par Carlo Saletti [1]

Parmi les rares textes rédigés par les déportés à l'intérieur du camp d'Auschwitz, les manuscrits, qui ont été retrouvés après la guerre, des membres du *Sonderkommando* constituent un corpus homogène, un *unicum* dans la littérature du témoignage sur l'extermination juive.

Enterrés autour des crématoires, ces textes sont sortis au grand jour durant les mois qui ont suivi la libération du camp. Ils ont paru initialement en Pologne, dans des revues spécialisées, et c'est seulement à partir de 1970 qu'ils ont été réunis en un seul volume et édités sous la direction du musée d'État d'Auschwitz-Birkenau, d'abord en polonais, puis en allemand (*Inmitten des grauenvollen Verbrechens. Handschriften von Mitgliedern des Sonderkommandos*, 1972) et en anglais (*Amidst*

---

1. Carlo Saletti est membre de la Société littéraire de Vérone et éditeur de *La Voce dei Sommersi* (Les Manuscrits des *Sonderkommando*s d'Auschwitz) en italien, Venise, éditions Marsilio, 1998, ainsi que, avec Ph. Mesnard, de *Au cœur de l'enfer* de Z. Gradowski, *Document écrit d'un* Sonderkommando *d'Auschwitz – 1944*, Paris, éd. Kimé, 2001, 170 p. ; en Italie : Zalmen Gradowski, *Sonderkommando. Diario da un crematorio di Auschwitz, 1944*, Venise, éd. Marsilio, 2002, 221 p.

*a Nightmare of Crime. Manuscripts of Members of Son-
derkommando*, 1973). Le lecteur français a pu avoir également connaissance de ces manuscrits grâce à l'étude
que l'historien Ber Mark a consacrée à la résistance juive
à Auschwitz qui fut traduite sous le titre : *Des voix dans
la nuit. La résistance juive à Auschwitz-Birkenau*, 1982,
Plon. Enfin, l'auteur de ces lignes a dirigé en 1999 l'édition italienne de ces textes (*La Voce dei Sommersi.
Manoscritti ritrovati di membri del Sonderkommando di
Auschwitz*).

Bien que ces textes soient connus depuis des dizaines
d'années, leur diffusion demeure néanmoins limitée et
n'a toutefois pas encore atteint une grande part des non-
spécialistes. Cet état de fait devrait nous amener à réfléchir sur la difficulté pour trouver une écoute que rencontre encore de nos jours la question complexe de la
collaboration forcée des Juifs à leur propre extermination.

Or, la richesse des écrits des Juifs polonais Zalmen
Gradowski, Zalmen Lewenthal et Lejb Langfus – immatriculés au KL [2] d'Auschwitz en décembre 1942 et sélectionnés ensuite pour travailler au sein du *Sonderkommando* –, qui seront publiés prochainement dans une
nouvelle traduction française, leur confère une importance capitale. Le texte qui suit présentera une courte biographie des auteurs et rappellera les faits qui ont permis
la découverte de leurs manuscrits enterrés à Birkenau, au
pied des usines qui servirent à la destruction du peuple
juif.

---

2. *Koncentrationlager* : camp de concentration.

À PROPOS DU MANUSCRIT DE ZALMEN GRADOWSKI

Le 5 mars 1945, lors des fouilles effectuées près du crématoire III de Birkenau par une Commission d'enquête de l'Armée soviétique [3], on découvrit, à l'intérieur d'une gourde allemande en aluminium fermée par un bouchon en métal, un carnet de 14,5 x 9,5 centimètres composé de 91 pages numérotées – parmi lesquelles il en manquait une dizaine –, chaque page comprenant de 20 à 38 lignes, dont les premières étaient illisibles. Le récipient contenait également un second manuscrit de deux pages, datées du 6 septembre 1944 et portant la signature de Zalmen Gradowski. Les deux documents étaient rédigés, de la même main, dans le dialecte yiddish de la région de Bialystok.

Zalmen Gradowski est né en 1910 à Suwalki, ville polonaise située près de la frontière lituanienne, dans une famille de commerçants très religieux. Après son mariage, il s'installa à Luna, près de Grodno. Sioniste

---

3. On doit la découverte du manuscrit de Zalmen Gradowski aux indications sur l'endroit où il fut enterré fournies à la commission par Szlama Dragon, un des rares survivants du *Sonderkommando*. Il est revenu sur Gradowski lors d'une longue interview qu'il a accordée au début des années quatre-vingt-dix : « Gradowski [expliqua Dragon] a décrit l'entier processus de mort. Nous étions très peu à être au courant de son activité de chroniste. Moi, je le savais parce que j'étais chargé du nettoyage des dortoirs. Je l'ai aidé à travailler dans les meilleures conditions possibles. Je lui ai procuré un lit près de la fenêtre afin qu'il ait plus de lumière pour écrire. Seuls ceux qui étaient, comme nous, de corvée dans les dortoirs pouvaient le faire. Gradowski nous disait qu'il fallait laisser au monde un témoignage de ce qui était arrivé dans le camp. Lorsqu'il a commencé à prendre des notes, nous pensions que nos chances de survie étaient quasiment nulles. » (Gideon Greif, *Wir weinten tränenlos… Augenzeugenberichte der jüdischen « Sonderkommandos » in Auschwitz*, Köln, Bölhau Verlag, 1995, p. 105.) Gradowski aurait obtenu le papier sur lequel il a écrit d'un prisonnier du *Kanada Kommando* nommé Jakob Freimark.

fervent, il travailla comme employé dans une société de l'État jusqu'à l'été 1941 lorsque la région dans laquelle il vivait, alors sous contrôle soviétique, passa sous contrôle allemand. Une fois le ghetto établi, Gradowski fut chargé de la gestion des problèmes sanitaires, charge qui culmina avec la déportation des habitants du ghetto au camp de transit de Kielbasin puis, en décembre 1942, à Auschwitz, d'où Gradowski fut ensuite transféré au *Sonderkommando*. Il participa activement au mouvement clandestin qui s'était formé au sein du *Sonderkommando*, mouvement dont il fut d'ailleurs l'un des chefs. Homme très croyant, selon différents témoignages, il a probablement été tué durant la révolte du *Sonderkommando* en octobre 1944.

Le long manuscrit de Gradowski, commencé au cours de l'automne 1943 et dédié à la mémoire de sa famille exterminée à son arrivée à Auschwitz, a pour préambule la phrase suivante : « Que celui qui trouvera ce document sache qu'il est en possession d'un important matériel historique », répétée en quatre langues – polonaise, russe, française et allemande – avec l'intention évidente d'être immédiatement compréhensible pour la personne qui en ferait la découverte.

Les vingt premières pages du texte original donnent des informations relatives au « nettoyage ethnique » effectué par les troupes de l'Occupation, en novembre 1942, dans la région de Grodno, au cours de ce qui fut appelé l'Aktion Judenrein. À partir de la page 21, Gradowski commence le compte rendu du voyage en direction d'Auschwitz et des premiers jours vécus dans le camp de concentration. Il s'adresse directement au lecteur et le guide dans cette descente aux enfers dans un style littéraire qui suscite une grande émotion. Le journal s'interrompt brutalement au moment où Gradowski est transféré au *Sonderkommando*.

À PROPOS DU MANUSCRIT DE ZALMEN LEWENTAL

Le 17 octobre 1962, suite à des recherches effectuées après la découverte d'un premier manuscrit court signé Zalmen Lewental, on trouva, près des ruines du crématoire III, un récipient d'une capacité d'environ un demi-litre, fermé avec un couvercle en fer blanc et dans lequel se trouvait un dossier, enveloppé dans une toile cirée, qui se révéla être un carnet de format 10 x 15 centimètres rédigé en yiddish. L'ensemble comprenait 75 pages non numérotées, dont dix d'entre elles étaient blanches, reliées par des pinces métalliques et sur lesquelles l'auteur – qui avait signé Zalmen Lewental – avait consigné l'activité du *Sonderkommando* et les faits insurrectionnels qui conduirent à la révolte du 7 octobre 1944. Deux autres épisodes, qui s'étaient déroulés dans le crématoire III, ont été par ailleurs rapportés sur deux feuilles séparées et anonymes. L'auteur – selon les chercheurs du musée d'Auschwitz, il s'agirait de Lewental [4] – les a intitulés « *Di 3 000 nakete* » (Les 3 000 femmes nues) et « *Di 600 inglech* » (Les 600 enfants).

Zalmen Lewental est né le 5 janvier 1918 à Ciechanów de Mendel et Ethel Lewental. Après l'école primaire, il partit étudier à la *yeshiva* de Varsovie. De retour à Ciechanów, il subit, avec une partie de sa nombreuse famille – il était le quatrième de sept enfants –, les persécutions dont était l'objet la population juive. Déporté en novembre 1942 au camp de transit de Malkinia, il fut ensuite transféré à Auschwitz où il fut immatriculé le 10 décembre. Le même jour, tous les membres de sa

---

4. D'une opinion différente, la chercheuse Esther Mark a avancé l'hypothèse – dans l'appendice de l'édition en anglais de l'œuvre de son mari Ber Mark parue en 1985 – selon laquelle l'auteur de ces deux comptes rendus serait Lejb Langfus. Sur les raisons de cette attribution, cf. Ber Mark, *The Scrolls of Auschwitz*, Tel Aviv, Am Oved Publishers, p. 166-170.

famille, qui avaient voyagé avec lui, furent envoyés dans les chambres à gaz.

Après avoir travaillé durant une brève période dans différentes équipes du camp, il fut transféré au *Sonderkommando* au début de 1943 où il fut employé à la mise en fonction du troisième crématoire de Birkenau. Il participa activement au mouvement de résistance dont il rapportera fidèlement les actions dans le manuscrit qu'il a dédié à ses chefs – Warszawski, Gradowski, Kolniak, Deresinski, Langfus et Handelsman. Ayant survécu aux liquidations qui frappaient périodiquement le *Sonderkommando* et à la terrible répression qui a suivi la révolte du 7 octobre, il laisse une ultime trace le 10 octobre 1944, la dernière date qui apparaît sur son manuscrit. Nous ignorons ce qui lui est arrivé par la suite, mais il est fort probable qu'il fut assassiné, lors des derniers jours de novembre 1944, à l'aube de ses trente ans.

Attaqué par la moisissure, le manuscrit était en très mauvais état : 50 % était complètement illisible et seulement 10 % de la partie la mieux conservée a pu être lue facilement, tandis que tout le reste a dû être déchiffré et interprété. De plus, Lewental n'avait pas numéroté les pages. Il a commencé à écrire son compte rendu sur un seul côté des pages et, lorsqu'il est arrivé à la fin du cahier, il l'a retourné et a continué son récit au *verso*.

La situation se compliqua ultérieurement lorsque les chercheurs, en tentant de préserver les feuilles abîmées, défirent le cahier avant de le photographier, perdant ainsi l'ordre original qu'il fut impossible de retrouver. Aussi, au moment de la reconstitution de l'ordre des différentes parties du manuscrit, les compilateurs du musée d'Auschwitz décidèrent-ils de se tenir à une suite chronologique des événements.

À PROPOS DU MANUSCRIT DE LEJB LANGFUS

En avril 1945, Gustav Borowczyk, un habitant de la ville d'Oswiecim, déterra, près des ruines du crématoire III, un récipient en verre, abîmé en partie, dans lequel était déposé un manuscrit. Ce dernier fut oublié pendant plusieurs années et c'est seulement en octobre 1970 qu'il entra en possession du musée d'Auschwitz, lorsque le frère de Borowczyk, Wojciech, le retrouva dans la mansarde de la maison paternelle.

Il s'agissait de notes intitulées *Der Gerusch* (La Déportation), par un membre du *Sonderkommando* qui se prénommait Lejb – comme il était indiqué dans un passage du manuscrit – et auquel il fut possible d'attribuer le nom de Langfus, grâce à un contrôle des documents conservés dans le camp d'Auschwitz et à différents témoignages.

Le récipient contenait un carnet, de format 17 x 11 centimètres, de 62 pages non numérotées, et deux feuilles séparées d'un format différent, le tout écrit en yiddish. Étant donné le mauvais état de conservation du récipient, une vingtaine de pages du carnet étaient complètement illisibles tandis que certaines lignes étaient compréhensibles seulement en partie. La reliure du carnet a été détruite par l'humidité et l'ordre original des pages a été perdu. Après une première analyse qui leur a permis d'établir un ordre dans la succession des pages, les chercheurs du musée confièrent le manuscrit au professeur Roman Pytel qui avait déjà travaillé sur d'autres documents en yiddish. Celui-ci procéda à une reconstitution de la numérotation des pages différente de celle établit précédemment par les chercheurs du musée d'Auschwitz.

Langfus, originaire de Varsovie, fit ses études à la *Tzusmir jeshivah*. En 1933 ou 1934, il épousa Devota, fille de Samuel Jósef Rosenthal, le *dayan* [5] de Maków

---

5. Juge membre du collège rabbinique qui avait la charge de se

Mazowiecki. À la mort de son beau-père, Langfus prit sa succession. Il assuma également la charge de rabbin lorsque ce dernier prit la fuite dans les jours qui suivirent l'invasion allemande de la Pologne.

En novembre 1942, les Juifs de Maków furent déportés au camp de transit de Mlawa et, de là, à Auschwitz, au début de décembre. Lejb Langfus fut transféré au *Sonderkommando* au moment de sa recomposition par les Allemands, qui avaient éliminé le précédent quelques jours auparavant. L'y rejoignirent, entre autres, Zalmen Lewental, Milton Buki, les deux frères Dragon, en provenance eux aussi de Maków Mazowiecki, et, venant du ghetto de Grodno [6], Zalmen Gradowski et Jósef Deresinski. Langfus, dont on ignore la date exacte de la mort, réussit à éviter la liquidation partielle des membres du *Sonderkommando*, qui eut lieu le 26 novembre 1944. Il a été probablement tué vers la fin de cette année-là ou durant les premiers jours qui ont précédé l'évacuation du camp d'Auschwitz.

Le compte rendu de Lejb Langfus débute le 31 octobre 1942, lorsque les Juifs qui travaillaient près de Maków furent avisés, à leur retour au ghetto, d'une évacuation imminente. Ceux qui étaient aptes au travail devaient être déportés à Auschwitz et les autres au camp de Malkinia. Dans les pages qui suivent, Lejb Langfus décrit l'atmosphère de terreur et le comportement des autorités allemandes vis-à-vis de la population jusqu'à l'évacuation qui commença le 18 novembre. Puis l'auteur dédie les pages successives de son manuscrit au séjour temporaire dans le camp de transit de Mlawa où a été conduite la

---

prononcer sur les questions attenantes au rite et de trancher sur les cas qui lui étaient présentés au tribunal rabbinique.

6. Lewental et Gradowski ont laissé eux aussi des écrits clandestins qui sont présentés dans ce recueil tandis que Milton Buki et Szlama Dragon, rescapés d'Auschwitz, ont témoigné après la guerre sur la période qu'ils ont vécue dans le camp d'extermination.

communauté de Maków. Malheureusement, le mauvais
état de conservation du manuscrit a rendu illisible une
grande partie de la description relative à cette période. Le
manuscrit se poursuit avec le récit du transfert ferroviaire
à Auschwitz et l'arrivée au camp suivie de la sélection
puis du transfert de ceux qui y ont échappé à Birkenau. La
fin décrit le processus d'extermination vécu par Lejb
Langfus comme membre du *Sonderkommando*. Les trois
dernières pages se composent de ce qui a pu être déchiffré
sur les deux feuilles séparées qui ont été retrouvées en
même temps que le carnet. Ces notes ont probablement
servi à la rédaction du récit de Langfus. Enfin, les titres et
la subdivision du texte en chapitres sont de ce dernier.

Traduit de l'italien par Betty Marillat

Zalmen Gradowski, Lejb Langfus, Zalmen Lewental

Megilot Auschwitz
(Les Rouleaux d'Auschwitz)

AVANT-PROPOS DU TRADUCTEUR

Introduction

Les documents ici traduits sont en annexe du livre en yiddish de Ber Mark intitulé *Megilat Auschwitz* (Le Rouleau d'Auschwitz). C'est le récit de toutes les formes de résistance des Juifs à Auschwitz et ses camps annexes, principalement Birkenau et Monowitz, établi à partir de documents et de témoignages écrits et oraux. Les documents en annexe que Ber Mark appelle aussi *Megilot Auschwitz* (Les Rouleaux d'Auschwitz) présentent la particularité d'avoir été retrouvés après la guerre dans des récipients enfouis sur les terrains des crématoires par les membres du *Sonderkommando* (commando spécial). Le *Sonderkommando* était chargé d'aider les SS à faire entrer les gens dans les locaux de déshabillage et de gazage. Il devait emporter les affaires abandonnées, retirer les cadavres, les brûler, transporter les cendres pour les enfouir ou les disperser, etc. Les documents retrouvés sont d'autant plus précieux que ce sont des témoignages rédigés au moment des faits et qu'ils apportent des informations de première main sur ce qui se passait dans la zone des crématoires.

Tous ces documents ont été déchiffrés et collationnés par Ber Mark et ses collaborateurs, mais le livre a été mis en forme et publié par les soins de son épouse, car il est décédé prématurément. Les manuscrits sont parfois fragmentaires ou lacunaires, difficiles à déchiffrer, avec des abréviations et des fautes d'orthographe. Ber Mark a, entre autres, pris les dispositions suivantes :

1. Les textes sont transcrits conformément à l'original en respectant l'orthographe.

2. Les doubles tirets entre crochets [--] signalent une lacune dans le texte.

3. Les phrases ou fragments entre crochets [] signalent une reconstitution conjecturale par celui qui a restitué le document. Le point d'interrogation qui suit les mots à l'intérieur des crochets signale l'incertitude de la conjecture.

Le premier manuscrit est dû à Zalmen Gradowski qui a manifestement voulu lui donner une forme littéraire. Il a adopté un style quelque peu grandiloquent et emphatique, n'hésitant pas à répéter les mêmes mots et formules et se plaçant très souvent dans la position de l'observateur extérieur qui sert de guide au lecteur. Sa langue comporte de très nombreux germanismes (en yiddish : *daytshmerizm*) et assez peu de mots d'origine slave ou hébraïque.

Le deuxième manuscrit est dû à un auteur « anonyme » qu'on a identifié à Lejb Langfus et à qui on a attribué deux textes complémentaires d'après l'écriture et le style. La langue est simple et l'auteur n'a d'autre prétention que de rapporter tout simplement des faits.

Le troisième auteur est Zalmen Lewental. Le texte de son manuscrit est parfois confus, avec de longues phrases interminables, la ponctuation est souvent défaillante et il n'est pas toujours possible de déterminer si tel membre de phrase se rapporte à ce qui précède ou à ce qui suit ; sa langue comporte également de nombreux germanismes. Il est aussi l'auteur d'un additif à un texte dit « Manuscrit de Lodz ».

Le livre de Ber Mark a déjà été traduit en français sous le titre : *Des voix dans la nuit* par Esther et Joseph Fridman et Liliane Princet aux éditions Plon en 1982 à partir de l'original publié aux éditions Israël-Bukh à Tel-Aviv (Israël) en 1977 et complété par d'autres documents, avec une préface d'Élie Wiesel.

La présente traduction, faite directement à partir du livre de Ber Mark, ne concerne que les trois auteurs précités et s'en tient strictement, autant que faire se peut, aux textes. En particulier, je me suis refusé à toute interprétation, tout ajout ou suppression, en m'efforçant de respecter au mieux le style des auteurs, leurs répétitions ou redondances éventuelles.

Certains passages, surtout chez Lewental, peuvent donner lieu à des traductions différentes et plus particulièrement dans les passages lacunaires où ne subsiste qu'un mot ou deux. J'ai dû parfois suppléer par trois points d'interrogation (???) l'absence de mots pour rendre la phrase compréhensible en français.

J'ai repris la numérotation et le texte des notes de Ber Mark. Un certain nombre d'entre elles ne concernent que la traduction et ne présentent pas d'intérêt pour le lecteur. Elles sont marquées « sans objet ». J'ai également supprimé les références à son récit ou à sa bibliographie. J'ai indiqué par un numéro *bis* les notes complémentaires qu'il m'a paru nécessaire d'ajouter.

J'ai supprimé les crochets [] encadrant une fraction de mot ou bien certains signes de ponctuation.

J'ai adopté les règles suivantes pour la transcription de mots étrangers, en particulier de noms propres :

– allemand (A) : orthographe allemande.

– polonais (P) : orthographe polonaise sans les signes diacritiques, même dans le cas des localités qui comportent un nom yiddish.

– yiddish (Y) : orthographe phonétique.

– hébreu (H) : orthographe phonétique conformément à la prononciation israélienne. Les deux lettres se prononçant *kh* ne seront pas différenciées, de même que les deux lettres se prononçant *t*. Les « mères de lecture », utiles en hébreu mais ne se prononçant pas, sont supprimées, par exemple : Sara, Shlomo.

Vocabulaire

Il est fait usage d'un certain nombre de termes qu'il importe de connaître.

Un camp (A : *Lager*) est subdivisé en plusieurs zones entourées de clôtures, appelées également camps.

Au *Sonderkommando*, le terme *Bunker* désigne une chambre à gaz. Il peut avoir une autre signification ailleurs. Les douches sont aussi appelées *sauna*.

Une action (A : *Aktion*) désigne habituellement une opération rapide d'envergure menée le plus souvent contre les Juifs mais aussi parfois contre les Polonais. Par extension, les déportés utilisent également ce terme pour leurs propres projets.

Les Allemands ne se servent pas des mêmes termes hiérarchiques pour les SS et pour les détenus, juifs ou non. En particulier, le terme de chef (A : *Führer*) est réservé à la SS, les détenus n'ont droit qu'au titre de doyen (A : *Älteste*). Dans le cadre de « l'administration autonome », on trouvera, par exemple, à côté d'un chef de camp (A : *Lagerführer*), un doyen de camp (A : *Lagerälteste*).

Dans chaque zone se trouvaient des baraques appelées « blocs » (A : *Block*). À la tête de chaque bloc, un doyen de bloc (A : *Blockälteste*) assisté d'un secrétaire (A : *Schreiber*) et de valets de chambrée (A : *Stubendienst*) qui avaient pratiquement droit de vie et de mort. Les équipes de travail s'appelaient *Kommandos*. À leur tête pour le travail un chef d'équipe (A : *Vorarbeiter*), pour la discipline un *Kapo*. Ce dernier avait également droit de vie et de mort sur ses codétenus.

Le terme de crématoire (A : *Krematorium*) s'applique usuellement à l'ensemble des locaux destinés à la disparition finale par le feu, à savoir le local de désabillage, la chambre à gaz, les fours d'incinération ainsi que les locaux annexes. La numérotation des crématoires par les détenus de Birkenau diffère de celle de l'administration allemande. Pour celle-ci, le n° 1 est celui d'Auschwitz, ceux de Birkenau portant les n°s 2 à 5. Pour le *Sonderkommando*, la numérotation va de 1 à 4. C'est cette dernière qui sera retenue et les multiples notes de Ber Mark pour rappeler la numérotation officielle seront considérées comme « sans objet ». À noter par ailleurs que les crématoires 1 et 2, d'une part, 3 et 4, d'autre part, sont regroupés.

Dernier point. Le terme de « rouleau » (H : *megila*) s'applique, dans la tradition juive, à cinq livres de la Bible hébraïque dont chacun est lu à l'occasion d'une célébration liturgique. Mais ce terme est repris chaque fois qu'il s'agit de déplorer un événement tragique dans une communauté et il fait manifestement référence au rouleau des « Lamentations de Jérémie » qui est lu lors de la commémoration de la destruction du Temple de Jérusalem le 9 Av (juillet ou août).

Maurice Pfeffer.

I
Notes

par Zalmen Gradowski

Dédié à ma famille brûlée à Birkenau-Auschwitz.
À ma femme Sonia,
À ma mère Sara,
À ma sœur Ester-Rakhel,
À ma sœur Luba,
À mon beau-père Refael,
À mon beau-frère Volf.

[Viens] vers moi, toi, heureux citoyen du monde, qui habites le pays où existent encore bonheur, joie et plaisir, et je te raconterai comment les ignobles criminels modernes ont transformé le bonheur d'un peuple en malheur, changé sa joie en éternelle tristesse, détruit à jamais son plaisir de vivre.

Viens vers moi, toi, libre citoyen du monde, dont la vie est assurée grâce à la morale humaine et l'existence garantie par la loi, et je te raconterai comment les modernes criminels et ignobles bandits ont piétiné la morale de la vie et anéanti les lois de l'existence.

Viens vers moi, toi, libre citoyen du monde, dont le pays est ceint de modernes murailles de Chine, que les griffes de ces diables cruels ne peuvent atteindre, et je te raconterai comment ils ont enserré tout un peuple dans leurs bras diaboliques et enfoncé dans sa gorge leurs horribles griffes avec une férocité sadique, jusqu'à ce qu'ils l'aient étranglé et anéanti. Viens vers moi, toi, libre citoyen du monde, qui as eu le bonheur de ne pas avoir à affronter la domination des féroces bourreaux modernes, et je te raconterai et te montrerai comment, par quels moyens, ils ont fait périr des millions de membres du fameux peuple de martyrs.

Viens vers moi, toi, libre citoyen du monde, qui as eu le bonheur de ne pas subir la domination des cruels [--] animaux bipèdes, et je te raconterai par quelles méthodes raffinées et sadiques ils ont assassiné des millions de membres du peuple d'Israël, sans défense, isolés, que personne n'a protégés. Viens et vois comment un peuple civilisé a été changé par une loi sauvage et diabolique [qui est née dans] la tête du plus grand bandit et du plus ignoble criminel [que] le monde sadique ait créé jusqu'à son époque.

Viens dès maintenant, alors que la destruction se poursuit encore à plein [--], viens dès maintenant, alors que l'extermination règne encore jalousement. [Viens dès maintenant] alors que l'ange de la mort exerce encore sa domination. Viens dès maintenant, alors que les bûchers flambent encore d'un grand feu.

Viens, lève-toi, n'attends pas que le déluge soit passé, que le ciel s'éclaircisse et que le soleil se mette à briller, car alors tu t'arrêteras étonné et tu ne croiras pas ce que ton œil te montrera. Et qui sait si, une fois le déluge disparu, n'auront pas aussi disparu ceux qui, en tant que survivants, auraient pu témoigner et te raconter la vérité.

Qui sait si, avant que le matin ne s'illumine, les témoins pourront s'extraire de la sombre et barbare nuit car tu croiras certainement que la grande et barbare destruction que tu constateras était due à une punition infligée par les canons. Tu penseras certainement que la grande extermination subie par notre peuple était une conséquence de la guerre. Tu croiras certainement que la liquidation du peuple européen Israël était due à une sorte de cataclysme naturel. La terre avait ouvert sa gueule et sous l'effet d'une sorte de force divine cachée, ils avaient été rassemblés de partout et engloutis par l'abîme.

Tu ne croiras pas que des hommes aient pu en arriver à

une si barbare extermination même s'ils avaient été changés en bêtes fauves.

Viens avec moi, avec le misérable enfant solitaire encore en vie du peuple d'Israël, arraché à son foyer avec sa famille, ses amis et connaissances, pour trouver un repos provisoire dans des tombeaux [argileux] humides et, de là, être conduit dans ce soi-disant camp de concentration pour travailler [1] et, en fait, arrivé dans ce grand cimetière juif. Là, j'ai été placé par ces diables comme gardien aux portes de l'enfer [2] par où ont passé et passent encore des millions de Juifs de toute l'Europe. J'ai avec chacun [--] quand ils étaient [--] debout [--] je suis resté avec eux jusqu'aux derniers [--] et ils m'ont confié le dernier secret de leur vie. [Je les ai] accompagnés à leur dernière marche de vivants. Jusqu'à ce qu'ils soient, dans [--] enfermés ??? l'ange de la mort et aient disparu à jamais de ce monde. Ils m'ont tout raconté, comment ils ont été arrachés à leur foyer, comment ils ont subi une succession de terribles souffrances avant d'atteindre leur terme ultime, être sacrifiés au Diable.

Viens, mon ami, lève-toi, sors de tes palais douillets et sûrs, arme-toi de courage et d'audace et viens avec moi parcourir le continent européen où le Diable s'est emparé du pouvoir, et je te raconterai et te montrerai avec des faits de quelle manière la race hautement civilisée a liquidé le peuple d'Israël, faible, sans protection, [innocent] de tout crime.

Ne t'effraie pas de ce long chemin tragique. Ne t'effraie pas des scènes cruelles et barbares que tu seras amené à voir. Ne t'effraie pas, je ne te montrerai pas la fin avant le commencement, et peu à peu ton œil deviendra fixe, ton cœur s'émoussera, tes oreilles deviendront

---

1. C'est-à-dire camp de la mort. Auschwitz-Birkenau était à la fois camp de concentration et camp de la mort.

2. À l'époque où il écrivait ses notes, l'auteur était affecté au *Sonderkommando* qui brûlait les cadavres des chambres à gaz.

sourdes. Emporte, toi, l'homme, des bagages de toute sorte qui puissent te servir dans le froid et l'humidité, dans la faim et la soif, car il nous arrivera de nous trouver au beau milieu d'une nuit glacée dans des espaces désolés et d'accompagner mes malheureux frères à leur dernier voyage, à leur marche à la mort. Il nous arrivera de parcourir, jour et nuit, affamés et assoiffés, les diverses routes européennes de l'errance des millions de Juifs chassés et repoussés par les modernes barbares vers leur but cruel et diabolique, apporter leur vie en sacrifice pour leur peuple. Toi, cher ami, es-tu prêt au voyage ? Mais je t'imposerai une condition supplémentaire : dis adieu à ta femme et à ton enfant car tu [--] ces scènes cruelles, ne voudras plus vivre dans [un monde] où de tels actes diaboliques peuvent être perpétrés.

Dis adieu à tes amis et connaissances car [après] avoir vu les horribles actes sadiques du peuple-diable soi-disant civilisé, tu voudras certainement effacer ton nom de la famille humaine. Tu regretteras le jour de ta naissance.

Dis-leur, à ta femme et à ton enfant, que si tu ne reviens pas de ton parcours, ce sera parce que ton cœur d'homme aura été trop faible pour supporter la forte pression des actes barbares de bête fauve que ton œil aura vus.

Dis-leur, à tes amis et connaissances, que, si tu ne reviens pas, ce sera parce que ton sang se sera arrêté et figé en voyant ces affreuses scènes barbares, comment ont péri les enfants innocents et sans protection de mon peuple esseulé.

Dis-leur que, si ton cœur se change en [pierre], ton cerveau se transforme en froid mécanisme à penser et ton œil en simple appareil photographique, tu ne reviendras pas davantage vers eux. Qu'ils te cherchent dans les forêts vierges, car tu fuiras le monde où vit l'homme. Tu préféreras y chercher un réconfort parmi les fauves les plus sauvages et les plus féroces plutôt que de te trouver parmi ces diables civilisés, car même la bête sauvage, grâce à la civilisation, a été apprivoisée, ses griffes ont été émoussées et elle a beaucoup perdu de sa cruauté. Mais c'est le contraire pour l'homme, quand il est changé en bête sauvage. Plus il était cultivé, plus il est cruel ; plus il était civilisé, plus il est barbare ; plus avancé était son développement, plus horribles sont ses actes.

Viens avec moi et nous planerons sur les ailes d'un aigle d'acier au-dessus du large horizon tragique de l'Europe d'où nous pourrons, à travers des jumelles, observer tout et pénétrer partout. Tiens-moi fortement par la main, ne tremble pas [--] car tu devras voir pire encore.

[--] arme-toi de force virile, émousse en toi tous les [--], oublie femme, enfant, amis et connaissances ; oublie le monde d'où tu es venu. Imagine que tu voies dans ces scènes, non des hommes mais des animaux répugnants dont on doit supprimer l'existence, car sinon, ton regard ne le supporterait pas.

Ne t'effraie pas quand, dans les tombeaux de terre humide, tu trouveras des adolescents vivants, tu verras de petits enfants remuants car tu les retrouveras dans une situation pire encore.

Ne t'effraie pas quand, au beau milieu d'une nuit glaciale, tu rencontreras une grande foule de Juifs chassés de leurs tombeaux et repoussés sur des chemins d'errance inconnus. Que ton cœur ne tressaille pas devant les pleurs des enfants, les cris des femmes et les gémissements des vieillards et des malades, car tu entendras bien plus horrible et tu verras bien plus affreux encore.

Ne t'effraie pas quand, après une telle marche, lorsque le jour commencera à poindre, tu trouveras en chemin de vieux pères et mères gisants dans les flaques rouges pourpre des faibles et malades fusillés pour n'avoir pu supporter le voyage.

Ne t'occupe pas de ceux qui ont quitté la vie, garde un gémissement pour ceux qui sont encore pour l'instant restés en vie.

Ne tressaille pas quand tu verras comment on les

entasse, ces masses, dans des wagons, comme lors d'un inventaire après décès, en quantité telle qu'il ne leur reste pas d'air pour respirer, car on les conduit vers bien plus terrible encore.

Maintenant, mon ami, que je t'ai donné toutes ces indications pour notre voyage, je parcourrai avec toi l'un des innombrables camps polonais [3] où sont concentrés des Juifs de Pologne et de bien des pays étrangers qui sont de [--] tribulations ont été expédiés là d'où il n'y a pas de retour car l'éternité y a établi sa frontière.

Viens, mon ami, nous allons maintenant atterrir dans le camp où moi-même et ma famille ainsi que des dizaines de milliers de Juifs avons vécu un temps très bref. Je te raconterai ce qu'ils ont subi durant ces terribles moments avant de parvenir à leur terme ultime.

Écoute, mon ami, ce qui se passe ici.

Il règne dans le camp [4] une atmosphère oppressante, on a aujourd'hui annoncé un convoi de plusieurs bourgades. Tous sont effrayés, ceux qui doivent déjà partir et ceux dont le tour viendra peut-être aussi demain car on voit que les autorités commencent à liquider le camp à un rythme rapide. Et voici que parviennent des informations selon lesquelles de la ville même [5] partent sans cesse des convois d'une façon particulièrement bestiale. Des gendarmes encerclent un ensemble de rues, on va de maison en maison et on en extirpe jeunes et vieux, faibles et malades, comme si c'étaient de dangereux bandits, et tous sont envoyés dans la grande synagogue de la ville puis expédiés sous bonne garde vers la gare où les attendent

---

3. L'auteur fait allusion aux camps nazis sur le territoire polonais.

4. L'auteur fait ici allusion au camp de Kielbazyn, région de Grodno, où avaient été concentrés en novembre 1942 les milliers de Juifs des ghettos environnants et d'où ils ont été par la suite déportés à Auschwitz ou dans d'autres camps de la mort.

5. C'est-à-dire Grodno.

des wagons de marchandises équipés comme pour du bétail. Ils y sont poussés, tassés, comprimés comme des créatures répugnantes, jusqu'à ce qu'on manque d'air pour respirer quand on y pénètre… Quand ils voient que les wagons sont si bondés que certains restent suspendus dans les airs, les portes sont fermées et verrouillées par des barres de fer puis ils sont expédiés sous bonne garde vers cette destination inconnue, en ce lieu ignoré qui doit servir de lieu de travail aux Juifs concentrés. Les Juifs qui se cacheraient ou que les autorités soupçonneraient de ne pas vouloir partir maintenant pour aller travailler et chercheraient un moyen de se dérober seront fusillés sur place.

Sur le seuil de la grande synagogue de Grodno a été versé le sang de dizaines de jeunes vies sur lesquelles pesait le soupçon d'avoir compris où on les menait et d'avoir voulu éviter d'être les premiers à devoir partir comme victimes. Les détenteurs de l'autorité, ces bandits raffinés et criminels ignobles, avaient vu que le système consistant à expédier directement les convois de la ville à la gare pourrait à l'avenir leur occasionner certaines difficultés, car il risquait de se former des groupes de jeunes désespérés, non liés par une quelconque responsabilité familiale, qui réagiraient par la force ou s'enfuiraient dans les forêts pour s'y cacher (mieux valait se trouver parmi les bêtes sauvages que parmi eux). Ou encore ils chercheraient à rejoindre dans ces profondes forêts mystérieuses qui abritaient les quelques rares petits groupes dispersés d'héroïques combattants prêts à sacrifier leur vie pour la liberté et le bonheur du monde, ce qui les gênerait, eux, les oppresseurs et les esclavagistes, dans leur lutte pour le pouvoir et les honneurs. Et pour éviter le tout, pour être plus sûrs de tout piller, ils se sont tournés vers des moyens plus raffinés qui brouilleraient les cerveaux et égareraient la raison. Ils ont prétendu que le lieu de concentration final pour Grodno serait ce camp [6] en train de se vider de la province. C'est ainsi qu'on a endormi avec cet opium illusoire ceux qui avaient eu une réelle intuition de l'avenir et auraient été prêts à la lutte et à la résistance. Et la concentration de Grodno dans le camp a débuté.

Viens, mon ami, aujourd'hui doit arriver un convoi. Sortons sur le chemin qui mène au camp. Viens, mettons-nous sur le côté pour pouvoir mieux observer l'horrible et atroce tableau.

Vois, mon ami, là-bas, au loin sur un chemin d'un blanc brillant, une masse noire allongée bougeant à peine et entourée de grandes ombres noires qui se penchent constamment sur la masse se traînant sur le sol pour frapper avec quelque chose sur des têtes profondément baissées. On ne sait ce que cela représente vraiment. Sont-ce des animaux qu'on fait avancer ou des êtres humains qui ont perdu la moitié de leur taille ? Mais vois, maintenant qu'ils se rapprochent de nous. Ah, mais c'est une masse de milliers et de milliers de Juifs, jeunes et vieux, qui se trouvent sur le chemin les conduisant vers leur nouveau foyer. Ils ne marchent pas mais se traînent à quatre pattes. Ainsi l'a ordonné le jeune bandit qui tient entre ses mains le sort de leur vie et de leur existence. Il voulait voir de ses propres yeux l'horrible spectacle de la transformation d'une énorme masse humaine en animaux. Il voulait rassasier son cœur criminel et sadique d'émotions tirées des peines et souffrances humaines. Tu vois comment, après avoir parcouru un long trajet, ils se relèvent étourdis, épuisés, brisés, et doivent encore chanter et danser pour réjouir leurs convoyeurs.

Cet ignoble bourreau et ses adjoints ont, dès leur première sortie, piétiné leur moi, apporté leur âme en sacrifice à leur dieu aryen et les ont changés en tragiques

---

6. Kielbazyn.

automates vivants, sans volonté propre, sans aspiration autre que l'exécution des exigences de leurs dompteurs. La seule chose qu'ils demandent encore, le seul sentiment qui leur reste encore, c'est, bien qu'automates, qu'on leur laisse, ancrée au plus profond de leur cœur, la lueur d'espoir de recouvrer très bientôt leur moi et d'être dotés d'une âme nouvelle.

Vois, mon ami, comment, figés et pétrifiés, ils marchent en rangs. Tu n'entendras rien, pas de pleurs, pas de cris d'enfants. Sais-tu pourquoi ? Parce que chaque pleur d'enfant est étouffé par un coup pour la mère et l'enfant. Tel est l'ordre, telle est la volonté des jeunes brutes dont les instincts bestiaux se sont révélés et qui se sont cherché des victimes pour abreuver leurs âmes criminelles assoiffées de sang juif tout chaud. La masse doit se plier aux ordres les plus horribles, car sinon, comme sa vie est entre leurs [7] mains, leurs corps pourraient aussitôt rouler comme cadavres dans des flots rouges de sang et personne ne pourrait même les mener au repos éternel.

Vois, mon ami, comment les mères serrent sur leur sein leurs enfants pour étouffer leurs pleurs. Elles enfouissent la petite tête sous leur châle pour qu'on n'entende pas les gémissements [8] des enfants frigorifiés à mort. Tu remarques un Juif qui presse la main d'un autre pour lui signifier de se taire. Soyez calmes, rappelez-vous, ne perdez pas la vie avant l'heure. Voilà à quoi ressemble, mon ami, la marche de milliers et de milliers de Juifs qui cheminent vers le camp de concentration provisoire.

Et maintenant, vois, mon ami, [--] et maintenant créé [--] pour eux-mêmes les milliers de [Juifs] [--] ils servaient hier comme éléments utiles et étaient aussi privilégiés pour leur travail utile et méritoire ; et ils ont maintenant été transformés en vagabonds moralement brisés et

---

7. Entre les mains des Allemands.
8. Sans objet.

physiquement épuisés, qui ne savent pas où le diable les transportera, dont l'unique demande est de trouver au plus vite un tombeau pour vivants afin de donner du repos à leur paquet d'os.

Mon ami, nous venons de recevoir une terrible nouvelle. Moi-même, ma famille, mes amis et connaissances ainsi que des milliers d'autres Juifs devons aujourd'hui nous préparer au voyage. Diverses idées noires s'entrecroisent dans nos têtes. Qui sait où l'on nous conduit, qui sait ce que le lendemain nous réserve. Une sorte de terrible pressentiment ne nous laisse pas en repos car le comportement des autorités est en contradiction avec le but affiché. Car si l'on a besoin de nous à l'avenir comme travailleurs, pourquoi épuise-t-on si rapidement nos forces ? Pourquoi suce-t-on si vite notre sang ? Pourquoi transforme-t-on des muscles juifs vigoureux en bras impuissants et inertes ? Pourquoi liquide-t-on des domaines d'activités utiles où personne ne peut nous remplacer et qui se meurent et s'arrêtent ? Et personne pour s'en préoccuper ? Pourquoi le travail n'est-il plus ni nécessaire ni utile aux autorités locales pour qu'on puisse l'interrompre et le supprimer alors que, là où nous serons concentrés et où nous sommes attendus, il est aussi important et nécessaire que la vie [9], pourquoi ?

Qui sait si tout cela n'est pas un bluff tragique de ces criminels expérimentés qui veulent nous chloroformer avec un soi-disant travail afin de procéder sur nous, plus facilement et sans difficultés pour eux, à la grande opération d'extermination ? Telles sont les pensées qui nous obsèdent maintenant, nous qui faisons partie des Juifs se préparant au voyage.

Je vois, mon ami, que tu veux me demander quelque chose. Je comprends ce que tu ne peux saisir : pourquoi, pourquoi sommes-nous venus jusqu'ici ? N'aurions-nous

---

9. C'est-à-dire, que, soi-disant, là-bas, on nous attend et notre travail est aussi important et nécessaire que la vie.

pu trouver un meilleur endroit où notre vie aurait été plus en sûreté ? À cela je te ferai une réponse exhaustive. Trois facteurs sont intervenus pour faciliter au diable dans [--] le processus d'anéantissement de notre peuple. L'un, général, et les deux autres [particuliers]. Le facteur général était que nous vivions au sein du peuple polonais dont nous voyions et sentions que la majorité de ses membres étaient zoologiquement de grands antisémites et qu'ils observaient avec satisfaction comment le diable avait, dès son arrivée, exercé sur nous sa cruauté. Avec de soi-disant regrets au visage et une joie intérieure au cœur, ils écoutaient les plus horribles et déchirantes informations sur les centaines de milliers de victimes juives exterminées par l'ennemi de la manière la plus sauvage et atroce. Ils se réjouissaient peut-être au fond du cœur de la venue de ce peuple de bourreaux qui faisait le travail auquel ils n'étaient pas encore aptes car ils possédaient encore en eux une parcelle de morale et de conscience humaines. La seule chose qui les effrayait, et à juste titre, c'était qu'après la fin du combat contre les Juifs, et dès que disparaîtrait la cible sur laquelle pouvait s'exercer toute la barbarie et la cruauté possible, ils chercheraient de nouvelles victimes pour assouvir leurs instincts bestiaux. Cette frayeur était plus ou moins latente et on pouvait en noter les conséquences. De grandes masses de Juifs avaient essayé de trouver un endroit où ils seraient absorbés par la population polonaise des villes ou villages, mais partout ils recevaient la même réponse de refus : non. Partout ils trouvaient porte close. Un mur de fer se dressait en tous lieux devant eux et, parce que juifs, ils restaient à découvert sur la grand-place où la main de l'ennemi pouvait aisément les atteindre.

Tu demandes pourquoi les Juifs n'ont pas opposé de résistance. Sais-tu pourquoi [?] Parce qu'ils n'avaient aucune confiance en des voisins qui les aurait trahis au moindre échec. Ils n'avaient pour eux aucun élément de la population qui aurait sérieusement voulu les aider et prendre sur soi à certains moments décisifs la responsabilité d'un combat, d'une révolte. La crainte d'être aussitôt livré à l'ennemi affaiblissait l'ardeur au combat et décourageait l'audace.

Je vois, mon ami, [--] pourquoi ne nous sommes-nous pas précipités dans les forêts touffues pour rejoindre et renforcer ou bien nous-mêmes former des groupes de partisans luttant pour des lendemains meilleurs et plus beaux ?

À ce sujet, sont intervenus les deux facteurs particuliers agissant comme un opium sur les grandes masses juives qui se sont laissées conduire sans résistance au grand et terrible massacre [10]. Le premier, qui a aussi abusé la jeunesse, a été le maintien des liens familiaux. Le sentiment de responsabilité envers les parents, femmes et enfants nous a tous liés ensemble, fondus ensemble en une grande masse indivisible.

Le second facteur a été l'instinct vital qui a réduit à néant toutes les idées noires et a chassé comme une tempête les mauvaises pensées, au motif que tout ce dont on parlait en secret et à quoi on songeait n'était rien de plus que le produit d'un pessimisme superstitieux et atavique auquel chacun s'était aisément laissé prendre.

Car comment serait-il possible qu'eux, les détenteurs du pouvoir, se montreraient-ils même les plus ignobles et dangereux bandits, imaginent encore pire qu'une vie de chaînes, de faim, de froid ?

Qui voulait croire qu'on prenait des millions d'hommes, sans motif ni raison, pour les mener à un massacre sortant de l'ordinaire ?

Qui voulait croire qu'on menait un peuple à sa perte à

---

10. Dans un souci de vérité, on doit constater que plus des deux tiers du peuple juif qu'on a exterminés en 1943 ne savaient pas qu'on les conduisait à l'abattoir. Gradowski et les Juifs de Grodno avaient déjà entendu parler de Treblinka au début de 1943.

cause de la volonté diabolique d'une bande d'ignobles criminels ?

Qui voulait croire qu'on offrait un peuple en sacrifice de remerciement dans la lutte pour le pouvoir et les honneurs ?

Qui voulait croire qu'un peuple obéirait aveuglément à une loi qui portait en elle mort et anéantissement ?

Qui voulait croire qu'un peuple hautement civilisé [serait] changé en diables dont l'unique idéal serait le meurtre, l'unique aspiration serait l'extermination ? Cette erreur d'appréciation de la perversion et de la criminalité, de la bassesse et de l'ignominie de [--] peuple, a dans une grande mesure, contribué à endormir l'esprit de résistance, y compris chez ceux qui en auraient été capables.

Mon ami, je pense que tu nous comprends maintenant très bien et que tu éprouves de la compassion pour nous en ces tristes circonstances présentes. Viens maintenant, [ne tremble pas], nous irons faire une promenade au-dessus des profonds tombeaux de terre qui font des préparatifs fiévreux pour le voyage.

Tu entends des pleurs et des cris. Ils proviennent des profondes baraques qui serrent dans leurs bras les Juifs saisis d'une frayeur mortelle sur le point de partir. Entre avec moi dans l'une d'elles. Tu entends, il y a un grand vacarme et un tintamarre. Chacun prépare son sac de voyage avec le minimum indispensable. On se revêt de tout ce qu'on peut et le surplus qui avait été emporté avec tant de sacrifices est, sans regrets, réparti entre amis et connaissances, voire entre étrangers. Tout ce qui, hier, quelques heures plus tôt, avait encore quelque valeur et à quoi on était attaché a, maintenant, dans les dernières heures avant le départ, perdu toute valeur et ne joue plus aucun rôle. Comme si l'on avait eu le pressentiment, dans une perspective d'avenir, que rien ne serait nécessaire et tout serait inutile.

Tu vois, mon ami, deux Juifs qui s'avancent : l'un tient une lumière à la main pour éclairer l'obscurité et l'autre

porte un sac ouvert. Ce sont les représentants des bourgades sur le départ. Ils se déplacent suite à la dernière
ordonnance des autorités : retirer aux partants leurs derniers objets de valeur sous peine de mort pour ceux qui se
feraient pincer avec quoi que ce soit.

Les femmes retirent leurs parures les plus chères qui
sont avec [--] liées à leur vie. Les larmes aux yeux et la
douleur au cœur, elles se séparent de leurs précieux
bijoux, venus de leurs parents comme cadeaux, transmis
de génération en génération jusqu'à elles et conservés
comme des objets sacrés, tissant ainsi un fil historique. Et
maintenant, elles les arrachent et les jettent en gémissant
dans le sac de collecte. Des Juifs veulent aussi y voir un
motif de réconfort. Les autorités veulent confisquer les
moyens leur permettant d'améliorer à l'avenir leur existence. Quand la collecte prend fin, les Juifs l'apportent
avec satisfaction, comme rançon des vies, à l'extérieur de
la clôture dans le bâtiment où réside le grand criminel
blond censé nous protéger.

Oui, il avait compris ce qu'il fallait faire. Il voulait
faire le partage des dépouilles. À vous, honorables mes-
sieurs qui êtes au loin, j'expédie les corps et les âmes, et à
moi les avoirs et les biens.

Viens, mon ami, entrons dans une seconde baraque. Tu
entends à nouveau des pleurs de femmes et d'enfants. Ce
sont les pleurs des tout petits dont le moment de dormir
est passé depuis des heures. Ils se frottent leurs beaux
petits yeux et ils tombent de sommeil. Et voici qu'on les
en empêche. On leur met des vêtements chauds qu'il leur
est présentement difficile de supporter. Ils pleurent, ils
supplient : « Laisse-nous tranquilles. » Ils ne comprennent pas ce qu'on leur veut maintenant, si tard dans la
nuit. Ils pleurent ainsi que leur mère sur leur triste sort,
leur triste destin ; pourquoi sont-ils venus si malheureusement au monde ? Des amis et connaissances viennent
faire leurs adieux. On se serre dans les bras en pleurant.
On s'embrasse si tendrement. C'est si terrible, chaque

50

baiser est si plein de sens. On a l'impression que ceux qui pressent leurs lèvres si tendrement savent quelque chose de ce qui nous attend. Leur tendresse est une expression de profonde compassion, leurs pleurs une expression de grande pitié. Tu vois, ici se tiennent quelques familles complètement brisées et désemparées qui ne savent que faire. Ce sont des familles qui ont des malades à l'hôpital et doivent s'en séparer[11].

[--]

Arme-toi de [courage ?], les malades voyagent en [--] qui est [--] et ne séparera pas les familles. C'est un méli-mélo de pensées. Elles sont contentes d'être [--] celles qui ont récupéré leurs malades se réjouissant de cet instant de bonheur sans réfléchir davantage.

[--] Les autres y voient un mauvais présage car les malades ne seront certainement pas envoyés au travail ? Mais quoi qu'il en soit, aussi triste que se présente l'avenir, personne ne se séparera de sa famille, car qui peut prendre sur soi d'effectuer [--] une opération chirurgicale [--] son propre cœur ? Qui pourrait être un égoïste assez ignoble pour abandonner femme et enfants, père et mère, frères et sœurs et chercher son propre salut, même en sachant pouvoir préserver ainsi sa vie ? Qui pourrait abandonner sa chère famille avec laquelle il a passé les plus rudes moments pour la laisser maintenant seule pour un voyage si dangereux, inconnu, effrayant ? Non, tous doivent partir ensemble.

Viens, mon ami, l'heure de notre départ a sonné. Vois, une masse immense de deux mille cinq personnes est sortie de ses sombres tombeaux de terre et s'est mise en rangs bien alignés, chaque famille ensemble, main dans la main, épaule contre épaule, formant une masse unie et compacte de centaines et de centaines de familles fondues et fusionnées en un seul grand organe indivisible ; elles

---

11. Les malades étaient liquidés sur place.

sont sorties sur le chemin qui doit les conduire vers l'endroit fixé par les autorités pour les expédier au travail. Une nuit froide et glaciale, accompagnée d'un vent de tempête. Des milliers et des milliers de personnes sont debout et tapent des pieds pour réchauffer leurs orteils déjà gelés. Les femmes serrent contre elles les petits enfants et mettent leurs menottes glacées dans la bouche pour les réchauffer. Chacun arrange son paquet pour qu'il lui soit plus facile de faire le trajet. Des pères et mères affaiblis, qu'on a également débarrassés de leurs légers paquets pour qu'ils portent au moins leur corps jusqu'à la gare, peuvent plaindre avec un profond gémissement leurs enfants qui doivent, dès les premiers pas, porter et sentir leur charge. Tout est prêt pour le départ. Près des baraques voisines, se tiennent des hommes et des femmes qui nous regardent avec [--] yeux et nous transmettent leur dernier salut, leur souhait à notre [--], nous échangeons des regards qui expriment notre souhait de nous retrouver à l'avenir, une fois libérés.

Les portes s'ouvrent et nous quittons le camp ceint de barbelés. L'éclair d'une sombre pensée me traverse l'esprit. Pour la seconde fois s'ouvrent devant nous les portes du monde libre mais que la liberté nous a terriblement égarés ! Nous avions quitté les barbelés du ghetto et traversé le monde libre pour être amenés dans d'obscurs tombeaux. Et qui sait où nous égareront les secondes portes à s'ouvrir ? Qui sait où et dans quelle direction regardent les yeux ouverts du camp ?

La première fois, notre lieu de repos avait été proche de notre foyer. Nous respirions l'air de notre région et cela nous rassurait quelque peu. Mais maintenant, qui sait où nous mène ce chemin. Nous devons nous rapprocher et nous enfoncer de plus en plus profondément dans le pays où se trouve notre plus dangereux ennemi. Qui sait si ses bras tendus vers nous ne se changeront pas en mains diaboliques qui nous enserreront pour nous étouffer ? Qui sait ?

Nous sommes sortis dans un grand monde libre qui nous a éblouis par sa blancheur et effrayés par son étendue infinie mais dont, par contraste, la noirceur d'un immense ciel illimité nous a fait trembler. Et comme tout paraît symbolique ! Une terre blanche et une couverture noire pour cette masse qui se déplace sur cette blancheur. On perçoit un silence extraordinaire dans le monde. On a l'impression que, hormis nous, ombres noires, plus personne n'existe. Et nous, on nous a fait sortir dans le vaste monde pour nous confier une tâche importante que le jour ne doit pas voir.

Nous échangeons des regards scrutateurs dans la [--], nous voulons apercevoir un signe de vie et d'existence. Mais vaine est notre recherche, c'est un silence de mort, figé.

L'écho de milliers et de milliers de gens se fait entendre, c'est que le [monde] a à nouveau entendu la moderne marche d'expulsion d'un vieux peuple tourmenté et persécuté. Mais qu'elle apparaît plus terrible et affreuse l'expulsion, aujourd'hui ! Dans l'Espagne d'autrefois, nous avions quitté le pays par fierté nationale et conscience religieuse [--] nous avions avec grand [--] un crachat [--] au visage de ceux qui avaient voulu, les bras ouverts, nous [--] et même introduire dans les temples des gouvernants, à condition de rester, ceux qui renieraient notre spécificité propre, culturelle et nationale. C'est par le dédain et le mépris que nous avions répondu à leurs regards suppliants. Et c'est avec dégoût que nous avions considéré ceux qui voulaient nous accorder toutes les libertés civiques pour prix de la seule conversion religieuse. En peuple fier et inflexible, nous étions partis car, au loin, scintillaient pour nous les portes du monde qui nous a accueillis les bras ouverts. Mais aujourd'hui nous ne quittons pas le pays, mais nous sommes chassés non comme peuple mais comme créatures répugnantes. Nous sommes refoulés non à cause de notre fierté nationale mais à cause d'une loi ignoble, sadique, diabolique. Nous ne sommes pas refoulés vers les frontières d'un autre pays, mais on nous amène, au contraire, plus près de soi [12], plus profondément au cœur du pays qui veut se débarrasser de nous. Nous marchons, on dirait que le chemin est sans fin. C'est ainsi que nous entrerons dans l'éternité.

Un frisson instinctif nous a maintenant tous saisis. Nous voyons de loin sur la blancheur [13] de la terre de hautes et grandes ombres parmi lesquelles brillent de petites lumières à peine perceptibles. Tous les cœurs, de peur, se mettent à battre plus vite. Une sombre pensée a [--]. Qui sait ? Peut-être nous conduit-on maintenant [--] la cour d'ombres [mauvaises] dans les [--] des diables nocturnes qui attendent déjà notre venue et font les derniers préparatifs pour notre accueil ? Qui sait ? Peut-être nous attend le même sort que celui de centaines de milliers de Juifs avant nous qui, dans de semblables nuits sombres, ont été conduits en ces mêmes lieux ombreux pour y trouver une mort cruelle ? Qui sait ? Mais après avoir longé la forêt, passée sans encombre, plus librement [--].

Nous continuons à marcher. Les pas s'alourdissent. Nous marchons sur un sol pentu et, curieusement semble-t-il, devant [--] un endroit pourtant bien connu mais qui nous est maintenant étranger. On dirait qu'en bas des gueules de terre grandes ouvertes se tiennent prêtes à nous avaler vivants, comme cela est arrivé à des dizaines de milliers [14] avant nous. Qui sait ? Nous nous tenons fermement par la main jusqu'à ce que nous atteignions, le cœur battant et dans une tension extrême, le sommet de la

---

12. Plus près de l'Allemagne hitlérienne.

13. C'était l'hiver, la neige recouvrait le sol.

14. Allusion aux tranchées dans lesquelles les groupes d'intervention (A : *Einsatzgruppen*), aussitôt après l'agression allemande contre l'Union soviétique, assassinaient par milliers les Juifs des régions occupées de Pologne, Biélorussie, Ukraine et pays baltes.

colline. Nous sommes soudain tous remplis de joie. Nous avons aperçu de loin les petites lumières scintillantes d'ampoules électriques, preuve de la proximité de la gare. Nos forces et notre confiance en sont renouvelées, nous sommes arrivés à la gare. Vingt petits wagons nous attendent déjà, à raison de cent vingt personnes par wagon de sorte qu'il sera possible d'avoir une place debout pour chacun. C'est pour nous un grand réconfort. Chaque famille restera autant que possible unie durant ce voyage tendu et oppressant. Quant à une partie des malades, les familles se tiennent apeurées près des petites fenêtres pour voir arriver leurs frères, sœurs, enfants, vieux pères et mères. Mais pas la moindre trace. Comme nous l'avons appris plus tard [15], ils avaient été [--] brisés dans [--] et engloutis par les wagons [--] enfermés et verrouillés les derniers [--]

s'enfuir [--] on sera fusillé [--]. Un petit rire cynique sur la figure, calme extérieurement mais ferme intérieurement, se tenait [--] la bête blonde, notre protection [--] wagons. Oui, il a une grande mission devant lui [--] il a [conduit ?] [deux mille] cinq cents ??? qui gênent [--] et les expédie [maintenant] vers les hautes ??? civilisées [--] qui doivent exécuter à leur encontre la sentence.

Un sifflement sourd a déchiré l'air. C'est l'annonce du départ du train [16]. Comme un animal qui s'enfuit avec sa proie, le train s'est arraché de sa place et a commencé à disparaître. De tous les cœurs s'est échappé un douloureux gémissement. Tous ressentaient maintenant l'horrible souffrance d'être effectivement arrachés à leur foyer.

La masse a vacillé en manquant de tomber. Dès le début, chacun a durement ressenti l'inconfort initial. Tous cherchent à s'installer plus confortablement pour pouvoir

_____

15. Les membres de la famille non arrivés avaient vraisemblablement été déjà assassinés.

16. Sans objet.

au moins supporter le voyage. On prend les enfants sur soi et l'on décide que celui qui est maintenant assis cédera par la suite sa place à un autre. On crée une atmosphère de paix et d'unité dans le piège qui les conduit aux mains du diable non encore identifié. Les Juifs religieux récitent la prière des voyages et on exprime un souhait : c'est en prisonniers qu'on nous emmène, puissions-nous revenir en hommes libres.

Viens, mon ami, parcourons ces cages roulantes. Tu vois : ici est assise ou se tient debout une mère triste et désespérée, plongée dans de profondes pensées cauchemardesques. On entend le martèlement monotone des roues qui s'appesantit comme une lourde charge avec sa sonorité mélancolique en harmonie avec l'atmosphère triste et décourageante. On dirait que le voyage dure depuis une éternité. C'est que nous sommes montés dans l'éternel train juif errant à la disposition des peuples et nous y devons y monter ou en descendre suivant leur bon vouloir et leur degré de compréhension.

Tu vois, mon ami, des hommes qui se tiennent comme rivés autour de chaque fenêtre de wagon et regardent au-dehors le monde libre. Chacun veut rassasier son regard qui erre en tous sens, comme s'il avait le pressentiment de le voir pour la dernière fois.

On a l'impression de se trouver dans une forteresse roulante devant laquelle défile le monde qui apparaît dans toute la diversité de ses couleurs et fait ses adieux à ceux qui sont emprisonnés.

On dirait que le monde voudrait leur dire [--] ??? – moi, rassasie ton regard tant que tu me vois encore car dans [--] pour toi déjà la dernière fois.

Tu remarques, mon ami, deux jeunes gens debout, un homme et une femme. Leurs regards sont maintenant comme rivés vers une seule direction. Ils se taisent, mais leurs pensées se rencontrent et de leurs cœurs s'échappent de faibles gémissements, tant l'éclair d'un souvenir marquant les a maintenant fascinés et arrachés à la réalité. Ils

56

se souviennent d'autrefois, du passé à peine écoulé. C'est à cet endroit, à cette gare familière de Losona [17] qu'ils se sont si souvent rencontrés et ont passé ensemble leurs vacances et que leur attirance mutuelle s'est changée en amour passionné.

[--]

[--] sont ainsi [--] écoulés. Chaque jour, ils [--] beaucoup de joie et de plaisir procurait le [--] et fasciné par sa [--] diversité de couleurs. Chaque [chose] te faisait signe avec un sourire, de toute chose s'exprimait [--] de la vie. Une sombre pensée leur traverse maintenant l'esprit [--]. Qui sait ? Qui sait ? Est-ce que [--] ils pourront encore revivre leurs souvenirs enchanteurs en ce lieu ? Ils regardent maintenant vers l'endroit d'où [--] disparaît maintenant de [--]. Ils regardent dans la direction d'où ils ont été cruellement arrachés. Une part de leur vie a disparu à jamais.

Viens plus loin, vois-tu deux jeunes gens debout, comme pétrifiés, qui regardent le monde autour d'eux. Tu entends les quelques mots que la femme vient d'adresser au jeune homme : te souviens-tu mon chéri, te rappelles-tu ce voyage symbolique, en ce jour terne d'hiver, quand nous nous sommes rencontrés dans ce compartiment, parfaitement étrangers l'un à l'autre, et que nous avons lié connaissance, ce qui nous a unis pour toujours durant ce trajet. Ce voyage nous avait mené à une vie heureuse, ce voyage nous avait frayé dans le monde un chemin parsemé de fleurs. On dirait le même trajet dans la même direction. Nous étions alors montés dans le train de la vie. Qui sait où nous mènera le présent voyage. Qui sait sur quelle ligne se trouve maintenant notre train.

Viens plus loin, tu vois, une femme est debout avec un petit enfant dans les bras, son mari se tient près d'elle. Ils regardent au-dehors vers le monde qui défile devant eux

---

17. Losona, petite station non loin de Grodno, au sud-ouest en direction de Sokulka-Bialystok.

et, instinctivement, ils jettent sans cesse un coup d'œil sur leur joli petit bébé. Ils sont préoccupés par de graves soucis. Ils sont encore jeunes et pleins de vie. Ils sont si attirés par le monde qui leur apparaît à la fenêtre. Tout les appelle à la vie et à l'existence. Ils ont maintenant pour qui vivre, pour qui exister, pour qui travailler ; ils ont récemment mis au monde leur premier enfant [18], et se sont ainsi par lui incorporés au tissu d'éternité et associés au développement et à l'édification du monde. Et dès les premiers pas qu'ils ont faits dans le monde, on les a retenus en leur enjoignant de s'en aller, de se retirer de là où ils avaient commencé à bâtir leur nid.

Ils ne songent pas maintenant à eux-mêmes, mais ils sont préoccupés par une seule pensée, que deviendra leur chère petite fille qui leur apporte tant [19] ?

Pour eux, l'enfant représente le plus grand bonheur, la plus grande consolation, leur idéal commun de vie, mais pour ces cruels bandits, un jouet inutile, sans valeur ni droit à l'existence.

Vois comment ils regardent leur jolie petite fille aux yeux de cerise noire et lis sur leur visage soucieux ce qu'ils pensent [:] Toi, chère enfant, tu donnes un contenu à notre vie et à nos projets. Que de joie et de plaisir tu nous as procurés en laissant tomber de ta bouche ton premier mot au monde : « Maman ».

Ah, que le père avait alors envié sa femme. Et qu'il avait l'air heureux quand l'enfant l'avait reconnu comme père en disant pour la première fois : « Papa ». Ah, chère enfant, qui sait si le fil éternel que tu viens de commencer à tisser ne sera pas brutalement rompu ? Chère enfant, qui sait si tu continueras à être à nous et nous à toi ? La mère serre l'enfant contre son cœur, des larmes tombent sur sa tête, et le père y imprime un tendre et affectueux baiser.

---

18. Sans objet.
19. Expression malheureuse. Ce n'est pas ce que l'auteur voulait dire *(note de l'édition B. Mark)*.

Viens, poursuivons un peu notre promenade. Vois-tu maintenant une mère avec ses deux grandes filles à ses côtés ? Quelles pénibles pensées envahissent maintenant la mère et ses enfants ! La mère songe : « Mes chéries, je vous ai sacrifié toute une vie, je vous ai consacré toute une vie, j'ai renoncé à tout pour vous pourvu que je puisse vivre le moment tant désiré, jouir du bonheur et du plaisir de mère. Et tout cela n'était qu'un songe creux. Votre père fidèle et dévoué a été expédié on ne sait où par les bandits et qui sait s'il figure encore parmi les vivants ? Qui sait s'il ne vous a pas déjà rendues orphelines. Vos chers frères m'ont été enlevés et qui sait où ils se trouvent maintenant ? Je suis restée esseulée et brisée. Ma seule consolation, c'était vous, mes chères enfants, et qui sait ce qui vous attend maintenant ?

« Qui sait si vous, mes chéries, pourrez vous adapter aux nouvelles et dures conditions de vie qui vous seront imposées et qui sait si vous serez en mesure de porter une double charge de désespoir, la mienne et la vôtre, qui sait ? » Elle ne songe pas du tout à elle, maintenant. Elle ne se soucie absolument pas de sa propre vie, car comment une mère pourrait-elle songer à soi alors qu'elle n'est pas encore assurée de l'existence et de la vie de ses enfants ? Les filles regardent leur mère en gémissant. Une sombre tristesse s'étend sur leur visage ; qui sait si leur chère mère que les chagrins ont rendue grisonnante et vieille, que les pénibles nuits sans sommeil ont épuisée et affaiblie, ne verra pas mettre en doute, vu son aspect souffreteux, l'âge déclaré et ne sera pas incluse parmi les êtres inutiles et superflus dont l'existence ne se justifie pas ? « Chère maman, qui sait si nous aurons la chance de pouvoir t'apporter de l'aide ? Qui sait si l'on ne t'arrachera pas à nos bras et si nous ne resterons pas esseulées et brisées, sans mère, sans frères, solitaires et seules dans le grand désert du monde qui nous effraie par sa cruauté ? Qui sait ? »

Tu trouveras ainsi maintenant dans chaque compartiment de chaque wagon, assis ou debout, des gens immobiles, la tête penchée sous la charge de lourdes et pénibles souffrances.

Le train poursuit sa longue route monotone. Nous approchons de la ville de Bialystok. Chacun est instantanément arraché à ses pensées et se précipite vers la fenêtre pour jeter un coup d'œil à la gare d'arrivée. Que verront-ils, en fait, les gens et qui les attendrait maintenant ? Mais, instinctivement, chacun veut regarder vers la ville à laquelle chaque voyageur est si étroitement lié. Chacun a ici de la famille, des amis et connaissances. On a envie de regarder, ne serait-ce que de loin, la ville où vivent encore un ami, un enfant, un parent. On a envie de leur envoyer par les petites fenêtres un salut et leur adresser le dernier regard d'adieu et peut-être verra-t-on un Juif de la ville encore tranquille de Bialystok [20]. Peut-être pourront-ils, par un regard, nous expliquer le but de notre voyage.

Nous sommes arrivés à la gare et nous nous arrêtons sur une voie morte à l'écart. Déjà, durant notre voyage, nous étions coupés de la vie. Que la gare a un air effrayant maintenant, ce lieu si vivant qui étourdissait par son animation est maintenant enveloppé dans un brouillard sans le moindre signe de vie… La seule chose qui rappelle le nouveau mode de vie, ce sont les gendarmes qui circulent avec baïonnette et casque. On entend la sirène d'une cheminée d'usine. Un rappel de la vie, un salut de nos frères et sœurs (où ils fournissent leur travail et leurs efforts) qui se trouvent entre les murs des grands bâtiments d'usine où ils fournissent leur énergie, leur ardeur et leurs forces aux bandits qui nous emmènent maintenant. Ils travaillent dans l'espoir que cela leur servira de

20. En janvier 1943, quand a eu lieu la déportation du camp de Kielbazyn, le ghetto de Bialystok existait encore. La première liquidation du ghetto a eu lieu en février 1943.

mur de protection. Un sifflement a déchiré l'air, le train s'est remis en marche. Au revoir, Juifs de Bialystok. Puissent les ??? d'usine [21] [--] les ennemis qui vous guettent ne pourront vous atteindre. Continuez à rester tranquilles et assurés et puissions-nous revenir à l'avenir vers vous en hommes libres. Le train a accéléré et tous sont à nouveau plongés dans une profonde mélancolie. Chaque kilomètre supplémentaire accroît d'autant la tristesse. Chaque kilomètre accroît d'autant le chagrin. Que vient-il de se passer [?] Nous approchons de la gare fameuse parmi les Juifs de Treblinka [22] qui, selon diverses informations qui nous sont parvenues, a englouti et massacré la plus grande partie du judaïsme de Pologne ainsi que de l'étranger. Chacun regarde par une petite fenêtre et interroge silencieusement du regard. Peut-être apercevront-ils quelque chose. Peut-être trouveront-ils un indice qui leur révélera la vérité, peut-être quelqu'un près de la voie les alertera-t-il et leur dira-t-il où on les conduit et ce qui les attend. Mais quelle horreur. Deux jeunes chrétiens qui se tiennent à distance regardent vers les fenêtres du train et se passent la main sur la gorge. Un frisson parcourt ceux qui ont vu la scène et remarqué le geste. Ils reculent en silence comme à l'apparition d'un spectre. Ils sont muets,

---

21. Le Conseil juif (A : *Judenrat*) ainsi que de nombreux Juifs de Bialystok avaient l'illusion que, grâce au travail organisé, on réussirait à éviter la liquidation et à rester en vie.

22. Treblinka (voïvodie de Varsovie) a été un camp de travail pour détenus polonais dans les années 1941-1944 (camp dit Treblinka I). En 1942 a été créé un second camp d'extermination (camp dit Treblinka II) pour Juifs et prisonniers de guerre soviétiques. Une révolte armée y éclata le 2 août 1943, organisée par les Juifs dans les deux Treblinka. Un petit nombre de détenus réussirent à s'enfuir et à révéler la vérité sur l'horreur de ce camp de la mort. Environ huit cent mille Juifs des pays occupés d'Europe y ont péri, dont autour de trois cent mille du ghetto de Varsovie. En 1963, fut inauguré à leur mémoire un mausolée sur l'emplacement du camp.

ils ne racontent à personne ce qu'ils ont vu. Ils ne veulent pas accroître l'affliction qui monte déjà sans cela de minute en minute. On a l'impression que d'un instant à l'autre... qui sait ce que les prochaines minutes risquent d'apporter ? Qui sait si l'on ne les transférera pas sur la voie secondaire menant à l'endroit qui a été transformé en grand cimetière juif ? Tous se ruent vers les fenêtres. Chacun veut être le premier à voir où les roues les emmèneront. Des milliers de cœurs battent au même rythme, des milliers d'âmes tremblent. Une seule pensée les ronge, ne les laisse pas en repos. Qui sait si ne se rapprochent pas les dernières minutes de leur vie, s'ils ne sont pas parvenus aux frontières de l'éternité ? Chacun fait son examen de conscience. Les Juifs religieux récitent des prières et songent à la confession[23].

Les membres d'une même famille se serrent pour former une unité [autonome]. Ils veulent maintenant fusionner et se fondre en un grand organe indivisible. Ils veulent y trouver protection et réconfort.

Les mères serrent leurs petits enfants dans les [bras ?] [--] elles ??? leurs petites têtes. Même de grands enfants se blottissent maintenant contre leurs parents, comme s'ils voulaient, dans leurs dernières minutes de vie, goûter la douce saveur de la tendresse maternelle et paternelle. Ils ont l'impression que leur père ou mère, comme toujours, les accueillera et abritera sous son aile protectrice pour qu'il ne leur arrive aucun mal. La tension monte et progresse à mesure que les roues avancent. On dirait qu'elles ralentissent leur course. La preuve qu'ils sont bientôt arrivés à destination et parvenus au terme ultime. La tension a atteint son maximum. Le train s'est arrêté, deux mille cinq cents personnes ont cessé un instant de respirer. De peur, les dents se sont mises à claquer et les

---

23. Confession (Y/H : *Viduy*). Il s'agit de la confession des péchés avant de mourir. Elle comporte des prières incluant de nombreux psaumes.

cœurs à battre précipitamment. La grande masse attend, en proie à une angoisse mortelle, les prochaines minutes. Chaque seconde est une éternité, chaque seconde un pas de plus vers la mort. Tous se sont immobilisés et attendent les bras tendus du Diable qui va bientôt les saisir dans ses griffes et les précipiter dans son abîme.

Un sifflement les a sortis de leur immobilité. Le train s'est arraché à la mort et s'est remis à rouler. Les mères s'embrassent avec leurs enfants, les femmes avec leurs maris, des larmes de joie coulent. Tous se sont éveillés à une nouvelle vie et ont respiré plus librement. Des pensées d'espoir en une nouvelle vie commencent à poindre. [--] l'effroi est passé, la peur a disparu. Une nouvelle vague de pensées réconfortantes les a tous envahis. L'idée que tous les récits sont faux en est renforcée. Toutes les terribles prédictions sont sans fondement et leur sont parvenues à cause d'un acte horrible amplifié mais sans caractère de masse, et c'est pourquoi tu remarques maintenant que tous reprennent courage et sont sûrs qu'on les mène à la vie, une vie dure certes, mais cependant à la vie. Des sons doux et charmants se font entendre de [--] de ravissantes voix féminines qui s'épanchent en un hymne fervent captivant dans ses rets un cercle de plus en plus grand. Dans cet hymne, les Juifs formulent leurs requêtes les plus intimes. Il exprime les pénibles souffrances de ceux qui se trouvent enchaînés, qui sont maintenant conduits vers une vie étrange et inconnue qui les effraie tant et les prive de repos. L'hymne implore le Créateur [:] « Libère-nous du profond abîme et conduis-nous vers de brillants et radieux lendemains. » L'hymne implore [:] « Continue à nous conduire sur la ligne de vie comme jusqu'à présent. Puisse le terme ultime être également atteint au prix d'une simple peur. »

Nous approchons de Varsovie. Chacun céderait volontiers une part de sa vie pour voir ne serait-ce qu'un seul Juif. Que nous serions heureux maintenant, si nous rencontrions l'un de ceux dont les frères et sœurs ont subi un sort aussi horrible[24]. Et peut-être l'un d'eux pourrait-il nous raconter la vérité [--] le but de la suite de notre voyage. Mais hélas, tu ne vois pas maintenant la moindre trace de Juif dans cette gare autrefois majoritairement juive. Tu vois circuler des gens au regard sévère et mauvais qui attendent un train prêt à partir dans leur direction. Mais ils nous sont tous étrangers et leur apparition suscite en nous une terrible haine et envie. Pourquoi sont-ils libres et se déplacent-ils comme bon leur semble [?] Pourquoi ont-ils la possibilité d'acheter un billet pour le train qui les conduira à un foyer douillet et sûr [?] Pourquoi ont-ils la possibilité d'aller en direction de l'endroit où les attendent une femme, un enfant, qui leur tendent déjà des bras pleins d'amour pour les accueillir ? Quant à nous, nous sommes conduits contre notre volonté non vers un foyer douillet mais vers un désert. Ce qui t'attend, ce ne sont ni les sourires de ta femme, ni les bras ouverts de ta mère, ni les rires insouciants de ton enfant, mais les regards mauvais et effrayants de nos féroces et implacables ennemis qui tiennent à bout de bras, comme nous le savons depuis longtemps, un gourdin, une arme blanche ou même à feu, utilisé quand bon leur semble. C'est dans ce genre de

---

24. L'auteur croyait sans doute que les Juifs de Varsovie avaient été liquidés. Il avait à l'esprit les vagues informations en provenance de Varsovie sur la grande expulsion (déportation vers la mort) qui avait débuté le 22 juillet 1942 et duré jusqu'en septembre 1942. Quand, aux alentours du 20 janvier 1943, le convoi de Zalmen Gradowski et des autres déportés du camp de Kielbazyn est passé par Varsovie, soixante-dix mille Juifs vivaient encore dans l'emprise du ghetto réduit. Sur ce nombre, trente-cinq mille étaient encasernés dans les « shops » (ateliers), c'est-à-dire qu'ils travaillaient au-delà de leurs forces et habitaient dans des blocs rattachés à leur lieu de travail, et l'autre moitié menait une existence « illégale » (sans permis de travail). Ils se cachaient dans les maisons abandonnées des Juifs de Varsovie déportés.

pensées cauchemardesques que se plonge la masse de ceux qui poursuivent leur voyage.

Le silence est rompu par quelqu'un qui vient d'un autre compartiment et dit tout joyeux : « Juifs, j'ai le salut d'un précédent convoi de notre camp. » Il a trouvé, écrit sur la paroi de son compartiment, un salut ainsi que le tracé de la totalité du trajet depuis l'origine jusqu'à l'arrivée en pays boche[25].

Tous se sont réjouis d'avoir au moins ce lointain salut, envoyé par ceux qui ont disparu comme dans un gouffre. Nous lisons les mots. Il nous semble que nous parlons avec eux. Il te semble qu'ils te racontent tout. Les voici, ces Juifs pleins de vie et de mouvement, partis sans laisser la moindre trace, ce qui nous avait tous tant secoués. Ainsi, Juifs, vous pouvez recevoir un vivant salut de ceux dont vous aviez imaginé le sort si terrible ! Et qu'ils étaient intelligents, les voyageurs précédents qui savaient que nous craindrions pour leur existence, ce qui nous priverait de repos. Mais ils nous ont laissé un signe tangible qui nous tranquilliserait et nous rassurerait. Et nous allons maintenant, nous aussi, suivre leur exemple et écrire un mot à l'intention de ceux qui doivent monter dans ce même train dans les prochains jours. Puissent également les suivants nous être reconnaissants d'avoir pensé à eux et de nous être souciés de leur sort.

Mais la gaieté a brusquement disparu, s'est changée en tristesse. L'inquiétude nous a à nouveau emprisonnés dans ses rets. Une phrase a, comme avec [--] nous a tous enveloppés d'un voile d'affliction. Nous arrivons en pays boche ! C'est ainsi que se terminait le salut. C'est ici que s'était rompu le fil. Jusque-là nous étions ensemble, mais maintenant, pour nous, ils se sont évanouis. Ils ont écrit l'histoire de leur vie jusqu'à leur arrivée en pays boche,

_____

25. L'auteur pense vraisemblablement à l'Allemagne hitlé-rienne, car lui et ses frères de malheur croyaient qu'on les envoyait travailler en Allemagne même.

jusqu'à ce qu'ils se retrouvent au cœur du territoire de l'ennemi. Ils nous ont laissé entendre qu'ils vivaient jusqu'à ce qu'ils soient enserrés dans le carcan des bras des cruels barbares.

[--] une sombre nuit silencieuse a commencé à envahir le monde. Le train s'est arrêté. Il est dangereux de voyager avec d'ignobles criminels quand il n'y a pas de lumière. Au beau milieu d'une gare [perdue] s'est immobilisé un train long de vingt wagons qui tiennent dans leurs bras deux mille cinq cents enfants du peuple persécuté et pourchassé. Des wagons sombres, lugubres. Des enfants effrayés, tourmentés, épuisés du peuple condamné à mort regardent au-dehors par les petites fenêtres. Ils cherchent dans la nuit sombre un rayon de lumière qui illuminerait leurs ténèbres et apporterait un peu de vie à leur état de mort. Mais vaine est leur recherche. La nuit est effrayante et ne parle que de façon obscure. Les sinistres wagons sont, en fait, de temps en temps illuminés mais par une lumière étrange, froide, morte. Ce sont nos escorteurs qui illuminent nos wagons-prisons pour voir si par hasard un des membres de la dangereuse bande ne chercherait pas son salut dans l'obscurité de l'impénétrable nuit. La première épouvantable et cauchemardesque nuit de voyage. Deux problèmes obsèdent la masse immobile : la faim et la soif. Vois, mon ami, comme tous ont maintenant perdu tout sentiment humain. Chacun ne songe qu'à une seule chose : où trouver un morceau de pain pour calmer la faim, où trouver un peu d'eau pour calmer la soif. Vois comme les chanceux debout près des fenêtres tirent la langue et lèchent les vitres embuées de rosée. Ils veulent rafraîchir, ne serait-ce que par la seule [idée] d'humidité, leur cœur épuisé et affaibli. On entend les lamentations des petits enfants qui crient : « Maman, donne un peu d'eau, une goutte au moins. Tu entends, maman, donne-moi au moins une miette de pain. Je tombe, je m'évanouis, je n'ai pas de forces. » Les mamans les réconfortent : « Tout de

suite, mon enfant, je vais t'en trouver. » Il arrive aussi parfois que certains chanceux possèdent encore quelques provisions. Ils en cèdent parcimonieusement à ceux qui sont près de défaillir. Mais la grande majorité est entièrement épuisée par la faim. Et les enfants sont impatients et ne veulent pas attendre plus longtemps, ils réclament de plus belle le pain et l'eau promis. Les mères sont complètement abattues à la vue des souffrances de leurs enfants et elles n'ont d'autre ressource que de crier. De peur, les enfants se taisent et se blottissent, les yeux emplis de larmes, contre le sein maternel qui déborde de douleur. Les grands, qui ne souffrent pas moins que les enfants, se consolent à l'idée que les autorités leur fourniront certainement à la prochaine halte à manger et à boire. Elles ne déplaceraient tout de même pas tout un peuple qui doit constituer une masse de travailleurs pour le laisser mourir de faim et de soif.

Dans un autre compartiment, on entend les cris spasmodiques des grands enfants qui s'affairent autour d'une mère évanouie, incapable d'en supporter davantage. On essaie par divers artifices de la faire revenir à elle [jusqu'à ce qu'] elle rouvre les yeux. Quelle joie pour eux dans leur tristesse : leur faible mère est ranimée. Ils craignaient, les enfants, d'avoir perdu leur mère et d'être restés au monde sans maman.

Ils se trouvent des gens audacieux aux nerfs solides pour frapper aux fenêtres et demander aux gardiens d'en finir ou, au moins, de nous jeter un peu de la neige qui se trouve à côté. Les petits rires cyniques des cruels monstres se font entendre et, pour réponse, ils dirigent leurs fusils chargés contre celui qui essaie d'ouvrir la fenêtre. Et c'est terrible ! Tu regardes par la fenêtre. Sur le sol s'étend une blanche masse humide, de la neige qui pourrait maintenant réconforter les cœurs affaiblis, rafraîchir les corps défaillants ! Apporter une parcelle de vie. Elle scintille vers nous, la blancheur qui porte en elle tant de vie ; que de réconfort, que de bonheur dans cette masse blanche. Elle pourrait apporter maintenant un regain de vie dans les wagons morts. Cette masse blanche pourrait maintenant libérer les deux mille cinq cents personnes des griffes de la terrible mort par la soif. Cette masse blanche pourrait maintenant apporter un regain d'espoir et de courage dans des cœurs résignés : et qu'elle est proche de nous. Juste en face de toi. Elle scintille tant avec sa blancheur qu'elle nous provoque par ses charmes. Que c'est effrayant, il suffit d'ouvrir la fenêtre pour pouvoir l'atteindre de la main. On dirait que la masse blanche est maintenant douée d'un souffle de vie. Elle se soulève de son lit, elle veut se lever vers nous et s'approcher de nous. Elle voit que nous la pressons de nos regards. Elle sent que nous la désirons et soupirons après elle et elle veut nous apporter un réconfort, elle veut nous insuffler de la vie, mais le sinistre bandit est là avec sa baïonnette collée à l'épaule, qui répond par ce mot toujours aussi terrible : « Non. » Il ne peut le permettre. Rien ne l'a touché, ni les prières des femmes, ni les pleurs des enfants. Il est sourd et impassible. Tous s'écartent des fenêtres, résignés, et veulent détourner leurs regards de cette provocante blancheur pour se plonger à nouveau profondément dans leurs angoissantes pensées qui rompent le silence de mort par des gémissements à fendre le cœur.

[--] écartés de la ligne sur laquelle se déplace la vie afin de ne gêner personne en chemin.

Le train est aussi noir que la nuit et le malheur de ceux qui y reposent est encore plus grand et plus sombre que la nuit. De temps en temps, on est réveillé par le sifflement d'un train qui passe à toute vitesse. Chacun se précipite vers les petites fenêtres pour voir quels sont ceux qui peuvent aussi ??? leur [--] voyager la nuit. Tu vois des wagons bien éclairés qui se déplacent joyeusement avec fougue, comme s'ils se hâtaient vers quelque destination heureuse. On aperçoit des gens du monde civil libre. Une profonde douleur étreint les spectateurs. On dirait des gens comme nous, innocents, n'ayant commis aucun crime. Ils voyagent et nous voyageons. Mais que nos chemins sont différents ! Eux sont transportés sur la ligne de la vie, alors que nous, qui sait ! Là-bas, la vie est lumière, mais de nous émane une cruelle et effrayante obscurité. Là-bas est assise une masse de gens tranquilles et sûrs d'eux qui ont devant eux un but vers lequel ils se rendent de leur propre gré. Mais, ici, ils sont transportés contre leur propre gré, sous la contrainte. Et qui sait à quelle fin ?

On s'écarte des petites fenêtres. Une goutte supplémentaire de désespoir a pris place dans leur cœur. Chacun vient d'absorber un peu plus de chagrin et de peine. Et, résigné, a cherché un coin pour donner un appui à sa tête profondément courbée.

Quand la nuit a commencé à pâlir, le train a recommencé à bouger. Il se traîne de façon monotone. Il cède régulièrement la place à la race supérieure et meilleure qui n'admet pas la moindre gêne sur sa route. On s'approche d'une ville. Tout s'est là-bas éveillé à la vie. Tu vois des femmes qui courent se procurer les produits nécessaires à la maison. Puis nous voyons de loin s'avancer dans notre direction un grand groupe de gens du deuxième [--]. Ils partent certainement au travail. Chacun est curieux de voir qui peuvent bien être ceux qui marchent maintenant vers nous. Y a-t-il encore dans la région où l'on nous conduit [--] des Juifs utiles. De loin, il est impossible de déterminer leur nationalité, mais, quand ils arrivent tout près, nous sommes remplis de joie. On a aperçu les grandes étoiles jaunes, preuve qu'il y a encore des masses de Juifs qui vivent et travaillent. Nous sommes réconfortés et pleins d'espoir. Mais, curieusement, et tu peux le voir à chaque arrêt dans une gare, tu remarques des gens qui stationnent et s'adressent aux voyageurs en faisant de la main des sortes de gestes significatifs. Ils se passent la main sur la gorge ou montrent le sol du doigt. On dirait qu'une espèce de *fatum* les accompagne en chemin et qu'à chaque halte ils surgissent de sous terre pour produire leurs gestes diaboliques. Que veulent-ils dire par là [?] Pourquoi inquiètent-ils ceux qui, même sans cela, sont mortellement effrayés ? Et chacun cherche à éloigner les mauvaises pensées que suscitent ces gestes. Et l'on veut s'étourdir, détourner son attention de ce qui se maintient en permanence devant les yeux, le spectacle de cette femme, la main sur la gorge.

Le train démarre et l'on poursuit le monotone et éternel voyage. On approche d'une autre gare. Des curieux stationnent et observent notre train, ce qui nous a aussitôt plongés dans une profonde tristesse. Nous voyons, entre deux arbres, deux femmes qui nous observent et essuient avec un mouchoir les larmes qui coulent de leurs yeux. Nous ne voyons personne d'autre qu'elles à proximité et tu n'arrives pas à comprendre. Pourquoi pleurent-elles ? Pourquoi notre arrivée les a-t-elles si terriblement impressionnées au point de les amener aux larmes ? Pourquoi pleurent-elles maintenant, ces [femmes affligées ?] ? Sont-ce des larmes à cause d'un malheur personnel ou est-ce de la compassion envers ceux qui les observent ? Quelle est notre image, pour arracher à tout le monde des larmes ? Voici que surgissent à nouveau les deux tortionnaires de l'homme, qui ne laissent aucun répit et réclament leur dû [:] la faim et la soif ont recommencé à obséder la masse épuisée. On essayait à nouveau de trouver le moyen d'inciter nos cruels escorteurs à nous autoriser au moins à recevoir un peu d'eau. Là-bas en face de nous, se tiennent des femmes, peut-être juives d'après leur aspect, qui veulent nous passer, nous jeter des boules de neige. Et que nous serions heureux, maintenant, si nous pouvions ouvrir les fenêtres, ne serait-ce que pour un instant, et faire entrer cette blanche masse humide. Et vers nous se tendent des bras effrayés mais audacieux, certainement juifs, pouvant s'attendre aux pires ennuis, mais nos regards suppliants les ont tellement touchées qu'elles en ont oublié la réalité et se sont mises face à nos fenêtres à une distance telle qu'elles puissent nous atteindre par leurs jets. Elles tiennent prêtes dans leurs mains de grosses boules de neige. Mais seule une chose les empêche d'accomplir l'acte humanitaire qui pourrait nous insuffler une vie nouvelle et apporter un puissant afflux de force à nos bras ballants, les fenêtres fermées du wagon dont un règlement sévère et diabolique interdit la manœuvre. De la bonne volonté, un signe, oui, arrangeraient tout et pourraient nous sortir de nos terribles et torturantes souffrances. Mais inflexible et dur comme la pierre est leur cœur, dépourvu de sentiments, de volonté, d'entendement. La tension croît de minute en minute. Les gens deviennent sauvages. Voici que [--] s'est évanoui de faiblesse. Et la masse désespérée, qui a perdu tout repère, qui s'est détachée de la réalité, s'est mise à frapper et tirer les portes. À frapper si fort dans les fenêtres que plusieurs gardiens ont aussitôt surgi ; ils craignaient qu'il soit arrivé quoi que ce soit qui aurait pu leur causer des ennuis. Ils demandent sans honte ce qu'elle veut, cette femme qui crie et pleure. Ceux qui n'ont pas encore perdu la parole leur expliquent que son enfant s'est évanoui de soif et que la mère qui pleure crie pour un peu d'eau. Ils éclatent de rire, contents qu'il ne se soit rien passé de plus et veulent se retirer et poursuivre leur chemin. La mère se met à frapper plus fort, les vitres sont bientôt brisées. Certains veulent la tirer en arrière, la calmer afin d'éviter d'attirer sur eux le malheur. Mais elle ne veut rien entendre. Si elle perd sa fille unique, la vie n'a plus, de toute façon, de valeur pour elle. Elle supplie : « Laissez-moi courir, laissez-moi sortir pour apporter une gorgée d'eau à ma fille. » Il se trouve des audacieux pour la prendre sous leur protection et lui permettre de retourner à la fenêtre. Elle tempête et crie. Les bandits reviennent et, voyant que le comportement impudent de cette femme pourrait éventuellement pousser la masse désespérée à s'enhardir avec des conséquences fatales pour eux-mêmes, ils ont par diplomatie hoché la tête en signe d'acquiescement à l'ouverture d'une fenêtre. Tous sont emplis de joie. Un flot d'air frais s'est engouffré dans le wagon avec une impudente allégresse et a chassé l'air stagnant et empuanti. Les gens se sont comme éveillés à une nouvelle vie. Tous sont devenus nerveux et la tension a atteint son maximum. Très bientôt, dans une minute, dans une seconde, de la neige tombera à l'intérieur, ils la prendront dans les mains pour la porter aussitôt à la bouche et désaltérer leur cœur assoiffé et défaillant. Une partie a atteint son but, mais une partie est tombée sur le sol, lequel n'en a pas besoin et n'en réclame pas. Les chanceux qui ont reçu le trésor blanc dans les mains se jettent dessus comme des fous. On le partage aussitôt entre les membres de la famille proche. Chacun l'avale, bien qu'il soit froid et gelé. On se querelle, on se dispute pour une miette, on ramasse par terre les petits morceaux qui sont tombés par mégarde. Mais trop faible est le nombre de ceux qui ont eu la chance de calmer leur soif et la grande masse des autres est restée désespérée, torturée par la faim et la soif.

Le train a redémarré. Tous saluent les quelques femmes pleines d'audace et leur souhaitent beaucoup de bonheur pour leurs grands et nobles gestes envers nous en cours de route.

Le train a accéléré. Nous traversons divers villages et endroits pour la plupart inconnus.

[--] maintenant avec des soldats [--] il est dirigé. S'arrête [--] train : nous sommes [--].

[--] se mettent à l'écart [--] gare. Ils [--] qui voyagent [--] luttent contre leur second ennemi [--] le grand peuple de l'Est.

Ils considèrent avec mépris et haine implacable leurs ennemis déjà pris dans leurs filets. Ils [26] voudraient maintenant [--] bêtes sauvages, se jeter avec ardeur sur nous, « les coupables », dont [la stupidité ?] les a obligés à

---

26. C'est-à-dire les soldats allemands.

quitter leur foyer, à dire adieu à leurs parents, sœurs et petits frères. Ils ont dû quitter une femme qui sanglotait spasmodiquement et un enfant qui ne voulait pas lâcher le cou et suppliait : « Papa, ne pars pas. »

Ils voient en nous des êtres faibles, brisés, sans défense. C'est nous qui sommes la cause de leur grand malheur et c'est nous qui avons poussé les peuples dans l'arène de la guerre. Et si on les laissait maintenant s'approcher de nous, avec quelle cruauté sadique ils nous dévoreraient et avec quelle fureur ils croqueraient nos os. Pourquoi les envoyer là-bas vers un ennemi lointain alors qu'ils ont, ici, sous leur nez [--], un ennemi plus dangereux et pire que celui vers lequel on les mène maintenant. Qu'on « fasse » d'ici leur champ de bataille et ils [feront montre] de leur force [aryenne]. Qu'on les laisse ici. Qu'on les garde ici, ces spectres épouvantables au monde, ici, et ils montreront ce dont ils sont capables.

Mais non, ignobles bandits, crédules [--] bourreaux, partez là-bas, vers l'ennemi numéro deux, vers l'ennemi fort et puissant [27]. Prouvez là-bas votre vaillance, prouvez là-bas votre [--] esprit, allez là-bas, là où vous accueilleront les énormes oiseaux d'acier, les massives forteresses mobiles, conduits par de grands patriotes, par de grands héros courageux qui luttent pour la liberté et le bonheur de l'humanité. Allez, ignobles [--] personnages, allez, grands criminels, là-bas sur le champ de bataille où combattent lumière contre ténèbres, liberté contre esclavage. Là-bas, votre barbarie sera perdante, vos forces déclineront, votre existence sera effacée. Vos vies s'enfonceront dans le grand Abîme.

Les trains démarrent. Nous allons vers l'ouest et eux vers l'est. La même chose nous attend. Nous, pour rien, eux, pour leurs propres fautes.

Nous approchons d'une ville. On voit de loin

---

27. C'est-à-dire l'Armée soviétique.

d'immenses cheminées d'usine. Tu notes, dès l'abord, l'existence d'une activité humaine diversifiée. Et quand nous sommes arrivés tout près, nous avons aperçu devant nous une des grandes villes de la Haute-Silésie. Sur un espace immense sont disséminés de grands et petits bâtiments. Partout se dressent vers le ciel de hautes cheminées qui témoignent d'un travail laborieux. C'est ici le centre de l'industrie lourde polonaise de naguère. Une pensée traverse l'esprit de chacun [:] on les emmène certainement vers ces grands bâtiments d'usine qui ont un besoin de main-d'œuvre et où ils seront engloutis comme leurs prédécesseurs qui ont sûrement trouvé place ici.

On reprend le monotone voyage en s'enfonçant plus profondément dans le bassin silésien ; un brouillard enveloppe la région. C'est aussi terrible, aussi gris que la vie. Tu vois sur les voies de chemin de fer des trains de charbon extrêmement longs. On sent qu'il est ici, le cœur de la terre polonaise, son or noir. Chacun est oppressé à l'idée d'être projeté dans les profondeurs des mines souterraines de charbon ; et qui sait si ses forces physiques pourront l'endurer, s'il pourra s'adapter aux exigences que ses maîtres bien connus lui imposeront ?

Pourra-t-il, après les épuisantes semaines de faim et de détresse, assumer, avec ses faibles muscles, les responsabilités qui lui incombent envers femme et enfant, père et mère, qui sait ? On voyage assez longtemps pour que la nuit reprenne son empire et nous nous immobilisons alors à nouveau. De temps en temps, le train démarre, parcourt quelques kilomètres et s'immobilise. Une dure nuit cauchemardesque a englouti entre ses bras les grandes masses de Juifs souffrants et anxieux. Ils savent qu'ils sont désormais proches du but. D'après le plan, ils ont presque atteint le terme ultime du voyage. Et qui sait ce qui les attend là-bas, en ce lieu jusqu'où leurs prédécesseurs ont écrit leur récit ?

[--] qui vont dans le proche [--] devoir faire le même chemin, [qui] sait [--] le doute les a tous maintenus dans

un étau ; mais un rayon d'espoir leur a ??? à croire et à [--]

Cette sous-estimation de l'ennemi les a tous grisés comme de l'opium, leur a remonté le moral et a versé une goutte de réconfort dans leur cœur. La masse dort épuisée, dans l'angoisse mortelle du lendemain. Une longue et lugubre nuit s'est écoulée. Un matin gris se lève et rejoint le monde en perçant l'épais brouillard noir qui ne veut pas s'en retirer et abandonner le pouvoir.

[--] et non [--] il a [--] enveloppé de plus de grisaille et a [--] [ne] plus lui montrer [--] tristesse et affliction, parle de [--] mort, le monde est [en] deuil [--] le présent matin est maudit.

La présente journée est un jour de malheur et [--] deux mille cinq cents innocents [--] enfants ont trouvé une mort bestiale.

On est arrivé à la gare de Katowice. Tu ne vois pas de ville devant toi, seules t'apparaissent des silhouettes de bâtiments. Une atmosphère oppressante nous étreint. On voit bien qu'on est presque parvenu au terme du voyage. Une heure encore et il faudra descendre du train. Et qui sait ce qui nous attend ? Certains ont peur d'être arrivés à destination, car ils s'étaient si bien habitués à la vie monotone du voyage, malgré les conditions insupportables, qu'ils auraient [--] voyager à jamais, être transportés n'importe où dans un désert parmi de sauvages [--] ou des bêtes féroces mais ne pas descendre ici [--]. Ils ont peur des visages mauvais, patibulaires de [--] viendront les attendre. Ils ont peur de la réalité vers laquelle on les a menés, ils [ont peur] du pays de l'ennemi, ils ont peur de ce lieu étranger [car] si, près de leur foyer, on s'est conduit de façon si brutale et meurtrière, à quoi peuvent-ils s'attendre ici ? Certains, déjà épuisés physiquement et moralement, s'en sont, avec résignation, remis au destin. Qu'importe ce qui arrivera, pourvu qu'on quitte au plus vite cette forteresse bondée et verrouillée qui leur a presque ravi la vie. Et peut-être là-bas, en liberté, sera-ce mieux et plus sûr. Il subsiste encore un rayon d'espoir.

[--] et à la dernière gare [--] tous se sont suffisamment effondrés [--] et soi-même, tous sont [--] de terribles pensées. Chacun [--] est sous tension permanente. Du tréfonds de l'être [émergent] ces pensées qui rongent, ces questions qui torturent [:] où sont ceux qui sont, avant nous, [--] descendus ; pourquoi les traces de leur vie sont-elles perdues, pourquoi se sont-ils comme évanouis à jamais et ne nous ont-ils laissé aucun signe de leur existence ? Pourquoi ? Nous sommes presque arrivés à destination et nous devons incessamment écrire les derniers mots : « Nous sommes arrivés dans ce pays, mais ensuite ? Tout s'est interrompu, tout s'est évanoui, pourquoi ? Peut-être sont-elles effectivement véridiques les horribles informations sur les Juifs de Varsovie [--] ont [trouvé] la mort à Treblinka.

« [--] bandits ont [aussi ?] un second [--] populaire [--] les ??? en effet maintenant vers lui, qui sait [--] s'ils n'entendent plus le dernier bruit des roues ?

« Qui sait s'ils pourront encore un jour monter dans le train de la vie ?

Qui sait si aujourd'hui n'est pas leur dernier matin [?] ?

Qui sait s'ils pourront encore un jour voir un lever de soleil ?

Qui sait si leurs yeux pourront encore un jour voir le monde ?

Qui sait s'ils pourront encore un jour jouir de la vie ?

Qui sait s'ils pourront encore élever leurs enfants ?

Qui sait si vous, enfants, aurez une mère, et la mère un enfant ?

Qui sait si tu ??? pas avant moi, mon [--] ? »

Le train a ralenti et a changé de voie. La preuve que nous sommes arrivés à destination ! Le train s'est immobilisé, la masse a bougé, la vie a eu un frémissement bien qu'encore enwagonnée. Tous se précipitent et se bousculent vers la sortie. On veut aspirer, absorber un peu d'air frais ainsi qu'un peu de liberté…

Nous sommes sortis du train. Et vois, mon ami, ce qui passe ici. Vois qui est venu nous accueillir. Des militaires [28] avec casque sur la tête et grand gourdin à la main, accompagnés de gros chiens méchants. C'est cela, les bras ouverts venus nous accueillir [--] ? Personne ne comprend dans quel but une telle surveillance. Dans quel but un tel accueil menaçant ? Dans quel but ? Qui sommes-nous pour nécessiter la force des armes et la férocité des chiens. Nous sommes simplement venus travailler en tant qu'hommes paisibles et calmes. Alors, à quoi riment de telles mesures de précaution ?

Mais attends, tu comprendras.

Dès notre sortie, les sacs à dos, même les tout petits paquets, sont brutalement arrachés et mis en un seul grand tas. Personne ne doit rien garder, rien avoir sur soi. Cet ordre rend tout le monde pessimiste, car si l'on t'enjoint de remettre les affaires les plus élémentaires, utiles et nécessaires, c'est bien la preuve que le plus utile n'est pas utile, le plus nécessaire, pas nécessaire. Ici, en ce lieu, tu n'as plus besoin de [rien] qui serve à l'homme. Mais tu n'as pas le loisir d'y réfléchir longuement, car l'air est immédiatement fendu par l'écho d'un nouvel ordre [:] « Les hommes à part et les femmes à part. » Cet ordre cruel et barbare frappe tout le monde comme la foudre. Maintenant que nous sommes arrivés à notre lieu de destination final, que nous sommes à sa frontière, on nous enjoint de nous séparer, de découper l'indécoupable, on nous enjoint de déchirer l'indéchirable, ce qui est si intimement lié et fondu en un grand organisme indivisible.

Personne ne bouge, car on n'arrive pas à croire que l'incroyable, l'irréel soit réalité, devienne fait. Mais les

---

28. C'est-à-dire les SS en armes de la garnison d'Auschwitz.

grêles de coups que les premiers rangs ont ressentis ont incité les suivants à se diviser.

Personne, lors de la scission, pas même [--] n'y croyait, on n'avait pas [réalisé] au moment de la séparation.

On pensait que tout cela était seulement une procédure de pure forme pour établir séparément le nombre exact des arrivants des deux sexes. On ressentait une douleur [--]. On peut maintenant, en ces minutes graves, rester ensemble et se donner courage et réconfort. On sentait encore la solidité inébranlable des liens familiaux. Ils restent encore là ensemble, d'un côté le mari, de l'autre la femme et l'enfant. Ici se tiennent des hommes d'un certain âge, un vieux père et, en face, la faible mère. Ici se tiennent des frères qui regardent de biais vers leurs sœurs. Personne ne sait ce qui va incessamment arriver. Mais on sent qu'on sera, d'une certaine façon, répartis [--] et l'on franchit [--] étape. On est censé demander l'âge et le métier. Tous sont répartis et [--] mis ici. Mais un point n'est pas clair. Les interrogateurs ne prêtent aucune attention au métier ou à l'âge, c'est à la tête du client, l'un par ci, l'autre par là. Et la masse est répartie en trois groupes : femmes avec enfants, hommes jeunes et vieux et une petite partie s'élevant à dix pour cent du convoi qui forme un troisième groupe. Personne ne sait lequel est le meilleur, dans lequel il serait plus sûr d'être. Chacun pense qu'il s'agit d'orientation vers les diverses tâches. Femmes avec enfants vers de très légères tâches, les hommes les plus jeunes ainsi que les plus âgés vers des tâches légères et supportables. Quant au plus petit groupe, qui était censé comporter les plus aptes, il a été sélectionné pour effectuer de très durs travaux. [--]. Le cœur saigne en regardant de biais vers les femmes exténuées et épuisées par le voyage, qui doivent encore porter leurs enfants dans les bras et [--] au moins pouvoir les aider en quoi que ce soit, les soulager quelque peu, mais tu reçois aussitôt sur la tête un tel coup avec un objet dur et lourd que tu en oublies pour quelle raison tu as voulu aller de l'autre côté. Les femmes, voyant ce qui attend leur mari s'il veut leur apporter son aide, lui font signe de rester tranquille, de ne pas bouger. Tant pis, elles vont maintenant, seules en ces moments difficiles [--] mais non, tu gênes leurs [--]. Leur consolation, c'est qu'ils seront certainement bientôt à nouveau réunis et poursuivront en commun leur chemin.

Diverses pensées s'entremêlent dans ton cerveau, tandis que tu te tiens debout, désarmé et sans défense. Le seul sentiment que l'homme ressent maintenant, c'est la douleur de la séparation immédiate, car si l'on envoie les femmes et enfants vers des tâches particulières et si, eux, les maris, ne peuvent rester près d'eux pour leur fournir de l'aide, toute l'idylle vécue jusqu'à leur arrivée ici se sera révélée illusion. Tout l'opium familial s'est volatilisé d'un coup et l'on est resté avec la grande et douloureuse souffrance de la grande opération chirurgicale pratiquée dès la descente du train.

Des camions arrivent et embarquent les femmes et enfants qui doivent être [--]. Et quand pourra-t-il revoir sa femme et son enfant, quand pourra-t-il retrouver ses père et mère et quand pourra-t-il [aider] ses chères sœurs ? Les hommes se tiennent de côté et observent comment ils sont chargés sur les camions et s'en vont. Le regard de chacun est rivé à un endroit, à un point, là où se déplace sa chère femme avec l'enfant dans les bras. Voici une mère conduite par ses deux filles et qui sont accompagnées du regard des frères et du père. Oh, qu'elle est terrible, épouvantable, la scène qui s'offre maintenant à toi : le militaire qui s'affaire si activement au chargement des camions est maintenant monté dans l'un d'eux et, de toutes ses forces, il entasse et comprime les femmes et enfants comme s'ils avaient affaire à du cheptel mort [--] a maintenant saisi, au cas où sa femme avec l'enfant serait [repoussée] par sa main brutale et où [--].

Ils voudraient, en ces moments difficiles et décisifs,

être avec elles pour les protéger, les prendre sous leur aile, les couvrir, elles, femme avec enfant, mère, sœur, de leurs épaules. Oh, qu'ils seraient heureux s'ils pouvaient maintenant être pour elles un mur protecteur afin qu'il ne leur arrive aucun mal. Chacun les accompagne du souhait de les retrouver dans les prochaines heures pleines de santé et d'entrain. Les femmes regardent d'en haut vers les rangs des hommes. Elles ne peuvent détourner leur regard du mari, du père, du frère. Comme elles seraient heureuses d'être maintenant avec eux durant ces minutes terribles. Elles seraient alors plus assurées et affronteraient plus hardiment les minutes à venir. Elles sont maintenant seules et solitaires, désarmées, effrayées. En bas, se tiennent leurs fidèles et dévoués mari et frères. En bas, se trouvent les [--] et veulent apporter aide et réconfort. Mais les barbares et sadiques chiens ne les laissent pas approcher et [--] sadiques, assassins brutaux, pourquoi ? Pourquoi n'autorisez-vous pas maintenant ceux qui sont prêts à donner leur vie pour nous à être maintenant avec nous, afin qu'ils puissent nous apporter soulagement et apaisement en ces pénibles moments ? Pourquoi ?

Mais chacun se console, cela ne durera pas longtemps. Aussitôt après avoir subi les formalités d'entrée, elle retrouvera son mari et pourra rester sous sa protection. Elle pourra profiter de l'aide de ses frères. Tous s'uniront et fusionneront comme autrefois et continueront à tisser en commun les fils de leur vie. Aussi amer que soit l'avenir, il sera adouci par [--].

La place se vide de plus en plus. Arrivent [--] et partent des camions pleins, toujours [--] et filent dans une seule direction. Nos yeux les accompagnent jusqu'à ce qu'ils disparaissent de notre vue et voici qu'il en arrive d'autres qui chargent de nouveaux êtres vivants pour les emmener vers le fameux endroit.

Le petit groupe composé des plus robustes et choisi comme étant soi-disant la meilleure main-d'œuvre veut y trouver un motif de réconfort, car transporter les femmes

80

et enfants, les hommes faibles et âgés est l'expression d'un sentiment [humanitaire] [29]. Peut-être les autorités ne veulent-elles pas leur imposer une marche à pied après un si épuisant voyage.

On nous aligne en rangs par cinq et l'on nous ordonne de marcher en direction du camp.

Vois, mon ami, un petit groupe d'au plus deux cents hommes s'avance, faible pourcentage d'une grande masse d'arrivants. Ils avancent, la tête profondément penchée, chargée de lourds soucis, les bras ballants, résignés, totalement désespérés. Ils étaient des milliers ensemble et il ne reste plus que ce tout petit nombre. Ils étaient venus avec femme et enfants, père et mère, frères et sœurs et maintenant les voici si esseulés, si solitaires. Sortis unis du ghetto, partis ensemble du camp [30], ils ont voyagé enfermés dans le même train. Et maintenant, arrivés à destination, parvenus au terme ultime qui s'est révélé si terrible, si effrayant, on les a séparés [--] qui sait ce que fait [--] femme épuisée qui a [--] des petits enfants [à soigner], qui sait, qui sait comment, en de tels moments, elle s'en sortira ? Ne recevra-t-elle pas, parfois, pour sa maladresse, un coup de ces sévères et méchants bandits ? Un autre songe à ce que ses vieux père et mère pourront maintenant faire seuls. Ne seront-ils pas accueillis par leurs nouveaux hôtes avec sarcasme et mépris et avec des coups en supplément ? Qui sait ce que font maintenant ses frères et sœurs ? Qui sait s'ils sont au moins ensemble, si là où on les a conduits ils ont été réunis et s'ils pourront s'entraider et se réconforter mutuellement ?

[--] aller en direction [--] seulement avec leur famille [--] de telles pensées cauchemardesques [--] sont emplis maintenant ceux qui [--] petit groupe d'hommes.

Tous se sont comme réveillés d'un profond sommeil. On voyait marcher un groupe d'hommes revêtus du

---

29. Sans objet.
30. C'est-à-dire du camp de transit de Kielbazyn.

même uniforme. Ils avaient bonne mine et donnaient l'impression d'hommes courageux et insouciants. Quand nous nous rapprochons d'eux, nous voyons que ce sont des Juifs. Nous sommes emplis de joie. Nous avons aperçu les premiers hommes du camp, témoins de la vie, témoins des bons rapports et des traitements humains. Tous sont confortés dans l'idée que rien de pire ne les attend. Et le seul souci qui leur restait maintenant [--]

De petits bâtiments. On entend [--] les rangs pour être comptés. Nous passons devant. Quelques militaires qui stationnent se moquent de notre manière de marcher. Les rangs une fois comptés, nous entrons sur une [place ?] récemment clôturée. Tous jettent des regards dans toutes les directions. On espère trouver à travers les barbelés ceux qui viennent tout juste de nous être arrachés [31]. On entend des voix de jeunes femmes et d'autres plus âgées d'après leur aspect. Nous apercevons à travers les barbelés des femmes en vêtements civils ainsi qu'en vêtements du camp qui s'affairent. Il y a un tel vacarme, une telle agitation, ce sont certainement nos femmes et enfants qui sont là, ce sont certainement ma mère et mes sœurs qui sont arrivées et l'on est en train là-bas de procéder à tous les soins d'hygiène en vue de les

[--]

peuvent arriver. Mais un point est devenu clair pour nous, il a été établi [--] qui nous a d'avec la [--] séparés ; à cet effet, est [--] le camp grillagé et parfaitement clôturé des femmes. Nous avons ressenti la première déchirure, éprouvé la première douleur. Nous ne sommes pas encore en mesure d'en saisir pleinement le sens. Mais un profond abîme a surgi devant nous. Et cela a été pour nous un certain réconfort que de ne pas être emmenés loin d'ici. Nous serons proches. Nous pourrons unir nos regards à travers les barbelés et peut-être aussi entrer

---

31. C'est-à-dire les femmes, sœurs et mères.

parfois en contact. Nous franchissons un second portail et nous entrons dans un camp d'hommes parfaitement clôturé. Nous piétinons un sol argileux.

[--]

mais jusqu'à présent non [habité]. Des hommes se tiennent près de deux bâtiments en maçonnerie et nous examinent de haut en bas.

Nous ne pouvons reconnaître si ce sont ou non des Juifs. Nous ne comprenons pas pourquoi ils nous examinent avec tant d'intérêt. Mais ce n'est certainement pas par curiosité, pour faire connaissance avec les nouveaux arrivés. Nous croisons des gens dont l'aspect nous effraie. Ils marchent sur le sol argileux en traînant des brouettes pleines d'argile. Ils transportent des brancards chargés soit de briques, soit d'argile. Nous sommes saisis de frissons à la vue de ces êtres, autrefois des hommes et présentement des ombres. Serait-ce cela le travail ? Serait-ce cela le camp de concentration qui doit fournir une occupation aux millions de Juifs concentrés ? C'est cela l'importante tâche pour l'État à laquelle on a tout sacrifié, y compris les travaux les plus utiles et les plus nécessaires.

[--] ce que tu vois parce que tu es trop préoccupé par le sort de ceux que tu aimes et chéris le plus. On les conduit dans un bâtiment en bois. Ils espéraient y rencontrer leurs frères et père qui étaient venus ici. Mais pas la moindre trace. Qui sait, peut-être ont-ils déjà subi toutes les formalités et sont-ils arrivés à leur place définitive ? Quelques petits bandits juifs [32] accompagnés de plusieurs militaires [33] entrent et lancent un ordre [:] chacun doit remettre tout ce qu'il possède ! Personne ne comprend ce qu'on exige de lui. Chacun a déjà pourtant tout remis. Pourquoi exige-t-on d'eux les plus petits et minuscules

---

32. C'étaient vraisemblablement des détenus juifs de service.
33. C'est-à-dire des SS.

objets qui pourraient s'être dissimulés dans les poches ?
Pourquoi !!!

[--] de gourdin qui [s'abattent ?] sur les têtes des nouveaux arrivés ; pour une simple question, tu reçois une
bonne paire de gifles de [--]. On ordonne de remettre ses
papiers d'identité qui sont la chose la plus importante et
normale, surtout en temps de guerre. Tu ne dois rien
garder sur toi ; même les indications sur qui tu es et d'où
tu viens ne sont pas non plus nécessaires ici. On ne
comprend pas pourquoi il faut tout remettre. Et quand on
est enfin débarrassé de tout, on nous mène à la douche.
Les escorteurs juifs se moquent de nous. Personne ne
comprend leurs mystérieuses questions. Qui nous a
demandé de venir ici ? N'auriez-vous pu choisir un meilleur endroit [?] ? Personne ne leur répond, car personne
ne comprend leurs questions. On nous introduit dans la
soi-disante douche de désinfection, mais on ne s'y lave
pas, on coupe seulement les cheveux et on tend [--] avec
quelque chose d'humide. On nous conduit dans un second
local où l'on nous donne de nouvelles affaires. Entrés
comme des hommes avec des vêtements civils normaux,
nous ressortons comme de dangereux criminels par
l'aspect et comme de grands aliénés par l'accoutrement.
Tous sans bonnet, qui en chaussures basses, qui en bottes,
ne correspondant ni aux pieds, ni à la pointure. Les
affaires, trop petites pour les uns, trop grandes pour les
autres. Les nouveaux détenus repartent et commencent à
s'intégrer à la famille des anciens du camp. On les met sur
les nouveaux rails du camp, sur la voie de la nouvelle vie
qu'ils devront suivre.
    Une unique pensée les obsède maintenant. Une unique
interrogation qui ne laisse personne en repos : comment
se renseigner sur le lieu de destination de la famille,
comment en obtenir au moins un signe de vie, comment
retrouver sa trace ?
    La rumeur s'est répandue que, tous les dimanches, il

sera [--] possible de se rencontrer. D'où [provient] cette information [--] pas encore. Nous sommes contents de ce que [--] reçue. On retourne dans la même baraque. On nous aligne tous sur un seul rang. On doit relever nos curriculum vitae. Chacun veut entamer la conversation avec les anciens et en tirer quelque chose. Mais qu'ils sont ignobles, qu'ils sont criminels, ceux à qui nous parlons. Comment des gens peuvent-ils se montrer aussi sadiques pour se moquer d'hommes esseulés et brisés ? Comment peuvent-ils aussi aisément, sans une grimace sur la figure, nous répondre à la question : « Où se trouvent maintenant nos familles ? [«] elles sont déjà au ciel [»]. Le camp aurait-il à ce point agi sur eux qu'ils auraient perdu tout sentiment humain et qu'ils n'auraient trouvé de meilleure distraction que de prendre plaisir à la peine et aux tourments d'autrui ? On en a l'impression

[--] concevoir la barbarie de ces [paroles] [:] « Vos familles sont déjà parties en fumée. » Nous sommes saisis de terreur. Le cœur tressaille au seul son des mots : « Ta famille ne vit plus ! » Non, c'est impossible, car comment admettre comme réalité que les hommes qui nous parlent ici soient, tout comme nous, venus avec leur famille et soient restés seuls parce que ceux qui sont montés dans les camions seraient directement allés à la chambre à gaz pour y être engloutis vivants et remuants et rejetés inertes et morts. Non. Ce n'est pas possible [!] Ils n'en parleraient pas aussi légèrement. Leur bouche ne pourrait s'ouvrir. Ils n'auraient pas de mots pour cela car eux-mêmes [--] ne seraient plus de ce monde.

[--] que [--] le jeu démoniaque qui [conduit ?] [--] à cette horrible vie de camp, mais, cependant, leurs paroles laissent de profondes traces qui s'insinuent dans mon cœur et mon cerveau et de noires et sinistres pensées s'éveillent et s'enchevêtrent. Notre ennemi immatériel s'est réveillé. La faim s'est mise à nous tourmenter. Et l'homme devient faible devant son pire ennemi intérieur. Il ne te laisse aucun répit, il ne te laisse pas réfléchir, tant

que tu ne lui as pas réglé sa dette. On donne à manger aux affamés. Reçu un réconfort momentané ; ils ont au moins partiellement contenté leur corps. On commence le tatouage. Chacun reçoit son numéro. Dès lors, tu as perdu ton moi. Ton être a été changé en numéro. Tu n'es plus celui qui tu étais autrefois. Tu es à présent un numéro mobile, sans langage et sans valeur [--]. On met à disposition une centaine de tels numéros et [--] ils sont tous emmenés dans leurs nouveaux foyers.

Dans la rue, il fait déjà sombre, on voit à peine sa route. De ci, de là, brillent des lampes électriques qui donnent peu de lumière. La seule grande lumière est un grand projecteur fixé au-dessus du portail visible de loin. On patauge dans le sol argileux au risque de tomber. Apeurés et fatigués, nous parvenons aux nouveaux tombeaux. Nous avions à peine aperçu notre nouveau foyer, à peine pu en respirer l'air, que certains recevaient déjà des coups de gourdin sur la tête. Le sang coule d'un crâne fendu ou d'un visage tuméfié. Tel est le premier accueil pour les nouveaux venus. On est étourdi, désemparé. On regarde autour de soi, où est-on tombé [--] ?

Celui qui recule sur le côté [--] de l'autre [--].

Chacun ne songe qu'au moyen d'éviter à son corps brisé de recevoir des coups. Nous avons aussitôt droit à une brève explication, ce sont [les petites fleurs] de la vie du camp. Ici règne une discipline de fer. Ici, c'est un camp où l'on crève. Ici, c'est une île des morts. L'homme ne vient pas ici pour vivre mais pour recevoir la mort, qui plus tôt, qui plus tard. La vie n'a pas établi ici son lieu de séjour. Ici, c'est la résidence de la mort. Notre cerveau est bloqué, notre entendement paralysé. Nous ne saisissons pas ce nouveau langage. Chacun se demande seulement où est sa famille, où l'a-t-on installée et comment pourra-t-elle s'adapter à de telles conditions. Chacun se demande maintenant, qui sait, si quelqu'un

[--]

des criminels et des sadiques comme ça et [--] maintenant l'enfant mort de peur en voyant sa mère battue.

Qui sait comment se comportent maintenant ces ignobles bandits, quel que soit leur sexe, avec sa mère faible et malade, ses chères sœurs bien-aimées ? Qui sait où, dans quel possible tombeau son père et son frère ont trouvé le repos ? Et comment se comporte-t-on avec eux ? Tous se tiennent là, gauches, préoccupés, désespérés, solitaires, esseulés, brisés. On leur assigne des boxes, ce sont des châlits pour cinq ou six numéros ensemble [34]. On nous enjoint d'y dissimuler notre corps de façon que seule notre tête soit visible ; enfonce-toi le plus possible, homme maudit.

Qu'on te voie le moins possible. Voici que s'approchent de nos boxes des visiteurs, depuis longtemps ici, qui nous demandent quel était notre nombre total et combien ont été amenés au camp [35]. Leurs questions sont tellement incompréhensibles.

Nous n'arrivons pas à saisir où est la différence. Où sont-ils, ceux qui sont partis en camion ? Ils nous regardent avec un petit sourire cynique. Et il s'en échappe un profond gémissement, signe de compassion humaine. Parmi les anciens, nous rencontrons un homme de notre camp, un homme venu par un des précédents convois dont nous n'avions eu aucune nouvelle, dont nous n'avions trouvé aucune trace, et voici que, maintenant, nous avons des nouvelles, nous trouvons un signe de vie. Pourrons-nous avoir aussi des nouvelles du pays boche ? « Mais que raconte-t-il, cet homme, que nous dit-il ? Le cœur frissonne, les cheveux se dressent sur la tête. Écoutez ce qu'il dit [:] « Mes chers amis, nous sommes, tout comme vous, venus par milliers et il n'est resté de

---

34. Détenus.
35. C'est-à-dire combien de personnes comptait le convoi et combien d'entre elles avaient été, après sélection sur la rampe, envoyées au camp.

nous qu'un faible pourcentage. Ceux qui sont partis en camion ont été directement conduits à la mort. Et ceux qui sont partis à pied doivent aussi, après avoir traversé de multiples épreuves, aller à la mort par un chemin plus ou moins long. » Paroles terribles, incroyables. Comment est-il possible qu'un homme puisse parler de la mort de femme et enfant, père, mère, frères et sœurs, puis subsister seul, exister seul [!] Un doute s'insinue. Peut-être les gens, à cause de l'atmosphère du camp, deviennent-ils si sauvages et si cruels qu'ils éprouvent un plaisir particulier à la vue des terribles tourments d'autrui. Ils en retirent pour eux un réconfort, ils veulent accroître le nombre de ceux qui souffrent, le nombre de ceux qui pâtissent comme eux. Mais il y a un fait incompréhensible, c'est que tous, sans distinction d'âge ou de caractère, racontent la même chose.

[--] n'est pas venu ici, a depuis longtemps déjà disparu de la vie et cela agit si [fâcheusement ?] sur chacun qu'il en est complètement brisé et que des doutes commencent à s'insinuer dans son cerveau. Peut-être ces gens disent-ils effectivement la vérité.

Viens, mon ami, et vois comment sont couchés trois à six hommes serrés en pelote avec de grands tourments et souffrances. Et chacun pleure et veut épancher son cœur auprès de son voisin. Ils ne veulent pas prendre conscience de leur grand malheur, mais, pourtant, de douloureuses larmes s'écoulent déjà.

Écoute, mon ami, comment l'un parle maintenant à son voisin [:] « Mon cher, serait-ce vrai, aurions-nous déjà tout perdu, n'aurions-nous plus personne, ni femme, ni enfant, ni mère, ni père, plus de frères, ni sœurs ? Toute ta famille disparue. Ah, c'est terrible, c'est épouvantable ! Est-ce possible, une telle brutalité peut-elle trouver à s'exercer au monde ? Un tel sadisme de ??? peut-il [--] milliers et milliers de gens et les mettre, innocents, à mort, trouver encore place au monde ?

« Ah, que nous serions heureux, si nous pouvions être ensemble là-bas. Que nous serions maintenant heureux, si nous n'étions pas séparés et si nous pouvions ensemble affronter le destin, si terrible et si épouvantable soit-il. Pourquoi nous avez-vous, ignobles bandits, séparés et écartelés [--] avez-vous coupé des cœurs en deux, une moitié vouée à la mort et [l'autre]

« [--] abandonné encore pour chacun. Pourquoi [--] dans [l'âme ?] en deux [--]

« s'accorde de se retrouver ensemble dans les bras de la mort [--] ne se trouvent pas une place à cause de la douleur [--] »

plus lucide, celui qui a eu, dès le début, un terrible pressentiment [--] à quoi bon maintenant les comprimés mortels qu'il a gardés jusqu'au dernier moment, alors qu'il ne sait pas qu'il est perdu ?

« Ah, que ce serait bien, que nous serions tous heureux si nous avions de bons et précieux comprimés de mort. Nous les prendrions maintenant avec grand plaisir et que nous serions heureux, si nous pouvions trouver le dernier repos dans un doux sommeil éternel. Et, sur les flots d'un magnifique rêve, atteindre le lieu de séjour de la chère famille et s'unir à elle à jamais ? »

Un coup de gourdin sur une tête qui dépassait trop du box a interrompu la conversation. La douleur de mon nouveau frère a eu tant d'effet qu'on s'est mis à songer aussi un peu à soi. Pour affirmer son propre moi, pour affirmer ce qui subsiste de l'excès de peine et de douleur. Notre nouveau père du camp s'approche de nos boxes, un homme grand, blond, gros et, avec un sourire très sympathique, il s'adresse à nous, les nouveaux [:] « Mes enfants, sachez que celui [36] que vous voyez devant vous est votre

« [--] [je] ??? resté [--]

---

36. Vraisemblablement le doyen de bloc.

« [--] enfants dans [--] maintenir en vie votre corps [--] votre corps, dans quelques jours, dans le camp profond [--] et expirer dans de terribles douleurs.

« Rappelez-vous l'endroit où vous vous trouvez ; ici, c'est un camp pour crever. Les gens ne vivent pas longtemps, ici. Les conditions sont ici très dures et la discipline de fer. Oubliez tout. Pensez à vous. Vous arriverez alors à tenir. Préoccupez-vous tous en premier de vos chaussures ou de vos bottes. C'est le premier commandement de la vie au camp. Si tu es pieds nus, tu seras rapidement liquidé. Tenez-vous propres, cependant, qui sait si, après une dure journée de travail, vous aurez encore la force de bouger pour aller manger. Mais ayez-en au moins la volonté. Le speech est fini. Bonne nuit, chers enfants [37]. »

Ce discours n'a guère pénétré dans notre tête. Pourquoi la mort nous effraierait-elle ? Elle n'est plus pour nous un malheur. Mais seul a implanté certaines racines l'avertissement d'avoir à préserver notre corps et nous garder des souffrances et tourments inutiles. Tous en ont été effrayés. Tous voudraient éviter la douleur physique. Tous voudraient s'épargner le travail épuisant jusqu'à la mort.

Le discours avait réconforté et effrayé. Réconforté par le ton, effrayé par le contenu.

À quoi ressemble la rue du travail qu'on nous fera emprunter ? Qui sait combien de [souffrances et de] tourments nous devrons endurer [avant de] parvenir à la délivrance finale [--] ? Qui sait ?

Déjà de tout [--] [38] et pénètrent à nouveau dans notre propre monde, s'enfoncent dans le [--] abîme de tourments qui l'a [--] repris. On entend une voix humaine chanter. Nous devenons comme fous. Que se passe-t-il, ici ? dans ce cimetière, un chant de vie ici, dans cette île

---

37. Ce sont sans doute les consignes du doyen de bloc.
38. Texte manifestement tronqué.

des morts, entendre une voix de vie ? Ici, dans ce camp à crever, des hommes arriveraient encore d'eux-mêmes à chanter et trouver des auditeurs intéressés ? Comment est-ce possible ? C'est que nous sommes arrivés dans un monde démoniaque, où tout se fait et se réalise contrairement à la raison humaine.

Dans le bloc, il y avait de l'agitation. Tous se dépêchent pour se glisser au plus vite dans les couchettes. Que s'est-il passé ? Ce sont les valets de chambrée [39] bien bouffis, ceux qui remplacent nos mère, femme et sœurs. Ils s'en prennent avec de grands et gros gourdins aux ombres effrayées et épuisées par leur journée de travail. Que leur veulent-ils [?] Pourquoi les tourmente-t-on ainsi [?] Pourquoi les bat-on ainsi sans motif à tort et à travers [?] L'un a la tête fendue, l'autre est contusionné et tu n'as même pas le droit de dire un mot ; si tu protestes, tu es jeté à terre et, comme un dégoûtant [--], piétiné et voilà à quoi ressemblent [--] à mes chères sœurs, malheur à mes frères qui doivent trouver en vous un [--] réconfort, malheur aux enfants qui doivent trouver en vous la tendresse d'une mère, malheur de voir que vous êtes leurs tuteurs.

Ils viennent vers nous et complètent le discours du doyen de bloc [40]. Ils nous expliquent et nous montrent comment nous devons nous comporter avec eux et dans le travail : « Rappelez-vous, vous devez devenir des automates et vous mouvoir à notre gré. Oubliez de faire un pas autre que celui qui vous sera dicté par nous. Sinon, vous aurez affaire à notre troisième bras, à notre fort et solide gourdin qui vous fera courber si bas qu'il vous sera trop difficile de vous relever. »

Aussi amer que soit le poison, il n'a pas la force

---

39. Valets de chambrée (A : *Stubendienst*). Détenus qui remplissaient les fonctions de responsables de l'ordre dans la chambrée et distribuaient aussi la nourriture.

40. A : *Blockälteste*.

actuellement d'agir sur nous, il ne nous effraie pas et ne nous fait non plus aucun mal. Nous sommes prêts à tout et allons sans peur à la rencontre de l'épouvantable messie. De devoir faire nos besoins dans le bloc face à nos couchettes produit sur nous une fâcheuse et accablante impression. Et des hommes auront aussitôt à les évacuer. C'est épouvantable, c'est terrible, la morale et l'éthique ont également trouvé la mort ici.

Dans le bloc, le silence s'est établi. Tout le monde est couché dans les boxes et plongé dans un profond sommeil.

Mais, dans les boxes nouvellement occupés, il n'est pas encore possible aux nouveaux frères, dont [--] tombeaux de leur famille ont surgi, de trouver le repos. Le sommeil n'a pas prise sur eux. [--].

Vois, mon ami, comme ils sont maintenant allongés, [contents ?] et suite aux souffrances et tourments, sur chaque visage [--] l'un crie, un second pleure dans son sommeil [--] et les autres gémissent. [C'est ?] qu'[ils] revivent le [malheur ?] de la journée écoulée.

Dans le sommeil, quand on est seul avec soi-même, on peut mieux saisir ce grand malheur sans limites. Et tu verras maintenant un sourire insouciant sur un visage. C'est qu'il a retrouvé en rêve sa famille dispersée. Tous dorment.

La première nuit est passée. Une sonnerie a réveillé tout le monde et, nous, les nouveaux venus, sommes immédiatement [--] expédiés dans la rue. On doit nous faire faire des exercices en vue de l'appel proche.

Dans la rue, il fait encore assez sombre. Il tombe de la neige humide. Tu entends un brouhaha dans le camp. Ce sont les numéros sortis des baraques qui se rendent à l'appel. Tous sont saisis par le froid. On ressent aussitôt l'habillement du camp et les pieds nus se font aussitôt sentir. On entend des cris : « En marche, aligner les rangs ! » Ce sont les préparatifs pour l'appel. Notre doyen de bloc nous [donne] les dernières instructions, comment nous devons réagir à chaque commandement. Nous comprenons très vite tous les commandements.

[--]

Un brassard jaune, c'est un *Kapo*, le chef du *Kommando*. C'est l'homme qui peut avec [--] faire ce qu'il veut. Il dispose de vos forces ; de votre personne.

[--] Veillez à vous comporter en bons éléments de travail. Mais rappelez-vous bien une chose, s'il veut vous prendre les bottes, ne les lui donnez pas. Et si vous êtes trop faibles pour réagir, notez au moins son numéro. Il peut tout faire avec toi. Il peut te prendre la vie mais pas tes bottes, car c'est la source de ta vie, c'est la protection de ton existence.

Le jour a commencé à poindre. Devant chaque baraque surgissent de grandes masses d'hommes formés en petites rangées. Il y a de l'agitation. On donne les derniers ordres.

« Garde à vous, ôtez bonnets [41] [!] » Avec une majestueuse hauteur, un autre homme d'un grade inférieur est arrivé. C'est le chef de bloc [42], lequel relève les chiffres de l'appel. Il compte les rangs alignés et signe la feuille. Le total des numéros est juste. « Mettez bonnets ! Repos ! » L'appel est terminé. Il poursuit son chemin vers une autre masse figée pour contrôler si tout est en ordre. Nos regards les accompagnent, ces militaires gonflés d'importance qui vont vers chaque bloc. Et qu'apercevons-nous, étendus près de pratiquement chaque bloc, près de chaque groupe debout, un, voire parfois trois ou quatre hommes [morts] ? Ce sont les victimes de la nuit qui n'ont pu survivre. Hier, à l'appel, c'étaient encore des numéros debout et [vivants] et, aujourd'hui, ils sont allongés et immobiles. Les chiffres de l'appel sont justes.

[--]

une certaine direction. Qu'ils ont l'air terribles, comme

41. Ôtez bonnets (A : *Mutzen ab*). Mettez bonnets (A : *Mutzen auf*).

42. Chef de bloc (A : *Blockführer*).

s'ils [--] revenaient d'une bataille [nocturne ?]. Mais ce sont seulement les marques de la journée de travail de la veille.

Nous sommes affectés à un groupe. Nous nous appelons groupe *KS* [43] ! Un *Kapo* au visage souriant nous prend en charge. Son aspect est un réconfort. Ceux qui se tiennent près de nous nous examinent. Ils regardent nos numéros et ont admiré notre aspect qui était en tout point trop bien pour le camp. Quand ils ont vu les numéros, tout est devenu clair pour eux, des arrivés de la veille. Ils n'ont pas encore goûté à la vie du camp, pas senti la saveur du travail, pas encore respiré l'atmosphère du camp.

On entend le son d'une musique [44]. Que se passe-t-il [?] Dans le camp de la mort, de la musique [?] Dans l'île des morts, entendre le son de la vie. Sur le champ de bataille du travail, provoquer encore les âmes avec les airs enchanteurs de la vie antérieure, ici, dans ce grand cimetière qui respire la mort et l'anéantissement, te rappellerait-on encore la vie d'autrefois. Mais ici, tout est possible. C'est l'harmonie de la barbarie. C'est la logique du sadisme ;

Nous partons travailler. Nous franchissons les portails et nos regards se ruent vers le camp des femmes en face. Nous voyons devant nous des femmes jeunes ainsi que de plus âgées [--] Nous sommes descendus dans des fosses largement creusées et avons continué à jeter la tête vers le haut où sont [--] puis enlevé et jeté de plus belle. Hier, à cet endroit, s'en tenaient d'autres qui étaient peut-être ce matin à l'appel allongés en tant que numéros morts. Aujourd'hui

---

43. Ce devrait être SK (A : *Strafkompanie*), compagnie disciplinaire.

44. Jouée par l'orchestre du camp, dénommé *Kommando* orchestre du camp (A : *Kommando Lagerkapelle*), chaque matin et soir, quel que soit le temps ; leurs airs de marche devaient imposer la bonne cadence, à la sortie et au retour au camp, aux groupes de travail des détenus. Chaque camp annexe avait son orchestre de détenus qui faisait partie du système d'organisation. De temps en temps, ils jouaient pour les SS de l'administration d'Auschwitz.

sont [--] de nouveaux numéros et ont rempli les vides. Un numéro a disparu, un autre a pris sa place. [--] triste, symbolique. Il y avait du travail. On s'est tous mis à creuser les fosses. Tous les nouveaux venus tiennent la tête profondément baissée et enfoncent la pelle dans le sol, tandis que les larmes coulent sans arrêt. Nous regardons par terre et pensons : « Qui sait [?] Qui sait si ici, tout au fond, nos êtres les plus chers n'ont pas trouvé leur dernier repos [?] Mais non, c'est impossible. L'être humain se réconforte tout seul. Il ne peut se produire une telle tragédie au monde, personne ne voudrait participer à une telle destruction. »

Près de moi se tient un Juif de notre région. Il me précède de sept mille numéros. Il est arrivé il y a quelques semaines. La conversation s'engage et je suis saisi de frissons à chaque mot qu'il me dit [:] « Lève les yeux et tourne [ton regard] là-bas dans l'autre direction. Tu vois là-bas des [panaches] de fumée noire qui s'étirent dans le [ciel]. C'est l'endroit où ont [péri] tes proches les plus chers et les plus aimés. »

[--]

[son attention ?] ou sa vigilante [--] et courbé quand un gros gourdin [s'abat ?] sur son faible corps ; après chaque bruit sourd, on [entend] un cri jusqu'à ce qu'il s'écroule puis il est piétiné jusqu'à ce qu'il perde connaissance. Personne n'intervient, pas même pour lui apporter un peu d'eau froide. Ce n'est pas un grand malheur, car, s'il ne peut marcher au retour, on le transportera. [--] Aucun [--] n'a été ici [--] commis. Au contraire, on le considérera comme un bon surveillant durant le travail et quand il repassera devant la maisonnette [45] de bois avec un numéro mort, on l'accueillera encore avec le sourire en signe de reconnaissance.

Tu es songeur, plongé mélancoliquement dans de tristes pensées. Tu te déplaces sans cesse afin d'éviter d'être l'objet de la soif de sang du gros bandit jaune.

---

45. Là se trouvait le poste de garde des SS.

La première journée de travail s'est terminée.

La faim a commencé à prendre possession de l'homme moralement brisé et épuisé. L'ennemi au cœur sec, qui attise la faim, qui ne ressent aucune douleur. [--] a toujours exercé ses droits sur l'homme [--] l'estomac qui ne tient aucun compte [--] ne veut rien savoir de la peine et de la douleur.

[--] Veux-tu encore vivre, peu importe ce dont tu jouis ; que ce soit dans la joie ou même dans la tristesse, [tu dois] [payer ?]. Tu dois régler son dû à ton maître. [--] pouvoir penser, peu importe si ce sont des pensées de vie, de joie et de bonheur ou des idées [--] épouvantables qui parlent de mort et d'anéantissement. [--] être obéissant et ne pas trop torturer l'estomac. Il peut t'attendre, mais pas longtemps. Il peut te [--] le moment de payer. Mais rappelle-toi, si tu [--] et si tu prends cela à la légère, il te brisera, il t'enfoncera ses ongles et tu devras trouver moyen d'être soit avec lui, soit contre lui… Tu deviendras son valet. Ta tête cessera de penser à autre chose qu'à lui, comment lui donner satisfaction. Tu devras mettre tout ton appareil pensant à le séduire. Rien n'existera en dehors de lui. Il deviendra le maître de ton moi, le possesseur de ton âme. Tu devras tout faire, tu devras trouver moyen de faire la paix avec lui, sinon, tu devras dire adieu au monde, couper avec tout et te couper de tout. Et disparaître à jamais.

[--]

phénomène possible. Il serait anormal que tous les numéros [reviennent ?] comme ils étaient partis. Nous marchons au son de la musique. Nos yeux [--] vers les barbelés du camp voisin des femmes.

[--] Chacun scrute, peut-être ??? ra-t-il l'une de ses [--] Il subsiste encore un rayon d'espoir. On n'arrive pas à croire qu'elles se sont évanouies à jamais [--] camp et nous arrivons au bloc [--] avec le repas de midi qui vous est distribué dans le froid et se préparent pour le second appel ; tout est [--] se tient une grande masse raidie d'ombres humaines brisées et déçues [--]. On entend à nouveau des

ordres [:] « En rangs, garde à vous, ôtez bonnets ! » Et l'appel prend fin.

Près de notre bloc est allongé un numéro mort. On s'approche, on jette un coup d'œil. Ce matin encore, il était au travail et, maintenant, il gît immobile. Personne ne s'afflige. Personne n'émet même le moindre gémissement. Ah, homme, si tu étais enfant chez tes parents, que se passerait-il maintenant autour de toi. Près de toi serait allongée ta mère qui pleurerait en se lamentant. Ton père ne pourrait rester en place et marcherait en pleurant comme un enfant. Tes frères et sœurs seraient assis autour de toi en versant des larmes amères et en te plaignant. Tes amis et [--] seraient venus et chacun aurait [--] à la maison régnerait le chagrin [--] emporté avec le terrible malheur.

[--] frères et sœurs comme une [pierre ?] [--] tombée dans le camp et quand une pierre est tombée [--] le malheur ??? pas grand. La tristesse les a [--]

[--] Après l'appel, on nous laisse entrer dans le bloc. On enjoint aux nouveaux venus de faire demi-tour. Tous sont effrayés. Qui sait dans quel but ? Toute nouvelle est à interpréter ici en mal. On nous conduit aux douches, il s'y trouve le même militaire [46] haut gradé avec quelques autres à ses côtés. On ordonne à chacun de passer et ils se renseignent sur l'âge et le métier. L'un par ci, l'autre par là. Ceux qui plaisent sont envoyés aux douches. Ceux qui n'ont pas trouvé grâce sont renvoyés. La rumeur se répand qu'on sélectionne des ouvriers pour une usine. Tous nous envient d'avoir la possibilité de partir d'ici et de pouvoir travailler dans de meilleures conditions. On nous compte, on nous retire nos numéros et l'on nous ordonne de nous préparer au

---

46. C'était le *Hauptscharführer* SS Otto Moll qui était à l'époque responsable de l'incinération des cadavres des victimes assassinées dans les chambres à gaz de Birkenau. Il choisissait lui-même parmi les détenus des candidats pour le *Sonderkommando*. Comme il ressort du texte, les sélectionnés ne savaient pas où on les envoyait.

voyage quand on viendra nous avertir. On nous distribue des capotes avec des numéros. Nous retournons au bloc. Les anciens nous envient de pouvoir quitter le camp. On nous donne aussi des bonnets, preuve que nous allons partir ; il ne convient pas [d'être] ainsi [habillé] [47].

J'ai écrit cela, il y a dix mois. Je suis venu de Luna, arrondissement de Grodno, du camp de Kielbazyn.

Je l'avais enterré dans une fosse de cendres que j'avais considérée comme l'endroit le plus sûr, où l'on creuserait certainement sur le terrain du crématoire. Mais dernièrement [48] [--].

J'ai de nombreux parents en Amérique et en Eretz Israel. Je donne ci-après l'adresse de mon oncle [:]

A. Joffe, 27 East Broadway, New York, N.Y., America.

[La Lettre] [49]

J'ai écrit ce texte à l'époque où je me trouvais au *Sonderkommando*. On m'avait amené du camp de Kielbazyn près de Grodno [50]. J'ai voulu le laisser, ainsi que de nombreuses autres notes, en souvenir pour le futur monde de paix afin qu'on sache ce qui s'est passé ici. Je l'ai enterré dans les cendres en pensant que c'était l'endroit le plus sûr, où l'on creuserait sûrement afin de retrouver les traces des millions d'hommes qui ont péri. Mais, dernièrement, on en est venu à effacer les traces partout où il y avait beaucoup de cendres, on a ordonné de les moudre finement et de les transporter à

---

47. La direction SS du camp fournissait aux membres du *Sonderkommando* un meilleur habillement et une meilleure nourriture qu'aux détenus des autres *Kommandos*.

48. Ici s'interrompt le feuillet.

49. Le texte de la lettre a été restitué en yiddish à partir de la traduction en polonais par B. Mark, car la photocopie de l'original a été perdue lors de l'envoi des documents de Z. Gradowski en Israël.

50. Sans objet.

la Vistule pour les abandonner au courant[51]. Nous avons déterré beaucoup de fosses. Aujourd'hui, deux telles fosses ouvertes se trouvent sur le terrain des crématoires 1 et 2[52]. Plusieurs fosses sont encore pleines de cendres. Il est possible qu'ils les aient oubliées ou d'eux-mêmes dissimulées aux hautes autorités, car l'ordre était d'effacer toute trace au plus vite. N'ayant pas exécuté l'ordre, ils auront passé cela sous silence. Grâce à quoi, il est resté deux grandes fosses remplies de cendres sur le terrain des crématoires 1 et 2[53].

De nombreuses cendres de [corps brûlés] de milliers de Juifs, Russes, Polonais, ont été disséminées et labourées sur le terrain des crématoires. Sur le terrain des crématoires 3[54] et 4[55], on trouve également peu de cendres. Elles avaient été aussitôt moulues et transportées à la Vistule car, sur tout le terrain, on devait appliquer la politique de la « terre brûlée » !!! Le carnet de notes ou d'autres textes sont restés dans les fosses imprégnées de sang, ainsi que d'os et de chairs souvent incomplètement brûlés. Ce qu'on pourrait reconnaître à l'odeur.

Cher découvreur, cherche partout sur chaque parcelle de sol. Dessous, sont enfouis des dizaines de documents, les miens et ceux d'autres personnes, qui projettent une lumière sur ce qui s'est passé ici. On y a enfoui de nombreuses dents. C'est nous, les ouvriers du *Kommando*, qui les avons intentionnellement disséminées sur tout le terrain autant qu'on l'a pu afin que le monde puisse trouver des preuves tangibles des millions d'êtres humains assassinés. Quant à

---

51. L'auteur fait allusion à l'opération d'effacement des crimes à l'automne 1944, c'est-à-dire à l'époque de la liquidation partielle du camp. L'action a été menée par le *Hauptscharführer* SS Otto Moll, alors chef des crématoires.

52. Sans objet.

53. Sans objet.

54. Sans objet.

55. Sur le terrain, près du crématoire 4, se trouvaient cinq fosses, ainsi que, près du *Bunker* 2, des bûchers et des fosses où ont été brûlés les Juifs hongrois à l'été 1944 (Action Höss).

nous, nous avons perdu tout espoir de vivre la Libération. Malgré les bonnes nouvelles qui nous parviennent, nous voyons que le monde laisse aux barbares la possibilité d'exterminer au maximum et d'extirper jusqu'à la racine les derniers restes du peuple juif. Devant nos yeux, périssent maintenant des dizaines de milliers de Juifs de Tchécoslovaquie. Ces Juifs pouvaient sûrement encore s'attendre à être libérés. Mais là où ils se sentent menacés d'un danger, et de partout d'où ils doivent s'enfuir, les barbares emmènent les derniers restes encore en vie à Auschwitz-Birkenau et à Stutthof [56] près de Gdansk. On le sait grâce aux témoignages qui nous parviennent aussi de là-bas.

Nous, les membres du *Sonderkommando*, voulions depuis longtemps mettre fin au terrible travail qu'on nous a forcés à faire sous peine de mort. Nous voulions faire quelque chose de grand. Les hommes du camp, une partie des Juifs, des Russes et des Polonais nous ont retenus de toutes leurs forces et obligés à reporter la date de la révolte [57]. Mais le jour est proche. Il peut survenir aujourd'hui ou demain. J'écris ces lignes au moment du plus grand danger et de la plus grande excitation. Puisse l'avenir prononcer son jugement sur la base de mes notes, puisse le monde y apercevoir au moins un pâle reflet du monde tragique dans lequel nous avons vécu.

6 septembre 1944

Texte yiddish établi et collationné par Ber Mark
Traduit du yiddish par Maurice Pfeffer

---

56. Aujourd'hui Sztufhofa. Le camp fut créé le 2 septembre 1939 et s'appelait camp-prison de guerre pour civils (A : *Zivil Kriegsgefängnislager*).
57. Sans objet.

II
Notes

par Lejb Langfus

1.
DANS L'HORREUR DES ATROCITÉS

Faits divers

Quand les convois de Bedzin et Sosnowiec [58] sont arrivés, il y avait parmi eux un rabbin d'un certain âge. Venant d'un district proche, ils savaient tous qu'on les menait à la mort. Le rabbin est entré dans le local de déshabillage, puis dans le *Bunker* [59] en dansant et en chantant. Il était digne de mourir pour la Sanctification du Nom [60].

Deux Juifs hongrois [61] ont demandé à des hommes du

---

58. La liquidation définitive des ghettos de Bedzyn et de Sosnowiec a eu lieu du 1er au 3 août 1943. Vingt mille Juifs environ (hommes, femmes, enfants) ont été déportés à Auschwitz. À l'opération participèrent des SS du camp d'Auschwitz. Dans le rapport du commandant du camp d'Auschwitz (n° 43/41 du 6 août 1943), nous lisons : « Les SS qui ont participé à la liquidation des ghettos de Sosnowiec et de Bedzyn ont droit à un jour de congé. » Au cours de la liquidation, les Juifs ont opposé une résistance armée.

59. C'est-à-dire ici et plus loin : chambre à gaz.

60. Sanctification du Nom (H : *Kidush hashem*), signifiant mourir en martyr. Cette expression s'est répandue à l'époque des croisades, quand les Juifs préféraient mourir plutôt que d'abjurer leur foi.

61. La déportation des Juifs hongrois a commencé le 15 mai 1944 (Action Höss).

Sonderkommando : « Devons-nous réciter la confession ? »
Il a répondu : « Oui. » Ils ont alors sorti une bouteille d'eau-de-vie qu'ils ont bue à notre santé avec grand plaisir. Puis, ils ont voulu à toute force que l'homme du *Kommando* trinque avec eux. Il était profondément gêné et a refusé. Ils ne l'ont pas lâché : « Tu dois venger notre sang, tu dois donc vivre et c'est pourquoi… à ta santé ! » Et ils l'ont longuement félicité : « Nous toi comprendre. » Il a trinqué avec eux. Il en a été si profondément touché qu'il s'est mis à pleurer à chaudes larmes. Il est vite monté dans le grand local de combustion où il a versé des larmes amères de longues heures durant : « Camarades, assez brûlé de Juifs. Détruisons tout, et accompagnons-les pour la Sanctification du Nom ! »

C'était au milieu de l'été [62]. On avait amené cent un jeunes Juifs hongrois pour les fusiller. Ils se sont déshabillés tout nus dans la cour du crématoire 1 [63]. Ils avaient tous au milieu de la tête une bande rasée, d'un côté à l'autre. L'assassin *Oberscharführer* Mussfeld [64] est alors arrivé et leur a donné l'ordre de passer au crématoire 2. Une route mène sur soixante mètres d'un portail de crématoire à l'autre en longeant un chemin public. Il a disposé tout le *Kommando* en forme de haie afin de veiller à ce qu'aucun des Juifs nus ne s'échappe par le chemin. Et on les a fait avancer complètement nus, comme des moutons, avec des coups de gourdin sur la tête le long du chemin. Le berger était le chef du *Kommando*, aidé du *Kapo* allemand. À l'autre extrémité, on les a poussés et entassés dans une petite pièce d'où on les a tirés, un à un, pour les fusiller.

On avait amené d'un camp un groupe de Juifs amaigris et décharnés. Ils se déshabillaient dans la cour et entraient un à un pour être fusillés. Ils étaient terriblement affamés et avaient supplié qu'on leur donne, pendant qu'ils vivaient

---

62. Été 1944, quand se succédaient les convois de Hongrie.
63. Sans objet.
64. Sans objet.

encore, un morceau de pain. On en a apporté une grande quantité. Leurs yeux ternes et éteints par la faim qui les tenaillait s'étaient rallumés avec un feu sauvage de joie qui surprenait. Ils saisissaient à deux mains un morceau de pain et le dévoraient avec appétit en montant les marches pour être aussitôt fusillés. Ils étaient si surpris et contents de le manger que la mort leur paraissait bien légère. Que les Allemands savent bien tourmenter les êtres humains et maîtriser leur psychisme ! Il faut souligner qu'ils étaient tous partis de chez eux depuis quelques semaines seulement.

C'était vers la fin de 1943. On avait amené cent soixante-quatre Polonais de la région, parmi lesquels douze jeunes filles, tous membres d'une organisation secrète [65]. Une série de personnalités SS était venue à cet effet. On avait en même temps amené plusieurs centaines de Juifs hollandais [66] au camp pour y être gazés. Une jeune Polonaise a adressé à tous les présents, déjà nus dans le *Bunker* de gazage, un bref et ardent discours contre l'oppression et les assassins hitlériens qu'elle a terminé ainsi : « Nous n'allons pas mourir, nous serons immortalisés dans l'histoire de notre peuple. Notre initiative et notre esprit vivent et s'épanouissent. Le peuple allemand paiera beaucoup plus cher pour notre sang qu'il ne se l'imagine. À bas la barbarie, incarnée par l'Allemagne hitlérienne ! Vive la Pologne ! » Elle s'est alors adressée aux Juifs du *Sonderkommando* : « Rappelez-vous que votre devoir sacré est de venger notre sang innocent. Rapportez à nos frères de Pologne que nous

---

65. En octobre et novembre 1943, des arrestations massives eurent lieu dans les rangs de la Résistance polonaise à Cracovie, à Katowice et dans les environs d'Auschwitz. Un groupe de combattantes polonaises fut conduit à Birkenau.

66. Le 17 novembre 1943 arrivèrent à Auschwitz deux convois de Juifs de Hollande : le premier (1 150 personnes) du camp de Hertogenbosch (Bois-le-Duc) et le second (995 personnes) du camp de Westerbork. Au cours de l'année 1943, arrivèrent à Auschwitz 16 convois de Juifs de Hollande.

allons au-devant de notre mort avec une grande fierté et en pleine conscience. » Les Polonais se sont alors agenouillés à terre et ont récité avec ferveur une prière dans une pose impressionnante. Puis ils se sont relevés et ont chanté en chœur l'hymne national polonais. Les Juifs ont chanté la *Hatikva*. L'horrible destin commun a fondu ensemble dans ce petit coin maudit les accents lyriques de ces deux hymnes différents. Ils exprimaient avec une profonde et émouvante ardeur leurs ultimes sentiments et leur espoir en l'avenir glorieux de leur peuple. Puis ils ont chanté ensemble l'Internationale. Entre-temps, était arrivée la voiture de la Croix-Rouge[67], et l'on a injecté le gaz dans le *Bunker*. Ils ont exhalé leur âme en plein chant et en pleine extase, en rêvant d'un monde fraternel et meilleur.

C'était à la fin de l'été 1944. On avait amené un convoi de Slovaquie[68]. Tous savaient parfaitement qu'ils allaient sans doute possible à la mort. Malgré cela, ils se tenaient tranquilles. Ils s'étaient déshabillés et étaient entrés dans le *Bunker*. En pénétrant, nue, du local de déshabillage dans la chambre à gaz, une femme s'écrie : « Peut-être se produira-t-il encore malgré tout un miracle pour nous. »

C'était avant la fin de l'été 1943. On avait amené un convoi de Juifs de Tarnow[69]. Ils s'étaient demandés où on les conduisait et on les avait informés qu'on les conduisait à la mort. Ils étaient déjà déshabillés. Une extraordinaire gravité les avait saisis. Ils étaient tous profondément pensifs et ils récitaient tout bas d'une voix brisée la prière de

---

67. On apportait le *Zyklon B* aux chambres à gaz dans des voitures de la Croix-Rouge.

68. Au cours des années 1942-1944, soixante mille Juifs de Slovaquie furent déportés à Auschwitz.

69. Le ghetto de Tarnow a été liquidé les 1er et 2 septembre 1943 (dernière action de « transfert ») et les Juifs ont été déportés à Auschwitz. En avril 1944, un groupe de prisonniers juifs de Vittel fut déporté à Auschwitz. Lors de la déportation, les prisonniers du ghetto opposèrent une résistance armée.

confession des mourants pour leurs péchés passés. Tous leurs sentiments étaient relégués à l'arrière-plan et une seule pensée les obsédait, qui attirait tout à soi comme un aimant, l'examen de conscience avant la mort. Au beau milieu, était arrivé un nouveau groupe de Juifs de Tarnow. Un jeune homme était monté sur un banc et avait demandé à tous de l'écouter attentivement. Un silence de mort s'était soudain établi : « Frères juifs ! s'était-il exclamé, ne croyez pas qu'on vous conduise à la mort. Il est impensable qu'il puisse se produire une pareille chose, qu'on mène soudain des milliers d'êtres humains innocents à une mort terrible. C'est exclu, il ne peut y avoir au monde une tuerie aussi cruelle, aussi épouvantable. Ceux qui vous l'ont dit faisaient sûrement cela intentionnellement…, etc. » Et, ainsi, jusqu'à ce qu'il les ait complètement tranquillisés. C'est seulement au moment où on les a poussés dans la chambre à gaz que ce prêcheur de morale profondément convaincu de sa bonne conscience s'était dégrisé de sa naïveté. Les arguments, par lesquels il avait avec tant de force tranquillisé ses frères, s'étaient révélés n'être qu'une illusion d'auto-mystification. Mais l'intelligence lui était venue trop tard.

C'était à *Pessah* 1944. Un convoi était arrivé de Vittel [70], en France. Parmi les déportés, bon nombre de personnalités juives distinguées, dont le rabbi de Bayonne, Moshé Fridman, de mémoire bénie, l'une des plus hautes autorités du judaïsme polonais par son savoir, une rare figure patriarcale. Il s'était déshabillé comme tout le monde. Un *Obersturmführer* était ensuite entré. Le rabbi s'est approché de lui et lui a dit en allemand, en le tenant par les revers de son uniforme : « Vous, odieux assassins les plus ignobles au monde, ne croyez pas que vous anéantirez le peuple juif ! Le peuple juif vivra éternellement et ne disparaîtra jamais du

---

70. Camp d'internement de Juifs porteurs de passeports de pays neutres (Amérique du Sud, etc.). De mai 1943 à avril 1944, il s'y trouva le célèbre poète Itshak Katzenelson. En avril 1944, un groupe de prisonniers juifs de Vittel fut déporté à Auschwitz.

champ de l'Histoire. Mais vous, infâmes criminels, vous le paierez très cher. Pour chaque Juif innocent, dix Allemands paieront. Vous serez effacés et vous disparaîtrez non seulement comme puissance mais aussi comme peuple particulier. Il est proche le jour de la vengeance. Le sang versé vous sera réclamé. Notre sang n'aura pas de repos avant que le feu exterminateur de la colère ne se déverse sur votre peuple et anéantisse votre sang de fauve. » Il parlait d'une voix forte et passionnée. Il a alors mis son chapeau et s'est écrié avec une incroyable ferveur : « *Shema Israël !* » Tous les présents se sont écriés avec lui : « *Shema Israël !* » et une extraordinaire exaltation de foi profonde les a tous saisis. Cela a été un moment d'intense spiritualité, qui n'a pas son pareil dans la vie courante et qui confirme l'éternelle permanence spirituelle du judaïsme.

Un convoi de Kosice [71] était arrivé vers la fin de mai 1944. Parmi les différents Juifs se trouvait la vieille femme du rabbin de Strapkov [72], âgée de quatre-vingt-cinq ans. Elle a dit : « C'est maintenant que je vois la fin des Juifs hongrois. Le gouvernement avait laissé à de grandes parties de nos communautés la possibilité de s'enfuir [73]. Quand les gens demandaient conseil aux rabbis, ceux-ci les tranquillisaient régulièrement. Le rabbi de Belz disait que la Hongrie en serait quitte pour la peur. Jusqu'à ce qu'arrive l'amer moment où les Juifs ont été dans l'incapacité de trouver une issue. Oui ! Le ciel ne leur avait rien dévoilé, mais, à la

---

71. Koschau, nom allemand de la ville de Kosice en Slovaquie orientale (en hongrois, Koszo).

72. Strapkov est une bourgade de Slovaquie orientale. Mille quatre-vingt-un Juifs ont été déportés, la plupart à Auschwitz. La femme du rabbin était probablement issue de la célèbre dynastie de rabbins (rabbis) Halberstam.

73. Il n'existe aucune preuve connue dans les chroniques de la catastrophe du désir du gouvernement hongrois de sauver les Juifs avant l'occupation allemande, soit le 19 avril 1944. Une partie des Juifs réussit à s'enfuir en Eretz Israël en passant par la Roumanie et la Turquie.

dernière minute, ils se sont enfuis en *Eretz Israël*[74], ils se sont sauvés eux-mêmes et ont abandonné les membres de leur peuple comme des moutons pour l'abattoir. Maître de l'univers ! pendant les dernières minutes avant ma mort, je Te prie de leur pardonner la grossière profanation de Ton nom ! »

C'était à la fin de l'hiver 1943. On avait amené un convoi d'enfants seuls, arrachés à leur mère au foyer, dans des voitures circulant de maison en maison, pendant que le père était au travail à Sîauliaj[75] (Lituanie) de Kovno. Le chef du *Kommando* avait envoyé des hommes dans le local de déshabillage pour dévêtir les petits enfants. Une fillette de huit ans était en train de déshabiller son petit frère d'un an. Un homme du Kommando s'approche pour le faire. La fillette l'interpelle : « Va-t-en, assassin juif ! Ne mets pas ta main qui a trempé dans du sang juif sur mon joli petit frère ! C'est moi à présent sa bonne maman. C'est dans mes bras qu'il mourra avec moi. » À côté se trouve un garçonnet de sept-huit ans, qui s'écrie : « Tu es pourtant juif ! Comment peux-tu emmener ces chers petits pour être gazés, tout ça pour rester en vie ? Est-ce que ta vie parmi une bande d'assassins t'est vraiment plus chère que la vie de tant de victimes juives ? »

C'était au début de 1943. Le *Bunker* avait été bourré de Juifs. Un petit garçon était resté dehors. Un *Unterscharführer* s'était approché de lui et voulait le battre à mort avec son gourdin. Il l'avait terriblement frappé et le sang coulait de toutes parts. Soudain, le garçonnet contusionné, qui gisait sans bouger, s'est relevé et a contemplé en silence de ses yeux d'enfant l'effroyable assassin. L'*Unterscharführer* a bruyamment éclaté d'un rire cynique, puis il a sorti son revolver et l'a abattu.

---

74. Il s'agit, semble-t-il, du groupe de notables juifs avec à sa tête le docteur Rudolf Kastner.

75. L'action « enfants » a eu lieu dans le ghetto de Sîauliaj le 5 novembre 1943.

Le *Hauptscharführer* Moll [76] avait l'habitude de disposer quatre hommes l'un derrière l'autre, bien alignés, et de les fusiller d'un seul coup de feu. Celui qui écartait la tête, il le poussait vivant dans la fosse où brûlaient les cadavres. Celui qui ne voulait pas entrer dans le *Bunker*, il le prenait par le bras pour le tordre, puis le jetait à terre pour le piétiner. À l'arrivée de chaque convoi, il montait habituellement sur un banc, croisait les bras et prononçait un très bref discours : « On allait à la douche, puis on reviendrait ici pour la répartition des postes de travail. » Ensuite, si quelqu'un doutait de la véracité de ses paroles, il le fouettait terriblement, provoquant ainsi désordre et bousculade pour désorienter les gens.

L'*Oberscharführer* Forst se mettait très souvent à l'arrivée des convois, près de la porte du local de déshabillage, pour toucher le sexe de chaque jeune femme qui passait nue pour entrer dans le *Bunker* de gazage. Il y a eu aussi des cas où des SS de tout grade enfonçaient leurs doigts dans le sexe des belles jeunes filles.

À la fin de l'été 1942, était arrivé un convoi de Przemysl [77]. Les jeunes gens, ainsi que les policiers, possédaient tous des poignards dissimulés dans leur manche et avaient eu l'intention de se jeter sur les SS. Ils ont été trahis par leur chef, un médecin, qui espérait, en les en empêchant, être envoyé au camp avec sa femme et il était intervenu auprès de l'*Oberscharführer*, qui l'avait rassuré. Il les avait donc

---

76. Commandant des crématoires de Birkenau. Pour ses atrocités, il fut décoré (en 1942) par Hitler de la Croix du mérite militaire de deuxième classe. En 1944, il est transféré à Ravensbrück. Il est l'auteur du « Plan Moll » : comment effacer les traces des crimes allemands en détruisant toutes les installations de meurtre et en plantant des fleurs à l'emplacement de « l'usine de mort ».

77. La première déportation de masse des Juifs de Przemysl eut lieu du 27 juillet au 3 août 1942. Sur plus de 12 500 déportés, une partie fut amenée à Auschwitz.

tranquillisés. Ils se sont déshabillés et lui a été ensuite obligé de les suivre dans le *Bunker* avec sa femme.

Sadisme ! [78]

En 1940-1941.
Il y avait un camp à Belzec [79], tout près de la frontière russe, un camp où les atrocités dépassaient Auschwitz en sadisme.

On prenait, par exemple, chaque jour des Juifs pour creuser une fosse étroite et profonde, puis on les poussait dedans à raison d'un homme par fosse. Ensuite, on forçait chaque détenu à faire ses besoins dans la fosse au-dessus de la tête de la victime. Celui qui refusait recevait vingt-cinq coups de gourdin. On continuait ainsi toute la journée au-dessus de lui jusqu'à ce qu'il fût étouffé par les immondices.

Les gardes-frontières russes, de l'autre côté, suppliaient les Juifs de profiter de chaque occasion favorable pour franchir les barbelés. Si quelqu'un le faisait lors d'un moment d'inattention des SS, ceux-ci, quand ils s'en apercevaient, n'avaient plus le droit de tirer sur lui, car la balle serait tombée de l'autre côté de la frontière. Les SS avaient pris l'habitude de se poster tout près des barbelés et de tirer sur ce qui dépassait encore, bras ou jambe, du fugitif en train de ramper. Et si le garde-frontière russe protestait, les SS criaient en retour : « La jambe (ou le bras) est encore sur notre territoire ! » Le travail consistait, à l'époque, à creuser une longue et profonde tranchée bien tracée pour marquer la frontière. Plus

---

78. Écrit à Birkenau en 1943-1944.
79. Belzec (Voïvodie de Lublin). En 1940-1941, camp de travail. De mars 1942 à mars 1943, camp d'extermination. Près de 800 000 détenus y ont été assassinés, en majorité des Juifs de Pologne et d'autres pays d'Europe.

tard, quand les Allemands eurent pénétré profondément en Russie, on construisit dans la forêt huit grandes baraques dans lesquelles on installa des tables et des bancs et l'on y entassa des Juifs des voïvodies de Lublin, Lwow et autres pour les électrocuter [80]. Il y avait aussi un endroit dans la forêt de Wierszowice, près de Trawniki [81]. Non loin de Piaski, où l'on creusa de profondes fosses en pleine forêt, puis on amena des camions bourrés de Juifs qu'on déchargea tout habillés en levant la benne, directement dans les fosses où on les fusilla et que l'on combla.

À Belzec périrent aussi beaucoup d'Ukrainiens. Je suis persuadé que cela est à présent suffisamment connu. Je ne le note que parce que cela m'a été rapporté par quelques-uns des membres de notre *Kommando* qui y ont assisté. Ils avaient aussi été à Majdanek [82], près de Lublin, où l'on avait détruit tout le village qu'on avait clôturé de barbelés et où l'on avait construit des baraques à l'intérieur. L'ordre de les construire était arrivé en hiver, en novembre-décembre [83] 1941. Chaque matin, il fallait se rouler dans la neige entièrement nus au lieu de se laver, on rentrait ensuite dans la baraque glaciale pour s'habiller avant d'aller au travail. Quatre hommes devaient porter une énorme pièce de bois ou un massif poteau de construction. Ils devaient en outre avancer au pas de

80. C'est ce qu'on croyait à l'époque. À présent, nous savons avec certitude qu'on les mettait à mort dans des chambres à gaz.

81. Voïvodie de Lublin. Camp de travail à partir de fin juin 1941 sous la direction de la SS. En 1942, il y avait déjà 10 000 Juifs de Pologne, Hollande, Russie, Allemagne, Tchécoslovaquie et Autriche... Au début novembre 1943, ils furent tous fusillés. (Action Moisson « *Erntefest* ».)

82. Camp de concentration et d'extermination, a fonctionné de l'automne 1941 à juillet 1944. Environ 360 000 personnes y ont été assassinées, dont 130 000 Juifs de Pologne, Tchécoslovaquie, Allemagne, Autriche et autres pays.

83. Sans objet.

course et un ingénieur hollandais les poursuivait en les frappant dans les jambes avec une cravache.

Dans les baraques, on avait entassé des prisonniers [84] russes qui ne recevaient pour toute nourriture que quelques pommes de terre et un peu de soupe mais pas de pain, et qui travaillaient dur des journées entières sous la surveillance des SS. Pour celui qui faiblissait au cours du travail et ne travaillait pas activement, il y avait une grande fosse recouverte de planches percées de nombreux trous pour les besoins de tout le camp où on l'amenait et, là, on le précipitait dans la fosse pleine de merde. Chaque nuit, les SS entraient dans un bloc différent et massacraient avec leurs gourdins les prisonniers russes devenus complètement squelettiques, amaigris et épuisés. Ils ne laissaient aucun homme vivant dans le bloc. Tous étaient si affaiblis qu'ils n'opposaient aucune résistance. Le matin, arrivait un groupe de cent Juifs qui sortait les cadavres pour les enterrer. Comme le bloc avait été vidé, on y amenait aussitôt de nouveaux prisonniers.

Si quelqu'un commettait une faute, on le suspendait par les pieds, tête en bas. Certains sont ainsi restés pendus durant huit heures avant de mourir. À chaque appel, lorsque les hommes étaient alignés en rangs serrés, les uns derrière les autres, on tirait dans les rangs avec des mitrailleuses.

---

84. Majdanek a débuté en 1941 comme camp pour prisonniers de guerre soviétiques et s'appelait alors : « Camp pour prisonniers de guerre ».

Le 14 octobre 1944, on est mis à démonter les parois du crématoire 3 [86]. Les ouvriers appartiennent au *Sonderkommando*.

Le 20 octobre, on a amené pour les brûler deux petits taxis [87] et un fourgon cellulaire remplis de documents sur les détenus, tels que fichiers, certificats de décès, actes d'accusation, etc.

Aujourd'hui 25 novembre, on a commencé à démonter le crématoire 1 [88]. Ensuite, ce sera le tour du crématoire 2 [89]. Il est intéressant de noter qu'en premier lieu on démonte le moteur et la tuyauterie de l'aération pour les envoyer dans des camps [90] : l'un à Mauthausen [91], l'autre à Gross-Rosen [92] ; comme cela ne sert qu'au gazage à grande échelle, car les crématoires 3 et 4 ne possédaient

85. Suite du journal.

86. Sans objet.

87. Sans objet.

88. Sans objet.

89. Sans objet.

90. Dans le cadre de l'action d'effacement des traces des crimes perpétrés, l'administration SS d'Auschwitz a démonté, sur ordre de Himmler, en octobre 1944, les restes du crématoire 3 détruit par les insurgés du *Sonderkommando* et, en novembre et décembre 1944, les crématoires 1 et 2. Toutes les fosses où l'on avait brûlé les victimes et celles où l'on avait enfoui les cendres humaines ont été nettoyées, comblées et semées de plantes. Le travail fut exécuté par une partie des détenus du *Sonderkommando*, dit « *Kommando* de démolition », qui comprenait soixante-dix hommes en décembre 1944. Entre le 1er et le 5 décembre 1944, deux nouveaux *Kommandos* de femmes de cent cinquante détenues furent désignés dans ce but.

91. Mauthausen (Autriche près de Linz). Camp de concentration nazi de 1938 à mai 1945.

92. Gross-Rosen, à présent Rogozica (Pologne) : camp de concentration de 1940 à février 1945. Nombre global de détenus, environ 125 000, dont près de 40 000 ont péri.

pas ce genre de matériel, cela laisse soupçonner que dans ces camps vont être créés les mêmes systèmes d'extermination des Juifs.

Je demande qu'on rassemble toutes mes différentes descriptions et notes enterrées en leur temps et signées Y.A.R.A. [93]. Elles se trouvent dans divers pots et boîtes, dans la cour du crématoire 2 [94]. Il existe aussi deux plus longues descriptions : l'une, intitulée « La déportation », se trouve dans une fosse à ossements du crématoire 1 [95], l'autre, intitulée « Auschwitz », se trouve sous un amas d'ossements, au sud-ouest de la même cour. Par la suite, je l'ai réécrite, complétée et enterrée séparément parmi les cendres du crématoire 2 [96]. Qu'on les mette en ordre et les imprime toutes ensemble sous le titre :

« Dans l'horreur des atrocités. »

Nous, les cent soixante-dix hommes restants, allons partir pour le Sauna. Nous sommes sûrs qu'on nous conduit à la mort. Ils ont choisi trente hommes [97] pour rester au crématoire 4 [98].

Aujourd'hui, 26 novembre 1944.

2.
LES SIX CENTS JEUNES GARÇONS

On avait amené au beau milieu de la journée six cents jeunes garçons juifs de douze à dix-huit ans, revêtus du

---

93. Initiales supposées des prénoms et du nom de Langfus traduits en hébreu.

94. Sans objet.

95. Sans objet.

96. Sans objet.

97. Les trente détenus du *Sonderkommando*, choisis pour desservir le crématoire 4, ont réussi à quitter le camp le 18 janvier 1945 avec le premier convoi de détenus que les Allemands ont évacués de Birkenau.

98. Sans objet.

costume rayé du camp, très léger et en loques, avec des chaussures ou des sabots de bois. Les enfants avaient l'air si beaux, si éclatants, si bien bâtis qu'ils rayonnaient dans leurs haillons. C'était dans la seconde moitié d'octobre 1944. Ils étaient conduits par vingt-cinq SS lourdement armés. Une fois qu'ils furent montés dans la cour, le chef du *Kommando* leur avait ordonné : « Déshabillez-vous dans la cour ! » Les enfants avaient aperçu la fumée de la cheminée et avaient aussitôt compris qu'on les menait à la mort. Terriblement effrayés, ils se sont mis à courir en tous sens en s'arrachant les cheveux, ne sachant comment se sauver. Beaucoup éclataient en effroyables sanglots et l'on entendait s'élever une extraordinaire lamentation. Le chef du *Kommando* et son adjoint se sont mis à frapper sauvagement les enfants sans défense pour qu'ils se déshabillent. Quand le gourdin a fini par se briser à force de frapper, il en a pris un autre et a continué à fracasser les têtes. Le plus fort a été vainqueur. Les enfants se sont déshabillés en proie à une peur instinctive de la mort. Une fois nus et déchaussés, ils se pressaient les uns contre les autres pour se protéger des coups mais ne descendaient [99] toujours pas. Un audacieux garçonnet s'était approché [--] de nous, [--] du chef du *Kommando*, lui demandant de le laisser en vie. Quel que soit le travail, aussi dur soit-il, il pourrait le faire. Pour toute réponse, quelques coups sur la tête avec un gros gourdin. Nombre d'enfants s'étaient précipités en une course folle vers les Juifs du *Sonderkommando*, leur avaient sauté au cou, en suppliant : « Sauvez-moi ! » D'autres couraient tout nus, dans la grande cour pour échapper à la mort. Le chef du *Kommando* a appelé à l'aide l'*Unterscharführer* avec son gourdin [de caoutchouc].

Les voix pures des jeunes enfants devenaient au fur et à mesure de plus en plus fortes pour exhaler une profonde et

---

99. Ne descendaient pas au *Bunker*, c'est-à-dire, à la chambre à gaz.

114

amère plainte. Leurs bruyants sanglots se faisaient entendre au loin. On était complètement assourdi et envoûté par ces pleurs désespérés. Les SS assistaient à la scène avec un sourire satisfait et sans une ombre de compassion, puis avec l'orgueilleuse joie des vainqueurs, ils les poussèrent dans le *Bunker* en les frappant brutalement. Sur les marches, se tenait l'*Unterscharführer* et [--], étaient restés immobiles, sans se précipiter, sur son ordre, vers la mort, assénant à chacun un violent coup avec son gourdin de caoutchouc. Quelques rares garçons, hagards, couraient, malgré tout, en tous sens à la recherche du salut. Les SS les ont poursuivis, pourchassés et frappés jusqu'à ce qu'ils aient maîtrisé la situation en les poussant finalement dans le *Bunker*. Leur joie était indescriptible. N'ont-ils jamais eu d'enfants ?

3.
LES TROIS MILLE FEMMES NUES

C'était au début de 1944. Il soufflait un vent froid et coupant, le ciel était couvert, la terre était complètement gelée. Le premier camion, plein à craquer de femmes et de filles nues, était arrivé au crématoire [100]. Elles ne sont pas debout, étroitement serrées les unes contre les autres, comme d'habitude, non, elles ne peuvent absolument pas tenir sur leurs jambes, elles sont affaiblies, elles gisent sans forces les unes sur les autres, complètement épuisées, elles geignent et gémissent. Le camion s'arrête. [On] soulève la benne [et] on bascule les corps comme on décharge un tas de gravier [101] sur une chaussée. Celles qui gisaient devant tombent sur le sol dur, se fracassent la tête et le corps si bien qu'elles perdent la force de bouger. Le reste des femmes tombe pardessus et elles sont étouffées et écrasées par cette lourde

---

100. Sans objet.
101. Sans objet.

[charge] qui pèse sur elles. On entend [--] des gémissements. Celles qui [...] encore [--] commencent à s'extraire du tas, [se] mettent debout [--], commencent à grimper [--] sol, elles tremblent et grelottent terriblement de froid. Elles se traînent lentement jusqu'au *Bunker* qui s'appelle « local de déshabillage » [102] où l'on accède par un escalier comme vers une cave. Les autres y sont descendues par les membres du *kommando* [103], rapidement accourus pour relever les victimes épuisées et sans forces et retirer du tas avec précaution celles qui sont écrasées et respirent à peine. On les fait vite entrer. Beaucoup ne peuvent plus mettre un pied devant l'autre. On les prend dans nos bras et on les porte à l'intérieur. Elles sont depuis longtemps au camp, elles savent parfaitement que le *Bunker* est la dernière étape vers la mort. Elles sont, pourtant, très reconnaissantes, avec des regards pitoyables et suppliants, elles remuent la tête pour exprimer leur gratitude, montrant avec les mains qu'il leur est difficile de parler. Elles sont très réconfortées en apercevant une larme de compassion, l'abattement de [--] sur le visage de ceux qui les font descendre. Elles grelottent de froid, elles vont [--]. On laisse assises celles qui viennent d'être amenées et on introduit les dernières. En bas, il y a une [--] salle froide. Elles sont terrifiées et grelottent. On apporte un petit poêle à coke, mais bien peu s'en approchent assez pour sentir la chaleur qu'il répand. Les autres restent assises, accablées, désespérées, plongées dans l'affliction. Le froid est intense, mais elles sont si résignées et pleines d'amertume sur leur vie qu'elles répugnent à toute idée de confort physique. [Elles] restent assises à l'écart dans un coin et se taisent. Certaines [parlent] entre elles, d'autres restent

---

102. Les crématoires 1 et 2 possédaient des installations souterraines où les victimes se déshabillaient (« local de déshabillage ») avant d'entrer dans la chambre à gaz. Dans la correspondance allemande officielle du camp, les locaux de déshabillage sont appelés « cave à cadavres 1 » et la chambre à gaz « cave à cadavres 2 ».

103. C'est-à-dire du *Sonderkommando*.

couchées, épuisées [--] Une jeune fille [--] était venue de Bedzin [104]. Elle était la seule survivante d'une grande famille. Elle avait tout le temps travaillé dur, s'était mal nourrie, avait gelé, mais elle était malgré tout en bonne santé et tenait le coup, espérant survivre. Huit jours plus tôt, on avait empêché un certain jour tous les enfants juifs d'aller au travail. « Les juifs, rassemblement ! » avait-on ordonné. Puis on avait choisi des blocs entiers, sans exception, de jeunes filles juives sans en examiner aucune, qu'elles aient bonne ou mauvaise mine, quelles soient malades ou en bonne santé et on les avait mises à part ; on les avait ensuite conduites au bloc 25 [105]. Là, on leur avait ordonné de se mettre toutes nues pour examiner si elles étaient en bonne santé. Après s'être déshabillées, on les avait poussées nues dans les trois blocs, à raison de mille par bloc, étroitement serrées, puis enfermées pendant trois jours pleins, sans la moindre goutte d'eau, ni le moindre morceau de pain. Trois terribles journées de faim. La troisième nuit, on leur avait apporté des pains d'un kilo quatre cents pour seize personnes. « Si, à ce moment-là, on nous avait fusillées ou gazées, tout aurait été très bien. Beaucoup étaient complètement évanouies, beaucoup à moitié, toutes restaient allongées, entassées sur les couchettes, immobiles, exténuées. L'annonce de la mort n'aurait alors suscité aucune réaction de notre part, mais, le quatrième jour, on nous a sorties du bloc. Les plus faibles ont été conduites à l'infirmerie [106], les autres ont reçu normalement la nourriture du camp, et on les a laissées se reposer jusqu'à ce qu'elles […] reprennent [--] à la vie.

« Le huitième jour, c'est-à-dire cinq jours plus tard, on

---

104. C'est-à-dire que c'est une victime de la déportation de Bedzin en août 1943.

105. Dit « Bloc de la mort » dans le camp des femmes de Birkenau, dans le secteur B I a, d'où l'on envoyait les détenues, après sélection, aux chambres à gaz.

106. Appelée *Revier*.

nous a à nouveau ordonné de nous mettre toutes nues, puis on a verrouillé le bloc et aussitôt emporté nos vêtements ; après de nombreuses heures à geler nues dehors, on nous a chargées sur un camion et jetées ici à terre. C'est la sinistre fin de nos dernières fallacieuses illusions. Nous avons été comme maudites dans le ventre de notre mère pour que notre vie se termine de manière aussi sinistre. » Elle n'a pu achever, sa voix s'est étranglée dans un flot de [larmes.] [--] jeune femme s'était détachée. Elles regardaient nos visages pour voir si nous compatissions. L'un de nous se tenait à l'écart et observait le profond abîme de détresse de ces êtres torturés et sans défense. Il n'a pu se dominer davantage et a éclaté en sanglots. Une jeune fille s'écrie : « Ah ! j'aurai vécu assez pour voir avant ma mort une expression de pitié, une larme versée sur notre horrible sort, ici, dans ce camp d'assassins où l'on martyrise, frappe, torture et tue, où se voient des atrocités et des injustices, où l'on devient insensible et sans réaction aux plus grands malheurs, où meurt tout sentiment humain, où un frère ou une sœur tombe devant tes yeux sans être accompagné du moindre gémissement. Se trouverait-il encore un homme qui se soucierait de notre profond malheur, qui exprimerait sa compassion par des larmes ? Ah ! quel phénomène étonnant, presque surnaturel ? Ainsi donc sa mort sera accompagnée d'un gémissement, d'une larme d'un Juif vivant. Il se trouve encore quelqu'un pour nous pleurer, et [moi] qui croyais, que nous disparaîtrions de ce monde comme des orphelines abandonnées. Je trouve en ce jeune homme un peu de réconfort. Parmi de purs bandits et bourreaux, j'ai aperçu avant ma mort un homme sensible ? » Elle s'est détournée, a appuyé sa tête contre le mur et s'est mise à pleurer silencieusement, profondément émue. Son cœur s'était ranimé. Tout autour, de nombreuses jeunes filles se tenaient debout ou assises, tête penchée, obstinément muettes. Elles contemplaient avec un profond dégoût ce monde abject et, plus particulièrement, nous autres. Une autre intervient : « Je suis encore si jeune, je n'ai encore pas du tout joui de la vie, pourquoi ai-je mérité une mort pareille ? Pourquoi ? » Elle parlait très lentement d'une voix brisée, hachée. Elle a poussé un lourd gémissement et a repris : « Ah ! j'aurais tant voulu vivre encore ! » Elle a prononcé ces derniers mots plongée dans une rêverie nostalgique et a levé les yeux dans le vide comme si avec un sauvage et fulgurant [--] transpercé l'air terrifiée devant la mort. Une de ses camarades était assise près d'elle et la considérait avec un sourire sarcastique sur les lèvres. Elle a dit : « Enfin, enfin, elle est venue cette heure heureuse dont j'ai tant rêvé. Le cœur submergé de douleur et de peine, enfoncée dans un monde de rapine et de cruauté, de la pire ignominie et de la plus abjecte pourriture, de méchanceté sans limite, la vie est devenue si oppressante, si dure, si insupportable que j'attendais la mort comme une rédemptrice, comme une libératrice. Le pénible cauchemar qui me dévore disparaîtra à jamais.

« Mes pensées tourmentées trouveront le repos, la paix éternelle. Qu'elle est chère, qu'elle est douce cette mort à laquelle on a tant aspiré pendant de si nombreuses nuits sans repos. » Elle parlait avec exaltation, emphase et dignité. « Je regrette seulement d'être assise ainsi… [elle s'interrompt] mais, pour que la mort soit plus savoureuse, il faut aussi subir la honte. »

Une fillette, squelettique, est allongée dans un coin et geint [107] doucement en polonais : « Je meurs… je meurs… » Ses yeux se révulsent à chaque fois que [--].

Une mère est assise près de sa fille, toutes deux parlent [--] polonais. Elle est assise sans forces, parle d'une voix à peine audible en raison de sa faiblesse. Elle tire à soi la tête de sa fille, la tient fermement. « Dans une heure, nous serons toutes deux mortes, quelle tragédie ! Ma chère [--] ma dernière [--] tu seras éteinte [--] » [--] restent assises [--] pensives [--] avec [des yeux éteints ?] grands ouverts qui

---

107. Sans objet.

jetaient [--] autour de soi [--] au bout d'une longue minute est revenue à elle et a repris : « Ma peine est si grande à cause de toi que je meurs rien que d'y penser. » Elle a laissé tomber ses bras raides et la tête de sa fille a dodeliné sur son sein. La fillette a frissonné et a poussé un cri désespéré : « Maman ! » Elle n'a plus rien dit. C'étaient ses derniers mots.

L'ordre a été donné de conduire tout le monde au crématoire [--]. Je me suis vite éclipsé, sans observer davantage la suite des événements car, par principe, je n'étais jamais présent lors de la marche des Juifs à la mort de peur que les SS ne se servent de moi au crématoire, sous la contrainte, pour leurs buts criminels.

Des heures durant, des camions sont arrivés, qui se débarrassaient de leur masse humaine en la basculant à terre. Quand elles ont enfin été toutes rassemblées, on les a poussées dans le *Bunker* de gazage. Les hurlements désespérés et les pleurs amers étaient effroyables, un terrible vacarme de [--] expression d'une extraordinaire et profonde [--] peine ; des cris étouffés de toute sorte se sont entremêlés jusqu'à l'arrivée de la voiture de la Croix-Rouge [108] qui a mis fin à leur douleur et leur souffrance en lançant quatre boîtes de gaz par les quatre portillons supérieurs [109], aussitôt fermés hermétiquement. Dans un mystérieux silence, elles ont rendu l'âme.

Texte yiddish établi et collationné par Ber Mark
Traduit du yiddish par Maurice Pfeffer

---

108. Sans objet.
109. Dans les crématoires 1 et 2, le gaz *Zyklon B* était jeté par des portillons au plafond. Les chambres à gaz des crématoires 3 et 4 avaient dans ce but des lucarnes dans les parois latérales.

III
Additif au manuscrit de Lodz

[--] écrit par [--] cercle restreint du *Sonderkommando* du crématoire 2 [110] du 15 au 19 août 1944 par Zalmen Lewental (Pologne-Ciechanow). Qui aurait cru qu'encore à présent, au huitième mois de 1944, on continue à jouer le jeu maudit du système inouï d'extermination qu'on pratique ici malheureusement depuis deux-[trois] ans, avec [une si] atroce cruauté, contre les [Juifs] [--] Le ghetto de Lodz était déjà connu du temps où nous étions encore dans nos foyers, comme le plus terrible de tous les ghettos avec son isolement rigoureux et avec [--] cela, bien entendu, la grande et effroyable misère qui y régnait. Mais cela, beaucoup pourraient [--]

[--] pas moins aussi les psychologues désireux d'étudier et d'appréhender l'état d'esprit des gens qui ont prêté leur concours à un travail aussi sale, honteux, cruel. Ce serait intéressant ! Mais qui sait si ces chercheurs appréhenderont la vérité, si quelqu'un sera en mesure de ??? en profondeur [--]

[--] de cendres humaines, en d'autres endroits [--] cherchez bien, vous en trouverez beaucoup. Je voudrais cependant ajouter ici une petite observation à l'histoire de la vie du ghetto de Lodz. J'ai lu le tout [avec] ??? surhumain [--].

[--] région de Radom [111] [--] ce qu'il est là-bas advenu de lui, Chrétiens. et Juifs. [--] [II] s'est ainsi emparé du monde

---

110. Sans objet.
111. L'auteur pense probablement à la localité de Firlej, non loin de Radom où, d'avril 1940 au 2 janvier 1945, les hitlériens ont fusillé et pendu en tout environ 12 000 personnes, Polonais et Juifs.

entier avec tous les Juifs d'Europe, à présent l'action concerne le ? bien connu de Lodz [112] [--]

[un] groupe d'homoncules d'à peine deux cents individus, encore plus petit a été pris. Sur ce total, un groupe à part d'à peine une vingtaine d'hommes. À propos de cette poignée d'hommes, se donneront du mal non seulement les historiens [--]

[--] Pour l'un [--] transplantation [113] [--] une énigme [que] personne ne connaît. Peut-être massacrer tout le monde ? [--] Non, allons donc ! ça, non, pourquoi ? Parce que ça me gêne d'y croire. Encore [quelques] mois [--]

[--] encore [--] à chercher. Encore beaucoup de matériel caché qui vous rendra, à vous vaste monde, bien des services ; sur le même site ainsi que sur le site de l'usine voisine qui se trouve en face, de l'autre côté de la rue. Cherchez là-bas dans les fosses.

[--]

Chacun voit fusiller [les] autres et voici que son tour arrive là-bas, il va recevoir la balle et mourir. Et personne ne se défend. Pourquoi ? Le ghetto de Lodz [ne peut pas] vivre [--] excusera tout. C'est la vie

[--] fusillade ? Pourquoi nos frères se laissent-ils conduire à l'abattoir si calmement, sans la moindre résistance ? Un cas exceptionnel est digne d'être mentionné avec éloge [--] bénie soit leur mémoire, Varsovie ! Cela fait la deuxième fois que ??? n'a pas laissé [--] transplanter, plus exactement massacrer [--] Mieux vaut tomber au combat, sous les balles et les grenades ; et encore une fois et à nouveau, Varsovie, [car] depuis le début de toute l'action d'extermination de millions de Juifs, Varsovie a vraiment

---

112. La liquidation du ghetto de Lodz a eu lieu du 23 juin au 31 août 1944. Environ 75 000 personnes ont été déportées à Auschwitz. Le ghetto de Lodz fut le dernier ghetto de Pologne.

113. *Aussiedlung*. Euphémisme habituel des Allemands désignant « la déportation ».

fait preuve d'héroïsme en ne se laissant pas [--] égorger [--] [114]

[--] d'une petite ville [--] le reste, je le laisse aux historiens et chercheurs. Nous, de notre côté, nous dissimulons chaque mot intéressant [et] utile [--].

[--] nous sommes maintenant aux mains des Allemands [--]

[--] [Juif] désarmé et démoralisé [--]. Pourquoi ? La patte qui porte la mort à ces [--] femmes et enfants juifs, cette même patte les conduit eux-mêmes à leur perte [--] Maintenant ! Depuis trois semaines, le Rouge [115] est aux portes de Varsovie ; depuis quelques jours, il [116] est aux portes de Paris ; et, malgré tout, il [117] maintient la sinistre puissance noire au pouvoir et poursuit son jeu diabolique, fusiller, pendre, gazer, brûler, battre, tout [ce qui] se laisse anéantir. Qui aurait cru que même maintenant il aurait eu assez de temps pour anéantir le petit reste de Juifs subsistant çà et là, ces petites poignées d'hommes qui, grâce à leur travail productif, se trouvaient jusqu'à présent dans les différents petits camps autour du grand four à chaux qui s'appelle ici Auschwitz-Birkenau [118] [--]

[--] maintenant à la fin de l'été 1944, le mois d'Elul déjà selon le calendrier juif, il est de fait qu'il [119] existait. Quant aux conditions internes de la vie là-bas, vous aurez

114. L'auteur fait ici allusion à la résistance armée du ghetto de Varsovie pendant les journées du 18 au 20 janvier 1943, ainsi qu'à l'insurrection du ghetto qui éclata le 19 avril 1943.

115. C'est-à-dire l'Armée soviétique.

116. C'est-à-dire les Alliés.

117. C'est-à-dire l'ennemi, l'occupant nazi.

118. Outre le camp de base, Auschwitz I, faisaient partie du complexe de la mort d'Auschwitz : Birkenau et 39 camps annexes appelés aussi « camps forcés », « camps extérieurs », « camps de travail », qui se trouvaient sur tout le territoire de Silésie, et même en dehors, comme le camp de Brno en Tchécoslovaquie.

119. Le ghetto de Lodz.

ici [120], dans le matériel collecté, un clair tableau de tout, notamment de la situation économique, morale, ainsi que de l'état de santé physique. Comme vous le voyez ici, une [certaine] personne s'intéressant à l'Histoire s'est efforcée de rassembler de petits tableaux, des faits, des rapports et de simples informations qui, à coup sûr, intéresseront le futur historien et lui seront utiles. Mais nous, petits groupes d'homoncules sur lesquels les historiens n'auront pas moins à travailler que sur les horreurs [que] l'Histoire [peut].

[--] chaque acte de dignité humaine, de demande de pourquoi ? [Et on a] commencé à s'agiter et on s'est jeté sur les SS. Et une jeune femme juive [121] a réussi à arracher le revolver de l'*Oberscharführer* et à en tuer plusieurs. [--] les hommes les plus terribles de l'ère des camps ! [--] Bénie soit leur mémoire [122]. À part cela, tout se poursuit avec une terrible [--] Les gens viennent mais en sachant où on les conduit, ils viennent au crématoire [--]

Toujours la même pièce, et toujours sans savoir vers où. Ainsi, on croira à n'importe quoi [au monde], mais à cela, personne n'y croira lors du [--] nous l'entendons du monde entier. Si tu ne veux pas croire à la vérité, plus tard vous ne croirez plus au fait véritable, plus tard vous [chercherez] [probablement] divers prétextes [--] la vérité, la [comprendra-t]-on, le malheur causé par une telle souffrance [--] [--] [ce serait] bien naïf, ce serait [--] Quand [quelqu'un] réussira à trouver davantage de cahiers de ce qui a été écrit dans les [murs] du bâtiment noir [123], à l'époque où l'autre [124] cherchait des raisons à

---

120. Dans le Manuscrit de Lodz dont parle Lewental dans son additif.

121. Ce qui importe à l'auteur, c'est le fait d'avoir tué le *Rapportführer* SS Schillinger.

122. Celles des victimes juives.

123. Sur le terrain du crématoire.

124. Lewental fait allusion à l'auteur du Manuscrit de Lodz.

ses souffrances chez son président [125] nous aurions déjà pu lui donner une meilleure [réponse] pour ces événements. Ce qui est en outre intéressant, c'est la psychologie d'un homme qui n'en vient en aucun cas à penser à mal à propos de ce qu'il voit nettement. Il parle, raconte ce qui est arrivé à l'autre Juif. C'est ainsi que nous racontent les mêmes [--] ont maintenant au bureau de [--] et ce que pensent les gens. [--] Je veux dire qu'[ils] ne parviendront certainement pas à la vérité, car personne n'est en mesure de l'imaginer. Aucun être humain ne peut imaginer avec l'exactitude voulue les événements eux-mêmes. Car il est impossible de croire qu'on sera en mesure de savoir avec suffisamment d'exactitude comment nous survivons. [--] tout cela [--] le rapporter, seul ??? un des [--] de notre cercle restreint, si, l'un de nous survit, par un pur hasard auquel nous n'accordons même pas un pour cent de chances. Ainsi, en trouvant ce paquet de matériel écrit, je juge de mon devoir de le cacher [--] afin que son travail [126] ne soit pas détruit et [afin que] le monde [--] le futur [--].

Je ne peux plus me permettre maintenant de décrire ce que j'aurais voulu, pour différentes raisons. Principalement parce qu'on nous a malheureusement placés sous surveillance [127]. Mais je ne peux cacher ceci [128] sans y ajouter ces quelques mots sur la grande erreur que nous avons tous faite [en] voulant nous convaincre qu'il [129] a besoin d'hommes pour le travail. C'est vrai qu'il en a effectivement besoin. Mais l'extermination des Juifs occupe pour lui [--] la première place, a la priorité sur tout
   [--]

---

125. Il s'agit du doyen du Conseil juif (*Judenrat*), Mordekhaï Haïm Rumkowski.
126. C'est-à-dire l'auteur du Manuscrit de Lodz.
127. Sans objet.
128. C'est-à-dire, documents et notes.
129. C'est-à-dire, l'Allemand.

[--] cela fournira aux futurs chercheurs, aux historiens et encore davantage aux psychologues un tableau net et un éclairage sur l'histoire des événements et des souffrances, car le [--] vrai miroir de la vie de ghetto en Pologne est sans conteste Lodz et non Varsovie, le second [--] car entre la première transplantation et la seconde, les Juifs de Varsovie ont vécu dans des conditions de ghetto extraordinaires, qui permettaient tant de choses [--] exaltant de combattre pour [--]

[--] quand on fait connaissance avec les survivants du ghetto [--] on obtient alors une réponse nette à tout. [--] récit de vérité, car [ce n'est] toujours pas l'entière vérité.

L'entière vérité est bien plus tragique et épouvantable. Dans le cahier [--] déterrer cela vaut la peine de [chercher] Par pur hasard, ceci [130] a été enfoui en plusieurs endroits. Cherchez encore ! Vous [--] trouverez encore.

Texte yiddish établi et collationné par Ber Mark
Traduit du yiddish par Maurice Pfeffer

---

130. Les documents, les notes.

IV
Notes*

par Zalmen Lewental

1.

[--] [en l'espace de ?] quelques années avoir subi diverses formes de souffrances et [--] persécutions qu'a subies la population juive avec le début de la guerre en 1939 dès que l'Allemand eut [--] occupé, on annonça que notre bourgade serait également [--] sur le modèle de toutes les autres [villes ?], des quartiers spéciaux pour Juifs [--] des quartiers isolés par une clôture de barbelés et formant [--]. Dans le ghetto, les conditions matérielles empirèrent. Les infimes moyens de subsistance [--] consistaient à trafiquer en fraude avec les Polonais de la campagne. Tous les autres postes de travail furent d'un seul coup suspendus puis définitivement supprimés [--] enfermer les Juifs dans le ghetto et leur interdire de sortir. [--] mauvaises conditions matérielles [--] le mode d'habitation à l'étroit, les uns sur les autres [--] des Juifs se trouvaient si loin dans les ghettos de leurs propres meubles comme bois [--] avaient besoin [--] [131].

2.

[--] violaient en [les menaçant] de couteaux [--] jeunes filles nues [-], d'une manière horrible [--] leur enfonçant

---

* Les nombres précédant les paragraphes de texte renvoient à la numérotation des feuillets du manuscrit, établie par B. Mark en fonction des sujets traités.

131. L'auteur décrit ici les conditions de vie dans le ghetto de Ciechanow.

un bâton dans le derrière jusqu'à ce qu'elles expirent dans de monstrueuses souffrances, dans des tourments [--]. Les hommes mûrs [--] les sadiques les faisaient sortir [--] les forçaient à violer […] enfants [--] [132] les femmes de leur famille [--].

3.

[--] [distribué ?] des repas [--] [133] [Et pour] diverses autres sociales [--], repoussé l'échéance. Le 1-11-1942 [--] [134] fut annoncée la déportation qui concernait les [villes] de Plonsk, Nowydwor [135].

4.

[--] le tableau se présentait [--]. Avant même qu'il fasse jour la population [juive] se trouvait sur [le lieu de rassemblement]. [Il fallait laisser] ouvertes les portes [des logements abandonnés]. Tous pleuraient sur leur [triste] sort. Quand il a fait jour [--], rassemblé toute la […] étaient arrivés les [véhicules] [136] [--], à ne pouvoir bouger [--].

---

132. Ces scènes abominables eurent lieu dans le ghetto de Ciechanow en 1940 ou 1941.

133. Z. Lewental fait ici probablement allusion à la création d'une cantine populaire dans le ghetto de Nowydwor où l'on distribua gratuitement des repas aux trois cents premières familles juives expulsées le 1er novembre 1942 de Ciechanow. Ce fut à l'initiative et sous la direction d'un groupe d'artisans de Ciechanow.

134. Conformément à un ordre des autorités allemandes, le 1er novembre 1942, tous les Juifs devaient quitter le 2 novembre la ville de Ciechanow. Sur intervention des Allemands qui employaient des Juifs, les autorités repoussèrent l'échéance au 6 novembre, afin de permettre aux employeurs allemands d'affecter d'autres ouvriers aux postes de travail libérés par les Juifs. À cette date, mille huit cents Juifs furent expulsés de la ville.

135. Début novembre 1942 commença la liquidation des Juifs des districts de Ciechanow et Bialystok. Les villes de Plonsk et Nowidwor faisaient partie du district de Ciechanow.

136. L'auteur décrit ici les événements du 7 novembre 1942, le

5.

[--] hors des [véhicule] [--] [coups] mortels. Les coups [--] brisaient bras et jambes. [--] étaient chargés des familles entières. [--] était le tableau [--] des enfants qu'ils ne trouvaient pas [--] jusqu'au lendemain [--] en attendant, on faisait partir des convois [137] [--].

6.

[--] que tout le monde avait [décidé] de ne pas bouger de sa [place]. Tant pis pour ce qui adviendra à [tous] ceux [--] si la même chose arrive [à chacun de nous] [--] constaté [ensemble], avec sa [famille] [--] Nous étions devenus [--] et nous étions [--] déjà pleinement conscients que nous allions [à la mort], [...] quand est arrivé le jour du départ [...] le 17-11 [138] [--] soudain [--] des enfants qui ne pouvaient pas encore marcher tout seuls petites jambes, cela avait [--]

7.

[--] verrouillé [--] transporter [--] rassemblé tard la nuit, avec l'aide de policiers juifs [--] ils méritent sûrement un grand merci [139] pour leur [collaboration] [...] si loyaux envers leurs maîtres [140] [--] Aucun ne vit plus, sinon j'aurais moi-même introduit [--] ce que des gens [--] conduits à la [--], poussés [--] quelques centaines dans un wagon, arraché [--] enfer [--]

---

transfert final des Juifs de Ciechanow dans le ghetto de Mlawa qui était un camp de transit pour les Juifs des bourgades environnantes du district de Ceichanow, où les Allemands formaient des convois pour Auschwitz.

137. L'auteur décrit ici l'arrivée au ghetto de Mlawa.

138. Le 17 novembre 1942, un 3ᵉ convoi de Juifs fut déporté du ghetto de Mlawa à Auschwitz.

139. Une ironie amère.

140. C'est-à-dire les occupants allemands.

[--] mais [--] à cinq heures, après quelques heures à rester
debout, les SS et la police se sont [mis] à exécuter [--]
gros rire cynique avec [--] on jetait des gens [--]

[--] qui n'avaient pas [--] simplement des malades
[étaient] [--] et sans arrêt encore [--] aux yeux de [--] jetés
dans les latrines [--] des gens [--] assisté [au départ] [--]
s'était [--] était maintenant [--] ont été renvoyés [--]
Auschwitz, nous les [--] autres [--]

10

[--] Des [Polonais] qui se trouvaient là [--] demandaient
de l'argent [--] Bien entendu, nous n'avons pas lésiné,
nous avons tout donné pour acheter un peu d'eau, mais,
malheureusement, les Polonais ont [--] ne pas laisser
sortir [--]. En un mot, ils avaient tout reçu de nous [--] une
mère avec cinq enfants [sont morts ?] et de toute [la]
famille n'est [resté] en vie que le père qui pleurait mais
sans larmes.

11

Vrai [--] entendu qu'on partait [--] [des Juifs] [de Varsovie ?] [ont aussi de cette manière] [--] de notre région
envoyés dans des [camps] [--] connus du diable, de l'ange
de la mort lui-même [--] [Dans le convoi] se trouvent [--]
des [gens] innocents [--] Nous, en fait, [--] ne savions rien
d'Auschwitz [--] [des gens] étaient déjà depuis des mois.
[--] Cela nous a […] trompés jusqu'à la dernière minute
[--] En cours de route [--] a eu peur de [--] pénétré à [--]
arrivé au milieu de la [nuit ?]. [--] gare [--] Le train s'est
arrêté.

[--] se tiennent debout [--] des détenus [--] des SS qui
aident très courtoisement les [faibles ?], femmes et

enfants à monter dans le camion [--] Tu veux quoi que ce soit [--] impossibles à reconnaître en vain [--] les victimes juives innocentes [--] avec les mêmes [camions] charger les gens [--].

13.

[--] Conduits la nuit [--], le même véhicule, le même chauffeur, les mêmes SS, parcourant quelques kilomètres, arrivant [--] au dernier cercle de l'enfer, leur visage changeait aussitôt et ces hommes si courtois un instant plus tôt [--] se jettent déjà assez [--] se jetaient sur les innocents [--] battaient et frappaient sauvagement avec leurs gourdins, jusqu'à ce que [--] chassé tout le monde dans un bloc en bois et retournaient à la rampe. Les [--] redevenaient courtois et gentils, à nouveau le même [141] […].

14.

[--] était fusillé [--] ne pouvait s'imaginer ce que [--] On a été conduit [--] nous a introduits dans [--] bloc [--] Pour le lendemain [--]

15.

[…] cela se [--] [quand un] convoi [--] [arrivait ?] [Nous ?] [--] ramasser les morts [en cours de route] et [--] rassembler tous les paquets […] et valises que les juifs [avaient] avec [eux], [--] tous les paquets et ensuite, [--] le convoi était emmené [--] déballé [--] paquets de vêtements [--] puis [--] expédiés en Allemagne. Quand nous sommes arrivés [--] nous avons aussi rencontré en dernier le *Kommando* des Juifs [--] *Kommando* qu'on appelait au

---

141. L'auteur décrit ici la suite des événements à l'arrivée du convoi à Auschwitz, le départ vers les chambres à gaz des camions chargés de Juifs non sélectionnés.

camp « Canada » [142] [--] D'aspect, ils étaient tous avaient [--] eu [--]

16.

[--] rencontré sur la [rampe] lors du nettoyage. [--] peuvent ramasser les […] abandonnés [--]. Envoyés ensuite en Allemagne, sous la [--] *Kommando* un purement juif, [--] leur […] demandé ce qui se passait ici. [--] être abattus [--] nous déjà [--] les SS [--]

17.

[--] avec nos [--] Cette année a maintenant commencé [--] ce qu'on a jusqu'à présent entendu [--] nous ont […] des gens qui sont déjà [--] [au camp] [--] Notre état d'esprit [--] À nos questions, encore une fois avec nos femmes et nos enfants [--] ils ont répondu que c'est ce qu'on leur avait ordonné de dire et qu'ils nous ont effectivement dit. Tout cela nous avait induits en […] erreur. Nous avions cependant aperçu une sorte de camionnette fermée, un petit véhicule de secours d'urgence avec de grands emblèmes de la Croix-Rouge sur toutes les faces. Probablement [--] de secours d'urgence [143] […].

18.

[--] Les bandits […] [l'épouvantable] travail […] emmené les gens en camion dans le petit bois [144], ??? tous déchargés là comme des pommes de terre d'un véhicule [--] camions fermés [--] qui voudra le croire, qui pourra

---

142. Sans objet.

143. Sans objet.

144. Les premières chambres à gaz de Birkenau avant la construction de quatre grands crématoires avec chambres à gaz se trouvaient dans un petit bois, dans deux chaumières villageoises soigneusement aménagées dans ce but qu'on appelait « la maisonnette blanche » et « la maisonnette rouge » ou bien le *Bunker* 1 et *Bunker* 2.

s'imaginer [--] les bandits [--] secours médical pour gens malades [--] bandits, [rien que] pour des gens en parfaite santé. Pour des [malades] normaux, pour de jeunes ??? normaux [--] poison mortel au gaz. [Les SS] conduisent [--] au gazage.

19.

[--] pourchassés par [--] de chiens méchants qui mordaient [--] À l'écart, à cent cinquante mètres, il y avait [...] une chaumière villageoise innocente, avec [--] obstrué les fenêtres par d'épais [--]. Ordonné à tous de se mettre complètement nus et commencé [aussitôt] à chasser [--] couraient [--] nus [--] vers la maisonnette villageoise complètement bourrée, à l'aide de gourdins et de chiens [--]. Un SS a lancé par une petite lucarne du gaz toxique [145] et l'a refermée rapidement. Au bout de quelques [minutes], tous étaient asphyxiés.

20.

[--] hurlement [--] dans le camp [--] entendu encore les hurlements ont commencé peu à peu à faiblir. Les gens avaient [--] péri. Une moitié de ceux qui n'avaient pas pu entrer dans les *Bunkers* était restée assise, nue, dans la baraque en bois. Un rigoureux [froid hivernal] [--], attentive aux hurlements et aux cris de ceux qui étaient [--] au milieu des cris avec le Shema Israël sur les lèvres et à la manière dont ils se sont tus et ont péri, [...] ils étaient restés assis dans l'attente d'une mort tragique, gémissant et criant sans cesse, jusqu'à ce qu'arrive, au matin, le fameux *Sonderkommando* pour vider les *Bunkers* [--] et les [146] emmener à huit cents mètres de là, afin de les déverser sur un brasier où brûlaient déjà les victimes de la veille et de l'avant-veille après avoir été [--].

---

145. Seul un SS introduisait le *Zyklon B* par de petites lucarnes.
146. C'est-à-dire les cadavres des chambres à gaz (*Bunkers*).

[--] Le *Sonderkommando* poussait [--] et [était impossible] d'y échapper, sous peine d'être tué pour s'être simplement retourné [--] se sont mis à repousser le reste des gens de [la baraque] dans le *Bunker*, les ont gazés avec les mêmes [cris] [et] hurlements que la nuit précédente. Qu'il a été tragique et terrible le spectacle quand, par la suite, il est apparu que les mêmes hommes qui avaient sorti les cadavres et les avaient brûlés [--] demandé de comprendre qu'ils avaient encore laissé dans les baraques leurs proches, leur famille, qui un père, qui une femme et des enfants. Comme cela s'est révélé par la suite, si chacun en allant au travail avait reconnu des membres de sa famille, c'est parce que le *Kommando* était nouvellement formé ce jour-là d'hommes qui venaient tout juste d'arriver avec le convoi et avaient aussitôt été affectés à ce travail. C'est ainsi qu'ont péri toute notre population [147], toute notre communauté, notre ville, nos chers parents, femmes, enfants, frères et sœurs, le 10-12-1942 [148] tard dans la nuit et le reste le lendemain matin.

[C'est absolument] inadmissible, [on extermine des êtres humains] uniquement parce qu'ils sont juifs car [--] journellement se succèdent des convois de milliers d'hommes, femmes et enfants, aveugles, qui sont [emmenés] par les bandits vers [le *Bunker* ?] pour [les] asphyxier par le gaz et [--] entassés en nombre dans le *Bunker* [--] ils sont déjà morts, gazés, et nous devons les [--] brûler, réduire leurs cendres en poudre [--] notre vie [--].

---

147. C'est-à-dire la population juive de Ciechanow.

148. Le dernier groupe de Juifs de Ciechanow transférés à Mlawa, parmi lesquels l'auteur, fut déporté le 7 décembre 1942. Au bout de trois jours d'un terrible voyage dans des wagons plombés, ils arrivèrent à Auschwitz le 10 décembre 1942.

Quand je suis arrivé ici, au camp de Birkenau, il y avait déjà quelques [bâtiments] il y avait déjà […] dans les champs boueux et on en construisait encore [149], c'était le 10-12-1942. Dès notre entrée après le [150] [--] où d'un convoi de deux mille trois cents personnes on n'en a choisi que cinq cents, le reste est parti immédiatement au gazage, alors que nous n'en savions encore rien [--] Étant [--], un [doyen ?] juif nous a déclaré que [personne ne survivrait] plus de trois jours [151]. Cela s'est passé la nuit [--] au milieu de [--] entendu de loin d'effroyables clameurs mêlées aux hurlements sauvages des SS et de dizaines de chiens. On nous a expliqué qu'on était en train, à l'aide des chiens, de conduire à la mort nos familles [--] mères, pères, femmes et enfants. Dès lors [--] s'était de [--] [compris ?] [--] suffisamment [--].

24.

Me suis trouvé au camp dans différents *Kommandos*, à Auschwitz, à Buna pour travailler, puis suis revenu ; après avoir traîné quelques semaines un peu partout, j'ai

---

149. Les nazis avaient commencé à construire l'annexe d'Auschwitz à Birkenau en octobre 1941. Les premiers qui y travaillèrent comme esclaves furent les prisonniers de guerre soviétiques. Les travaux de construction se poursuivirent ultérieurement sans interruption jusqu'à fin 1944.

150. C'est-à-dire après la sélection.

151. Le même fait est mentionné par l'ancien détenu d'Auschwitz Mordekhai Ciechanower, qui rapporte que sur 2 300 on sépara 524 hommes (et non 500) et qu'un détenu juif en vêtements rayés, probablement un doyen de bloc, vint les voir avec un SS. Le Juif les accueillit par ces mots : « Vous vous trouvez ici dans le camp de la mort de Birkenau. Ici vous travaillerez beaucoup et vous aurez peu à manger. Si vous vous conduisez bien, vous tiendrez le coup pendant trois ou quatre mois, sinon vous crèverez dans les prochains jours. »

été affecté, le 25.1.1943, à la même usine [152] pour y travailler. Mais pas pris beaucoup retard par rapport à mes camarades. Et comme ils se sont habitués, ces hommes, des hommes normaux, à la personnalité [humaine ?] normale, pas celle de criminels ou [d'assassins ?], mais celle d'hommes de cœur, de sentiment, de conscience, en tout cas ils se sont [habitués] à ce [genre] de travail, mais ce n'est pas leur faute [--] Dès la première nuit les premiers hommes [--] emmenés travailler on leur a seulement [dit ?] que le travail serait difficile mais que pour cela ils auraient [--] Aucun d'eux n'en savait rien car l'ancien *Kommando* qui y travaillait avait été anéanti ce jour-là [à la suite d]'une dénonciation d'un ??? [juif ?] [--] s'évader [--] découvert […].

25.

On courait, chassés par les gourdins des gardes SS qui nous surveillaient, au point qu'on ne pensait absolument plus à soi, personne parmi nous ne savait plus ce qu'il faisait, ni quand, ni comment, ni plus généralement ce qui lui arrivait. [--] On se sentait ainsi complètement perdus, vraiment comme des morts, comme des automates, nous courions, pourchassés, ne sachant ni où il fallait courir, ni pourquoi courir, ni quoi faire. [Personne] ne regardait son voisin. Je sais bien qu'alors personne parmi nous ne vivait, ne pensait, ne réfléchissait. Voilà ce qu'on avait fait de nous jusqu'à ce que nous soyons [--]. Nous avons commencé à reprendre nos esprits [153] [--] qui l'on traînait pour le brûler, ce qui s'était passé. C'était bientôt après les [--], avait déjà retiré tous les gens [gazés du] *Bunker*, on [les ?] avait jetés sur les « *lorries* [154] » pour les transporter à [un brasier] où brûlaient déjà les cadavres de la

---

152. L'auteur veut dire le *Sonderkommando*.
153. Sans objet.
154. Chariots sur lesquels on transportait les cadavres aux fours crématoires.

veille, de l'avant-veille [--] jeté là-bas les corps dans le feu [--]. Ce n'est qu'au retour dans son bloc après le travail, quand chacun s'est couché pour se reposer.

26.

[--] que la tragédie a débuté. Chacun a commencé à croire au rêve qu'on lui avait décrit la veille, ses proches, ceux qui lui étaient les plus chers ne vivaient plus et ne revivraient plus, il ne les retrouverait jamais, jamais plus, car il les avait lui-même brûlés. Alors, à quoi bon vivre, dans quel but vivre ? Plus question de manger ou de boire, ce qui est compréhensible [--] doué de raison, qui est en mesure d'apprécier un événement, mais même une bête, un animal, quand on lui enlève ceux qu'il a mis au monde [155] ou ceux dont il est né, ou ceux avec lesquels il vivait, comprend qu'on commet une injustice à son égard et proteste par son refus de [manger] et de boire. D'autant plus l'être humain qui doit [--] naturellement il régnait en outre [--] une humeur noire. Plus de pleurs [--] on entendait partout de tous côtés [--] le bloc était exclusivement juif, quand les [--] on ne prenait alors que des Juifs, tandis que précédemment y travaillaient également des Polonais et des Russes. Mais, de notre temps, il n'y en a plus [156], uniquement des Juifs [--] ce qui pose en fait une question, si [--].

27.

Nous ??? au monde [--] encore quelque chose [--] qui puisse encore un jour renforcer sa volonté de vivre et de supporter les malheurs en ayant encore la conviction de retrouver un pour quelqu'un en vie, et par ailleurs le fait de cette tragédie hors du commun, de l'atrocité de [--] C'est pourquoi, chacun était prêt [--] à s'arracher les yeux

---

155. Sans objet.
156. L'auteur fait ici allusion à la composition nationale du *Kommando*.

avec ses propres ongles. [--] s'imaginer au monde [--] souffrance, la douleur, le tourment [--] en sachant tout simplement que celui-ci ou celui-là va [--] Pourquoi, pour qui, pourquoi la vie est-elle si [--] ont-ils mérité cela [--] étaient-ils fautifs, y a-t-il donc vraiment [--] et consolation y a t-il ? […]

28.

Ai été soutenu par un ??? fort du [--] Que ne m'a-t-il achevé alors, comme je lui en aurais été éternellement reconnaissant. Je serais au moins mort d'une mort douce, avec des lamentations sur les lèvres [--] Mais mes plus proches, mes plus intimes [--], mes plus chers, qui m'avaient toujours été certainement bien plus chers que ma propre vie. Car au bon vieux temps, j'aurais pour la vie [--] quand il n'y a plus de vie [--] car [--] la moindre [--] d'une mère et le dévouement d'un père pour [--] la proximité de son [--] fidèles pour toute sa vie, était [--] Chacun était alors prêt au pire [--] [la mort ?] ne nous a plus [--] tout est [--] vie [--] de toute manière, nous allons déjà [--] ne s'est pas trouvé [--]

29.

[--] à l'écart des hommes, [ne] rencontrant personne [--], mais toujours [--] venant pour la première fois dans le petit bois où [--] se trouvaient alors les *Bunkers*, l'assassin mondialement connu, l'*Oberscharführer* Otto Moll [157], tenait [un discours] [--] « Pas ma faute, un ordre est un ordre. [--] » Mais que c'était tragique, [--] s'approchaient plus près, [--] ses proches et sa famille, qui [--] une épouse et [--] jeunes filles [--].

---

157. Commandant des crématoires de Birkenau.

30.

Malheur, tel était le sentiment de chacun de nous. Telle était la pensée de chacun de nous tous. Nous avions mutuellement honte de nous regarder droit dans les yeux, des yeux gonflés de douleur et de honte de pleurer ; pour se lamenter, chacun se fourrait dans un coin différent afin qu'aucun de ses proches ne le trouve [--] J'avoue que moi-même [--] que mon père était aussi [--]. À mon approche, qu'il ne voie pas [--] savais que quand nous nous [--], nos cœurs allaient [--] de douleur [--] cela a effectivement été lors de [--] camp quand j'ai aperçu le [--], m'a demandé où étaient ses sœurs, ses frères, [sa femme et ses enfants, ses parents], où étaient-ils tous maintenant ? [--]

31.

[On manquait] d'audace pour mettre fin à ses jours [--] Personne ne l'a fait à l'époque. Pourquoi ? [--] pas. Cela demeure une question à laquelle [il est présentement difficile de répondre]. Toutefois, un peu plus tard, après avoir repris nos esprits, il s'est trouvé de nombreux hommes qui à la première occasion, comme par exemple tomber malade ou simplement affronter une situation extérieure plus ou moins [déstabilisante], ont aussitôt mis fin à leurs jours [--] Dehors, au camp, il était [parmi les] centaines qui ont [--] été fusillés [--]. Cela reste une question [--] Il est vrai que la vie [--] la volonté de vivre [--] présentée, n'a jamais été évaluable ni évaluée [--], tout simplement chez nous [--].

32.

Les psychologues [disent ?] que l'homme, quand il s'estime complètement perdu, sans aucune chance et sans aucun espoir, devient incapable de rien faire, fût-ce la moindre chose, il est déjà comme un homme mort. Car l'homme est capable, énergique et prêt au risque aussi longtemps qu'il pense, par sa démarche hardie, atteindre et obtenir quelque chose. En revanche, quand il perd toute chance et tout espoir, il n'est plus bon à rien. Il [commence] [à penser ?] au suicide [--] (un sujet pour les psychologues) [--]. Laissé conduire comme des moutons, les plus forts, les plus héroïques [parmi nous] se sont [effondrés] dès l'instant où l'on nous a amenés ici et [--], [tout ?] pris et nous a donné de tels [--] costumes de prisonniers, [nous avons] été humiliés, complètement [--], enveloppés dans un manteau étranger [--] sont encore notre [--] ont été pris [--]

33.

[--] dans l'intelligence qu'il possède mais elles sont, sans distinction, elles-mêmes dominées inconsciemment par la volonté spirituelle de vivre, par l'aspiration à vivre et à survivre. Comme si tu te persuadais que tu ne te soucies pas de ta propre vie, de ta propre personne, mais uniquement de l'intérêt de la collectivité pour la survie, pour telle ou telle raison, dans tel ou tel but, on trouve des centaines de prétextes. Mais la vérité, c'est qu'on a envie de vivre à tout prix. On a envie de vivre parce qu'on vit, parce que le monde entier vit et tout ce qui est agréable, tout ce qui est lié à quelque chose est en premier lieu lié à la vie. Sans la vie, c'est [--]. C'est la pure vérité. Soyons clair et net si quelqu'un vous demande : « Pourquoi as-tu [--] », je lui répondrai [--] : « C'est [--] » Qu'il constate : je suis moi-même trop faible, je suis tombé sous la pression de la volonté de vivre ; afin de pouvoir évaluer correctement [--] vouloir vivre, mais non [--] il s'agit [--]

34.

[--] Pourquoi fais-tu un travail [aussi] peu convenable, comment vis-tu, pourquoi vis-tu, quel est ton but pour vouloir vivre encore ? [--] C'est cela qui constitue le point très faible de [--] notre *Kommando* que je n'ai absolument pas l'intention de défendre dans son ensemble, en tant qu'entité. Je dois ici dire la vérité : plus d'un s'est à

tel point, avec le temps, laissé aller, que c'en était une honte pour soi-même. Ils avaient simplement oublié ce qu'ils faisaient et ce à quoi ils s'appliquaient et avec le [temps, ils s'y étaient si] accoutumés qu'on en venait à s'étonner [--] à pleurer, à se lamenter de ce que [--] mais ce sont des ??? tout à fait normaux, moyens, [--] ordinaires, très modestes [--], sans le vouloir, cela devient banal et l'on s'habitue à tout et ainsi les événements n'impressionnent plus, on crie, on regarde indifférent périr quotidiennement des dizaines de milliers d'hommes et puis, rien.

35.

Ce qui a joué un très grand rôle dans le processus d'accoutumance, c'est le fait que, dans les premiers temps, on n'utilisait généralement pas de détenus pour convoyer des gens encore vivants. Tout était exécuté par eux-mêmes, les chiens bipèdes aidés des chiens quadrupèdes. Le *Kommando* venait seulement chaque matin pour trouver des *Bunkers* pleins de gens gazés et des baraques pleines de hardes, sans jamais rencontrer d'être vivant. Cela a beaucoup contribué psychologiquement à atténuer l'impression de tragédie [--] mais il s'est trouvé de rares [personnes ?] pour ne se laisser en aucun cas influencer par l'habitude, pour ne pas laisser la chose devenir banale, pour ne pas se laisser entraîner. Bien entendu, les éléments parmi nous dont c'était la vocation, par exemple les Juifs très pieux comme le *dayan* [158] de [--].

36.

Makow-Mazowiecki et ses [semblables] pensent [--] ainsi que de plus nobles cœurs qui, en aucun cas ne voulaient participer au jeu de « vivre aujourd'hui, mourir demain ». Je me suis gardé à tout prix. Les premiers temps, leur

---

158. Juge rabbinique.

influence sur le *Kommando* était très faible ; pour la simple raison que, s'ils étaient au total peu nombreux, ils étaient encore moins nombreux à être reconnus car ils n'étaient pas organisés. Ils ne formaient pas une [masse] homogène, c'est pourquoi ils disparaissaient dans l'ensemble de la [masse]. On ne les distinguait pas et ceux qui [--] était malheureusement [--] des hommes dans de telles conditions [--] s'habituer à tout de sorte qu'ils ne se sentaient plus concernés par ce qui se passait autour d'eux, comme s'ils n'étaient plus des hommes. Mais il est assez caractéristique d'observer ce qui se passait dans d'autres conditions, quand un *Kommando* de cent cinquante hommes [159] travaillait dans [--]

37.

un espace libre, sans barrières, sans chaînes de postes mais où quatre sentinelles seulement étaient de garde, dans les longues nuits noires d'hiver. Il y avait des fois où l'on ne se voyait pas à un mètre, et alors qu'il y avait non loin de nous, à quelques dizaines de kilomètres, des milliers de [juifs] des communautés entières [160], personne n'a

---

159. L'auteur décrit les conditions de travail du *Sonderkommando*, lorsqu'il y arriva au début de 1943. Le nombre de ses membres et les conditions changèrent en fonction de l'accroissement du nombre de morts du camp. À partir de la seconde moitié de 1943 commencèrent à fonctionner à Birkenau les quatre fours crématoires à chambres à gaz, nouvellement construits, ce qui mit fin à l'incinération des cadavres en plein air. En été 1944, la situation changea quand débuta le massacre des Juifs hongrois. L'effectif du *Sonderkommando* atteignit puis dépassa le millier. Les quatre crématoires de Birkenau n'arrivant pas à brûler le grand nombre de cadavres, on eut à nouveau recours aux bûchers.

160. Des communautés juives existaient encore à l'époque, c'est-à-dire après l'arrivée de Zalmen Lewental en décembre 1942, à Bedzin et à Sosnowiec, à trente-cinq kilomètres d'Auschwitz. Début août 1943, elles furent également liquidées et les Juifs déportés à Auschwitz.

eu l'idée de s'enfuir. Premièrement pour ne pas [risquer] sa vie, deuxièmement [--] aurait quoi que ce soit [--]. C'était simplement [parce que la peur] de l'Allemand était si grande [--] emboîtaient le pas [--] des *Kommandos* [--] les croisaient de sorte que [--] il [leur] tenait à cœur à ce que le travail soit exécuté [au mieux] pour que personne n'ose surtout pas penser à l'évasion. Ainsi, par exemple, [si ?] [par malheur ?] on soupçonnait quelqu'un de penser à [l'évasion] aussitôt on [--] prévenait [--]

38.

Le dernier truand, un souteneur venu de France, et l'on réglait sur-le-champ ces problèmes de manière radicale, sans même hésiter à livrer l'histoire et la personne aux mains des autorités [161]. Ainsi a-t-on très tôt émoussé et éteint tout sentiment toute idée d'une quelconque tentative. À présent sur le fait que c'est aux *Kapos* [162] eux-mêmes [à agir] ou à apporter leur aide car cela leur est très facile, c'est Warszawski [163] qui a raison. Ainsi la peur se maintenait, la terreur s'était emparée de tout le monde pour longtemps, [jusqu'à ce que] [--] quand a commencé un peu [--] le régime s'est un peu adouci, les [--] avec les [--] ne faisaient plus [--]. J'étais quotidiennement [--]

39.

[--] On a commencé à regarder autour de soi, à voir avec qui nous étions restés, qui il y avait, qui était là, qui était parti au *Kommando* du ciel [164] et qui était encore resté.

---

161. L'administration allemande SS du camp.

162. Il s'agit vraisemblablement du plan de révolte qui échoua en été 1944 sous la conduite du *Kapo* juif du *Sonderkommando* Kaminski de Sokolkal qui fut trahi, livré aux mains de la section politique [Gestapo] et fusillé le 2 août 1944.

163. L'un des dirigeants clandestins de la Résistance du *Sonderkommando*.

164. Argot du camp, cela signifie « la mort ».

Bien entendu, il ne restait que les seconds rôles, les moins importants, un peu de simples gens, [--] les meilleurs, les plus nobles, ceux qui ne faisaient pas de bruit n'étaient plus là, n'ayant pu supporter [--]. Quand les crématoires 3 et [4] [165] ont été construits, cela a été le début d'une nouvelle période [dans] notre vie (si on peut l'appeler ainsi) [--]. Notre *Kommando* en particulier [--] tragédie [--] Tout le travail mécanique par les [--] hommes de sorte que [--] les gens à se dévêtir plus vite et les pousser dans le *Bunker*, outre divers ??? très énergiques pour tout [--] outrageants et sales.

40.

[--] que nous soyons inscrits sur [--] qui vivent peut-être encore maintenant et se laissent encore [--], et sortir un jour libre, peut-être prêcheront-ils qu'il leur revient [--] en considérant que, durant cette période, ils ont tant souffert et supporté [--] bien entendu [--] rappeler leurs agissements lors de leur séjour au camp quand, pour une ration de pain, le moindre chef d'équipe tuait un homme pour que son [--]. Et au détriment des dizaines [--] ils tenaient le coup au camp [--] Et il y a eu un temps, dans ce même camp, dans les années 1941-1942, où tout, vraiment tout individu qui vivait plus de deux semaines ne le pouvait qu'en vivant au détriment d'autres victimes, d'autres personnes ou en leur enlevant [--]

41.

[--] sur la tête, il tombait raide mort. Telle était, en général, la [règle ?] du camp. Telle était la vie quotidienne au camp. Tous les jours, des milliers de tués, sans aucune exagération, vraiment des milliers et tout cela par les [mains] des détenus eux-mêmes. [--] Il y avait [aussi] parmi les Polonais ceux qui tombaient comme ceux qui

---

165. Ils commencèrent à fonctionner le 22 mars 1943 pour le 3 et le 4 avril pour le 4.

[--] Celui qui pouvait tenir un gourdin [166] à la main, celui-là vivait. Tous ces événements, nous, les survivants, [devons] plutôt que [--] [laisser ?] à d'autres parce que cela [--] cependant [ce qui ?] est arrivé [--] ne savent pas [--] mieux [--] personne ne le sait. Ils n'auront pas, car tous les [--] même le moindre indice est enlevé devient [--] avec la terre [--] en outre [--] possible [--] savoir [--].

42.

En accueillir de semblables et il est compréhensible que malgré les dures conditions que tous au camp avaient endurées, il n'avait pas été si facile d'en arriver à s'accoutumer à l'idée qu'il fallait bien penser au lendemain, ne plus attendre qu'on vienne nous conduire au *Bunker* comme tous ceux qu'on y conduisait quotidiennement, venant aussi bien de l'extérieur que du camp même. Au début, nous étions obligés de nous tenir [--] de nos propres frères, uniquement avec des Juifs. Mais, avec le temps, il s'est avéré que c'était aussi avec nos relations d'autrefois, membres des mouvements ouvriers, ou intellectuels indépendants, mais nécessairement des hommes de gauche de [--] milieux polonais [du travail ?] qu'il fallait s'entendre [--] ramifié notre action un peu plus loin et, avec le temps, englobé aussi le camp qui [--] est constitué surtout de Polonais. À ce sujet, [nous avons] fait tout ce qui était possible [--], à tout prix, en risquant la vie de tout le groupe, publié divers matériaux qui peuvent un jour intéresser le monde sur toutes les atrocités, [--]

43.

[--] les assassinats qui sont perpétrés ici, sans compter les sommes non négligeables qui étaient nécessaires pour réaliser nos objectifs. Une fois en contact avec tous les

---

166. C'est-à-dire : le détenu qui avait une fonction dans la soi-disant « administration autonome » avait tout pouvoir sur les autres détenus du camp et pouvait vivre sur leur compte.

milieux, nous avons entamé le travail pratique de préparation à quelque chose de concret. Nos alliés, ceux qui travaillaient dans d'autres *Kommandos*, des Russes pour la plupart nous ont procuré, grâce à leurs nombreux efforts, quelque chose de substantiel. Il est vrai que cela a été [très] difficile d'y parvenir. Je dois [d'ailleurs] [dire] que s'il y avait eu à ces postes de travail [--] des Juifs, bien davantage aurait été réalisé [--]. Nous devions nous adresser à eux et chez [--], contactés, car les seuls qui étaient intéressés à la chose, ne pouvaient [--] les autres en revanche qui ??? entre leurs mains [--], pour eux, ce n'était pas tellement vital [--]. Malgré tout, des Russes et [--] après un schnaps et parfois s'être bien empiffrés [--] ils étaient satisfaits de ce peu. Ce qui vient d'être dit ici est malheureusement parvenu à [--] .

44.

[--] ensemble jusqu'à la dernière minute. C'était un de nos collaborateurs actifs et l'un des dirigeants de tout le [mouvement] ouvrier de Varsovie dès les années 1920-21, connu comme militant communiste dès cette époque sous le nom de « Yossélé-à-sa-maman ». Il avait vécu plus tard à Paris comme collaborateur de la presse communiste à Paris sous le nom de Yosi Warszawski [167]. Un homme très intelligent, doué d'un excellent caractère, d'un naturel calme, mais dont l'âme combative était tout feu, tout flamme. Son meilleur ami, venu avec lui de Paris où ils avaient tout le temps travaillé ensemble, était Yankl Handelsman [168], né en Pologne à Radom [--] mais extrêmement énergique, [--] discernement, pas bête du tout, plein de vitalité [--]. Lui-même plus jeune qu'eux, ancien élève d'une yéchiva de Sandomierz. Plus tard [--] appelé par mes camarades, communistes avérés, « le gars de la

---

167. Cf. note 163, p. 143.
168. Sans objet.

yéchiva » ou « le socialiste de confession mosaïque [169] ».
C'est vrai ! j'avais énormément de respect pour eux, mes
camarades, rien que pour le [--]

45.

[--] travail accompli au cours de leur vie. Moi-même issu
d'une famille extrêmement religieuse, vivant dans une
petite ville, Ciechanow, replié sur moi-même sans rien de
commun avec qui que ce soit. Mais pourtant nous avons
si profondément compris le vrai ??? commun [--] dans le
camp et encore notre [--]. Nous avons, à vrai dire, longuement discuté si nous devions continuer à vivre. Voyant ce
qu'il advenait de notre *Kommando*, ce qu'il advenait des
hommes, comment ils s'étaient avilis et éloignés de tout
sentiment humain, que pouvions-nous malheureusement
encore attendre de [--], nous avons décidé que, pas seuls
[--] en faveur de quelque chose [--] pas possible [--].
Nous avons alors commencé en commun le [travail] [--]
quelque chose de pratique, quelque chose de [--], puis
commencé à nouer des contacts avec le camp, à rechercher dans le camp les meilleures forces possibles, des
[connaissances] d'autrefois, des gens [--], capables [--]
réaliser quelque chose.

46.

[--] pour gagner et cela est [--] car cela se passait systématiquement [--] c'était [lié ?] au bien manger et boire [--]
[tout] ce à quoi le camp entier rêvait [170] [--] ne voyait pas.
Dans le même temps, commençaient déjà [--] des sentiments dissimulés chez les rares personnes qui malgré tout

---

169. Zalmen Lewental fait ici allusion au troisième chef du mouvement de résistance du *Sonderkommando*, le *dayan* Lejb Langfus.
170. Les membres du *Sonderkommando* étaient mieux nourris et
recevaient même de l'eau-de-vie ; mais ils n'attendaient pas la
nourriture du camp. Entre leurs mains tombaient les provisions
emportées par les déportés sélectionnés pour la chambre à gaz.

pleuraient et [gémissaient ?] [--] discrètement et n'étaient pas devenues [--] mais [--], comme à propos de [--] mes camarades [--]

47.

[--] camp, le groupe [--] mais, dans le même temps, la psychose d'évasion du camp était d'actualité. Elle avait principalement pénétré les milieux des prisonniers de guerre russes [qui] devaient constituer pour nous le meilleur élément dans notre action[171]. Cela nous gênait beaucoup dans notre travail. Nous n'avions rien contre. Nous disions à chacun : « Si tu peux te sauver avec de meilleures chances par tes propres moyens, alors, je t'en prie, vas-y ! » Nous les avons pour cela beaucoup aidés avec des vêtements civils ainsi qu'avec de l'argent, avec [--]. Nous avons tout fait pour cela. Il est compréhensible que chacun [--] du [--] tous n'ont pas des conditions, [--] de sorte que l'on a par la suite ??? de très nombreux Juifs [--] Peu importe. Chez nous aussi, s'était répandue une idée extrêmement simple [--] de s'évader [--] elle était encore antérieure à l'idée d'une action générale. J'avais à cet effet fait tous les efforts nécessaires et j'étais déjà prêt à m'enfuir [--], [l'œil ?] juif et les ??? Juifs [--] caractère de [--]

48.

[--] nos propres frères, qui ne pouvaient admettre que qui que ce soit essaie éventuellement de se sauver alors qu'eux mêmes resteraient ici. Ces motifs et d'autres semblables avaient amené mes propres camarades à me trahir prématurément et, avec l'aide du *Kapo* et du doyen de bloc, me bloquer et me retirer toute possibilité à cet effet. Ainsi, par exemple, on surveillait chacun de mes pas, jour et nuit. On me [menaçait ?] de me dénoncer au chef de camp de notre *Kommando* pour une conduite aussi

---

171. Pour la préparation du plan de soulèvement.

dangereuse [--] au moment où tous les nôtres pouvaient encore [--] mes proches [--] et à Yankl [172] on avait proposé le [--], c'était malheureusement impossible [--]. L'un était dans [--] *Kommando* de près de mille hommes [--] opportun de [--] et s'y était préparé, mais malheureusement, [--] a été intercepté par [des] mouchards et des provocateurs et on l'a empêché d'accéder [--] essayer de sauver [sa] vie [--] Mafinka Elusz, né à Gostynin,

49.

un garçon ordinaire mais plein [trop plein ?] d'énergie et de désir de vivre, incroyablement risque-tout et téméraire, plein d'idées astucieuses et audacieuses à l'extrême. Il avait tout préparé et même fixé l'heure de [se] mettre en route. Et quelques [heures] plus tôt [--] avait été arrêté. Oui ! oui ! hélas, ainsi l'avait voulu le destin. Tant pis, ??? se trouve malheureusement dans les [--] de l'Allemand [--] tous ceux qui prêchaient [--] qu'il n'y a pas de plus grands ??? que nos [--] laisser vivre ni plus personne du *Sonderkommando* n'est, malheureusement [--] ont avec nos [--] avec [--] pour rien, ni [mangé ?] ni dormi [--] et tout réglé pour être fin prêts et [--] rien, même pas un seul des nôtres, personne [--] ont déjà dernièrement conduit [--]. Tant pis ! [--] Et s'être entièrement consacrés à l'[action ?] générale. [--] La préparation [chez nous] n'a pas marché comme on l'aurait voulu. [La tension ?] montait d'heure en heure nous nous sommes à cause de [--] peu matériel [173] [que ?] nous

50.

[--] que nous avions supplié de pouvoir l'utiliser, car nous allions chaque soir, vingt hommes et deux gardes, pour deux heures au crématoire. À l'époque, celui-ci était encore en dehors de la chaîne des postes. C'était encore

---

172. Yankl Handelsman.
173. Explosifs, armes et munitions.

pendant les nuits d'hiver, nous pouvions très facilement liquider les gardes et partir, et jusqu'au matin personne n'aurait su ce qui s'était passé. Mais, malheureusement, à ce sujet nous n'arrivions pas à nous décider ; il se trouvait toujours quelqu'un que quelque chose retenait, pour l'un la bonne nourriture, pour un autre une fille dont il était tombé amoureux. En un mot, on en parlait tous les jours, jusqu'à ce que cela devienne impossible. On avait agrandi la chaîne des postes et plus rien n'était possible. Oui, oui ! il faut malheureusement dire la vérité, nos propres frères n'en sont pas peu responsables. « Comme disent les gens, la liberté ou la mort [174]. » Peu de temps après, on a appris qu'on s'apprêtait à amener ici [les] Juifs hongrois [175] pour les brûler. Nous avons été effondrés [jusqu'au] dernier d'avoir à brûler un million de Juifs hongrois. Nous en avions assez, nous en avions plus qu'assez depuis long-temps, devrons-nous encore

51.

tremper nos mains dans le sang des Juifs hongrois. Cela a amené tous les hommes du *Kommando*, sans distinction de classe ou de milieu, et même les plus réservés, à tem-pêter pour qu'on mette fin à ce jeu, qu'on en finisse avec ce travail, ainsi qu'avec notre vie si nécessaire. Nous avons recommencé à tempêter pour exiger de l'exté-rieur [176] une solution rapide, mais malheureusement pas comme on se l'était imaginé. Entre-temps avait commencé la grande offensive à l'Est ; et on voyait de jour en jour les Russes se rapprocher de nous et d'autres [177] ont été d'avis que tout ce travail était peut-être superflu, qu'il valait

---

174. Expression talmudique.

175. Le nombre de Juifs hongrois massacrés à Birkenau a en fait atteint environ 400 000.

176. C'est-à-dire l'Organisation générale de la résistance d'Auschwitz.

177. C'est-à-dire le Mouvement clandestin du camp.

mieux attendre, patienter encore un peu [jusqu'à] ce que le front se rapproche en même temps, de ce fait, chez les SS le moral s'effondrerait, la désorganisation s'accroîtrait, ce qui pourrait augmenter très sérieusement les chances de réussite de notre action. C'est vrai ! De leur point de vue, ils avaient raison, d'autant qu'ils ne se voyaient absolument pas menacés par l'ajournement, [--] [les ?] liquider, [il ?] a [--] [temps]. Ils n'ont pas à se dépêcher pour cela, mais, nous,

52.

occupés à notre travail, nous voyions cependant la réalité, le temps s'écoulerait, il ne se passerait rien. En particulier, nous, les hommes du *Sonderkommando*, nous avions toujours affirmé que nous étions plus spécialement menacés que tous les autres détenus du camp, y compris même les Juifs du camp. Nous n'y croyions pas parce que les Allemands voudraient à tout prix effacer les traces de leurs méfaits jusqu'à ce jour et ils ne pouvaient le faire qu'en anéantissant tous les hommes de notre *Kommando*, sans même en épargner un. C'est pourquoi nous ne considérions pas comme une chance pour nous le rapprochement du front. Au contraire, nous y voyions la nécessité de lancer notre action un peu plus tôt, si nous voulions encore accomplir quelque chose de notre vivant. Nous voulions, sous la pression de tout notre *Kommando*, amener le camp à comprendre que c'était l'extrême limite, mais malheureusement on nous retardait de jour en jour. Entre-temps, nous avions démonté le peu de matériel que nous avions et fabriqué avec celui-ci ce que nous voulions et dont nous avions besoin. Nous faisions tous les efforts pour maintenir l'équilibre du *Kommando*, nous faisions tout avec beaucoup d'abnégation mais [--]

53.

[--] et cela a duré de longs mois. C'est pourquoi, nous avons réussi, grâce aux efforts et au dévouement d'un

certain nombre de jeunes filles juives qui travaillaient à [l'usine] de munitions [178] [--] à nous procurer un peu de matériel [179], qui devait nous être utile au [moment] [--] cacher et se [--] en plein cœur du [camp].

[--] notre grand ennemi [--]

caché [180] [--]

Gradowski Zahnan de Suwalki [181] lui-même [--] constitué des meilleurs éléments de notre *Kommando* [--] sous [--]

54.

[--] devait être créé. Nous avons commencé à insister auprès de nos alliés pour fixer une date limite car notre *Kommando* était fin prêt. Cela se passait après que le travail chez nous se soit un peu arrêté. Il [n'y] n'avait plus autant de Juifs à brûler. Une fois tous les Juifs de Pologne exterminés, y compris ceux [--] et comme on ne prévoyait plus de Juifs à brûler [--] on avait réduit notre Kommando de moitié, on avait même emmené deux cents hommes jeunes de notre *Kommando* à Lublin où on les a massacrés. Peu après, le camp de Lublin [182] a été liquidé et le *Sonderkommando* de ce camp est venu ici, à Birkenau. [Ils] étaient dix-neuf Russes et un Allemand du [Reich], leur *Kapo*, en tout [vingt] hommes. Notre *Kommando* voyait en eux une menace pour lui-même, estimant que se rapprochait le jour où nous [--] péririons et où d'autres occuperaient nos places à la crémation. Nous qui en étions conscients, estimions qu'il était grand temps [de

---

178. À l'*Union-Werke*.

179. C'est-à-dire des explosifs de l'usine de l'*Union-Werke*.

180. Sans objet.

181. Sans objet.

182. L'auteur entend le camp de travail et d'extermination de Majdanek, près de Lublin, qui exista de 1941 à juillet 1944, au début comme camp de prisonniers de guerre soviétiques, puis comme camp de concentration. Y furent détenues 500 000 personnes venues d'environ vingt-six pays. 360 000 d'entre elles furent assassinées.

dire] : « Ça suffit ! » Il convient en outre de remarquer qu'une nouvelle date [--]

55.

Nos [--]. Une fois les vingt Russes arrivés de Lublin familiarisés avec nous, il s'avéra qu'ils pouvaient nous être très utiles dans notre action, tout d'abord par leur vigueur et leur force. Ils se trouvaient en particulier parmi eux un commandant prisonnier de guerre, un vrai intellectuel. Au début, nous avions placé en lui beaucoup d'espoir, mais [il] est apparu que, malgré la [formation] militaire qu'il avait reçue, on ne pouvait jamais le consulter ni trop s'y fier. Il était tout simplement [--]. On s'était alors tourné vers les autres militaires russes [prisonniers], parmi lesquels des colonels et même un général, avec lesquels [nous étions] en contact. Cependant il leur manquait quelque chose [--] maturité politique avec [--] une tâche aussi compliquée, un mode de clandestinité semblable à celui du camp leur faisait défaut. La compréhension, l'évaluation de chaque plan, chaque action, rien n'était net pour eux. [--] C'était quelque chose de peu clair en soi, peu clair [--] pas encore

56.

au point une fois que les Russes se furent entendus avec ceux de l'extérieur au camp, la situation redevint peu claire, quelque chose clochait. [Nous] ne pouvions attendre plus longtemps et nous nous décidâmes à ??? tout seuls par nos propres moyens, [--] purement et simplement [--] de quel héroïsme faisaient preuve [--] nos gars, au total un petit nombre [--]. Voyant [--] qui nous faisaient traîner de jour en jour. [--] Tous ici en avaient assez [--]. Le plus mauvais d'entre nous, qui avait mal et inhumainement agi, s'est par [--], au bout du compte, blanchi ce jour-là [--]. Comme nous étions décidés et qu'eux avaient le temps, nous essaierions de leur forcer la main, nous les mettrions devant le fait accompli et, après,

qu'ils fassent ce qu'ils veulent ; le jour J fut fixé au vendredi. Nous divisâmes notre *Kommando* en deux groupes,
l'un, composé de ceux qui travaillaient aux crématoires
1-2 [183]. l'autre de ceux

57.

qui travaillaient aux crématoires 3-4 [184]. Entre les deux
ensembles de crématoires, sont situés le Sauna [185] et le
camp des effets [186]. Sur le plan, vous vous repérerez avec
précision [187]. De toute façon, le tout se situe dans une
même zone du camp, à l'ouest : les crématoires 1-2 [188] à
l'angle sud-ouest [et] les crématoires 3-4 [189] à l'angle
nord-ouest ; au milieu, le Sauna et le camp des effets
comportant également des *Kommandos* juifs. Donc, à
quatre heures, nous devions liquider nos gardes au
nombre de dix et prendre leurs armes. Un *Kommando* de
cent hommes appartenant à notre *Kommando* des crématoires 1-2 [190] (qui en comptait environ cent quatre-vingts
dont il fallait déduire un peu d'inaptes, de faibles, de
malades et aussi de lâches), ce *kommando*, donc, se place-
rait sur la route et attendrait l'arrivée à cinq heures des

---

183. Sans objet.

184. Sans objet.

185. C'est-à-dire les douches. Se trouvaient près du crématoire 3.

186. C'était le lieu où étaient situés les magasins des affaires
confisquées aux déportées arrivant à Auschwitz. Les détenus
l'appelaient « Canada ». Fin 1943, il y avait dans le camp des effets
trente-cinq baraques. Dans trente d'entre elles, on triait, entreposait
et préparait l'expédition des affaires en Allemagne. Dans deux
autres logeaient les détenus du *Kommando* Canada, et dans les dernières étaient regroupés l'administration et divers services. On y
trouvait également les dépôts des affaires des prisonniers non juifs,
détenus temporaires du camp.

187. Cf. le plan de Birkenau.

188. Sans objet.

189. Sans objet.

190. Sans objet.

sentinelles au nombre de vingt qui devaient s'installer pour la nuit dans les miradors sur la petite chaîne des postes. Quand ces derniers arriveraient tout près, les hommes de notre *Kommando* se jetteraient sur eux. Pour chacun d'eux, furent désignés cinq des nôtres parmi lesquels certains qui savaient se servir

58.

de mitraillettes. Après avoir liquidé les vingt hommes, le groupe de cent hommes serait divisé. Une moitié irait avec des mitraillettes rompre la chaîne des postes, de garde toute la journée, la seconde moitié irait vers le camp. Dans le même temps, les autres, nos alliés, devraient également agir chez eux selon la même méthode : se libérer de leurs propres gardiens, puis venir ensemble, les hommes du Sauna avec le *Kommando* des crématoires 3-4 [191], de l'autre côté du camp, et assaillir les sentinelles qui iraient prendre leur service de nuit, puis assaillir les chefs de bloc [--] camps qui sont groupés, le camp des malades [192], celui des [femmes] [193] et celui des hommes [194]. Parmi nos hommes des [crématoires] 1-2 [195], devraient [--] s'avancer sur un chemin où ils rencontreraient huit sentinelles munies de mitraillettes qu'ils devraient assaillir tout près [196] des barbelés de notre camp des hommes. Un groupe de nos hommes se trouvant dans le camp se tiendrait aux aguets. À l'instant où s'approcheraient ceux de l'extérieur, ils couperaient de l'intérieur les barbelés et, avec

---

191. Sans objet.
192. Secteur BIIf.
193. Secteur BIa et b.
194. Secteur BIId.
195. Sans objet.
196. Sans objet.

un grand « hourra ! », ils se précipiteraient à l'aide et incendieraient [en] même temps toutes les baraques du camp. Ceux de notre *Kommando* qui étaient restés après [--] les cent vingt-cinq hommes de l'autre groupe devraient en même temps couper les barbelés du camp des femmes et ceux d'autres camps voisins et simultanément faire sauter tous les crématoires. Voilà ce qui avait été décidé et les préparatifs étaient si avancés que tous nos hommes étaient déjà habillés en conséquence et que la répartition des tâches et même celles des engins appropriés avait été effectuée. Le déclenchement avait été fixé à neuf heures. Et à deux heures encore, arriva la dernière estafette annonçant qu'il n'y aurait pas de report. Les hommes s'embrassaient littéralement de joie parce qu'on avait survécu jusqu'à cet instant imminent où l'on irait consciemment mettre fin à tout, volontairement, bien que personne ne se soit fait d'illusions sur nos chances de salut ; au contraire, on s'était parfaitement rendu compte que c'était la mort assurée et, pourtant, tous étaient contents. Mais [à] la dernière minute, il se produisit quelque chose

d'important : l'arrivée d'un convoi et il fallut suspendre au Sauna et, par conséquent aussi ailleurs, toute l'action. À dire vrai, nos jeunes se mirent à pleurer à chaudes larmes, sachant que de telles entreprises ne doivent pas être différées, sinon rien ne marche plus comme prévu. Entre-temps, nos alliés du camp vinrent à nouveau pour nous demander de maintenir le contact avec eux en nous assurant que sous peu ils seraient décidés à marcher avec nous. Nous nous laissâmes convaincre. En particulier, la situation politique extérieure qui s'améliorait [de] jour en jour nous obligeait à attendre, à patienter, évaluant désormais non plus tant nos chances de salut auxquelles nous n'avions jamais beaucoup cru que les chances accrues de réussite de l'action. En ce qui concerne les Juifs que nous brûlions pendant ce temps, le camp nous rabâchait qu'ils auraient été brûlés de toute façon, si ce n'était par nous, ç'aurait été par d'autres. Mais nous protestions quotidiennement,

61.

désireux de hâter les événements. Cela dura si longtemps que, dans l'intervalle furent brûlés un demi-million [197] de Juifs hongrois et, eux, dans le camp, avaient toujours le temps, tout simplement parce qu'ils n'étaient pas encore concernés : c'était toujours trop tôt, plus on retardait, mieux c'était. Avec le temps, notre plan fut en effet élargi par la participation de tout le camp et, en particulier, celle du camp voisin d'Auschwitz. Notre plan fut complété comme suit : un *Kommando* de Polonais, Russes et [Juifs] qui travaillaient au démontage de vieux avions [198] et, en outre, à divers magasins de munitions [199], devrait sur place attaquer ces magasins et distribuer les armes à l'ensemble du *Kommando*, au camp pour se battre avec les SS du camp, pendant qu'une petite partie attaquerait les baraques des soldats [200] pour y mettre le feu. Mais malheureusement, à la dernière minute, ils imposèrent une condition, attendre encore un peu. Nous grinçâmes des dents et nous nous tûmes,

62.

car nous avions prévu des plans pour exécuter [l']action de notre propre chef, y compris un plan [pour] exécuter l'action tard dans la nuit et tenter aussitôt de fuir dans les

---

197. Cf. note 175, p. 150.

198. Sans objet.

199. Le groupe de détenus affectés au travail *Zerlebgetriebkommando* [Kommando de démontage].

200. C'est-à-dire les baraques où logeaient les SS.

champs et ainsi nous sauver, ce qui semblait [201] encore réalisable [--] L'action commune nous a beaucoup retardés pour la simple raison que nos deux *Kommandos*, c'est-à-dire celui des crématoires 1-2 [202] et celui des crématoires 3-4 [203], n'arrivaient pas à se coordonner pour cette action. Au lieu de laisser agir un seul des deux, au risque de trahir ainsi l'autre, nous décidâmes qu'il valait mieux attendre et entreprendre une action commune, avec les mêmes chances pour les deux *Kommandos* des crématoires, tant nous étions [--] dévoués et unis.

Le jour arriva, où notre situation commença à s'aggraver du fait que tout notre *Kommando* fut transféré et logé aux crématoires 3-4 [204] où il n'y avait rien à faire, de sorte qu'il était prévisible que,

63.

dans les tout prochains jours, on viendrait retirer un groupe des nôtres. Et c'est en effet ce qui se produisit. Deux cents hommes furent pris, mis à mort et brûlés [205]. En conséquence, suite à la grande colère et au chagrin, il y eut à nouveau le désir de terminer la pièce, d'autant plus que l'action [206] n'était pas achevée.

Car on avait compris que, dès qu'un peu de temps se serait écoulé, il [207] essaierait à nouveau de réduire le

---

201. Sans objet.
202. Sans objet.
203. Sans objet.
204. Sans objet.
205. Cela se passa en septembre 1944. La direction SS avait trompé les victimes en leur disant qu'elles allaient être transférées à Gleiwitz et leur avait même fourni des vêtements neufs et de la nourriture pour le voyage, puis elles furent expédiées à Auschwitz I où elles périrent. Leurs cadavres furent transportés à Birkenau pour être incinérés dans les crématoires. Les membres du *Sonderkommando* y reconnurent leurs camarades.
206. Celle des Allemands.
207. L'Allemand.

Kommando, car il n'amènerait plus ici de Juifs de Budapest. De plus, on disait ouvertement qu'il envisageait de liquider le camp du fait qu'il expédiait quotidiennement par train des convois de Juifs, non loin d'ici, et nous avions toutes les preuves contrôlées qu'ils étaient exterminés, même leurs vêtements revenaient au camp [--] et de plus il nous amenait journellement, au crématoire, de nouveaux jeunes en bonne santé sans sélection aucune, comme il le faisait autrefois, mais simplement pris au fur et à mesure, bloc après bloc [208], systématiquement,

64.

selon un plan préconçu, de sorte qu'on voyait nettement se rapprocher l'échéance de la liquidation totale. En outre, il essaiera à nouveau d'opérer une nouvelle réduction de notre *Kommando*, ce qui, à coup sûr, ne lui réussira pas, car il devra s'en prendre à des hommes au courant de tout et affectés à ce travail, depuis longtemps préparés à l'événement, de sorte que cela ne lui [209] réussira certainement pas et nous le savions parfaitement. Après une nouvelle pression de notre part sur ceux du camp [210], à qui nous martelions jour et nuit et prouvions qu'avec leur attente, ils n'attendraient rien d'autre que leur train, leur tour pour aller au *Bunker* [211] et rien de plus. Ils furent finalement d'accord et fixèrent une date pour une action générale commune et unitaire. Nous recommençâmes l'ensemble de nos préparatifs mais avec plus

---

208. Lewental entend ici l'extermination des Juifs du camp de transit (camp de dépôt). Là se trouvaient les détenus qui n'étaient ni enregistrés ni sélectionnés, mais amenés directement de la rampe au camp de transit.

209. C'est-à-dire la direction SS du camp.

210. C'est-à-dire la direction de l'Organisation internationale de résistance.

211. Sans objet.

de précautions que précédemment[212], car, la première
fois, nous avions souffert des suites fâcheuses d'une
dénonciation par l'un de nos *Kapos* polonais nommé
Nfietek, de notre *Kapo* juif[213].

65.

qui fut effectivement arrêté et fusillé sous la même incul-
pation. Cette fois, nous voulions agir avec plus de pru-
dence. Après avoir fixé la date, nous apprîmes par nos
alliés juifs, qui représentaient la masse générale du camp
et maintenaient un contact permanent avec les Russes et
les Polonais, que la fixation de cette date par les Russes
l'avait été de leur propre chef, sans avoir suffisamment
calculé, sans préparation appropriée, mais simplement
selon leur bon vieux système bien connu : ne pas trop
approfondir, mais agir et, terminé ! Évaluer les chances,
à quoi bon ! Agir et, terminé ! Se demander si cela réussira ou non, pour eux, c'était trop approfondir. Cela [--]
calculeront qu'il faudra préparer [--] que tous ceux [qui]
sont représentés par nous [--] en soient informés, qu'ils
sachent [--] si l'on devra faire quelque chose, mener à
bien quelque chose. Il faut donc [--] le savoir à l'avance,
c'est-à-dire [--]

66.

déjà [--] ils le sauront déjà bien tout seuls. Quand ils
entendront le « hourra », les cris, la fusillade, ils
comprendront ce qui se passe. Alors que cela s'appelle
une aventure à laquelle [nous] ne voulions pas nous
décider car [on avait] peu de chances, si c'était simplement pour se battre, nous avions de meilleures chances en
agissant de notre propre chef, nous y gagnerions davantage. Et, à dire vrai, nos propres hommes nous repro-
chaient souvent d'atermoyer [--] en agissant de notre

---

212. Sans objet.
213. Il s'agit du *Kapo* Kaminski.

propre chef [--] ça suffisait, et nous-mêmes, nous qui nous trouvions à la pointe de l'action, nous-mêmes devions être ceux qui retenaient, remettaient au lendemain, afin d'avoir plus de chances, plus d'organisation. Une fois l'échéance passée, nous nous déchargeâmes de toute la responsabilité sur les rares personnes qui savaient mieux comment organiser toute l'affaire, sur quelques Juifs et Polonais. Ils commencèrent donc à s'organiser et à préparer à l'événement tous les *kommando*[214] extérieurs comme il se doit, à affecter à chaque *Kommando* un homme de confiance valable qui devrait être

67.

informé de tout et saurait à l'avance la date fixée, préparerait sur place les conditions et le matériel nécessaires à l'affaire. Bien entendu, cela apparaissait comme la solution correcte avec de bonnes chances de réussite, mais il aurait fallu que cela dure un bon bout de temps. Mais, entre-temps, il arriva ce que nous craignions si fort. On annonça à nouveau le départ d'un convoi de trois cents hommes du *Kommando* des crématoires 3 et 4[215]. Cela créa la confusion la plus complète dans le *Kommando*. Parmi les trois cents hommes, il s'en trouva pour déclarer d'emblée qu'ils opposeraient de la résistance. Et si l'on oppose une résistance, il va de soi qu'on ne peut en prévoir l'issue. En outre, ceux qui devaient rester dirent qu'ils étaient prêts à en finir, associés aux autres, et cela peut-être même avec quelques heures d'avance, sans attendre qu'on vienne les chercher, mais à en finir dès la veille au soir. Ils y avaient à coup sûr pleinement droit et c'est ainsi qu'il fallait effectivement faire.

---

214. Équipes de travail qui œuvraient au-delà des clôtures du camp.
215. Sans objet.

68.

[--] ils s'appuyaient sur les assurances de tout le camp, à savoir que la question était à cent pour cent d'actualité et le [moment] très proche. C'était une question de quelques jours avec la grande chance d'avoir la participation du camp tout entier, au nombre de dizaines de milliers d'hommes. On exigeait impérativement de nous de tolérer le retrait des [trois cents] hommes pour le prix de la réussite de l'action. Sentant que nous avions déjà des forces [--] de la totalité de l'action générale et sans prendre en compte notre vie, étant seulement intéressés au plus large succès, nous avions [--] laissé [--] de rester [--] à l'écart. Nous avions [--] et nous ne leur disons rien. Au contraire, qu'ils opposent la résistance adéquate, qu'ils fassent ce qu'ils peuvent. Mais nous restons à l'écart. De cette manière, nous ne perdrons pas nos chances qui devraient se présenter [au plus] dans quelques jours. Un événement survenu quelques jours plus tôt dans notre crématoire 2 [216] fut hélas la cause du grand

69.

[--] malheur et ruina une bonne partie de tout notre plan. Mais personne n'a le droit de minimiser l'élévation morale, l'audace, le courage et l'héroïsme manifestés par nos camarades, y compris [lors] de l'échec d'une entreprise qui [n'a pas encore], jusqu'à présent, son équivalent dans l'histoire d'[Auschwitz]-Birkenau et en général dans l'histoire des vexations, persécutions, malheurs et souffrances dont l'Allemand a été la cause dans tous les pays occupés. Les dix-neuf Russes étaient chez nous et travaillaient avec nous. Ils étaient informés de tout et dignes de confiance. Avec leur tempérament, ils paraissaient un peu trop insolents aux yeux du [chef] du *Kommando*. Ils ne demandaient en général rien à personne, faisaient ce

216. Sans objet.

qu'ils voulaient, ce qui ne plaisait absolument pas à nos maîtres. Souvent, à propos des Russes, ils parlaient de les retirer du *Kommando* mais « retirer d'ici », tout le monde [savait] ce que cela signifiait : « direction ciel ». Et pour cela ils ne pouvaient pas trop s'y décider de leur propre chef, ils n'avaient pas de prétexte valable.

70.

[--] quelques jours plus tôt, l'un d'eux s'était soûlé et beaucoup querellé. Voyant cela, notre chef, un *Unterscharführer*, un criminel professionnel, se mit à le rouer de coups. L'autre s'échappa, et le chef lui tira dessus et le blessa. Puis, en voulant transporter le blessé, celui-ci sauta du véhicule et se jeta sur ce même chef, lui arracha son gourdin et lui assena des coups sur la tête. Ce dernier, saisissant rapidement son pistolet l'abattit sur place. Il profita de l'incident pour informer le commandant qu'il avait peur des Russes et pour réclamer qu'on les retire d'ici, ce qui lui fut, bien entendu, accordé. Comme on avait déjà parlé de retirer des crématoires 3-4 un convoi de trois cents hommes, le chef annonça aux Russes qu'ils en feraient partie et ce que cela signifiait, ils le comprirent parfaitement car eux-mêmes, les dix-neuf Russes, avaient brûlé le

71.

premier convoi de deux cents hommes, qui étaient partis de chez nous pour Lublin [217] et tombés entre leurs mains. Il s'ensuivit un formidable chaos chez nous. Eux-mêmes voulaient commencer la pièce le soir même. Nous réussîmes, par divers artifices, à les retenir. Nous discutâmes avec le chef pour qu'il les laisse ici, en lui expliquant qu'il s'agissait d'un simple incident causé par un ivrogne entièrement irresponsable et que personne, bien sûr,

---

217. Sans objet.

n'était responsable à sa place. Il se laissa plus ou moins influencer, car il avait en nous la plus entière confiance, ce à quoi nous avions assez œuvré pour qu'il en soit ainsi. Et cela se serait sûrement terminé sans esclandre mais, le lendemain, c'était un samedi matin, le 7-10-1944, nous apprîmes qu'à la mi-journée devait partir le convoi des trois cents hommes des crématoires 3-4 [218]. Nous confirmâmes pour la dernière fois notre position et nous indiquâmes de façon claire et précise à nos alliés comment ils devaient se comporter dans les différents cas de figure. Mais, dès qu'il fut 1 h 25 et qu'on vint chercher les trois cents hommes,

72.

ils manifestèrent un formidable héroïsme en refusant de quitter la place. Ils poussèrent un grand cri et se jetèrent avec haches et marteaux sur les gardes dont plusieurs furent blessés, tandis que les autres faisaient ce qu'ils pouvaient en les bombardant simplement de pierres. Il est facile d'imaginer quelles en furent les conséquences. Au bout de quelques minutes à peine, arriva en voiture tout un escadron de SS avec des mitraillettes et des grenades à main, en quantité telle qu'on ne comptait pas moins de deux mitraillettes par détenu. Quelle armée on avait mobilisée contre eux ! Les nôtres, voyant qu'ils étaient perdus, voulurent [au] dernier moment incendier le crématoire 3 [219] et au cri de « Au combat » ils furent [tous] abattus sur place. Le crématoire s'envola entièrement en fumée. Nous autres du *Kommando* des crématoires 1-2 [220], voyant de loin les flammes de l'incendie et entendant la fusillade extrêmement forte, étions sûrs qu'il ne

218. Sans objet.
219. Sans objet.
220. Sans objet.

restait plus personne de l'autre [221] *Kommando*. Nous [--]
en cette circonstance, il nous apparaissait clairement

73.

que nos alliés étaient avec eux, qu'ils avaient bien
entendu utilisé les armes en leur possession et, dans ce
cas, ce serait la meilleure preuve contre nous qu'il y avait
quelque chose de similaire chez nous. Toutefois, nous
conclûmes qu'il ne fallait pas réagir prématurément,
parce que, de toute façon, ce ne serait rien de plus qu'une
aventure risquée et, pour cela, nous avions toujours le
temps, même à la dernière minute, car sans préparation,
sans l'aide de tout le camp et de plus, en plein jour, il n'y
avait aucune chance de croire que qui que ce soit réussirait à se sauver, fût-ce même un seul. C'est pourquoi nous
devions attendre. L'affaire s'arrêterait peut-être avant le
soir et, alors, si on l'estimait urgent, nous agirions dans la
soirée. Il n'était pas si facile de retenir les Russes qui
étaient avec nous, car ils croyaient qu'on les emmènerait
immédiatement avec le convoi et puisque, là-bas, tous
étaient en train de périr en combattant, ils estimaient que
c'était le meilleur moment. De plus, ce qui les renforça
dans leur idée, ce fut d'apercevoir au loin s'approcher un
groupe

74.

de SS armés. Ceux-ci venaient par mesure de précaution,
mais ils crurent qu'on venait spécialement pour eux. Il fut
impossible à la dernière minute de les maîtriser, ils se
jetèrent sur l'*Oberkapo*, un Allemand du Reich, et le pré-
cipitèrent aussitôt vivant dans le four en flammes, ce qu'il
avait sûrement bien mérité, et sa mort fut peut-être même
trop douce. Puis ils reprirent leur travail. D'autres

---

221. C'est-à-dire le *Sonderkommando* du crématoire 3 qui était à
l'origine de la révolte. Lewental était affecté au crématoire 2.

camarades du crématoire 1 [222], voyant qu'ils étaient placés devant le fait accompli, [sans qu'il soit] possible de revenir en arrière, prirent vite conscience [de la situation] et essayèrent d'attirer les chefs [qui] se trouvaient à ce moment dehors. Mais ceux-ci se sentaient déjà menacés et ne se laissèrent pas prendre au piège [223]. Ne pouvant plus attendre, car chaque minute comptait, à cause de l'arrivée imminente des gardes armés, ils se partagèrent en un clin d'œil, à la dernière minute, tout ce qu'ils possédaient et coupèrent les barbelés.

75.

Et tous [se] dispersèrent en courant, contournant la chaîne des postes. Ils firent preuve malgré tout de beaucoup de responsabilité et d'esprit de sacrifice pendant les dernières minutes dont chaque seconde comptait pour les chances de sauvetage de leur vie menacée par les sentinelles à leur poursuite. Ils s'arrêtèrent pourtant un moment pour [accomplir ?] leur mission en coupant les barbelés du camp voisin des femmes, afin de leur permettre de s'évader. Malheureusement, ils eurent fort peu de succès si ce n'est d'avoir réussi à s'éloigner de quelques kilomètres du camp. Ils furent en effet encerclés [224] par d'autres gardes appelés par téléphone des camps voisins [225] et qui, malheureusement, les abattirent pendant leur course. Beaucoup parmi eux firent usage des armes [226] qu'ils possédaient, ce qui leur avait permis de

---

222. Sans objet.

223. L'information est inexacte. Zalmen Lewental n'a pas vu lui même le déroulement des événements qui se sont passés aux crématoires 1 et 3. Selon les faits actuellement établis, les membres du crématoire 1 ont désarmé un chef de *Kommando* qu'ils ont jeté dans le four et ont tué un autre SS.

224. Sans objet.

225. C'est-à-dire des camps voisins de Rajsko, Budy, Harmensee, Babice.

226. Sans objet.

s'enfuir si loin. Mais les forces des autorités étaient suffisamment importantes. [Comme] c'était à prévoir, avec l'aide

76.

[--] ils encerclèrent tous nos héroïques frères et les abattirent tous de loin avec leurs mitrailleuses [227]. En particulier, qui saura apprécier l'audace et le dévouement de nos camarades restés au nombre de trois [228] [pour] faire sauter dans les airs, [eux] y compris, le crématoire et périr ainsi en même temps sacrifiant consciemment leurs chances [d'être sauvés] [--] car en définitive un [espoir] s'insinue [--], peut-être pourtant et y avoir ici renoncé [--] s'être sacrifié, n'est-ce pas avoir réellement sacrifié leur propre vie sur l'autel ? Consciemment, de tout cœur, emplis d'esprit de sacrifice, car personne ne les y obligeait à ce moment-là, ils auraient pu essayer de s'enfuir tout comme les autres et, pourtant, ils y renoncèrent dans l'intérêt de la cause. En vérité, qui est donc en mesure d'apprécier la grandeur de nos camarades, l'héroïsme de leurs actes ? Oui ! Oui ! Les meilleurs des nôtres ont péri là, vraiment les meilleurs, les plus chers, les meilleurs éléments [--] le plus dignement, soit pour vivre, soit pour mourir [--]

77.

C'étaient des hommes [--] ils attendaient [--]. [--] C'étaient des camarades prêts au combat, [--] pour vivre ou pour mourir [--] Nous qui étions [--] à l'écart pendant tous ces [événements], sans savoir ce qui était arrivé, car c'était [différent] de ce qui avait été prévu, et ce qui s'était passé là-bas à la dernière minute [--] ils n'avaient pas réussi à nous le faire savoir, nous nous retrouvâmes malheureusement seuls, sans nos proches les plus chers, sans personne [ici avec qui vivre] et, pire [encore], avec

227. Sans objet.
228. Parmi lesquels le *dayan* Lejb Langfus (cf. p. 27 à 29).

qui mourir. De tous nos hommes de confiance, il n'en restait aucun de [--]. Il restait en vie le sus-mentionné,

78.

Yankl Handelsman, [l'un] des piliers de la haute direction de toute l'action. Du fait qu'il se trouvait [avec les] trois hommes restés pour faire sauter [les crématoires] et avec les [--] [retards] [--] qu'ils n'avaient pas encore réussi à faire exploser [--] le bâtiment et ils avaient été [--] mais il se trouve hélas [à nouveau] avec [--] quelques Russes qui se trouvaient [--] au crématoire 2 [229], et appréhendés, ils sont incarcérés dans le *Bunker* [230] aux mains de la section politique [231] ; bien entendu, il est facile d'imaginer ce qù'on en fait là-bas. Ici, n'est resté que [--] le *dayan* [232], lui-même un intellectuel, [--] se ??? avec lui, mais loin de comprendre l'ensemble de l'affaire, ne serait-ce qu'à cause de ses prises de position qui se situent toujours dans le cadre de la Loi juive, et encore un autre, Malinka Elusz, déjà mentionné, qui devait diriger l'action du

79.

Kommando du crématoire qu'il [--] mais bien des choses qui nécessitent de la réflexion. Il est trop jeune, avec trop peu d'expérience de la vie. C'est un acte, un acte de guerre [--] relier aux problèmes de la guerre. Mais ce n'est pas nous qui sommes [--] pas réussi comme prévu ; c'est la faute de [--]. Et, en revanche, la grande force qu'il a [--] ont vu pour la première fois des hommes

---

229. Sans objet.

230. C'est-à-dire dans la prison du bloc 11 d'Auschwitz I où furent incarcérés, après la révolte, quatorze membres du *Sonderkommando* et cinq jeunes filles accusées d'avoir fourni de la poudre aux révoltés du *Sonderkomando*.

231. C'est-à-dire la Gestapo.

232. Le *dayan* de Makow-Mazowieck, Lejb Langfus.

[s'inquiéter de] ce qu'exige d'eux la [--], sans s'effrayer de [--] et bien qu'ils aient encore eu [des chances] de vivre plus longtemps et même de vivre dans de bonnes conditions, car nous ne manquons ni de nourriture, ni de boisson, ni de quoi fumer [--] et pourtant à décider de mettre héroïquement fin à sa [propre] vie, c'est à saluer et à inscrire dans notre histoire, mais soyez [--] précieux et dévoués camarades, qui n'êtes plus avec nous, qui avez rempli votre devoir et accompli ce qui vous incombait, soyez [sûrs ?] que nous qui vivons encore maintenant, qui nous affairons sur cette grande et triste [tombe],

80.

de sous [--] sûrs que si [--] est [--] trahi, nous ne ??? rons [--] pas [--]. Nous non plus, rien ne nous effraie [--] avec vous [--] combattre ensemble [--] commencé [--] commencé [--] commencé, mais nous ??? rons ce que [--] et ensemble nous aurons [réalisé ?] une grande chose.

81.

Et un tel fait subsistera éternellement parmi nous et parmi tous ceux qui sauront comprendre notre situation avant de l'évaluer. Puisse subsister [--] pour être rappelé en bien.

T.N.Ts.B.H. [233]

[--] rencontrâmes avec nos alliés [--] au sujet de l'affaire générale. Nous avions tous [pensé que cela] durerait quelques jours à cause du [--] Auschwitz à cause de nos motifs [--]. On saura si [vous] vivez [--]. Vous vous leur-rerez si longtemps que vous vous piégerez tout seuls. Cela, on le verra plus tard. Quant à nous, nous ne

---

233. Inscription sur les pierres tombales juives : *Tehi nishmati tsura bitsror hakhayim* [« Que mon âme soit liée au faisceau des vivants*. »] (*Les initiales sont les mêmes quand il s'agit d'une pluralité de morts et correspondent à : *Tihyou nishmotam tsurot bit-sror hakhayim* : « Que leurs âmes soient liées au faisceau des vivants. »)

remettrons certainement pas à plus tard ce qui nous incombe. Rappelez-vous donc bien, nous vous avertissons, ??? avez encore une chance [--], rappelez-vous, ne perdez pas la dernière chance qui, ici [--] temps. Ils ont bien compris et ils feront comme vous [--]. Pas encore écoulé, cela, c'est l'avenir qui nous le dira, [--] et nous commencions à douter quelque peu de leurs paroles, ils perdaient quelque peu notre confiance en eux à cause de leur inconséquence, etc. [234]

82.

À présent, quelques jours après les événements [--] nous [savons] déjà précisément où nous nous situons au monde, où nous en sommes, [--] on en arrive à la conclusion [--] audacieux [--] être prêts à [--]. Il fallait passer des paroles à la mise en pratique, aux actes, il s'est alors avéré qu'ils étaient [235] tous encore bien loin d'être prêts. Pire encore, leur esprit n'y est pas encore prêt. Ils ne [sont] pas encore en mesure de concevoir une telle chose ; en un mot, ils ont encore envie de vivre. « Pour mourir, disent-ils, j'ai toujours le temps. » C'est pourquoi [--] à la différence de nos gars [--] on nous a tout le temps reproché d'être des faibles, des lâches.

83.

Ceux qui ont peur de la mort, ceux qui veulent vivre un jour de plus, pour qui une heure de vie joue un grand rôle [--] mais la réalité, les événements se sont [--] montrés [--] l'événement a pour [--] c'est précisément nous, les lâches, qui avons été les [--] tout le temps à attendre [--] à s'attendre à quelque chose, nous avons [--] une chance

---

234. Il s'agit d'une discussion entre les représentants de la direction de l'organisation de résistance de *Sonderkommando* et ceux de l'organisation clandestine du camp que l'auteur soupçonne d'inconséquence.

235. C'est-à-dire les alliés.

pour quelque chose de [--] plus vaste possible, mais, quand ce fut [--] quand nous vîmes qu'il n'y avait rien à attendre, que toutes les promesses et les assurances qu'on nous prodiguait tout le temps n'étaient que des phrases creuses bâties sur le mensonge et la duplicité, nous résolûmes alors de dire : « Assez. » Ne pas [craindre] l'issue [du combat] [--]. Bien qu'ils aient encore eu des chances de vivre un peu, peut-être même plus longtemps que tous ceux du camp, ils ont eu la force d'aller consciemment à la

84.

mort. Pourquoi [--] tous les autres dans le camp n'ont-ils pas eu cette force. [--] et le fait de nous traiter [--] toujours en contact avec les Polonais. [--] c'était simplement le [--] dévouement à la [cause ?] [--] ils nous ont utilisés dans tous les domaines [--] [nous] leur fournissions tout ce qu'ils [réclamaient], de l'or, de l'argent et autres objets précieux, pour une valeur de plusieurs millions. Et, ce qui est encore plus important, c'est de leur avoir fourni des documents secrets, du matériel sur tout ce qui nous arrivait [--] Nous leur faisions part de tout, de la moindre chose qui survenait [236], des faits qui un jour pourraient intéresser le monde. Et tous sont à coup sûr intéressants pour savoir ce qui nous est arrivé, car, sans nous, personne ne saura le pourquoi et le comment de ce qui s'est passé.

85.

Et si [quelqu'un] sait quelque chose, [c'est entièrement grâce] à notre effort, à notre esprit de sacrifice, au risque de notre vie et peut-être encore [--] fait simplement parce que nous sentions [que c'était] notre devoir. Nous faisons ce que [--] nous devons faire. Nous [n']avons rien exigé [--] travail [--] pas cela, mais [il s'est] avéré qu'ils nous ont

---

236. Sans objet.

trompés, les Polonais, nos alliés, et tout ce qu'ils nous ont soutiré, ils l'ont utilisé pour leurs propres objectifs. Même le matériel que [nous] avions fourni a été inscrit à leur propre actif, en passant entièrement notre nom sous silence, comme si nous n'avions rien de commun avec eux. Oui ! avec notre argent, avec notre peine et nos efforts, avec notre sang, ils se sont créés popularité et gloire [--] commencé à se tirer [237] du camp [--] ils méritent qu'on les

86.

aide à s'enfuir [--], mais qui sont les vrais représentants, à qui en vérité [--] revient-il de l'inscrire ? Cela, personne ne le sait [--] pleins de douleur [--] souffrants, nous savons [--] pourquoi méritons-nous cela, pourquoi se sont [--] occupés de ??? propres [--] encore quelques jours de passés et nous savons [--] il leur manque toujours un rien que nous devons [--]. Nous avons fait ce qui nous incombait [--]. Qu'est-il apparu, que leur intérêt à nous [retarder ?] avait uniquement pour but de pouvoir [--] soutirer d'ici le plus possible, estimant que [grâce à] notre action faite de notre propre chef, il y aurait [--] plus tard du matériel [--] continuer à graisser [--] sont toujours leurs objectifs à atteindre, leurs propres intérêts personnels, sur notre dos, au prix de notre [--], au prix de notre vie, alors que nous avons été, par [--] trompés et privés de chaque [--] et mis devant le [--]

87.

ne pas être [--] pour dire [--] cela ne marche plus. Si tu [veux] gagner quelque chose, si tu veux créer quelque chose, eh bien, prends tout seul le risque de créer [--] tout seul, pas sur le compte d'autrui [--] Même vous, les intellectuels, vous [--] [avec votre] langage, avec vos façons délicates de parler. Ah [--] pour exprimer maintenant notre

---

237. Sans objet.

[--] ressentiment et notre peine d'avoir [--] alliés, ah ! si l'un des nôtres pouvait encore un jour rencontrer dans sa vie tous ces [alliés ?] devant le [--]. Nous mettrions à nu leur [--] gueule. Nous mettrions leur [--] à nu et la présenterions au monde entier [--] ils se sont séparés de nous, de leurs [alliés ?] ils nous ont tout soutiré et nous [--] laissés tomber. [Nous] n'avions pas [--] nous devions les [écouter] [--] parce que [--] décision [--]

88.

plus plein [--] seul dans [--] il vaut mieux mourir [--] que [--] mort [--] C'est risquer [--] c'est ce que dit chacun, mais les [Polonais] [--] [peut-on] [--] pour l'extérieur, mais nous nous sommes [--] suffisamment laissés exploiter [--] popularité. [--] se ??? sortis des sombres profondeurs de l'enfer pour nous récompenser par un antisémitisme intégral que nous sentions à chaque pas. Ainsi, par exemple, plusieurs dizaines de gens sont déjà partis avec eux mais pas un seul n'a voulu emmener [de Juif ?]. [--] temps [--] avec beaucoup de personnes [--] par de fallacieux prétextes stupides [--] et nous, Juifs, nous marchons et nous périssons. Il ne ? ? tera de nous, de [--]. Aucun de nous n'est

89.

[--] utilisé cela pour soi. Nous continuerons à faire ce qui nous incombe. Nous allons tout [essayer] et cacher ??? [pour ?] le monde, mais simplement cacher dans le sol, et dans [--]. Mais celui qui voudra trouver, qui ??? era [--] encore, vous trouverez encore [--] de la cour, derrière le crématoire, pas vers la rue [--] de l'autre côté, vous en trouverez beaucoup là-bas [--] car nous devons, comme jusqu'à présent, jusqu'au [--] événement [--] continuellement tout faire savoir au monde sous forme de chronique historique. À partir de maintenant, nous allons tout cacher dans le sol. Dédié à mes plus proches, honneur à leur mémoire :

Yosl Warszawski [238], né à Varsovie, venu de Paris,
Zalmen Gradowski [239] (Suwalki),
Lejb [Hershke] Panicz [240] (Lomza),
Ayzik Kolniak [241] (Lomza),
Deresinski Yossef (Luna près de Grodno),
Lejb Langfus [242] de Makow-Mazowiecki, né à Varsovie, à
ce jour encore au crématoire,
Yankl Handelsman [243]. Radom-Paris, à ce jour au *Bunker*.

L'auteur de ces lignes, Zahnan Lewental, de Ciechanow, à
ce jour au *Kommando*.

90.

L'histoire d'Auschwitz-Birkenau [244], d'une façon générale
en tant que camps de travail, et en particulier en tant que lieu
d'extermination de millions d'hommes, je pense qu'elle
sera plus ou moins révélée au monde en partie par les
civils [245] et je pense que le monde est déjà maintenant
au courant de ces [horreurs ?]. Le reste, peut-être par

---

238. Sans objet.
239. Sans objet.
240. Hersh Panicz est né en 1911 ou 1912 à Lomza. Ses parents
y possédaient un magasin de meubles. Hersh avait trois sœurs et un
frère qui, comme lui, ont fait leurs études au lycée de Lomza.
C'était un garçon doué et d'humeur joviale, un sioniste membre de
l'Hashomer Hatsaïr.
241. Ayzik Kolniak était issu d'une famille religieuse. Son père
dirigeait un magasin de vêtements où travaillaient ses enfants
adultes : deux fils et une fille, dont Ayzik. Ayzik s'était marié avant
le début de la Seconde Guerre mondiale. C'était un sioniste faisant
partie de l'Hashomer Hatsaïr à Lomza. Au *Sonderkommando*, il
était chef d'équipe.
242. Sans objet.
243. Sans objet.
244. Sans objet.
245. Par le terme de « civils » l'auteur entend les hommes venus
de l'extérieur du camp comme « travailleurs libres » dans les différentes entreprises du territoire d'Auschwitz.

quelques-uns des Polonais qui demeureront par hasard en vie, ou par les élites du camp, qui occupent les meilleurs postes et les ??? les plus responsables [--] peut-être par eux, en tout cas, leur responsabilité n'est plus aussi grande. En revanche, le processus d'extermination de Birkenau, des Polonais comme des Juifs, [--] ceux qui se trouvaient déjà dans le camp [--] [vu] comment tous périssaient, selon un plan préconçu, par centaines de milliers [246] sur ordre de [--] exécution de [--] propres frères, détenus [--] annoncé pendant le travail par les *Kapos* et les chefs d'équipe. À présent, [--] qui [--] en vie [--]

91.

[--] de notre temps, au XXe siècle, au milieu et au cœur même de l'Europe civilisée, [--] et des gens [--] pour [--] ordres [--] mise en esclavage de [--] [la haine ?] des hommes [--] à quoi ils ont amené le monde [--] se sont tenus ??? l'abîme et en outre qu'il devienne clair pour chacun [--] conditions, surtout notre [--] *Sonder-Kommando* bien connu ! en rapport avec notre travail grâce auquel nous avons si longtemps vécu, et jusqu'à ce jour, nous sommes maintenus et avons survécu dans notre [--]. Voilà ce que nous avons [pensé ?] durant ce temps et tout ce que [--] [vécu ?] durant ce temps avec [--]

92.

[--] inscrits [--] des centaines d'années plus tard et [--] être encore mieux dit [--] qu'ils n'y croient pas, nous le savons parfaitement [--] s'est passé [--] plus vers les profondeurs de l'enfer [--]

93.

[--] que tous les cieux soient de l'encre [--], se sont [--]

---

246. Il faut lire des millions. Bien que membre du *Sonderkommando*, l'auteur ne pouvait concevoir encore le chiffre des victimes assassinées.

inscrits avec du sang dans le monde [--] héroïque [--] afin que l'apprenne [--].

94.

Mais nous allons [--] et vous l'utiliser convenablement, quand nous comprendrons et ne [--] quand on ??? verra pour nous [--] aider [--] pour que notre [--].

Le 10-10-1944.[247]

Texte yiddish établi et collationné par Ber Mark
Traduit du yiddish par Maurice Pfeffer

---

247. L'auteur a inscrit la date deux fois : en chiffres et en polonais.

Liste (des convois de déportés incinérés dans les crématoires de Birkenau entre le 9 et le 24 octobre 1944)

Nº	Date	Nombre de brûlés	Genre de convois	Provenant de	Crématoire[1] nº
1	9/10	2 000	Hommes	Camp allemand	1
2	9/10	2 000	Familles	Terezin	1
3	9/10	2 000	Femmes	Camp C[2]	4
4	10/10	800	Enfants	Tsiganes	4
5	11/10	2 000	Familles	Slovaquie[3]	2
6	12/10	3 000	Femmes	Camps C[4]	1
7	13/10	3 000	Femmes	Camp C	2
8	13/10	2 000	Familles	Terezin	1
9	14/10	3 000	Familles	Terezin	2
10	15/10	3 000	Femmes	Camp C	1
11	16/10	800	Hommes	Camp allemand[5]	2
12	16/10	600	Hommes	Camp de malades	2
13	17/10	2 000	Hommes	Buna[6]	1
14	18/10	3 000	Familles	Slovaquie	1
15	18/10	2 000	Familles	Terezin	2
16	18/10	300	Familles	Divers[7]	2
17	18/10	22	Hommes	*Bunker*[8]	2
18	18/10	13	(politiques)	Prison	2
19	19/10	2 000	Femmes	Slovaquie	1
20	19/10	2 000	(politiques)	Terezin	2
21	20/10	2 500	Familles	Terezin	1
22	20/10	1 000	Hommes et enfants en majorité de 12 à 18 ans	Dyherrn furth[9]	2
23	20/10	200	Femmes	Camp C[10]	2
24	24/10	1 200	Familles	Terezin	1
25	41/10	1 000	Femmes	Gleiwitz[11]	4
26	23/10	400	Hommes	Gleiwitz	2
27	24/10	2 000	Familles	Terezin[12]	1
	7/10	460	Hommes du *Sonderkommando* fusillés		

Les notes de ce tableau figurent page ci-après.

Notes de la liste des convois de déportés incinérés dans les crématoires de Birkenau entre le 9 et le 24 octobre 1944

1. Sans objet.

2. Le camp BIIc, appelé « camp C », comptait 32 blocs. Il s'y trouvait des femmes juives de presque tous les pays occupés par les Allemands, ni enregistrées, ni tatouées, ni envoyées au travail. Une partie d'entre elles fut transférée dans d'autres camps. Au camp avaient lieu, plusieurs fois par jour, des sélections pour les chambres à gaz.

3. À ce convoi se sont ajoutées 123 femmes du *Kommando* Altenberg, amenées de Buchenwald, et 132 femmes de Hongrie du camp annexe Hassag, Leipzig. Ces deux convois ne figurent pas dans les effectifs du camp.

4. Dont 131 Juives du « camp de transit » et 2 836 du camp de BIIc.

5. 805 Juifs allemands amenés le jour même de Berlin, dont 5 seulement furent envoyés au camp.

6. Le texte indique par erreur Bunau. Buna : usine de produits chimiques de la firme I.G. Farbenindustrie, à quelques kilomètres d'Auschwitz. On y fabriquait de l'essence synthétique et du caoutchouc artificiel « Bune ». Le camp s'appelait Buna ou Monowitz, ou aussi BunaMonowitz. C'était la plus grande annexe du « complexe » Auschwitz. En août 1944, le total des détenus s'élevait à 10 000 personnes environ, dont 95 % de Juifs de divers pays d'Europe. L'administration SS du camp procédait à des sélections systématiques, au cours desquelles les inaptes à un travail intensif étaient envoyés à la chambre à gaz.

7. Ce jour-là arrivèrent de Budapest 431 Juifs, parmi lesquels 18 hommes et 113 femmes sont restés au camp.

8. C'étaient des détenus politiques de la prison du camp appelée « *Bunker* », au bloc 11 à Auschwitz.

9. Près du camp qui dépendait du camp de concentration de Gross Rosen.

10. 117 de l'hôpital du camp et 77 du « camp de transit ».

11. À Gleiwitz (Silésie) s'étendait l'un des 39 camps annexes d'Auschwitz.

12. Le 24 octobre 1944 arriva du ghetto de Terezin un convoi de 1 715 Juifs. Après la sélection, 215 femmes et quelques centaines d'hommes furent envoyés au camp et le reste fut gazé.

Extraits de
« Au cœur de l'enfer »*

par Zalmen Gradowski

PRÉFACE (p. 53)

Cher lecteur, j'écris ces mots aux heures de mon plus grand désespoir, je ne sais ni ne crois que je pourrai jamais relire ces lignes, après la « tempête ». Qui sait si j'aurai le bonheur de pouvoir un jour révéler au monde ce profond secret que je porte en mon cœur ? Qui sait si je pourrai jamais revoir un homme « libre », si je pourrai lui parler ? Il se peut que ceci, ces lignes que j'écris soient les seuls témoins de ma vie d'autrefois. Mais je serai heureux si mes écrits te parviennent, libre citoyen du monde. Une étincelle de mon feu intérieur se propagera peut-être en toi, et tu accompliras dans la vie au moins une partie de notre volonté, tu tireras vengeance, vengeance des assassins !

Cher découvreur de ces écrits !
J'ai une prière à te faire, c'est en vérité mon essentielle raison d'écrire, que ma vie condamnée à mort trouve au

---

* Les chapitres suivants sont extraits de la 2ᵉ partie « Le Transport Tchèque » du manuscrit de Zalmen Gradowski, *Au cœur de l'enfer* (traduit par Batia Baum, édité et présenté par Philippe Mesnard et Carlo Saletti, et publié : en France, à Paris, aux éditions Kimé, Paris, 2001 ; en Italie, à Venise, aux éditions Marsilio, 2002 ; aux Pays-Bas, à Laaren, aux éditions Verbum, 2004). Les numéros de page figurant à côté des titres de chapitre indiquent la pagination de l'édition française.

moins un sens. Que mes jours infernaux, que mon lendemain sans issue atteignent leur but dans l'avenir.

Je ne te rapporte qu'une part infime, un minimum de ce qui s'est passé dans cet enfer d'Auschwitz-Birkenau. Tu pourras te faire une image de ce que fut la réalité. J'ai écrit beaucoup d'autres choses. Je pense que vous en trouverez sûrement les traces, et à partir de tout cela vous pourrez vous représenter comment ont été assassinés les enfants de notre peuple.

À présent je t'adresse, cher découvreur et éditeur de ces écrits, un vœu personnel : je te prie de te renseigner à l'adresse indiquée pour savoir qui je suis ! Tu demanderas à mes proches la photo de ma famille, ainsi que ma photo avec ma femme. Et tu joindras nos portraits à ce livre, à ta guise. Je veux ainsi perpétuer leurs chers noms bien-aimés, eux à qui je ne puis offrir à présent même une larme ! Car je vis dans l'enfer de la mort, et ne puis estimer comme il convient l'ampleur de ma perte. Et je suis moi-même condamné à mort. Un mort peut-il pleurer un mort ? Mais toi, étranger, « libre » citoyen du monde, je te prie de verser un pleur pour eux lorsque tu auras leurs portraits sous les yeux. Je leur dédie à tous mes écrits – ceci est ma larme, ma plainte sur ma famille et sur tout mon peuple.

Je veux t'énumérer ici les noms de ma famille :

Ma mère – Sarah
Ma sœur – Libe
Ma sœur – Esther-Rachel
Ma femme – Sonia (Sarah)
Mon beau-père – Rafael
Mon beau-frère – Wolf

Ils ont péri le 8.12.1942, gazés et brûlés.

J'ai eu aussi des nouvelles de mon père, Samuel, qui le jour de Yom Kippour 1942 a été capturé par « eux », et pour la suite je ne sais plus rien. Deux frères, Eber et

Moyshl, ont été arrêtés en Lituanie. Ma sœur Feigele a été arrêtée à Otvotsk.

Ceci est la totalité de ma famille.

Je ne crois pas que l'un d'eux soit encore en vie. Je te prie, c'est mon dernier vœu, de donner sous nos portraits la date à laquelle nous avons péri.

Quel sera mon sort, la réalité me le représente déjà. Je sais qu'approche le jour, le jour devant lequel frémissent mon cœur et mon âme. Pas tant par peur pour ma vie – bien que j'aie envie de vivre, car le désir de vivre tenaille, mais il me reste encore un moment dans la vie, qui ne me laisse pas en paix : vivre, vivre pour nous venger ! Et pour perpétuer le nom de mes chers. J'ai des amis en Amérique et en Eretz-Israël. Je me souviens de l'une de ces adresses, que je te transmets – par lui tu sauras qui je suis et qui est ma famille. J'ai cinq oncles en Amérique, voici l'adresse de l'un d'eux :

J. Joffe
27 East Broadway, N. Y.
America [1]

---

1. Dans la préface qui accompagne la première édition du texte, Wollnerman se rappelle avoir voulu exaucer le souhait de Gradowski : « Je voulais me conformer au testament et au vœu de l'auteur, qui dans chacune de ses préfaces demande au découvreur de ses écrits de s'enquérir auprès de ses proches en Amérique pour découvrir qui était l'auteur et qui était sa famille, et de réclamer sa photo pour la joindre à la publication de ses écrits. [...]. Selon le vœu de l'auteur, j'ai écrit à son oncle en Amérique à l'adresse indiquée pour demander des détails, ainsi que des photos de lui et de sa famille. À cette époque, en 1946, la poste en Allemagne ne fonctionnait pas normalement, il m'a donc fallu des mois pour recevoir confirmation qu'ils avaient bien un neveu du nom de Zalmen Gradowski, originaire de Suwalki. Ils ont bien reconnu l'écriture de leur neveu, et m'ont envoyé une photo de Zalmen Gradowski avec sa femme Sonia-Sarah », (*In Harz fun Gehenem, op. cit.*, p. 4).

Tout ce qui est écrit ici, je l'ai vécu moi-même, en personne, au cours de mes 16 mois de *Sonderarbeit*, de « travail spécial », et toute ma détresse accumulée, la douleur dont je suis pétri, mes atroces souffrances, je n'ai pu leur donner d'« autre » expression, à cause des « conditions », malheureusement, que par la seule écriture.

Z. G.

La nuit (p. 56)

Un ciel bleu profond, paré de brillantes étoiles scintillantes, embrassait le monde entier. Sereine, insouciante, contente, la lune était sortie faire sa ronde majestueuse pour visiter son royaume, le monde de la nuit. Et elle avait ouvert ses sources pour abreuver les hommes d'amour, de bonheur et de joie à profusion.

Cette nuit-là des hommes vivaient encore en paix, des hommes sans barreaux ni barbelés, des hommes que la botte du pirate n'avait pas encore écrasés, et leur œil n'avait pas encore vu la face du barbare, et ils étaient assis en toute quiétude dans leurs foyers, à admirer dans l'ombre et l'intimité de leur chambre la splendeur et la magie de la nuit enchantée, et à tisser de doux rêves d'avenir, de bonheur.

Dans les rues et les jardins ils se promènent, paisibles et insouciants, et contemplent d'un œil rêveur le ciel et son royaume, et sourient tendrement à la lune, qui a enivré et envoûté leur cœur et leur âme.

Et là-bas la jeunesse est cachée dans les allées profondes, sur des bancs voilés d'ombre. [manque] Et ils confient à la lune, leur amie, le secret de leur amour. Sous son clair de lune leurs yeux brillent, une larme tombe du cœur de l'aimée sur la poitrine de l'aimé, sur son cou, car leur cœur déborde d'amour, et une larme de joie a perlé.

Ils voguent à présent sur les eaux, rêveurs et amoureux,

de douces vagues les portent vers des mondes nouveaux, fruits de leurs songes, et chantent de mélodieuses chansons et jouent un air nostalgique. Dans les airs monte vers les cieux l'harmonie du chant et de la joie. C'est le chant de louange qu'offre l'humanité à sa majesté la reine de la nuit, en gratitude pour l'amour et le bonheur qu'elle a insufflés au monde.

Tel était le visage de la nuit, cette féroce, cette brutale nuit de Pourim[2] 1944 au cours de laquelle eux, les assassins du monde, ayant tout préparé pour le carnage de ces jeunes vies palpitantes, dont le nombre atteignait cinq mille, ont apporté les Juifs tchèques[3] comme victimes en offrande à leur dieu.

---

2. Pourim est la fête des Sorts (*pour* en hébreu sort, *pourim* au pluriel). Fête joyeuse et populaire, célébrée le 14 Adar, pour commémorer le salut des Juifs de l'Empire perse qui ont échappé aux intentions destructrices de Haman, descendant d'Amalek, Premier ministre du roi Assuérus (identifié à Xerxès Ier, le Grand Roi de Perse). En effet, comme le relate la Meguila, le rouleau d'Esther, le peuple juif était menacé d'extermination dans les 127 provinces de l'Empire, à la date du 13 Adar, tirée au sort par Haman comme date propice pour le massacre des Juifs. Mais ils furent miraculeusement sauvés, par l'intercession de la reine Esther (le nom d'Esther peut être interprété comme la Cachée). Le 13 Adar a été institué comme jeûne public, en souvenir des trois jours d'abstinence imposés par Esther à elle-même, ainsi qu'aux Juifs de Suse, avant son audacieuse démarche auprès du roi. On procède à la lecture du rouleau d'Esther aux deux offices du soir et du matin. Pourim est marquée par une atmosphère joyeuse de carnaval.

3. Gradowski fait référence à l'assassinat des Juifs déportés du ghetto de Theresienstadt, arrivés à Auschwitz le 8 septembre 1943. L'action, qui a occasionné un déploiement massif de SS, avait commencé avec la « *Lagersperre* » ordonnée le 8 mars 1944 en début de soirée, après que les Juifs destinés à la chambre à gaz ont été transférés du secteur BIIb de Birkenau (cf. *infra*) à l'ancien camp de quarantaine BIIa. Dans les heures qui suivirent environ 4 000 Juifs furent assassinés dans les crématoires II (les femmes) et III (les hommes). Cf. F. Müller, *Trois Ans dans...*, *op. cit.*, p. 129-161. À propos des pages de Gradowski sur l'assassinat des

Ils s'étaient longuement préparés, avaient pris depuis des jours toutes leurs dispositions pour cette grande fête. Il semblait même que la lune et les étoiles, les cieux tous ensemble avaient fait un pacte avec le Diable et s'étaient parés de leurs plus beaux atours pour que la fête « idéale » de ce jour soit riche et imposante.

Notre fête de Pourim, ils l'ont transformée en destruction de Tisha be-Av [4] !

On dirait qu'en ce monde il est un ciel pour les nations et un autre exprès pour nous. Pour eux, le ciel et les étoiles scintillent de vie et de splendeur, et pour nous, pour nous Juifs, c'est le même ciel, bleu profond, paré de brillantes étoiles. Mais ses étoiles s'éteignent et tombent dans l'abîme profond.

Et la lune, il y en a sûrement deux. Une lune pour les nations, aimable et douce, qui sourit tendrement au monde et écoute son chant de bonheur et de félicité. Et une lune pour notre peuple. Une lune cruelle, brutale, qui assiste à tout, indifférente et glacée, et entend les

_____

familles tchèques, cf. M. Karny, « Eine neue Quelle zur Geschichte der tragischen Nacht von 8 März 1944 », in *Judaica Bohemiae*, XXV, 1, Prague, 1989, p. 53-56.

4. Tisha be-Av, 9e jour du mois de Av (de juillet à août). Habituellement entendu comme date de la commémoration endeuillée des deux destructions du Temple (détruit en 586 avant l'ère chrétienne par les Babyloniens sous Nabuchodonosor ; et en 70 par les Romains sous Titus). Cette date est associée aux différents exils et périodes noires de l'histoire juive que ce soit, par exemple, le 18 juillet 1290 où Édouard Ier a signé l'édit bannissant tous les Juifs d'Angleterre ou bien, deux cents ans plus tard, l'expulsion d'Espagne. Gradowski emploie ici cette date directement en référence au fait de la destruction et non à sa commémoration. Il se trouve au cœur même de la répétition historique. C'est en ce sens que, après la guerre, on parle de la troisième destruction (*driter Hurban*). *Hurban*, utilisé en yiddish pour désigner la destruction du peuple juif (c'est le terme Shoah qui l'a remplacé aujourd'hui), est traduit dans le texte de Gradowski, selon les occurrences, par « désastre », « destruction » ou « ruine ».

lamentations et les cris des cœurs, des millions, qui se débattent avec elle, la mort qui vient sur eux.

Les préparatifs du « pouvoir » (p. 69)

Trois jours auparavant, le lundi 6 mars 1944, ils étaient déjà venus à trois. Le commandant du camp, ce bandit et assassin de sang-froid, l'*Oberscharführer* Schwatz-huber [5], l'*Oberrapportführer Oberscharführer*… et notre *Oberscharführer* Vost [6], le chef des quatre crématoires. Tous ensemble ils avaient fait le tour de la zone entière du crématoire et élaboré un plan « stratégique », pour savoir comment poster les gardes, la surveillance renforcée, en position militaire le jour de la grande fête.

Cela éveilla chez nous un grand étonnement, car en nos 16 mois de tragique et horrible travail « spécial »,

---

5. Promu jusqu'au grade de *SS-Obersturmführer*, Johann Schwarzhuber (ici orthographié Schwatzhuber), né à Tuetzing en 1904, entre en fonction dans les camps de concentration à partir de 1938 au KL de Sachsenhausen. Il est commandant du camp des hommes à Auschwitz II-Birkenau de novembre 1943 à septembre 1944, puis, il est muté au KL de Ravensbrück. Fait prisonnier et jugé durant le dénommé procès de la garnison de Ravensbrück, il est condamné à la peine capitale et exécuté en mai 1947 (cf. F. L. MacLean, *The Camp Men. The SS Officers Who Ran the Nazi Concentration Camp System*, Atglen, Schiffer Military History, 1999, p. 219).

6. Le *SS-Oberscharführer* Peter Voss (ici orthographié Vost ou Vast) a été, de 1943 à mai 1944, responsable du crématoire de Birkenau et, ensuite, *Kommandoführer* du crématoire III. Cf. le témoignage de l'ex-membre du *Sonderkommando* Stanislaw Jankowski (Alter Feinsilber) in *Inmitten des grauenvollen Verbrechens. Handschriften von Mitgliedern des Sonderkommandos*, Oswiecim, Verlag des Staatlichen Museums, Auschwitz-Birkenau, 1996, p. 45, note 56 ; pour la traduction française de la déposition cf. p. 219-237.

c'était la première fois que le pouvoir prenait de telles mesures de sécurité.

Nous avions déjà vu passer sous nos yeux des centaines de milliers de vies jeunes et robustes, au sang vigoureux, tant de transports de Russes, de Polonais, et aussi de Tsiganes, qui savaient qu'on les conduisait ici à la mort, et personne n'avait jamais tenté d'opposer une résistance ou de livrer un combat, tous étaient allés comme des moutons à l'abattoir. En ces 16 mois, on ne peut citer que deux exceptions. Au cours d'un transport de Bialystok, un jeune homme intrépide et courageux s'était jeté sur les gardes avec des couteaux et avait poignardé plusieurs d'entre eux avant d'être abattu dans sa fuite. Le second cas, devant lequel je m'incline avec une profonde déférence, est celui du « transport de Varsovie ». C'était un groupe de Juifs de Varsovie devenus citoyens américains, parmi eux certains nés en Amérique ; tous ensemble ils devaient être transférés d'un camp d'internement en Allemagne pour la Suisse, où ils seraient placés sous l'égide de la Croix-Rouge. Mais le magnifique pouvoir hautement « civilisé », au lieu d'envoyer les citoyens américains en Suisse, les avait amenés ici au feu du crématoire. C'est alors que s'était produit cet acte de bravoure d'une héroïque jeune femme, une danseuse de Varsovie, qui avait arraché son revolver à l'*Oberscharführer* de la Section Politique d'Auschwitz, Kwakernak [7], et avait abattu le *Rapportführer*, ce bandit notoire, l'*Unterscharführer* Schillinger [8]. Son acte avait

7. Le *SS-Oberscharführer* Walter Quackernack (ici orthographié Kwakernak) a effectué son service au KL Auschwitz auprès du département politique (*Politischen Abteilung*) en qualité de chef de l'office de l'état civil (*Chef des Standesamt*). Jugé après la guerre dans un tribunal anglais, il est condamné à mort et exécuté le 11 octobre 1946.

8. Le *SS-Unterscharführer* Josef Schillinger, après avoir commencé son service au camp auxiliaire de Chelmek, est muté

donné des ailes à d'autres femmes courageuses, qui avaient frappé, lancé bouteilles et autres projectiles à la figure de ces bêtes sauvages et enragées, les SS en uniforme.

Ce sont les seuls transports où il s'est élevé une résistance de la part de gens qui savaient n'avoir plus rien à perdre. Mais les centaines de milliers sont allés consciemment comme des moutons à l'abattoir. Aussi les actuels préparatifs nous causaient-ils un tel étonnement. Nous avons supposé qu'« ils » avaient dû entendre des rumeurs à propos des Juifs tchèques, eux qui vivaient depuis déjà sept mois au camp, par familles entières, et savaient pertinemment ce qui se passait au camp… ne seraient sûrement pas une proie si facile. Aussi se préparaient-« ils » par tous les moyens techniques à accueillir leur combat, au cas où ces gens auraient l'audace de ne pas vouloir aller à la mort et d'opposer une résistance à ces « innocents » criminels.

Lundi à 12 heures de l'après-midi, on nous renvoie au bloc nous reposer, pour pouvoir revenir au travail avec de nouvelles forces. 140 hommes – presque tout le bloc, après la « séparation » de 200 hommes – devraient aller ce jour-là au transport, car les deux crématoires I et II [9] travailleraient à plein rendement.

---

comme responsable de la cuisine du camp des hommes de Birkenau. À plusieurs reprises, il fait partie du personnel SS affecté à l'escorte des colonnes de Juifs destinés à la chambre à gaz. Le 23 octobre 1943 est arrivé, du KL Bergen-Belsen à Auschwitz, un transport de 1 800 Juifs polonais. Lorsque, à l'entrée de la chambre à gaz du crématoire II, les victimes, toutes des femmes, comprennent qu'elles vont être gazées, l'une d'entre elles réussit à saisir le révolver d'un des SS et tire sur Schillinger qui meurt pendant son transport à l'hôpital de Katowice, et sur le *SS-Unterscharführer* Wilhelm Emmerich qu'elle blesse.

9. Il s'agit ici des crématoires II et III de Birkenau, suivant la numérotation administrative attribuée dans les documents allemands. Pour la reconstitution de l'emplacement des crématoires et

Le plan est exposé dans tous ses détails militaires. Nous, les victimes les plus malheureuses de tout notre peuple, avons été engagés dans la ligne de front contre nos propres frères et sœurs. Nous devrons former la première ligne sur laquelle se jetteront éventuellement les victimes, et derrière nos épaules, eux, les « héros et combattants de la grande puissance », seront postés avec des mitrailleuses, des grenades et des fusils – et de là tireront sur eux.

Un jour passe, un deuxième, un troisième. Arrive le mercredi, jour fixé comme date limite pour la venue du transport. Le transport a été reporté deux fois, pour deux raisons précises. À ce qu'il semble, outre les préparatifs stratégiques, il a été exigé des assurances morales. L'autre raison, c'est que le « pouvoir » cherche tout exprès à organiser les plus grands massacres lors de fêtes juives, et tel fut le motif invoqué pour faire périr les victimes la nuit de mercredi, nuit de Pourim. Au cours de ces trois jours, le « pouvoir », ces criminels et assassins de sang-froid, ces professionnels sanguinaires et cyniques, a usé de tous les subterfuges possibles et imaginables pour déguiser la réalité de leur barbare mascarade et semer la confusion dans les esprits, qu'ils ne se rendent compte de rien et ne puissent percer à jour les sombres pensées perfides que cachaient derrière leur sourire de façade ces représentants hautement « civilisés » du pouvoir.

Et la supercherie a commencé.

La première version qu'« ils » ont divulguée, c'est que les cinq mille Juifs tchèques seraient envoyés dans un autre camp de travail [10], et devaient présenter leurs états

---

des chambres à gaz en fonction à Auschwitz, cf. J.-C. Pressac, *Les Crématoires d'Auschwitz. La machinerie du meurtre de masse*, Paris, CNRS Éditions, 1993.

10. Le 1ᵉʳ mars 1944, circule la rumeur, dans le camps des familles, que les Juifs des transports de septembre 1943 – des 5 000 arrivés, environ 3 800 restent en vie – seraient transférés

civils. Chacun selon sa profession, hommes et femmes sans distinction jusqu'à l'âge de 40 ans. Les autres, les gens plus âgés, sans distinction de sexe, ainsi que les femmes avec de petits enfants, resteraient tous ensemble comme jusqu'à présent, les familles ne seraient pas séparées. Ce furent les premières pilules d'opium destinées à étourdir la masse effrayée et détourner son attention de la tragique réalité.

La deuxième manœuvre fut d'annoncer que chacun devait emporter pour le voyage tous ses bagages, et le « pouvoir », pour sa part, distribua spécialement une double ration à toute la masse prête pour le voyage.

Et ils imaginèrent encore une troisième fourberie, sadique, diabolique. Ils firent circuler la version que jusqu'au 30 mars, pour certaines raisons, il n'y aurait aucun courrier pour la Tchécoslovaquie. Celui qui voulait recevoir des colis comme jusqu'ici devait écrire plusieurs semaines à l'avance des lettres à ses amis, prédatées jusqu'au 30, et les remettre au « pouvoir », qui les transmettrait en bon ordre pour qu'ils puissent recevoir leurs colis comme auparavant. Personne ne se douta de rien, personne ne pouvait imaginer qu'un « pouvoir » pût se montrer aussi ignominieux, aussi insidieux, user de si viles et criminelles ruses dans un combat, et contre qui ? Contre une masse sans défense, désarmée, dont la seule force était la volonté, à main nue, sans arme.

Toute cette supercherie si bien manigancée fut le meilleur moyen d'endormir et de paralyser l'esprit le plus clairvoyant et conscient de la réalité. Tous, sans distinction de sexe ou d'âge, se sont laissés prendre à cette illusion, ont cru qu'on allait les conduire au travail. Et c'est

---

dans le camp de travail de Heydebreck. Sur les stratégies mises au point par les SS pour éviter les réactions de la part des Juifs, cf. M. Karny, « Frage zum 8 März 1944 » in *Theresienstädter Studien und Dokumente*, Prague, Institut Theresienstädter Initiative Academia, 1999, p. 9-42.

alors que les bandits – certains que le chloroforme avait bien fait son effet – sont passés à l'exécution de l'opération-extermination.

Ils ont démembré, démantelé les familles, les femmes d'un côté, les hommes de l'autre, les vieux d'un côté, les jeunes de l'autre, et les ont ainsi pris au piège, amenés dans le camp voisin resté vide, on les a trompés, ces naïves victimes, poussés dans des baraques de bois glacées, chaque groupe à part, puis on a cloué des planches en travers des portes. La première phase du processus avait réussi.

On les a étourdis, abasourdis, ils n'étaient plus capables de penser logiquement. Et même lorsqu'ils ont commencé à réaliser qu'on les avait capturés pour la mort, ils sont restés désarmés, sans force pour songer à lutter et à résister, car chacun – même celui dégrisé de l'opium de l'illusion – avait l'esprit occupé, la tête prise par un nouveau souci. Des jeunes gens ou jeunes filles au sang ardent se tracassaient maintenant pour leurs parents. Qui sait ce qui leur arrivait là-bas. Et des hommes jeunes, pleins de force et de courage, restaient figés dans le chagrin, songeant à leur jeune femme et à leur enfant qu'on venait de leur arracher. Tout impétueux élan de révolte et de résistance était aussitôt refoulé par la douleur individuelle. Chacun était captif de son malheur familial, et cela suffisait à émousser, paralyser toute pensée et toute réflexion sur la situation générale dans laquelle lui-même se trouvait pris. Et cette masse d'hommes qui en liberté était jeune, énergique et combative, restait assise inerte, résignée, déçue et brisée.

Sur la première marche de la tombe les cinq mille victimes ont posé le pied, sans résistance.

La supercherie, si longuement exercée et affinée par leur pratique diabolique, venait encore de gagner.

Elles sont en route. Tout est en suspens, tendu… Eux, les assassins, donnent les derniers ordres. Et nos regards sont tournés là-bas, vers ce coin, vers ce point dans la nuit, d'où se rapproche le roulement des camions.

Nous entendons déjà la course bien connue des motos, et les camions qui roulent sauvagement à leur poursuite. Les avant-gardes des victimes sont déjà là. Nous distinguons au loin la lumière des phares, de plus en plus proche.

Elles roulent, elles arrivent. Nous voyons déjà, nous distinguons déjà au loin des ombres de vies humaines. À nos oreilles parvient déjà la sourde rumeur de soupirs et de pleurs qui s'échappent maintenant de tous les cœurs.

À présent elles ont vu, les victimes, la vérité dans sa nue réalité – c'est à la mort qu'on les conduit. Le dernier espoir, le dernier rayon, la dernière étincelle s'éteint. Elles tournent leurs regards vers le monde qui passe comme un film devant leurs yeux. Leurs yeux, leurs regards errent à la ronde, voudraient tout capter.

Au lointain scintille leur foyer natal, si proche, qu'elles voyaient chaque jour. Les hautes montagnes au loin, parées de blanches couronnes, leur apportaient chaque jour le salut de leur pays bien-aimé. Ô, montagnes, chères montagnes ! Vous gisez là-bas et dormez en paix et sommeillez sans souci au clair de lune, et nous, vos chers enfants, dont la vie était liée à vous, devons périr en ce monde. Tant de jours dorés, tant de joie et de bonheur, tant de pages enchantées vous avez gravées en nos vies ! Tant d'amour, tant de tendresse nous avons goûtés grâce à vous ! Tant de nuits pareilles à celle-ci nous avons passées dans vos bras, buvant à ces sources qui jailliront sans fin – pour qui dorénavant ? Nous, on nous arrache à vous. Et là-bas, loin derrière les montagnes, un foyer esseulé et vide les attend, attend solitaire que lui reviennent ses enfants, ses malheureux enfants.

Ah ! leur cher, leur chaleureux foyer, il clignote vers elles, il leur fait signe, il les appelle, ses enfants fidèles.

Et ici, où les emmène-t-on ? Le monde est si beau, si enchanteur, si séduisant, il les appelle, les éveille à la vie, excite l'envie de vivre. Des milliers de fibres les lient à ce monde, si grand et vaste et merveilleux. Il tend les bras vers elles à cet instant, et dans le silence de la nuit on entend son appel : « Mes enfants, mes enfants fidèles ! Je vous aime tant, venez à moi. Il y a assez de place pour tous, j'ai tant de trésors cachés, depuis longtemps gardés pour vous. Mes sources pour vous abreuver jaillissent sans fin, à égalité pour tous, sans distinction de force ni de puissance. C'est pour vous et grâce à vous que j'ai été créé. »

Et elles, les chères enfants fidèles, se tendent vers lui, le cher monde fidèle, et ne peuvent le quitter, car elles sont jeunes, saines, fraîches et pleines d'entrain, vibrantes de vie et de désir. Elles veulent vivre, car elles sont nées pour vivre.

Elles se sont accrochées, ces victimes si vivantes, des mains, des dents, agrippées au monde, mordant dans la vie, comme un enfant se cramponne à sa mère qu'on veut lui arracher de force. Et ici, on voulait, sans nulle faute ni raison, les arracher avec cruauté à leur cher monde fidèle.

Si elles pouvaient étendre leurs bras, les rendre immenses, et enlacer le monde, le monde entier, le ciel, la lune et les étoiles, les montagnes enneigées, la terre glacée, les arbres, l'herbe, tout ce qui est au monde, et l'étreindre, le serrer fort, très fort, sur leur cœur – comme elles seraient heureuses !

Si elles pouvaient, ces enfants, ces malheureuses victimes, se coucher de tout leur long sur toute l'étendue du vaste monde et réchauffer la terre glacée de leur cœur au sang ardent, et détremper son échine dure de leurs brûlantes larmes, et baiser tous ses membres, chaque partie du vaste et magnifique monde !

Ah ! si elles pouvaient d'un trait se gorger du monde et

de la vie, assouvir à jamais leur faim et leur soif de vie. Ah ! si elles pouvaient, ces enfants, ces ombres, étreindre les malheureuses victimes encore recluses là-bas dans les tombeaux et attendant sur les rangs que la mort vienne les prendre – comme elles se sentiraient bien ! Elles veulent à présent, en ces derniers instants, alors qu'elles se tiennent encore en ce monde, caresser, embrasser, aimer tout ce qui vit et existe.

Elles sentent, elles ont le sentiment que ces camions qui roulent à fond de train, et ces voitures avec les motos qui les escortent sur le côté, sont tous les esclaves du Diable, qui filent à grand bruit et grand tapage avec leur lot de victimes capturées pour leur dieu.

Et maintenant on les fait passer devant le monde, on se glisse avec elles devant la vie – car le chemin de la mort doit passer par la vie. Elles sentent qu'arrive leur dernière heure, le film touchera bientôt à sa fin, elles scrutent nerveusement partout à la ronde, leurs regards errent en tous sens. Elles cherchent quelque chose dans le monde, veulent en saisir encore une miette, s'en imprégner avant la mort.

Et peut-être l'une d'elles – un éclair a traversé son esprit assombri – médite la fuite, et elles cherchent un chemin dans la nuit pour échapper à la mort.

Le bruit se fait plus fort, les phares éclairent déjà l'énorme bâtisse de l'enfer.

Elles sont là (p. 81)

Elles sont arrivées, les malheureuses victimes. Les camions se sont arrêtés. Les cœurs se sont figés. Elle se tiennent là debout, les victimes, glacées d'épouvante, impuissantes, résignées et déçues, et embrassent du regard la place, la bâtisse dans laquelle leur monde, leurs jeunes vies, leurs corps palpitants, vont bientôt disparaître à jamais.

Elles ne comprennent pas ce qu'ils leur veulent, ces dizaines d'officiers à épaulettes d'or et d'argent, avec leurs revolvers luisants et leurs grenades au côté.

Et pourquoi sont-elles gardées comme des voleurs condamnés par des soldats casqués, et à travers les arbres et les barbelés luisent au clair de lune les canons noirs des fusils pointés sur elles. Pourquoi ? Pourquoi tous ces projecteurs vivement illuminés ? La nuit est-elle donc si noire ? Si faible la clarté de la lune ?

Elles se tiennent là, abasourdies, désarmées et résignées. Elles ont vu la vérité en sa nue réalité, devant leurs yeux le gouffre est déjà béant, et elles, elles sombrent dans l'abîme. Elles sentent, elles ont le sentiment que tout, le monde, la vie, les champs, les arbres, tout ce qui vit et existe – tout disparaît et chavire avec elles au fond de l'abîme. Les étoiles s'éteignent, les cieux s'enfoncent dans les ténèbres, la lune cesse de luire, le monde sombre avec elles. Et elles, les malheureuses victimes, veulent se noyer au plus vite dans cette mer qui les engloutit.

Elles jettent leurs bagages – tout ce qu'elles ont emmené pour le « voyage ». Elles ne veulent ni n'ont plus besoin d'aucune chose.

Elles se laissent pousser sans résistance au bas des camions, et tombent comme évanouies, comme des épis fauchés, dans nos bras. Tiens, prends-moi par la main, mon cher frère, et conduis-moi sur ce bout de chemin qui reste à parcourir de la vie à la mort. Nous les conduisons, nos chères, nos tendres, nos bien-aimées sœurs, nous les tenons par le bras, nous marchons en silence, pas à pas, nos cœurs battent en mesure. Nous souffrons et saignons avec elles, nous sentons que chaque pas les éloigne de la vie et les rapproche de la mort. Et avant de s'enfoncer dans le *Bunker*, avant de poser le premier pas sur la marche qui descend à la tombe, elles lèvent un dernier regard vers le ciel, vers la lune – et un soupir s'arrache instinctivement de nos deux cœurs à l'unisson. Au clair de lune luisent les larmes des sœurs menées à la mort, et une larme reste gelée sur l'œil du frère qui l'a escortée.

Dans la salle de déshabillage (p. 83)

Dans la grande salle profonde, au milieu de laquelle douze piliers soutiennent la charge du bâtiment, brille maintenant une vive lumière électrique. Le long des murs, autour des piliers, des bancs avec des crochets pour les vêtements des victimes sont prêts depuis longtemps. Sur le premier pilier est cloué un écriteau, en plusieurs langues, avisant les arrivants qu'ils sont arrivés aux « bains », et qu'ils doivent ôter leurs vêtements pour les faire désinfecter.

Nous nous sommes retrouvés avec elles, et nous nous regardons, pétrifiés. Elles savent tout, comprennent tout, qu'ici ce ne sont pas des bains, que cette salle est le corridor de la mort, l'antichambre de la tombe.

La salle s'emplit sans cesse de monde. Il arrive toujours plus de camions avec de nouvelles victimes, et sans cesse la « salle » les engloutit. Nous restons tous comme hébétés, incapables de leur dire un mot. Ce n'est pourtant pas la première fois. Nous avons déjà reçu bien des transports avant elles, et pareilles scènes, nous en avons vu bien des fois. Pourtant nous nous sentons faibles, comme si nous allions défaillir, sans force, avec elles.

Nous sommes tous stupéfiés. Dans ces vieux vêtements, déjà usés, depuis longtemps déchirés, sont drapés des corps séduisants, pleins d'attrait et de charme. Tant de têtes aux boucles noires, brunes, blondes, et quelques rares têtes grises, nous regardent de leurs grands yeux noirs, profonds, ensorcelants. Nous voyons devant nos yeux de jeunes vies bouillonnantes, palpitantes, frémissantes, en fleur, gonflées de sève, abreuvées aux sources de vie, épanouies comme des roses poussant encore au jardin. Fraîches, baignées de pluie, gorgées de rosée matinale. À la lueur des soleils luisent les gouttes étince-lantes de leurs yeux de fleurs – telles des perles.

Nous n'avons pas le courage, nous n'osons pas leur dire, à nos chères sœurs, de se déshabiller. Car les vête-ments qu'elles portent sont la cuirasse, le manteau dans lequel repose encore leur vie. Dès l'instant où elles ôte-ront leurs vêtements et resteront nues, elles perdront leur dernière défense, leur dernier appui, le dernier point d'ancrage auquel leur vie est encore accrochée. Voilà pourquoi nous n'avons pas eu le cœur de leur dire de se dévêtir plus vite. Qu'elles restent encore un moment, encore un instant, dans cette cuirasse, dans ce manteau de vie.

La première question sur toutes les lèvres est pour demander si leurs hommes sont déjà venus. Chacune veut savoir si son mari, son père, son frère ou son amant est toujours en vie. Ou si leur corps traîne quelque part raide mort, si les flammes le consument déjà et qu'il n'en reste plus trace. Et si elle-même est restée seule au monde avec son malheureux enfant, déjà orphelin. Elle a peut-être déjà perdu son père, son frère, son aimé. À quoi bon vivre en ce cas, pourquoi rester en vie ?

« Dis-moi, frère ! » – dit une autre, déjà résignée depuis longtemps, en pensée, à quitter la vie et le monde. Elle nous demande bravement, d'une voix téméraire : « Dites, frères, combien de temps met la mort à venir ? Est-elle pénible, ou légère ? »

Mais on ne les laisse pas traîner longtemps. Les bêtes meurtrières font bientôt sentir leur présence. L'air est déchiré par les hurlements des bandits ivres, pressés de rassasier leur œil bestial assoiffé de la nudité de mes belles, de mes chères sœurs. Les coups de bâtons pleu-vent sur les dos, sur les têtes, sur tout ce qui se trouve, et les vêtements tombent vite au bas des corps.

Certaines ont honte, voudraient disparaître n'importe où, pour ne pas exposer leur nudité. Mais il n'y a ici aucun coin où se cacher, ici n'existe plus aucune pudeur.

La morale et l'éthique en même temps que la vie vont dans la tombe.

Certaines s'élancent sur nous, comme ivres d'amour, se jettent dans nos bras et nous supplient, le regard éperdu, de les dévêtir. Elles veulent tout oublier, ne plus songer à rien. Le monde d'hier, sa morale et ses principes, ses concepts éthiques, au premier pas sur la marche de la tombe elles ont réglé leur dernier compte avec lui. Au seuil de la descente aux enfers, tant qu'elles se tiennent encore à la surface de la vie, et que le corps, lui seul, ressent encore, éprouve encore, mû par l'élan de jouir encore de la vie, elles veulent tout, tout lui donner, le dernier plaisir, la dernière joie, tout ce qu'elles peuvent encore prendre de la vie – elles veulent le combler, le rassasier avant sa mort. Ce jeune corps tout palpitant de sang et de vie, elles veulent que la main d'un homme, un étranger, désormais le plus proche et le plus cher, le touche, le caresse. Elles auront ainsi la sensation que la main de leur amant, de leur mari, caresse et câline leur corps consumé de passion. Elles veulent se griser à présent, mes belles, mes chères sœurs. Et leurs lèvres brûlantes se tendent vers nous avec amour, pour des baisers passionnés, tant que les lèvres sont vivantes.

Il accourt de nouveaux camions, d'autres victimes entrent dans la grande salle. Du rang des femmes nues beaucoup s'élancent et s'affalent sur les nouvelles venues à grands pleurs et cris. Des filles nues ont retrouvé leur mère, et elles s'embrassent, s'enlacent, se réjouissent d'être à nouveau réunies. Et un enfant se sent heureux qu'une mère, le cœur d'une mère, l'accompagne à la mort.

Toutes se déshabillent et se mettent dans les rangs, certaines pleurent, d'autres restent silencieuses, pétrifiées. L'une s'arrache les cheveux de la tête et délire. Quand je m'approche d'elle, je n'entends que ces seuls mots : « Où es-tu, mon amour, pourquoi ne viens-tu pas vers moi ? Je suis pourtant jeune et belle. » Les femmes auprès d'elle me disent qu'elle est devenue folle la veille en prison.

D'autres nous parlent doucement, calmement : « Hélas, nous sommes si jeunes ! On a envie de vivre, on a encore si peu goûté de la vie. » Elles n'essaient pas de nous supplier, elles savent et comprennent que nous sommes comme elles des victimes. Elles parlent juste pour parler, parce que leur cœur déborde, et elles veulent avant leur mort confier leur douleur à un homme qui vit encore.

Là-bas est assis un groupe de femmes enlacées et embrassées, des sœurs se sont retrouvées et se pelotonnent en une seule boule, se fondent en une seule masse.

Là-bas est assise sur le banc une mère nue, sa fille sur les genoux. Une enfant d'à peine quinze ans. Elle tient la petite tête pressée contre sa poitrine et embrasse tous ses membres. Et des flots de chaudes larmes coulent sur cette jeune fleur. La mère pleure sur son enfant qu'elle mènera bientôt de ses propres mains à la mort.

Dans la salle, dans le grand caveau, rayonne maintenant une nouvelle lumière. Sur un côté de cette grande caverne de l'enfer sont alignés les corps de femmes, blanc d'albâtre, qui attendent, attendent que s'ouvrent les portes de l'enfer pour leur laisser libre passage vers la tombe. Nous, les hommes, en nos vêtements, sommes debout face à elles et les contemplons, pétrifiés. Nous sommes incapables de concevoir si cette scène est réelle ou si c'est un songe. Sommes-nous tombés dans un monde de femmes nues, où bientôt va se jouer avec elles un jeu diabolique ? Ou dans un musée, un atelier de peintre, où des femmes nues de tous âges, montrant toute la palette des expressions par leur mimique, leurs pleurs silencieux et leurs soupirs, sont venues de leur plein gré servir de modèles à l'artiste et poser pour son art ?

Ce qui nous étonne ainsi, à l'encontre de tant d'autres transports, c'est qu'elles se montrent en général si calmes. Pour la plupart elles font même preuve de courage et d'insouciance, comme s'il ne devait rien leur arriver. Elles regardent la mort en face avec un tel héroïsme, un tel sang-froid, que nous en sommes sidérés. Ne savent-elles donc pas ce qui les attend ? Nous les contemplons avec compassion, car nous voyons déjà devant nos yeux une nouvelle scène, une scène d'horreur. Toutes ces vies palpitantes, ces mondes effervescents, tout ce bruit, ce tapage qui s'en dégage, dans quelques heures tout cela sera mort et figé. Leur bouche sera muette pour toujours. Ces yeux étincelants, à l'éclat ensorcelant, regarderont fixement dans une seule direction – scrutant l'éternité morte.

Ces beaux corps séduisants, fleurissants de vie, traîneront à terre comme de répugnantes créatures, dans les souillures et les ordures, leur corps blanc d'albâtre maculé de déjections humaines.

De cette bouche perlée seront arrachées les dents avec la chair, et le sang coulera à profusion.

De ce nez finement ciselé s'écouleront deux flots – rouges, jaunes ou blancs.

Et ce visage blanc et rose, sous l'effet du gaz, deviendra rouge, bleu, ou noir.

Ces yeux seront gonflés, injectés de sang, à ne plus pouvoir reconnaître celle qui se tient là devant toi.

Et cette tête bouclée aux cheveux ondulés – deux mains froides lui couperont les cheveux, et on arrachera des lobes et des mains les bagues et boucles d'oreilles.

Puis deux hommes étrangers mettront des gants, ou se muniront de ceintures qu'ils enrouleront sur leurs mains, car ces corps blanc de neige, qui luisent à présent de tout leur éclat, auront alors un aspect répugnant, et ils ne voudraient pas les prendre à mains nues. On la traînera, cette belle jeune fleur que voici, sur le sol de ciment glacé et souillé. Et son corps balaiera toute la fange sur son passage.

Et elle sera jetée, balancée comme une charogne poisseuse et dégoûtante. Sur le monte-charge, vers l'enfer là-haut, envoyée au feu – et en quelques minutes ces corps bien en chair seront réduits en cendres.

Nous voyons déjà, nous sentons déjà leur fin inéluctable. Je les regarde, ces vies palpitantes, qui occupent ici une si grande, une immense place, qui représentent des mondes entiers – et en quelques minutes… Une autre image me défile devant les yeux, je vois un camarade poussant une brouette de cendres là-bas dans la grande fosse. Je me tiens ici près d'un groupe de femmes, au nombre de dix à quinze, et dans une brouette se trouveront bientôt tous ces corps, toutes ces vies, dans cette brouette de cendres. Il ne restera plus aucune trace de toutes celles qui sont ici, toutes celles-ci, qui occupaient des villes entières, qui tenaient tant de place dans le monde, seront bientôt effacées, extirpées avec leur racine – comme si elles n'étaient jamais nées. Nos cœurs sont déchirés de douleur. Nous éprouvons, nous souffrons avec elles les tourments du passage de la vie à la mort.

Nos cœurs se gonflent de compassion. Ah, si nous pouvions sacrifier des pans de notre vie pour elles, nos chères sœurs, comme nous serions heureux ! Nous voudrions les presser sur notre cœur endolori, embrasser leurs membres, nous abreuver de cette vie qui va bientôt disparaître. Graver profondément dans nos cœurs l'aspect de ces vies qui palpitent encore, et porter à jamais au fond du cœur l'image de ces vies éteintes devant nous. Nous sommes tous en proie à un cauchemar de pensées qui nous tiennent captifs. Elles, nos chères sœurs, nous regardent avec surprise. Pourquoi sommes-nous si tourmentés, alors qu'elles sont si calmes ? Elles aimeraient tant parler avec nous, demander ce qu'on fera d'elles une fois qu'elles seront mortes. Mais elles ne sont pas assez hardies pour cela – et le secret ne leur sera pas révélé jusqu'à la fin.

Elles se tiennent maintenant en une grande masse nue, tous les regards fixés dans une seule direction, et une sombre pensée se tisse dans tous les esprits.

De l'autre côté de la salle gisent toutes leurs affaires mêlées en pelote, en un seul tas. Leurs vêtements, dont elles viennent juste de se dépouiller. Elles, ces habits ne les laissent pas tranquilles. Elles savent qu'elles n'en auront plus besoin, mais tant de fibres les lient encore à eux. Elles se sentent attachées à ces vêtements qui gardent encore la chaleur de leur corps. Et les voici maintenant éparpillés, ici une robe, là un chandail, ces habits qui les ont si bien revêtues et réchauffées. Ah ! si elles pouvaient les remettre une fois encore, ces robes, comme elles se sentiraient bien, comme elles seraient heureuses !

En sont-elles vraiment déjà là – la situation si tragique, que ces vêtements, leur corps ne pourra plus jamais les porter ?

Vont-ils rester là, abandonnés ? Car leur possesseur ne reviendra jamais ?

Ah ! ces vêtements, restés comme orphelins. Comme un témoignage, comme un présage, comme une preuve de la mort imminente.

Ah ! qui sait, qui portera ces vêtements après leur mort ? En voici une qui sort du rang et va là-bas ramasser un foulard de soie piétiné sous le talon d'un camarade. Elle s'en empare vivement, et disparaît aussitôt dans le rang. Je lui demande : – Pourquoi avez-vous besoin de ce foulard ? – C'est un souvenir ! me répond la jeune fille de sa voix douce. Et avec lui elle veut aller dans la tombe.

La marche à la mort (p. 89)

Les portes se sont ouvertes. L'enfer est béant devant les victimes. Dans l'antichambre qui mène à la tombe sont alignés comme pour une parade militaire les représentants de la grande puissance. Toute la Section Politique est venue aujourd'hui à la fête. Des officiers de haut rang, dont nous n'avons encore jamais vu le visage au cours de ces 16 mois. Parmi eux se trouve aussi une femme, une SS, la commandante du camp de femmes. Elle aussi est venue voir cette grande fête « nationale », voir périr les enfants de notre peuple.

Resté à l'écart, j'observe les deux groupes. Les bandits, les grands assassins – et mes sœurs, les malheureuses victimes.

La marche, la marche de la mort a commencé. Elles marchent avec fierté, d'un pas ferme, hardi et courageux, comme pour aller vers la vie. Elles ne s'effondrent pas, même lorsqu'elles voient le dernier lieu, le dernier recoin, où va bientôt se jouer le dernier acte de leur vie. Le sol ne se dérobe pas sous leurs pieds, alors qu'elles se voient déjà captives au cœur de l'enfer. Elles ont réglé depuis longtemps tous leurs comptes avec le monde et avec la vie, avant d'arriver ici, là-haut encore. Tous les fils qui les reliaient à la vie, elles les ont rompus en prison. C'est pourquoi elles marchent à présent avec tant de calme et de sang-froid, sans se briser à l'approche de la fin. Elles défilent sans cesse, une longue marche de femmes nues au sang ardent. On dirait une éternité, que la marche dure une éternité.

On dirait que des mondes entiers, des mondes entiers se sont dénudés et sont venus ici pour cette promenade diabolique.

Des mères marchent avec de petits enfants qu'elles tiennent dans les bras, d'autres qu'elles mènent par la main. Elles embrassent leurs enfants – le cœur d'une mère manque de patience, elle embrasse son enfant tout au long du chemin. Des sœurs marchent enlacées, pelotonnées, elles veulent aller ensemble à la mort.

Toutes jettent des regards méprisants sur les officiers alignés, ne veulent leur accorder le moindre regard droit. Aucune ne supplie, aucune ne cherche leur pitié. Elles sont conscientes, les victimes, et savent que ni eux ni leur cœur ne recèlent la moindre étincelle de conscience humaine. Et elles ne veulent pas leur offrir le grand plaisir de les voir mendier, au désespoir, implorer la vie sauve pour qui que ce soit.

Tout d'un coup, le défilé de femmes nues s'est arrêté. Dans les rangs marche une fillette de neuf ans, une belle petite blonde aux longues nattes bien tressées qui pendent comme des rubans dorés sur son petit dos d'enfant. Derrière elle marche sa mère, encore toute hardie, et soudain elle fait halte, se tourne vers les officiers et se met à les apostropher avec audace et courage : « Assassins, bandits, criminels éhontés ! Oui, vous nous tuez aujourd'hui, nous, des femmes et des enfants innocents. C'est sur nous, désarmés et sans défense, que vous rejetez la faute de cette guerre. Moi et mon enfant, c'est nous, nous qui sommes cause de cette guerre.

« Prenez garde, bandits ! Par notre sang vous voulez couvrir vos échecs au front. Mais cette guerre, vous allez la perdre. Vous savez très bien quelles lourdes défaites vous subissez chaque jour sur le front de l'Est. Souvenez-vous, bandits ! Pour l'instant vous pouvez tout commettre en toute impunité, mais un jour viendra, un jour de vengeance. La grande Russie vaincra, et nous vengera ! Ils viendront lacérer vos corps à vif ! Nos frères du monde entier n'auront de repos qu'ils n'aient vengé notre sang innocent ! »

Puis elle se tourne vers la femme : « Toi, bête cruelle, bourreau des femmes, toi aussi tu es venue voir le spectacle de notre malheur. Souviens-toi ! Toi aussi tu as un enfant, une famille, tu n'en jouiras pas longtemps ! On te déchirera vive, et ton enfant, tout comme le mien, ne vivra plus longtemps. Souvenez-vous, bandits ! Vous payerez pour tout, le monde entier réclamera vengeance. »

Puis elle leur a craché à la figure et a couru avec son enfant dans le *Bunker*.

Ils sont restés muets, pétrifiés. Ils n'avaient pas le courage de se regarder. Ils venaient d'entendre une grande vérité, qui déchirait, lacérait, mettait en pièces leur âme bestiale. Ils l'ont laissée parler, bien qu'ils aient su ce qu'elle allait leur dire, mais ils voulaient entendre ce que pensait et leur dirait une femme juive allant à la mort. Et les voici graves, songeurs, ces assassins et bandits. Cette femme, de la tombe, a arraché leur masque et leur a présenté l'avenir tout proche qui les guette. Ce n'est pas nouveau pour eux, ils y ont déjà songé plus d'une fois, plus d'une pensée noire est venue assombrir leur esprit, et voici que cette femme juive vient de leur asséner la vérité. Elle ne s'est pas laissée intimider, et leur a dévoilé la nue réalité.

Mais eux ont peur de trop penser, peur que la vérité ne les pénètre trop profondément. Quelle raison de vivre leur resterait-il ? – Mais non ! Le *Führer*, leur dieu, leur a déclaré tout autre chose, que la victoire ne se trouve pas sur le front de l'Est ou de l'Ouest, mais… Ici, dans ce *Bunker*, c'est ici que réside la victoire. Ici marchent les rangs de ces géants, ces ennemis à cause de qui le sang allemand est versé sur tous les champs de bataille d'Europe. Ici marche l'ennemi à cause de qui les avions anglais jettent des bombes jour et nuit, tuant jeunes et vieux. – C'est à cause d'elles, de ces femmes nues, que lui-même a dû quitter son foyer, que son fils a dû aller se perdre sur le front de l'Est. Non, le *Führer*, leur dieu, a raison. Il faut les exterminer, les anéantir. Alors seulement, une fois que ces femmes nues avec leurs enfants seront étendues mortes, la victoire sera assurée. – Ah ! si on pouvait le faire plus vite, les ramasser, les chasser du monde entier et les rassembler ici, les dénuder, et sans tarder, comme ces femmes déjà nues, les pousser dans la géhenne ! Ah, comme tout irait bien ! Les canons cesseraient de tonner, les avions de jeter des bombes. La guerre prendrait fin. Le monde retournerait au calme. Les fils envoyés au loin reviendraient à la maison, et une vie nouvelle, heureuse, commencerait pour eux. Il ne restait qu'un obstacle – ces femmes nues, les enfants de ce peuple qui se cachaient encore un peu partout et que l'on ne pouvait amener ici pour les mettre nus comme ces femmes, ces ennemis, qui défilaient ici devant eux. Et une main de bête fauve a levé une cravache et frappé avec férocité les corps de ces femmes nues.

Allez, plus vite, ennemis, courez plus vite au *Bunker*, à la tombe, car chacun de vos pas vers la tombe est un pas vers notre victoire. Et la victoire doit venir le plus vite possible. Nous payons trop cher à cause de vous sur les fronts – courez plus vite, enfants-diables, et ne vous arrêtez pas en chemin, vous freinez notre victoire !

Elles continuent à défiler, des rangs et des rangs de jeunes femmes nues. Et de nouveau la marche fait halte. Une jeune fille blonde superbe s'est arrêtée, et elle aussi s'adresse aux bandits : « Criminels de l'ombre ! Vous me dévorez de vos yeux assoiffés de bêtes avides, vous vous rassasiez de la nudité de mon corps séduisant. Oui, à présent c'est votre ère. Dans la vie civile, vous n'auriez même pu rêver d'un pareil spectacle. Vous, criminels des bas-fonds, vous avez trouvé ici le repaire rêvé pour assouvir la lubricité de votre œil sadique. Mais vous ne jouirez pas longtemps de ce plaisir. Votre jeu arrive à sa fin, vous ne pourrez pas exterminer tous les Juifs. Vous payerez pour tout. » Et tout d'un coup elle fait un bond vers eux et assène trois gifles à l'*Oberscharführer* Voss, le chef, le commandant des crématoires. Les bâtons s'abattent sur sa tête et sur son dos. Elle est entrée dans le *Bunker* la tête fracassée, il en coule du sang chaud. Et ce sang chaud caresse tendrement son corps, son visage illuminé de joie. Elle est heureuse et satisfaite de sentir sur sa paume le brûlant plaisir de cette gifle assénée sur la face de ce célèbre tueur et bandit. Elle a atteint son dernier but. Elle est allée sereine à la mort.

Dans l'immense *Bunker*, des milliers de victimes sont debout et attendent, attendent la mort. Tout d'un coup éclate un chant vibrant. Le gang des officiers de haut rang reste à nouveau pétrifié. Ils ne peuvent comprendre, ils ne peuvent concevoir, comment est-ce possible, là-bas, dans le *Bunker*, au cœur de la tombe, au seuil de l'abîme, au dernier instant de leur vie, au lieu de se lamenter, au lieu de pleurer sur leurs jeunes vies perdues – des êtres humains font entendre un chant ! Et s'il avait raison, le *Führer*, ce sont à coup sûr des démons, car un homme peut-il aller à la mort avec autant d'insouciance, de calme et de courage ?

Ces notes, cette mélodie qui s'échappe de la tombe est bien connue de tous. Et spécialement pour eux, les bandits, ces sons les transpercent comme des poignards, comme des piques qui se fichent dans leur cœur. Car la masse des mortes chante cet air populaire de par le monde, l'Internationale.

L'Internationale, l'hymne du grand peuple russe – elles ont entonné là-bas ce chant, celui de l'ennemi, de son armée puissante et victorieuse.

Ce chant leur raconte, ce chant leur rappelle les victoires sur le front, remportées non par eux, mais par les autres, ceux de l'Armée Rouge. Malgré eux, ils sont emportés par cette mélodie. Comme une vague de tempête elle ouvre une brèche dans leur esprit enivré, les force à se dégriser de leur fanatisme superstitieux, leur rappelle tout ce qui se passe à présent.

Ce chant les oblige à feuilleter le passé récent, à voir la tragique et terrible réalité. Ce chant leur rappelle qu'au début de la guerre leur *Führer*-dieu leur a déclaré et assuré de son « je » que dans six semaines la grande Russie serait couchée sous leur botte, et qu'à Moscou, sur la Place Rouge, flotterait la croix gammée noire. Et ils ont cru que la fin serait aussi sûre que le commencement.

Et soudain, que s'était-il passé ?

Leurs armées européennes victorieuses, si promptes à asservir de puissantes nations ; les armées les mieux équipées en armement, en puissance technique, en art militaire ; les armées commandées par des stratèges de vieille école, pénétrées d'une foi profonde en leur toute-puissante victoire, fières de leur antique rêve de Reich allemand, *Deutschland über alles* – les voici à présent écrasées et en déroute. Elles dévalent des plus hautes cimes et tombent dans l'abîme. Et la terre entière, de long en large, est souillée de leur sang et de leur chair. Où est leur puissance ? Où est leur art de la guerre ? Leur technique, leur stratégie ? Pourquoi ont-ils pu vaincre tout le monde, sauf eux, le grand peuple russe asiatique non civilisé ? Était-ce la force de l'internationalisme qui leur insufflait cette puissance surnaturelle ? Leurs muscles étaient forgés d'acier, leur volonté pouvait renverser le monde comme une tempête.

La musique de ce chant ne les laisse plus en paix, ébranle, brise en éclats le sentiment de sécurité qu'ils éprouvaient jusqu'ici. Dans ces notes résonne jusqu'à eux le grondement d'armées en marche foulant d'un pas fier et imposant les tombes de leurs frères. Dans ces notes ils entendent les coups de canon et les explosions des bombes lancées sur eux. La mélodie enfle, les sons s'élèvent, plus haut, plus fort. Tous, tous sont maintenant emportés par ce chant, tel un ouragan il s'élance hors de la tombe et se déverse alentour sur le monde, et dans sa course submerge tout sous son flot impétueux. Ils sentent à présent, ils ressentent, cette bande d'officiers, ces représentants de la grande puissance, leur néant, leur insignifiance, leur petitesse. Il leur semble que ces sons vibrants sont des êtres vivants, qui présentent l'image des deux armées en guerre – l'une triomphante, fière et vaillante, et l'autre, qu'ils représentent ici, reste pétrifiée, muette, tremblante de peur et d'effroi.

Les sons déferlent sur eux, de plus en plus proches. Ils

emplissent les airs, pénètrent avec force les moindres recoins, le sol chancelle sous leur onde de choc. Il ne reste bientôt plus de place pour eux. Et le sol, le seul endroit stable, sera bientôt noyé lui aussi par cette vague de fond. Ah ! ces sons, cette mélodie, elle chante la victoire, parle d'un avenir radieux. Ils voient déjà devant leurs yeux les armées rouges triomphantes courir sauvagement, enivrées de leur victoire, dans les rues de leur Reich, et déchirer, piétiner, tailler en pièces, incendier tout ce qui existe. Une pensée noire leur traverse l'esprit. N'est-ce pas le présage annoncé par ce chant, que bientôt se réalisera la vengeance dont les a menacés tout à l'heure cette femme juive ? Ne vont-ils pas bientôt payer pour toutes celles qui chantent cet hymne, dont ils vont prendre la vie ? Qui sait…

On verse le gaz [11] *(p. 102)*

Dans le silence de la nuit on entend une paire de pas. À la lueur de la lune on aperçoit les deux silhouettes. Ils mettent leur masque, pour verser le gaz mortel. Ils portent deux boîtes de métal, qui vont tuer les milliers de victimes enfouies là-bas. Ils se dirigent de l'autre côté, sur le *Bunker*, vers l'enfer profond, ils marchent maintenant à pas de loup. Ils vont à leur travail, tranquilles, froids, assurés, comme pour accomplir une tâche sacrée. Leur cœur est de glace, leurs mains n'ont pas un frisson, ils vont d'un pas innocent vers chaque « œil » du *Bunker* enterré, versent le gaz, puis recouvrent l'« œil » ouvert d'un lourd couvercle pour que le gaz ne puisse trouver de

---

11. « On verse le gaz ». Le verbe *schitn* (de l'allemand, *schütten*) est généralement utilisé pour verser des poudres, par exemple, du sable. Il s'agit ici du moment où les SS versaient les cristaux de *Zyklon B* par les ouvertures des chambres à gaz qui, au contact de l'air se gazéifiaient.

retour. Par les yeux-trous s'élève vers eux le profond gémissement de la masse qui se débat maintenant avec la mort, mais leur cœur n'est pas ému. Sourds, muets, froids et impassibles, ils vont vers le deuxième « œil » et versent de nouveau le gaz. Ils vont ainsi jusqu'au dernier « œil », alors seulement ils enlèvent les masques. Puis ils s'en vont, fiers, vaillants, contents. Ils ont accompli leur service sacré, leur grande tâche pour leur peuple, pour leur patrie. Ils ont fait un pas de plus vers la victoire…

La première victoire (p. 103)

Ils peuvent remonter maintenant, la grande bande d'officiers, heureux et satisfaits qu'il ait enfin été mis un terme à ces chants et à ces vies. Ils respirent plus librement. Ils fuient ce lieu, ce spectre, ce fatum [12] qui les poursuit depuis l'enfer. C'est la première fois de toute leur « pratique de la mort » qu'ils ont traversé une telle épreuve, une telle dépression spirituelle, contraints de rester dans une telle tension des heures durant et de se sentir comme des criminels, condamnés au châtiment de verges cuisantes dont ils sentent encore la brûlure. Et un châtiment donné par qui ? Par cette damnée et maudite bande de Juifs ! Mais Dieu merci, tout avait pris fin, et ils avaient été « libérés ». La voix du châtiment et de la menace s'était enfin tue. Elles gisaient là-bas, figées par la mort. Et maintenant qu'ils sont délivrés, ils sortent peu à peu de ce profond cauchemar spirituel et se mettent à ressentir le grand plaisir, la volupté de cette grande victoire. Ils marchent fièrement, hardiment, contents de leur première victoire sur ce champ de bataille. 2 500 vies, les vies de leurs grands ennemis, qui les freinent dans leur

---

12. Le contexte laisserait penser que l'auteur veut dire « fantôme », mais il écrit *fatum*. On retrouve une autre occurrence de ce terme à la page 69.

combat pour leur patrie, pour leur peuple, gisent désormais raides mortes. Par leur prouesse, ils ont permis à leurs armées combattantes sur le front de l'Est et sur le front de l'Ouest d'aller sans encombre vers la victoire.

Les préparatifs pour l'enfer (p. 113)

On doit durcir son cœur, étouffer toute sensibilité, émousser tout sentiment douloureux. On doit refouler les atroces souffrances qui déferlent comme un ouragan dans tous les membres. On doit se muer en automate, ne rien voir, ne rien sentir, ne rien savoir.

Les jambes et les bras se sont mis au travail. Il y a là un groupe de camarades, répartis chacun à sa tâche. On tire, on arrache de force les cadavres hors de cet écheveau, celui-ci par un pied, celui-là par une main, comme cela se prête mieux. Il semble qu'ils vont se démembrer à force d'être tiraillés en tous sens. On traîne le cadavre sur le sol de ciment glacé et souillé, et son beau corps d'albâtre poli balaie toute la saleté, toute la fange sur son passage. On saisit le corps souillé et on l'étend au-dehors, la face vers le haut. Deux yeux gelés te fixent, comme pour te demander : « Que vas-tu faire de moi, frère ? » Plus d'une fois tu revois une connaissance, avec qui tu as passé quelque temps avant son entrée dans la tombe. Trois hommes se tiennent là pour préparer le corps. L'un avec une froide tenaille, qu'il enfonce dans la belle bouche à la recherche d'un trésor, d'une dent en or, et quand il la trouve, il l'arrache avec la chair. Le deuxième avec des ciseaux, il coupe les cheveux bouclés, dépouille les femmes de leur couronne. Le troisième arrache vivement les boucles d'oreilles, bien souvent tachées de sang. Et les bagues qui ne se laissent pas enlever sont arrachées à la tenaille.

À présent on peut la livrer au monte-charge. Deux hommes balancent les corps comme des bûches sur la plate-forme, et quand leur nombre atteint sept ou huit, on donne le signal d'un coup de bâton, et l'ascenseur s'élève.

Au cœur de l'enfer (p. 114)

Là-haut, près du monte-charge, se tiennent quatre hommes. Deux d'un côté, qui tirent les corps vers la « réserve ». Et deux autres qui les traînent directement vers les fours. On les étend deux à deux devant chaque bouche de four. Les petits enfants sont empilés en un grand tas sur le côté – ils sont ajoutés, jetés sur deux adultes. Les corps sont posés l'un sur l'autre sur la « civière » [13] de fer, on ouvre la gueule de la géhenne, et on pousse la civière dans le four. Le feu de l'enfer tend ses langues comme des bras ouverts, s'empare du corps comme d'un trésor. Les cheveux prennent feu en premier. La peau se gonfle de bulles, qui crèvent au bout de

---

13. L'auteur utilise le terme traditionnel hébraïque *tahare-bret* (« planche de purification », civière sur laquelle on pratique la purification rituelle des morts). L'utilisation de ce terme, dans ce contexte, souligne amèrement la profanation des morts, non purifiés, non enterrés (la crémation est rigoureusement interdite par la loi juive), écartés ainsi de la communauté des Juifs promis au monde futur lors de l'avènement messianique. Mais on peut aussi entendre de la part de l'auteur, ou des membres du *Sonderkommando* si ce terme était d'un usage généralisé, l'idée qu'eux-mêmes, à cette place qui leur est assignée, dans ce « travail » de destruction au service du « Diable » qui est exigé d'eux, prennent sur eux, au moins en conscience, si ce n'est par quelques gestes ou prières, de représenter la *khevra-kadisha*, la sainte confrérie tradi-tionnelle dont les membres se donnaient pour mission de veiller à l'accomplissement des derniers devoirs aux défunts, c'est-à-dire le service funéraire dans toute son acception rituelle et mystique. Le service rendu aux morts est en effet considéré comme le plus altruiste des commandements de la Torah, dicté par l'amour du prochain, acte véritablement désintéressé puisqu'il s'adresse à un être désormais incapable de réciprocité.

quelques secondes. Les bras et les jambes se contorsionnent, veines et nerfs se tendent et font remuer les membres. Le corps s'embrase déjà tout entier, la peau s'est crevassée, la graisse coule, et tu entends le grésillement du feu ardent. Tu ne vois plus de corps, seulement une fournaise de feu infernal qui consume quelque chose en son sein. Le ventre éclate. Les intestins et entrailles en jaillissent, et en quelques minutes il n'en reste plus trace. La tête met plus de temps à brûler. Deux petites flammes bleues scintillent dans les orbites des yeux qui se consument avec la cervelle tout au fond, et dans la bouche se calcine encore la langue. Tout le processus dure vingt minutes – et un corps, un monde, est réduit en cendres.

Tu restes pétrifié, à regarder. Voici qu'on en pose encore deux sur la civière. Deux êtres, deux mondes, qui tenaient leur place dans l'humanité, qui ont vécu et existé, agi et créé. Qui ont travaillé pour le monde et pour eux-mêmes, ont posé une brique sur le grand édifice, tissé un fil pour le monde et pour l'avenir – et dans vingt minutes il ne restera d'eux plus aucun vestige.

En voici deux autres maintenant posées là, on leur a fait un brin de toilette. Deux jeunes et belles femmes, elles ont dû être splendides. Elles avaient leur place sur terre, occupaient deux mondes entiers, tant de bonheur et de plaisir elles ont prodigués au monde, chaque sourire était un réconfort, chaque regard un ravissement, chaque parole un enchantement, comme un chant céleste, et là où se posait leur pas elles apportaient joie et félicité. Tant de cœurs les aimaient, et à présent les voici étendues à deux sur cette planche de fer, et bientôt va s'ouvrir la gueule de l'enfer, et dans quelques minutes il ne restera d'elles plus aucun vestige.

Voici qu'on en étend trois maintenant. Un enfant pressé sur le sein de sa mère. Tant de bonheur, tant de joie ont éprouvés sa mère, son père, à la naissance de leur enfant ! Ils ont bâti un foyer, tissé un futur, le monde était pour eux une idylle, et dans vingt minutes il ne restera d'eux plus aucun vestige.

L'ascenseur monte et descend, transporte des victimes sans nombre. Comme dans un énorme abattoir sont empilés là des monceaux de cadavres, qui attendent leur tour, attendent qu'on les enlève.

Trente bouches infernales flamboient à présent dans les deux grands bâtiments, et engloutissent les victimes innombrables. Il ne faudra pas longtemps pour que ces cinq mille êtres, ces cinq mille mondes, soient dévorés par les flammes.

Les fours flambent et grondent comme des vagues de tempête, ils brûlent d'un feu allumé depuis longtemps déjà par les mains de ces barbares et assassins du monde, qui espèrent par sa lumière repousser les ténèbres de leur monde d'horreur.

Le feu brûle haut et clair, en toute tranquillité, nul ne l'entrave, nul ne tente de l'éteindre. Il reçoit sans cesse de nouvelles victimes, innombrables, comme s'il était venu au monde à cette seule fin, l'antique peuple de martyrs.

Vaste monde libre, verras-tu un jour cette haute flamme ? Et toi, homme libre, si un soir là-bas tu t'arrêtes en ton lieu pour lever les yeux vers les cieux, vers leur bleu profond voilé au lointain de flammes – sache, homme libre, que c'est le feu de l'enfer, qui brûle sans cesse, consume sans cesse des êtres humains. Un jour ton cœur gelé se réchauffera peut-être à leur feu et fondra, et tes mains froides, tes mains glacées viendront ici éteindre ces flammes. Et ton cœur sera peut-être ailé de courage et de bravoure, et tu changeras les victimes pour nourrir ce feu ; cet enfer, qu'il brûle ici à jamais, et que soient dévorés dans ses flammes ceux qui l'ont allumé.

1944

Écrire au-dehors de soi

par Philippe Mesnard

Je remercie Carlo Saletti pour son aide précieuse et sans défaillance.

Le samedi 7 octobre 1944, Zalmen Gradowski est tué lors de la révolte du *Sonderkommando* [1] d'Auschwitz auquel il appartenait. Auparavant, il avait enterré près des crématoires deux longs manuscrits en yiddish dont il était l'auteur. Le premier raconte son histoire et celle de sa famille sous l'occupation de 1942 à 1943 et jusqu'à leur arrivée à Auschwitz. Le second témoigne des gazages et des relations à l'intérieur du *Sonderkommando* ; jusqu'à récemment [2], sa publication n'avait été faite qu'en yiddish, dans un tirage limité, par Haïm Wollnerman.

Ces textes restent en décalage de cinquante ans avec l'attente de sens qui est généralement la nôtre. Leur déconcertante qualité littéraire fait d'eux plus que des

---

1. Le nom allemand de « *Sonderkommando* », c'est-à-dire « équipe spéciale », est le nom donné aux équipes de travail affectées au quartier des chambres à gaz et des crématoires d'Auschwitz-Birkenau.

2. L'édition de *Au cœur de l'enfer*, dirigée par Ph. Mesnard et C. Saletti, est maintenant disponible en France : Z. Gradowski, *Au cœur de l'enfer. Document écrit d'un* Sonder-Kommando *d'Auschwitz – 1944*, Paris, éd. Kimé, 2001, 170 p. ; en Italie : Zalmen Gradowski, *Sonderkommando. Diario da un crematorio di Auschwitz, 1944*, Venise, éd. Marsilio, 2002, 222 p. ; aux Pays-Bas : Zalmen Gradowski, *Sonderkommando. Leven in de gaskamers en crematoria van Auschwitz*, Laren, Uitgeverij Verbum, 2004.

recueils d'informations factuelles, et de l'auteur, plus qu'un témoin. Il y a là un morceau de littérature qui s'inscrit dans la longue tradition, inaugurée par Jérémie, de la littérature de la catastrophe. C'est de cela, aucunement réductible à l'Histoire, à une production documentaire, ni même au témoignage – c'est de cette écriture et de sa lecture qu'il s'agit ici.

LE *SONDERKOMMANDO* D'AUSCHWITZ
ET LES ROULEAUX

Entre 1943 et 1945, un certain nombre de déportés juifs, quelques Polonais et un petit groupe de prisonniers de guerre soviétiques vécurent plus près de l'épicentre de la catastrophe que nul autre déporté. Il s'agit des membres du *Sonderkommando* chargés du fonctionnement de l'appareil d'extermination de Birkenau, un des six centres de mise à mort nationaux-socialistes (Auschwitz-Birkenau, Belzec, Chelmno, Lublin-Majdanek, Sobibor, Treblinka) installés en Pologne occupée, pour réaliser la « solution finale de la question juive ». La quasi-totalité d'entre eux fut assassinée par les SS du camp.

Après les premières expérimentations de gaz *Zyklon B*, fin de l'été 1941, sur des centaines de prisonniers de guerre russes et des détenus malades, il fut décidé que ce serait dans le camp de Birkenau, voisin d'Auschwitz, que se réaliserait les installations techniques nécessaires à l'extermination. Les bâtiments, au nombre de quatre, entrèrent en fonction au printemps 1943. Les « traitements spéciaux »[3] atteignirent leur point culminant lors de l'été 1944, quand plus de cinquante convois de Juifs

---

3. SB pour *Sonderbehandlung* dans les rapports administratifs. Cf. E. Kogon, H. Langbein, A. Rückerl, *Les Chambres à gaz : secret d'État*, Paris, Éditions de Minuit, 1982, p. 13-23.

hongrois arrivèrent et que la majeure partie d'entre eux furent immédiatement assassinés. C'est à cette période que le *Sonderkommando*, atteignant son effectif maximal avec plus de 900 ouvriers, assura le fonctionnement ininterrompu de l'appareil de destruction.

« Les recruteurs » demandaient aux prisonniers destinés au *Sonder-Kommando* – choisis parmi les immatriculés juifs les plus récents – si cela les intéressait d'offrir leurs services à une usine dépendante de l'administration du camp, suscitant de cette manière l'espoir d'un traitement plus humain [4]. Ceux qui avaient été choisis étaient en réalité voués à la plus abominable des tâches. Y entrer signifiait ne plus en sortir, comme les « bâtisseurs des tombes des pharaons égyptiens » cités par Heydrich lorsqu'il lui arrivait de se vanter d'être à l'origine des équipes spéciales destinées à mourir justement à cause des secrets dont elles avaient connaissance [5].

Les prisonniers du *Sonderkommando* assistèrent, jour après jour, à la destruction de leur propre peuple. Ils eurent ainsi connaissance de ce qui attendait les victimes, tout en restant dans l'impossibilité de leur révéler la vérité – sauf à subir une mort affreuse devant les yeux des autres membres de leur équipe. Parce qu'ils étaient contraints à ces travaux infernaux, ils bénéficièrent d'un traitement d'exception. Ils furent nourris, vêtus, logés mieux que l'ensemble des déportés. Parmi eux, certains s'habituèrent, d'autres, en nombre restreint, se suicidèrent. La majeure partie vécut dans la détresse.

---

4. G. Wellers, « Révolte du *Sonderkommando* à Auschwitz », *Le Monde juif*, 18 avril 1949, p. 17-18 ; G. Greif, *Wir weinten tränenlos... Augenzeugenberichte der jüdischen* « Sonderkommandos » *in Auschwitz*, Köln, Bölau Verlag, 1995.

5. Cf. G. Sereny, *Albert Speer : son combat avec la vérité*, Seuil, 1997. Pour une autre version impliquant Christian Wirth, cf. G. Reitlinger, *The Final Solution*, London, Mitchell and Co., 1953.

Quelques-uns virent avec clarté que leur lien avec l'humanité était condamné à s'éteindre, ils comprirent que l'unique issue était la rébellion. Ils conçurent alors un projet qui eut peu d'égal dans l'histoire des *Lager* et qui devait conduire au soulèvement général du camp [6]. Pour leur part, les responsables juifs du mouvement de lutte du *Sonderkommando* reprochèrent aux prisonniers « politiques » de ne pas avoir voulu accélérer les opérations qui devaient conduire à la révolte. Exposés eux-mêmes à des périodes d'élimination, ils savaient ne disposer que d'un temps extrêmement limité. Zalmen Lewental, membre du *Sonderkommando* et auteur d'un témoignage écrit retrouvé après-guerre, décrit avec une grande lucidité l'angoisse déclenchée par les perpétuels renvois de la révolte : « Nous avons été effondrés [jusqu'au] dernier d'avoir à brûler un demi-million de Juifs hongrois [7]. [...]. Nous voulions, sous la pression de tout notre *Kommando*, amener le camp à comprendre que c'était l'extrême limite, mais malheureusement on nous retardait de jour en jour [...] [8]. »

L'idée d'un soulèvement général abandonnée, ceux du *Sonderkommando* agirent dans l'illusion extrême et désespérée de pouvoir, seuls, tenter le coup de force. Quand la révolte éclata, déclenchée par la liquidation d'une partie du *Sonderkommando* affectée au crématoire IV, elle prit au dépourvu la majeure partie des hommes non préparés. Ce fut le samedi 7 octobre 1944 à

---

6. Il y a eu des soulèvements dans deux autres centres de mise à mort : à Treblinka, le 2 août 1943, à Sobibor, le 14 octobre 1943.

7. Le chiffre avoisine les 450 000 Juifs hongrois sur une durée d'environ six semaines durant l'été 1944 (cf. R. Hilberg, *La Destruction des Juifs d'Europe*, Fayard, 1988).

8. Zalmen Lewental, « Notes », traduit par Maurice Pfeffer, 1re publication dans *Des voix sous la cendre, Revue d'histoire de la Shoah. Le Monde juif*, n° 71, janvier-avril 2001, p. 107-112. Cf. p. 127-176 de ce volume.

midi à peine passé. La réaction des SS de garde fut immédiate et conduit, dans les heures suivantes, à la suppression de plus de quatre cents membres du *Sonderkommando*.

Après quoi, la destruction de masse reprit et s'y ajouta, au moins jusqu'aux premiers jours de novembre, le démantèlement de l'appareil technique d'extermination par le *Sonderkommando* pour effacer toute trace de son existence. Le 26 novembre, celui-ci subit une nouvelle réduction d'une centaine de ses hommes. « Je me trouve dans la dernière équipe de 204 personnes, on liquide actuellement le Krematorium 2, où je suis, […] et on parle de notre propre liquidation pour le courant de cette semaine » [9], conclut la lettre, adressée à sa femme et à sa fille, du Juif polonais Haïm Herman, qui avait été déporté de Drancy à Auschwitz en mars 1943 et immédiatement affecté au *Sonderkommando*.

À partir de la mi-janvier 1945, les prisonniers encore capables de se tenir debout reçurent l'ordre de se mettre en colonne et de prendre la route en direction du Reich. Quelques dizaines du *Sonderkommando* parvinrent à se mêler aux milliers de déportés de la marche d'évacuation. Entre le 20 et le 26 janvier, les SS firent sauter ce qui restait des crématoires et des chambres à gaz. L'Armée rouge entra dans le camp le 27 janvier 1944.

C'est, entre 1945 et 1980, près des crématoires de Birkenau que l'on retrouva enterrés les manuscrits ou rouleaux [10] de cinq membres du *Sonderkommando*. Il s'agit, d'abord, en février 1945 de celui de Haïm Herman, écrit en français ; puis, le 5 mars 1945, d'un premier texte de

---

9. Haïm Herman, « Lettre à sa famille » *in* Ber Mark, *Des voix dans la nuit. La résistance juive à Auschwitz*, Paris, Plon, 1982, p. 330.

10. En hébreu *megila*, expression choisie par Ber Mark en référence aux cinq livres de l'Ancien Testament dont chacun est lu à l'occasion d'une célébration liturgique.

Zalmen Gradowski, en yiddish comme celui de Lejb Langfus, découvert en avril 1945. Ils ont ensuite été publiés par le musée d'Auschwitz. C'est à ce moment que Haïm Wollnerman acquiert le second manuscrit de Gradowski dont nous racontons l'histoire plus bas. Sept ans plus tard, en avril 1952, on trouve un écrit non signé, en yiddish, que l'historien Ber Mark, directeur de l'Institut historique juif de Varsovie, permet d'attribuer à Lejb Langfus. Le 28 juillet 1961, un premier texte, puis, le 17 octobre 1962, un second de Zalmen Lewental sont découverts, tous deux également en yiddish. En octobre 1980, c'est le manuscrit de Marcel Nadsari, rédigé en grec. Au total, huit textes partiellement publiés jusqu'en 1996 [11]. Le lecteur français a pu avoir connaissance des manuscrits de Langfus, Lewental, Herman et du premier manuscrit de Gradowski, grâce à l'étude que Ber Mark a consacrée à la résistance juive à Auschwitz. Celle-ci a été publiée, après la mort de Mark en 1966, par son épouse, en 1982, sous le titre : *Des voix dans la nuit. La résistance juive à Auschwitz-Birkenau* (Plon). Depuis, le tirage est épuisé.

En revanche, le second manuscrit de Gradowski publié par Wollnerman représente une complète nouveauté. Connu jusque là d'un cercle étroit de chercheurs, c'est en 1977 avec l'édition de Haïm Wollnerman, qu'il est donné pour la première fois à l'impression, mais la diffusion du livre reste limitée. Le public a seulement pu en prendre connaissance par une série d'extraits traduits dans *The Literature of Destruction. Jewish Responses to Catastrophe de David Roskies.* En 1999, il est partiellement publié en langue allemande dans un dossier dirigé par

---

11. L'édition complète allemande se fait sous le titre *Inmitten des grauenvollen Verbrechens. Handschriften von Mitgliedern des Sonderkommandos*, Oswiecim, Verlag des Staatlichen Museums Auschwitz-Birkenau, 1996.

Miroslav Kœrny et Raimund Kemper[12]. En 2001, la *Revue d'histoire de la Shoah* réunit sous la direction de G. Bensoussan, Ph. Mesnard et C. Saletti une édition de référence republiée ici. Si exceptionnel soit ce texte, la lenteur de sa publication n'a, en vérité, rien d'exceptionnelle si l'on considère à quel point les témoignages des *Sonderkommandos* ont été et sont toujours déconsidérés.

IMAGES DES « ÉQUIPES SPÉCIALES »

Au cours de la période durant laquelle Birkenau fut en activité, l'horreur de ce lieu dans lequel travaillaient les membres du *Sonderkommando*, mais aussi l'isolement auquel ils étaient soumis, contribuèrent dans une large mesure à construire chez la majeure partie des déportés un imaginaire fantasmatique de ces hommes. Immergés dans le cauchemar, ils étaient perçus comme un produit de ce cauchemar.

« Au camp ce personnel avait des boxes spéciaux et tout contact avec les autres internés leur était interdit[13] », écrit Olga Lengyel. Selon le médecin André Lettich, « venus de loin, obligés au silence et bien gardés, ils disparaissaient sans laisser de trace, dans un total mystère[14] ». Un ton analogue se retrouve dans d'autres témoignages : « Pendant ma détention à Auschwitz, le mot *Sonderkommando* provoquait en nous une sorte de terreur. Nous savions que ce commando existait, à quelles

---

12. Cf. *Theresienstädter Studien und Dokumente*, Prague, Institut Theresienstäter Initiative Academia, Prague, 1999.

13. O. Lengyel, *Souvenirs de l'au-delà*, Paris, éd. du Bateau ivre, 1946, p. 132. Le nombre de déportés extérieurs au *Sonderkomando* qui pouvaient avoir des contacts avec les membres de celui-ci était très réduit.

14. A. Lettich, *Trente-Quatre Mois dans les camps de concentration*, Tours, Imprimerie Union Coopérative, 1946, p. 30.

tâches il était astreint, mais nous avions peine à le croire [15] », écrit Jacques Stroumsa, Juif déporté de Grèce, employé d'abord comme violoniste dans l'orchestre du camp et ensuite comme technicien dans les bureaux de la Union-Werke. Le fait que des hommes puissent continuer à vivre dans cette zone secrète rendait quasiment impossible, même avec la distance des années, de ne pas leur inférer une déshumanisation qui exaspérait l'imagination. Ainsi, en 1972, le Polonais Wieslaw Kielar, un des premiers déportés politiques à Auschwitz, écrit que les « membres de ce commando spécial n'étaient réellement plus des hommes à part entière. […]. Le seul sentiment qu'ils connaissaient encore était la peur de leur propre mort [16]. »

La répulsion qu'ils suscitaient est illustrée, cette fois au niveau de leur aspect extérieur, par un des premiers témoignages sur les camps d'extermination que donnent Rudolf Vrba et Alfred Wetzler : « Déjà à cause de la terrible odeur qui émanait d'eux, on avait peu de contact avec eux. Ils étaient toujours souillés, très négligés, sauvages, indescriptibles et sans pitié [17]. » « C'était des visages ravagés, fous [18] », rapporte Langbein. Dans un mémorial rédigé juste après la guerre pour la revue scientifique *Minerva Medica*, avec son compagnon de déportation Leonardo Benedetti, Primo Levi s'arrête également sur le *Sonderkommando* en faisant référence aux fausses informations qui circulaient parmi ceux qui n'avaient pas eu de contact direct avec Birkenau. L'article relatait

---

15. J. Stroumsa, *Tu choisiras la vie*, Paris, Cerf, 1998, p. 141.

16. W. Kielar, *Anus mundi. Cinq ans à Auschwitz*, Paris, Laffont, 1980, p. 191.

17. R. Vrba (Walter Rosemberg) et A. Wetzler, *London wurde informiert. Berichte von Auschwitz-Flüchtlingen*, (dir.) H. Swiebocki, Oswiecim, Verlag des Staatlichen Museums Auschwitz-Birkenau, 1997, p. 229.

18. H. Langbein, *op. cit.*, p. 195.

qu'« il émanait une odeur nauséabonde de leurs vête-ments ; ils étaient toujours sales et avaient un aspect complètement sauvage, de vraies bêtes féroces. Ils étaient choisis parmi les pires criminels condamnés pour de graves crimes de sang [19] ».

Si de pareilles méprises sur la réelle composition du *Sonderkommando* peuvent, aujourd'hui, nous apprendre quelque chose sur les rumeurs qui avaient cours dans le réseau des camps d'Auschwitz, elles attestent, de manière plus générale, la difficulté intrinsèque d'admettre que des hommes aient pu préserver en eux un degré d'huma-nité alors qu'ils garantissaient le fonctionnement de la machine d'extermination. Une des raisons du choix d'une majorité de Juifs par les SS était qu'il était préférable que les membres du *Sonderkommando* parlassent la langue de la majorité des sélectionnés, afin qu'ils pussent, à leur insu, servir de médiateur, les rassurer, répondre à leur question, participer au mensonge qu'ourdissaient les SS. La question de la responsabilité était d'autant plus problé-matique, comme le souligne Wladyslaw Bartoszewski, que les *Sonderkommandos* étaient eux-mêmes « inté-ressés au fonctionnement systématique de l'appareil de mort » si l'on considère que « chaque diminution de l'intensité de la mort de masse menaçait l'existence du groupe, dont la survie était uniquement justifiée par sa participation au processus de destruction et de disparition des traces [20] ». La situation était la même pour les autres centres de mise à mort.

---

19. P. Levi et L. Benedetti, « Rapporto sulla organizzazione igie-nico-sanitaria del campo di concentramento per ebrei di Monowitz (Auschwitz-Alta Slesia) », *Minerva Medica*, XXXVII, juillet-décembre 1946.

20. W. Bartoszewski, « Nachwort » in *Inmitten des grauenvollen Verbrechens. Handschriften von Mitgliedern des Sonderkom-mandos*, Oswiecim, Verlag des Staatlichen Museums Auschwitz-Birkenau, 1996, p. 276.

Pris pour les complices de l'extermination, les membres du *Sonderkommando* étaient vus comme l'incarnation du mal. De surcroît, la connaissance superficielle de leur situation a conduit à d'évidentes imprécisions factuelles. Ainsi, dans un livre de l'ex-déporté Oliver Lustig, paru en Hongrie en 1984, on peut lire que « les membres du *Sonderkommando* étaient au service de la mort pendant quatre mois. Puis, avec une précision mathématique, ils étaient envoyés à la mort. [...]13 *Sonderkommandos* se sont succédé dans les crématoires de Birkenau[21]. » Si cela avait été le cas, le premier des *Sonderkommandos* d'Auschwitz aurait été formé vers la fin de 1940 – au moins un an avant le début de la déportation juive à Auschwitz ! En ce qui concerne le roulement des équipes spéciales, si nous savons que treize *Sonderkommandos* représentent un chiffre loin de la réalité, il n'est toutefois pas aisé d'en établir le chiffre exact. En revanche, nous pouvons estimer à deux mille, peut-être à plus, le nombre total de déportés qui en firent partie.

Bien que les premières descriptions des *Sonderkommandos* fussent consignées dès les mois qui ont succédé la libération du camp, grâce aux dépositions de quelques survivants des « équipes[22] » récoltées durant des enquêtes judiciaires en Pologne, et bien que, pour la reconstitution documentaire, il y ait eu, en 1946, l'étude pionnière, *Továrna na smrt*[23] (Prag, Orbis) de Ota Kraus et Erich

---

21. Cf. O. Lustig, *Dizionario del Lager*, Florence, La Nuova Italia, 1996, p. 174.

22. Cf. les dépositions de Szlama Dragon, Alter Feinsilber (Stanislaw Jankowski] et Henryk Tauber, faites à la Commission d'enquête sur les crimes nazis en Pologne, en mai 1945, cf. p. 255-330. Cf. dépositions de Milton Buki, Filip Müller et Dov Paisikovic lors du « procès d'Auschwitz » à Francfort sur le Main (1964). Pour la déposition de D. Paisikovic, cf. L. Poliakov, *Auschwitz*, Paris, Julliard, 1964.

23. Ce livre, qui constitue la première analyse historique du

Shön (Erich Kulka), il a fallu attendre plusieurs dizaines d'années pour que la question des conditions d'existence des déportés juifs à l'intérieur des crématoires vienne à être sérieusement considérée. L'attention historiographique insuffisante sur ce sujet, au regard de l'intensification des études consacrées à Auschwitz, reflète la carence des études scientifiques sur la collaboration imposée par les nationaux-socialistes et leurs alliés aux victimes et a entraîné un long et dommageable retard dans la connaissance du génocide [24]. Ce n'est seulement que ces dernières années qu'a commencé un examen plus attentif de leur mode de vie et des conséquences de la collaboration sur le plan de leur comportement. Peut-être est-ce par ce biais que se fera l'ouverture suffisante qui permettra de saisir cette différence, qui ne fait pas encore réellement sens pour la plupart d'entre nous, entre ce qui a eu lieu dans l'espace concentrationnaire et ce qui a eu lieu dans l'espace de mise à mort. Un hiatus sépare le déporté – celui à qui on a retiré son nom, attribué un numéro et qui est entré dans le camp – de ceux qui sans numéro ont seulement traversé le camp avant d'être poussés dans une des chambres à gaz et brûlés dans un des fours. Un espace sans proportion entre celui qui a survécu – un temps, du moins – et celui qui a péri, quelques heures après son arrivée. Ce qui nous amène à quelques remarques concernant la question du témoin.

---

camp d'Auschwitz, a été traduit en allemand en 1957 sous le titre *Die Todesfabrik*, Berlin, Kongress Verlag, 1991.

24. Rappelons que R. Hilberg s'est longtemps fait mettre à l'index pour cette raison. Tout un pan de l'histoire de l'édition pourrait s'écrire comme une histoire de la rétention des manuscrits (par exemple, *Les Carnets d'Adam Czerniakow*, édités en France en 1996, par J.-C. Szurek ; les écrits de Calel Perechodnik, édités en 1995 par J. Burko et A. Wieviorka), au motif que leurs auteurs avaient été des acteurs de la collaboration forcée avec les nationaux-socialistes.

En réfléchissant sur le sens du témoignage rapporté par les survivants, Primo Levi parvient à une déchirante aporie : une opposition irréductible subsisterait entre la position de celui qui, « rescapé », rapporte un témoignage et celui qui, « naufragé », ne pourra plus jamais faire entendre sa voix. Pour ceux qui sont restés des hommes, n'ayant pas franchi le seuil qui sépare l'humain de l'inhumain, alors serait exclue la possibilité de rapporter un témoignage qui pût pleinement rendre compte de la réalité, du fonctionnement et de l'expérience d'Auschwitz. Ainsi, la majeure partie des comptes rendus sur les camps, la totalité peut-être, justement parce qu'ils proviennent de survivants – privilégiés, en tant que survivants – ne constituerait pas un témoignage suffisant. « Avec le recul des années, on peut affirmer aujourd'hui que l'histoire des *Lager* a été écrite presque exclusivement par ceux qui, comme moi-même, n'en ont pas sondé le fond. Ceux qui l'ont fait ne sont pas revenus, ou bien leur capacité d'observation était paralysée par la souffrance et l'incompréhension[25]. » Les seuls véritables témoins sont, à ses yeux, les *Muselmänner*, ces êtres, ainsi dénommés à Auschwitz, décharnés, au bout de la vie, dont le corps et les facultés psychiques étaient épuisés, victimes de la malveillance générale. Pourquoi la parole écrite des *Sonderkommandos* n'est-elle pas prise en compte, elle qui, pourtant, atteste explicitement ce qui a eu lieu ?

Bien que nuancé et compréhensif à l'égard de ces derniers, Levi ne discerne pas combien non seulement la question, mais aussi la réalité du témoignage est posée par ces hommes et leurs rouleaux avec une force sans égale. Dans son chapitre sur la « zone grise », la déclaration

---

25. P. Levi, *Les Naufragés et les Rescapés. Quarante ans après Auschwitz* (1986), Paris, Gallimard, 1989, p. 17.

suivante souligne, par son recours à des idées reçues et à des métaphores, sa méconnaissance : « D'hommes qui ont connu cette extrême destitution de la dignité humaine, on ne peut attendre une déposition au sens judiciaire du terme, mais quelque chose qui tient de la lamentation, du blasphème, de l'expiation et du besoin de se justifier, de se récupérer eux-mêmes. [...] Il nous faut attendre d'eux l'épanchement libérateur plutôt qu'une vérité à face de Méduse [26]. » En fait, ce que Levi savait des *Sonderkommandos* se limitait probablement à la publication, en 1962, de la traduction italienne du témoignage de Miklos Nyiszli, médecin juif hongrois affecté par Mengele au quartier des *Sonderkommandos* d'Auschwitz, et aux sources citées par Langbein dans *Menschen in Auschwitz* (1972) dont il a signé la préface de la version en italien [27]. Si nous lui devons énormément d'avoir ouvert une réflexion sur la zone grise de la collaboration forcée, il en est tout autrement de la thèse qu'Agamben élabore dans *Ce qui reste d'Auschwitz* [28] à partir de Levi et en forçant son interprétation. Reprenant les propos de ce dernier sur les *Muselmänner* pour fabriquer avec ceux-ci une véritable icône, le philosophe réduit les *Sonderkommandos* à un couple formé avec les bourreaux, jusqu'à les confondre avec eux [29]. Et c'est là, une fois encore, la voix des témoins au plus près de la destruction qui est réduite au silence.

Il est une autre raison au fait que l'on ait des difficultés à comprendre les *Sonderkommandos*. Si l'aspect le plus dégradant de leur travail reste concevable – quelques

---

26. *Ibid.*, p. 53.

27. *Uomini ad Auschwitz. Storia del più famigerato campo di sterminio nazista*, Milano, Mursia, 1984.

28. *Ce qui reste d'Auschwitz*, Paris, Payot-Rivages, 1999.

29. Tous ces points sont discutés et commentés dans Ph. Mesnard, Cl. Kahan, *Giorgio Agamben à l'épreuve d'Auschwitz. Témoignages/interprétations*, Paris, éd. Kimé, 2001.

récits oraux, dans *Shoah* de Lanzmann, par exemple, ou écrits sont disponibles à ce sujet –, en revanche, leur quotidien ne l'est pratiquement pas. C'est là une force sans équivalent du texte de Gradowski que de nous relater ce quotidien. Que ces hommes pouvaient-ils faire après les gazages ? Quelle force leur restait-il ? L'imagination peine à faire se rejoindre et s'articuler ses deux régimes d'existence, l'un, brassant les tas de morts par fournées, l'autre, répondant aux besoins de la vie : manger, se vêtir, se réchauffer ou se rafraîchir, selon la saison. Surtout que, nous l'avons dit, ces hommes bénéficiaient d'avantages matériels dont la majorité des déportés restait privée. Levi reconnaît cette difficulté : « Il nous paraît difficile, presque impossible, de nous former une représentation de la façon dont ces hommes ont vécu jour après jour, dont ils se voyaient eux-mêmes et acceptaient leur condition [30]. »

Pourtant, les deux régimes du « travail spécial » et de la vie quotidienne durent s'accommoder l'un de l'autre. Cet accommodement se payait certainement d'être tenaillé par une incessante tendance à terriblement s'endurcir. En dépit de la vision qui fait d'eux les besogneux ouvriers de la destruction, ils étaient sans cesse assiégés par le désespoir. Ainsi, Filip Müller tire sa volonté de survivre de sa souffrance morale [31]. L'écroulement des cadavres après le gazage, « pressés comme du basalte, dit-il, c'était le plus dur de tout. À cela on ne se faisait jamais. C'était impossible [32] ». De même, Miklos Nyiszli, dont le témoignage a été le premier à toucher le grand public en

30. P. Levi, *Les Naufragés…, op. cit.*, p. 51.
31. F. Müller, *Trois ans dans une chambre à gaz d'Auschwitz*, Paris, éd. Pygmalion/Gérard Watelet, 1980, p. 54 et 85.
32. F. Müller, *in* Claude Lanzmann, *Shoah* (1985), Paris, Folio-Gallimard, 1997, p. 176.

France [33], insiste sur leur état dépressif et leur « grande détresse d'âme », bien que son ton général soit particulièrement dépréciateur.

Entre la tâche immonde et la vie quotidienne, au lieu même du désespoir de cette coexistence, l'écriture pouvait prendre forme – possibilité qui, en tant que telle, était déjà une résistance première à leur fatalité. Cette résistance dit que la condition de ces témoins n'était, en aucune façon, un dévalement vers le subir, que la vision de la mort de masse n'induit pas « naturellement » l'empathie passive, la résignation, la dégénérescence. Les *Sonderkommandos*, bénéficiant d'un régime de vie amélioré, mais vivant dans des conditions d'existence impossible, sont à l'opposé du *Muselmann*. Nombre d'entre eux étaient irradiés par la subjectivité, la leur et celle des victimes qu'ils côtoyaient au plus près, jusqu'à ne plus être en mesure de l'exprimer ; une subjectivité qui, interloquée, ne laissait plus un atome d'eux-mêmes se détacher pour penser. Car penser exige la distance dans la pensée même.

Cet état paradoxal de cristallisation des émotions et de leur maintien dans une extrême fragilité s'exprime à travers l'évocation des larmes. Tantôt celles-ci sont impossibles : « Un mort peut-il pleurer les morts ? », demande Gradowski. « Nous pleurions sans larmes », dit Yakov Gabbay à Gideon Greif. Tantôt elles submergent l'être. Ainsi, après le récit de l'attente de 3 000 femmes avant d'être gazées, Langfus écrit : « L'un de nous se tenait à l'écart et observait le profond abîme de détresse de ces êtres torturés et sans défense. Il n'a pu se dominer davantage et a éclaté en sanglots [34]. » Cette évocation simultanément métaphorique et existentielle rappelle

---

33. *Les Temps modernes* publie, en deux fois, le récit de son expérience (n° 65 et 66, mars et avril 1951).
34. L. Langfus, « Notes », p. 118.

trois occurrences analogues. Une dans *Sprachgitter* (Grille de parole) [35] de Paul Celan :

Voix de Jacob : Les larmes./ Les larmes dans l'œil frère./ L'une d'elles est restée suspendue, a grossi./ Nous habitons dedans./Respire, pour/ qu'elle se détache.

La suivante dans le premier chant du *Chant du peuple Juif assassiné* (Vittel 1943-1944) [36] d'Itshak Katzenelson :

Comment chanter ? Comment lever les yeux,
ce regard figé en ma tête pétrifiée ? une larme gelée *[Farglivert]*
reste collée sur mon œil vitreux... Elle veut s'arracher, veut couler,
et ne peut se détacher, ne peut tomber... Dieu, mon Dieu !

La dernière dans *Le Sang du ciel* [37] de Piotr Rawicz :

Une phrase bizarre, à peine explicable, me traversa l'esprit : « Pendaison de crémaillère dans une maison suppliciée... » Une autre, encore plus absurde :
Larme pétrifiée
Âme putréfiée
lourde dans mon corps
comme un fœtus mort...

---

35. Trad. J.-P. Lefebvre, Poésie/Gallimard. *Jakobsstimme : Die Tränen./ Die Tränen im Bruderaug./ Eine blieb hängen, wuchs./ Wir wohnen darin./ Atme, daß/ sie sich löse.*

36. La traduction qui suit est de Batia Baum que je remercie très sincèrement pour cette référence, comme pour tous les précieux renseignements qu'elle m'a généreusement fournis.

37. P. Rawicz, *Le Sang du ciel*, Paris, Gallimard, 1961, p. 153.

Comment faire fondre la *Farglivert*? Comment la réchauffer? Comment essayer de caractériser l'état affectif et mental de ces hommes? D'abord, ils ne peuvent être seulement qualifiés par leur fonction – c'est l'erreur généralement commise envers eux. Ensuite, il s'agit de leur reconnaître une subjectivation paroxystique pouvant se manifester, pour chacun d'eux, à la fois sur un mode individuel et sur un mode collectif. D'où l'importance de la notion de fraternité, non seulement avec les victimes, mais aussi entre eux (Gradowski est essentiel sur ce plan-là). Un troisième trait correspond à la nécessité, pour témoigner, de sortir de soi-même, de s'extraire – certainement avec une grande souffrance intérieure – de l'enveloppe vive d'affects qui n'est plus alors, pour l'homme, que le reste de lui-même. Cette nécessité de témoigner, si un nombre important dut l'éprouver, peu ont pu et su répondre à son exigence pour des raisons qui peuvent tenir à leur bagage culturel ou à leur psychologie.

Il y a un autre trait à évoquer. Difficile à clarifier, c'est pourtant de lui que se dégage l'axe qui mène droit à l'écriture de Gradowski. Il caractérise la position de témoin spécifique de ces rares hommes qui ont non seulement survécu pour résister et, finalement, pour se révolter, mais aussi pour écrire. Le fait que des membres du *Sonderkommando* aient rédigé des témoignages qu'ils ont enfouis près des crématoires introduit dans la conception même du témoignage un nouveau paramètre qui n'a jusqu'à présent pas été pris en compte. La compréhension des *Sonderkommandos* ne se limitent pas à la factualité et à la chronologie historique signalée plus haut et leur connaissance ne ressort pas seulement à la discipline historiographique. Ces manuscrits délivrent un témoignage sans pareil sur la destruction et sur les conditions de vie de ces hommes, sur la question de leur subjectivité, de ce qui les retenait à l'humanité – ou plutôt, car rien ne les y retenait plus, de ce qu'ils ont mis en œuvre pour se raccrocher à une humanité dont ils étaient coupés. Le fait même que ces textes existent dit une vérité inaliénable de l'humanité non réductible au *cadavre* – étymologiquement la chute – de l'humanité, ni à aucune de ces icônes.

Où un *Sonderkommando* pouvait-il trouver le recul nécessaire pour écrire, transcrire et rédiger un texte véritable ? Ce n'est pas qu'il n'y ait jamais eu de moments pour écrire, au contraire, les équipes pouvaient, quand les convois n'arrivaient plus, se trouver inoccupées, mais c'est alors qu'elles étaient le plus vulnérable à la liquidation. Ce n'était pas les moyens qui leur manquaient, c'était les conditions d'existence, non de vie biologique, qui leur faisaient défaut. Sur quel mode alors un Langfus, un Lewental, un Gradowski, et ces anonymes qui ont sans doute écrit mais dont les textes ont été perdus, pouvaient-ils trouver une *position* qui leur permît de s'éloigner des vagues d'émotion qui les engloutissaient ?

Parce qu'un lieu d'où on écrit n'est jamais dissociable de la question du temps dans lequel on écrit, il faudrait s'interroger sur la temporalité d'une écriture qui se coule dans le temps même de l'extermination. Et parce qu'un lieu d'où on écrit n'est pas dissociable de l'espace en regard duquel on prend position pour écrire – c'est toute la question du point de vue chez Gradowski que nous développons plus bas –, il faudrait s'interroger sur la spatialité d'un sujet qui habite (à) l'endroit même de la destruction. Cette écriture nous arrive du chiasme crépusculaire de la disparition du monde fait immanence et de l'immanence faite disparition de leur monde ; mais pour nous arriver, cette écriture a dû écarter les termes de ce chiasme qui autrement l'aurait figée dans son ici et maintenant. Écarter le synchronisme d'événements qui écrasent ensemble temps et espace à l'intérieur du périmètre du crime. « À cet *instant-là*, là-bas, en face, brûlaient nos compagnons de voyage [38] », écrit Imre Kertész. Tadeusz Borowski illustre cet écart, où l'imagination

---

38. I. Kertész, *Être sans destin* (1975), Arles, Actes sud, 1998, p. 152 ; c'est nous qui soulignons.

peine à imaginer les images qui la saisissent, dans sa nouvelle « L'une et l'autre route » ; le narrateur y raconte un match de football à Auschwitz et dit : « Entre deux *corners*, dans mon dos, on avait gazé trois mille personnes [39]. » C'est exactement du cœur de « cet instant-là », d'entre « ces deux *corners* » que l'écriture des membres du *Sonderkommando* témoigne, et c'est là que leur écriture trouve cette origine contrariée qui vient d'une fin du monde. Aux confins de l'horreur, l'horreur est certainement inimaginable, mais elle reste potentiellement représentable. Avec quelques moyens, on peut toujours montrer. Mais ce qui reste définitivement hors de portée des infinies possibilités de la représentation, c'est le regard du *Sonderkommando*.

À partir de quel point de vue se sont tracés les *rouleaux* ? Comment, dans de telles circonstances, nouer le geste d'écrire au regard ? Le Voir au Dire ? Peut-être ces questions portent-elles, avec elles, l'évidence qu'il restera toujours une trace après le dernier homme, car, pour autant qu'un monde d'hommes continue d'exister, il y a un prochain pour lire et déchiffrer la trace. C'est à partir de ce point de rencontre improbable que le destin du « deuxième manuscrit » de Zalmen Gradowski est venu, comme auparavant le regard au geste, se nouer au destin de Haïm Wollnerman.

ZALMEN GRADOWSKI, SES MANUSCRITS

Zalmen Gradowski est né en 1910 à Suwalki, ville polonaise située près de la frontière lituanienne, dans une famille de commerçants très religieux. Après son mariage, il s'installe dans le *Shtetl* de Luna, près de Grodno. Il travaille comme employé dans une société d'État et dans le magasin de son père. Ancien étudiant de

---

39. T. Borowski, *Le Monde de pierre*, Paris, Bourgois éd., 1992, p. 145.

la *Yeshiva*, homme cultivé et sioniste fervent, il a l'ambition d'écrire et soumet quelques nouvelles à l'avis du docteur Sfard, un de ses beaux-frères par alliance. Ayant survécu, ce dernier donne des informations sur Gradowski dans un texte qui accompagne l'édition de Wollnerman. Il estime que l'écriture des textes de Gradowski avant-guerre manquait de qualités littéraires : trop d'envolées lyriques, pas assez de descriptions concrètes. Il note pourtant combien Gradowski manifeste des ambitions d'écrivain. Ceci est très important pour mieux approcher les questions littéraires que pose *Au cœur de l'enfer*.

Durant l'été 1941, la région dans laquelle il vit, alors sous contrôle soviétique, passe sous contrôle allemand. Au ghetto, Gradowski est chargé de la gestion des problèmes sanitaires, fonction qui prend de l'importance avec la déportation des habitants au camp de transit de Kielbasin. Le 8 décembre 1942, il est déporté à Birkenau avec sa famille qui est assassinée le jour même ; lui est rapidement transféré au *Sonderkommando* du crématoire III. Szlama Dragon, un des rares survivants du *Sonderkommando*, évoque Gradowski lors d'une longue interview qu'il a accordée au début des années 1990 :

« Nous étions très peu à être au courant de son activité de chroniqueur. Moi, je le savais parce que j'étais chargé du nettoyage des dortoirs. Je l'ai aidé à travailler dans les meilleures conditions possibles. Je lui ai procuré un lit près de la fenêtre afin qu'il ait plus de lumière pour écrire. Seuls ceux qui étaient, comme nous, de corvée dans les dortoirs, pouvaient le faire. Gradowski nous disait qu'il fallait laisser au monde un témoignage de ce qui était arrivé dans le camp [40]. »

Gradowski aurait obtenu le papier nécessaire d'un prisonnier nommé Jakob Freimark du *Kanada Kommando*

---

40. *In* G. Greif, *Wir weinten tränenlos…*, *op. cit.*, p. 105.

(équipe qui triait les valises laissées après les « Selektions »). Participant activement au mouvement clandestin qui s'est formé au sein du *Sonderkommando*, il devient un de ses chefs et un des meneurs de la révolte qui éclate le 7 octobre 1944.

Le 5 mars 1945, lors des fouilles effectuées, sur les indications de Dragon, près du crématoire III de Birkenau par une Commission d'enquête de l'Armée soviétique, on découvrit à l'intérieur d'une gourde en aluminium, un carnet de 14,5 x 9,5 centimètres composé de 91 pages numérotées – parmi lesquelles une dizaine manquait –, chaque page comprenant de 20 à 38 lignes, dont les premières étaient illisibles. Le récipient contenait également un second manuscrit de deux pages, datées du 6 septembre 1944 et portant la signature de Gradowski. Les deux documents étaient rédigés, de la même main, dans le dialecte yiddish de la région de Bialystok.

Rédigé au cours de l'automne 1943 et dédié à la mémoire de sa famille exterminée à son arrivée à Auschwitz, ce long manuscrit a pour préambule la phrase suivante : « Que celui qui trouvera ce document sache qu'il est en possession d'un important matériel historique », écrite en quatre langues (polonais, russe, français et allemand – dans le second manuscrit, ce type de préambule n'est qu'en yiddish). Les vingt premières pages donnent des informations sur le « nettoyage ethnique » effectué par les troupes d'occupation, en novembre 1942, dans la région de Grodno. À partir de la page 21, il poursuit avec le récit de son voyage en direction d'Auschwitz, de l'entrée dans le camp et des premiers jours qu'il y a vécus. Gradowski guide le lecteur en s'adressant directement à lui dans un style intentionnellement littéraire. L'écrit s'arrête au moment où l'auteur est recruté au *Sonderkommando*.

« Il est possible que les parties suivantes aient été enterrées ailleurs […] à différents endroits, sous des amas de cendres, dans l'espace des crématoires[41] », écrit Ber Mark à propos des autres textes de Gradowski. Ces « parties suivantes » paraissent en fait à peu près au même moment que l'édition générale des rouleaux rassemblés par Mark et assurée par sa veuve (cf. *supra*). Toutefois, les deux entreprises éditoriales, celle d'Esther Mark et celle de Haïm Wollnerman, restent inconnues l'une de l'autre.

C'est en mars 1945, après quatre ans dans les camps de concentration, que Haïm Wollnerman retourne à Oswiezcim, sa ville natale. Chaque jour, il se rend au camp pour y chercher, dans les blocs ou dans les archives, noms et traces de parents, d'amis, de connaissances – en vain[42]. Après quelque temps, Wollnerman et un petit groupe d'amis décident de rejoindre Israël. C'est peu avant son départ définitif qu'un jeune homme lui rend visite et lui propose d'acheter une boîte qu'il avait déterrée près d'un crématoire à Birkenau. Wollnerman paye la somme demandée et se met à recopier le contenu du manuscrit, exercice difficile car les feuilles sont collées et certains passages, effacés ou illisibles.

À Prague, des institutions lui font des offres pour acquérir le manuscrit, mais il refuse, voulant rester fidèle à la prière de l'auteur demandant à celui qui trouvera le manuscrit de rechercher ses parents en Amérique afin de savoir qui il était, lui et sa famille, et d'obtenir une photographie pour l'inclure dans l'édition. Celle-ci n'a en fait lieu que trente et un ans plus tard. En Israël, Wollnerman contacte plusieurs éditeurs ou rédacteurs de journaux pour les convaincre de faire paraître l'ouvrage. En 1953,

41. B. Mark, *op. cit.*, p. 182.
42. Ces informations sont extraites d'un texte que H. Wollnerman a écrit pour accompagner l'édition de Gradowski ; par ailleurs, d'autres renseignements ont été fournis par sa veuve Jette Wollnerman, lors d'une rencontre avec Béatrice Smedley, à Jérusalem, au printemps 1999.

il y parvient presque. Malgré les efforts du directeur des Archives, le docteur Joseph Karmish, le manuscrit n'est pas publié, jusqu'au jour où Wollnerman décide de le faire à son compte.

LA POSSIBILITÉ D'ÊTRE
AU-DEHORS DE SOI-MÊME

Au cœur de l'enfer est le plus long des manuscrits enfouis. Il se divise en trois parties, chacune précédée d'une adresse aux lecteurs. La première partie se présente comme une longue invocation à la lune à partir de laquelle sont décrites les mises à mort des convois. La seconde aborde plus précisément l'extermination des Juifs tchèques et tous les subterfuges déployés par les SS. La troisième, la plus longue, décrit une « Selektion » à l'intérieur du *Sonderkommando*. Mais ce n'est là rien dire encore du texte de Gradowski.

Ce texte n'est pas réductible à un rassemblement d'informations et Gradowski ne se met pas dans la seule position – au demeurant respectable – de qui s'en tient à préparer le travail aux historiens, comme l'écrit Lewental à propos du manuscrit de Lodz[43]. Pourtant, ce n'est pas faute d'avoir consigné les informations sur les massacres comme en atteste Dragon[44]. Les faits, qui ont une importance documentaire décisive pour dire ce qui a lieu, fonctionnent comme des points d'ancrage précis du texte dans la factualité historique, mais c'est pour être aussitôt repris

---

43. « Nous ne sommes que de petits groupes de gens simples (*kleine grupes Menschelekh, in* B. Mark, édition originale yiddish, 1977, p. 432) sur lesquels les historiens auront à s'interroger et à travailler autant que sur les horreurs que l'histoire connaît » (B. Mark, *op. cit.*, 1982, p. 307-308).

44. *Revue d'histoire de la Shoah, op. cit.*, p. 177.

et emportés par le mouvement littéraire de l'écriture de Gradowski.

Si cette écriture est première, au sens où elle est un témoignage direct, elle n'est pas brute pour autant. Elle est entièrement traversée par le souci de traduire littérairement, bien plus que littéralement, l'expérience qu'elle rapporte. Aussi bien dans le premier manuscrit édité par Mark que dans celui que Wollnerman a recueilli, cette écriture possède des qualités poétiques qui la distinguent des autres *rouleaux*. Mais surtout, Gradowski accomplit son destin d'écrivain par un geste qui réunit la douleur de mondes disparus et en disparition avec un avenir qui n'est que souffrance – où seul perce l'espoir d'être lu. Quand le salut tient à la lecture et seulement à elle.

Deux empreintes se superposent, celle du lecteur hypothétique à qui s'adresse l'auteur : « Cher découvreur de ces écrits ! J'ai une prière à te faire, c'est en fait mon essentielle raison d'écrire, que ma vie condamnée à mort trouve au moins un sens. Que mes jours infernaux, que mon lendemain sans espoir atteignent leur but dans l'avenir [45]. » Gradowski vient de *nous* dire que c'est du lecteur que dépendent le sens posthume de ce qu'il écrit et le but de ses lendemains ailleurs que parmi les massacres. La deuxième empreinte est celle de la perte des proches : « Demande à mes proches la photo de ma famille, ainsi que la photo de moi avec ma femme. Tu joindras nos portraits à ce livre, à ta guise [46]. » Pour réaliser cette opération et parce que l'homme est sans espérance, Gradowski doit s'arracher d'un présent dont chaque cellule est lestée par la présence des morts.

Après l'adresse aux lecteurs, sortir de soi-même s'exprime par l'application avec laquelle se manifeste son intention littéraire souvent chargée d'emphase et de pathos qui, à la première lecture, étonnent, voire

---

45. Z. Gradowski, *Au cœur de l'enfer*, *op. cit.*, p. 53.
46. *Ibid.*

déconcertent. C'est sur quoi il est nécessaire de s'arrêter. Le souci stylistique de Gradowski est un procédé de mise à distance qui lui permet de s'extraire de son destin en transitant par un acte d'imagination et d'inscription qui dédouble le quotidien effroyable. Il ne délivre pas une chronique, ce qui l'aurait rappelé au contact direct de l'expérience des morts. Le style est pour lui une manière de se détourner de la réalité pour mieux y faire retour. La conformité à des codes grammaticaux et les procédés dont il surcharge parfois ses phrases fonctionnent comme une façon de se détacher de ce qui l'environne, non pour oublier, mais pour pouvoir y revenir. Il y aurait presque un paradoxe dans le fait qu'en cette circonstance, ce soit par le style – trait formel et connotatif qui renseigne sur l'écrivain, non sur le réel référencié – que l'écriture devienne la *manière* du plus long témoignage effectué au plus près des gazages. C'est pourquoi il a été essentiel à Batia Baum, la traductrice de ce texte en français, de répondre aussi bien à l'exigence de la fidélité lexicale (par exemple, maintenir l'abondance d'adjectifs), que de suivre le rythme et le ton de la phrase – jusqu'à maintenir des accords qui paraissent défectueux lors du passage de la troisième à la première personne avec des pronoms personnels ou des adjectifs possessifs.

Pour cela, s'organisent anaphores (les reprises de « pourquoi » ou de « vois » adressés à la lune qui scandent les premières pages), euphémismes ou litotes dans des tournures lyriques, emphatiques ou ironiques (écrire « *Herliker* », dérivé yiddish venant de l'allemand *Heilig*, sacré, pour parodier « *Heil Hitler* »). Gradowski convoque des champs lexicaux précis qu'il sait reprendre chaque fois pour filer sa vision de l'immonde ou pour invoquer la fraternité qui le lie aux siens, avant et après leur mort. Il mêle le récit au discours, des expressions orales à d'autres, plus cultivées. Les choix ne sont pas laissés au hasard. Le terme hébraïque *Keyver* désigne les tombes, les tombeaux, les fosses, et les baraques dans lesquelles sont enfermés les

Juifs avant la mort, ou le *Bunker*. Dans de rares occurrences, on trouve le mot *grub*, de l'allemand *Grabe* (tombe) qui prend le sens de fosse. Le yiddish se prête au jeu du mélange des langues permettant à celui qui l'écrit de circuler entre elles toutes. À ce propos, Régine Robin fait remarquer que le yiddish jouit d'une flexibilité exceptionnelle qui permet à ceux qui le pratiquent et à ceux qui l'écrivent de jouer avec ses différentes composantes [47].

Dispositif de déplacement permettant à l'auteur une grande agilité de point de vue, le style est l'opérateur qui rend possible l'articulation du Voir au Dire. Gradowski rend compte de ce qui a lieu dans les salles et dans les têtes. Il utilise régulièrement le discours indirect libre, mais il peut aussi seulement imaginer de l'extérieur ce qui est ressenti. Il accompagne les victimes, relève, en particulier, les actes de résistance ponctuelle et, en général, les comportements, notamment les façons dont les victimes affrontent l'infamie avec laquelle elles sont conduites à la mort. Il raconte chaque subterfuge des SS pour tromper leur vigilance – ceux-ci ont peur – jusqu'à ce que se referment les portes de la salle des douches. Et dans le chapitre voisin à propos des même faits, du côté des victimes cette fois, il raconte comment celles-ci se sont trouvé désorientées et abusées par le stratagème. La chronologie n'est pas respectée au profit de la variété des visions et, presque, de la polyphonie.

Son écriture traduit un flux de pensées continuel qui se déplace de point de vue en point de vue. La voilà dans les têtes des femmes, de deux amants, des SS. Elle interpelle la lune et pense ou répond à sa place – bien sûr, il faut voir ici la reprise symbolique d'un grand geste poétique qui s'ajoute au rite judaïque de la sanctification à la lune lors de son renouvellement. Grâce à cela, Gradowski peut

47. R. Robin, *Le Deuil de l'origine. Une langue en trop, la langue en moins*, Paris, Presses universitaires de Vincennes, 1993, p. 136.

ne pas être là où il est. L'écriture rend possible qu'il sorte de lui-même sans pour autant trahir le pacte qui le lie aux victimes. Il saisit la réalité qui l'emprisonne en se retrouvant en son dehors. Il suspend l'habitude hébétée de la répétition de l'horreur. Il écrit sous la dictée de son cœur comme si son cœur était le cœur de chaque victime : c'est là l'impératif catégorique qui lui reste, trouvant son prolongement dans l'impératif de la transmission au destinataire de son texte.

Il recueille aussi chaque éclat, chaque vibration des corps. D'où cette insistance presque fascinée à relever la vigueur des femmes qui l'entourent. Celles-ci incarnent tout ce qu'un corps peut offrir, recevoir ou prendre et tout ce qu'un corps ne cesse de faire et de donner, durant la vie. Il faut ici signaler l'usage du champ sémantique de la vie [48], opposé à celui du malheur qui réunissait les thèmes de la pétrification et des larmes gelées. Les *Sonderkommandos* sont placés au moment précis où ils assistent au basculement de la pleine vie des victimes vers la destruction. Ainsi, on trouve dans *Au cœur de l'enfer*, *blutful* (sanguin, gorgé de sang), *tsapeldik* (palpitant), *broiznd* (effervescent), *pulsendik* (pulsant). Le verbe *benken* est très courant, il a été traduit par désir, aspiration. *Benken* est un verbe qui exprime le désir comme aspiration ou comme languissement, dans un sens qui n'est pas spécialement physique. Gradowski utilise à plusieurs reprises le verbe *reitzn* ou dans sa forme réfléchie *sikh reitzn* (de l'allemand, *sich reizen*) afin d'exprimer l'idée de provocation qui peut laisser entendre la séduction ou l'excitation. Le corps est tout entier condensé en quelques lignes. Avant d'être livré à l'agonie [49]. Si l'écriture est le moyen

---

48. À propos du camp de concentration cette fois-ci (Auschwitz I), on retrouve cette insistante préoccupation pour la vie dans un petit texte des *YIVO Bletter*, paru après guerre, que nous avons fait traduire et réédité, cf. p. 245-253.

49. Cette présence des corps vivants jouxtant l'agonie est à rap-

d'accompagner les morts en maintenant la lueur de leur vie – elle permet également le rachat éphémère de la dette infinie contracté à chaque gazage et de recouvrer, ne serait-ce que le temps de l'écriture, l'idée d'une dignité.

La mise en tension de l'écriture par la volonté produit un contretemps à l'abrutissement atone de l'horreur quotidienne. Combinant les figures au rythme, la matérialité à la sonorité, ce texte offre en guise de présent le contraire de ce que serait une mise à plat d'atrocités. En ce sens, cela engage à réfléchir sur la possibilité de traduire une réalité quand elle est en rupture complète avec tous les cadres de l'expérience (et, pour ce qui nous concerne, avec nos propres cadres), possibilité qu'offre ce rapport à l'écriture spécifique qu'est le rapport littéraire. Cela engage également à réfléchir sur ce sujet Gradowski, instance narrative spécifique où se croisent et co-existent le sujet d'une biographie anéantie avec sa famille, le sujet par où passe le cri de son peuple et le sujet qu'est ce dernier écrivain par lequel Gradowski trouve à accomplir la vocation littéraire que le monde libre lui avait, jadis, refusé. D'ailleurs, monde est un terme qu'il emploie souvent. Les êtres sont des mondes, des mondes détruits, d'un monde lui-même perdu qu'il magnifie [50]. Et il en existe d'autres, notamment celui du lecteur, libres.

Il ne faut pas négliger à l'écriture ce pouvoir d'introduire une temporalité autre dans l'ordinaire du temps et de pratiquer en lui une ouverture, fût-elle minime, par où quelques rayons filtrent encore. Mais, cette éclaircie,

---

procher du dessin de Wiktor Siminski's, « In the gas chambers » (1944).

50. Dans ce type de récits ultimes de la destruction venant des ghettos ou des camps, cette tendance a été constatée à plusieurs reprises, notamment par Nicole Lapierre : « Cela sentait bon partout ! » (*Le Silence de la mémoire. À la recherche des Juifs de Plock*, [1989, Plon] Paris, Le Livre de Poche, 2001, p. 108).

l'écriture ne la donne jamais pour acquise, et c'est là, après le détour du style et de l'effort pour bien écrire, que l'on retrouve la première tension évoquée, celle qui, renvoyant au lecteur, désigne le passeur qui se tient en nous, nous qui devons répondre à l'exigence du texte – en d'autres termes, qui en sommes responsables. Ce texte est difficile à lire parce que sa singularité crève notre horizon d'attente. Il se conforme mal aux codes actuels de la mémoire qui nous entoure et nous fait penser. Il reflète ce long éloignement d'avec l'événement, qui est le nôtre.

Le recueil *Auschwitz*

*« En été 1945, Abraham Levite de Brezev, près de Sonik,
Pologne, alors réfugié à Stuttgart, Allemagne, a remis le
document suivant au rabbin aumônier Morris Dembovitz.
Par l'entremise des professeurs Abraham Joshoua Heschel
et Max Arzt, du Séminaire Théologique Juif de New York, le
manuscrit fut transmis au YIVO, et nous le publions ici sans
correction, même en ce qui concerne l'orthographe ; seules
des remarques entre crochets apportent de minimes améliorations stylistiques. »*

YIVO Bletter (n° 27, printemps 1946)

Au début de janvier de cette année, peu avant la liquidation du sinistre camp d'extermination d'Auschwitz,
quelques jeunes garçons des plus sérieux avaient projeté
d'y créer une sorte de recueil intitulé *Auschwitz*, qui collec-
terait poèmes, descriptions et impressions de choses vues et
vécues. Les cahiers, en plusieurs exemplaires, devaient être
ensevelis dans des bouteilles, en différents endroits, sur les
lieux de travail hors du camp. On devait mettre dans le
secret quelques Polonais de confiance avec qui on travaillait, en leur demandant, une fois les tombes libérées,
d'exhumer les cahiers et de les remettre entre des mains
juives.

Ces garçons, comme tous ceux qui se trouvaient à
Auschwitz, étaient persuadés qu'ils n'en reviendraient
jamais. Le recueil projeté serait une tentative pour refléter
leurs souffrances, exprimer leur amertume et, en quelque

sorte, justifier leurs vies, vie qui leur paraissait si abominable et si indigne en regard des atrocités à glacer le sang dont ils avaient été témoins.

Il devait aussi y avoir dans ce recueil quantité de matériaux, de collectes de faits d'intérêt historique, ainsi que des descriptions des ghettos et des atrocités commises par les bandits nazis avant l'arrivée au camp.

Il avait déjà été écrit quelques beaux poèmes hébraïques par un jeune chantre hébraïque hongrois, une apologie dans « Une lettre à mon frère en *Eretz-Israël* » et d'autres textes.

Ce projet n'a pu aboutir, car deux semaines plus tard, devant l'approche de l'armée russe, le camp fut évacué. Les textes sont restés entre les mains de ceux qui les avaient écrits, et ce qui suit devait être la préface à ce recueil.

Je ne change rien à ce texte, car je le considère comme un document sur Auschwitz écrit à Auschwitz même, c'est un regard sur le camp de la mort vu à travers les lunettes du camp, c'est aussi l'expression des sentiments de beaucoup de camarades et de compagnons de souffrance, et je pense qu'en tant que tel il doit aussi avoir une certaine valeur.

Rouen, France, le 14 juin 1945

Introduction au projet du recueil *Auschwitz*

J'ai lu autrefois l'histoire d'hommes qui faisaient un voyage au pôle Nord et dont les bateaux se trouvèrent pris dans les glaces. Tous leurs SOS restèrent sans réponse. Leur nourriture était épuisée, le gel les enserrait dans son étau et, ainsi coupés du monde, mourant de faim et de froid, ils attendaient la mort. Et pourtant ces hommes n'ont pas lâché leur crayon d'entre leurs doigts gelés. Ils ont continué à écrire dans leurs journaux de bord. Devant leurs yeux, planait l'éternité.

Combien j'ai alors été ému que des hommes, en de si tragiques conditions, si impitoyablement rejetés par la vie, déjà tenus dans les griffes de la mort, que de tels hommes aient su ainsi s'élever au-dessus de leur propre sort pour continuer à accomplir leur tâche pour l'éternité.

Nous tous qui mourons, ici, dans la froide indifférence polaire des peuples, oubliés du monde et de la vie, ressentons pourtant la nécessité de laisser quelque chose pour l'éternité, sinon des documents accomplis, du moins des bribes. Que l'on sache ce que, nous, les morts vivants, avons ressenti, pensé et dit. Sur les fosses où nous gisons entassés vivants, le monde danse une sarabande de démons, et l'on piétine allègrement nos soupirs et nos appels au secours. Une fois que nous serons bien étouffés, on s'emploiera à nous déterrer ; et alors que nous ne serons plus que cendre éparpillée à tous les coins du monde, tout homme culturel et respectable se sentira le devoir de nous regretter et de prononcer notre oraison funèbre. Lorsque nos ombres apparaîtront sur les écrans et sur les scènes, les dames compatissantes essuieront leurs yeux avec des mouchoirs parfumés et nous pleureront. Ah, les malheureux !

Nous le savons, nous ne sortirons pas d'ici vivants. Sur le portail de cet enfer, le Diable a inscrit de sa propre main : « Abandonnez tout espoir, vous tous qui entrez ici. » Nous voulons prononcer nos dernières volontés, que ce soit notre Chema Israël pour les générations à venir. Que ce soit la confession dernière d'une génération tragique, d'une génération qui n'a pu grandir pour accomplir sa tâche, dont les jambes rachitiques se sont brisées sous le lourd fardeau du martyre que cette époque a posé sur ses frêles épaules.

Aussi ne s'agit-il pas ici pour nous de collecter faits et chiffres, de rassembler de froids et secs documents – cela se fera même sans nous. On pourra sans notre aide reconstituer l'histoire d'Auschwitz. Comment on mourait à Auschwitz, il y aura des images, des témoins, des documents pour le raconter. Mais nous voulons, ici, créer le tableau de comment on « vivait » à Auschwitz. À quoi ressemblait un jour normal, un jour de travail ordinaire au camp. Un jour tissé d'un enchevêtrement de vie et de mort, de terreur et d'espoir, de résignation et de volonté de vivre. Un jour dont chaque minute ne sait ce que la suivante apportera. Comment on creuse, comment on tranche à la hâte des lambeaux de notre propre vie, de sanglants lambeaux, jeunes années que l'on charge pantelantes sur le tombereau du temps, lequel grince d'un ton si gémissant et se traîne lourdement sur les rails de fer des conditions d'existence du camp. Et, le soir, on renverse le tombereau avec son chargement épuisé à mort dans un gouffre profond. Ah, qui le tirera de cet abîme, ce jour si sanglant avec son ombre noire, la nuit noyée d'angoisse, pour le montrer à la face du monde ?

Oui, des hommes sortiront d'ici vivants, des Non-Juifs. Que diront-ils de notre vie ? Que savent-ils de nos souffrances ? Que savaient-ils en des temps normaux de la misère juive ? Tout ce qu'ils savaient, c'est que nous sommes un peuple de Rothschild. Et, maintenant aussi, ils ramasseront avec diligence les papiers de margarine et les peaux de saucisson pour montrer : les Juifs n'avaient pas la mauvaise vie au camp ! Ils n'auront pas envie de fouiller dans le dépotoir à ordures de la mémoire pour en rappeler les spectres blêmes aux yeux éteints, toujours terrorisés, qui se traînaient en silence près des blocs, et, avec leurs cuillers pressées dans leurs doigts bleuis, grattaient le fond des tonneaux de soupe. Qui fouillaient dans les ordures, dix fois repoussés à coups de trique, en quête de miettes de pain moisi. Les malheureux, chancelants comme de vacillantes flammes de bougies, qui s'éteignaient sans avoir la possibilité de réaliser leur unique rêve : une fois au moins manger à sa faim. Les milliers de ceux surnommés dans la langue du camp « musulmans [1] », envers qui tout

---

1. Écrit ici, non *muzulmener*, mais *Mozl-mener*, ce qui pourrait se traduire par « hommes atteints de rougeole ».

« activiste » et fonctionnaire du camp se sentait l'obligation d'accomplir la bonne action auschwitzienne de
« *azovtaazov* ». On les aidait – à mourir. Ce sont eux, les
faibles et impuissants, les milliers d'inconnus, qui portaient sur leurs faibles épaules toute la misère et la solitude,
toute la cruauté et l'horreur du camp. Toute – car même la
part des privilégiés, ils devaient la porter, et ils ont traîné la
charge jusqu'à tomber, et une paire de bottes bien asti-
quées de *Kapo* les a piétinés à mort, comme des vers.

De cela, les Non-Juifs ne diront rien, car à quoi bon
gâcher l'humeur en rappelant des fantômes ? Surtout si
on n'a pas la conscience tout à fait pure… Mieux vaut
parler des quelques repus que l'on connaissait. En cet
océan de solitude et de misère, ils ne voient que les
quelques gouttes d'huile flottant à la surface qui surna-
gent des débris du navire. Oui, quand nous mordons notre
propre chair, de douleur, ils disent que nous mangeons de
la viande à satiété et, quand on décapite nos parents,
ils nous envient de ce que nous pourrons vendre les
vêtements.

Nous devons donc raconter nous-mêmes ce qui nous
concerne. Nous nous rendons bien compte que pour écrire
et créer une chose pareille, qui reflète et exprime notre
tragédie, il nous manque les forces. Toutefois – notre
écriture ne doit pas être pesée sur la balance littéraire. On
doit l'envisager comme un document et en tant que tel, et
considérer, non la valeur artistique de la chose, mais le
lieu et le temps. Et le temps est – juste avant la mort. Et le
lieu – sur l'échafaud. De l'artiste sur scène, on exige qu'il
crie, pleure et gémisse dans toutes les règles de l'art. Car,
en vérité, il ne souffre pas. En fin de compte, personne ne
se risquera à critiquer la victime, parce qu'elle gémit trop
fort ou qu'elle pleure trop silencieusement.

Et nous avons beaucoup à dire, même si sur le plan littéraire nous sommes bègues. Nous raconterons comme
nous le pourrons, en notre langue. Même les muets,

quand ils souffrent ne peuvent se taire, ils parlent en leur langage, en langue des sourds-muets. Se taire, seuls les « Bontche »[2] le font. Ils font une mine mystérieuse, comme s'ils avaient on ne sait quel grand secret à dire. Et c'est seulement dans l'autre monde, le monde de Vérité, où poses et feintes n'ont plus cours, qu'ils révèlent le mystère de leur vie – un petit pain au beurre !

Le jeu arrive déjà à sa fin. Il a été accompli là un travail gigantesque, le travail de générations. Yehuda a été effacé de la surface de la terre. On éteint déjà les bûchers. On démonte les cheminées, les monuments culturels de la nouvelle Europe, ce modèle d'architecture de style néo-gothique. On se lave déjà les mains et on s'apprête à faire une bénédiction « pour effacer le sang ». Ma foi, pour la cendre, c'est une mince affaire, avec cinq crématoires toujours allumés.

Et l'abattage était humanitaire.

Un magnifique jour d'été. Sur les rails roule un train de « déplacés ». Des wagons à bestiaux. Les ouvertures obstruées de fils de fer barbelés. Sur chaque marchepied, un soldat en armes. Par la fenêtre clôturée, un enfant regarde. Un lumineux petit visage, de clairs yeux innocents, le regard curieux et hardi. Il ne pense pas à mal, il voit un grand livre, largement ouvert, d'illustrations en couleurs : champs et prés, aux vives couleurs – défilent… Forêts et vergers, maisons et arbres, reculent, virent et s'enfuient… Les couleurs se mêlent en une masse, la masse tourne un instant et échappe aussitôt aux regards… Hommes et chevaux, minuscules jouets vivants, se meuvent, avancent et restent pourtant en un point, seulement, ce point lui-même se déplace aussi… – Où va tout cela ?…

Soudain se précipite un train à grande vitesse et à

_____

2. Personnage d'une nouvelle de I. L. Peretz, « Bontche le Silencieux ».

grand bruit, comme un diable noir, il cache le panorama, éteint le soleil, souffle une étouffante fumée... Les wagons courent à la poursuite l'un de l'autre... Par les fenêtres regardent des hommes en uniforme, si étranges, noirs, enveloppés de fumée, l'air mauvais... Ah, la fumée... Elle cache même cela... Finalement le train est passé, et à nouveau le même tableau : champs et bois, prairies et jardins, monts et vallées s'écoulent, si calmes et débonnaires, se déroulent comme sur un long ruban, passent et disparaissent au loin... Maisonnettes et palissades, arbres et poteaux télégraphiques voguent, comme emportés par une immense inondation. Tout avance, tout se meut, tout vit, aussi étrangement que dans les contes que raconte maman... – Où va tout cela ?...

À l'intérieur est assise la mère. La tête entre les mains. Le visage sombre. Son cœur bat étrangement. Devant ses yeux défilent les images de sa vie entière, l'enfance, la jeunesse, le bref bonheur familial : foyer, mari, enfant, maison des parents, la bourgade, les champs, les bois, les jardins, tout se précipite, se mélange comme quand on bat un jeu de cartes, une image chasse l'autre. Et sur cela s'étend une tache noire : le logement en ruine, laissé à l'abandon, les hôtes de la famille dispersés, portes et fenêtres laissées grandes ouvertes, armoires défoncées, vaisselle brisée, vêtements éparpillés et piétinés, tout cela laissé derrière soi, et maintenant, au secours – où va-t-on ? !...

Le train avance lentement, pareil à un train de funérailles. Comme pour rendre aux victimes les derniers honneurs. Au bout de dix minutes, il repart à vide. Le ploutocrate juif, le juif bolchéviste qui s'est mesuré au monde aryen pour l'anéantir, *le* voilà désormais à jamais inoffensif. Le *Kommando* de chargement emballe déjà les vêtements encore chauds sur les voitures, *los, los*, là-bas en terre allemande (au pays *yeke*) est né, sur commande du royaume, un jeune enfant-Caïn, la caisse du Reich lui paie des primes en bon argent public, Krupp a déjà pour lui un petit fusil tout prêt. Pour lui, on transporte les petites chemises blanches, brodées par les tremblantes mains de sa mère, du petit Abraham.

Et le monde ? Le monde fait sûrement tout ce qu'il peut. On interpelle et on proteste, on convoque les comités des Trois, des Treize et des Dix-Huit, la Croix-Rouge fait sonner son tronc de charité, « La charité sauve de la mort », la presse et la radio prononcent des oraisons funèbres, l'archevêque de Canterbury dit une prière pour les morts, dans les églises on dit le *Kaddish*, et le monde des bons bourgeois lève son verre pour trinquer à la vie et se souhaiter « *Mazeltov* », que les âmes s'élèvent en paix et à nous le salut.

La corde est déjà passée autour de notre cou. Le bourreau est magnanime. Il a tout son temps. Il joue avec la victime. En attendant, il sirote une chopine de bière, fume une petite cigarette et sourit de contentement. Profitons de ce moment où le bourreau est occupé à boire, nous utiliserons la potence comme pupitre pour mettre sur papier ce que nous avons à dire et à raconter.

Alors, camarades, écrivez, notez, bref et tranchant, bref comme les jours qui nous restent encore à vivre, tranchant comme les lames qui nous percent au cœur. Qu'il demeure après nous quelques pages pour le YIVO, pour les archives de la douleur en yiddish, que nos frères libres, restés en vie, les lisent, et peut-être y trouveront-ils aussi une leçon.

Et nous demandons au destin :

Yehi rotsn milifneikho, eyno shoymea kol bekhies[3], fais-nous au moins cette faveur – *shetashim dimeosseinu*

---

3. « Que ce soit ta volonté, que nul n'entende la voix de nos larmes. »

benodeikho lihies – cache ces pages de larmes dans l'outre de l'être, qu'elles parviennent en de bonnes mains et trouvent leur *tikoun*, leur accomplissement.

Camp de concentration d'Auschwitz,
le 3 janvier 1945

Traduit du yiddish par Batia Baum

Szlama Dragon, Henryk Tauber et Alter Feinsilber

Les survivants
des *Sonderkommandos*
au procès de Cracovie en 1946

PROCÈS-VERBAL

Auschwitz, les 10 et 11 mai 1945. Jan Sehn, juge d'instruction du tribunal de première instance à Cracovie, membre de la Commission d'enquête sur les crimes nazis à Auschwitz, suivant les conclusions et en présence d'Edward Pechalski, membre de cette commission et vice-procureur du tribunal d'instance à Cracovie, avec la participation de l'expert le docteur Jan Zygmunt Robel, conformément au paragraphe 254, articles 107, 109, 115, 124 du code pénal, a entendu comme témoin un ancien détenu du camp d'Auschwitz, matricule n° 80359, qui a déclaré comme suit :

Je m'appelle Szlama Dragon, je suis né le 19 mars 1920 à Zeromin, district de Sierpec, je suis fils de Daniel et Malka Beckermann, tous deux décédés, célibataire, tailleur de métier, de confession juive, de nationalité et de citoyenneté polonaises, demeurant, avant l'arrestation, à Zeromin, ul. Biezunska, n° 16 (désormais, j'habiterai probablement à Zeromin, au 10, rue Mlawska).

Je suis arrivé à Auschwitz en train, le 7 décembre 1942, dans un transport de 2 500 Juifs, hommes, femmes et enfants de tous âges, en provenance du ghetto de Mlawa. Ce transport a été réceptionné à la gare par le *Lagerführer*

Plage, le *Raportführer* Palitzsch et le médecin du camp Mengele. À la gare déjà, ils ont procédé à une sélection en nous séparant en deux groupes : femmes et enfants dans un groupe, hommes dans l'autre. Dans le groupe d'hommes, ils en ont choisi quatre cents. Je me suis retrouvé dans ce groupe. Nous, les quatre cents, avons été conduits à pied au camp de Birkenau. Les autres, c'est-à-dire toutes les femmes avec les enfants et les hommes qui ne faisaient pas partie de notre groupe, ont été transportés par camions dans une direction inconnue, en tout cas en dehors du camp. Notre groupe a été placé dans le block 3 de cette partie du camp qui a été transformée plus tard en camp des femmes. Par la suite, on m'a déplacé, successivement dans le block 22, dans le vieux « Sauna » et dans le block 14 de la même section du camp. Le soir du 9 décembre 1942, Moll, Flag Palitzsch et Siwy ainsi que l'*Arbeitseinsatz* Mikus sont arrivés dans le block 14. Moll a déclaré qu'il procéderait au choix des ouvriers pour l'usine de caoutchouc. Chacun de nous s'approchait de lui, Moll lui demandait sa profession, l'examinait et s'il était fort et en bonne santé, le destinait au groupe qui devait, selon leur déclaration, travailler dans l'usine de caoutchouc. Mon frère et moi, nous avons déclaré que nous étions tailleurs professionnels et nous avons été dirigés vers ce groupe, formé alors par Moll et ses camarades. Le lendemain matin, le 10 décembre 1942, après le départ au travail de tous les *Kommandos*, Moll est arrivé dans le block 14 et a donné l'ordre : « *Sonderkommando raus* ». Nous avons ainsi appris que nous appartenions à un *Sonderkommando* et non pas au *Kommando* destiné au travail dans l'usine de caoutchouc. Nous ne savions pas ce qu'était ce *Sonderkommando*, puisque personne ne nous l'avait expliqué. Sur l'ordre de Moll, nous sommes sortis devant le block, les SS nous ont entourés et nous ont conduits en deux groupes de cent personnes chacun en dehors du camp. Ils nous ont conduits dans la forêt où se trouvait une vieille maison couverte d'un toit en chaume.

Ses fenêtres étaient murées. Sur la porte menant à l'intérieur de cette maison était accrochée une plaque métallique qui portait l'inscription : « *Hohspannung-Lebensgerfahr* ». À la distance d'environ trente à quarante mètres de cette maison se trouvaient deux baraques en bois. De l'autre côté de la maison, il y avait quatre fosses de 30 m de longueur, 7 m de largeur et 3 m de profondeur chacune. Les bords de ces fosses étaient brûlés et portaient des traces de fumée. On nous a regroupés devant la maison, Moll est arrivé et nous a déclaré que nous allions travailler ici à l'incinération des gens vieux et couverts de poux ; nous-mêmes, nous aurions à manger, serions raccompagnés au camp pour la nuit et que nous étions obligés de travailler sinon, ceux qui ne voudraient pas le faire, seraient battus et, pour ceux-là, il y avait bâton et chiens. Les SS qui nous escortaient avaient effectivement des chiens. Ensuite, il nous a partagés en plusieurs groupes. Moi-même, avec les onze autres, j'ai rejoint le groupe qui devait, comme il s'est avéré plus tard, retirer les corps de cette maison. À tous les douze, on nous a fait mettre des masques et on nous a conduits devant la porte de la maison. Moll a ouvert la porte et c'est alors seulement que nous avons vu que des corps nus de personnes, hommes et femmes de tous âges, se trouvaient entassés dans cette maison. Moll nous a ordonné de sortir ces cadavres devant la porte dans la cour. Nous avons commencé à le faire de manière à être quatre pour sortir un corps.

Cela a irrité Moll, il a retroussé ses manches et s'est mis à jeter les corps à travers la porte dans la cour. Et quand, malgré sa leçon, nous avons déclaré que nous ne savions pas faire comme ça, il nous a autorisés à faire ce travail par deux. Quand les cadavres étaient dans la cour, le dentiste, accompagné d'un SS, s'est mis à arracher les dents, le coiffeur à couper les cheveux et ensuite un deuxième groupe enlevait les corps pour les mettre dans des (rollwagen). C'étaient des wagonnets placés sur des rails étroits qui menaient jusqu'au bord des fosses. Les rails couraient entre deux fosses. Un autre groupe était occupé à préparer la fosse pour brûler les cadavres. D'abord, on plaçait au fond du bois épais, ensuite de plus en plus fin, en croix, et à la fin des branches sèches. Le groupe suivant réceptionnait les cadavres amenés dans les wagonnets, au bord des fosses et les jetait dedans. Une fois tous les cadavres transportés de la maison dans les fosses, Moll versait de l'essence dans les quatre coins de la fosse, allumait un peigne en caoutchouc et le lançait à l'endroit aspergé d'essence. Le feu éclatait et les cadavres brûlaient. Pendant que Moll allumait le feu, nous restions groupés devant la maison et l'observions attentivement. Après avoir sorti tous les cadavres de la maison, nous étions obligés de la nettoyer à fond, nous lavions le plancher à l'eau et la couvrions de sciure de bois et nous blanchissions les murs à la chaux. L'intérieur de cette maison était divisé par des murs en quatre chambres à gaz. Dans l'une d'entre elles, on pouvait mettre 1 200 personnes déshabillées, dans la deuxième 700, dans la troisième 400 et dans la quatrième de 200 à 250 personnes. Dans la première chambre à gaz, la plus grande, il y avait deux petites fenêtres dans le mur. Chacune des trois autres en avait une. Ces fenêtres étaient fermées par des volets en bois. Une porte séparée menait à chaque chambre. Sur la porte d'entrée était accrochée la plaque métallique que j'ai déjà mentionnée, portant l'inscription « *Hohspannung-Lebensgerfahr* ». Cette inscription était visible seulement quand la porte d'entrée était fermée. Lorsqu'elle était ouverte, on ne voyait pas cette inscription, mais une autre « *Zum Baden* ». Les gazés, une fois à l'intérieur, voyaient une autre inscription placée sur la porte de sortie de la chambre. C'était « *Zum Desinfektion* ». Derrière la porte sur laquelle figurait cette inscription, aucune désinfection n'avait lieu. C'était la porte de sortie de la chambre à gaz par laquelle nous sortions les cadavres dans la cour. Chaque chambre avait une porte de sortie séparée. La chambre à gaz que j'ai décrite avait été dessinée avec exactitude par l'ingénieur Nosal de Auschwitz, suite à ma déposition. Cette chambre était appelée « *Bunker* n° 2 ». À part celle-ci, il y en avait une autre, à la distance d'environ 500 mètres, désignée comme « *Bunker* n° 1 ». C'était aussi une maison en pierre mais elle se composait seulement de deux chambres à gaz où on pouvait mettre, à elles deux, moins de deux mille personnes déshabillées. Chacune de ces chambres à gaz avait juste une porte d'entrée et une seule fenêtre. À proximité du *Bunker* n° 1 se trouvaient une petite grange et deux baraques. Les fosses étaient très éloignées et les rails pour les wagonnets menaient jusque-là.

Le soir du premier jour, après notre travail, nous avons été ramenés au camp. On ne nous a pas placés dans le block 14, d'où nous sommes partis travailler, mais dans le block 2. Le deuxième groupe qui a travaillé ce jour-là, comme cela s'est avéré par la suite, dans le *Bunker* n° 1, nous a rejoints dans le block. À la différence des autres, c'était un block fermé, entouré d'un mur. Il nous était interdit de communiquer avec les prisonniers d'un autre block.

Tout le *Kommando* ne participait pas au gazage qui avait lieu le plus souvent la nuit. On choisissait alors une vingtaine de prisonniers dans notre *Kommando*, qui aidaient ensuite dans ce travail, car c'étaient des SS qui l'effectuaient en principe. Cela se passait de manière suivante : on amenait les gens en camions jusqu'à la baraque. Nous, les préposés à l'aide, aidions les malades à descendre et à se déshabiller dans les baraques. Ces dernières et l'espace qui les séparait de la chambre à gaz étaient encerclés par les SS avec des chiens. Les gens déshabillés allaient nus des baraques jusqu'à la chambre à gaz. Les SS, qui étaient debout près de la porte d'entrée, les faisaient avancer à coups de matraque. Lorsque la chambre était remplie de gens, les SS fermaient la porte et Mengele donnait l'ordre à son adjudant le *Rotenfürher* Scheinmetz de commencer le gazage. Il disait : « *Scheinmetz macht das fertig.* » Alors Scheinmetz sortait de la voiture de la Croix-Rouge, qui suivait chaque transport des prisonniers destinés au gazage, une boîte de gaz, un marteau et un couteau spécial. Il mettait un masque, à l'aide du couteau et du marteau ouvrait la boîte, versait son contenu par la fenêtre dans la chambre à gaz. Ensuite, il refermait la fenêtre et rapportait dans la voiture la boîte, le marteau, le couteau et le masque. Les Allemands appelaient entre eux cette voiture « *Sanker* ». Moi-même, j'ai entendu de nombreuses fois Mengele poser à son adjudant la question : « *Ist der Sanker da ?* » Une fois tous ces actes accomplis, Mengele et son adjudant repartaient dans la voiture sanitaire et nous étions reconduits au block.

Je ne sais pas comment cela se passait au début, mais, plus tard, une fois un tel gazage nocturne terminé, des gardes étaient placés à côté du *Bunker* et, surtout, à côté des baraques. Car il arrivait que, lorsqu'on laissait le *Bunker* sans surveillance jusqu'au matin, les coffres remplis de dents en or, entreposés là avec les autres affaires des gazés, disparaissaient. Les corps des gazés restaient dans le *Bunker* jusqu'au matin en attendant l'arrivée du *Kommando* qui les brûlait. Ce processus se déroulait de la même manière que celui que j'avais décrit en parlant de mon premier jour de travail au *Bunker* n° 2. Les affaires des gazés étaient emportées le lendemain par un *Kommando* spécial qui les triait et les transportait ensuite au *Eifektenkammer* à Auschwitz. Nous vidions les fosses des cendres seulement environ quarante-huit heures plus tard. Dans les cendres, nous trouvions des os, on apercevait des crânes, des genoux et des os longs. Nous enlevions les cendres avec des pelles et les mettions sur le rebord de la fosse dont s'approchaient les camions où elles étaient chargées pour être transportées vers la Sola. Nous étions employés aussi au déchargement des cendres dans la Sola. Tout cela avait lieu sous la surveillance des SS. Nous étions obligés de couvrir de bâches l'espace entre le camion et l'eau pour qu'il n'y eût aucune trace de cendres sur le sol. Les SS nous ordonnaient de jeter les cendres de manière à les faire emporter plus loin par le courant et à les empêcher de se déposer au fond. Après avoir vidé le camion, nous secouions la poudre des bâches au-dessus de l'eau et nous balayions minutieusement toute l'aire de déchargement.

La plupart du temps, à l'ouverture de la chambre à gaz, nous retrouvions les corps des gazés allongés. Lorsque les gens étaient nombreux, les corps s'entassaient, s'appuyaient les uns contre les autres, parfois étaient debout, penchés en avant. Très souvent, j'ai vu de l'écume blanche sur la bouche des gazés. Après l'ouverture de la porte, il faisait très chaud dans la chambre, on sentait le gaz qui nous suffoquait, mais, dans la bouche, le goût était agréable, sucré. Les boîtes de gaz étaient en métal et portaient une étiquette jaune. C'étaient les mêmes que celles utilisées plus tard dans les crématoires. Dans les deux *Bunkers*, on gazait surtout des gens qui venaient de Pologne mais aussi des Lituaniens, des Français et des Juifs de Berlin. Le *Bunker* nº 1 a déjà été complètement démonté en 1943. Une fois le crématoire dit nº 2 construit à Birkenau, les baraques situées à côté du *Bunker* nº 2 ont été démontées et les fosses bouchées. Le *Bunker* lui-même a été maintenu jusqu'à la fin et après une assez longue période d'interruption, a été remis en marche pour y faire gazer les Juifs hongrois. De nouvelles baraques ont été alors construites et les fosses dégagées. On a alors travaillé dans le *Bunker* en continu, deux relèves, nuit et jour. J'y ai moi-même travaillé, me semble-t-il, deux jours. À cette époque-là, nous sortions les cadavres des chambres à gaz peu de temps après le gazage et il nous arrivait, une fois à l'intérieur, d'entendre encore des gémissements, surtout quand nous attrapions un corps par les bras pour le sortir dehors. Une fois, nous avons retrouvé un enfant vivant dans la chambre. Il était entièrement enveloppé dans un oreiller qui lui recouvrait aussi la tête. Après avoir défait l'oreiller, on a vu que l'enfant avait les yeux ouverts et semblait être en vie. On a apporté l'enfant avec son oreiller à Moll en lui annonçant que l'enfant était vivant. Moll nous l'a enlevé des mains, l'a porté jusqu'au bord de la fosse, l'a posé sur le sol et avec le talon de sa chaussure a écrasé le cou de l'enfant et l'a ensuite jeté dans le feu. J'ai vu de mes propres yeux la scène entière et j'ai aperçu qu'au moment où Moll écrasait le cou de l'enfant celui-ci a bougé ses bras. Cet enfant n'a pas pleuré tout le temps, je ne peux pas le dire, car je n'ai pas vérifié s'il respirait ou pas. En tout cas, il nous a sauté aux yeux qu'il n'avait pas le même air que les autres cadavres. Les *Bunkers* nᵒˢ 1 et 2 pouvaient contenir environ quatre mille personnes. Le *Bunker* nᵒ 2 pouvait en contenir plus de deux mille en une seule fois dans toutes les chambres, et le *Bunker* nᵒ 1 moins de deux mille.

En 1943, nous avons été déplacés du camp des femmes au camp BIId et placés d'abord dans le block 13 et ensuite dans le block 11. À peu près à l'automne de cette année-là, j'ai de nouveau travaillé dans le *Sonderkommando*. Dans l'intervalle, j'ai travaillé dans le *Abbruchkommando*. J'ai travaillé dans le crématoire nᵒ 5. Comme les fours du crématoire nᵒ 5 ne fonctionnaient pas encore, nous y avons été employés jusqu'en mai 1944 dans les jardins potagers, à la coupe de bois, à faire rentrer le coke. Ce crématoire a été mis en service seulement en mai 1944, quand les transports de Juifs hongrois ont commencé à arriver. Moll dirigeait le travail au crématoire, le *Kommandofürher* Gorger exécutait ses ordres, Eckhartdt était le deuxième *Kommandofürher* et la surveillance était assurée par deux SS, Kurzschlus et Gutas. Ce crématoire était construit sur le même modèle que le nᵒ 4. Les deux crématoires avaient chacun quatre fours des deux côtés. On pouvait mettre 3 cadavres dans chaque four. Le vestiaire et les chambres à gaz (les *Bunkers*) se trouvaient au sous-sol. Le gazage lui-même se déroulait de la même manière que dans les *Bunkers* 1 et 2. Les gens y étaient amenés en camions et les derniers temps, après l'ouverture d'une voie de garage menant à Birkenau, on les faisait courir à grand renfort de coups de la rampe jusqu'aux crématoires n°s 4 et 5. Les arrivants entraient dans les vestiaires, Gorger les pressait en leur disant de se dépêcher car la nourriture et le café allaient refroidir. Comme les gens réclamaient de l'eau, Gorger leur répondait qu'elle était froide et qu'il était interdit d'en boire. Ils devaient se dépêcher, car du thé, déjà prêt, les attendait à la sortie des douches. Quand tous étaient déjà dans le vestiaire, Moll montait sur un banc et tenait un discours aux gens regroupés là. Il leur disait qu'ils étaient venus dans un camp où ceux qui étaient en bonne santé allaient travailler, alors que les malades et les femmes resteraient dans les blocks. Tout en parlant, il leur montrait les bâtiments de Birkenau. Il disait que tous devaient se laver avant d'y aller, sinon les autorités du camp ne les laisserait pas rentrer. Quand tous étaient déshabillés, on les poussait nus dans la chambre à gaz. Au début, il y avait trois chambres à gaz et, à la fin, on en a ouvert une quatrième. La première pouvait contenir 1 500 personnes, la deuxième 800, la troisième six cents et la quatrième cent cinquante. Les gens passaient du vestiaire à la chambre par un petit couloir étroit. Dans les chambres à gaz, il y avait des plaques « *Zum Desinfektion* ». Lorsqu'une chambre était remplie, on fermait la porte. Les gardiens SS le faisaient parfois, mais, le plus souvent, Moll s'en chargeait lui-même. Ensuite, Mengele donnait l'ordre de gazer à Scheinmetz qui, comme c'était le cas dans les *Bunkers*, allait jusqu'à la voiture de la Croix-Rouge, en sortait une boîte de gaz, l'ouvrait et versait son contenu dans la chambre par la petite fenêtre latérale. Cette fenêtre était placée assez haut ; il y accédait donc en montant sur une échelle. Ici, comme dans les *Bunkers*, il le faisait avec un masque. Après un certain temps, Mengele, annonçait que les gens étaient morts : « *Es ist schon fertig* » et repartait avec Scheinmetz dans la voiture de la Croix-Rouge. Moll ouvrait alors la porte de la chambre à gaz, nous mettions nos masques et nous tirions les corps de chaque chambre à travers le petit couloir jusqu'au vestiaire et du vestiaire, par un autre couloir, jusqu'aux fours. Dans le premier couloir, situé près de la porte d'entrée, les coiffeurs leur rasaient les cheveux et, dans le deuxième, les dentistes leur arrachaient les dents. Nous mettions les cadavres devant les fours sur des civières à roulettes que nous poussions dans le four. Nous mettions les cadavres de telle sorte que, si le premier était la tête en avant, le deuxième avait la tête vers l'arrière. Nous mettions trois corps dans chaque four. Quand nous enfournions le troisième, le premier mis dans le four finissait de se consumer. J'ai vu se relever d'abord les bras de ces corps et ensuite les jambes. D'ailleurs, nous nous dépêchions et je ne pouvais pas observer en entier le processus d'incinération. Il fallait nous dépêcher, car, lorsque les jambes du cadavre en train de brûler se relevaient trop, nous avions du mal à enfourner le troisième corps. Nous manipulions la civière de telle sorte que, pendant que deux prisonniers la soulevaient à l'extrémité la plus éloignée du four, le troisième la soulevait du côté qu'on poussait ensuite dans le four. Après avoir poussé la civière, un des prisonniers retenait le corps avec un long tisonnier en fer, que nous appelions *graca*, cependant que les deux autres retiraient la civière de sous le cadavre. Après avoir rempli le four, nous refermions la porte et remplissions les autres fours. L'incinération durait de quinze à vingt minutes. Une fois ce temps passé, nous ouvrions la porte du four et y mettions d'autres cadavres. À l'époque de l'arrivée des transports hongrois, nous avons travaillé au crématoire V nuit et jour en deux relèves. Celle de jour, de 6 h 30 à 18 h 30, et celle de nuit, de 18 h 30 à 6 h 30. Ce travail a duré environ trois mois. Comme les fours étaient moins rentables, on a creusé des fosses à côté du crématoire V pour les Hongrois gazés. Il y en avait trois grandes et deux plus petites. Le processus d'incinération était le même dans les fosses près du crématoire que celui dans les fosses près des *Bunkers* 1 et 2. Ici aussi c'était Moll qui y mettait le feu. Les cendres étaient extraites de la même manière que dans les *Bunkers*, on les écrasait pour les transformer en poudre dans des mortiers spéciaux avant de les transporter vers la Sola. Au début, on mettait les cendres des crématoires dans des fosses creusées exprès à cet effet. Mais ensuite, après le début de l'offensive russe, Höss a ordonné de les enlever des fosses et de les transporter jusqu'à la Sola.

Pour des raisons d'ordre administratif, le témoignage a dû être interrompu le 11 mai 1945, à 17 heures.

Après une lecture du procès-verbal, l'interrogatoire a été terminé.

Témoin : Szlama Dragon,
Procureur : Edward Pechalski,
Expert : docteur an Zygmunt Robel,
Juge : Jan Sehn,
Greffier : Krystyna Szymanska.

Ce 17 mai 1945 à Auschwitz, le témoin Szlama Dragon, connu dans l'affaire, déclare comme suit :

Les chambres à gaz du crématoire V étaient hautes de 2,5 m en principe. En tout cas, je ne pouvais pas toucher le plafond avec ma main tendue, il manquait environ 70 cm. Le rebord inférieur de la fenêtre, par laquelle on vidait le contenu de la boîte de gaz, le *Zyklon*, pouvait être touché par la main tendue d'un adulte de taille moyenne. Mais Scheinmetz avait une échelle qu'il en approchait quand il versait le *Zyklon* à l'intérieur de la chambre à gaz. À des périodes diverses, d'autres SS, dont je ne connais pas les noms, le faisaient aussi. Le nom de Scheinmetz m'est connu, car il était au début le *Kommandofürher* de notre *Sonderkommando*. J'ignore son prénom. C'est un homme de taille moyenne, plus petit que moi, aux cheveux blonds, d'environ 26 ans, je pense. Pour son service personnel, il choisissait toujours des filles slovaques. Je ne sais pas s'il parlait avec elles en slovaque ou en allemand. Le *Hauptscharfürher* Moll était le chef des crématoires IV et V et du *Bunker* 2. C'était un homme de taille moyenne, de forte corpulence, aux cheveux blonds avec une raie. Son œil gauche était artificiel. Je pense qu'il avait environ 37 ans. Sa femme et leurs deux enfants (un garçon d'environ 10 ans et une fille plus jeune, d'environ 7 ans) habitaient à Auschwitz. Le *Lagerartzt* Mengele assistait le plus souvent au gazage. C'était un homme de ma taille, je pense d'environ 40 ans, aux cheveux châtains. Il venait toujours en voiture sanitaire dans laquelle on amenait le *Zyklon*. Moi et les autres prisonniers du *Sonderkommando*, nous pouvions voir que, pendant le gazage, il restait près de la porte d'entrée de la chambre à gaz. Cette porte était munie d'une fenêtre. Une fois le gazage terminé, on ouvrait la porte sur l'ordre de Mengele. Alors que nous sortions les corps des gazés, Mengele n'était plus là, car il repartait immédiatement après avoir constaté que les victimes étaient gazées et avoir ordonné l'ouverture de la porte de la chambre à gaz. Il repartait dans la même voiture sanitaire. Je n'ai jamais vu Mengele ausculter ni les gens qui allaient à la chambre à gaz, ni les cadavres gazés.

Début mai 1944, on a commencé à gazer et à brûler les Juifs hongrois dans le crématoire V. Les cadavres des gazés arrivés par les premiers convois ont été brûlés dans les fours du crématoire IV, car, pendant cette période, les cheminées du crématoire V étaient en panne. Jusqu'à la fin, on a brûlé les Juifs hongrois dans les fosses creusées à cet effet à côté du bâtiment du crématoire V. On a creusé cinq fosses, chacune longue de 25 m, large de 6 m et profonde d'environ 3 m où brûlaient chaque jour environ 5 000 personnes. Comme il arrivait dans les transports davantage de Juifs hongrois, on a remis en fonction le *Bunker* n° 2 et on y gazait et brûlait les gens. Je ne connais pas le nombre de personnes brûlées par jour dans le *Bunker* n° 2 car je n'y ai pas travaillé pendant la période où on y brûlait les Juifs hongrois. Aussi bien le *Sonderkommando* employé au crématoire V que le *Sonderkommando* employé au *Bunker* n° 2 se relevait nuit et jour. Ce travail a duré pendant les mois de mai et juin 1944. En me basant sur mes propres calculs et observations, je pense qu'environ 300 000 Juifs hongrois ont été brûlés dans le crématoire V pendant ces deux mois. Ces gens sont arrivés à pied directement de la rampe à Birkenau. C'étaient des hommes, des femmes et des enfants de tous les âges. Lorsqu'un tel convoi arrivait sur le terrain du crématoire, on nous enfermait dans de petites pièces spécialement destinées à cet effet. Il ne fallait pas que nous communiquions avec ces gens-là et que nous leur dévoilions ce qui les attendait. Il arrivait toutefois qu'une personne eût un malaise sur le chemin. Nous étions alors obligés, escortés d'un SS, de porter le malade jusqu'au crématoire. Il nous arrivait dans ce cas de parler parfois avec les malades que nous portions. La plupart d'entre eux ignoraient qu'ils allaient à la mort et, quand nous leur disions qu'ils allaient dans un crématoire, ils ne le croyaient pas. Je me rappelle qu'en 1943 on avait brûlé 70 000 Juifs grecs dans les crématoires II-V. Je me souviens de ce chiffre parce que Keller, le *Kommandoführer* des crématoires II et III, nous avait menacés, avant l'arrivée de ces transports, en disant que la bonne vie était terminée pour nous, car il arriverait bientôt un transport de 70 000 personnes en provenance de la Grèce. Il nous parlait ainsi, car, avant le gazage de ces gens des transports grecs, il y avait une rupture dans le fonctionnement des crématoires et nous ne travaillions pas beaucoup. Quant aux autres nationalités, je ne possède aucun chiffre et je ne peux dire combien il y a de victimes gazées par pays et par nationalité. J'estime le nombre de gazés dans les deux *Bunkers* et les quatre fours à plus de 4 millions [1]. Les autres prisonniers employés au *Sonderkommando* étaient du même avis. Le *Schreiber* [2] de notre *Kommando*, Zalmen Gradowski, de Grodno, inscrivait le nombre de gazés et de brûlés dans chacun des crématoires d'après les indications fournies par les prisonniers qui travaillaient dans l'ensemble des crématoires et notait les impressions des prisonniers eux-mêmes. Gradowski a été tué pendant l'insurrection en octobre 1944. Cinq cents prisonniers de *Sonderkommando*, qui en comptait sept cents, ont été alors tués. Cent prisonniers dormaient au crématoire II, les cent autres au crématoire III et les cinq cents restants au crématoire IV. Les souvenirs de ce Gradowski étaient enfouis sous terre dans un endroit protégé par une clôture en barbelés sur le territoire du crématoire II. Je les ai déterrés moi-même et les ai remis à la délégation soviétique. C'était un carnet de notes et une lettre adressée à l'inconnu qui les aurait retrouvés. Sur l'ordre de la commission soviétique, tous les documents écrits en hébreu ont été traduits en russe par un prisonnier, le docteur Gordon. La commission soviétique a emporté tous ces documents avec elle. Je sais que d'autres documents et notes se trouvent toujours ensevelis sous terre sur le terrain du crématoire II et dans les fosses, recouvertes de terre, il y a des cendres des gens brûlés dans ce crématoire. Il faut rechercher ces objets en face des fours crématoires. Je ne peux pas indiquer leur emplacement exact, car, après la destruction du crématoire, le terrain a changé. Il a été rasé encore du temps des Allemands et je ne m'y retrouve pas. Je n'ai pas travaillé ni au gazage, ni à l'incinération des gens dans les

---

1. Ce fut longtemps le chiffre officiel retenu par les autorités polonaises. Depuis, le travail des historiens établit le bilan des victimes à un peu plus de 1 million *(NdE)*.

2. Secrétaire.

crématoires II et III. Zisner et Mandelbaum y ont été employés. Tauber y a travaillé avec moi et, avant d'avoir été déplacé aux crématoires de Birkenau, il a travaillé en plus au crématoire I à Auschwitz.

Dans le *Sonderkommando* préposé au service des deux *Bunkers*, et où j'avais travaillé avant d'avoir été muté vers le nouveau *Sonderkommando*, créé en décembre 1942, travaillaient surtout des Slovaques. Ils ont été tous gazés dans le crématoire I à Auschwitz. Comme je l'ai déjà mentionné, le *Sonderkommando* où j'ai été muté se composait de deux cents prisonniers. Peu de temps après, ses effectifs ont été renforcés à quatre cents. Ensuite, deux cents prisonniers de ce *Sonderkommando* ont été envoyés à Lublin, d'où est revenu un groupe de vingt Russes. Ils nous ont appris que les deux cents envoyés à Lublin y avaient été fusillés. En 1943, deux cents Grecs ont été attachés à notre *Sonderkommando* et en 1944, cinq cents Hongrois. En octobre 1944, cinq cents prisonniers ont été fusillés, dont quatre cents dans la cour du crématoire IV et cent dans le champ situé à côté du crématoire II. Le même mois, Moll a choisi environ deux cents prisonniers du *Sonderkommando*, conduits ensuite à Auschwitz où, comme nous l'ont ensuite précisé les prisonniers travaillant au « Canada », ils avaient été gazés dans la chambre qui servait à garder des affaires entreposées au « Canada ». En novembre 1944, cent prisonniers du *Sonderkommando* ont été envoyés à Gross Rosen. C'est ce qu'on nous disait, du moins. En tout cas, ils sont partis avec un convoi punitif. Après toutes ces pertes, nous n'étions plus qu'un peu plus de cent dans notre *Sonderkommando*. Le crématoire n° V fonctionnait jusqu'aux derniers jours de la présence des Allemands dans le camp ; ils l'ont fait sauter à la dynamite juste avant leur fuite. C'était le 20 janvier 1945. Les derniers temps, on y brûlait seulement les gens morts ou tués dans le camp. On ne procédait plus au gazage des gens. Le fonctionnement du crématoire était assuré par trente prisonniers du *Sonderkommando*, les autres étaient employés au démontage des crématoires II et III. Moi-même, j'ai travaillé à ce démontage.

Fin mai 1944, j'ai été muté avec tout le *Sonderkommando* du block 11 de la section BII au crématoire IV où j'avais habité jusqu'en octobre 1944. Comme je l'ai déjà dit, environ sept cents prisonniers du *Sonderkommando* y habitaient. Étant donné que le fonctionnement des crématoires à cette époque-là ne nécessitait pas autant de personnes, nous craignions d'être gazés nous-mêmes. C'est pourquoi nous avons décidé de nous insurger. Nous le planifions depuis longtemps, nous avions des contacts et des liaisons avec l'extérieur, nous fabriquions des grenades, avions des armes et un appareil-photo et attendions le début de la troisième offensive soviétique. Nous pensions en effet que notre action avait une chance de succès seulement en cas d'offensive. En octobre, notre situation nous a paru très grave et nous avons décidé de ne plus attendre et nous avons commencé notre action. Je ne me rappelle pas la date exacte, c'était un samedi [3]. Nous nous sommes rués sur les gardiens SS, en avons blessé douze. Il y avait des morts parmi eux, paraît-il. Au même moment, les prisonniers des crématoires II et III devaient entrer en action. Le *Sonderkommando* du crématoire III n'a pas eu le temps de débuter son action. Des renforts SS sont entrés immédiatement sur le terrain de notre crématoire. Plusieurs compagnies ont encerclé tout le terrain, 500 prisonniers ont été tués et les autres ont réussi à sauver leur vie en se cachant. Je me suis caché sous un tas de bois et Tauber dans le conduit de la cheminée du crématoire V. Nous, qui avons survécu, avons tous été transférés et parqués au crématoire III. On a été gardés en vie parce qu'ils étaient en train de mener une enquête pour démasquer notre organisation. Cela n'a pas abouti malgré de fréquentes fouilles corporelles et des perquisitions au block. Nous avons

_____

3. Le 7 octobre 1944 *(NdE)*.

enterré tout le matériel, surtout les grenades, et avons renoncé à toute action clandestine. Je suis resté au crématoire III jusqu'en novembre 1944, ensuite tout le *Sonderkommando* a été transféré au camp BIId. Je me suis retrouvé au block 3. À partir d'octobre 1944, c'est-à-dire depuis l'insurrection que j'ai décrite, je travaillais à la démolition des crématoires, et plus spécialement du n° IV. Comme celui-ci a été brûlé pendant l'insurrection, nous démolissions seulement les murs. Les parties métalliques de ce crématoire ont été transportées jusqu'à Auschwitz où elles se trouvent jusqu'à ce jour au *Bauhof*. Les autres prisonniers du *Sonderkommando* travaillaient pendant ce temps au démontage des crématoires II et III. Il a commencé en novembre 1944 et, d'après ce qu'on nous disait, les crématoires démontés (parties métalliques des fours, portes, systèmes d'aération, bancs, escaliers et autres pièces qui se trouvent à ce jour au *Bauhof*) devaient être transportés à Gross Rosen.

Je dois souligner que le même type de portes et de volets sur les fenêtres était utilisé dans les *Bunkers* n° 1 et n° 2 et les crématoires IV et V : en bois épais, elles étaient lourdes, à clavette, et avec des emboîtures garnies de feutre pour une meilleure isolation. Les portes étaient fermées avec deux poignées, elles-mêmes vissées pour une meilleure isolation. Les portes des *Bunkers* n'étaient pas munies de vasistas, alors que les portes de toutes les chambres à gaz de tous les crématoires (II-IV) en étaient pourvues. Les crématoires II et III n'avaient pas de volets en bois, car le gaz y était introduit par des ouvertures situées dans le plafond. Elles étaient fermées par des plaques de béton.

Je présente ici des schémas de dessins des *Bunkers* n° 1 et 2 et du crématoire V. Le crématoire IV était construit et situé à l'identique. Je demande que ces dessins soient joints au procès-verbal pour une meilleure compréhension de ma déposition.

Je suis resté au block 3 du camp BIId jusqu'au début

janvier 1945. Ensuite, j'ai été transféré avec le *Sonder-kommando* au block 16, d'où nous avons été évacués le 18 janvier dans un convoi en direction du Reich. Alors que nous allions à pied, nous avons réussi, Tauber et moi, à nous enfuir aux environs de Pszczyna. Le *Sonderkom-mando* entier, soit plus de cent personnes, a quitté Auschwitz. J'ignore qui a survécu. Ces derniers jours, Mosiek Van Kleib, un Hollandais, est revenu et, sans s'arrêter, est reparti dans son pays. Parmi les prisonniers du *Sonderkommando* sortis d'Auschwitz se trouvaient, entre autres : Zawek Chrzan de Gostynin, Samuel, un Français, Leibel de Grodno, Lemko de Czerwony Bor, Dawid Nencel de Rypin, Moszek et Jankel Weingarten de Pologne, Sender de Berlin, Moryc de Grèce, Abram Dragon de Zeromin, Serge, un Français (le *Blockälteste*), Abo de Grodno, Becker Berek de Luma, Kuzyn de Radom et d'autres dont je ne me rappelle pas les noms.

J'ai l'intention de m'installer à Zeromin et de commencer à travailler dans ma profession. Je pense que mon frère reviendra aussi et que nous pourrons travailler ensemble. Je m'attends à être convoqué pour faire mon service militaire. Après ce que j'ai vécu au camp, je suis tout à fait épuisé nerveusement, je tiens absolument à retourner à une vie normale, à sortir de l'atmosphère du camp et à oublier tout ce que j'ai vécu à Auschwitz.

Après une relecture du procès-verbal, celui-ci a été clos par la présente.

> *Procureur : Edward Pechalski,*
> *Expert : docteur an Zygmunt Robel,*
> *Juge : Jan Sehn,*
> *Greffier : Krystyna Szymanska,*
> *Conforme à l'original : juge*
> *d'instruction,*
> *signature illisible.*

Auschwitz, le 24 mai 1945. Jan Sehn, juge d'instruction du Tribunal de Cracovie, membre de la Commission d'enquête sur les crimes nazis à Auschwitz, suivant les conclusions et en présence d'Edward Pechalski, vice-procureur du tribunal d'instance à Cracovie, conformément au paragraphe 254, articles 107, 109, 115, 124 du code pénal, a entendu un ancien détenu du camp d'Auschwitz, matricule n° 90124, qui a déclaré comme suit :

Je m'appelle Henryk Tauber, je suis né le 8 juillet 1917 à Chrzanow, je suis fils d'Abraham Tauber et de Minda née Szajnowiec, célibataire, juif de confession, de nationalité et citoyenneté polonaises, piqueur de bottines de profession, demeurant à Chrzanow, rue Grunwaldzka, casier judiciaire vierge.

Jusqu'au début de la guerre en 1939, j'ai habité à Chrzanow avec ma proche famille, composée de douze personnes. De toute la famille, deux personnes restent en vie, moi-même et un de mes beaux-frères. Je n'ai pas de nouvelles de mon frère émigré en Russie, je ne sais ce qu'il est devenu. Suite à des actions massives de déplacement et d'expropriation, ma famille a été dispersée et je me suis retrouvé dans le ghetto de Cracovie. J'ai été arrêté là-bas en novembre 1942 et enfermé à la prison au 31, rue Jozefinska, siège du service d'ordre juif. Le 19 janvier 1943, j'ai été transféré à Auschwitz avec quatre cents Juifs du ghetto de Cracovie et 800 aryens de la rue Monteluppi. Ce convoi se composait d'environ 800 hommes et 400 femmes. Dès la gare d'Auschwitz, les femmes ont été séparées des hommes et conduites au camp des femmes à Birkenau. Je me suis retrouvé dans un groupe de cinquante prisonniers juifs et environ 550 aryens, placé dans le block 27 de la section BIb. La construction de ce block n'était pas terminée, il n'y avait ni fenêtres, ni portes, ni couchettes. Ensuite, j'ai été transféré, successivement, aux blocks 22 et 20 de la même section du camp. Pendant quelques jours, j'ai séjourné à Buno, d'où j'ai été transféré de nouveau à Birkenau et placé dans le block 21 de la section BIb, suite à une épidémie de typhus déclarée parmi les prisonniers du groupe auquel j'appartenais.

Pendant ce temps, il a été procédé à l'enregistrement au cours duquel j'ai déclaré être serrurier-mécanicien qualifié. Début février 1943, sont arrivés au block l'*Unterscharführer* Groll, l'*Arbeitsdienst-Arbeitseinsatz* prisonnier Mikus, et ils ont sélectionné parmi les prisonniers de notre block des spécialistes pour travailler, à ce qu'il paraissait, dans des ateliers à Auschwitz. Nous avons été vingt jeunes Juifs à être sélectionnés. Nous avons été conduits au block pour être examinés par un médecin qui nous a déclarés tous en bonne santé. Le même jour, nous avons été transportés en camion, sous l'escorte des SS, à Auschwitz et placés dans le block 11 du *Bunker* n° 7. Le lendemain, nous avons été conduits, tous les vingt, sous une escorte serrée de SS, dans le *Bunker* où se trouvait, comme cela s'est avéré plus tard, le crématoire n° I. Là, nous avons rencontré sept Juifs, dont Jankowski et trois Polonais. Le *Kapo* était Mietek Morawa de Cracovie. C'était un homme de haute taille, jeune, d'environ 24 ans, blond et mince. Un de ses frères était boxeur à Cracovie. J'ai entendu dire que sa famille habitait à Debniki. Au début, ici, dans le camp de travail du premier crématoire à Auschwitz, c'était un *Kapo* très dur qui effectuait de manière réglementaire le travail imposé par les Allemands. Plus tard, il a été transféré, en tant qu'*Oberkapo*, aux crématoires II et III à Birkenau. Là-bas, il essayait de vivre en paix avec nous, car nous étions environ quatre cents, nous y travaillions depuis déjà un long moment, nous étions fatigués, décidés à tout et ne permettions pas de nous faire marcher sur les pieds.

Le premier jour après notre arrivée au crématoire, l'*Unterscharführer* SS, dont j'ai oublié le nom, nous a tenu un discours. Il nous a dit que nous allions effectuer un travail désagréable mais qu'il fallait nous y habituer et que, quelque temps après, il ne représenterait plus aucune difficulté pour nous. Il nous parlait en polonais. À aucun moment de son discours, il n'a dit un seul mot sur le fait que nous serions employés à l'incinération des cadavres humains. Il a terminé son discours par cet ordre : « *Los an die Arbeit* », et en nous donnant des coups de cravache sur la tête. Ils nous ont poussés à grand renfort de coups, lui et Mietek Morawa, dans le *Bunker* n° 1 où se trouvaient plusieurs centaines de cadavres. Ils s'entassaient les uns sur les autres, sales, gelés, beaucoup étaient couverts de sang, le crâne fracassé, d'autres, visiblement après une autopsie, avaient le ventre ouvert. Ces corps étaient gelés et nous étions obligés d'utiliser des haches pour les séparer les uns des autres. Battus et bousculés par l'*Unterscharführer* et le *Kapo* Morawa, nous tirions les corps vers la *hajcownia*[4] où se trouvaient trois fours, chacun possédant deux mufel. Je désigne par le nom de *mufel*[5], conformément à la nomenclature de la commission soviétique, des « foyers » servant à brûler les corps. Dans la *hajcownia*, nous mettions les corps dans un chariot sur rails, qui se déplaçait entre les fours. De la porte d'entrée du *Bunker*, où se trouvaient les corps, ce chariot roulait sur une plaque, la szajba, qui tournait dans toutes les directions et se déplaçait en biais dans la *hajcownia* sur des rails plus larges. De ces rails larges, couraient jusqu'à chaque four des rails plus étroits, sur lesquels roulait un chariot. Le chariot se déplaçait sur quatre petites roues en fer. Il avait un épais support métallique en forme de coffre. Pour le rendre plus lourd, on le chargeait de cailloux et de pièces en fer. La plaque du dessus était prolongée par une auge en métal, longue de 2 mètres environ. Nous y mettions cinq corps, d'abord deux placés les jambes vers le four, le ventre vers le haut, ensuite deux

---

4. *Hajcowac* signifie faire chauffer très fort *(N.d.T.)*.
5. En français : moufle.

autres tête-bêche, le ventre vers le haut, le cinquième par-dessus, sur le ventre, les jambes vers le four. Les bras de ce dernier corps retombaient le long des autres, ceux du dessous. Comme parfois le poids de ce chargement était supérieur au poids du support, nous étions obligés de maintenir l'auge par en dessous avec une planche, pour empêcher les corps de tomber. L'auge ainsi chargée était poussée dans le foyer. Une fois les cadavres dans le four, nous les bloquions avec une boîte placée en travers, cependant que d'autres prisonniers retiraient l'auge d'en dessous les corps. Une poignée spéciale, placée à l'extrémité de l'auge, attrapait ce pousse-boîte. Ensuite, nous refermions la porte. Dans le crématoire n° I, se trouvaient deux fours à deux foyers chacun, ce que j'avais déjà mentionné. Dans chaque foyer, on pouvait faire brûler cinq cadavres. On pouvait donc brûler en même temps trente cadavres. À l'époque où je travaillais dans ce crématoire, l'incinération d'un tel chargement prenait jusqu'à une heure et demie. En effet, c'étaient des corps maigres, de vrais squelettes, qui se consumaient très lentement. Ma pratique et mes observations ultérieures dans les crématoires II et III, m'ont permis de constater que les cadavres de gens gras brûlaient beaucoup plus vite. L'incinération était accélérée par l'incinération de la graisse humaine, une sorte de braise supplémentaire. L'ensemble des fours du crématoire I se trouvaient dans le hangar que j'appelle *hajcownia*. Dans ce hangar il y avait, près de l'entrée, un four tourné côté générateur vers la porte d'entrée et côté foyers, vers le hangar. Les deux autres, au contraire, avaient les foyers côté porte d'entrée et les générateurs, côté hangar. Ces fours étaient alimentés avec du coke. Comme le prouvent les inscriptions qui se trouvent sur la porte de chaque four, ils ont été fabriqués par la firme « Topf und Söhne » d'Erfurt. Le chariot servant à déplacer les corps était fabriqué aussi par cette firme. Derrière la *hajcownia* se trouvait un petit entrepôt de coke, à côté de lui, une petite szreibsztuba et plus loin, à droite, un entrepôt d'urnes pour les cendres humaines. La porte d'entrée qui mène dans le hangar que j'appelle *hajcownia* a été percée plus tard. À l'époque où je travaillais au crématoire I, elle n'existait pas encore. On accédait alors à la *hajcownia* du couloir par une porte située à gauche de l'entrée. Il y avait deux portes comme ça. Une à droite, qui conduisait dans une petite remise où se trouvaient des grilles de rechange. Ici se déshabillaient les gens amenés en camion, de petits convois. Du temps de mon travail au crématoire I, on les fusillait dans le *Bunker* de ce crématoire. (Je donne le nom de *Bunker* à cette partie du bâtiment où on gazait les gens.) Ces convois arrivaient une à deux fois par semaine et comptaient de trente à quarante personnes, toutes nationalités confondues. Pendant qu'on fusillait ces gens, nous, qui travaillions dans le *Sonderkommando*, étions enfermés dans l'entrepôt de coke. Nous trouvions les corps des fusillés dans le *Bunker*. Ils avaient tous une plaie à l'arrière de la tête (*Genickschuss*). Ces exécutions étaient effectuées toujours par le même SS du bureau politique, assisté d'un autre SS de la même section qui constatait par écrit la mort des fusillés. Le *Kapo* Morawa n'était pas avec nous dans l'entrepôt pendant l'exécution. Je ne sais pas ce qu'il faisait pendant ce temps. Nous portions les corps encore chauds, ensanglantés, dans la *hajcownia*. La deuxième porte d'entrée du couloir, à droite, menait à la petite pièce où on déposait les cendres humaines. On passait par cette pièce pour entrer dans le *Bunker* lui-même, utilisé, à l'époque où j'y travaillais, pour fusiller les victimes et avant encore, pour gazer les gens. En décembre 1942, on a gazé dans ce *Bunker* quatre cents prisonniers du *Sonderkommando*. Cela m'a été rapporté par les prisonniers qui étaient employés au crématoire I et que j'ai retrouvés là quand j'y ai été transféré moi-même. J'ai travaillé au crématoire I du début février 1943 au 4 mars 1943, soit plus d'un mois. Pendant toute cette période, nous sommes restés dans le *Bunker* 7 du block 11. Nous y étions vingt-deux Juifs car, début février, après l'arrivée de notre groupe de Birkenau, deux autres Juifs, dentistes tchèques, y ont été transférés. Les sept Juifs que j'ai rencontrés dans le crématoire I habitaient aussi au block 11 mais dans une autre cellule. Le *Kapo* Morawa habitait avec deux Polonais, Jozek et Wacek, qui travaillaient déjà au crématoire I, dans le block 15, c'est-à-dire le block ouvert. Au cours de ce mois-là, à part ces deux Juifs tchèques, ont été mutés dans notre groupe quatre Polonais : Staszk et Wladek, dont j'ai oublié les noms, et Wladyslaw Biskup de Cracovie et Jan Agrestowski de la commune de [illisible] près de Varsovie. Je me rappelle bien leurs noms car je leur écrivais des lettres en allemand pour leur famille. Ces quatre Polonais que je viens de mentionner habitaient aussi dans le block 15. Au moment du départ au travail, le « vieux » *Kommando* était appelé « *Kommando Krematorium I* ». Notre groupe, c'est-à-dire nous, les vingt-deux Juifs, et les quatre Polonais transférés dans notre groupe, étions nommés « *Kommando Krematorium II* ». Nous ne comprenions pas à l'époque cette dénomination. Ce n'est que plus tard que nous avons compris qu'on nous envoyait faire un stage d'un mois au crématoire I pour nous préparer au travail dans le crématoire II.

Je dois souligner que les crématoires et les *Kommandos* qui y travaillaient dépendaient du bureau politique et les fiches des prisonniers, membres de ces *Kommandos*, se trouvaient aussi dans ce service. Les malades n'étaient pas envoyés à l'infirmerie générale mais dans une pièce spéciale du block aménagée en infirmerie séparée. Le block où nous habitions était isolé des autres et, à Auschwitz, on nous gardait dans le block 11 fermé. Seul un ordre du bureau politique permettait à un prisonnier d'être libéré du Kommando et d'être transféré dans un autre, indépendant de l'*Arbeitsdienst*. Un Juif français du nom de Pach était notre médecin. C'était un très bon spécialiste qui soignait des SS. Grâce à leur protection, il a réussi à quitter le *Sonderkommando* et a été transféré dans un autre block. Lorsque le bureau politique l'a appris, Pach a de nouveau été muté dans notre service de soins, bien qu'il fût déjà depuis plusieurs mois dans le block libre. Pendant que nous travaillions au crématoire I, l'*Untersturmführer* Grabner et l'*Oberscharführer* Kwakernak, entre autres, du bureau politique, contrôlaient notre travail. Je me rappelle que le *Kapo* Mietek s'est adressé une fois à Grabner pour lui demander de lui affecter un nouveau prisonnier, car l'un de notre groupe était mort. Grabner lui a répondu qu'il ne pouvait pas lui donner un *zugang*, qu'il devait tuer encore quatre Juifs et alors il lui donnerait cinq *zugang*. Il en a profité pour demander à Mietek avec quoi il battait ses prisonniers. Celui-ci lui a montré un bâton en bois. Grabner a attrapé alors une grille en fer et lui a dit de l'utiliser pour battre les prisonniers. Après le premier jour du travail, cinq des nôtres se sont portés malades et sont restés au block. Le lendemain, alors que nous retirions des cadavres du *Bunker* du crématoire I, nous avons retrouvé leurs corps nus, sans aucune trace de balle. Je suppose qu'ils avaient été « piqués ». Après un mois de travail au crématoire I, des vingt-deux Juifs nous n'étions plus que douze. Notre groupe, y compris Wladyslaw Tomiczek de Cieszyn et les quatre Polonais déjà mentionnés (Biskup et les autres), a été transféré le 4 mars 1943 à Birkenau dans le block 2 de la section BIb. C'était un block fermé. Comme je l'ai appris plus tard, Tomiszek travaillait au crématoire déjà en 1941. C'était un ancien prisonnier, il portait le numéro « mille quatre cent et quelques ». Avant son affectation à notre groupe, qui a eu lieu en mars 1943, il avait travaillé pendant un certain temps au moulin et aux abattoirs où il avait été arrêté avec un groupe de quarante prisonniers au motif de conspiration. Ce groupe a été transféré au block 11 à Auschwitz et tous ont été condamnés à mort par un tribunal SS. L'*Untersturmführer* Grabner a reconnu Tomiszek avant l'exécution de la sentence et l'a fait transféré dans notre groupe. Tomiszek travaillait à Birkenau comme *Kapo* du *Kommando* employé au crématoire II et IV ensuite. En août 1943, me semble-t-il, il a été convoqué au bureau politique. Le jour même, l'*Oberscharführer* Kwakernak a fait apporter son cadavre que nous avons brûlé dans le crématoire V. La tête de Tomiszek était enveloppée dans un sac, mais nous l'avions tous reconnu car il était de forte corpulence. Kwadernak nous a personnellement surveillés jusqu'à ce que le corps de Tomiszek fût dans le four. Il est parti immédiatement après. Alors, nous avons rouvert le four, sorti le corps, enlevé le sac et reconnu parfaitement Tomiszek. C'était un homme bon, qui nous traitait bien. Nous le mettions au courant de notre activité clandestine.

Le 4 mars 1943, escortés par des SS, nous avons été conduits sur le terrain du crématoire II. Le *Kapo* August, transféré à la même époque de Buchenwald où il avait travaillé au crématoire, nous a expliqué la construction de ce crématoire. Celui-ci avait un vestiaire souterrain (*Auskleideaum*) et un *Bunker*, c'est-à-dire une chambre à gaz (*Leichenkeller*). Entre ces deux caves, il y avait un couloir auquel menait, de l'extérieur, un escalier ainsi qu'une auge où on jetait des corps amenés du camp et destinés à l'incinération dans le crématoire. Une porte menait du vestiaire au couloir et de là, à droite, une autre donnait sur la chambre à gaz. Un autre escalier menait à ce couloir, du côté du portail de l'entrée principale sur le terrain du camp. À gauche de cet escalier, se trouvait une pièce où on mettait cheveux, lunettes et autres objets de ce genre. Dans un coin, à droite de cet escalier, se trouvait une autre petite pièce, la réserve de boîtes de gaz, je suppose. Dans l'angle droit du couloir, sur le mur en face de l'entrée du vestiaire, se trouvait un ascenseur servant à amener les cadavres. On accédait de la cour du crématoire au vestiaire par un escalier. Celui-ci était entouré d'une barrière métallique. Sur la porte était accrochée une plaque avec l'inscription, en plusieurs langues : « *Zum Baden und Desinfektion* ». Dans le vestiaire, des bancs en bois étaient disposés le long des murs et des portemanteaux en bois, numérotés. Il n'y avait aucune fenêtre et la lumière était allumée en permanence. Il y avait là une installation d'eau. Une porte, sur laquelle était inscrit « *Zum Baden* », en plusieurs langues aussi, donnait sur le couloir. Je me rappelle que le mot « *Bania* » y était inscrit aussi. Par une porte située à droite, on entrait dans la chambre à gaz. La porte, en bois, était faite de deux couches de planches courtes, posées comme l'est le parquet sur le sol. Entre ces deux couches, se trouvait un panneau en pâte isolante. Les bords de la porte et les emboîtures des chambranles étaient isolés avec des joints de feutre. À la hauteur de la tête d'un homme de taille moyenne, cette porte était munie d'un vasistas rond avec une vitre, protégée de l'autre côté, côté chambre à gaz, d'une grille métallique en forme de demi-lune. Cette grille a été installée parce qu'il était arrivé que les gens qui se trouvaient dans la chambre à gaz avaient réussi parfois à casser la vitre avant de mourir. Et comme, malgré la grille, cela s'est reproduit ultérieurement, le vasistas a été occulté par une planche ou une plaque métallique. Ici, je précise que les gens destinés au gazage et qui se trouvaient à l'intérieur de la chambre à gaz parvenaient parfois à détériorer le système de ventilation ou les câbles électriques en les arrachant. Côté couloir, la porte était verrouillée avec des verrous en métal qui, une fois la porte fermée, étaient encore resserrés à l'aide d'écrous spéciaux pour plus d'étanchéité. Le plafond de la chambre à gaz était soutenu au milieu, dans le sens de la largeur, par quatre piliers en béton. À gauche et à droite de ces piliers se trouvaient quatre poteaux. À l'extérieur de ces poteaux, il y avait une sorte de mur en grille de métal épais qui montait jusqu'au plafond et de là, se prolongeait à l'extérieur. Derrière ce « mur », il y avait une grille à maillage plus serré et dedans, une troisième, à maillage plus serré encore. À l'intérieur de cette troisième grille, il y avait une boîte qui tournait et qui servait à enlever, à l'aide d'un fil de fer, la poudre d'où le gaz s'était échappé. La chambre à gaz était munie d'une installation électrique qui courait des deux côtés, le long de la poutre maîtresse, soutenue par les piliers en béton. La ventilation était placée dans les murs de la chambre à gaz. Elle se terminait, côté chambre à gaz, par de petites ouvertures, munies de grille en fer blanc, situées à l'extrémité en haut des murs latéraux et d'autres, en bas, protégées comme par des muselières en fer. La ventilation de la chambre à gaz était liée au système de tuyaux de ventilation du vestiaire. Ce système de ventilation, qui desservait la salle d'autopsie, était actionné par des moteurs électriques placés au grenier du bâtiment de crématoire. La chambre à gaz n'avait pas d'installation d'eau. On se servait d'un tuyau d'arrosage, monté sur le robinet d'eau se trouvant dans le couloir, pour rincer le plancher de la chambre à gaz. Fin 1943, à l'aide d'un mur, on a partagé en deux la chambre à gaz pour permettre le gazage de convois plus petits. Ce mur était pourvu d'une même porte que la première porte d'entrée entre le couloir et la chambre. Les transports plus petits étaient gazés dans la chambre du fond, la plus éloignée du couloir. Le toit du vestiaire et de la chambre à gaz étaient tous deux recouverts à l'extérieur d'une dalle en béton, elle-même recouverte de terre où poussait l'herbe. Au-dessus de la chambre à gaz, se trouvaient des espèces de petites cheminées. C'étaient les quatre ouvertures par lesquelles on introduisait le gaz à l'intérieur. Elles étaient refermées chacune par un clapet en béton, muni d'une poignée en bois de la largeur de deux mains. Le terrain au-dessus du vestiaire, complètement plat, était légèrement surélevé par rapport au niveau de la cour. Les tuyaux de ventilation aboutissaient aux conduits et aux cheminées dans le bâtiment situé au-dessus du couloir et du vestiaire. Je précise qu'au début il n'y avait ni bancs dans le vestiaire, ni pommes de douche dans la chambre à gaz. Les deux y ont été installés seulement à l'automne 1943 pour faire croire que c'étaient bien des douches et une pièce de désinfection et non un vestiaire et une chambre à gaz. Les pommes de douche ont été montées sur des cubes en bois, placés à cet effet dans le plafond en béton de la chambre à gaz. Aucune arrivée d'eau n'y a jamais été installée et l'eau n'a donc jamais coulé de ces douches.

Comme je l'ai déjà mentionné, il y avait un ascenseur dans le couloir ou, plus exactement, un monte-charge permettant d'amener les cadavres jusqu'au niveau du rez-de-chaussée. De là, une première porte menait à la *haj-cownia* où se trouvaient les fours crématoires et une deuxième, en direction opposée, qui menait à une pièce supplémentaire où on entreposait des cadavres. Il y avait là, en plus, un couloir auquel on accédait directement par une porte située du côté du portail de l'entrée principale du crématoire. Par la porte située à droite dans le couloir, on entrait dans la salle d'autopsie. Entre cette dernière et la pièce à cadavres, il y avait des toilettes où on entrait de la salle d'autopsie. Par la porte située à gauche dans le couloir, on entrait dans la *hajcownia*, côté générateurs des fours crématoires. Ces fours, au nombre de cinq, alignés côte à côte et à une distance égale l'un de l'autre, étaient alimentés par deux générateurs chacun. De l'autre côté, du côté donc de la sortie de l'ascenseur, ces fours avaient chacun trois foyers. Dans chaque foyer, fermé chacun par une porte où figurait le nom de « Topf », on mettait cinq cadavres. Sous chaque foyer, il y avait un cendrier, fermé, lui aussi, par une porte avec la même inscription dessus. Derrière les fours, côté portail d'entrée dans la cour du crématoire, se trouvait un entrepôt de coke. Plus loin en avançant vers le fond de la cour, derrière cette remise, il y avait un petit couloir étroit d'où on accédait à une pièce destinée aux SS. Celle-ci avait deux fenêtres, l'une qui donnait sur la *hajcownia* côté foyers, l'autre sur la cour arrière du crématoire. À côté de cette pièce, il y avait celle du *Kommandoführer*, avec une seule fenêtre donnant sur la cour arrière. Après cette pièce se trouvaient des toilettes et un petit lavabo et plus loin, c'était la pièce des médecins avec une fenêtre donnant sur le camp des femmes. Un escalier menait de ce couloir au grenier où se trouvait la salle destinée aux prisonniers du *Sonderkommando*. S'y trouvaient aussi les moteurs électriques qui faisaient fonctionner l'ascenseur et la ventilation. Un prisonnier mécanicien était affecté à les faire fonctionner. Côté portail principal du crématoire, il y avait, au milieu du bâtiment et dépassant son corps vers l'avant, une annexe contenant le four pour brûler les ordures. C'était le *Mühlverbrennung*. C'était un four séparé auquel on accédait par un escalier menant vers le bas. Il était entouré d'une rampe en fer et on le chauffait au charbon. On accédait à l'annexe du *Mühlverbrennung* par une porte du côté du portail principal du crématoire. Outre une porte d'entrée, cette annexe avait, côté frontal, une fenêtre et, en plus, une fenêtre de chaque côté de l'entrée, à gauche et à droite. Dans le coin à gauche de l'entrée, il y avait une ouverture par laquelle on jetait dans le cendrier des ordures à brûler. Le four où on brûlait ces ordures était situé à gauche de l'entrée de cette annexe et, à droite, le foyer pour faire chauffer le four. Je précise que c'est dans ce four justement qu'on brûlait, pendant tout ce temps, des documents en provenance du bureau politique du camp. De temps en temps, les SS amenaient dans des camions des dossiers : papiers, fichiers et documents, que nous brûlions sous leur surveillance. En brûlant ces documents, j'ai remarqué qu'il y avait là des tas de fichiers des gens morts et des *Totenmeldung*. Bien sûr, nous ne pouvions prendre aucun de ces documents, car nous les brûlions sous une surveillance directe et stricte des SS. Derrière l'annexe du *Mühlverbrennung*, plus loin vers le fond du crématoire, se trouvait la cheminée qui desservait tous les fours crématoires et le four du *Mühlverbrennung*. Au début, il y avait autour de cette cheminée trois moteurs électriques pour la faire mieux tirer. À cause de la chaleur qui régnait juste à côté mais aussi à proximité du four, ces moteurs tombaient en panne. Une fois même, un incendie a éclaté ; on les a donc démontés et depuis, les conduits des gaz d'échappement des fours donnaient directement dans la cheminée. De l'annexe du *Mühlverbrennung*, une porte menait à cette partie du bâtiment où se trouvait la cheminée. Cette partie était surélevée et on y accédait par un escalier. Après le démontage des moteurs, des lavabos ont été installés sur un emplacement près de la cheminée, pour les prisonniers du *Sonderkommando* et, sur un autre, à l'opposé, donc plus près du vestiaire, une pièce a été aménagée où dormait parfois l'*Oberkapo* August. D'habitude, il dormait dans le block des Reichsdeutscher, d'abord dans le secteur BIb, ensuite dans le secteur BIId. Dans le grenier au-dessus de l'annexe du *Mühlverbrennung* on faisait sécher les cheveux coupés aux victimes, on les aérait avant de les emballer dans des sacs emportés ensuite en voiture.

Comme je l'ai déjà mentionné plus haut, le crématoire n° II avait cinq fours. Chaque four, alimenté par deux générateurs à coke, avait trois foyers pour brûler les cadavres. Les sorties des conduits à feu de ces générateurs se trouvaient au-dessus des cendriers des deux foyers latéraux, placés de manière à faire passer le feu d'abord dans les deux foyers latéraux, le faire pénétrer ensuite dans le foyer du milieu et, de là, faire évacuer les gaz d'échappement en direction de la cheminée, par un conduit orienté vers le bas. La sortie du conduit des gaz d'échappement se situait côté foyers, au-dessous du four crématoire, entre les deux générateurs. Suite à une telle disposition, le processus d'incinération des corps n'était pas le même dans les foyers situés sur les côtés et celui du milieu. Les corps des « musulmans », c'est-à-dire les corps très maigres et dépourvus de graisse, brûlaient plus vite dans les foyers latéraux et moins bien dans celui du milieu. Inversement, les corps de ceux qu'on a gazés directement après leur arrivée, qui n'étaient donc pas amaigris, brûlaient mieux dans le foyer du milieu. Pour brûler ces corps, nous n'utilisions du coke qu'au début, pour attiser le feu. En effet, les corps gras brûlaient seuls, grâce à la graisse qui se consumait à l'intérieur du corps. En cas de manque de coke, il nous arrivait même de mettre de la paille et du bois dans les cendriers sous les foyers et, dès que la graisse des corps commençait à brûler, les chargements entiers se consumaient d'eux-mêmes. À l'intérieur du foyer, il n'y avait aucune pièce en fer, les grilles étaient réfractaires. En effet, la chaleur qui se dégageait et qui avoisinait les 1 000 à 1 200 °C aurait fait fondre le fer. Les grilles étaient placées en travers dans le foyer. La porte d'accès et l'ouverture du foyer étaient plus petites, le foyer lui-même était long d'environ 2 mètres, large de 80 centimètres et haut d'environ 1 mètre. En règle générale, on brûlait dans un foyer de quatre à cinq cadavres. Il arrivait que nous y en enfournions même davantage. On y mettait jusqu'à huit « musulmans ». Nous brûlions de tels chargements importants pendant des alertes anti-aériennes sans en informer le chef du crématoire. Nous voulions en effet que la fumée qui s'échappait de la cheminée fût la plus grande possible pour la faire remarquer des pilotes d'avions. Nous espérions provoquer ainsi un changement dans nos existences. Les parties en fer, et surtout les grilles en fer, qui se trouvent à ce jour sur le terrain du camp proviennent des générateurs. Le crématoire II était muni de grilles en fer équarri, épaisses, et les crématoires IV et V possédaient des grilles-lances en forme d'épée avec une poignée.

Le 4 mars, nous avons été employés à faire chauffer les générateurs. Nous l'avons fait du matin jusqu'à environ 4 heures de l'après-midi. Une commission du bureau politique, accompagnée d'officiers SS de haut rang venant de Berlin, est arrivée au crématoire. Des civils et des ingénieurs de chez « Topf » y participaient aussi. Je me souviens seulement de quelques personnes, membres de la commission, comme l'*Hauptsturmführer* Sohrarz [illisible], le *Lagerkomendant* Aumeyer et le *Oberscharführer* Kwakernak. Dès l'arrivée de la commission, on nous a ordonné de sortir des corps de la remise à cadavres et de les mettre dans les foyers. Nous avons trouvé dans cette pièce environ quarante-cinq hommes, bien nourris et gras. J'ignorais alors comment et quand ces corps y avaient été mis. Plus tard seulement, j'ai appris qu'ils avaient été sélectionnés parmi les gazés du *Bunker* n° 2, situé dans la forêt. En effet, un officier SS du bureau politique y est arrivé et a ordonné de choisir parmi les gazés des corps de personnes bien faites et grasses, les a fait charger dans des camions et les a fait emporter en dehors du *Bunker*. Les prisonniers du *Sonderkommando* qui y travaillaient ne savaient pas où ces corps avaient été emportés. Il s'est avéré qu'ils allaient être utilisés pour essayer les fours et faire une démonstration devant la nombreuse commission du bon fonctionnement du crématoire n° II qu'on s'apprêtait alors à mettre en service. De l'ascenseur et par la porte qui menait à la *hajcownia*, nous avons sorti ces corps et les avons placés, par deux ou trois, sur un chariot semblable à celui que j'avais décrit à propos du crématoire n° 1 et nous les avons enfournés dans chacun des foyers. Une fois tous ces cadavres placés dans les foyers des cinq fours, les membres de la commission, montre en main, se sont mis à observer le déroulement du processus d'incinération, ouvraient les portes, regardaient leur montre, discutaient entre eux et s'étonnaient de voir que cela durait si longtemps. Étant donné que ces fours étaient complètement neufs et donc pas assez chauds, alors même qu'on les avait fait chauffer depuis le matin, l'incinération du chargement a pris quarante minutes. Le fonctionnement en continu des fours permettait d'effectuer deux chargements en une heure. Selon le règlement, nous devions mettre de nouveaux corps toutes les demi-heures. L'*Oberkapo* August nous expliquait que, selon les calculs et les plans effectués, de cinq à sept minutes étaient prévues pour brûler un corps dans un foyer. En règle générale, il nous interdisait de mettre plus de trois cadavres dans un foyer. Avec une telle quantité, nous aurions été obligés de travailler sans arrêt, car après avoir chargé le dernier foyer, le chargement du premier aurait déjà brûlé. Pour nous ménager un temps de répit dans le travail, nous mettions dans chacun de quatre à cinq cadavres. L'incinération durait plus longtemps et nous avions quelques minutes d'interruption avant la fin du processus dans le premier foyer. Nous en profitions pour laver le sol de la *hajcownia*, ce qui assainissait un peu l'air.

Une fois terminée l'incinération de ce premier chargement d'essai, la commission est repartie. Nous avons fait le ménage dans le crématoire et après nous être lavés, avons été reconduits au block 2 du camp BIb. Durant les dix jours qui ont suivi, nous allions tous les jours, toujours escortés par des SS, au crématoire et faisions marcher les générateurs. Pendant cette période, il n'y avait pas de transports, nous ne brûlions pas de corps et les générateurs fonctionnaient pour faire chauffer les fours. À la mi-mars 1943, un soir, alors que nous venions de terminer notre travail, l'*Hauptscharführer* Hirsch est arrivé, nous a ordonné de rester au crématoire pour travailler. À la tombée de la nuit, des camions sont arrivés avec des gens, tous âges et sexes confondus : hommes âgés, femmes et beaucoup d'enfants. Les camions faisaient en continu des allers et retours en direction de la gare pendant une heure environ et amenaient de plus en plus de gens. Dès le début, nous, qui appartenions au *Sonderkommando*, avons été enfermés dans la pièce du fond, celle où habitaient les médecins légistes. Des cris et des pleurs des gens déchargés des camions nous parvenaient jusque dans cette pièce. Ces gens étaient poussés à grand renfort de coups dans la baraque, située à l'époque perpendiculairement au bâtiment du crématoire, côté portail principal du crématoire n° II. Les gens y entraient par une porte située du côté de ce portail, descendaient par un escalier en face du *Mühlverbrennung*. Cette baraque faisait alors office de vestiaire. Mais elle a été utilisée seulement pendant une semaine à peu près et démontée ensuite. Après le démontage de cette baraque, les gens étaient poussés dans le sous-sol du crématoire par l'escalier qui menait au vestiaire souterrain que j'avais décrit auparavant. Après une attente d'environ deux heures, on nous a fait sortir de la salle des médecins légistes et on nous a ordonné de nous rendre dans la chambre à gaz. Il y avait là des tas de cadavres nus, tous dans une position on dirait assise. Les corps étaient de couleur rose, par endroit un peu plus rouge et ailleurs avec des taches verdâtres, de la bave au coin des lèvres, certains avec du sang coulant du nez, dans la plupart des cas, on voyait des selles. Je me rappelle que de nombreux gens avaient les yeux ouverts, de nombreux étaient accrochés les uns aux autres, le plus grand tas de corps se trouvaient près de la porte. Ils étaient moins nombreux près des piliers avec le grillage. La position de leur corps indiquait que ces gens ont essayé de fuir ces piliers et parvenir à la porte. Il faisait très chaud dans la chambre à gaz et c'était difficile à supporter. Nous avons constaté plus tard que beaucoup de ces gens étaient morts par asphyxie avant d'être gazés. Ces gens-là étaient couchés tout au fond, en dessous, et les autres les ont piétinés. Ils n'étaient pas assis comme la plupart mais couchés tout en dessous. On pouvait en déduire qu'ils étaient morts avant les autres qui devaient marcher sur leurs cadavres. Après avoir entassé les gens dans la chambre à gaz et fermé la porte, et avant de verser le *Zyklon*, on aspirait l'air de la chambre, la ventilation s'y prêtant. C'était un système aspirant et foulant. Le vestiaire avait seulement la ventilation aspirante. Bien qu'on mît en marche la ventilation dès l'ouverture de la chambre, une fois à l'intérieur de la chambre, nous portions des masques à gaz pendant les premiers moments où nous y entrions pour sortir les cadavres. Comme nous étions obligés de retourner travailler aux fours, nous n'avons pas sorti les cadavres de ce premier transport en mars 1943. On a fait alors venir soixante-dix prisonniers du block II appartenant au *Sonderkommando*, préposés à incinérer les corps dans les fosses près des *Bunkers*. Les prisonniers de ce groupe sortaient les corps de la chambre à gaz dans le couloir à côté de l'ascenseur, là, le coiffeur coupait les cheveux des femmes, ensuite on faisait monter les corps par ascenseur dans la *hajcownia*. Là, soit on les entreposait dans la pièce à cadavres, soit on les mettait dans la *hajcownia* devant les fours. Là, deux dentistes, surveillés par des SS, arrachaient les dents en métal et enlevaient les dentiers. Ce sont eux aussi qui débarrassaient les cadavres de bagues et de boucles d'oreilles. On jetait les dents dans un coffre portant l'inscription *Zahnarstation* et les bijoux dans un autre. Celui-ci n'avait aucune inscription, mais un numéro y était marqué. Les dentistes, qui étaient recrutés parmi les prisonniers, regardaient dans la bouche de chaque cadavre, à l'exception des enfants. Lorsque les mâchoires étaient crispées, ils les desserraient à l'aide des pinces dont ils se servaient pour arracher les dents. Comme je l'ai déjà mentionné, le travail effectué par les dentistes était très étroitement surveillé par les SS. De temps en temps, ils faisaient arrêter le chargement des corps dans les fours, corps déjà « travaillés » par les dentistes, et regardaient dans les bouches et il arrivait qu'une dent en or n'avait pas été arrachée. Un tel oubli était considéré comme du sabotage. J'ai été moi-même témoin d'une telle scène où un Juif français avait été brûlé dans le crématoire V. Il se débattait, criait mais les SS, plusieurs, l'ont attrapé, immobilisé et mis, vivant, dans le four. Brûler quelqu'un vivant était une punition utilisée souvent à l'égard des membres du *Sonderkommando*, mais pas la seule. D'autres tortures étaient pratiquées aussi : tuer sur place, jeter dans le réservoir d'eau, maltraiter physiquement, battre, obliger à se rouler nu sur le sol, sur le gravier, etc. Tous les membres du *Sonder-kommando* y assistaient pour dissuasion. Je me souviens d'un autre cas qui a eu lieu au crématoire V en août 1944. On a trouvé alors une bague et une montre en or sur un des simples ouvriers, un Juif de Wolbrom, au nom de Lejb, âgé d'environ 20 ans, de petite taille, aux cheveux bruns, matricule « cent huit mille et quelques ». On a donc fait regrouper toute l'équipe du *Sonderkommando* employée au crématoire et, devant tout le monde, on a suspendu Lejb sur une barre en fer au-dessus des générateurs, les mains ligotées dans le dos. Il y est resté, ainsi accroché, environ une heure. Ensuite, après avoir défait les liens de ses mains et de ses pieds, on l'a mis dans le four crématoire non chauffé. Par en dessous le cendrier, on allumait et on éteignait de l'essence pour faire pénétrer les flammes à l'intérieur du foyer où se trouvait ce Lejb. Quelques minutes plus tard, on a ouvert le four, d'où le condamné est sorti en courant, complètement brûlé. On l'a fait courir autour de la cour du crématoire et crier qu'il était un voleur. Ensuite, on lui a ordonné de grimper sur les barbelés de la clôture du crématoire qui, du fait que c'était en plein jour, n'était pas sous tension électrique. Lorsqu'il était tout en haut des barbelés, le chef du crématoire, Moll, l'a tué. Le prénom de Moll était Otto. Une autre fois, les SS ont amené un prisonnier qui traînait dans son travail et l'ont jeté dans la fosse remplie de graisse humaine bouillante. À l'époque, on brûlait les corps dans des fosses ouvertes, d'où la graisse humaine s'écoulait vers une deuxième fosse, dans la terre, séparée. On versait cette graisse sur les corps à brûler pour accélérer le processus d'incinération. Le malheureux a été retiré encore vivant de cette fosse à graisse et tué. Par pure formalité, on a ramené son corps au block, on y a établi un Totenschein et seulement le lendemain, on a transporté le corps au crématoire et brûlé dans la fosse. Nous avons travaillé pendant quarante-huit heures d'affilée à incinérer les corps de ce premier transport à la mi-mars 1943. Nous ne sommes pas parvenus à les brûler tous, car entre-temps est arrivé un transport grec, qui avait été gazé, lui aussi. Comme nous étions trop fatigués, épuisés, on nous a ramenés au block et le travail a été repris par une autre relève. Le *Sonderkommando* qui travaillait alors au crématoire comptait environ quatre cents prisonniers. J'ai travaillé au crématoire II jusqu'à la mi-avril à peu près. Pendant ce temps, arrivaient des transports grecs, français, hollandais. En plus, nous brûlions à ce moment-là des gens gazés qui provenaient des sélections menées à l'intérieur du camp. Nous travaillions en continu, deux relèves nuit et jour. Je ne peux pas donner le nombre de gazés et brûlés à cette époque-là. En moyenne, on brûlait environ 2 500 cadavres en vingt-quatre heures. Je n'avais pas, à ce moment-là, la possibilité d'observer comment on faisait rentrer les victimes dans le vestiaire et du vestiaire dans les chambres à gaz. Lorsque les convois arrivaient, nous, l'équipe du *Sonderkommando*, étions enfermés dans d'entrepôt de coke. Toutefois, deux d'entre nous, préposés au fonctionnement des générateurs, restaient dans la *hajcownia*. Il m'est arrivé parfois de faire partie de cette équipe. Par la fenêtre de la *hajcownia*, j'ai observé comment on versait le *Zyklon* dans la chambre à gaz. Chaque transport était suivi d'une voiture de la Croix-Rouge. Arrivait dans cette voiture sur le terrain du crématoire le médecin du camp, Mengele, accompagné du *Rottenführer* Scheimetz. Ils sortaient de cette voiture de la Croix-Rouge, dans laquelle ils venaient d'arriver, des boîtes de *Zyklon*, les portaient près des cheminées qu'on utilisait pour verser le *Zyklon* dans la chambre à gaz. Scheimetz les ouvrait à l'aide d'un ciseau spécial et d'un marteau, puis il versait leur contenu dans la chambre à gaz et refermait l'ouverture avec un couvercle en béton. Comme je l'ai déjà mentionné, il y en avait quatre, de ces cheminées. Dans chacune d'entre elles, Scheimetz versait le contenu d'une plus petite boîte. C'étaient des boîtes avec une étiquette jaune. Avant d'en ouvrir une, Scheimetz mettait un masque à gaz. Le masque à gaz sur la tête, il ouvrait la boîte de *Zyklon*, vidait son contenu dans la cheminée de la chambre à gaz. À part Scheimetz, d'autres SS remplissaient cette tâche aussi. Ils y étaient spécialement affectés et appartenaient à l'unité *Gezundheitowesen* ; je ne me rappelle pas leurs noms. Un médecin du camp assistait à chaque gazage. J'ai déjà mentionné Mengele, car je l'ai très souvent rencontré pendant le temps de mon travail. À part lui, d'autres médecins du camp assistaient au gazage : König, Tilo et encore un autre mince, de haute taille, jeune et dont je ne me rappelle pas le nom maintenant. C'était celui qui, lors des sélections, envoyait tout le monde à la chambre à gaz. Je me souviens avoir entendu une fois Mengele dire à Scheimetz de donner plus vite à bouffer aux victimes dans la chambre à gaz pour qu'elles pussent aller à Katowice. Il a dit exactement : « *Scheimetz, gib ihen das Fressen, sie sollen direckt nach Kattowitz fahren.* » Ce qui voulait dire que Scheimetz devait se dépêcher de verser le *Zyklon* dans la chambre à gaz. J'ai aussi remarqué pendant mon travail au crématoire II que les SS qui escortaient les convois arrivant au crématoire avaient des chiens et tenaient des cravaches à la main.

Le chariot pour charger les corps n'était utilisé que peu de temps au crématoire II. Il a été remplacé par une civière en fer (en allemand on l'appelait Leichenbrett) que l'on faisait glisser dans le foyer sur des roues en fer placées sur le rebord de la porte du foyer. On l'a fait parce que l'utilisation du chariot retardait le chargement du four. Ce nouvel outil a été inventé par l'*Oberkapo* August, me semble-t-il. Il a été utilisé par la suite dans tous les crématoires. Pour tous les fours des crématoires II et III, il n'y avait qu'une paire de roues pour les trois foyers et qu'on déplaçait sur une barre en fer devant la porte du foyer. Dans les crématoires IV et V, chaque foyer possédait ses propres roues montées sur une table devant la porte. Chaque crématoire possédait deux civières en fer pour charger les corps dans les fours. Ces « planches » étaient placées devant le foyer. Deux prisonniers y mettaient un corps. Ils le plaçaient sur le dos, les jambes en avant, vers le foyer, le visage vers le haut. Sur ce corps, ils en mettaient un autre, le visage vers le haut aussi, la tête côté foyer. On procédait de la sorte car ce deuxième corps maintenait les jambes du premier, placé en dessous et aussi pour ne pas être obligé de pousser les jambes du deuxième corps qui étaient comme aspirés par le four. Deux prisonniers chargeaient les corps sur la civière, deux autres étaient à côté de la barre, placée sous la civière, à l'autre extrémité, plus près du foyer. Pendant qu'on chargeait les corps sur la civière, l'un d'eux ouvrait la porte et l'autre installait les roues. Un cinquième prisonnier soulevait la civière à l'aide de poignées et, une fois celle-ci soulevée par les deux précédents et placée sur les deux roues, il poussait la civière à l'intérieur du foyer. Une fois les corps dedans, un sixième prisonnier les retenait au fond du foyer à l'aide d'une ratissoire et le cinquième retirait la civière de sous les corps. Ce sixième avait aussi pour tâche d'asperger d'eau la civière sortie du four. Il le faisait pour faire refroidir la civière qui se réchauffait à l'intérieur du four et pour empêcher de coller les nouveaux corps placés dessus. On faisait dissoudre du savon dans cette eau pour faire glisser les corps plus facilement sur la civière. Un deuxième chargement dans le même foyer, et par le même processus d'incinération, se déroulait de la même manière, sauf que nous devions nous dépêcher beaucoup avec ce deuxième chargement car le premier étant en train de brûler, les jambes et les bras se soulevaient et, en cas de retard, nous avions des difficultés à enfourner la deuxième paire de cadavres. Lors du chargement de cette deuxième paire, j'ai eu l'occasion d'observer le processus d'incinération des cadavres. On avait l'impression que les corps se tendaient au niveau du tronc, les bras se relevaient vers le haut en raccourcissant, la même chose pour les jambes. Des cloques se formaient sur le corps, et quand c'étaient des personnes âgées, restées après le gazage jusqu'à même deux jours dans la remise à cadavres et dont les corps, tuméfiés, avaient gonflé, leur diaphragme éclatait, laissant sortir les intestins. J'ai pu aussi observer ce processus au moment de ratisser le four pour faire accélérer l'incinération. De toute façon, après chaque chargement le *Kommandoführer* vérifiait si celui-ci avait été correctement effectué. Nous étions obligés d'ouvrir la porte de chaque foyer et, par la même occasion, nous pouvions voir ce qui s'y passait. Nous brûlions les corps d'enfants en même temps que ceux des adultes âgés. D'abord nous mettions les corps de deux adultes et ensuite, autant d'enfants qu'il était possible de mettre dans le foyer. Le plus souvent, les corps de cinq à six enfants. Nous procédions de la sorte pour ne pas mettre les corps d'enfants directement sur les grilles. Ces dernières étant largement espacées, les corps d'enfants risquaient de tomber dans le cendrier. Les corps de femmes brûlaient nettement plus vite et mieux que les corps d'hommes. C'est pour cette raison que nous recherchions un corps de femme lorsque le convoi brûlait mal et nous le mettions dans le four pour accélérer le processus d'incinération. À l'époque des premiers chargements, quand seuls les générateurs chauffaient les fours, l'incinération se déroulait plus lentement. Plus tard, au fur et à mesure que le nombre des chargements augmentait, les fours devenant de plus en plus chauds grâce à la chaleur accumulée pendant l'incinération, de sorte qu'on arrêtait complètement les générateurs pendant qu'on brûlait des corps gras. Des corps mis dans un four aussi chaud, la graisse dégoulinait immédiatement dans le cendrier, elle s'y enflammait et faisait brûler les corps. Quand on brûlait les « musulmans », on était obligé de faire fonctionner les générateurs en continu. Le *Vorarbeiter* notait dans un calepin le nombre de corps brûlés par chargement, le *Kommandofürher* SS vérifiait ces notes et emportait le calepin une fois tout le transport brûlé. Chaque relève de notre *Sonderkommando* était accompagnée d'un groupe différent de gardiens SS et d'autres *Kommandosführer*. Parmi ces derniers, je me rappelle les SS suivants : Gorgies, Knaus, Kurschuss, Schultz, Köln et Keller. Ce Scheimetz, que j'ai déjà mentionné, était le *Kommandoführer* au crématoire IV pendant un certain temps. Tous les *Kommandosführer* maltraitaient les prisonniers du *Sonderkommando* qui travaillaient au crématoire. De temps en temps, ça prenait de telles proportions qu'une fois Voss, le chef du crématoire, qui, quelque temps plus tard, avait été muté à un autre poste, avait réprimandé le *Kommandoführer* Gorgies qui nous maltraitait de manière bestiale, uniquement parce qu'il n'y avait pas de travail au crématoire car aucun transport n'était arrivé. Il lui a dit alors : « *Wonn du hast nicht was zu umlegen, dann bist du wild, Ich habe dass schon genug.* » À part le mentionné Voss, étaient chefs du crématoire à des moments divers : l'*Unterscharführer* Steinberg, les *Hauptscharführer* Hirsch et Moll, le *Scharfürher* Puch et l'*Oberscharführer* Musfeld, venu de Lublin après la liquidation du crématoire dans cette ville. Le plus grand pervers parmi eux était le *Hauptscharführer* Moll. Encore avant mon arrivée au camp, il était chef de travaux dans les *Bunkers* où on brûlait les gazés dans des fosses. Après, il a été transféré dans une autre unité pendant quelque temps. La direction de l'ensemble des crématoires lui a été confiée à l'occasion des préparatifs pour réceptionner les transports en masse de Juifs hongrois en 1944. C'est lui qui a préparé l'action de la destruction massive des gens arrivés dans ces convois. Avant même l'arrivée des convois hongrois, il a fait creuser des fosses à côté du crématoire V et a remis en marche le *Bunker* n° 2, non utilisé et ses fosses fermées jusqu'alors. Dans la cour du crématoire, il a fait installer des panneaux où il était écrit que les gens arrivés dans les transports devaient aller au camp où du travail les attendait, mais, auparavant, ils devaient se laver et subir une désinfection. Pour ce faire, ils devaient se déshabiller, mettre tous leurs objets de valeurs dans des paniers spécialement prévus à cet effet, placés dans la cour. Il le répétait aussi lui-même lors des cérémonies d'accueil qu'il organisait pour les gens arrivés dans les transports. Ces transports étaient très nombreux et il arrivait que les chambres à gaz du crématoire V ne pouvaient pas contenir tous les arrivants de ces transports. Il fusillait ceux qui restaient et qui ne rentraient plus dans les chambres à gaz. À de nombreuses reprises, il poussait les gens vivants dans les fosses qui étaient en train de brûler. Il s'exerçait à tirer à distance sur les gens. Il maltraitait les prisonniers du *Sonderkommando*, les battait, les traitait comme des animaux. Les prisonnières affectées à son service racontaient qu'il sortait, à l'aide d'un fil de fer, des coffres où on mettait des objets de valeurs volés aux gens arrivés dans les transports, des objets en or, les mettait dans sa serviette et les gardait pour lui. Parmi les affaires laissées par les gens gazés, il choisissait pour lui des manteaux de fourrure et beaucoup de produits alimentaires, surtout de la graisse. À de tels moments, il se tournait, en souriant, vers les SS qui encerclaient les gens et leur disait qu'il fallait s'occuper des provisions car des jours maigres finiraient par arriver aussi. Sous son commandement, le *Sonderkommando* a atteint le nombre de mille prisonniers environ. Au début, lorsque j'ai été affecté au travail dans le *Sonderkommando*, il comptait environ quatre cents personnes et ce nombre s'est maintenu jusqu'en janvier ou février 1944. Durant l'un de ces mois, environ trois cents prisonniers ont été envoyés dans un convoi à Lublin. Entre-temps, environ cinquante nouveaux prisonniers étaient affectés au *Sonderkommando* par semaine, mais ils étaient si nombreux à mourir que, malgré cette arrivée hebdomadaire, le *Sonderkommando* ne comptait pas plus de quatre cents prisonniers. Après l'envoi du convoi à Lublin, nous sommes restés environ cent. Vingt Russes et l'Allemand Karol, le *Kapo*, nous

297

ont été affectés. Plusieurs dizaines de prisonniers ont aussi été transférés dans notre *Sonderkommando*, entre autres des [illisible] préposés à l'incinération dans le crématoire I à Auschwitz. Le *Sonderkommando* comptait donc environ 160 prisonniers au mois d'avril 1944. À la fin de ce mois-là, ses effectifs ont été augmentés jusqu'à environ mille prisonniers en raison des transports hongrois. L'attitude de Moll et des SS de son entourage à notre égard, le genre de travail qu'ils nous faisaient faire, et qui consistait à faire brûler tous ces convois hongrois, nous ont conduits au désespoir. Après avoir établi le contact avec le camp et le monde extérieur, nous avons décidé de nous insurger et soit de nous libérer, soit de mourir. Nous avons fixé la date au mois de juin 1944. Je ne me souviens pas de la date exacte. Notre insurrection n'a pas eu lieu. Comme les préparatifs étaient terminés et des gens, tenus à l'écart jusqu'alors, mis au courant, une fois notre insurrection découverte, cette affaire a causé beaucoup de dégâts et son dévoilement la mort de nombreuses personnes. Le premier fusillé, peu de temps après la date-butoir de notre insurrection, a été notre *Kapo*, Kaminski. Depuis ce jour-là, pour empêcher tout contact avec le monde extérieur, on nous a transférés au crématoire IV. Environ deux cents prisonniers parmi les transférés ont été sélectionnés et envoyés à la chambre à gaz. Ils ont été gazés dans la pièce de désinfection, le « Canada » à Auschwitz, et brûlés dans le crématoire II par les SS, ceux-là mêmes qui y travaillaient. La situation devenait de plus en plus difficile pour nous. Bien que gardés et contrôlés avec une vigilance redoublée, nous avons décidé de nous échapper du camp à tout prix. Après des préparatifs en ce sens, l'insurrection a éclaté en septembre 1944[6] au crématoire IV et s'est élargie au crématoire II. Pendant cette insurrection, nous avons tué

---

6. En fait, le 7 octobre 1944 *(NdE)*.

vingt-cinq à trente SS au crématoire IV, avant de nous disperser. Avant cela, nous avons mis le feu au crématoire IV et l'avons fait sauter. Une alerte a été déclenchée, des SS ont encerclé tous les crématoires et capturé presque tous les prisonniers en train de se disperser. Suite à cette insurrection, seules environ 190 personnes sur 1 000 sont restées en vie. Les restants ont été regroupés au crématoire III et déplacés ensuite au block 11 secteur BIId. De là, 100 prisonniers ont été envoyés dans un convoi, 30 autres mutés au crématoire V pour brûler les corps et les 60 derniers habitaient au block 11 et travaillaient dans l'*Abbruchkommando*. Ce *Kommando* travaillait au démontage des crématoires II et III qui devaient être transportés à Gross Rosen. Quelque temps après, les trente préposés au travail au crématoire V ont été transférés au block 11. Ainsi, au moment de la liquidation du camp, ne restait-il du *Sonderkommando* qu'environ quatre-vingt-dix prisonniers. Le 18 janvier 1945, on nous a fait sortir du camp, nous et les prisonniers des autres blocks, on nous a fait marcher jusqu'à Auschwitz et de là, en direction du Reich. Après une vingtaine de kilomètres, je me suis enfui et j'ai sauvé ainsi ma vie.

Comme je l'ai déjà mentionné, quatre médecins légistes faisaient partie du *Sonderkommando*. Au départ, ils ont habité avec nous au block, ensuite ils ont été placés dans une pièce à côté de l'entrepôt de coke dans le crématoire n° II. Ces médecins procédaient aux autopsies dans une pièce spéciale aménagée dans les crématoires II et III, située chacune au rez-de-chaussée. Il y avait là une grande table en pierre sur laquelle les médecins effectuaient des autopsies. Pour ces dernières, on sélectionnait les corps des prisonniers morts à l'infirmerie ainsi que certains cadavres des fusillés dans le couloir situé entre le vestiaire et la chambre à gaz. La plupart du temps, c'était Moll lui-même qui tuait les prisonniers, amenés des *Bunkers* du block 11 ou d'Auschwitz. Très souvent, quand on amenait des prisonniers pour les faire fusiller, un *Unterscharführer*, dont j'ignore le nom, arrivait et prélevait sur les cadavres des fusillés de gros morceaux de chair. Il mettait dans des coffres ou dans des sceaux les parties de corps humains prélevées au niveau des cuisses ou des fesses et les emportait ensuite en voiture en dehors du camp. Je ne sais pas pourquoi il le faisait. Les médecins légistes établissaient un procès-verbal de l'autopsie et celui-ci était emporté ensuite par le médecin SS.

En 1943, c'était à la mi-avril, j'ai été transféré dans le crématoire n° IV qui était le deuxième à être mis en service à cette époque. Par la suite, toujours dans la première moitié de l'année 1943, le crématoire n° V a été mis en service et à la fin de l'année, le crématoire n° III. Le crématoire n° III était construit sur le même modèle que le n° II, à cette différence près que dans celui-ci on n'utilisait pas du tout, et depuis le début, de chariot pour charger les corps dans le four. Dans la pièce à côté de l'entrepôt de coke, où habitaient les médecins dans le crématoire n° II, dans le n° III, des *Goldarbeiters* transformaient en lingots l'or des dents arrachées. Les crématoires IV et V ont été construits d'après les mêmes plans, symétriquement de deux côtés de la route située entre le camp BII et le « Mexique », en direction du nouveau sauna. Chacun de ces crématoires possédait deux fours à quatre foyers. Les foyers de chaque four étaient disposés deux par deux de chaque côté du four. Un générateur chauffait deux foyers, situés dans une moitié de chaque four. Chaque four possédait sa propre cheminée. Aussi bien le vestiaire que les chambres à gaz des crématoires IV et V étaient situés en surface. Le bâtiment où ils étaient placés était nettement plus petit que la *hajcownia* et il ressemblait plutôt à une annexe du crématoire. Le couloir étroit, adjacent à la *hajcownia* en direction du vestiaire, était muni de quatre portes intérieures. Celles-ci donnaient accès, à chaque bout du couloir, à la *hajcownia* et au vestiaire. Il y avait dans le vestiaire quatre petites fenêtres munies de grillage en fer, côté intérieur. Une autre porte donnait du vestiaire dans le couloir où se trouvait la porte d'entrée de la cour du crématoire. Outre la porte d'entrée, ce même mur avait deux fenêtres. Une autre porte, située en face de la porte d'entrée du couloir menait dans une pièce à une fenêtre et qui était la cuisine des SS travaillant aux crématoires. Les plats y étaient préparés par des prisonniers du *Sonderkommando*. Cette pièce était voisine de celle où habitaient les prisonniers du *Sonderkommando*. Dans le crématoire V, les cordonniers, les tailleurs et les menuisiers du *Sonderkommando* travaillaient dans cette pièce ; dans le crématoire II, en revanche, étaient entreposés les cheveux coupés aux cadavres gazés. Une troisième porte située dans ce couloir menait à un autre, plus petit, qui avait une fenêtre munie d'une grille et une porte donnant sur la cour du crématoire. Une porte située dans ce couloir, à droite de la porte d'entrée, menait à la première chambre à gaz ; une porte située en face de la porte d'entrée menait à une chambre plus petite d'où on accédait à la dernière chambre, la plus grande. Aussi bien ce deuxième couloir que les trois suivants et les toilettes mentionnées auparavant étaient utilisés comme chambres à gaz. Ils étaient tous équipés de portes isolantes, de fenêtres grillagées de l'intérieur et possédaient des volets extérieurs isolants contre le gaz. Par ces fenêtres, accessibles de l'extérieur à un homme, la main tendue, on versait le gaz à l'intérieur des chambres à gaz, remplies de gens. Ces chambres à gaz, hautes d'environ 2 mètres, munies d'une installation électrique apparente sur les murs, étaient dépourvues d'aération. Les membres du *Sonderkommando* employés à sortir les cadavres portaient des masques à gaz. On traînait les corps sur le sol en passant par le couloir principal, où les coiffeurs leur coupaient les cheveux, jusqu'au vestiaire qui servait, dans ce crématoire, de remise à cadavres. C'était un grand atelier où on entreposait les cadavres pour pouvoir nettoyer les chambres à gaz. Du vestiaire, on traînait les cadavres à travers ce petit couloir entre la *hajcownia* et le vestiaire. À chaque extrémité du couloir, attendait un dentiste qui arrachait les dents en or. Le chargement des cadavres de la *hajcownia* dans les foyers s'effectuait à l'aide des civières en fer que j'avais déjà décrites auparavant. Derrière la *hajcownia* se situait la pièce du *Kommandoführer* et à côté, une plus petite, destinée aux autres SS, ensuite un petit couloir, des WC pour les SS et l'entrepôt de coke. Le bâtiment était en pierre, la charpente du toit, couverte de plaques d'amiante et de carton bitumé, était en bois. Les cours de tous les crématoires étaient séparées du monde extérieur par des haies et des clôtures serrées en osier sur lesquelles étaient étendus des treillis en paille. Dans la cour, il y avait des tours-miradors d'où des SS, mitraillette en main, surveillaient tout. Le terrain était entouré, en plus, de barbelés sous tension électrique et la cour vivement éclairée par des projecteurs. En mai 1944, les SS nous ont ordonné de creuser, dans la partie de la cour du crématoire V située entre la fosse septique et le bâtiment même du crématoire, cinq fosses dans lesquelles on faisait brûler par la suite des gazés des convois de masse hongrois. Des rails et un wagonnet ont été placés entre ces fosses, mais nous n'utilisions pas ce dernier. Les SS les ayant déclarés inconfortables, les prisonniers du *Sonderkommando* traînaient les corps par terre et les jetaient directement dans les fosses. À la même époque, l'ancien *Bunker* n° 2 et ses fosses ont été remis en fonction. Personnellement, je n'ai pas travaillé dans le *Bunker* n° 2. Comme il a été considéré que les fosses se prêtaient mieux à l'incinération des cadavres, les crématoires ont été fermés les uns après les autres. D'abord le n° IV en juin 1944, me semble-t-il, ensuite les II et III en octobre 1944. Le crématoire V fonctionnait jusqu'à la fuite des Allemands. Les derniers temps, on l'utilisait pour y faire brûler les corps des détenus morts ou tués. Le gazage des gens a cessé en octobre 1944. Je ne suis pas en mesure de donner aujourd'hui le chiffre exact de tous les gens gazés et brûlés dans les crématoires et les fosses. Certains prisonniers employés aux crématoires notaient le nombre des gazés ou des événements significatifs qui s'y rattachaient. Ces notes ont été enterrées dans différents endroits à côté des crématoires. Une partie de ces notes ont été déterrées pendant le séjour de la commission soviétique qui les avait emportées. Mais la plus grosse partie de ces notes devrait être toujours enfouie sous terre et il serait facile de les retrouver. Des photos de gazés dans la chambre à gaz et des convois arrivés aux crématoires pour le gazage s'y trouvent, entre autres. Selon mes estimations, le nombre total des gazés dans les crématoires d'Auschwitz, pendant la période où j'y avais travaillé en tant que membre du *Sonderkommando*, s'élève à environ deux millions de personnes. Durant mon séjour à Auschwitz, j'ai eu l'occasion de disucter avec d'autres prisonniers qui travaillaient dans les crématoires et les *Bunkers* d'Auschwitz avant mon arrivée. C'est eux qui m'ont dit qu'avant mon arrivée deux millions de personnes avaient déjà été gazées dans les *Bunkers* 1 et 2 et dans le crématoire n° I. Je pense donc que le nombre de gazés à Auschwitz s'élève à environ quatre millions. Ce nombre inclus des transports juifs ou aryens de tous les pays d'Europe ainsi que des personnes qui avaient été envoyées à la chambre à gaz à la suite des sélections effectuées au camp. Le démontage des crématoires d'Auschwitz a commencé à l'automne 1944. Les parties démontées, entreposées sur une voie de garage, étaient chargées dans les trains. Une partie du matériel démonté est toujours à Auschwitz, entreposé sur un terrain de construction qu'on appelle « Banhof », à Auschwitz I. Les Allemands n'ont pas eu le temps de le faire transférer. Il s'agit du wagonnet que j'ai décrit plus haut, des parties de l'installation d'aération, des montants de fours crématoires des crématoires IV et V, des portes métalliques de ces crématoires, des cendriers, des échafaudages et des grilles en fer pour fenêtres, des tisonniers pour les fours, des portes isolantes de chambres à gaz, des portemanteaux et des bancs du vestiaire et encore d'autres parties métalliques ou en bois.

Sur ce, le procès-verbal a pris fin. Une lecture en a été faite.

> *Témoin : Henryk Tauber,*
> *Procureur : Edward Pechalski,*
> *Juge : Jan Sehn,*
> *Greffier : Stefania Setmajer.*

Cracovie, le 15 mai 1945. Les membres de la Commission d'enquête sur les crimes nazis à Auschwitz, le juge d'instruction, Jan Sehn, et le vice-procureur, Edward Pechalski, avec la participation de Jerzy Koranecki, membre de cette commission et député de la Krajowa Rada Narodowa et suivant l'avis du président de cette commission, Monsieur le ministre de la justice, Edmund Zaleski, conformément au paragraphe 254, articles 107 et 115 du code pénal, ont entendu comme témoin un ancien détenu du camp d'Auschwitz, matricule n° 27 [illisible], qui a déclaré comme suit :

Je m'appelle Foincilber [nom illisible]* Alter, je suis fils de Chaïm et Sara Kobialkowicz. Je suis né le 23 octobre 1910 à Stoczek, district de Lukow, garçon de métier, j'ai habité à Otwock, 7 rue [illisible] avant mon départ de Pologne, célibataire, sans confession, de nationalité polonaise. Depuis mon enfance, j'ai vécu à Otwock avec mes parents et mes nombreux frères et sœurs. En réalité, sans avoir appris aucun métier, mon père, depuis

---

* La retranscription du nom adoptée dans cet ouvrage est « Feinsilber ».

que j'en ai le souvenir, était toujours malade. Actuellement décédé, comme ma mère, tous deux morts à Treblinka. J'avais cinq frères et six sœurs. Je n'ai pas fréquenté l'école, je suis autodidacte et j'ai appris seul à lire et à écrire. Actuellement, je parle sept langues, c'est-à-dire polonais, français, yiddish, russe, espagnol, tchèque et allemand. À l'âge de 15 ans, je suis rentré en apprentissage comme menuisier. Arrêté pour la première fois pour troubles par la police à Otwock en 1926, lors d'une grève organisée par les syndicats, et, plus spécialement, par le syndicat des menuisiers, j'ai été libéré quelques jours plus tard ; l'affaire a été radiée, le plaignant, un particulier, ne s'étant pas présenté à l'audience. J'ai été arrêté de nouveau à Otwock le 11 mars 192 [illisible], conformément à l'art. 12 [illisible] du code en vigueur à l'époque, accusé d'aider le parti communiste. Cette affaire a été jugée par le tribunal d'instance de Varsovie qui m'avait condamné à un an d'enfermement en forteresse. Une fois sorti de prison, j'ai été condamné pour la troisième fois pour appartenance au parti communiste. Le juge d'instruction m'a donné injonction de me présenter à la police. Avant même la clôture de l'instruction, j'ai été arrêté pour la quatrième fois, le 25 avril 1930, pour activité au sein du parti communiste. Cette affaire a été jugée en même temps que la précédente et j'ai été condamné par le tribunal d'instance de Varsovie à une peine de deux ans de prison lourde et déchu de mes droits pendant dix ans. J'ai effectué cette peine à la prison de Leczyca d'où j'avais été libéré le 2/11/193 [illisible]. Durant les années qui ont suivi, j'ai été arrêté à de nombreuses reprises pour des raisons politiques mais sans être condamné soit en raison d'amnistie, soit pour d'autres raisons, ce qui fait que j'ai passé en prison cinq ans au total. Après être sorti de la prison de Leczyca, j'ai travaillé de nouveau comme serveur, tout en m'adonnant, à mes heures libres, à des activités sociales. En 1936, au moment de l'éclatement de la guerre civile en Espagne, j'ai commencé mon action de mobilisation pour recruter des gens prêts à partir pour soutenir le gouvernement de Negrin. Début 1936, je me suis mis en route pour l'Espagne, en passant par la Tchécoslovaquie, en compagnie de cinquante autres camarades. Les trois premières tentatives ayant échoué, je ne suis parti qu'en mai 1937, clandestinement et sans papiers, en passant par la Tchécoslovaquie, l'Autriche, la Suisse et la France.

En Espagne, je me suis enrôlé dans la brigade de Jaroslaw Dabrowski, au départ comme simple soldat et, ensuite, comme délégué politique. C'est en tant que tel que j'ai pris part aux combats au front pendant un an et demi, jusqu'au moment où j'avais été blessé. L'accord conclu par Negrin, et qui prévoyait de faire évacuer du front tous les combattants internationaux, m'a trouvé à l'hôpital. J'ai de nouveau rejoint le front pour défendre Barcelone qui avait fini par se rendre. Après avoir lutté dans la brigade de Dabrowski, j'ai traversé la frontière française et déposé les armes. En Espagne, j'ai combattu sous mon propre nom et j'ai obtenu des documents à ce nom. Les autorités françaises nous ont internés dans le camp de Saint-Cyprien. C'était un camp dont trois côtés étaient entourés de barbelés et le quatrième touchait à la mer. Nous avons construit des baraques par nos propres moyens. Les conditions de vie étaient très difficiles, la nourriture mauvaise et en quantité insuffisante. Les Français n'assuraient pas les soins médicaux, ne nous fournissaient pas de médicaments, nous étions soignés par nos camarades médecins. Nous ne souffrions pas de faim grâce à l'aide extérieure de notre organisation. Toutefois, les Français rendaient cette aide difficile. Je suis arrivé dans ce camp en février 1939 et j'y suis resté, dans les mêmes conditions, plusieurs mois, jusqu'en juillet 1939. Il y avait là cinq mille internationaux et soixante-dix mille Espagnols, ces derniers étaient reconduits de force en Espagne. Il y avait des représentants de quarante-trois nationalités dans ce camp. Il a été pris en charge par une commission internationale de la Ligue des Nations qui avait procédé à l'enregistrement des internationaux. Grâce au soutien et à l'intervention de l'organisation française, nous, tous les internationaux, avons été transférés avec d'autres groupes du camp de Saint-Cyprien et du camp d'Argelès-sur-Mer dans le camp de [illisible]. Dans ce camp, resté sous commandement militaire français, se trouvaient quinze mille internés. Dans l'ensemble, les conditions d'internement étaient supportables. De ce camp, nous avons été déplacés, alors que l'offensive allemande contre la France avait déjà commencé, dans le camp d'Argelès-sur-Mer, cependant que certains groupes ont été transférés dans un camp disciplinaire. Dans ce camp, on nous affamait, on nous empêchait de faire nos courses, alors que nous avions de l'argent. Après leur capitulation, les Français voulaient nous envoyer de ce camp en Afrique. Craignant d'être employés à la construction de la ligne des chemins de fers transsaharienne, nous nous sommes enfuis, d'après un plan préalablement conçu. La majorité des prisonniers ont été transférés en Afrique. Seuls sont restés en France ceux qui, sous un faux nom, comme moi sous le nom de Koskociak, s'étaient enfuis du camp. Les fuyards ont été repris et internés dans des camps spéciaux, similaires aux prisons, où les conditions de détention étaient très dures et où on nous battait fort. Par conséquent, n'ayant d'autre choix, nous nous sommes constitués volontaires pour partir travailler en Allemagne, suivant les conseils de l'organisation. J'en faisais partie. J'ai déclaré être de nationalité espagnole, de confession catholique. J'ai été engagé comme menuisier en France occupée, dans des conditions dites de liberté. J'ai travaillé deux mois et demi avant de fuir. J'y ai été amené car un des internationaux qui me connaissait, un Polonais passé probablement au service de la Gestapo, menaçait de me dénoncer. Sans papiers, je me suis retrouvé à Paris où j'étais entré en contact avec l'organisation qui m'avait hébergé pendant cinq semaines. Avant d'avoir pu obtenir les papiers promis par l'organisation, j'ai été arrêté comme Juif par la police française et interné au camp de Drancy, près de Paris. Pendant 81 jours après mon arrestation, le camp a été surveillé par la police française. Les conditions d'internement étaient très dures, nous avions une miche de pain pour sept, chaque prisonnier avait un quart de litre de soupe et, deux fois par jour, un quart de litre de café. Les soins médicaux laissaient à désirer, la mortalité était grande, 60 personnes sont mortes ces 81 premiers jours. Après avoir effectué un contrôle, une commission allemande arrivée sur place, a décidé d'alléger les conditions de détention en nous autorisant à recevoir des colis, du linge, du courrier. D'un autre côté, les Allemands sélectionnaient parmi les internés des otages qu'ils fusillaient ensuite. À deux reprises, j'ai assisté à la sélection des otages dans ce camp : une fois soixante hommes, une autre onze. Comme ils sélectionnaient en premier lieu les internationaux espagnols, craignant d'être pris à notre tour, nous nous sommes portés volontaires pour partir travailler en Allemagne. Nous avons répondu à l'appel des Allemands qui nous promettaient de bonnes conditions de travail et la possibilité de contacter notre famille. J'ai été transféré, dans un groupe de cent personnes, au camp de Compiègne. Une fois sur place, les Allemands nous ont annoncé que nous faisions partie des otages, suite aux actes terroristes perpétrés contre les Allemands à Paris. Malgré nos protestations, nous y sommes restés trois mois et demi, dans des conditions de détention très difficiles et transférés ensuite, un groupe de 1 118 personnes, au camp d'Auschwitz. Je tiens à souligner qu'il existait à Compiègne des camps pour communistes, Russes, Anglais, Américains et Juifs. Chaque jeudi, les Allemands sélectionnaient dans leur camp quelques communistes pour les fusiller. Les prisonniers communistes protestaient pour défendre leurs camarades et chantaient des chants révolutionnaires. La population française était bien disposée à l'égard des Juifs. Les aryens se faisaient apposer dans leurs documents l'inscription « Juif » pour protester contre cette manière de traiter les Juifs. La police française devait obéir aux ordres allemands. Les Français ignoraient le sort réservé aux déportés à Auschwitz, car, dans un cas contraire, ils auraient manifesté, j'en suis persuadé, contre ces déportations. On nous a dit, à nous, que nous partions à l'Est pour des travaux durs. Le convoi comptait 1 118 personnes, uniquement des Juifs, de tous les pays. On nous a mis dans de petits wagons de marchandises, 50 personnes dans chacun. On nous a distribué 2,5 kg de pain et environ 250 grammes de saucisson par personne ; cela devait nous suffire pour tout le voyage qui devait durer environ douze jours. Pendant le voyage, nous n'avons rien reçu à boire. Cependant, notre transport est arrivé à Auschwitz à peu près cinq jours plus tard. Quand nous sommes arrivés, nombreux d'entre nous manquaient à l'appel, car, pendant le voyage, beaucoup de personnes étaient mortes, suite aux conditions de voyage difficiles. Je dois souligner que, durant le voyage, aucun soin médical n'a été assuré. Nous sommes arrivés à Auschwitz le 27 mars 1942 vers 10 heures du matin. C'était un transport composé uniquement d'hommes adultes. Au moment de descendre du train, chacun d'entre nous voulait prendre ses paquets, d'environ 25 kg, poids de bagages par personne autorisés à être emportés de France. Les SS, accompagnés de gros chiens, nous ont interdit de prendre nos paquets. Malgré cela, quelques-uns ont réussi à emporter leurs paquets, rapidement et sans se faire remarquer. Je tiens à mentionner que lorsque les médecins de notre transport se sont adressés aux SS en leur demandant de les autoriser à prendre au moins les médicaments, les SS les ont arrosés de coups de bâton en guise de réponse et ils leur ont même tiré dessus, ce qui fait que quelques-uns ont été tués sur le lieu du débarquement. Après nous avoir fait descendre du train, on nous a dit de nous mettre en rangs par cinq et nous a fait avancer vers l'intérieur du camp d'Auschwitz. Nous devions aller au pas de marche, vite, on nous y engageait à grand renfort de coups. Tout de suite après notre arrivée, on nous a dirigés vers les douches. Devant les douches, on nous a ordonné de nous déshabiller complètement, de mettre toutes nos affaires dans un sac et de signer un registre de remise des affaires. On pouvait juste garder des mouchoirs dans les douches. Nous y avons été soumis à une douche chaude d'environ un quart d'heure. Je tiens à mentionner qu'avant notre départ, encore en France, nous avons été complètement rasés, sur tout le corps, ce que nous avons dû payer 3 francs. Après le bain, nous nous sommes rendus dans une autre baraque, éloignée de 20 à 30 mètres, où nous avions reçu des vêtements : chemise, caleçon long, sabots, pantalon, veste en toile et calot à rayures. Le pantalon et la veste étaient récupérés sur des prisonniers russes. Une fois habillés, nous avons été obligés de faire de la gymnastique pendant une heure, menée par un des prisonniers, c'est-à-dire le *Blockälteste* lui-même. La gymnastique a été très pénible, des plaies se sont formées sur nos pieds à cause des sabots. Pendant la gymnastique, on ne nous battait pas, mais des coups de pied pleuvaient abondamment, accompagnés de cris et de jurons qui nous annonçaient clairement que nous serions morts deux jours plus tard. Après la gymnastique, on nous a conduits dans un block non terminé, dépourvu de porte et de fenêtres, où on nous a autorisés à nous allonger jusqu'au soir, à même le sol. Le soir, on nous a donné notre premier repas qui était composé à Auschwitz d'un navet cuit, sans pain. Après le dîner, on nous a conduits au block n° 11 où on nous avait enregistrés tous, ce qui a duré jusqu'au matin. Y compris la photo. À cette occasion, nous nous sommes rendu compte qu'il y avait dans le camp d'Auschwitz environ six mille prisonniers en tout, pour la plupart des Polonais et des Allemands et quelques prisonniers soviétiques.

C'était tous des hommes, je n'ai pas vu du tout de femmes. Nous en avons déduit que notre transport était le premier en provenance de l'étranger, car tous les prisonniers qui étaient déjà là venaient de Pologne ou du Reich. Après nous avoir photographiés, ce que j'ai raconté auparavant, on a fait rassembler notre convoi tout entier, dont le nombre s'élevait à ce moment-là à environ 1 000 personnes, et les SS, à cheval, nous ont fait courir, dans la boue, sur le chemin étroit jusqu'à Birkenau, éloigné d'environ 3,5 km. Sur le chemin, ils nous arrosaient de coups de matraque, évidemment, en conséquence de quoi certains ont été tués sur le chemin. Des SS, des *Blockälteste* et des *Kapos* attendaient l'arrivée de notre transport juste devant l'entrée du camp. Tous tenaient en main des triques ou des matraques en caoutchouc. Tous étaient de nationalité allemande. Ils nous ont ordonné de franchir le portail du camp en courant. Alors que nous le faisions, ils nous frappaient à coups de matraque sur la tête si fort que de nombreux avaient déjà été tués près du portail, ceux qui les suivaient étaient obligés de sauter par-dessus en entrant dans le camp.

Une fois dans le camp, on a commencé à nous enregistrer et à nous poser des questions sur notre état civil. On ne notait même pas nos réponses. Ensuite, on nous a ordonné de rester dans la cour jusqu'à l'appel, soit 6 heures du soir. Après l'appel, nous avons été affectés dans les blocks ; je me suis retrouvé au block n° 13. Pendant l'appel, nous avons vu rentrer du travail un groupe de Juifs. Ils étaient affreusement amaigris, comme qui dirait des ombres humaines ; on les appelait les « musulmans ». Comme je l'ai appris plus tard, on donnait ce nom à des prisonniers qui se traînaient, à bout de forces, l'air complètement miséreux. Ils nous ont dit en toute confidentialité qu'ils faisaient partie d'un groupe de 1 200 Juifs polonais arrivés au camp deux semaines plus tôt. Eux seuls restaient encore en vie, les autres ont été assassinés au camp. Après l'appel, on nous a donné du café et du pain et, ensuite, nous a chassé dans nos lits. Au dîner, nous aurions dû avoir encore de la margarine, mais nous n'en avions pas eu car nos chefs nous la volaient et la gardaient pour eux. Le réveil a eu lieu le lendemain matin à 3 heures et demie et nous avons dû attendre l'appel jusqu'à 7 heures du matin. Après l'appel, nous avons eu du café et chacun a été affecté dans un groupe de travail. Ensuite, on nous a chassés en dehors du camp pour travailler jusqu'à midi. À midi, c'était la pause-déjeuner. Le déjeuner se composait d'une soupe de navets. Alors que chacun avait droit à un litre, nous en avons reçu de un demi à trois quarts de litre chacun. Après le déjeuner, retour au travail jusqu'à 6 heures du soir ; ensuite, retour au camp pour l'appel du soir. Pendant l'appel, des cadavres étaient sortis du block pour mettre les effectifs au complet. Après l'appel, retour au block, pour le dîner qui se composait de pain et de café. Nous avons trouvé d'autres cadavres dans le block. Après le dîner, on nous a chassés au lit. C'est ainsi que se déroulait une journée ordinaire à Birkenau. Je dois ajouter que pendant le travail même, extrêmement dur, on nous battait, jetait dans l'eau, on nous traitait tellement mal que chaque jour plusieurs cadavres restaient sur les lieux de travail, cadavres que nous devions emporter le soir pour l'appel. Le travail lui-même, conçu pour exploiter la force physique des prisonniers, n'était pas productif. Par exemple, nous déplacions un tas de briques d'un endroit à un autre et ensuite nous le remettions à son emplacement initial. Dans ces conditions, un certain nombre de prisonniers se jetait contre les barbelés sous tension électrique, préférant mourir plutôt que de mener une telle vie. Les soins médicaux n'étaient d'aucune efficacité car il n'y avait pas de médicaments sur place et si quelqu'un se présentait devant le médecin, celui-ci lui disait ouvertement de retourner au block s'il voulait rester en vie sinon, une fois déclaré malade, il serait tué au block. Je signale au passage que les *Blockälteste* profitaient de chaque occasion pour tuer les gens, car, plus ils en tuaient, meilleure était leur réputation. Ils étaient donc les premiers à en profiter et tuaient les gens qui se portaient malades. J'ai été personnellement témoin d'une conversation entre le *Blockführer*, un SS, avec le *Blockälteste* qui était un des prisonniers. En effet, un jour le *Blockführer* a demandé au *Blockälteste* combien de cadavres il y avait ce jour-là dans son block. Quand celui-ci lui a répondu qu'il y en avait quinze, le *Blockführer* déclara : « *Das ist zu venig.* » Le lendemain, le *Blockführer* lui a reposé la question du nombre de cadavres. Lorsque le *Blockälteste* lui a répondu qu'il y en avait ce jour-là trente-cinq dans le block, le *Blockführer* lui a répondu : « *So ist gut.* » Un SS était le *Blockführer* dans notre block, un prisonnier allemand était le *Blockälteste* du block, un Polonais, son adjoint et les Sztubowy étaient des Juifs. Le système de pouvoir dans le block fonctionnait ainsi que le *Blockführer* obligeait le *Blockälteste* à maltraiter les prisonniers, celui-ci obligeait son adjoint, l'adjoint les Sztubowy. Alors, ces derniers faisaient tout ce qu'ils pouvaient, au détriment des prisonniers, pour se faire établir une bonne réputation. J'ai vécu dans ces conditions à Birkenau pendant cinq semaines. À cette époque-là, il n'y avait pas encore de crématoires, les cadavres étaient donc enterrés en masse dans de grandes fosses, spécialement prévues à cet effet et creusées en dehors du camp par des *Kommandos* spéciaux. À la fin de ce séjour de cinq semaines à Birkenau, on m'a tatoué sur la poitrine le numéro 27 675. Ce matricule indiquait qu'au moment où on me le tatouait j'étais, dans l'ordre d'arrivée à Birkenau, le prisonnier numéro 27 675. Pendant que j'étais à Birkenau, il arrivait que des spécialistes, et surtout des boulangers et des menuisiers, étaient demandés à Auschwitz. J'ai profité de cette demande pour partir au camp d'Auschwitz dans le deuxième groupe de trente personnes (le premier en comptait vingt). Au moment de mon départ de Birkenau, treize blocks y étaient construits dont deux occupés par l'intendance et onze par des prisonniers, tous hommes, polonais, russes et juifs. Je ne connais pas le nombre total de prisonniers à ce moment-là. Je peux juste dire que cinq cents personnes environ se trouvaient dans un block. Je dois ajouter ici qu'au moment de mon départ de Birkenau pour Auschwitz seules 250 personnes restaient encore en vie du transport dont j'avais fait partie et qui avait compté, comme je l'ai déjà dit plus tôt, plus de mille personnes. Les autres ont été, toutes, assassinées pendant ces cinq semaines.

À Auschwitz, on m'a délégué à faire des armoires, bureaux et d'autres meubles. J'habitais dans le block 11 qui regroupait tous les Juifs présents alors à Auschwitz et qui était au nombre de cinquante environ. Se trouvaient aussi dans ce block des aryens. Dans le *Bunker* de ce block se trouvait une compagnie pénitentiaire. En plus, dans le même block, au-dessus de nous, étaient les « libres », c'est-à-dire ceux qui devaient être libérés et étaient en quarantaine dans le camp. Je me souviens que lors de mon affectation à ce travail, fait par ailleurs aussi par des aryens, l'*Oberscharführer*, un SS, a dit que c'était la première fois dans l'histoire du national-socialisme que des Juifs avaient été autorisés à être présents et à travailler sous le même toit que des Allemands. Dans la cour devant le block, se trouvait une potence pour deux personnes et le « mur noir » devant lequel on fusillait des prisonniers. Les conditions de vie à Auschwitz étaient dures, mais, en comparaison avec celles à Birkenau, on aurait pu considérer le séjour à Auschwitz comme un séjour en pension. J'y suis resté jusqu'en automne 1942 dans le block 11, mais j'ai passé les cinq premières semaines à l'infirmerie, le *Krankenbau*. Je peux dire au sujet de l'infirmerie qu'on n'y faisait pratiquement rien pour soigner les malades et les faire guérir. Et, plus particulièrement, on ne soignait pas les Juifs. Souvent des SS arrivaient, sélectionnaient ceux qui allaient moins bien et les transféraient à Birkenau où ils étaient tués et enterrés dans les fosses, comme je l'ai appris plus tard. En novembre 1942, s'est présenté à moi l'écrivain de l'*Arbeitsdienst*, Wiktor, qui m'a demandé si je ne voulais pas travailler comme civil à l'usine « Bata », située à 200 km d'Auschwitz. J'ai été d'accord et j'ai été alors conduit en compagnie de neuf autres prisonniers, des Juifs de forte constitution, chez le médecin qui nous avait examinés. Trois d'entre nous ont été conduits dans le *Blockältestestube*, et là, j'ai obtenu mon affectation comme ouvrier préposé au travail dans les crématoires.

Le crématoire d'Auschwitz était un bâtiment sans étage, long de 50 mètres environ et large de 12 à 15 mètres. Il se composait de cinq salles relativement petites et d'une grande, sombre, d'environ 30 mètres sur 5. Cette grande salle, dépourvue de fenêtres, était munie de deux ventilateurs situés dans le plafond, d'un éclairage électrique, de deux portes, celle d'entrée et une autre menant aux fours. Cette salle portait le nom de Heinhalle, salle aux cadavres. Elle servait de remise à cadavres et on y fusillait aussi les prisonniers, ce qu'on appelait la *rozwalka*. Cette salle était contiguë à une autre où se trouvaient les fours pour brûler les cadavres. Il y en avait trois, chacun pourvu de deux ouvertures. Douze cadavres pouvaient être chargés dans chaque ouverture, mais on en mettait seulement cinq, car de la sorte ils brûlaient mieux. Les cadavres étaient chargés à l'aide de chariots spéciaux qu'on retirait du four une fois les cadavres dedans. Les cadavres étaient sur la grille, sous laquelle brûlait du coke. À part cela, il y avait dans le crématoire une salle servant d'entrepôt de coke, une autre salle, spéciale, remise à cendres humaines et une troisième, un entrepôt de vêtements. Le crématoire était entouré d'une cour, celle-ci séparée du reste du camp par un mur haut de plusieurs mètres. Cette cour, pleine de fleurs, avait l'air d'un jardin. De mon temps, le commandant du crématoire était l'*Oberscharführer* Kwakiernak du bureau politique.

En dehors de lui y travaillaient d'autres [illisible] dont je ne me rappelle pas les noms. Le personnel préposé au fonctionnement du crématoire se composait alors du *Kapo* polonais de Cracovie, Mietek, d'un écrivain de Lublin, polonais aussi, matricule 14 916, d'un mécanicien, un Polonais au nom de Waclaw Lipka de Varsovie, matricule 2 520, et de neuf Juifs, simples ouvriers. J'appartenais à ce dernier groupe. En général, nous, les simples ouvriers, étions employés à toutes les tâches qui avaient trait à l'incinération des cadavres, le transport, la mise dans les fours et le nettoyage des cendriers. Les cadavres provenaient du block 19, on les transportait de là-bas sur des chariots spéciaux tirés par les hommes, jusque dans la remise à cadavres où on les entreposait. De là, nous les mettions dans les fours. À part cela, deux à trois fois par semaine, avait lieu une rozwalka dans cette même salle : on y amenait des groupes de gens plus ou moins importants, tout au plus de 250 personnes, hommes, femmes de tous âges, qui, déshabillés auparavant, y étaient fusillés. Ces personnes étaient en général extérieures au camp, c'est-à-dire qu'elles ne faisaient pas partie des détenus d'Auschwitz, avaient été arrêtées par la Gestapo dans différentes localités et amenées là pour être fusillées et n'étaient pas portées sur le registre du camp. Dans de rares cas, la rozwalka s'appliquait aux prisonniers d'Auschwitz. Je tiens à souligner que ce Kwakierniak procédait lui-même à ces exécutions. Lors de ces exécutions, ce Kwakierniak convoquait tous les Juifs dans l'entrepôt de coke et le faisait en présence de tous les Polonais et les Allemands travaillant au crématoire. Comme l'entrepôt était éloigné à peine d'une dizaine de mètres, nous les Juifs, nous entendions les coups, les corps qui tombaient, les gens qui criaient. J'ai entendu moi-même les gens crier qu'ils étaient innocents, les enfants hurler, et Kwakierniak leur répondre : « Les nôtres sont plus nombreux à tomber au front. » Ensuite, on nous faisait venir dans la salle où avaient lieu ces exécutions et nous, les Juifs, nous sortions de là les cadavres, encore chauds et couverts de sang, pour les mettre dans les fours crématoires. Toutes les heures, nous sortions une trentaine de corps humains. Kwakierniak se tenait là, debout, l'arme à la main, taché et dégoulinant de sang. Outre Kwakierniak, le *Lagerführer* d'Auschwitz [illisible] et le commandant [illisible] accompagné de [illisible] assistaient à ce genre d'exécution, [illisible] Wacek Lipka, ce Jozek et Mietek, que j'ai déjà mentionnés, arrachaient aux victimes des dents en or. Chaque semaine, on fusillait près des fours de dix à quinze Russes, des prisonniers de guerre qui avaient été enfermés dans le *Bunker* du block 2 pendant quelques jours précédant l'exécution. Ils n'étaient enregistrés nulle part, n'étaient pas portés sur le registre du camp, leur nombre serait donc impossible à estimer, même avec l'aide de leurs papiers d'identité. J'ai observé de mes propres yeux ces fusillades pendant un an à Auschwitz. Cela se reproduisait ensuite à Birkenau, mais, là-bas, on fusillait davantage de prisonniers de guerre russes par semaine. Chaque semaine, on amenait du block 10 au crématoire des corps de femmes découpés. On amenait de ce block aussi des corps d'enfants découpés. Ce block était un laboratoire de recherche où on procédait à des expérimentations sur des femmes et des enfants. Dans ce block, on faisait aussi des injections mortelles. On tuait de la sorte des centaines d'hommes par semaine. Les corps des gens assassinés de cette manière parvenaient au crématoire en transitant par l'infirmerie du block 13. Tuer par injection était une méthode connue dans tout le camp, on l'utilisait surtout pour les Juifs transférés du block 10 au *Krankenbau*. La situation en est arrivée, pour les Juifs, même sérieusement malades, au point qu'ils ne voulaient pas aller au *Krankenbau* par crainte d'y être « piqués ». À part cela, chaque vendredi, on acheminait, pour les faire brûler au crématoire, une quinzaine de corps des gens pendus ou décapités en dehors du camp. Je précise que les femmes enceintes étaient fusillées dès leur arrivée au camp. Si la grossesse n'était pas diagnostiquée, la mère pouvait accoucher, mais en cachette, et devait perdre bien sûr son bébé, sinon elle perdrait la vie avec lui. Il existait dans le camp le block 13, dit « Krankenbau juif », situé à l'époque en face du block 22. C'était un block fermé, nous n'y avions pas accès et n'avons pas connu les *Kapos* qui y travaillaient. On transférait dans ce block 13 des Juifs malades des autres blocks. J'ai entendu dire qu'on ne leur donnait pas à manger, on les affamait, on les battait, on ne les soignait pas et ils mouraient tous. Nul ne sortait vivant du « Krankenbau juif ». Je rappelle qu'à cette époque-là, c'est-à-dire fin 1942, les chambres à gaz n'existaient pas encore à Auschwitz. Le seul gazage, dont j'ai eu alors connaissance, a eu lieu en novembre ou décembre 1942. On a gazé à cette occasion trois cent quatre-vingt et quelques personnes, Juifs uniquement, toutes nationalités confondues, qui travaillaient au *Sonderkommando* de Birkenau. Le gazage s'est déroulé alors dans la *Leinhenhalle*. J'ai entendu des gens qui travaillaient au crématoire dire que, même avant ce gazage-là, d'autres avaient eu lieu auparavant dans cette salle, la Leinhenhalle, et dans différents W.C. Quant au gazage de ce *Sonderkommando*, je peux apporter des détails, qui relèvent de ma propre expérience, que voici : alors que je travaillais déjà au crématoire, nous avons reçu l'ordre de vider la Leinhenhalle, celle-ci étant nécessaire pour recevoir un convoi plus important. Comme il y avait beaucoup de corps à la morgue, nous avons travaillé deux jours et deux nuits jusqu'à avoir incinéré tous les corps. Je me souviens, une fois la morgue vidée, c'était un mercredi, vers 11 heures du matin, ce groupe de trois cent quatre-vingts et quelques prisonniers a été amené dans la cour, sous une forte escorte des SS, deux SS pour cinq prisonniers. On nous a ordonné, à nous les Juifs, de sortir de la morgue et d'aller dans l'entrepôt de coke et lorsque, quelque temps après, on nous a autorisé à sortir dans la cour, nous y avons trouvé seulement les vêtements de ces prisonniers. Ensuite, on nous a dit d'aller dans la Leinhenhalle où se trouvaient tous les corps. Après avoir relevé les matricules des gazés, on nous a ordonné de transporter les corps dans les fours, travail que nous avons fait pendant deux jours. Je fais remarquer que les Juifs qui travaillaient au crématoire, habitaient dans le *Bunker* appelé « salle 13 » du block II. Ils n'avaient pas droit de communiquer avec les autres prisonniers et ils étaient conduits au travail sous escorte, à 5 heures du matin. Le travail durait d'habitude jusqu'à 7 heures du soir, avec une pause-déjeuner d'un quart d'heure. Nous mangions notre repas, modeste et insuffisant, assis sur un banc à côté de la remise à cendres. Les Polonais qui travaillaient au crématoire dormaient dans le block commun, le 15, et avaient la possibilité de communiquer avec les autres prisonniers.

À Birkenau, on effectuait les gazages, au début, dans les *Bunkers* et on brûlait les cadavres dans les fosses. Les *Bunkers* étaient camouflés dans des maisons paysannes ordinaires. Le *Bunker* n° 1 était situé dans un champ, à droite de Birkenau et le *Bunker* n° 2 à gauche. Les crématoires ont été ouverts à Birkenau en février 1943 et c'est alors que notre *Kapo*, Mietek, y a été transféré d'Auschwitz comme spécialiste pour faire brûler les corps. C'était un garçon de 19 ans, un étudiant. Je ne sais pas ce qu'il étudiait ; il était difficile de connaître des détails de sa vie, car il était inabordable et, de toute façon, nous avions peur de lui parler. J'ai été affecté au crématoire IV à Birkenau, avec six autres Juifs et deux Polonais, en juillet 1943. Mietek était *Kapo* au crématoire III. Il existait déjà à l'époque quatre crématoires à Birkenau. Les crématoires I et II, de quinze[7] fours chacun pour 5 000 cadavres, et les crématoires III et IV, de six fours chacun pour 3 000 cadavres

7. Une erreur, il s'agit probablement de cinq et non pas quinze fours *(NdT)*.

brûlés par jour. On pouvait brûler au total environ 8 000 corps par jour dans ces quatre crématoires. Deux relèves y travaillaient, la première de 7 heures du matin à 5 heures du soir et la deuxième, de 5 heures du soir à 7 heures du matin. À Birkenau, nous avons été placés dans block 13 du *Lager* D. Les Polonais ont été placés dans le block 2 du *Lager* D. Le block 13 était un block fermé, il était interdit d'en sortir, il avait sa propre infirmerie : toutes les semaines, on y sélectionnait vingt personnes pour les injections. Au total, il y avait là 2 395 personnes qui, à cause de ces sélections, changeaient tout le temps. Les effectifs du block 13 étaient répartis en groupes de travail suivants : le *Kommando* des crématoires I et II se composait de cent prisonniers et plus, le *Kommando* des crématoires III et IV se composait de soixante prisonniers et un *Sonderkommando* de soixante personnes. Au départ, ce *Sonderkommando* travaillait au démontage des maisons et par la suite, aux fosses creusées spécialement pour y faire brûler les Juifs hongrois. Le *SS-Untersturmführer* Hesler était le commandant de ce *Sonderkommando*. Le *Oberscharführer* [illisible] était le commandant de l'ensemble des crématoires à Birkenau. Outre ceux-là, d'autres SS y travaillaient : Kurschuss, Steinberg, Keller, le *Volksdeutsch* de Lodz Kell, le *Scharführer* Buch, l'*Oberscharführer* de Lublin et l'*Unterscharführer* Zajc, lui aussi de là-bas, de Majdanek, et l'*Oberscharführer* Moll. À l'arrivée des convois assistaient toujours le *Lagerführer* Schwarzhuber, le *Lagerkomendant*, dont je ne connais pas le nom, un Allemand qui était médecin du camp et d'autres du bureau politique et dont je ne connais pas les noms. Au début, on acheminait les prisonniers en camions de la gare d'Auschwitz à Birkenau. À la gare, on leur disait que ceux qui étaient faibles ou malades pouvaient prendre place dans un camion pour être conduits au camp. Nombreuses personnes l'ont cru, souvent jeunes et en bonne santé. Tous ceux, amenés là en camion, passaient à la chambre à gaz. De plus, on sélectionnait dans chaque transport des gens âgés, des femmes enceintes et des enfants et on les faisait aussi passer à la chambre à gaz. 50 % des gens de chaque transport étaient gazés. À cette époque-là, arrivaient des transports de Juifs grecs (environ cinquante mille), français toutes les deux semaines, environ mille personnes en provenance du fameux camp de Drancy en France, des Belges, des Hollandais (environ quinze mille), des Allemands, des Italiens (environ vingt mille), d'importants transports de Juifs slovaques et polonais. Je me souviens d'une semaine où trente-cinq mille Juifs de Katowice, Bedzin et Sosnowiec ont été passés à la chambre à gaz. Des Juifs de Cracovie y passaient aussi. Les Juifs de Theresienstadt n'y allaient pas directement. On les plaçait dans le camp juif des familles et on les a tous gazés exactement six mois après leur arrivée dans le camp. Le premier transport en provenance de Theresienstadt comptait environ 3 500 personnes, toutes gazées et brûlées dans le crématoire I. À part cela, on gazait et on brûlait à Birkenau de petits groupes de Polonais, arrêtés pour appartenance à des organisations politiques. Je me souviens d'un groupe de 250 personnes appartenant à Zwiazek Walki Zbrojnej, dirigé par Ela, dont je ne connaissais pas le nom. Je signale au passage que toutes ces personnes étaient brûlées sans avoir été enregistrées. On n'enregistrait donc pas tous ceux qui arrivaient à Birkenau pour passer directement à la chambre à gaz, c'est-à-dire des vieux, des femmes et surtout des enfants et tous ceux qui se faisaient passer pour malades. Dans tous les cas, le nombre de non-enregistrés brûlés dans les fours dépassait de loin celui des internés immatriculées. Parmi ces derniers, seuls passaient à la chambre à gaz des sélectionnés. Le nombre des gens brûlés non enregistrés s'élève à plusieurs millions. Fin 1944-début 1945 [8], en plein hiver, est arrivé à Birkenau un convoi de citoyens américains de Varsovie, au nombre de 1 750 personnes. Il a été dit à ces

_____

8. Il est probable que l'événement ici relaté se soit déroulé courant octobre 1944 *(NdE)*.

gens qu'ils partaient pour la Suisse. Une fois à Birkenau, ils demandaient aux prisonniers du *Kommando* « Canada » pourquoi on les avaient fait venir là, ce qui les attendait. Comme ils devaient être tous assassinés, ils demandaient aux prisonniers du « Canada » de les aider, car, eux-mêmes possédant des armes, ils pourraient se libérer ensemble. Toutefois, les prisonniers du « Canada » ne leur ont fourni aucune information. Le transport entier a été acheminé devant les crématoires I et II. Là, quelqu'un leur a annoncé leur mort, une femme a arraché à Kwakierniak son arme et elle a tué le *Rapportführer* Schillinger. Les autres femmes se sont jetées sur les SS, avec ce qu'elles avaient ou ce qui leur tombait sous la main. Les SS ont réclamé des renforts, bientôt arrivés. La plupart des gens du transport ont été tués par armes ou grenades, les autres ont été gazés dans le crématoire II et les corps brûlés dans les crématoires I et II. Je me souviens aussi d'un prisonnier de guerre russe qui, sachant qu'il allait être fusillé avec ses quatre compagnons, a arraché sa carabine à un SS, mais il n'a pas eu le temps de l'utiliser, ayant été immobilisé avant. En juillet 1944 [9], me semble-t-il, est arrivé le premier convoi de Hongrois. C'était le premier transport acheminé dans les wagons jusque devant les crématoires par la voie de garage, spécialement construite à cet effet. Le débarquement avait lieu en face des crématoires I et II, à peu près au milieu du chemin vers l'entrée du camp des femmes, entre les camps C et D. À cette époque-là, on assassinait à Birkenau en moyenne dix-huit mille Hongrois par jour. Des transports arrivés en continu tout au long des journées, environ 30 % de gens étaient sélectionnés et mis dans le camp. Ceux-là étaient enregistrés dans les séries A et B, les autres, tous gazés et incinérés dans les fours crématoires. Les jours où le nombre des gens à gazer était insuffisant, on fusillait des prisonniers et on les brûlait dans les fosses. Il était de coutume

9. Ici encore, il y a erreur sur la date. Le premier convoi de Juifs hongrois arrive au cours du printemps 1944 *(NdE)*.

d'utiliser la chambre à gaz seulement pour des groupes de plus de deux cents personnes. Au-dessous du nombre de deux cents, ça ne valait pas la peine de les faire fonctionner. Parfois, certains prisonniers se défendaient avant d'être fusillés ou les enfants pleuraient. Alors l'*Oberscharführer* Moll les jetait dans les fosses, vivants, dans le feu. Des mes propres yeux, j'ai vu les scènes suivantes : Moll a ordonné à une femme nue de s'asseoir sur des corps, près de la fosse, et alors qu'il tirait des coups sur les gens et les jetait ensuite dans le feu, il a ordonné à cette femme de sauter et de chanter. Elle le faisait, bien sûr, dans l'espoir de sauver peut-être sa vie. Après avoir tué tous ces gens, Moll a tué aussi cette femme qu'on avait brûlée par la suite. Une autre fois, Moll a trouvé sur un jeune garçon de notre groupe quelques bagues et une montre. Il a retenu ce garçon au crématoire. Ils l'ont mis vivant dans le four, ils y ont fait brûler du papier, ils l'ont fait sortir du four, l'ont fait suspendre par les bras, l'ont interrogé et torturé pour savoir d'où il sortait toutes ces affaires, trouvées sur lui. Bien entendu, il a tout avoué ; il a dénoncé le prisonnier qui les lui avait données. Il a été ensuite arrosé d'essence jusqu'à la taille, le feu y a été mis et on lui a ordonné de courir jusqu'aux barbelés et là il a été fusillé. Étant donné le surcroît du travail à partir du moment où les convois hongrois ont commencé à arriver, les effectifs de notre groupe ont été augmentés jusqu'à neuf cents personnes. Comme je l'ai déjà mentionné, ce groupe, qui comptait au départ environ quatre cents personnes, a diminué de moitié car deux cents prisonniers environ ont été envoyés à Majdanek début 1944, suite à une tentative de fuite, non réussie d'ailleurs, de l'un des prisonniers de ce groupe. Ce prisonnier a été tué, avec quatre autres, à 7 km en dehors du camp. Comme punition, deux cents prisonniers ont été sélectionnés. On leur a annoncé qu'ils partiraient comme spécialistes au camp de Majdanek. Il s'est avéré qu'une fois à Majdanek ces gens avaient été fusillés et brûlés ensuite.

Début 1944, est arrivé de Majdanek à Birkenau un

transport de 300 Juives polonaises, 19 prisonniers de guerre russes et un prisonnier allemand, le « *Kapo* » de Majdanek. Les hommes, placés dans le block 13, ont été affectés au *Sonderkommando* pour travailler dans les crématoires. Ces 300 femmes ont été retenues pendant trois jours dans le sauna, c'est-à-dire les douches, avant d'être conduites dans les crématoires où, la nuit, elles avaient été fusillées et brûlées. J'ai appris ce fait, à savoir que toutes ces Juives ont été fusillées et brûlées, directement de mes coéquipiers du *Sonderkommando* qui, étant de garde cette nuit-là, avaient été témoins de la fusillade et devaient, par la suite, incinérer les cadavres. Il est évident que ce convoi de Juives fusillées n'a été enregistré nulle part.

Avant mon affectation à Birkenau pour le travail au crématoire, un camp pour tziganes, dit le *Lager* E, a été créé. C'était un camp où avaient été regroupés des Tziganes de différents pays. Plus d'une dizaine de milliers, les hommes avec leurs femmes et leurs enfants s'y trouvaient. Ils étaient enregistrés en tant que groupe spécifique de Tziganes et avaient une numérotation séparée : à côté du numéro tatoué, ils avaient une lettre, la même que celle qu'ils portaient sur leurs vêtements. Ils avaient leurs habits civils, leurs propres draps, leur argent et leurs bijoux qu'on ne leur avait pas confisqués. Ils avaient aussi dans leur camp la *Kantine* où ils pouvaient acheter des cigarettes, de la bière, du savon, de l'eau gazeuse, des oignons et des gâteaux à des prix intentionnellement très élevés. Le chef de la *Kantine* était un Allemand et le service était assuré par un prisonnier tzigane. On ne pouvait s'y procurer aucune autre nourriture en dehors de ces gâteaux. Pendant longtemps, tant qu'ils avaient de l'argent, les Tziganes s'approvisionnaient à la *Kantine*. Quand l'argent en est venu à leur manquer, ils souffraient de la faim comme tous les autres prisonniers. Il est clair que l'accès au camp des Tziganes était interdit aux autres prisonniers. Malgré cela, on pouvait y entrer grâce à un pot-de-vin spécial donné à un SS, le *Blockkführer*. Des prisonniers qui avaient les moyens de payer ce pot-de-vin, qu'était un paquet de cigarettes, pouvaient entrer, avec son accord, dans ce camp où ils avaient des rapports avec les femmes tziganes qui, affamées, le faisaient pour quelques cigarettes ou autre menue chose. Les maris ou les pères de ces Tziganes, eux-mêmes affamés, voulant en profiter aussi, les laissaient faire. En règle générale, les Tziganes n'étaient pas employés à l'extérieur du camp, ils travaillaient seulement à l'intérieur du camp tzigane. Leur vie n'était toutefois en rien plus supportable que celle des autres prisonniers, surtout à partir du moment où ils n'avaient plus d'argent. On les traitait aussi brutalement que les autres prisonniers. Ainsi, tous les jours une centaine de personnes mouraient, dont 60 % étaient des enfants, de faim ou de… coups. Par conséquent, il ne restait plus que trois mille personnes tout au plus dans le camp tzigane au printemps 1944. C'est alors que les Allemands ont supprimé tous ces Tziganes qui restaient en les gazant. Voici comment cela s'est passé. Dans un premier temps, les autorités du camp ont proclamé que tous ceux qui étaient aptes au travail pouvaient se constituer volontaires pour aller travailler en dehors d'Auschwitz. Lorsqu'une partie d'entre eux se sont effectivement présentés, ils ont été embarqués dans les camions et transportés au camp d'Auschwitz. Quelques jours plus tard, les restants ont été regroupés devant le crématoire de Birkenau (c'était le crématoire IV). Au même moment, ont été ramenés tous ceux qui, quelques jours plus tôt, étaient partis à Auschwitz. Tous ensemble, une fois déshabillés, ont été entassés dans les salles crématoires, y ont été gazés et brûlés ensuite dans les fosses, à côté de ce crématoire car, à cette époque-là, les foyers du crématoire IV ne fonctionnaient pas. J'ai assisté personnellement, avec les autres membres du *Sonderkommando*, à ce gazage des Tziganes.

À la même période où on gazait les transports de Juifs

hongrois, c'est-à-dire à la fin de la guerre, au début de l'été 1944, des Juifs de Lodz, environ cinquante à soixante mille, et des Juifs de Theresienstadt, environ trente mille, y ont été gazés aussi. Cela s'est passé de la manière suivante : on a annoncé aux membres de notre *Sonderkommando* que d'importants transports de « matière première » allaient arriver, c'est-à-dire des gens destinés au gazage. Peu de temps après cette annonce, des transports de mille à deux mille personnes ont commencé à arriver de Theresienstadt et tout aussi nombreux, de Lodz. Après le déchargement, une toute petite partie était destinée au camp, les autres étaient transportés directement dans les crématoires et, sans être enregistrés, y étaient gazés et incinérés soit dans les fours, soit dans les fosses. Comme j'ai travaillé au crématoire à ce moment-là, j'ai donc eu la possibilité de compter les gens incinérés et j'ai ainsi pu établir le chiffre des Juifs brûlés de Theresienstadt et de Lodz. À ce chiffre, j'ai additionné celui fourni par mes collègues du *Sonderkommando* appartenant à la deuxième relève.

Je mentionnerai ici un fait que j'ai oublié de préciser auparavant et qui concerne le nombre de Juifs des convois hongrois. Celui-ci s'élevait à plus de cinq cent mille personnes.

Les crématoires à Birkenau fonctionnaient du début 1943 à l'automne 1944. Je suis arrivé à Birkenau en été 1943. J'ai été affecté, avec sept autres prisonniers, au *Sonderkommando* qui, existant déjà avant la création des crématoires à Birkenau, était employé à l'incinération des corps dans des fosses spéciales, dites les *Bunkers* n° 1 et n° 2. Mes propres observations et les conversations que j'ai eues avec les autres prisonniers de ce *Sonderkommando* m'amènent à la conclusion que pendant la période de l'existence de ce *Kommando*, soit deux ans, pas moins de deux millions de personnes avaient été brûlées dans les crématoires et les fosses de Birkenau. Ce chiffre n'inclut pas les gens brûlés à Birkenau par différents *Kommandos* qui avaient existé auparavant et qui, liquidés par les SS, ne pouvaient nous fournir aucune information au sujet du nombre de gens brûlés pendant la période de leur existence. Je dois souligner ici que seuls étaient portés sur le registre des prisonniers, et donc portaient un numéro, les personnes destinées à effectuer des travaux divers. En revanche, n'étaient portés sur aucun état du camp, ni ne portaient de numéro tous ceux qui passaient directement des convois à la chambre à gaz ou ceux qui, pour une raison quelconque, n'étaient pas supprimés tout de suite et, destinés à être brûlés, attendaient leur tour dans des endroits isolés, spécialement prévus à cet effet. Le camp appelé le « Mexico » en était un exemple. Construit à la fin de l'année 1943 pour accueillir des Anglais ou Américains, il n'a jamais vu ni Anglais ni Américains mais des femmes et des enfants juifs des convois hongrois. Ils y étaient amenés cependant que la plus grosse partie de ces convois hongrois passaient directement aux crématoires. Ces femmes juives et leurs enfants n'étaient affectés à aucun travail mais restaient là, presque sans nourriture, dans des vêtements minables, sans couvertures, enfermés pendant plusieurs mois dans les baraques non terminées du camp « Mexico ». Dans ces conditions, ces gens mouraient en masse et leurs cadavres étaient transportés au crématoire. On y amenait aussi ceux qu'on appelait parmi eux les « musulmans » et qui étaient des cadavres vivants. S'il arrivait qu'un enfant naquît dans ce camp, on l'emportait au crématoire, on le jetait, comme une pierre et on le fusillait. Ainsi la plupart des habitants du camp « Mexico » ont-ils été supprimés petit à petit et une partie a été emmenée quelque part, en dehors d'Auschwitz. Je dois dire ici que, dans le camp tzigane dont je viens de parler, la surveillance médicale était assurée par des médecins juifs. Après avoir fait gazer tous ces gens du camp tzigane, les autorités du camp de Birkenau se sont adressées à ces médecins en leur disant d'établir des certificats qui diraient que les Tziganes étaient malades de maladies contagieuses. Comme les médecins ne voulaient pas signer de telles attestations, contraires à la vérité, ils ont été affectés à une compagnie pénitentiaire et, ensuite, emmenés hors de Birkenau.

Quant au processus de gazage lui-même, il faut ajouter que lorsqu'on amenait au crématoire des gens âgés, infirmes, des enfants ou des malades, on ne leur disait pas de descendre du camion. En soulevant sa partie avant, on les faisait tomber dans la cour, comme on le fait lorsqu'on décharge des ordures d'un camion à ordures dans des fosses spécialement prévues à cet effet. Parfois, après le gazage, alors qu'on nous ordonnait de jeter les cadavres dans les fours, l'un d'entre eux bougeait encore et comme nous refusions de l'y mettre vivant, un SS l'achevait à coups de revolver.

En été 1944, nous, les membres du *Sonderkommando*, voyant que les Allemands avaient l'habitude de supprimer tous ses membres, avons décidé de nous insurger pour nous enfuir. Après nous être mis en relation avec d'autres unités du camp, et surtout avec le Sauna, le Canada, les prisonniers de guerre soviétiques et le camp des femmes, le FKL, une insurrection a effectivement éclaté. Elle n'a pas eu le résultat escompté, car les SS ont réussi à contrôler la situation et à écraser notre insurrection. À cette occasion, quatre *Unterscharführers* ont été tués, douze SS ont été blessés et 455 prisonniers ont été tués. Quatre femmes ont été pendues mais seulement six mois plus tard [10], lorsqu'on leur a prouvé qu'elles y avaient participé en nous fournissant des armes.

Juste avant l'éclatement de notre insurrection, j'ai décidé de m'enfuir et, par conséquent, je me suis retrouvé dans un autre *Kommando*. Là, je me suis fait prendre et, pour avoir séjourné dans un autre *Kommando*, j'ai reçu comme punition deux cents coups de bâton en une seule

10. En fait, six semaines plus tard, c'est-à-dire à la mi-novembre 1944 *(NdE)*.

fois. S'ils avaient su que mon intention était de m'enfuir, ils m'auraient tué.

J'ai enterré sur le terrain du camp de Birkenau, près des crématoires, un appareil photo, les restes du gaz dans une boîte en métal et des notes en yiddish sur le nombre des personnes arrivées dans les convois et destinées au gazage. Je me rappelle l'emplacement exact de ces objets et je peux le montrer à tout moment. Si la commission le découvrait elle-même par hasard, bien entendu, je donne mon accord pour qu'elle les garde et en fasse l'usage qui s'impose car ces notes ont été prises pour la mémoire de tous ces gens, étant donné que nous n'avions aucun espoir d'être libérés.

Dans les jours à venir, j'envisage de me rendre à Auschwitz pour mes affaires personnelles. Ensuite, je partirai en France en passant par la Tchécoslovaquie. Je tiens à dire que j'ai l'intention d'utiliser à l'avenir le nom de Jankowski Stanislaw, nom que j'ai adopté lors de mon séjour en France pour cacher mon vrai nom aux Allemands. Depuis et à ce jour, j'utilise ce nom.

Les derniers temps à Auschwitz, ou plutôt à Birkenau, alors que les Allemands commençaient à liquider le camp, mon *Kapo*, qui avait travaillé avec moi pendant deux ans, a réussi à m'empêcher de quitter le camp plus tôt. J'y suis donc resté jusqu'au 18 janvier 1945. Ce jour-là, on m'a fait sortir dans un convoi plus grand, d'environ sept personnes, et on nous a fait marcher vers l'ouest. À Königsdorf, près de Rybnik, j'ai réussi à m'échapper et, après un vagabondage de deux mois, je suis parvenu à rejoindre les troupes de tête soviétiques. Cela s'est passé dans les derniers jours du mois de mars 1945 à Wodzislaw, près de Rybnik. Depuis ce jour, je vis en liberté.

Une lecture m'a été faite de ce procès-verbal qui rend de manière fidèle le contenu de mon témoignage que j'ai signé.

Ce procès-verbal a été établi en deux exemplaires dont un qui est l'original et le deuxième certifié copie conforme. Il comporte 25 pages numérotées, le texte étant inscrit sur une seule page.

Sur ce, cette opération et ce procès-verbal ont été terminés.

> *Témoin : Foicinbler Alter [Jankowski Stanislaw],*
> *Procureur : Edward Pechalski,*
> *Juge : Jan Sehn,*
> *Membre de la Commission : Jerzy Koranecki,*
> *Greffier : Jaroslawa Kocylowska.*

Traduit du polonais par Mme Malisewska.

Les conditions de vie
et de travail spécifiques
du *Sonderkommando*

*par Franciszek Piper**

Les détenus du *Sonderkommando*, intervenant dans les crématoires et les chambres à gaz, avaient accès aux événements les plus occultés de l'extermination de masse, en raison du travail auquel ils étaient contraints ; c'est pourquoi on les isolait des autres détenus auxquels ils auraient pu transmettre des informations à ce sujet. Leur isolement devait être garanti par l'interdiction de tout contact entre les détenus du *Sonderkommando* et les autres détenus, et l'installation dans des quartiers séparés qu'ils ne pouvaient quitter de leur propre gré. Seuls les détenus de fonction *[Funktionshäftlinge]* non juifs, installés avec les autres détenus, échappaient à cette règle. C'est un exemple parmi d'autres incohérences observées au camp de concentration d'Auschwitz, se refusant à toute explication rationnelle, tout comme l'évacuation d'une centaine de détenus juifs du *Sonderkommando*, au moment de la

---

* Franciszek Piper est responsable scientifique au musée d'Auschwitz. Il a notamment publié : *Auschwitz 1940-1945. Studien zur Geschichte des Konzentrations und Vernichtungslagers*, tome III, Oswiecim, Verlag des Staatlichen Museums Auschwitz-Birkenau, 1999.

dissolution du camp d'Auschwitz, permettant à certains de fuir et de survivre à la guerre.

Les détenus juifs désignés au service du crématoire I près du *Stammlager* d'Auschwitz étaient logés au sous-sol du block 11 dans la cellule 13, alors que les détenus de fonction polonais étaient logés ensemble avec les autres détenus au block 15 du *Stammlager* [1]. Avant d'être affectés aux crématoires de Birkenau, les Juifs formés au travail dans les fours crématoires en février 1943 au crématoire I étaient installés dans le sous-sol du block 11 [2]. Les détenus du *Sonderkommando* de Birkenau étaient logés au block 2 du camp des hommes BIb à Birkenau, du printemps 1942 à la mi-juin 1943 [3], pour être ensuite envoyés, après le déplacement du camp des hommes, dans la section du camp BIId de Birkenau au block 13 de ce camp. De là, ils étaient quotidiennement amenés au travail dans les crématoires et les chambres à gaz. Tout comme ce fut déjà le cas pour le crématoire I près du *Stammlager* d'Auschwitz, les détenus de fonction

---

1. *Inmitten des grauenvollen Verbrechens*, *op. cit.*, p. 40, déclaration de l'ancien détenu A. Feinsilber. F. Müller, *Auschwitz Inferno*, *op. cit.*, p. 40. Même si, dans ce cas, ceci constituait aussi une partie de la peine, les détenus du bataillon disciplinaire [*Strafkompanie*] furent semblablement isolés. Ceux-ci étaient, en général, hébergés dans les mêmes bâtiments que les membres du *Sonderkommando* ou dans des bâtiments limitrophes (block 11 du *Stammlager* Auschwitz ; block 1 dans la section de camp BIb à Birkenau ; block 11 dans la section de camp BIId – camp des hommes de Birkenau). T. Ceglowska, « Strafkompanien im KL Auschwitz », *op. cit.*, p. 158 *seq.*

2. Ils étaient tenus prisonniers dans la cellule 7. APMO : Pr. H., tome XI, Bl. 123, déclaration de l'ancien détenu Henryk Tauber.

3. APMO : Pr. H., tome XI, Bl. 105, 135, déclarations des anciens détenus Szlama Dragon et Henryk Tauber. D'après Arnoöt Rosin le *Sonderkommando* était logé pendant un certain temps au block 23 de la section du camp BIb. « Newsletter » n° 13, *Public Committee of Auschwitz and other Extermination Camps Survivors in Israel*, Jerusalem/Tel-Aviv, juin 1983.

non juifs affectés aux crématoires furent installés dans l'un des autres blocks de « logement » [*Unterkunftsblock*] du camp (dans le block 2), où les détenus étaient installés sans réserve[4]. Dans le but de mieux séparer les membres du *Sonderkommando* des autres détenus, ils furent finalement transférés vers le milieu de 1944 sur le terrain des crématoires mêmes[5]. Les détenus intervenant dans les crématoires II et III furent logés dans les combles de ces deux crématoires ; les détenus intervenant dans les crématoires IV et V et dans le *Bunker* à gaz 2 (5) [*Gas-Bunker*] furent installés aux vestiaires du crématoire IV[6].

---

4. F. Müller, *Auschwitz Inferno, op. cit.*, p. 53 ; APMO : Pr. H., tome I, Bl. 18, tome XI, Bl. 108, déclarations des anciens détenus Alter Feinsilber et Szlama Dragon.

5. D'après Szlama Dragon le déplacement vers le terrain des crématoires fut effectué fin mai 1944 ; l'ancien membre du *Sonderkommando* Mudwik Nagraba confirme que ce déplacement eut lieu en mai 1944. APMO : Pr. H., tome XI, Bl. 105, déclaration de l'ancien détenu Szlama Dragon ; procès d'Auschwitz à Cracovie, tome 61, Bl. 242, déclarations de l'ancien détenu Ludwik Nagraba. Le déplacement du *Sonderkommando* vers les crématoires fut effectué au plus tard le 28.6.1943, parce que le baraquement 13 du camp des hommes BIId était déjà occupé par le bataillon pénitencier depuis le 29.6.1943. T. Ceglowska, « Strafkompanien in Auschwitz », *op. cit.*, p. 153. Jadwiga Bezwinska et Danuta Czech sont parvenues à la même constatation ; cf. *Inmitten des grauenvollen Verbrechens, op. cit.*, p. 172, note 75. APMO : Pr. H., tome VI, Bl. 28, déclaration de l'ancien détenu Otto Wolken ; Oöw., tome XIII, Bl. 72, rapport de l'ancien détenu Tadeusz Joachimowski.

6. La plupart des membres du *Sonderkommando* étaient alors installés dans les vestiaires du crématoire IV (600 détenus d'après Feliks Rosenthal, 500 à 700 détenus d'après Szlama Dragon). Les vestiaires étant alors occupés par les détenus du *Sonderkommando*, une baraque fut placée près du crématoire IV pour que les hommes destinés à l'extermination s'y déshabillent. Les chambres à gaz et les fours du crématoire IV étaient à cette époque considérés comme des installations de réserve. APMO : Osw., tome IX, Bl. 1240, rapport de l'ancien détenu Feliks Rosenthal, tome XCIV, Bl. 247, rap-

Après la révolte du *Sonderkommando*, le 7 octobre 1944, et après que le crématoire IV a été réduit en cendres, environ deux cents détenus survivants du *Sonderkommando* furent installés dans les combles du crématoire III[7]. Suite au projet de démolition de ces crématoires, les détenus affectés au crématoire V furent logés dans l'une des pièces de ce crématoire, en novembre 1944, tandis que les soixante-dix détenus du commando de démolition furent à nouveau installés dans le camp des hommes BIId[8].

Étant sans cesse en contact avec les femmes et les hommes déportés à Auschwitz pour y être exterminés, les détenus du *Sonderkommando* avaient accès à de nombreuses choses attrayantes, auxquelles les autres détenus ne pouvaient accéder, tels que des aliments et des médicaments, toutes sortes de denrées de luxe, comme de l'alcool, des cigarettes, des vêtements et du linge de corps, etc. On trouvait, en outre, des bijoux et de l'argent dans les bagages des personnes assassinées. Il était interdit de s'approprier ces objets, qui étaient « propriété de l'État ». Cette interdiction concernait les détenus aussi bien que les membres de la SS. Dans la pratique, cette interdiction ne fut cependant pas respectée. Les membres de la SS s'approprièrent sans scrupule des sommes considérables d'or et d'argent, ainsi que des marchandises difficiles à obtenir. Ils s'arrangeaient avec des détenus du *Sonderkommando* pour que ceux-ci leur remettent ces objets en secret. Les SS, en échange, toléraient

port de l'ancien détenu Jan Szpalerski ; Pr. H., tome XI, Bl. 114, déclarations de l'ancien détenu Szlama Dragon ; F. Müller, *Auschwitz Inferno*, *op. cit.*, p. 147.

7. APMO : Pr. H., tome XI, Bl. 115, déclarations de l'ancien détenu Szlama Dragon ; F. Müller, *Auschwitz Inferno*, *op. cit.*, p. 147.

8. D'après Henryk Tauber ces détenus logeaient dans le block 11 ; Szlama Dragon a déclaré en revanche qu'ils furent d'abord installés au block 13 pour être ensuite affectés au block 16. APMO : Pr. H., tome XI, Bl. 115 *seq.*, 146.

que les détenus s'emparent de nombreux objets. La consommation d'aliments et d'autres denrées en lieu et place n'était pratiquement soumise à aucune limitation ; en revanche, le transport d'objets au dehors représentait un grand risque. Au moment de quitter les crématoires à la fin du travail, les détenus étaient fouillés et brutalement sanctionnés s'ils emportaient des objets, en particulier de l'argent ou des bijoux. Les détenus étaient par ailleurs surveillés pendant le travail. Le chef des crématoires, Otto Moll, était connu pour son empressement à la tâche.

Alter Feinsilber rapporta plus tard dans ses déclarations le cas d'un détenu qui avait empoché des bijoux et qui fut puni par le chef des crématoires :

« Une autre fois, Moll a trouvé quelques bagues et une montre chez un jeune garçon de notre groupe. Il a retenu ce garçon au crématoire ; ils l'ont assis dans le four et l'ont brûlé avec des cigarettes, puis ils l'ont ressorti du four et l'ont suspendu aux mains, ils l'ont torturé et interrogé pour savoir d'où il tenait les choses trouvées. Il a bien sûr tout dit et livré le détenu dont il avait obtenu les choses. Alors, ils l'ont arrosé d'essence jusqu'à la ceinture et lui ont mis le feu en le laissant courir en direction des barbelés. Là, ils l'ont fusillé [9]. »

Les objets sortis clandestinement malgré ce grand risque servaient à soudoyer les membres de la SS et les détenus de fonction ou à aider amis et parents ; une partie des médicaments fut remise à l'hôpital des détenus [*Häftlingskrankenbau*], d'autres objets encore furent transmis au mouvement de résistance du camp d'Auschwitz qui les utilisait, entre autre, pour organiser des évasions du camp, pour entretenir des contacts ou pour acheter des

---

9. *Inmitten des grauenvollen Verbrechens*, *op. cit.*, p. 59, déclaration de l'ancien détenu Alter Feinsilber. Le médecin du *Sonderkommando* Charles Bendel décrit également un tel cas. APMO : Procès d'Auschwitz à Cracovie, tome CLII, Bl. 164.

médicaments [10]. Après que les membres du *Sonderkommando* ont été transférés du baraquement du camp des hommes vers le terrain des crématoires, leurs conditions de vie, en comparaison à celles des détenus du camp, s'améliorèrent considérablement. Dans ses mémoires, Miklós Nyiszli, le médecin du *Sonderkommando*, écrivit à ce propos :

« C'est déjà l'heure de dîner. Je me rends avec eux à l'étage supérieur du bâtiment du crématoire et j'entre dans les pièces aménagées pour le personnel. Une grande salle allongée dans laquelle sont disposés des lits individuels et confortables de chaque côté. Ils sont fabriqués en bois brut, sans peinture, et sur les lits se trouvent des couettes recouvertes de soie. Les couleurs gaies contrastent violemment avec tout ce qui se passe en dehors de cette pièce. Il apparaît clairement que ce sont des choses qui proviennent des convois. Les détenus du *Sonderkommando* peuvent aller chercher ce qui leur plaît dans l'entrepôt [Magazin, le Canada ?]. La salle est éclairée d'une lumière vive. Ici on n'économise pas l'électricité comme dans les baraques. Nous longeons la longue série de lits. Seulement la moitié du Kommando est dans les quartiers. L'autre moitié – cent personnes – est de nuit. Ils travaillent. Une partie des gens se repose, d'autres dorment. D'autres lisent des livres. Il y a beaucoup de livres ici. Presque chaque déporté apporte de la nourriture intellectuelle. Ça aussi, c'est le privilège du *Sonderkommando* que de lire des livres. S'ils attrapent quelqu'un en train de lire au camp, il en a pour vingt jours de *Bunker*, s'ils ne lui font pas tout de suite la peau en remarquant ce délit. Une table, couverte d'une nappe de damas nous attend. De fines assiettes de porcelaine avec des monogrammes, des couverts en argent et des carafes de porcelaine – ça

---

10. F. Müller, *Auschwitz Inferno, op. cit.*, p. 81 *seq.* ; M. Nyiszli, *Im Jenseits der Menschlichkeit, op. cit.*, p. 51-55. À ce propos, voir le tome IV de cette édition.

provient également des convois. La table est mise, avec toutes les marchandises que les déportés emportent sur leur chemin vers l'inconnu. Il y a toutes sortes de conserves, du lard, du salami, des jus de fruits, du gâteau, du chocolat. Je reconnais que ce sont des aliments provenant des déportations de Hongrie [11]. »

Dans leurs quartiers, les détenus du *Sonderkommando* avaient une relative liberté de mouvement ; en règle générale, ils y étaient surveillés par des détenus de fonction seulement, également recrutés dans leurs rangs. Les détenus juifs placés près du *Stammlager* Auschwitz au crématoire I étaient logés au *Stammlager*, dans la cellule 13 du block 11, où ils n'avaient pas de détenu de fonction ; l'ordre y était maintenu par le détenu Fischl, qui avait pris la fonction de contremaître de sa propre initiative et qui répartissait aussi les vivres [12].

Pendant une certaine période, quand le *Sonderkommando* de Birkenau était installé dans la section du camp BIb, le Juif slovaque Arnoöt Rosin était doyen du block [*Blockälterster*] [13] ; quand le *Sonderkommando* fut ensuite transféré dans le camp des hommes BIId, un Juif français

---

11. M. Nyiszli, *Im Jenseits der Menschlichkeit, op. cit.*, p. 30. Zalmen Lewental, un autre détenu du *Sonderkommando*, confirme les observations de Miklós Nyiszli ; il a écrit de sa main les mots suivants : « Comme il ne nous manquait ni à manger, ni à boire et qu'il ne nous manquait même pas de cigarettes », *Inmitten des grauenvollen Verbrechens, op. cit.*, p. 183.

12. F. Müller, *Auschwitz Inferno, op. cit.*, p. 41. Fischl est mort en été 1942.

13. Selon le témoignage d'Arnoöt Rosin, le *Sonderkommando* était logé pendant un certain temps au block 23 dans la section de camp BIb et, durant cette période, il était le doyen de ce block. « Newsletter », nº 23, *Public Comittee of Auschwitz and other Extermination Camps Survivors in Israel*, Jerusalem/Tel Aviv, juin 1983.

originaire de Pologne, et dont le prénom était Serge, devint doyen du block [14].

Puisque les Juifs du *Sonderkommando* ne devaient pas entrer en contact avec les autres détenus, ils ne pouvaient être transférés à l'hôpital des détenus, en cas de maladie. Dans un premier temps, les membres du *Sonderkommando* atteints d'une maladie étaient tués. Les détenus malades du *Sonderkommando* étaient assassinés dans leur lieu d'intervention, c'est-à-dire au crématoire du *Stammlager* d'Auschwitz, par les membres de la SS qui surveillaient le crématoire, dont Hans Starck, ou par le *Kapo* Mieczyslaw Morawa [15] ; les détenus qui ne pouvaient se rendre de leur propre force au travail dans le crématoire et, qui le matin, restaient au Block étaient tués dans l'« hôpital juif » [*jüdischer Krankenbau*] (block 13) [16].

Pendant la première phase d'existence du *Sonderkommando*, on procéda de la même manière à Birkenau. Ce n'est qu'au printemps 1943 qu'environ vingt lits furent séparés pour les malades du block du *Sonderkommando*, dont prenait soin le médecin détenu Dr Jacques Pach [17]. Parallèlement au modeste stock de médicaments officiellement attribués, le Dr Pach disposait d'une quantité considérable de médicaments issus des bagages des

---

14. F. Müller, *Auschwitz Inferno*, *op. cit.*, p. 53.

15. *Ibid.*, p. 18, 43.

16. *Inmitten des grauenvollen Verbrechens*, *op. cit.*, p. 47, déclarations de l'ancien détenu Alter Feinsilber. APMO : Pr. H., tome XI, Bl. 127, déclarations de l'ancien détenu Henryk Tauber. H. Tauber déclara que cinq détenus se firent porter malades après la première journée de travail au crématoire. Le lendemain leurs cadavres furent trouvés à la morgue.

17. APMO : Pr. H., tome XI, Bl. 127, déclarations de l'ancien détenu Henryk Tauber ; F. Müller, *Auschwitz Inferno*, *op. cit.*, p. 63. Jacques Pach, qui faisait partie des cent derniers détenus sélectionnés du *Sonderkommando*, est mort en novembre 1944.

victimes gazées, que les détenus du *Sonderkommando* avaient fait passer clandestinement dans le camp [18].

Après que le *Sonderkommando* a été directement transféré dans le territoire des crématoires vers le milieu de 1944 et qu'on lui a désigné ses quartiers, une infirmerie [*Krankenrevier*] fut mise sur pied dans les crématoires mêmes. Les malades étaient toujours soignés par le Dr Pach. Aux côtés du Dr Pach intervenaient, en outre, le Dr Myklós (à partir de juin 1944) et le Dr Charles Bendel (depuis août 1944) en tant que médecins du *Sonderkommando* [19].

Si la SS assurait des conditions de vie relativement bonnes aux membres du *Sonderkommando*, c'est surtout parce qu'elle avait intérêt à ce que la condition physique de ces détenus soit maintenue, sans quoi l'opération consistant à incinérer plusieurs milliers de cadavres n'aurait pu être effectuée dans les délais prescrits, et parce qu'elle comptait ainsi démoraliser les membres du *Sonderkommando* pour en faire des instruments dociles dans le processus d'extermination.

Pendant la période où les convois arrivant à Auschwitz furent particulièrement fréquents et importants, le *Sonderkommando* travaillait par roulement de douze heures, au rythme d'un service de jour et d'un service de nuit respectivement [20]. Pendant son travail, le *Sonderkommando* était surveillé et contrôlé aussi bien par des membres de la SS que par des détenus de fonction. Le *Kapo* du crématoire I au *Stammlager* d'Auschwitz était le Polonais Mieczyslaw

---

18. F. Müller, *Auschwitz Inferno*, *op. cit.*, p. 64, 162 ; APMO : Procès d'Auschwitz à Cracovie, tome CLII, Bl. 162, déclarations de l'ancien détenu Charles Bendel.

19. M. Nyiszli, *Im Jenseits der Menschlichkeit*, *op. cit.*, *passim* ; F. Müller, *Auschwitz Inferno*, *op. cit.*, p. 148.

20. APMO : Pr. H., tome XXVIII, Bl. 127, déclarations de l'ancien détenu Szlama Dragon ; Oöw., tome IX, Bl. 1240, rapport de l'ancien détenu Feliks Rosenthal.

Morawa (numéro de détenu 5730)[21]. Dans les crématoires de Birkenau, les *Kapos* en chef [*Oberkapo*] étaient, entre autres, de mars à décembre 1943, l'Allemand August Brück[22], transféré du camp de Buchenwald à celui d'Auschwitz au moment des premiers essais et de la mise en service des crématoires de Birkenau, ainsi qu'un détenu allemand, dont le prénom était Karl[23], transféré en avril 1944 avec un groupe de 19 prisonniers de guerre soviétiques du camp de Lublin-Majdanek à celui d'Auschwitz, puis assassiné par des détenus pendant la révolte du *Sonderkommando*. Les détenus du *Sonderkommando* étaient surveillés en outre par une série d'autres détenus de fonction juifs et polonais, tels que les *Kapos*, les doyens de block [*Blockälteste*], les chefs de chambrée [*Stubendienst*] et les secrétaires [*Schreiber*].

Les détenus du *Sonderkommando* étaient d'ailleurs affectés à une série d'autres travaux liés au processus d'extermination : ils intervenaient dans la décharge des

---

21. APMO : Pr. H., tome I, Bl. 4-28, déclarations de l'ancien détenu Alter Feinsilber ; F. Müller, *Auschwitz Inferno*, *op. cit.*, p. 41.

22. *Inmitten des grauenvollen Verbrechens*, *op. cit.*, p. 49, note 44, et p. 54 (reproduction de la demande de transfert d'August Brück adressée par le camp d'Auschwitz au camp de Buchenwald). August Brück fut amené à l'hopital des détenus à cause d'une maladie, où il mourut le 27.12.1943 ; *Inmitten des grauenvollen Verbrechens*, *op. cit.*, p. 179 (écriture manuscrite de Simon Lewenthal), information sur l'assassinat du *Kapo* en chef [*Oberkapo*], un Allemand du Reich ; APMO : D-Au 1-3/21/29, autorisation du chef du camp de détention préventive [*Schutzhaftlagerführer*] du 25.11.1944 pour le *Kapo* en chef des chauffeurs du crématoire Lipka de porter les cheveux longs.

23. Le prénom fut établi sur la base de plusieurs décalarations et souvenirs d'anciens membres du *Sonderkommando*. Ilczuk et Morawa obtinrent l'autorisation de porter les cheveux longs. APMO : D-Au 1-3/21/18, 34 ; F. Müller, *Auschwitz Inferno*, *op. cit.*, p. 55 ; APMO : Pr. H., tome XI, Bl. 113, déclarations de l'ancien détenu Szlama Dragon.

convois sur la rampe, ils transportaient les cadavres de la rampe et parfois du camp vers les crématoires, ils dirigeaient les hommes vers le vestiaire, les aidaient à se dévêtir et à les conduire dans les chambres à gaz. Si de plus petits groupes d'hommes étaient menés au crématoire pour y être tués, on n'utilisait pas les chambres à gaz, mais on tuait les victimes par une balle dans la nuque avec un fusil de petit calibre. Dans ce cas précis, les membres du *Sonderkommando* avaient l'ordre de mener les victimes sur le lieu de l'exécution et de les tenir au moment de l'exécution. Les membres du *Sonderkommando* étaient aussi employés comme auxiliaires pour accomplir des actions d'extermination à l'intérieur des camps. Cinquante détenus du *Sonderkommando* furent mobilisés pour la liquidation du camp des Tziganes. Ils allèrent de baraque en baraque et durent en chasser les Tziganes qui furent ensuite chargés sur les voitures et conduits dans les chambres à gaz [24].

Les détenus du *Sonderkommando* avaient aussi pour tâche de brûler les objets qui étaient sans valeur pour la direction du camp et qui étaient parvenus au camp de concentration d'Auschwitz avec les énormes convois de Juifs, tels que les livres, les objets personnels, les livres de prières, les papiers d'identité, etc. Quinze détenus environ devaient nettoyer et sécher en permanence les cheveux des femmes assassinées ; un autre groupe cassait des ossements humains à peine brûlés avec des maillets en bois pour les réduire en poudre. Enfin les détenus du *Sonderkommando* étaient aussi employés à effacer les traces du crime : ils démolirent les murs du crématoire IV qui avait brûlé, ils démantelèrent les fours crématoires dans les crématoires II

24. APMO : Oöw., tome XIII, Bl. 72, tome LXXI, Bl. 85, rapports des anciens détenus Tadeusz Joachimowski et Ryszard Dacko ; procès d'Auschwitz de Cracovie, tome LXI, Bl. 424 *et seq.*, déclarations de l'ancien détenu Ludwik Nagraba ; M. Nyiszli, *Im Jenseits der Menschlichkeit*, *op. cit.*, p. 60, 85 *et seq.* Écriture manuelle de Lejb [Langfus], *in* : *HvA*, 1973, H. 14, p. 64.

et III et y démontèrent aussi d'autres dispositifs et installations ; ils préparaient des ouvertures dans les murs des crématoires pour leur destruction par explosif, transportaient les cendres des crématoires vers les rivières et nivelaient les sols là où les cadavres avaient été brûlés en plein air [25].

On exigeait des détenus du *Sonderkommando* un comportement et des déclarations dissipant les craintes des hommes menés à la mort. C'est pourquoi les membres du *Sonderkommando* étaient recrutés parmi les convois qui venaient d'arriver au camp de concentration d'Auschwitz, comme le confirma plus tard le commandant du camp d'Auschwitz Höss. La maîtrise de la langue des nouveaux arrivants devait permettre de communiquer avec eux. La présence des Juifs du *Sonderkommando* sur la rampe, dans les vestiaires et dans la chambre à gaz contribuait sans aucun doute à tromper les victimes. Il n'y a pas de doute non plus que les membres du *Sonderkommando* devaient leur divulguer de fausses informations sur le sens de leur déportation et de leur destin imminent, du moins en présence de membres de la SS [26]. Parfois les détenus du *Sonderkommando* prévenaient secrètement les victimes du danger, mais, dans la plupart des cas, on ne les croyait pas. Il est encore plus rare que ces avertissements aient conduit à une résistance active. Filip Müller décrivit l'un de ces cas dans ses mémoires :

« À l'arrivée d'un convoi de Bialystock en été 1943 un détenu du *Sonderkommando* reconnut la femme d'un ami. Dans le vestiaire du crématoire, il lui expliqua la vérité

---

25. APMO : Pr. H., tome XIV, Bl. 34, tome XXVI, Bl. 160. Déclarations des anciens détenus Abraham Seinhardt et Henryk Mandelbaum ; Oöw., tome LXXII, Bl. 207, rapport de l'ancien détenu Henryk Mandelbaum ; *Inmitten des grauenvollen Verbrechens*, *op. cit.*, p. 127, écriture manuscrite de l'« auteur inconnu ».

26. *Auschwitz in den Augen der SS*, *op. cit.*, p. 91 *et seq.* (« Aufzeichnungen Rudolf Hoess »).

sans fard, qu'elle serait gazée, puis brûlée comme tous les autres. La jeune femme le crut.

En raison de l'agitation que cette femme provoqua ensuite, les victimes refusèrent d'obéir et de se dévêtir. Lorsqu'ils prirent conscience de leur situation désespérée, les hommes de la SS les maîtrisèrent à grand renfort de menaces, et ils allèrent dans la chambre à gaz.

La seule personne qui fut laissée en vie encore quelques heures de plus était la femme qui avait averti les autres. Elle fut poussée dans une pièce à côté de la chambre à gaz où elle fut soumise à un interrogatoire scrupuleux. Pour les gens de la SS, qui avaient beaucoup d'expérience dans ces choses-là, il n'était pas difficile de la faire parler.

Après que cette femme a été torturée, elle désigna, parmi les détenus du *Sonderkommando* auxquels elle fut confrontée, l'homme « qui lui avait confié qu'ils seraient tous gazés et brûlés ». Tandis que la femme fut fusillée, ce détenu fut traîné vers l'un des fours, puis brûlé vif [27]. Un autre détenu du *Sonderkommando* qui voulut avertir les Juifs provenant de Westerbork subit le même sort quelques mois plus tard [28]. »

Les détenus du *Sonderkommando* accomplissaient leur travail sous la contrainte, et au péril de leur vie. On ne connaît pas de cas de volontariat pour cette activité. Tous

---

27. F. Müller, *Auschwitz Inferno, op. cit.*, p. 75-80 [les citations suivent l'édition allemande ; F. Müller, *Sonderbehandlung. Drei Jahre in den Krematorien und Gaskammern von Auschwitz*, Munich, 1979, p. 119 et p. 126]. D'autres situations où des membres du *Sonderkommando* avertirent les victimes de leur mort imminente sont décrites par le détenu du *Sonderkommando* dont on ne connaît pas le nom et à qui l'on attribue l'écriture manuscrite publiée sous « auteur inconnu » ; *Inmitten des grauenvollen Verbrechens, op. cit.*, p. 118 et p. 122. Il arrivait aussi que les hommes sur la rampe fussent avertis par des détenus qui se trouvaient à l'intérieur du camp, près des barbelés.

28. F. Müller, *Auschwitz Inferno, op. cit.*, p. 80.

refusaient ce travail et ils étaient tous conscients qu'il permettait et qu'il accélérait l'extermination de milliers de frères et sœurs. C'est pourquoi, chez tous les détenus du *Sonderkommando*, ce travail occasionnait d'abord un choc psychique, puis menait à l'effondrement, et même souvent au suicide. Comme les membres de la SS étaient conscients de ce rapport et qu'ils comptaient avec les démarches désespérées de ces centaines d'hommes, vigoureux et en bonne santé[29], qui pouvaient menacer leur sécurité, ils s'efforçaient de rendre la première impression moins forte. À ce propos, un membre du *Sonderkommando* écrivit dans ses notes :

« Le fait que, dans un premier temps, on ne se serve généralement pas des détenus pour les convois jouait un grand rôle dans le processus d'accoutumance. Et aussi longtemps que les gens étaient encore en vie, tout fut effectué par des chiens marchant sur deux pattes, avec l'aide de chiens sur quatre pattes. Le *Kommando* ne venait que le matin et trouvait les *Bunkers* remplis d'hommes gazés et les baraques remplies d'objets de toute sorte. Mais on ne rencontrait jamais d'hommes vivants. L'effet psychologique en fut de diminuer fortement l'impression qu'on avait de la tragédie[30]. »

Mais, avec le temps, une partie des détenus du *Sonderkommando* fut gagnée par l'habitude et la démoralisation, les rendant indifférents face au destin des hommes à l'extermination desquels ils participaient afin de sauver leur propre vie. Höss, le commandant du camp à cette époque, décrira plus tard dans ses mémoires sa perception des choses quand il inspectait des lieux d'extermination.

---

29. Cette crainte était probablement la raison pour laquelle on s'abstint de liquider trop souvent le *Sonderkommando* et de former des *Sonderkommandos* neufs.

30. *Inmitten des grauenvollen Verbrechens*, *op. cit.*, p. 148, écriture manuscrite de Zalmen Lewental.

Dans leurs notes rédigées en secret, certains membres du *Sonderkommando* confirmèrent ceci :

« Et c'est là que réside le point nodal [...] de notre *Kommando*, que je n'ai même pas l'intention de défendre dans son ensemble. Je dois dire ici la vérité que certains de ce groupe se sont tellement perdus avec le temps, que nous mêmes en avions tout simplement honte. Ils ont simplement oublié ce qu'ils faisaient [...] et avec le temps ils s'y sont tellement habitués qu'il en devenait même étrange de vouloir pleurer ou de se plaindre, que [...] ces hommes normaux, moyens, [...] simples et modestes [...], qu'ils le veuillent ou non, s'habituent à tout, de sorte que ces événements ne font déjà plus aucune impression sur eux [31]. »

Cependant, jusqu'à la fin, de nombreux membres du *Sonderkommando* préservèrent leur sensibilité pour le destin des milliers d'hommes envoyés à la mort – en leur présence et avec leur participation. Pour ces membres du *Sonderkommando*, le travail était une torture psychique continue dont on ne voyait pas la fin. Ils souffraient avec les victimes et leur conscience était dominée par les obsédants reproches qu'ils se faisaient, parce qu'ils se savaient complices du crime contre leurs propres frères juifs – même si c'était contre leur gré. Parfois cette amère vérité leur fut reprochée par les victimes mêmes, ce que les notes du membre du *Sonderkommando*, dont l'écriture manuscrite est connue pour être celle de l'« auteur inconnu », attestent également :

« Il y a là une petite fille de cinq ans qui déshabille son tout petit frère âgé d'un an. Quelqu'un du *Kommando* s'approche pour le dévêtir. La fille s'exclame à haute voix : "Va-t'en, assassin juif ! Ne pose pas ta main tachée de sang juif sur mon beau petit frère [...] !" À côté se trouve un garçon d'environ sept ou huit ans qui laisse

---

31. *Ibid.*, p. 148.

entendre la chose suivante : "Tu es un Juif et tu mènes ces enfants adorés au gaz – seulement pour que toi-même tu puisses vivre ? Est-ce que ta vie parmi cette bande d'assassins t'est vraiment plus chère que la vie de tant de victimes juives ?" [32] »

Au milieu de cette situation tragique et face à ces reproches torturant leur conscience, certains membres du *Sonderkommando* tentaient, dès que la situation le permettait, de montrer leur compassion pour les victimes et de diminuer leur souffrance. Chaïm Herman évoqua cela dans une lettre d'adieu à sa famille qu'il enterra aux environs des crématoires :

« […] si vous êtes en vie, vous ne lirez pas peu d'ouvrages qui seront écrits sur ce *Kommando* spécial. Mais je vous prie de ne pas me juger mal. S'il y avait parmi nous des bons et des mauvais, je n'étais sûrement pas parmi les derniers. Sans craindre ni le risque, ni le danger, j'ai fait tout ce qui à cette époque était en mon pouvoir pour soulager le destin des malheureux, ou, exprimé de façon prudente, [ce dont je ne peux vous témoigner], de sorte que ma conscience est tranquille et que je peux en être fier à la veille de ma mort [33]. »

En proie aux doutes et au désespoir, le membre du *Sonderkommando* Zalmen Lewental s'interroge lui-même :

« […] Pourquoi fais-tu un travail aussi honteux, pourquoi vis-tu, à quelle fin vis-tu, que désires-tu […], que veux-tu obtenir par une telle vie […] [34]. »

Lors de cette recherche tragique et désespérée de la vérité de soi et de l'homme, Zalmen Lewental parvint à cette conclusion qui est amère, mais en même temps profondément bouleversante en raison de son honnêteté :

« L'homme se persuade qu'il n'y va pas de sa propre

---

32. *Inmitten des grauenvollen Verbrechens*, op. cit., p. 125, écriture manuscrite de l'« auteur inconnu ».

33. *Ibid*, p. 195, lettre de Chaïm Herman.

34. *Ibid.*, p. 148, écriture manuscrite de Zalmen Lewental.

vie, qu'il n'y va pas de sa propre personne, mais uniquement de l'intérêt général. Il aimerait survivre pour une raison ou une autre, à cet égard ou à un autre et, à cette fin, il invente des centaines de prétextes. Et la vérité, c'est qu'on aimerait vivre, à n'importe quel prix, qu'on veut vivre, parce qu'on vit, parce que le monde entier vit. Et tout ce qu'il désire, et tout ce à quoi il est relié un tout petit peu [...] il est surtout lié à la vie, sans vie [...] voici la pure vérité [35]. »

Ces notes, écrites par des membres du *Sonderkommando* au péril de leur vie, au moyen desquelles ils voulaient transmettre à la postérité la vérité sur les crimes commis par les fascistes allemands à Auschwitz, sur la création de groupes conspirateurs et leur collaboration avec le mouvement de résistance au camp d'Auschwitz, sur l'assistance aux co-détenus dans les limites du possible et, finalement, sur la préparation d'une insurrection armée et sur l'insurrection elle-même, prouvent que de nombreux membres du *Sonderkommando*, même dans ces conditions tragiques, ont réussi à rester des hommes.

Traduit de l'allemand par Andrea Lauterwein

---

35. *Ibid.*, p. 147 *et seq.*

Topographie-toponymie (I)

LES ÉTAPES DU CAMP DE CONCENTRATION ET DU CENTRE DE MISE À MORT D'AUSCHWITZ-BIRKENAU

par Georges Bensoussan

C'est le 27 avril 1940 que le *Reichführer* SS Heinrich Himmler donne ordre, après plusieurs missions d'étude, de créer un camp de concentration à côté de la petite ville polonaise (annexée au Reich) d'Oswiecim (Auschwitz sous sa forme germanisée). Rudolf Höss y arrive avec plusieurs SS le 30 avril 1940. Quatre jours plus tard, il est nommé officiellement Commandant en chef du camp de concentration d'Auschwitz.

Pour construire le camp à partir des casernes abandonnées par l'armée polonaise dans le faubourg de Zasole, 1 200 personnes sont expropriées sur-le-champ. Trois cents Juifs originaires d'Oswiecim travaillent au camp entre la mi-mai et la mi-juin 1940 jusqu'à l'arrivée, le 14 juin 1940, d'un premier convoi de détenus politiques polonais (plus de 700 personnes) chargés de la construction du camp. Ils s'ajoutent aux trente premiers détenus, des droits communs allemands, immatriculés et numérotés comme le seront tous les déportés suivants. Les expropriations se poursuivent entre juin et novembre 1940. La zone dépeuplée de force atteint près de 40 km². Située entre la Vistule et la Sola, elle est dénommée par les Allemands *Interessengebiet* (Zone d'intérêt du camp). Plusieurs villages ont disparu, dont les habitants ont été chassés et leurs biens saisis. Entre le 20 1940 et le 1er mars 1941, les Allemands incarcèrent à Auschwitz 10 900 personnes, des détenus polonais pour l'essentiel.

Le 1er mars 1941, Himmler visite le camp d'Auschwitz pour la première fois. Il en décide l'agrandissement (pour 30 000 détenus dans ce qu'on appellera plus tard *Stammlager*, c'est-à-dire camp-souche) et, surtout la création d'un deuxième camp, situé à proximité, et destiné, lui, à recevoir 100 000 prisonniers de guerre soviétiques (le commandement ne doute pas du succès de la prochaine campagne contre l'URSS). Les travaux d'agrandissement commencent aussitôt. Le périmètre est porté à 1 000 mètres en longueur sur 400 mètres en largeur. Plusieurs maisons, sises à Zasole, sont détruites pour laisser place à des bâtiments construits pour durer. Le camp d'Auschwitz joue déjà dans l'économie concentrationnaire un rôle important.

Par ailleurs, les difficultés liées au transport, et les risques d'épidémie de typhus, poussent le groupe industriel IG Farben, qui loue des prisonniers à la SS 3 marks par tête (4 pour un travailleur qualifié), à construire à l'emplacement même de ses usines, près de Buna-Werke, un camp à part, dans le village exproprié de Monowice (Monowitz), situé à sept kilomètres du camp-souche. Des déportés y sont parqués dès la fin d'octobre 1942. À partir de novembre 1943, ce camp, dénommé *Lager Buna* (du fait de la fabrication de caoutchouc synthétique, le *Buna*) est inclus dans le complexe concentrationnaire d'Auschwitz sous le nom d'Auschwitz III (ou Buna-Monowitz). En outre, sur les terres des villages expropriés, l'agrandissement ordonné par Himmler a donné naissance à une vaste zone agricole où ont été créés plusieurs camps auxiliaires dont celui de Rajsko (cf. plan).

Alors que le camp d'Auschwitz compte près de 20 000 détenus, la construction du deuxième camp a commencé en octobre 1941 dans le village polonais (exproprié) de Brzezinka situé à trois kilomètres du premier camp. Dix mille prisonniers de guerre soviétiques arrivent à Brzezinka afin de construire ce camp bientôt dénommé, sous sa forme germanique, Birkenau. Le camp des prisonniers de guerre soviétiques est liquidé le 1er mars 1942. Trois mois auparavant, en décembre 1941, des prisonniers de guerre soviétiques étaient assassinés par emploi du gaz insecticide *Zyklon B* dans deux anciens bâtiments agricoles transformés en chambres à gaz (dénommés par la suite *Bunker* 1 et *Bunker* 2 ; voir plan). Dans le vocabulaire en usage (cf. manuscrits des *Sonderkommandos*), le terme *Bunker* est synonyme de chambre à gaz.

Au début de 1942, Brzezinka-Birkenau (plus tard dénommé Auschwitz II), devient l'épicentre de la destruction des Juifs d'Europe. Le 4 juillet 1942 a lieu la première « sélection » de Juifs venus de Slovaquie sur la *Judenrampe* située entre les camps de Auschwitz I et de Auschwitz II (cf. plan). Ce lieu, aujourd'hui délaissé par la mémoire collective (cf. Katy Hazan) est pourtant celui à partir duquel la plupart des victimes juives arrivées à Auschwitz avant le printemps 1944 ont été envoyées à la mort.

Himmler visite Auschwitz une seconde fois les 17 et 18 juillet 1942. Il décide d'accélérer la mise en œuvre du génocide (« Solution finale », « Évacuation ») en faisant de Birkenau le centre principal de la mise à mort des Juifs d'Europe occidentale. Il ordonne à Höss d'agrandir les installations de Birkenau, alors qu'au cours du même été 1942 la « Solution finale de la question juive » bat son plein en Europe, d'Ouest (Vel' d'Hiv et Drancy en France, Malines en Belgique, Westerbok aux Pays-Bas, etc.) en Est (opération Reinhardt menée à Belzec, Sobibor et Treblinka).

À la suite de la visite de Himmler au cours de laquelle il assiste à la mise à mort d'un convoi de Juifs, la construction de quatre chambres à gaz, pourvues chacune de leurs crématoires, est décidée. Une cinquième est projetée que les Allemands n'auront pas le temps de réaliser. Pour construire ces usines de meurtre, des négociations commerciales sont engagées avec des entreprises civiles allemandes et, parmi elles, la maison J. A. Topf und Söhne d'Erfurt, qui emporte le marché. Les travaux sont achevés entre mars et juin 1943. En décembre de la même année, entre les chambres à gaz-crématoire II et les chambres à gaz-crématoire IV, sont inaugurées des bains-douche (« Sauna »), un centre d'épouillage et un deuxième entrepôt rassemblant les biens volés (*Effektenlager* ou « Kanada II »).

Höss est relevé de ses fonctions fin novembre 1943. Le lieutenant-colonel SS Arthur Liebehenschel le remplace. Sur ordre de Oswald Pohl, il partage le KL d'Auschwitz en trois camps :

• Le camp-mère (*Stammlager*) pour hommes (Auschwitz I).

• Auschwitz II-Birkenau qui comporte :

– un camp pour hommes,

– un camp de quarantaine pour hommes,

– un camp-hôpital pour hommes,

– un camp de femmes,

– un camp familial pour les Tsiganes,

– un camp familial pour les Juifs de Terezin,

– le centre de mise à mort avec ses quatre chambres à gaz-crématoires,

– et enfin, une nuée de camps satellites, à vocation agricole ou industrielle.

• Auschwitz III, dix camps auxiliaires à vocation industrielle autour du bastion de la Buna à Monowitz.

Fin janvier 1944, le nombre total des détenus des trois noyaux concentrationnaires se monte à 80 839 personnes (dont 49 000 pour Birkenau et ses satellites). Le 22 août 1944, le nombre de détenus est de 105·168. Entre ces dates, les chiffres fluctuent en fonction de l'énorme mortalité et des arrivées incessantes de déportés sélectionnés pour le travail. Ceux qui ont été envoyés directement à la mort n'ont jamais été enregistrés et ne figurent donc dans aucune des statistiques du camp.

Vue aérienne générale du site d'Auschwitz
(juin 1999)

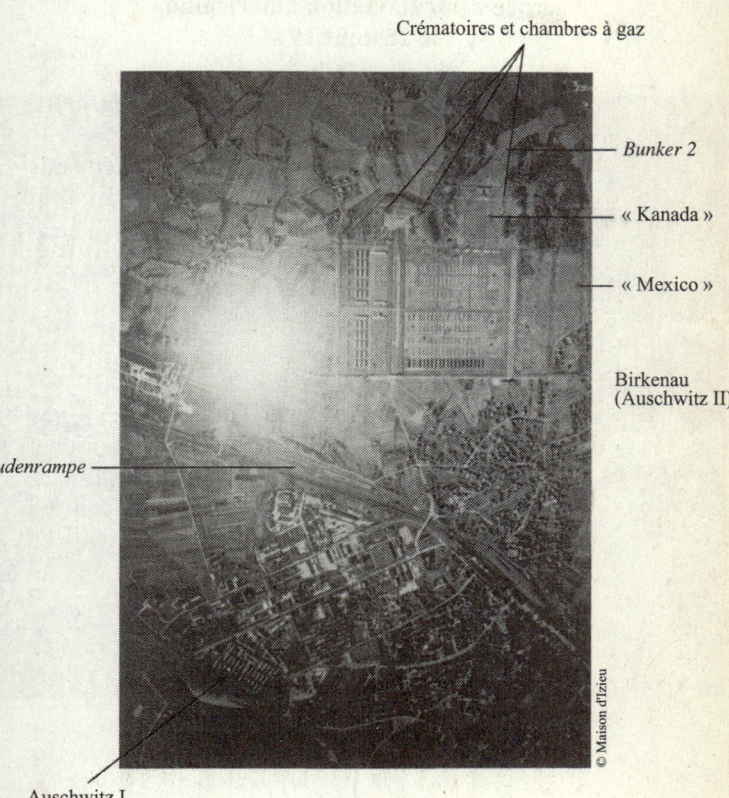

Crématoires et chambres à gaz

Bunker 2

« Kanada »

« Mexico »

Birkenau
(Auschwitz II)

udenrampe

© Maison d'Izieu

Auschwitz I

Vue aérienne de Birkenau,
prise par l'aviation américaine
le 25 août 1944

Birkenau

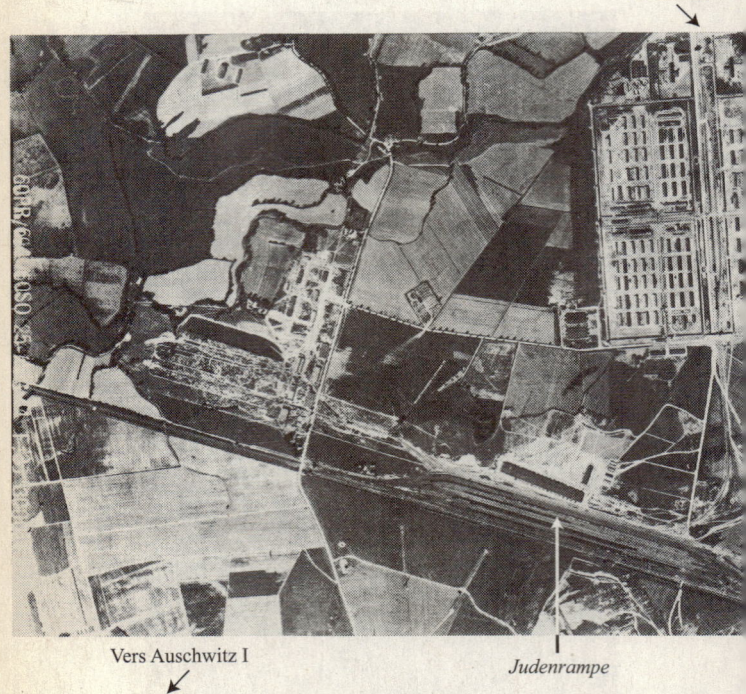

Vers Auschwitz I

Judenrampe

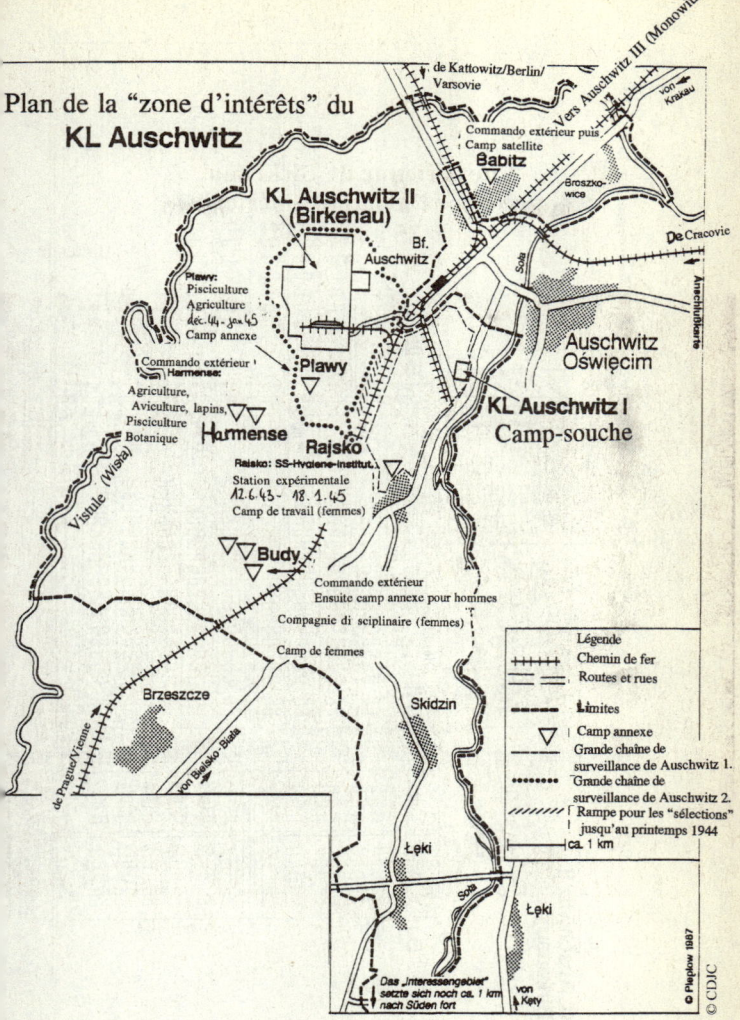

Plan de la "zone d'intérêts" du
KL Auschwitz

KL Auschwitz II (Birkenau)

de Kattowitz/Berlin/Varsovie

Vers Auschwitz III (Monowitz)

von Krakau

Commando extérieur puis Camp satellite **Babitz**

Broszkowice

De Cracovie

Bf. Auschwitz

Plawy: Pisciculture Agriculture déc. 44 - jan. 45 Camp annexe

Commando extérieur Harmense:
Agriculture, Aviculture, lapins, Pisciculture Botanique

Harmense

Plawy

Auschwitz Oświęcim

KL Auschwitz I Camp-souche

Rajsko: SS-Hygiene-Institut. Station expérimentale 12.6.43 - 18.1.45 Camp de travail (femmes)

Rajsko

Vistule (Wisła)

Budy

Commando extérieur
Ensuite camp annexe pour hommes
Compagnie di sciplinaire (femmes)

Camp de femmes

Brzeszcze

Skidzin

de Prague/Vienne

von Bielsko-Biała

Légende

┼┼┼┼┼ Chemin de fer

Routes et rues

- - - Limites

▽ Camp annexe

Grande chaîne de surveillance de Auschwitz 1.

•••••• Grande chaîne de surveillance de Auschwitz 2.

///// Rampe pour les "sélections" jusqu'au printemps 1944

⊢——⊣ ca. 1 km

Łęki

Łęki

Soła

Das "Interessengebiet" setzte sich noch ca. 1 km nach Süden fort

von Kęty

© Pressac 1987

© CDJC

355

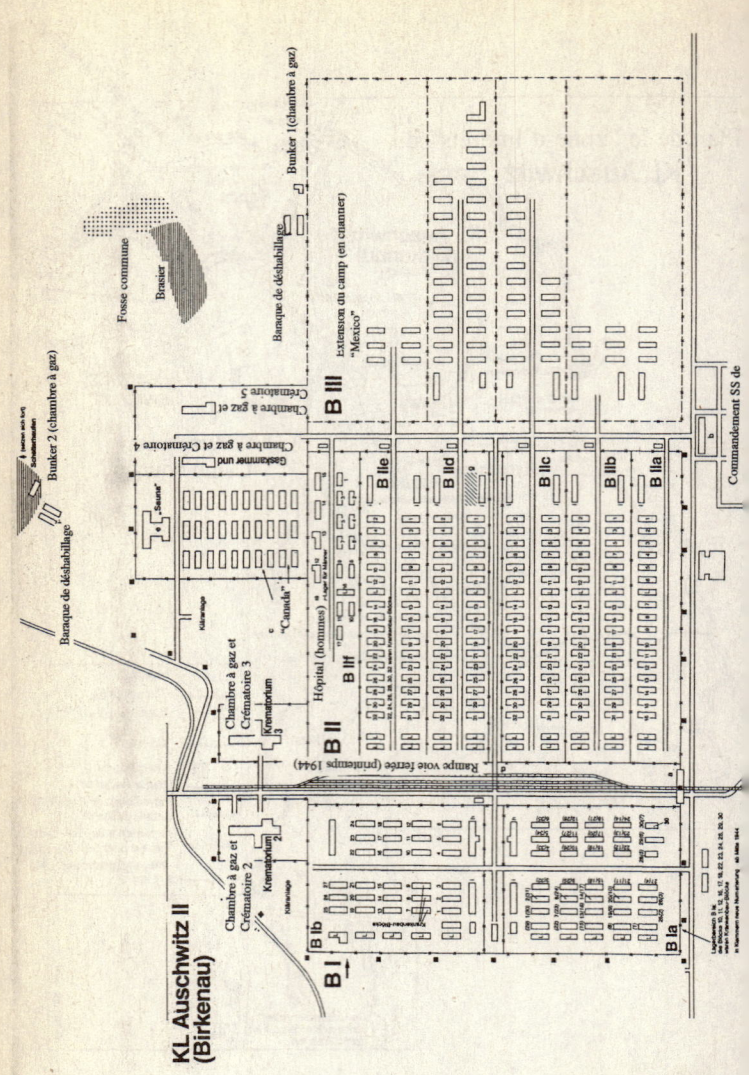

KL Auschwitz II (Birkenau)

B I
B Ib
Chambre à gaz et Crématoire 2
Krematorium
Klärwnge
Chambre à gaz et Crématoire 3
Krematorium

Baraque de déshabillage
Bunker 2 (chambre à gaz)

"Sauna"
Gaskammer und
Chambre à gaz et Crématoire 4
Chambre à gaz et Crématoire 5

"Canada"
B II
Hôpital (hommes)
Rampe voie ferrée (printemps 1944)

B IIf
B IIe
B IId
B IIc
B IIb
B IIa

B III
Extension du camp (en chantier) "Mexico"

Baraque de déshabillage
Bunker 1 (chambre à gaz)

Brasier
Fosse commune

Commandement SS de

356

Le Krematorium IV ou B.W. 30b

Façades est et sud, avril 1943

(livré par la Bauleitung en état de marche le 22 mars 1943)

Pièce des SS

WC et lavabos

Salle du four
à 8 creusets
d'incinération

Cokerie

Sas

Lucarnes éclairant
le vestiaire/morgue

Pièce du
« médecin »

Porte
étanche
au gaz

Chambres
à gaz

DJC

357

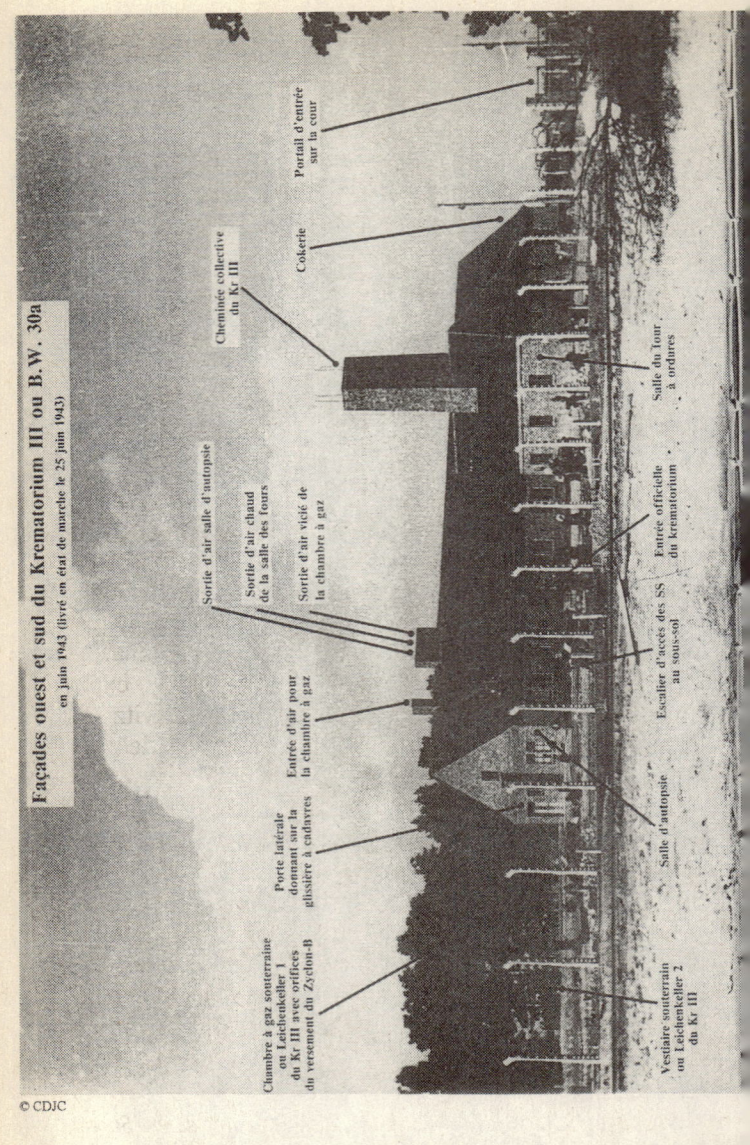

Façades ouest et sud du Krematorium III ou B.W. 30a

en juin 1943 (livré en état de marche le 25 juin 1943)

Chambre à gaz sonterraine ou Leichenkeller 1 du Kr III avec orifices du versement du Zyclon-B

Porte latérale donnant sur la glissière à cadavres

Entrée d'air pour la chambre à gaz

Sortie d'air salle d'autopsie

Sortie d'air chaud de la salle des fours

Sortie d'air vicié de la chambre à gaz

Cheminée collective du Kr III

Cokerie

Portail d'entrée sur la cour

Vestiaire sonterrain ou Leichenkeller 2 du Kr III

Salle d'autopsie

Escalier d'accès des SS au sous-sol

Entrée officielle du krematorium

Salle du tour à ordures

© CDJC

Topographie-toponymie (II)

LES LIEUX D'OUBLI.
SUR LES TRACES DE L'EXTERMINATION

par Katy Hazan[*]

Le camp de Birkenau, appelé également Auschwitz II, a été construit en octobre 1941, à deux kilomètres du camp d'Auschwitz proprement dit, pour recevoir à l'origine 90 000 prisonniers soviétiques. Ce sont des baraques en bois construites *ex nihilo*, tandis que le camp principal a été établi dans des ex-casernes de l'artillerie polonaise.

À la même époque, le 3 septembre 1941, étaient expérimentées les premières tueries au gaz, à Auschwitz I, à l'encontre de prisonniers de guerre soviétiques, de politiques polonais et de malades incurables.

L'arrivée massive des Juifs et leur extermination nécessitent des installations plus perfectionnées et un agrandissement du camp. Hormis certains Juifs de Haute-Silésie qui ont été gazés dans les premières installations d'Auschwitz I (KI, Krematorium I), les Juifs d'Europe occidentale, ceux des ghettos de l'Est ainsi que les Tsiganes ont été exterminés à Birkenau. Les structures d'extermination sont situées au fond du camp et

---

[*] Agrégée d'histoire. Auteur de *Les Orphelins de la Shoah*, Paris, Les Belles Lettres, 2000.

n'existent plus, les nazis les ayant fait sauter au moment de l'évacuation.

80 % des Juifs exterminés n'entraient pas dans le camp. Ils étaient sélectionnés sur la *Judenrampe* qui se trouve complètement à l'extérieur du camp, entre Auschwitz et Birkenau, dans le prolongement de la gare d'Oswiecim. Aujourd'hui, terrain vague abandonné, elle est souvent confondue avec la rampe de Birkenau construite en 1944 pour l'arrivée des Juifs hongrois.

Les Juifs étaient sélectionnés à leur arrivée, sur la *Judenrampe* et ce jusqu'en mai 1944. À pied ou en camions pour les plus faibles, ils allaient à travers champs, directement au *Bunker* 1, situé à 3 kilomètres dans un endroit isolé, sans passer par l'intérieur du camp.

Le *Bunker* 1, appelé également « La Maison Rouge » car construite en briques sur l'ordre d'Eichmann à l'automne 1941, fonctionne à partir d'avril 1942. Il compte deux chambres à gaz sur une superficie de 83 m^2, avec de petites fenêtres pour l'émission du *Zyklon B*, ainsi que deux baraques vestiaires pour le déshabillage.

Les *Sonderkommandos* devaient extraire les corps et les charger dans des wagonnets roulant sur des rails à écartement réduit, jusqu'à la clairière des fosses située à environ 300 m (dix fosses de 20 m sur 3 de large et 2,5 m de hauteur). Les corps étaient enterrés puis, à partir de novembre 1942, brûlés.

Le *Bunker* 1 a été démantelé fin mars 1943. Il n'en existe plus aucune trace, d'autant que sur son emplacement a été construit un lotissement d'habitations polonaises situées en limite de la forêt.

Le *Bunker* 2 est situé à 550 m du premier et à 350 m à l'ouest du « Central Sauna ». Il a fonctionné depuis juin 1942, donc en même temps que le premier et jusqu'au printemps 1943, puis il a été réactivé pour l'opération hongroise en été 1944, d'où son appellation à cette date de *Bunker* 5.

Il est également baptisé « La Maison Blanche » du fait

de sa fonction d'origine, celle d'une buanderie de ferme. Il est divisé en quatre chambres à gaz sur 123 m^2, avec ventilation naturelle, à savoir une entrée et une sortie pour chaque chambre. Pour tromper les victimes, il y avait une inscription à l'entrée *Zum Baden* et de l'autre côté de la porte une autre inscription « haute tension, danger de mort ». Sur la sortie « *Zur Desinfektion* » et un peu plus loin deux baraques vestiaires.

Quelques améliorations ont été apportées après la visite d'Himmler, doublement de baraques de déshabillage, transport du *Zyklon B* dans une camionnette portant inscription de la Croix-Rouge.

Les fosses où brûlaient en permanence les bûchers, alimentés à la graisse humaine, étaient appelées par les *Sonderkommandos* « les piscines ».

Il n'existe ni photo, ni plan du *Bunker* 2, seul l'emplacement subsiste avec les traces des fondations au sol.

LES « KRÉMATOIRES » II, III, IV, V

Les K II et III (appelé II en référence au krématorium I, situé dans le camp principal d'Auschwitz, en face de l'hôpital) se trouvent déjà mentionnés dans les plans d'agrandissement de Birkenau de juin 1942. En février 1943, il existe quatre crématoires, date à laquelle on arrête de faire fonctionner les *Bunkers* 1 et 2 (de manière provisoire pour le 2).

Avec l'extermination totale des Juifs, il fallait imaginer une installation à circuit continu dans laquelle les Juifs entraient à pied et sortaient en cendres (salle de déshabillage, chambre à gaz et fours). Le premier gazage dans le K II a eu lieu le 13 mars 1943 pour 1 492 Juifs du ghetto de Cracovie. David Olère qui y a travaillé comme *Sonderkommando* a dessiné très précisément les K II et III. La crémation se pratiquait dans cinq fours à trois moufles, installés par la société Topf, qui fonctionaient jour et nuit.

Les *Bunkers* 1 et 2 représentent donc le cœur de la Shoah pour les Juifs d'Europe occidentale qui ont pratiquement tous été exterminés là. Mais l'effacement des traces voulu par les nazis, le dynamitage de toutes les installations et l'organisation des visites actuelles du camp occultent ces lieux qui sont pourtant les plus vastes cimetières de Juifs au monde.

Cet article a été élaboré d'après l'exposé de Marcello Pezetti, historien italien spécialiste d'Auschwitz, lors d'un voyage d'études en Pologne (juillet 2000). Les photos sont gracieusement prêtées par Geneviève Erramuzpé, directrice du mémorial d'Izieu.

Birkenau – juin 1999
Ce qui reste du *Bunker* 2 – Traces des baraques
de déshabillage

© Maison d'Izieu-Geneviève Erramuzpé.

**Le chemin entre les baraques de déshabillage
et la chambre à gaz du *Bunker* 2**

© Maison d'Izieu-Geneviève Erramuzpé

État de la *Judenrampe* en juillet 2000

Birkenau – juin 1999
À l'emplacement du *Bunker* 1, un pavillon a été construit

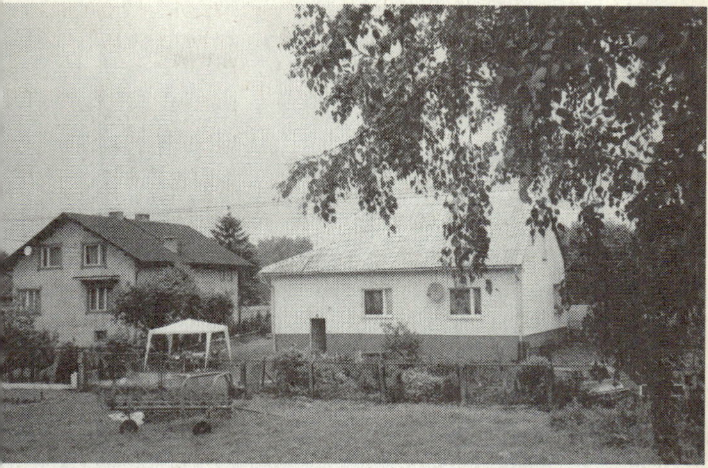

© Maison d'Izieu-Geneviève Erramuzpé.

Birkenau – juin 1999
Ce qui reste du *Bunker* 2 : les fondations

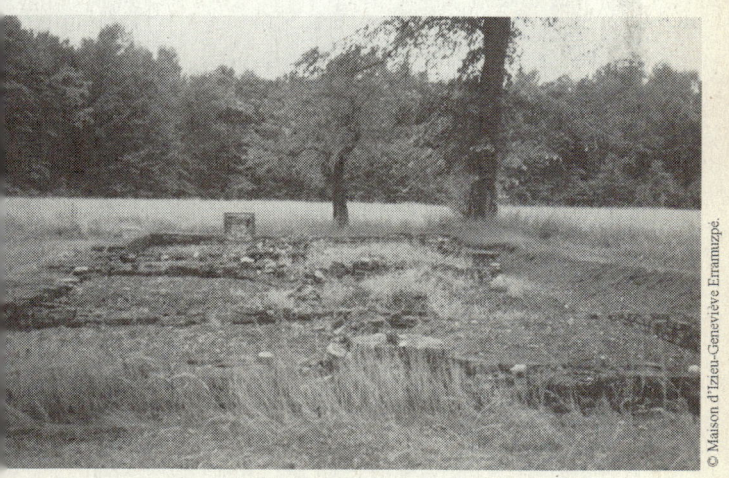

© Maison d'Izieu-Geneviève Erramuzpé.

Birkenau – juin 1999
Ce qui reste d'un des « postes de travail »
des *Sonderkommandos* au K II de Birkenau

Le témoignage
du *Sonderkommando*
Yakov Gabbay*

par Gideon Greif

Malheureusement je dois parler de Yakov Gabbay au passé, car il est décédé pendant que je préparais ce livre.

Yakov Gabbay habitait à Névé-Yamin, une petite bourgade près de Kfar-Saba, à une demi-heure en voiture de Tel-Aviv.

Par paresse, je ne lui ai pas suffisamment rendu visite, ce que je regrette aujourd'hui qu'il n'est plus possible d'aller le rencontrer. Il a emporté avec lui une partie des souvenirs du *Sonderkommando*, unité spéciale d'opérations. Néanmoins, les quelques heures que nous avons passées ensemble furent particulièrement fructueuses.

Yakov Gabbay est né à Athènes et son frère, qui vit actuellement aux États-Unis, était avec lui dans le *Sonderkommando*. Il ne fait aucun doute que le soutien qu'ils se portèrent mutuellement fut l'un des facteurs de leur survie.

La famille Gabbay prit racine à Livourne, en Italie, au XVIᵉ siècle. Elle n'a jamais quitté la ville, et ses descendants y vivent encore jusqu'à ce jour. Même en Grèce, toute la famille, y compris Yakov Gabbay, garda la

---

* Ces propos ont été recueillis en Israël par Gideon Greif.

citoyenneté italienne. C'est pour cette raison qu'ils ne furent déportés à Auschwitz qu'en 1944, car, pendant un certain temps, les Allemands respectèrent la citoyenneté italienne des Juifs italiens si bien qu'ils ne furent pas déportés dans les camps.

Yakov Gabbay était un optimiste, et il devait le rester toute sa vie. Même pendant la période où il fut à Auschwitz, il était convaincu qu'il sortirait vivant du camp.

C'était un homme robuste, et c'est ainsi qu'il se décrivait pendant notre entretien. Robuste afin de survivre et de raconter aux générations suivantes ce qu'il avait vu de ses propres yeux.

Je lui ai demandé une fois s'il avait honte du travail qu'il avait fait à Birkenau, sa réponse fut négative et, pourtant, il ne pouvait pas cacher son chagrin, il avait mal à cause de la souffrance infligée au peuple juif. « De mes propres yeux, j'ai vu des millions de Juifs assassinés. »

La confidence la plus significative qu'il me fit à la fin d'un de nos entretiens fut que jamais Auschwitz ne lui est apparu dans ses rêves. « Je vis dans le présent... Je suis entré à Auschwitz avec l'espoir d'en sortir vivant. J'ai survécu parce que je restais optimiste. »

D'où puisait-il la force de refouler ses souvenirs de Birkenau au fin fond de lui-même, dans son inconscient ? Cela, je ne le saurai pas. La force de Yakov tenait peut-être de sa simple foi en Dieu. « Je ne suis pas un homme pratiquant », disait-il, « mais je n'ai jamais nié l'existence de Dieu. » Il s'avéra que Dieu avait de l'affection pour Gabbay et chercha à préserver cet homme particulier, qui n'est plus parmi nous aujourd'hui.

Yakov Gabbay ne chercha pas à cacher la vérité à ses enfants. Sa fille, Rose Bermi, qui habite avec sa famille dans la même bourgade que Yakov, m'a raconté que son père lui avait dévoilé toute son histoire, sans rien cacher. Enfant, elle savait déjà ce qu'était Auschwitz et les horreurs qui y étaient perpétrées.

Yakov, où es-tu né ? Quelle est l'origine de ta famille ?

Je suis né à Athènes le 26 septembre 1912. Ma mère était grecque, mon père était d'origine italienne. Quand j'ai eu trois ans, ma famille partit d'Athènes pour s'installer à Salonique, où j'ai grandi.

Peux-tu nous expliquer les racines de ta famille ?

Les racines de ma famille remontent au XVIᵉ siècle, à Livourne, en Italie. On peut aisément suivre notre lignée jusqu'aujourd'hui. Nous étions trois frères, j'étais l'aîné, ensuite est venu Dario [1], de quelques années plus jeune que moi et, enfin, Sami, le benjamin. Dario et moi sommes les seuls survivants.

Mon père a travaillé pendant trois ans à l'imprimerie du quotidien *Nia Litsia* [La Nouvelle Vérité], le journal le plus important de la Grèce du Nord.

J'allais à l'école italienne Santa Rosa, et là j'ai acquis une certaine culture italienne. L'école était gratuite, ce qui nous rendait bien service, étant donné que notre situation économique n'était pas brillante, loin de là.

Après avoir étudié six ans, j'ai été, moi aussi, embauché à l'imprimerie de « La Nouvelle Vérité », en 1929, où l'on m'a octroyé le statut d'ouvrier permanent, et j'y suis resté douze ans, jusqu'en octobre 1940.

Les Allemands sont entrés en Grèce le 6 avril 1941. C'était le vendredi de Pâque. Athènes s'est rendue un dimanche, le 27 avril 1941.

Quand as-tu perçu un changement par rapport aux Juifs ?

---

1. Dario Gabbay vit aujourd'hui aux États-Unis, à Los Angeles.

Petit à petit, on a ressenti la guerre. D'abord, on a entendu que les Italiens avaient envahi l'Albanie. Par la suite, la situation s'est détériorée, mais, jusque-là, notre famille était épargnée parce que mon père était citoyen italien aussi, nous faisions partie du petit groupe des citoyens privilégiés, les Italiens et les Espagnols. Déjà, dès le début, les Allemands avaient concentré tous les Juifs qui ne jouissaient pas d'une citoyenneté étrangère. Grâce à notre citoyenneté italienne [2], nous n'avons été déportés au camp que plus tard.

Peux-tu nous donner des exemples de changements que les Juifs de Salonique ont ressentis dans leur vie quotidienne ?

La tragédie des Juifs de Salonique a débuté à la fin de l'année 1942. Cela a commencé par la pression exercée sur la communauté juive. Les membres de la communauté étaient sommés de payer de lourdes charges et les hommes de 18 à 45 ans étaient enrôlés pour le travail forcé [3].

La communauté n'avait aucun moyen de résister. À partir de juillet 1941 et jusqu'à la déportation à Auschwitz, les

---

2. Le régime fasciste italien traitait les Juifs des pays qu'il occupait ou ceux qui étaient sous leur autorité d'une façon humaine et correcte ; dans beaucoup de cas, ce régime a sauvé des Juifs ou empêché de les livrer aux Allemands pour la déportation dans les camps d'extermination. (Se référer à Daniel Carpi, « Le Sauvetage des Juifs dans la partie de Croatie occupée par les Italiens, in *Tentatives et opérations de sauvetage pendant l'Holocauste. Conférences et débats du deuxième Congrès international d'études sur la Shoah*, édition Israël Gutman, Jérusalem, 1976, p. 382-432, ainsi que « Opérations de sauvetage par les Italiens », de Daniel Carpi, dans *L'Encyclopédie de la Shoah*, éditeur principal Israël Gutman, Tel-Aviv, 1980, p. 71-72.)

3. L'enrôlement pour les travaux forcés des différentes communautés constituait le stade qui précédait la mise en ghetto et la déportation dans les camps.

hommes étaient enrôlés pour les travaux forcés. D'abord, les Juifs de la ville furent emmenés dans les camps de la Grèce centrale où ils devaient construire des routes, creuser des canaux, dans des conditions de famine, de torture et d'humiliations [4].

Pendant ce temps, je travaillais encore au journal libéral *La Vérité*, mais il fut rapidement interdit, si bien que les nouvelles de Grèce et de l'extérieur ne passèrent presque plus. Les Allemands firent paraître un journal spécial pour les Juifs, en allemand, en lettres cyrilliques, son nom *Nia Europa* (« Nouvelle Europe »).

C'était un journal antisémite, qui entretenait le feu de la confusion et de la terreur.

Quand commença le rassemblement des Juifs de Salonique pour être déportés, la famille décida de déménager à Athènes en espérant pouvoir y rester grâce à notre citoyenneté italienne.

Le 15 juillet 1943, deux mois avant la chute de Mussolini, nous avons quitté Salonique. À cette époque, j'étais déjà marié à Laura, la fille de Iehoshua Mansa de Salonique. J'avais fait sa connaissance en 1935. Salonique s'était vidée de tous ses habitants juifs [5], nous espérions recommencer une nouvelle vie à Athènes.

À Athènes, la vie se déroulait tranquillement. Nous recevions des conserves de nourriture de l'armée italienne, dont certaines étaient inaccessibles en Grèce. Ce fut une époque calme et sereine. Tant que l'Italie ne tombait pas, les Allemands ne touchèrent pas aux citoyens italiens et espagnols. Le 5 septembre 1943, Mussolini tomba et dès la fin de ce

---

4. Des milliers d'hommes juifs de Salonique étaient contraints à effectuer des travaux physiques durs et souffraient des mauvais traitements des policiers grecs. Voir *Le Carnet de la communauté-Grèce*, p. 33, 38, 273 et 275 ; *L'Holocauste des Juifs grecs*, p. 46-51.

5. À la veille de l'Holocauste, il y avait à Salonique environ 5 600 juifs. Voir *Le Carnet des communautés-Grèce*, p. 32.

mois et chaque mois, nous étions obligés de nous présenter devant un fonctionnaire allemand. Le 24 mars 1944, l'ordre fut donné d'expulser d'Athènes tous les citoyens italiens.

Nous n'en croyions pas nos oreilles, nous étions persuadés qu'on viendrait nous libérer. En même temps commença la déportation des Juifs d'Athènes. J'étais dans le premier convoi. La déportation me prit par surprise : chaque matin, nous devions nous rendre à la synagogue pour signer un acte de présence. C'est là qu'un jour on a tous été arrêtés. Moi, je ne me présentais jamais pour signer, j'envoyais quelqu'un à ma place et, justement, ce jour-là, j'y suis allé, en personne, et j'ai été arrêté. Le destin. Nous sommes arrivés au camp de Kaidhari, qui était en fait une prison grecque, nous y sommes restés une semaine.

Nous ne savions pas ce qui nous attendait. Nous pensions que les Grecs entreprendraient peut-être quelque action pour nous libérer. Après une semaine de cauchemars, le premier avril 1944, j'avais 32 ans, on nous embarqua dans un train pour la Pologne. On nous dit que nous allions à Cracovie[6]. Notre convoi venait d'Athènes. Il était passé par Arta et Janina. Nous étions 2 500, hommes, femmes et enfants. Le voyage dura dix jours, du 1er au 11 avril 1944. Nous avons traversé la Grèce, la Yougoslavie, la Hongrie et l'Autriche, jusqu'à ce que nous arrivions en Pologne[7].

---

6. Les Allemands donnèrent l'ordre aux dirigeants juifs de Salonique de faire savoir que les Juifs de la ville seraient transférés dans une nouvelle implantation près de Cracovie et que les Juifs de Cracovie les recevraient et s'occuperaient d'eux et de tout ce qui leur manque ; voir *L'Holocauste des Juifs grecs*, p. 78-79, et *Le Carnet des communautés-Grèce*, p. 278-279.

7. Le chemin du point de départ et jusqu'aux portes des camps d'extermination était accru, souvent intentionnellement, par les Allemands, afin que les Juifs embarqués soient réduits à un état d'épuisement physique et psychique avant même qu'ils ne posent le pied dans le camp. C'est pour cela qu'une partie des déportés arrivaient au camp dans un état comateux ou même déjà morts.

Est-ce que toi et ta famille étiez dans le même wagon ?

Nous étions ensemble dans le train. J'étais avec mon frère, mes parents. Ma femme aussi était avec moi.

Qu'aviez-vous le droit d'emporter avec vous ?

Nous avons pris avec nous des couvertures, un matelas, deux, trois chemises.

Dans le wagon du train, il n'y avait pas de toilettes, nous recevions une nourriture rationnée. Nous essayions de passer le plus de temps possible en dormant. Pendant les onze jours, plusieurs d'entre nous sont morts. Les portes ne se sont jamais ouvertes, sauf une seule fois, quand nous sommes arrivés à Budapest. On a ouvert les portes pour nous donner de l'eau. À cet arrêt, on a aussi sorti les morts des wagons.

Nous avons quitté Athènes au coucher du soleil, nous sommes arrivés à Auschwitz le 11 avril 1944, c'était un mardi, à dix heures du matin.

Que s'est-il passé le 11 avril, après que le train s'est arrêté ?

Nous étions arrivés à destination. Près du camp, nous avons vu un groupe d'hommes et de femmes qui arrachaient les mauvaises herbes. Ils avaient l'air plutôt épuisés. Dès ce jour même, sur le quai, eut lieu la première sélection : les femmes jeunes et les hommes jeunes furent dirigés d'un côté, les vieux – de l'autre côté. Tous les vieux, les malades, les épuisés, les femmes enceintes et les enfants furent embarqués dans des camions pour Birkenau, où ils furent immédiatement gazés et brûlés[8].

---

8. Évidemment, Gabbay n'a pu avoir connaissance de la mort des vieillards, des femmes et des enfants que plus tard. Il n'a pu

Dès le premier jour, ils furent envoyés directement à la mort.

Quand les vieux montèrent dans les camions, nous nous disions encore qu'ils avaient de la chance, ils voyagent en voiture et, nous, nous devons marcher à pied[9].

Qu'est devenue ta famille après être descendue du train ?

Quand la sélection a été terminée – mon frère et moi étions restés ensemble –, le camion qui devait transporter mes parents arriva. Nous sommes allés vers eux et nous leur avons dit : « Bon voyage, bonne chance, nous nous en sortirons tous. » De toute la famille, seul mon frère m'est resté. Les autres, malheureusement, ont tous péri.

Quel autre souvenir gardes-tu de la sélection ?

Les Allemands qui avaient effectué la sélection ont dit à chacun d'entre nous quelle direction prendre. Je ne m'imaginais pas que c'était la dernière fois que je devais voir ma famille.

Avais-tu entendu le nom d'Auschwitz auparavant ?

Dès 1942, nous avions entendu parler de camps de travail, en Ukraine. Quand nous sommes arrivés à Auschwitz, nous pensions que nous étions arrivés dans un de ces camps. Nous ne savions pas qu'Auschwitz était synonyme de la mort. Nous étions persuadés qu'il s'agissait d'un autre camp de travail.

être au courant que plus tard, quand il était déjà lui-même prisonnier dans le camp.

9. Le fait d'embarquer les vieillards, les malades, les infirmes dans des camions était un des moyens de mystifier ceux qui restaient en vie.

De ce même convoi sept cents personnes furent choisies, dont mon frère et moi, on nous fit marcher trois kilomètres à pied jusqu'à Birkenau. Nous ne savions pas ce que nos familles étaient devenues. Nous avons été mis en quarantaine [10] dans un camp fermé, où nous sommes restés un mois ou un peu moins, au cas où une maladie quelconque serait apparue, ils auraient pu nous tuer tous d'un coup. Par chance, personne n'est tombé malade.

Quand as-tu reçu ton numéro de détenu ?

Quelques jours après, j'ai eu le numéro 182 569. Dans le camp, personne n'avait de nom, seulement des numéros.

À la fin du vingtième jour – c'est-à-dire le 12 mai 1944 –, une autre sélection eut lieu, plus stricte encore : deux officiers sont venus, accompagnés de deux médecins. Nous devions nous présenter devant eux, nus. Un médecin allemand nous examina sans dire un mot et choisit trois cents hommes, les plus robustes et en meilleure santé. L'examen était minutieux et non plus général. Pendant cinq minutes, le médecin tourna autour de moi en me tâtant tout le corps. Deux *kommandosführer* – commandants d'unités – qui étaient à côté de lui nous ont dit : « À partir d'aujourd'hui vous allez travailler dur, mais vous ne manquerez ni de nourriture, ni de vêtements. » Ces mots nous tranquillisèrent et nous réjouirent. Nous étions en tout et pour tout sept cent cinquante

---

10. Le « camp de quarantaine » se trouvait dans la zone BIIa à Birkenau. Il a fonctionné dès la fin du mois d'août 1943 jusqu'en novembre 1944. Y travaillaient environ 32 000 prisonniers, en majorité des hommes, au moins la moitié était des Juifs. Le temps passé en « quarantaine » allait de quelques jours à quelques semaines. Environ 2 000 détenus y sont morts et environ 4 000 furent envoyés à la chambre à gaz, et encore 4 000 dans « l'hôpital » du camp dans la zone BIIf.

prisonniers – des hommes qui étaient depuis quelque temps dans le camp et ceux qui venaient d'y arriver. On nous a dirigés vers le camp de travail qui était signalé par l'insigne supplémentaire « camp D »[11]. C'est ainsi qu'en fait nous avons rejoint le *Sonderkommando*.

Le vendredi, nous sommes arrivés au block du *Sonderkommando*, nous y avons rencontré des Juifs d'origine polonaise qui vivaient en France. Il y avait aussi des Juifs russes, polonais et tchèques. Yakov Kaminsky[12] fut nommé *Kapo*. C'était un homme extraordinaire, robuste, et les Allemands ne lui faisaient pas peur.

Dès notre arrivée au camp, et à partir du moment où nous avons été sélectionnés pour être dans le *Sonderkommando*, tout lien avec les autres prisonniers du camp était coupé. Environ une centaine d'entre nous habitèrent les mansardes du bâtiment du four crématoire I. Cent, dans les mansardes du four crématoire II, et sept cent cinquante dans les fours crématoires III-IV. Quand nous sommes arrivés au block, les déportés nous ont dit : « Ici, tout est mieux qu'à la maison, seulement, il faut que vous sachiez – personne d'entre nous, ne sortira d'ici vivant. » J'étais avec un Juif russe, un pessimiste dans l'âme. Il me dit : « Yakov, crois-moi, nous ne sortirons pas d'ici, je sais ce que je dis. »

---

11. « Camp D-*Lager* D », c'est-à-dire la zone du camp BIId, qui était, dès juillet 1943, le camp des prisonniers (hommes).

12. Yakov Kaminsky, sa date de naissance n'est pas certaine – entre 1904 et 1911, natif de Sokolka, dans la région de Bialystok, arrive à Auschwitz en novembre ou décembre 1942. Surnommé « le Lithuanien », en janvier 1943, il est nommé *Kapo* et devient *Kapo* principal après la mort du précédent, Auguste Brik (27 décembre 1943). Il fut parmi ceux qui préparèrent et organisèrent le soulèvement du *Sonderkommando*. Il fut assassiné par Moll et ses acolytes, probablement le 2 août 1944, quand les Allemands prirent connaissance de son rôle dans le complot. Voir *Le Livre d'Auschwitz*, p. 118, 127, 150, 172, 260, 262 ; *L'Usine de la mort Auschwitz*, p. 231-232.

Ceux qui étaient là depuis longtemps, nous dirent : « Le travail au *Sonderkommando* consiste à brûler les cadavres tous les jours. » C'était la première fois que nous entendions que l'on brûlait des êtres humains à Auschwitz.

Au début de la semaine, le lundi 15 mai, notre groupe fut divisé en deux. Un groupe est allé au crématoire II et, nous, on nous a emmenés au four crématoire I. Notre groupe comptait surtout des Juifs grecs, parmi eux, Michel Arditi, Yossef Barouch [13] de Corfou, les frères Cohen, Shlomo et Maurice Venetsia [14], moi et mon frère Dario Gabbay, Léon Cohen, Marcel Nagir [15] et Daniel Ben-Nakhmias [16]. On nous dit que, la première nuit, nous ne sommes pas encore obligés de travailler, nous devons seulement regarder.

Je me rappelle, vers 17 h 30, est arrivé un convoi de Hongrie. Les anciens nous ont dit de bien regarder les visages des arrivants, car, dans quelques instants, ils ne feront déjà plus partie des vivants. Cela, nous ne le

---

13. Yossef Barouch était un officier de cavalerie dans l'armée grecque. Il a travaillé au four crématoire I ; là il se lia d'amitié avec le *Kapo* Lamka, qui le fit entrer dans le groupe de direction du soulèvement. Barouch est mort quelques jours avant la libération.

14. Les frères Venetsia vivent encore. Shlomo habite Rome en Italie et Maurice, à Los Angeles, aux États-Unis.

15. Marcel Nagiri est né le 1er janvier 1917 à Salonique, il a fait ses études au lycée français Alsheich. Adulte, il alla travailler dans la ferme de son père, spécialisée dans la vente de la nourriture pour animaux. En 1937, il est recruté par l'armée et participe à la guerre contre l'Italie. En 1943, il s'enfuit à Athènes où il travaille dans la fabrication de savon. En octobre 1943, il rejoint les rangs de la Résistance grecque. Le 30 décembre 1943, il est arrêté et transporté en prison où il reste un mois, puis deux mois dans le camp d'internement Khaidari. De là, il est déporté à Auschwitz. Il a survécu et est allé vivre aux États-Unis. Il est mort d'une crise cardiaque à New York, en juillet 1971.

16. Daniel Ben-Nakhmias décède à Oakland, États-Unis, en octobre 1994.

croyions pas. Après un court laps de temps, on nous a ordonné de descendre en bas pour voir ce qui s'y passait. Nous sommes descendus, nous avons ouvert les portes des chambres à gaz et, en effet, nous avonsvu tous les corps. On nous a dit que c'était cela notre travail. À l'extérieur était écrit « Douches » en polonais, allemand, russe et anglais.

Qu'as-tu vu, quand tu as ouvert pour la première fois la porte de la chambre à gaz ?

J'ai vu des corps, l'un sur l'autre. Il y avait environ deux mille cinq cents cadavres. Beaucoup d'entre eux portaient des marques de blessures et de sang. Je n'avais jamais rien vu de semblable de ma vie, c'était un spectacle horrible.

Je me rappelle, après on nous a emmenés dans la pièce où se trouvaient les corps – c'est là qu'on leur arrachait les dents en or, on tondait les cheveux des femmes, et tout ce qui avait de la valeur était rassemblé. Nous devions regarder comment se faisait le travail.

Quelle pensée t'est passée par la tête quand tu as vu les corps ?

J'ai pensé que c'était une tragédie, une terrible tragédie qui s'abattait sur le peuple juif, qu'on l'assassine ici de cette façon si féroce.

Les premiers jours, c'était terrible et horrible. Mais je me suis dit : « Tu n'as pas le droit de perdre la tête. » Je savais qu'à partir de maintenant je devrais voir ces scènes jour après jour, c'était notre travail et nous devions nous y habituer. Un travail dur, mais on s'habitue.

La première nuit, nous n'avons pas travaillé, nous n'avons commencé à travailler que la deuxième nuit. Le responsable est arrivé et a dit à chacun de nous : « Toi, fais ceci et toi, fais cela. »

Mon rôle consistait à ramasser les corps et, avec un autre détenu, à les déposer sur un brancard. Je devais, avec l'aide d'une fourche, les introduire directement dans le four.

Chaque four avait trois portes. Par chaque porte on pouvait faire passer quatre corps – soixante corps en un quart d'heure, et tous les quarts d'heure, il fallait tout brasser avec la fourche. Le feu augmentait, et après un autre quart d'heure, il ne restait plus des victimes que de la cendre, et le travail reprenait du début. Notre travail ne se résumait qu'à trois minutes, tout au plus quatre minutes, et une demi-heure de pause.

Savais-tu, avant de travailler au Sonderkommando, *qu'à Auschwitz on tuait et on brûlait les gens ?*

Les journaux en Grèce rapportaient déjà, en 1943, les actes perpétrés par les Allemands dans les camps, mais nous ne le croyions pas. Qui pouvait croire que les Allemands – un peuple civilisé – soient capables de faire une chose pareille ? Mais chaque jour des Juifs étaient brûlés, jour après jour, sans que cela ait une fin et, dehors, l'orchestre et le chœur des femmes jouaient et chantaient. Nous travaillions depuis trois jours, quand l'ordre fut donné que la moitié des nouvelles recrues *Sonderkommando* – j'en faisais partie – devait être envoyée aux crématoires III-IV, à cause des nombreux convois. Il fallait incinérer chaque jour vingt-quatre mille Juifs de Hongrie.

Ceux du *Sonderkommando* qui y étaient affectés n'arrivaient pas à effectuer seuls tout le travail. Quand, après quelques jours, s'est terminée la combustion dans les *Bunkers* de plusieurs milliers de Juifs hongrois, chacun est retourné à sa place usuelle et a repris son travail habituel au *Sonderkommando*.

À la fin du mois d'avril et pendant tout le mois de mai 1944, de nombreux convois venant de Hongrie arrivèrent à Birkenau. Les convois étaient très importants et la place dans les crématoires était trop petite pour contenir toute cette foule. C'est pourquoi des fosses furent creusées qui permettaient la combustion de milliers de corps supplémentaires. Mon groupe de *Sonderkommando* travailla près du « Sauna » flamboyant, face aux fours crématoires III-IV. C'est là qu'étaient creusées les fosses où brûlait le surplus des corps des fours. Ces fosses étaient surnommées *Bunkers* [17]. J'y ai travaillé trois jours.

On apportait les corps des chambres à gaz au *Bunker*, et là on les brûlait. Le *Bunker* était au milieu d'arbres, de façon à ce qu'on ne puisse pas voir ce qui s'y passe. La méthode de combustion dans les *Bunkers* était la suivante : on déposait les corps sur une couche de bois, et, par-dessus les corps, étaient placés encore du bois et des planches, puis de nouveau les corps et ainsi de suite. Trois couches et plus. Alors venait un SS, il versait de l'essence et jetait une allumette allumée – et tout prenait feu. Toutes les heures, un millier de corps brûlaient. La graisse des cadavres ravivait le feu [18]. Un kilogramme de charbon, deux planches, le feu était mis, et les flammes se propageaient entre les corps des gens.

Puis après douze heures, c'était la relève, et nous retournions au block 13, dans le camp B, et le lendemain nous retournions travailler aux *Bunkers*. Il y avait avec nous un camarade, il était du même convoi que moi, Menachem Litchi, en Grèce il était ouvrier sellier. Il avait laissé derrière lui sa femme et ses deux filles. Un jour, il

---

17. Les survivants du *Sonderkommando* font parfois la confusion entre les fosses et les *Bunkers*, c'est ainsi qu'étaient appelées les chambres à gaz. Quant aux fosses dont parle Gabbay, elles étaient utilisées pour l'incinération des Hongrois morts, on peut les voir sur les photographies secrètes faites par quelqu'un du *Sonderkommando* dans le but de mettre en garde le monde et de lui montrer de source première ce qui se passait à Birkenau.

18. La graisse du corps est solide, mais à haute température elle devient liquide ; la description du témoin selon lequel la graisse liquide devient elle-même inflammable est exacte.

me dit : « Yakov, ce travail est intolérable, nous ne pouvons pas jeter les gens au feu, je ne veux pas vivre davantage. » Je lui ai dit d'attendre encore deux, trois jours, avec patience. « Tous les débuts sont difficiles, tout passe. C'est trop dommage que tu perdes ta vie. » Il a attendu deux jours, et le troisième – quand il vit que personne ne le regardait – pendant que nous jetions les corps dans le *Bunker*, Menachem sauta dans le feu avec le corps qu'il traînait, voulant mettre fin à ses jours dans ce brasier. Un sergent allemand du nom de Grinberg le tua en tirant une balle pour lui éviter de souffrir. C'était le 18 mai 1944.

Un mois ou deux s'étaient passés quand arriva au Krematorium II un soldat allemand, il demanda : « Est-ce que quelqu'un sait quelque chose sur ce qui s'est passé avec Menachem ? » J'ai levé la main. Il m'a demandé de lui raconter l'incident. Je lui ai répondu : « Oui, mais pas en allemand, seulement en français. » Il me conduisit dans un bureau. On me fit asseoir, on m'apporta quelque chose à manger, puis quelqu'un est arrivé et m'a demandé de raconter l'incident avec Menachem... Je me demandais pourquoi les Allemands qui exécutaient chaque jour des milliers de gens, pourquoi se préoccupaient-ils tout d'un coup du sort d'un seul homme ? Je savais que je ne devais sous aucun prétexte dire qu'il s'était suicidé. Quand ils m'ont demandé comment une chose pareille avait pu se produire, j'ai dit qu'il s'était trop rapproché du feu, avec le cadavre, qu'il avait glissé et était tombé dedans. C'est tout. Malheur à moi si j'avais dit qu'il s'était suicidé.

Pourquoi ?

On m'aurait tué sur-le-champ.

Y eut-il d'autres cas similaires à celui de Menachem ?

Non. C'est le seul que je connaisse.

Après mon travail passé à traîner les corps, je m'asseyais, en général, et pour la plupart du temps, dans la journée, près du *Bunker* et, le soir, je retournais au camp D. Je voulais habiter dans le bâtiment du crématorium. Je ne voulais pas rester aux *Bunkers*. C'est là que le travail était le plus dur, un travail qui n'en finissait pas. Nous n'arrêtions pas de travailler, même pas une minute de pause, il fallait aller, soulever, traîner, jeter, aller, soulever, traîner, jeter, et tout cela sous la surveillance des gardes allemands.

Chaque soir, neuf ou dix de nos camarades arrivaient avec le repas. Une ou deux fois j'ai saisi l'occasion et j'ai dit au *Kapo* Kaminsky et au *Kapo* Maka : « Est-ce que vous pouvez vous charger de me transférer des *Bunkers* au *Krematorium* ? » Le *Kapo* Kaminsky et le *Kapo* Lamka [19] ont fait de leur mieux et, quatre jours après, j'ai été transféré au four crématoire II, c'est là que je suis resté jusqu'au bout de ma détention au camp, jusqu'au 18 janvier 1945. J'ai eu de la chance d'avoir pu rapidement échapper aux fosses, car c'était un travail énorme et sans fin.

Où était passé ton frère, Dario, pendant tout ce temps ?

Pendant un mois, il a travaillé aux fours crématoires III-IV et, puis, Kaminsky l'a fait transférer au four II, pour qu'on soit ensemble.

Que faisait ton frère ?

Nous travaillions dans le même bâtiment, mais il était occupé à un autre travail, plus facile, car il était de

_____

19. Il s'agit de Lamka Plishko, qui était lui aussi *Kapo* au four crématoire II ; il a survécu et habite au centre d'Israël.

constitution plus faible. Quand le monte-charge amenait les corps au niveau des fours, Dario les transportait, toujours par quatre, jusqu'aux portes des fours. Son travail était beaucoup plus facile que le mien, car il n'avait pas, lui, à soulever les corps, il les traînait avec ses mains. Dans le *Sonderkommando*, il y avait des travaux moins durs que d'autres, mais, tous deux, nous nous sommes toujours aidés mutuellement [20].

Quelle influence ce travail a-t-elle eu sur lui ?

Franchement, je ne pensais pas qu'il tiendrait le coup. C'était un homme sensible, de dix ans plus jeune que moi, mais, malgré tout, il a tenu le coup jusqu'au bout.

Comment était le four crématoire II, vu de l'extérieur ?

Tu ne le croiras pas, cela avait l'air d'un bâtiment d'usine, avec une grande cheminée, comme dans toutes les usines, à part l'odeur puante de chair humaine brûlée qui s'élevait. Il était impossible de deviner qu'on y assassinait des êtres humains.

Peux-tu décrire ce qui se passait quand un convoi arrivait ?

Quand le train arrivait, un groupe d'Allemands et le médecin du camp qui effectuaient la sélection attendaient sur le quai. D'abord, ils faisaient sortir les femmes et les

_____

20. Au *Sonderkommando*, il y eut plusieurs équipes de frères qui ont survécu. Les frères Venetsia, Moshe Wienkrantz et son frère, Yakov et Dario Gabbay et, aussi, Moshe, Mordekhai, Yakov Moka ; Avraham et Shlomo Dragon ; les frères Iakhon ; Berko et Itsel Taper ; Volvol et Moshe Fouks ; les frères Gojik ; Aivish, Leiv et Heirsh Kornik, et d'autres.

enfants. Les Allemands ne battaient pas les femmes et les enfants. De vrais gentlemen [21].

L'entrée de la zone des fours n'était qu'à quelques mètres de l'endroit où s'arrêtait le train, de sorte que nous pouvions voir à chaque convoi combien seraient envoyés aux fours. Le commandant du camp faisait savoir au médecin qui participait à la sélection quel pourcentage du convoi lui était nécessaire pour le travail forcé : aujourd'hui 20 %, demain 15 %, après-demain 20 % et ainsi de suite. Cependant, il y a eu aussi des convois où 100 % des gens étaient envoyés directement à la mort, sans même faire de sélection.

La sélection n'obéissait à aucun critère, les Allemands qui l'effectuaient décidaient du nombre en fonction du pourcentage déjà fixé par le commandant du camp.

Les condamnés à mort étaient envoyés aux fours crématoires disponibles.

Comment les Allemands savaient-ils quels étaient les fours disponibles au même moment ?

À chaque four crématoire était posté un sergent-chef et, chaque matin, il faisait savoir s'il y avait de la place ou non à son four. Le sergent-chef de notre four était un rouquin, costaud et grossier, de Berlin. En mai et en juin 1944, les fours n'ont pas arrêté de travailler [22]. En

---

21. Ce comportement « délicat et civilisé » n'était pas toujours le fait des SS sur les quais. J'ai des preuves qu'ils battaient des vieillards, hommes ou femmes, dès qu'ils descendaient sur les quais. Se rapporter au témoignage d'Isaac Cohen, dans l'émission radio-diffusée sous la direction de l'auteur sur la station israélienne Galei Tsahal, en 1987 : « Salonique-Auschwitz ».

22. En plus des quatre fours crématoires, le *Bunker* 2 (la « Maison Rouge ») et les grandes fosses près du *Krematorium* V ont fonctionné pendant l'été 1944.

juillet 1944, la situation s'est un peu calmée, en août il n'y avait presque plus de convois.

Quand aviez-vous l'occasion de parler avec les victimes qui arrivaient au crématoire ?

Parfois, avant le travail, quand on n'avait rien à faire, nous allions dans la grande salle de déshabillage, pour recevoir les victimes qui y arrivaient, alors nous les voyions, tous.

Pouviez-vous leur parler ?

Nous devions les convaincre de se déshabiller, mais nous n'avions pas le droit de leur dévoiler la vérité.

Que pensais-tu quand tu voyais un convoi comptant des centaines de Juifs dont tu savais que quelques instants plus tard ils seraient tous morts ?

Je me disais que je ne pouvais les aider en rien. Les Allemands avaient pour eux la force, il était impossible de leur résister. Nous n'avions aucune arme en main qui nous aurait permis de faire quelque chose. Aucun des Juifs qui étaient dans la salle de déshabillage ne m'a jamais demandé ce qui allait lui arriver.

Te rappelles-tu une personne en particulier parmi ces convois ? Te rappelles-tu tes impressions quand tu voyais les gens qui arrivaient ?

Non, car, en fait, nous n'avons jamais parlé avec eux. Moi, je ne leur ai jamais parlé. Pendant que nous étions occupés au moment de l'arrivée d'un convoi, ceux du

Kommando Canada [23], avec les gardes allemands, recevaient les nouveaux arrivés.

Nous ne les avons jamais reçus, car ce n'était pas notre fonction. Parfois nous ne voyions même pas les convois, et nous ne savions même pas qui arrivait, tant nous étions occupés à notre travail. C'était impossible de quitter le travail pour regarder le convoi qui arrivait.

Est-il arrivé que des membres du Sonderkommando *rencontrent des membres de leur famille ?*

Une chose pareille pouvait toujours arriver, sauf avec les convois des Juifs hongrois. Tous ceux qui étaient dans la même situation que moi – ma femme était détenue dans le camp – avaient peur. J'avais toujours peur qu'on envoie ma femme au four, qu'on la tue, et je me demandais tout le temps ce que je ferais, alors. Heureusement pour moi, cela ne s'est pas produit, mais, le 31 octobre 1944, quand les quatre cents derniers *mouselman* [24] allèrent à leur mort, deux de mes cousins se trouvaient parmi eux, ils travaillaient, auparavant dans le camp de travail D, à Birkenau. Nous nous sommes assis et avons bavardé pendant deux heures, dans la salle de déshabillage des fours crématoires.

Tu savais, donc, que tes cousins allaient mourir ?

23. Le camp « Canada » : le nom officiel est *Effektenlager*. Dans cette partie du camp, des hangars avaient été construits pour amasser le stock, tout ce qui avait été volé aux prisonniers et à ceux qui arrivaient dans les convois en provenance de différents pays – ce butin était trié et préparé à être expédié.

24. « *Mouselman* » – nom donné au prisonnier, épuisé, malade et miné par la famine et qui n'a plus le désir de vivre, qui ressemble à un squelette ambulant, à la peau jaunâtre et au regard vide. Il ne pouvait plus se tenir longtemps sur ses jambes et souvent tombait d'une façon recroquevillée, d'où le nom *Mouselman* qui viendrait du musulman qui adopte une posture similaire quand il prie.

Oui, évidemment, nous savions qui était condamné à mort par ordre des Allemands. Quand le prisonnier était obligé de se déshabiller, qu'on lui apportait une couverture, du pain avec un peu de margarine, c'était le signe qu'il allait être envoyé au four crématoire.

De quoi parliez-vous ?

Je leur ai demandé comment il était possible qu'eux, des gens d'un tel sang-froid, d'un tel courage, aient pu se retrouver dans cette situation. Ils me répondirent : « C'est notre lot dans la vie, notre destin, nous ne pouvons pas y échapper. »

Ils ont mangé, nous avons fumé des cigarettes jusqu'à ce que leur tour arrive. Un Allemand a dit : « Maintenant, il est temps d'en terminer avec vous », et alors je leur ai dit : « Venez, je dois vous dire quelque chose de terrible, mais vous ne souffrirez pas. » Je les ai emmenés à la chambre à gaz, juste à l'endroit où le gaz pénètre. « Si vous vous asseyez là, vous ne souffrirez même pas une minute. » Quand je suis sorti, un soldat allemand m'a dit : « Bravo, tu as énormément de courage », et je lui ai répondu : « Pourquoi devraient-ils tant souffrir ? » Parmi les victimes tuées ce même jour, il y a eu des dizaines de gens que je connaissais et des membres de notre famille de Grèce.

Quand nous avons terminé de brûler les trois cent quatre-vingt-dix corps, nous avons incinéré chaque personne de notre famille et de notre connaissance séparément, nous avons rassemblé les cendres de chacun, nous les avons mises dans des boîtes, nous y avons inscrit le nom du mort, sa date de naissance et la date de son assassinat. Nous avons enterré les boîtes et nous avons même dit le *Kaddish*. Mais qui ferait le *Kaddish* sur nous ? C'est ce que nous nous demandions… Quand arrivèrent les Russes [25], j'ai appris qu'ils avaient trouvé les boîtes [26].

S'il te plaît, décris des convois qui sont restés ancrés dans ta mémoire.

Le premier jour où j'ai travaillé au *Sonderkommando*, il y a eu un convoi de Hongrie qui est arrivé en fin d'après-midi.

Je me rappelle bien le convoi qui est arrivé de Grèce en juin 1944, il comprenait deux mille personnes. Ce fut le dernier convoi en provenance de Grèce et, sur ordre du commandant du camp, tous les Juifs ont été envoyés à la mort, sans même passer par la sélection. Tous les gens du convoi sont partis en fumée, tous sans exception.

À la fin du mois de juin 1944, ils ont amené des prisonniers du camp des gitans. Ils résistaient, car ils refusaient d'aller aux fours crématoires. Ils étaient tous encore en bonne condition physique.

Au milieu du mois de juin 1944, à trois heures du matin, un convoi de Juifs hongrois est arrivé, au moins mille cinq cents personnes – des hommes, des femmes et des enfants. Nous les attendions dans la salle de déshabillage. D'abord sont arrivés les femmes, les jeunes filles et les enfants. Soudain, nous avons vu une femme avec deux enfants qui nous dit : « Comment puis-je me déshabiller devant vous ? C'est une honte [27]. »

---

25. Gabbay se rapporte à la Commission d'enquête soviétique, qui est arrivée au camp peu de temps après sa libération pour enquêter sur les crimes perpétrés par les nazis à Auschwitz. L'enquête a duré deux mois (février-mars 1945).

26. Le manuscrit de Zalmen Gradovski a été enfoui de façon similaire dans la terre sous le four crématoire II. Ceux qui l'ont déterré ont trouvé dans un pot en aluminium un carnet et une lettre, le tout écrit en yiddish.

27. Des témoignages en notre possession, il s'avère que, dans chaque convoi, il y avait quelques Juifs qui refusaient d'obéir à

Nous lui avons répondu que nous avions l'habitude et, avant que nous poursuivions, le commandant du camp est apparu et il dit à la femme : « Mets tes habits ici, ainsi que ceux de tes enfants, rappelle-toi bien le numéro qui est sur le cintre, pour retrouver les vêtements. » Quelle ironie... Elle est partie directement avec ses enfants à la chambre à gaz. Liquidés.

En août 1944, le nombre de convois qui venaient de Hongrie a diminué. Quand les convois de Hongrie se sont arrêtés, il ne restait donc plus beaucoup d'endroits d'où les Juifs pouvaient être déportés. Plus tard, des convois plus restreints sont arrivés. Puis le flot s'est pratiquement tari. Petit à petit, les Allemands commençaient leur retraite même des régions d'où ils pouvaient déporter les Juifs.

En août 1944, un grand convoi arriva de Lodz[28], ce même mois deux cent cinquante *mouselman* polonais furent envoyés dans les camps aux alentours d'Auschwitz. Ils n'étaient déjà plus capables de se bouger. Le commandant des fours crématoires, le SS Moll, déclara alors : « N'envoyez pas ceux-là au gaz. » Il voulait les massacrer personnellement. Il commença à leur donner des coups avec une barre de fer, celle que nous utilisions pour écraser les os qui restaient des victimes. Puis il descendit et demanda à un des soldats un fusil et des balles. Il a commencé à tirer. Après qu'il eut tiré sur quatre ou cinq d'entre eux, un des *mouselman* l'appela : « Commandant ? » et Moll qui était un sadique féroce, répondit : « Oui ? »

---

l'ordre des Allemands, de se déshabiller complètement. Certains étaient prêts à ne garder que leurs sous-vêtements. Les Juifs religieux étaient obligés de se déshabiller complètement, ils devaient subir ce supplice et cette humiliation.

28. La déportation du ghetto de Lodz à Auschwitz a duré du 7 août au 30 août 1944. Le ghetto de Lodz était définitivement liquidé.

« J'ai une sollicitation. »

« Que veux-tu ? »

« Pendant que tu tires sur mes camarades, je voudrais chanter la valse *Le Beau Danube Bleu*. »

« Je t'en prie, très bien ! Tirer au son de la musique, c'est encore mieux ! » répondit Moll. L'autre chanta, et Moll tira sur tous, jusqu'à ce qu'arrive le tour du chanteur. La dernière balle l'exécuta.

Je me rappelle quarante enfants, des garçons de treize à quatorze ans, qui furent amenés là, alors qu'ils auraient pu travailler. J'en ai vu un parmi eux qui n'avait pas encore rendu son dernier soupir après cinq balles. C'est ainsi qu'ils furent tous massacrés [29].

Quinze jours plus tard, vingt partisans sont arrivés, il y avait parmi eux quatre jolies femmes. Ils savaient qu'ils allaient à leur mort. Nous nous attendions à ce qu'ils se défendent et se battent, parce que, quand même, c'était des partisans. Mais rien ne s'est produit. Ils allèrent comme « des moutons à l'abattoir ». Nous leur avons ordonné de se déshabiller et pas un ne prononça un mot. Ils restèrent muets et allèrent aux chambres à gaz comme « des moutons à l'abattoir ».

Je me souviens d'une fois où cent quarante à cent cinquante fillettes arrivèrent chez nous. Elles s'assirent et commencèrent à jouer et à rire. Nous étions plutôt stupéfaits – qu'est-ce qui se passe ? Une demi-heure, deux heures passèrent et on ne les avait pas encore brûlées ? Puis vint l'ordre de les ramener. Un camion les transporta au « Sauna [30] », dans une des pièces. Quand elles sortirent

---

29. Plusieurs convois d'enfants sont arrivés à Birkenau, ils furent tous exterminés.

30. « Sauna », nom donné dès octobre 1942, au bâtiment ou devaient se rendre les détenus qui venaient d'arriver au camp. Ils devaient enlever leurs vêtements et remettre le peu de biens qui étaient encore en leur possession dans leurs poches, ils se douchaient et recevaient leurs vêtements de prisonniers. Souvent,

saines et sauves du bâtiment des fours crématoires, nous leur avons dit : « Vous pouvez allumer une bougie, d'être sorties vivantes de cet endroit. » Là-bas, on leur avait ordonné d'écrire des cartes : « Nous sommes arrivées au camp. Les Allemands nous ont bien reçues. Nous mangeons bien et sommes en bonne santé. » Deux jours après, elles furent de nouveau envoyées aux chambres à gaz et, comme cette fois, elles savaient ce qui les attendait, elles firent un grand vacarme. Elles furent liquidées.

Une fois, ils ont amené une jeune fille hongroise avec un bébé de deux jours. Elle savait qu'elle allait être assassinée. Cette même nuit, nous n'avions rien à faire. Nous étions assis et nous lui avons proposé une chaise, à manger et des cigarettes. Elle nous raconta qu'elle était chanteuse, elle parla pendant une demi-heure environ. Nous étions assis près des fours, un SS hollandais[31], plutôt gentil, un type aimable, s'était joint à nous. Lui aussi, il écoutait. À la fin de l'histoire, il s'est levé et a dit : « Bon, on ne peut pas rester assis, comme cela, tout le temps, le tour de la mort est arrivé. » Nous lui avons demandé ce qu'elle préférait, qu'on tue d'abord le bébé ou elle. Elle dit : « D'abord moi. Je ne veux pas voir mon enfant mort. » Alors, le Hollandais s'est levé, il a pris son fusil, il a tiré sur elle et l'a précipitée dans le four. Après, il a pris le bébé, boum-boum, et voilà.

Nous étions les seuls qui voyions de nos propres yeux la tragédie des Juifs. Ce même SS hollandais était dans le camp depuis un an et demi, il avait tout vu, mais il ne saisissait pas la tragédie des gens, celle du peuple juif. Nous, nous avions tout vu, nous étions passés par toutes les

---

simultanément, on leur tatouait leur numéro de déporté. Régulièrement, les vêtements devaient être amenés au « Sauna » pour être désinfectés.

31. Aux fours crématoires de Birkenau, on comptait un petit nombre de SS hollandais.

expériences. Au début, le travail était très dur, mais, avec le temps, même nous, nous nous étions habitués.

Dans la salle de déshabillage, j'ai rencontré une femme et sa fille. La femme a sorti une bague en platine et me la donna. Elle pensait probablement que je pourrais sauver sa fille. Mais cela n'était pas en mon pouvoir. J'ai pris la bague. Mais combien de temps peut-on garder une telle chose ? Finalement, je l'ai jetée quelque part.

Yakov, comment es-tu capable de te souvenir de tous les détails d'une façon aussi précise, y compris des dates ?

Je tenais un journal, à partir du premier jour où j'ai travaillé au *Sonderkommando*, jusqu'au 18 janvier 1945, le jour de ma libération. J'ai décrit chaque jour. Presque cinq cents pages et, chaque jour, j'inscrivais les événements les plus routiniers, du genre : « Aujourd'hui ceci et cela est arrivé… » ou : « Aujourd'hui, nous avons travaillé à cela. » J'inscrivais chaque jour ce qui se passait au *Sonderkommando*. Chaque jour apportait ses nouveautés – des exécutions singulières, le pays d'origine des convois, le comportement des gens, les adolescents qui criaient : « Nous ne voulons pas mourir, nous pouvons travailler, envoyez-nous au travail ! » Mais qui pouvait encore les entendre ? Le monde entier ne s'intéressait pas au destin des Juifs. Ils ont tous été massacrés.

Quelqu'un savait-il que tu écrivais un journal ?

Quelques-uns. Quelques amis étaient au courant, mais il fallait garder le secret.

Pourquoi tenais-tu un journal ?

Je me disais que, peut-être, un de ces jours, je sortirais de là. Mais quand nous avons quitté Birkenau, je n'ai pas pu emporter avec moi le journal. Comment aurais-je pu emporter cinq cents pages de Birkenau à Mauthausen ? Qu'auraient dit les Allemands ? Ils m'auraient tué [32].

Où as-tu laissé ton journal ?

Là-bas, sans le dissimuler. Mais bien que le journal soit perdu, je me rappelle beaucoup de dates, et je ne les oublierai jamais. Je me souviens de dates précises, elles ne s'effacent pas de ma mémoire.

Peux-tu nous faire la liste de ces dates ?

Mon premier jour de travail au *Sonderkommando*, le 15 mai 1944.
Deux cents amis, emmenés par les soldats allemands et assassinés le 18 septembre 1944.
La révolte du *Sonderkommando*, le 7 octobre 1944.
Le dernier jour à Birkenau, le 18 janvier 1945.

Que peux-tu raconter de la salle de déshabillage ?

Les victimes qui arrivaient des convois entraient dans la salle de déshabillage par derrière. Elles ne rencontraient jamais celles des convois précédents. Elles devaient descendre vingt marches. D'abord, c'était les fillettes et les petits enfants [33] qui se déshabillaient. Avec précaution et affabilité, les Allemands les menaient des escaliers à une grande pièce – la salle de déshabillage. Il y

---

32. Avant qu'ils ne quittent le camp, pour « la marche de la mort », les déportés étaient inspectés minutieusement et ne pouvaient pas emporter avec eux des objets ou des « souvenirs ». C'est sans doute pour cette raison que se sont perdus des ouvrages littéraires ou musicaux écrits par les déportés dans le camp.
33. Cet ordre, cité ici, n'était pas un règlement fixe. D'autres témoignages citent aussi un ordre différent.

avait des cintres avec des numéros et des étiquettes, on y pendait les vêtements. Ensuite, les victimes continuaient leur chemin jusqu'à ce qu'elles arrivent à un couloir. Là, elles tournaient à gauche et c'était la porte de la chambre à gaz. Mais quand arrivait le tour des hommes, les Allemands les pressaient et les traitaient grossièrement et brutalement : « Vite, vite, vite ! » à coups de fouet, ils les faisaient entrer dans la chambre à gaz et refermaient la porte derrière eux.

Sur une grande pancarte en face de la porte était écrit en allemand, russe et yiddish : « Salle de toilette ». C'est là qu'ils entraient.

Combien de personnes pouvaient entrer à la fois dans une chambre à gaz ?

Environ deux mille personnes.

Est-ce que ces deux mille personnes étaient ensemble dans la salle de déshabillage ?

Oui, oui. Les femmes allaient d'abord à la salle de déshabillage, les hommes après elles. Les hommes ne voyaient pas les femmes se déshabiller. Mais, dans la chambre à gaz, ils étaient tous ensemble et, alors, un SS fermait la porte derrière eux.

Peux-tu décrire la porte ?

La porte était faite d'un panneau résistant, dur, elle avait au moins deux mètres de haut. On pouvait la fermer de l'extérieur d'une façon hermétique.

Quand arrachait-on des corps les dents en or ?

À l'endroit où on les rinçait et où on les triait par groupes de quatre. On arrachait les dents avant d'introduire les corps dans les fours crématoires. Pendant que nous rincions les corps, il y avait là deux types de Tchécoslovaquie, les « dentistes ». Ce sont eux qui arrachaient les dents en or. C'étaient de véritables dentistes, et ils étaient de Tchécoslovaquie, ils s'occupaient aussi des dents des Allemands. Une grande caisse s'y trouvait, et ils y jetaient l'or. Une caisse carrée, où était écrit Allemagne. C'est là qu'ils jetaient les dents en or, tout l'or. Chaque semaine, venait un Allemand ou deux, un lieutenant, un capitaine, des officiers, ils ouvraient la caisse et se servaient autant qu'ils voulaient, sans distinction [34]. Après un mois, la caisse était envoyée en Allemagne. Même les vêtements étaient envoyés en Allemagne. Les Hongrois étaient venus avec de beaux habits et des valises pleines de bonnes choses. On nous laissait la nourriture.

Pardon pour cette question : combien de cendres recueille-t-on du corps d'un homme ?

Cela pèse moins d'un kilogramme. Les os du bassin ne se consument pas entièrement. Par conséquent, nous devions les retirer du four à l'aide d'une hache et les déchiqueter à l'aide d'un instrument en métal [35], pour qu'ils deviennent aussi de la cendre. Il y avait là toute sorte d'outils.

Où portiez-vous la cendre des corps calcinés ?

---

34. Dans le camp, la corruption et le vol, à grande échelle, étaient la norme chez les SS quel que soit leur grade. Comme il leur était interdit de s'approprier les biens des victimes, ils utilisaient les détenus juifs du *Kommando* « Canada » et ceux du *Sonderkommando*, ils les obligeaient à voler des objets de valeur qui s'accumulaient à « Canada I et II » et dans les bâtiments des fours crématoires.
35. D'après d'autres témoignages de rescapés du *Sonderkommando*, l'outil était fait d'un bloc de bois lourd.

Pendant que les corps brûlaient dans le four, la cendre sortait de l'autre côté du four. Ensuite, nous prenions une brouette, on la remplissait, et on jetait la cendre dans la cour des fours crématoires. Quand la cendre s'entassait et formait comme une montagne, un camion venait pour la charger et la déverser dans la rivière. « De la nourriture pour les poissons [36] », disaient cyniquement les Allemands.

Combien de personnes travaillaient avec toi à l'incinération des corps ?

Il y en avait quatre avec moi, toujours la même équipe, sans changement.

Venaient-elles aussi de Grèce ?

Non, ils venaient de Pologne.

Comment communiquiez-vous ?

Nous parlions un peu en yiddish et, surtout, avec nos mains. On se débrouillait. À l'école italienne, j'avais fait deux ans d'anglais et deux ans d'allemand.

Es-tu resté tout le temps avec les mêmes gens du Sonderkommando *?*

Nous sommes restés ensemble jusqu'au dernier jour, jusqu'à ce qu'on quitte Auschwitz. Là, nos chemins se sont séparés et nous ne nous sommes jamais revus.

Est-ce que ta vie à Birkenau était différente de celle des autres déportés ?

_____

36. La rivière, c'est la Vistule ou un de ses affluents.

La vie du *Sonderkommando* ne ressemblait pas à celle des autres prisonniers du camp. Nous étions éloignés d'une grande distance du camp, séparés, et nous n'avions aucun contact avec le reste du camp.

Les quelque cent détenus du *Sonderkommando* étaient divisés en deux groupes, au moins cinquante travaillaient de nuit et cinquante travaillaient de jour. Ce travail, nous le faisions douze heures par jour. Il y avait des semaines où le travail commençait à six heures du soir et s'achevait à six heures du matin et, la semaine d'après, c'était l'inverse, de six heures du matin jusqu'à six heures du soir. On préférait travailler le soir, car, le matin, les officiers étaient présents et c'était plus dur. La nuit, la discipline se relâchait un peu, car même les gardes dormaient.

Pardonne-moi si je m'exprime ainsi, mais est-il vrai qu'il y avait chez vous un genre de « marché noir », y compris avec les Allemands ?

Non, pas chez nous, ce n'était pas nécessaire, puisque nous avions de tout. Nous avions beaucoup d'argent et d'or, que nous trouvions dans la salle de déshabillage. C'était en général caché dans les habits des victimes assassinées. Nous le remettions aux Allemands, et ils nous apportaient des saucisses et des boissons, pour le repas du soir.

Sans boisson, cela ne marchait pas. Entre nous et les Allemands, c'était un troc intensif, comme dans tous les marchés.

Quel était votre emploi du temps ?

On se levait à cinq heures et demi le matin. À six heures, c'était l'appel pour tous ceux du *Sonderkommando* du crématoire II, pour ceux qui avaient travaillé la nuit et pour ceux de l'équipe de jour qui devaient commencer à travailler. Tous devaient se présenter à l'appel devant le commandant allemand. Si quelqu'un parmi nous était malade, notre *Kapo* notifiait : « Un manquant, malade » et l'Allemand inscrivait. Puis le travail commençait. Entre huit et neuf heures, il y avait une pause d'une demi-heure pour manger. Puis nous continuions. Dans l'après-midi, le repas habituel, puis le travail jusqu'à six heures du soir.

Qu'as-tu à dire au sujet des repas, de la nourriture ?

Parfois, quand nous ne mangions pas ce qu'on nous avait apporté, nous le faisions transmettre aux prisonniers qui travaillaient au travail forcé à l'extérieur. En ce qui concerne la nourriture, nous ne manquions de rien. Nous pouvions prendre tout ce qu'on trouvait dans les bagages des victimes. Nous avions du pain, des gâteaux, du saucisson, de tout. Nous avions du surplus de chaque chose, les gardes allemands restaient et se joignaient à nous pour manger. Chaque jour nous recevions notre ration de viande – le meilleur morceau. Avec les meilleurs os, nous faisions du bouillon. Le matin, parfois, nous apportions au garde de faction un peu de ce bouillon. Il en était très content. Nous avions de la nourriture à volonté, au point que nous pouvions faire passer des vivres et du pain vers le camp. Même quand les Allemands étaient avec nous dans la salle de déshabillage, nous prenions de la nourriture des convois. Les Allemands ne nous le défendaient pas [37].

Il y avait des excédents de tout, de la nourriture de toute sorte. Il y avait un si grand choix que nous ne savions pas quoi prendre d'abord. Chaque sandwich était meilleur que

---

37. De nos témoignages ressort que la nourriture que les gens du *Sonderkommando* trouvaient dans la salle de déshabillage leur permettait de manger à leur faim et même de partager ces vivres avec leurs camarades et les membres de leurs familles qui étaient dans le camp.

le précédent. Le ravitaillement était quotidien, il y avait même de la viande [38] en abondance.

Buviez-vous des boissons alcoolisées ?

Oui, nous buvions des boissons alcoolisées. Il y avait de tout, tout ce qu'on voulait. Vodka 96. Nous avions l'autorisation de boire de l'alcool, tout ce que nous voulions.

Où habitiez-vous ?

Dans le bâtiment du four crématoire, le crématoire II, c'est là que nous habitions, au dernier étage, dans des chambres individuelles. Je dormais dans un lit avec une couverture et un oreiller [39].

Peut-on dormir tranquille si près des fours ?

Ce n'était pas loin. En bas, des corps brûlaient ; en haut, dans les mansardes, il y avait nos pièces avec de bons lits, des couvertures et des oreillers. Nous ne manquions de rien. En haut, la vie continuait, quel que soit ce qui se passait en bas.

Quels vêtements portiez-vous au travail dans le Sonderkommando *?*

Nous avions des habits chauds, ce qu'il y a de mieux. Nous avions des pantalons et des chemises avec de la

---

38. En abondance : tant que les convois arrivaient ; quand ils cessaient, les gens du *Sonderkommando* devaient se contenter de la ration habituelle des détenus.
39. Ces conditions de vie privilégiées étaient un moyen utilisé par les Allemands pour faire oublier au *Sonderkommando* les horreurs de la journée et pour s'assurer « une paix des travailleurs » dans « l'usine de la mort ».

doublure, des maillots de corps en laine, des vestes, bonnet et manteau. Plus tard, quand on nous a emmenés d'Auschwitz à Mauthausen, ces habits nous ont rendu service. Les gens mouraient en cours de route et nous étions en bonne santé.

Sortiez-vous parfois à l'extérieur du bâtiment du four crématoire vers le pré ?

Oui. L'herbe y était très soignée. Parfois, quand nous n'avions rien à faire, nous arrachions les mauvaises herbes et nettoyions la pelouse. Quand nous n'avions pas de travail, c'est-à-dire quand il n'y avait pas d'arrivage de convois, nous devions nettoyer de temps en temps le four. D'autres fois, quand il n'arrivait pas de convois, on nous donnait des pelles et on nous envoyait dans la cour. Mettre de l'ordre, nettoyer, il y avait toujours quelque chose à faire. Nous étions rarement assis à ne rien faire.

Que faisiez-vous, le soir, dans vos pièces ?

Le soir, nous chantions ensemble. Il y avait quelqu'un qui jouait, personne ne pouvait rien nous dire, car nous étions loin du camp. Chaque soir, nous mangions, nous buvions et nous chantions beaucoup. Quand il n'y avait pas de travail, et tout était tranquille, nous dormions. Nous allions dormir à dix ou onze heures du soir.

Et, le dimanche, est-ce que vous travailliez le dimanche ?

Évidemment qu'on travaillait, même le dimanche. Quand il y avait du travail, on travaillait. Il n'y avait pas de jours de repos. Tous les dimanches on allait à la salle de bain, le « Sauna » et, en chemin, on chantait des chansons folkloriques grecques, même les Allemands aimaient nos chansons. En fait, on aurait pu se doucher chaque jour dans les douches des fours crématoires, mais la promenade au « Sauna » était quelque chose de spécial.

Avez-vous reçu parfois des « congés » du « travail » ?

Je me rappelle que Yom Kippour, en 1944, tombait un 4 octobre. Le lundi, j'ai vu comment les Juifs polonais du *Sonderkommando* préparaient tout, les livres de Torah, les livres de prières, etc. Les Allemands nous ont donné un jour de libre et nous avons prié. Chacun priait et faisait ce qu'il fallait faire et, le lendemain, mardi, à cinq heures du matin, le jour de Kippour, ils ont amené un convoi de deux mille cinq cents Juifs. C'était leur cadeau pour Kippour. Je me souviens encore très bien de cela, et j'ai dit à mes camarades : « Regardez ça, quel cadeau ils nous font ces chiens. » La révolte du four crématoire III a éclaté trois jours après.

Étiez-vous au courant de ce qui se passait dans les autres parties du camp ?

Ma femme était dans le camp des femmes et je lui ai rendu visite deux fois. On pouvait se voir une fois tous les quinze jours. Je ne l'ai vue que deux fois puis, en octobre 1944, elle a quitté le camp et a été transférée à Bergen-Belsen.

Comment as-tu su où elle se trouvait ? Comment as-tu pris contact avec elle ?

Parfois, le dimanche après-midi, quand il n'y avait pas beaucoup de travail, on nous libérait. La distance qui séparait le crématoire II, où je travaillais, du crématoire I était d'environ cent mètres. Entre les deux, il y avait les rails, et tu arrivais au crématoire I.

On a eu le droit de nous voir et d'aller du crématoire I

au crématoire II, en face il y avait le block 15 du « camp des femmes ».

J'aimais chanter des chansons grecques ou italiennes, toute sorte de chansons. Une fois, j'ai chanté une chanson italienne et, soudain, j'ai entendu la voix de ma femme en train de dire à sa camarade : « C'est Yakov, c'est Yakov ! » et j'ai crié à mon tour : « Oui, c'est moi, où es-tu ? »

« Au block 15 ! » m'a-t-elle répondu en criant. « Bon, je viens te rendre visite. » Je criais, nous nous crions en grec l'un à l'autre. « Comment peux-tu me rendre visite ? » « Ne t'en fais pas, je peux ! »

Une fois tous les quinze jours, on prenait les couvertures du *Sonderkommando* pour les désinfecter, cela se faisait dans le camp des femmes. Chaque fois, un groupe de vingt hommes amenait les couvertures au camp des femmes. Si bien qu'une fois on m'a donné l'occasion d'y aller, on m'a prévenu la veille que le lendemain j'irais pour la désinfection. Ce même jour, j'ai crié à ma femme : « Demain, je viendrai te rendre visite, dis à ta responsable de ne pas t'envoyer au travail, je lui apporterai aussi quelque chose. » Et c'est ainsi que cela se passa. Le lendemain matin, j'ai préparé deux paquets de cigarettes, du pain, des bonbons, que j'ai apportés pour ma femme et pour la responsable. On a pu comme cela rester ensemble pendant un quart d'heure. J'ai vu qu'elle était en bonne forme, j'ai été content de voir qu'elle n'avait pas l'air épuisée. C'était un signe qu'elle ne mourait pas de faim. J'ai pu la voir encore une fois en octobre 1944. Après, toutes les femmes ont été envoyées à Bergen-Belsen. Le jour où a éclaté la révolte, le 7 octobre, elle était encore là, et elle a pensé que j'avais été tué. Car, tous ceux du *Sonderkommando* du crématoire I ont été exécutés. Presque personne du *Sonderkommando* du crématoire III n'en a réchappé, il n'y a eu qu'un petit nombre de rescapés.

Est-ce que ta femme savait ce que tu faisais dans le camp ?

Oui, elle le savait.

Quand tu es allé voir ta femme, une fois tous les quinze jours, tu as pu voir la situation du reste des détenus juifs, qui n'avaient pas assez à manger...

Oui, et c'est à cela que servaient nos rations, à nous. Nous laissions les cent rations qui arrivaient pour nous, de la cuisine générale, et nous les faisions passer aux prisonniers juifs, en plus, pour qu'ils aient un peu plus de force pour travailler. Nous n'y touchions pas.

Pouvais-tu faire passer à ta femme de la nourriture quand tu allais la voir ?

Oui, et du pain et des cigarettes à sa responsable aussi pour qu'elle ne l'envoie pas au travail le jour de ma visite.

Avais-tu des nouvelles de ce qui se passait à l'extérieur du camp par l'intermédiaire des gens qui arrivaient dans les convois ?

Nous recevions des nouvelles. Nous savions, en partie, ce qui se passait. Mais par manque de temps nous ne pouvions pas parler avec eux.

Avez-vous cru aux nouvelles que vous receviez ?

Oui. D'une façon générale, nous savions ce qui se passait. Notre commandant Foks nous tint un discours d'adieu : « Demain, je vous quitte, je vais me battre pour la patrie. Je vous souhaite bonne chance. » C'était un méprisable salaud.

Pouviez-vous prier là-bas en tant que juifs ?

Seulement le jour de Kippour. Comme je l'ai déjà raconté, le jour de Kippour est tombé un mardi, le 4 octobre 1944.

Est-ce que toi aussi, tu priais, le jour de Kippour, à Auschwitz ?

Non. À cette époque, je ne priais pas, je n'avais jamais été dans une synagogue. Seulement ici, en Israël, je vais à la synagogue. Je crois en Dieu, mais je ne suis pas pratiquant.

Combien de gens de ton convoi ont travaillé au Sonderkommando *du crématoire II ?*

À peu près cinquante personnes. Le reste était des anciens, ensemble nous étions cent personnes. Quand nous, « les nouveaux », nous sommes arrivés, les anciens nous ont dit : « Ici, il y a à manger, il y a des vêtements, de tout, mais vous devez savoir que personne d'entre nous ne sortira vivant d'ici. » Nous avons entendu, mais nous ne réalisions pas cela. Nous étions sous le choc.

De quels pays venaient les déportés du Sonderkommando, *de ton temps ?*

De Grèce, de Pologne, de France et de Russie. Il y avait même quelques Hongrois, et il y avait un Tchèque aux fours crématoires III-IV. À part moi, il y avait au four II les frères Barouch et Léon Venetsia de Salonique. On les a arrêtés à Athènes. Barouch Venetsia avait la nationalité italienne, il était tailleur et commerçant en vêtements. Son fils travaillait au *Sonderkommando* des fours III-IV, et il fut tué le 7 octobre 1944, un shabbat, à dix heures du matin pendant la révolte du *Sonderkommando*.

Il y avait aussi avec moi, au four, des Juifs polonais qui

avaient émigré en France. Ils parlaient le français, ils avaient été arrêtés par les Allemands en France.

Quelles activités aviez-vous ensemble ? Quel genre de relations aviez-vous entre vous ?

Nous avions des relations amicales. Nous étions des camarades, loyaux l'un pour l'autre. Dans cet enfer, il n'y avait pas d'autre possibilité.

Que faisiez-vous après les heures de travail ?

Nous étions des amis proches et avions des relations amicales.

Est-ce que, parmi ceux qui travaillaient avec toi au crématoire II, il y en a qui sont venus habiter en Israël ?

Oui, il y a Shmouel Lamka, de Guivat-Hashlosha, mais il ne veut pas parler [40]. Il y a quinze ans, j'avais un ami qui vivait à Kfar-Saba, il avait été aussi à Auschwitz. Un *shabbat*, il me dit qu'il a une surprise pour moi. Nous avons pris la voiture jusqu'à Guivat-Hashlosha, on s'est arrêté près de la maison de Lamka et j'ai dit : « C'est Lamka. » Nous nous sommes rapprochés, mais il ne m'a pas reconnu. Je lui ai rappelé qui j'étais. Il a commencé à pleurer et à me supplier de ne pas raconter à sa femme qu'il avait travaillé au *Sonderkommando*.

Est-ce qu'il y avait des commandants allemands parmi ceux que vous connaissiez bien, avec qui vous parliez, avec qui vous entreteniez une certaine relation ?

---

40. Pendant de longues années, Lamka Plishko a refusé de parler. Dernièrement, il a accepté de donner de longues interviews (enregistrées sur vidéocassettes) à l'auteur de cet article.

Nous avions un contact permanent avec nos gardes. Pendant toute cette période, ils sont restés avec nous et ils se comportaient vraiment bien. Nous n'avions pas de problèmes avec eux. Un des gardes était de Hollande, un bon garçon. On se demandait toujours comment ce Hollandais pouvait être un SS. Il y avait un autre SS, plus âgé, qui lui aussi était un bon garçon. Un jour, il a disparu, personne parmi nous ne l'a jamais revu. Qui sait ce qui lui était arrivé ? On l'a remplacé et il n'est pas revenu.

À part Otto Moll, nous avions un autre responsable au four, c'était Foks, un SS également. Un soir, il nous a fait appeler et il nous a fait un long discours, voilà, nous dit-il, il quitte Birkenau pour se battre pour la patrie.

On peut dire que les gardes nous traitaient d'une façon supportable. Il leur était interdit de fouetter les gens du *Sonderkommando*, parce que nous n'avions pas longtemps à vivre.

Te souviens-tu d'Otto Moll ?

Oui, il était responsable du *Sonderkommando*, il était à moitié fou, c'était un sadique. Quand Moll arrivait au four, c'était le signe que quelque chose de spécial ou de terrible s'était passé. Il conduisait une moto, au-dessus de son uniforme, il portait une « robe de sanitaire », une blouse de médecin. Il habitait avec sa femme et ses deux enfants dans une villa à quelques kilomètres de Birkenau. Il y avait chez lui deux Hongrois, un père et son fils, ils travaillaient avec nous au four. Une fois, le fils est passé près des fils de fer barbelés, Moll a sorti son revolver, a tiré sur lui et l'a blessé.

Pourquoi ?

Comme cela. Il était à moitié fou. Un véritable sadique. Une fois, deux cents, deux cent cinquante Juifs polonais furent amenés. Ils étaient plus morts que vivants.

Moll les a fait venir au *Sonderkommando* pour qu'ils nous aident. Mais ils n'avaient même plus la force de marcher.

Pour arriver en bas, au four à gaz, il fallait descendre quelques marches. Parmi les outils que nous utilisions, il y avait une espèce d'instrument en fer dont nous nous servions pour casser les os. Quand ils descendirent les marches, Moll leur jeta le morceau de fer à la tête, il en a tué ainsi un ou deux. Ensuite, il est lui-même descendu et a ordonné au chef d'équipe de tirer sur eux, un par un, avec un fusil, sur les deux cent cinquante prisonniers. Finalement, c'est Moll lui-même qui les a tous assassinés, de ses propres mains, un, deux, trois, dix, vingt… C'est ainsi qu'il les a tous massacrés, tous les deux cent cinquante, tout seul, avec un fusil.

Un des détenus grecs, Jacques Benbenishti, était peintre. Moll l'a pris chez lui, dans sa maison pour qu'il peigne quelques tableaux. Dès qu'il l'a ramené au camp, il l'a exécuté.

Un mardi, quand je travaillais au *Bunker*, à côté du crématoire III, on retirait les corps des chambres à gaz. Il y avait plusieurs Grecs, l'un d'eux fit tomber par terre un des corps qui lui avait glissé des mains. Moll, qui était présent à ce moment, a sorti son revolver et a tiré sur le Grec. Il n'avait rien d'humain. Pour lui, le meurtre était un jeu d'enfants, il venait, sortait son revolver et tirait. Sur n'importe qui. C'était Moll. Le pire de tous.

J'ai entendu dire qu'après Auschwitz il avait été transféré dans un autre camp, Kaulitz. Il aurait dit au commandant du camp : « Pourquoi gardes-tu ces gens comme prisonniers. Exécutons-les, terminons-en ! » Le commandant lui aurait répondu : « Tu peux massacrer tes gens dans ton camp. Ici, chez moi, je ne ferai de mal à personne. »

Les Russes l'ont attrapé. Les prisonniers l'ont mis en pièces. Mais qu'est-ce que cela changeait ? Il avait déjà des milliers de victimes sur la conscience. Voila qui était Moll.

Quel genre de relations aviez-vous avec le Kapo *?*

Dans certaines parties du camp, le *Kapo* était ce qu'il y avait de pire, tout ce qu'on pouvait attendre de lui – des coups, sans limite. Quatre-vingts pour cent des *Kapos* étaient des *goyim*, ce n'étaient pas des Juifs. En revanche, aux fours crématoires, en général, le *Kapo* était juif. Le *Kapo* en chef, l'*Oberkapo*, était Yakov Kaminsky. Il était responsable de la répartition du travail, un véritable spécialiste. Les Allemands lui faisaient toujours confiance et disaient : « Ce que dit Yakov, c'est bon. »

Un jour, à cinq heures de l'après-midi, à l'appel, un commandant pervers qui était présent nous a dit soudain : « Maintenant, nous allons faire de la gymnastique ! » Kaminsky était brave, il s'est assis au milieu et il a dit : « Monsieur le commandant, pourquoi de la gymnastique ? Si les hommes ont fait quelque chose, ils doivent être punis et, comme c'est moi le responsable, je suis prêt à prendre sur moi la punition maintenant. » L'Allemand s'est énervé et il a hurlé : « C'est toi qui vas faire la gymnastique ! » La nuit même, ils ont liquidé Yakov Kaminsky.

Après lui, a été nommé un *Kapo* allemand du nom de Karol. Le jour de la révolte, il fut conduit au four et brûlé vivant. Les Allemands le cherchaient : « Où est Karol ? Où se cache-t-il ? »

Te rappelles-tu tous ceux qui furent Kapos *?*

Oui. Le *Kapo*, qui était notre responsable direct, était un véritable camarade. Mais le *Kapo* qui était dans le camp, celui-là ne regardait personne, il ne pensait qu'à lui. Il battait et cherchait noise à tout le monde. Il y a eu deux ou trois bons *Kapos*, des communistes allemands, le reste était plus infâme les uns que les autres. Il y avait un *Kapo* dans le camp de quarantaine, si je ne me trompe, qui s'appelait Paulus. Celui-là était un vrai pervers. Je lui ai dit que, si un de ces jours il me tombait sous la main, je le déchirerais vivant.

Te souviens-tu de bons Kapos *allemands ?*

Oui. Il y avait des *Kapos* allemands qui protégeaient vraiment leurs « travailleurs ». Il y avait des *Kapos* autrichiennes dans le camp des femmes, elles aidaient les femmes à déraciner les arbres. Le SS de Hollande dont j'ai parlé plus tôt était encore un enfant, tout au plus 22, 23 ans. C'était un bon garçon, qui riait et ne touchait à personne. Il ne disait pas un mot de mal à qui que ce soit. Un camarade, un ami. Il m'a même donné son fusil en me disant : « Prends, tu peux jouer avec. » Les Ukrainiens, eux, étaient très mauvais. Malheur à toi si tu tombais entre leurs mains. Ils étaient pires que les SS allemands. Personne ne nous terrorisait davantage qu'eux.

La nuit, nous avions le droit de chanter, nous avions une mandoline et une guitare à notre disposition. Avec les Allemands, tous ensemble, nous chantions, mangions et buvions.

Pendant que vous buviez et mangiez avec les Allemands, vous rapprochiez-vous ? De quoi parliez-vous avec eux ?

Nous n'approfondissions pas en politique. Nous racontions des blagues et parlions de chansons. Ils aimaient chanter. Cela semble certainement horrible et incompréhensible que nous puissions vivre ainsi avec nos assassins. Mais à Auschwitz tout était possible.

Te souviens-tu de la visite que fit Eichmann dans le camp ?

Il est arrivé en juillet 1944. Je m'en souviens encore comme si c'était hier. Il était six heures un quart du matin.

Nous avions déjà quatre corps à l'intérieur à moitié brûlés, pas complètement incinérés. Alors un garde allemand est arrivé et, soudain, Eichmann est apparu avec deux autres officiers, en train de descendre en bas. Ce même fils de chien, cette ordure a dit : « Il faut en rajouter deux autres par-dessus, sur les quatre – débrouillez-vous, peut importe comment ! » Pour faire cela, il fallait être spécialiste. Ce n'est pas si facile de brûler six corps. « Bon, bon... », dit-il quand nous avons obéi à son ordre. Par deux fois, il est passé près de moi, tout juste derrière moi, et il est resté longtemps. Il est venu deux fois à Birkenau.

Qu'as-tu ressenti pendant le procès d'Eichmann ?

Je n'y suis pas allé. Pour quoi faire ? Je te le dis : il y avait des gens plus importants que moi, qui l'avaient vu et qui avaient vu ce qu'il avait fait. Si Moll était resté en vie et qu'on ait fait son procès, alors là, j'y serais allé pour lui rendre la monnaie de sa pièce, pour tout lui dire en pleine figure.

Combien de temps en tout et pour tout as-tu travaillé au Sonderkommando *?*

Du 15 mai 1944 au 18 janvier 1945. En tout huit mois.

Comment as-tu pu travailler si longtemps dans cet enfer ?

C'est vrai, celui qui travaillait dans le camp, chaque jour il voyait la mort en face, les coups et toutes sortes de tragédies, mais nous, nous avons vu le plus terrible de tout.

C'est nous qui effectuions le « sale travail » de l'Holocauste. Durant huit mois, j'ai travaillé au *Sonderkommando*, huit mois entiers au cœur de cette tragédie.

C'était un travail de forçat, surtout les premiers jours. Nous avions tous peur de trouver parmi les cadavres les membres de nos familles.

La première fois fut la plus dure, tu peux me croire et, pourtant, on s'habitue à tout.

Parfois, quand je travaillais la nuit, vers minuit, je m'asseyais près d'un cadavre, et cela ne me faisait strictement rien. Je travaillais pendant trois minutes et je me reposais une demi-heure. Je savais qu'à la moindre erreur, on me liquiderait. Je faisais donc mon travail et, en vérité, pendant tout le temps que je suis resté au camp, aucun Allemand ne m'a fait de mal. Seul celui qui créait des problèmes était fichu, il était liquidé.

Avais-tu le temps de réfléchir à ce que tu faisais ?

Au début, j'avais très mal de voir tout cela. Je n'arrivais pas à saisir ce que mes yeux voyaient, qu'il ne restait d'un être humain qu'un demi-kilogramme de cendres.

Quelquefois, on méditait là-dessus. Mais à quoi cela nous servait-il ? Avions-nous un choix quelconque ?

La fuite n'entrait pas en ligne de compte, car, malheureusement, nous ne savions pas la langue [41]. Je travaillais tout en sachant que mes parents avaient été tués. Il n'y a rien de pire que cela. Après deux à trois semaines, on s'est habitué. Parfois, la nuit, pendant la pause, je mettais ma main sur un cadavre, et cela ne me faisait plus rien. Nous travaillions comme des robots. Je devais me durcir

---

41. Les Juifs originaires de Salonique ne parlaient que le *ladino*, ils ne connaissaient pas de langues étrangères. Pour cette raison, ils souffraient encore plus au camp, car ils ne comprenaient ni les Allemands, ni leurs camarades de déportation. Cela rajoutait à leur misère à Auschwitz et dans les camps satellites. Se référer à ce sujet aux émissions de la radio israélienne Galei-Tsahal, en 1987, intitulées « Salonique-Auschwitz ».

pour survivre et raconter tout ce qui s'était passé dans cet enfer. La réalité prouve que l'homme est plus cruel qu'une bête. Oui, nous étions des bêtes, nous n'avions pas de sentiments. Parfois nous doutions que quelque chose d'humain fût demeuré en nous.

J'ai du mal à comprendre que vous puissiez chanter après une journée de travail à la chambre à gaz, au four crématoire.

Mais je l'ai déjà dit, là-bas, nous n'étions pas seulement des robots, on nous avait transformés en bêtes. Nous ne pensions à rien. Nous ne pensions qu'à une chose – s'évader ou survivre.

As-tu continué à croire en Dieu pendant toute cette époque ?

Je ne suis pas pratiquant, mais j'ai toujours cru en Dieu, même aujourd'hui. Je n'ai jamais déserté Dieu.

À cette même époque, tu as certainement été assailli par un désespoir total ?

Je n'ai jamais désespéré. Quand je suis arrivé là-bas, tout le monde disait : « Nous allons tous mourir, personne ne sortira d'ici » et moi j'ai dit : « Je veux vivre. » C'est ce que j'ai dit, dès le début, j'étais optimiste. C'est comme cela que j'ai commencé, c'est comme cela que, pendant tout ce temps, j'ai travaillé au *Sonderkommando* et, c'est comme cela, que je m'en suis sorti. Je savais que je survivrai.

Avais-tu peur ?

Non. Crois-moi, je n'avais pas peur. Je n'ai jamais eu peur de personne. Je ne réfléchissais ni à la peur, ni à la mort. J'étais un optimiste, je me disais tout le temps : « Je sortirai d'ici, je me sortirai de tout. » Tout le monde me disait : « Comment veux-tu t'en sortir, tu ne vois pas ce qui se passe ici ? »

Un de mes camarades était un pessimiste et il était toujours en train de gémir, et je lui ai dit : « Arrête de gémir, un homme ne pleure pas. »

C'est la vie – il faut prendre la vie du bon côté. Il ne faut pas avoir peur. La vie vous conduit vers des choses moins bonnes. Je n'ai jamais eu peur, ni des Allemands, ni de personne. La tête toujours haute et en avant. C'est comme cela que j'étais et c'est comme cela que je reste jusqu'à aujourd'hui.

En juin ou juillet 1944, on a commencé à parler de révolte et à penser à une évasion du camp. Il y avait là-bas un officier juif russe, un capitaine, et un lieutenant juif grec qui s'appelait Joseph Baruch. Il est mort peu de temps avant la Libération, ils parlaient entre eux, ils avaient un plan d'action.

En septembre 1944, les Allemands annoncèrent : « Il n'y a pas assez de travail, on transfère deux cents prisonniers du *Sonderkommando* des fours à un autre endroit. » Ils ont fait sortir tous les deux cents anciens détenus et, à une distance de trois ou quatre kilomètres d'Auschwitz, ils les ont fusillés. Nous ne savions rien de cela. Dans le même temps, nous avions suffisamment de travail à notre four crématoire à nous. Soudain, vers sept heures du soir, l'ordre retentit : « Tout le monde en haut ! Tous les détenus, en haut dans vos quartiers ! » Quand on a demandé pourquoi, on nous a dit : « Des aviateurs russes ont tué des soldats allemands. Vous êtes relevés de votre travail d'incinération des corps, c'est nous qui allons effectuer cette besogne. » Cela nous a semblé bizarre et nous nous disions : « Un soldat qui tombe à la guerre a le droit d'être enterré comme un combattant avec une médaille à son nom, on ne le brûle pas. » Mais un ordre est un ordre, et nous sommes montés en haut, de sept heures à onze heures du soir. Pendant que nous étions en haut, deux cents à deux cent cinquante corps furent incinérés.

Un peu avant, vers sept heures et demi du soir, nous avons entendu de loin, près du chemin de fer, des camions qui arrivaient l'un après l'autre, les phares allumés et, à côté de notre portail, se tenaient deux soldats allemands. Soudain, nous avons entendu un ordre en allemand. On ne savait pas ce qui se passait. Les camions roulaient vers la cour du bâtiment des crématoires. Nous avons jeté un coup d'œil, en bas, pour voir ce qui se passait, mais il faisait nuit, on ne distinguait rien. Vers onze heures du soir, on a été autorisé à descendre. Les Allemands avaient disparu comme si de rien n'était, il ne restait que deux gardes, deux de l'équipe de jour et deux de l'équipe de nuit. Nous avons ouvert la porte et nous avons vu les vêtements de nos camarades. Pour qu'on n'apprenne pas la mort de nos camarades, les Allemands avaient brûlé de leurs propres mains les deux cent cinquante travailleurs du *Sonderkommando*. Ils craignaient que cela entraîne un soulèvement. Au début d'octobre 1944, un shabbat, le matin, quatre jours après Yom Kippour, je suis allé voir ma femme au camp des femmes et je lui ai dit : « Il se peut que je n'en aie pas pour longtemps à vivre, car nous préparons un soulèvement. »

Étiez-vous au courant du soulèvement avant qu'il n'éclate ?

Oui, nous étions au courant. Nous avions reçu des directives.

Qui vous les avez dites ?

L'officier grec, Yossef Baruch, et le capitaine russe. Avant que n'éclate le soulèvement du 7 octobre, les dates étaient fixées à l'avance, mais elles avaient été repoussées du fait des divers groupes de résistance qui interféraient[42]. Notre plan était de liquider quelques SS et de s'évader.

Qu'est devenu le plan ?

Il n'a pas pu être réalisé du fait de nombreuses difficultés. Chaque dimanche, onze ou douze soldats munis d'armes automatiques étaient cantonnés dans le périmètre des fours. À chaque four crématoire, il n'y avait que deux gardes. On voulait se faufiler vers eux, par les deux côtés, les attraper et se saisir autant que possible de nombreuses armes, puis s'enfuir à toute vitesse, mais ça n'a pas marché. Dans le cadre de ce programme, nous étions prêts à mourir pour tout le camp et, pourtant, en fin de compte, nous n'avons pas réussi. Nous ne l'avons pas exécuté comme il aurait fallu. Le jour où a commencé le grand soulèvement, l'ordre était donné au *Sonderkommando* de réduire le travail, vu qu'il n'y avait pas de convois. Une partie d'entre nous reçut l'ordre d'aller au « Sauna[43] ». Quant à nous, au crématoire II, nous avions décidé de ne pas quitter les lieux, car nous savions que, sinon, ce serait notre fin. Ils ont commencé à nous battre. Nous n'étions encore au courant de rien et, soudain, nous avons entendu des coups de feu. On se disait qu'il aurait mieux valu attendre là-bas. On a commencé à crier dans la direction du crématoire I, qui était en face de nous : « Qu'est ce qui se passe avec vous ? » Nous n'avons reçu aucune réponse. Il n'y avait déjà plus personne au crématoire I. Plus tard, on a appris que personne n'assurait la surveillance. Ils avaient pris la fuite et, à un kilomètre du camp, ils avaient été fusillés.

---

42. En ce qui concerne la Résistance à Auschwitz, voir *L'Histoire d'Auschwitz*, p. 248, 250, 254 et 255.
43. Comme la signification de l'ordre « Aller au Sauna » était connue des gens du *Sonderkommando*, ils refusèrent absolument de quitter leur bâtiment.

Alors que, dehors, la bataille battait son plein, deux Juifs grecs arrivèrent au crématoire III. L'un d'eux, Rodo, était officier d'artillerie, et le deuxième s'appelait Isaac Barzilaï. Il y avait des explosifs, et ils ont tout fait sauter en l'air[44]. Tout les sept cent cinquante du *Sonderkommando*, du crématoire III furent tués[45] sauf le *Kapo* Eliézer qui s'enfuit chez nous.

Après un quart d'heure, s'est produit l'explosion. Les gens du *Sonderkommando* avaient caché dans le crématoire III des explosifs qu'ils avaient reçus de gens qui travaillaient dans le camp et qui n'étaient pas des prisonniers – c'étaient des techniciens polonais qui travaillaient dans le camp et qui leur avaient fourni les explosifs contre paiement[46]. Soudain, sont arrivés vingt Allemands avec des chiens. Ils nous ont comptés, personne ne manquait. Nous étions cent. On nous a fait descendre – tous les cent du *Sonderkommando* du crématoire II – en bas, au four, et on nous a enfermés dans une pièce pendant une demi-heure. Après un moment, un garde du camp est arrivé au crématoire, c'était un « commandant d'unité », dont le vélo avait été détruit. Il a demandé qui avait fait sauter son vélo. Deux

---

44. Étant donné que les détails de la révolte ne sont pas clairs, jusqu'à ce jour, par manque de témoignages de première source, nous n'avons aucune preuve que le bâtiment du four III a explosé, nous tendons plutôt à penser que les résistants ont mis le feu au bâtiment.

45. Les chiffres du témoin ne sont pas précis ; pendant la répression de la révolte du *Sonderkommando*, les Allemands ont tué 280 détenus des fours III et IV, 171 détenus du four I et une personne du four II. En tout, 452 personnes.

46. Nous savons aujourd'hui que les explosifs des membres du *Sonderkommando* étaient arrivés grâce à des femmes juives qui travaillaient à la fabrique de munitions. Quatre femmes juives furent arrêtées et pendues à Auschwitz, le 6 janvier 1945, trois travaillaient à l'usine de munitions : Ella Gartner, Regina Spierstein et Esther Weisbaum, la quatrième, Rosa Robota, travaillait à l'entrepôt de vêtements. C'est elle qui était la figure de proue et qui fit sortir en fraude les explosifs.

frères se levèrent et avouèrent que c'étaient eux. L'officier ne fusilla que l'un d'entre eux et ordonna au deuxième d'incinérer le corps de son frère.

Un quart d'heure après, l'ordre fut donné que cinq hommes sortent du rang. Je faisais partie de ces cinq hommes. On nous a emmenés au crématoire I et, là, l'officier nous a ordonné de commencer le travail. À six heures du soir, on nous a amenés dans des brouettes les corps des huit cent cinquante détenus du *Sonderkommando*, et nous avons été obligés de brûler les sept cent cinquante hommes du crématoire III où s'était déroulée la révolte. Plus tard, on nous a apporté, dans des brouettes également, les cent corps des membres du crématoire I qui s'étaient enfuis et avaient été attrapés hors du camp.

On a commencé à les incinérer lorsqu'une alarme a retenti.

On s'est tout à coup arrêté de travailler, on s'est assis, puis on a repris le travail. Nous nous disions qu'après qu'on en aurait terminé avec l'incinération ce serait notre tour. Nous avons attendu dix minutes, un quart d'heure. Alors est arrivé le SS qui dit : « Dans quelques minutes, on va tous vous tuer. » Nous pensions qu'on nous tuerait ici, mais il était évident que nous ne sortirions pas d'ici sans régler notre compte à des Allemands.

À minuit, le surveillant est arrivé – le « commandant du camp » – et il a dit :

« J'ai reçu l'ordre d'Hitler de vous laisser, à vous les hommes du crématoire II – la vie sauve, parce que vous n'avez participé à aucune entreprise contre nous et êtes restés à votre place. »

Nous pensions que c'était du bluff de la part des Allemands et, que certainement, le lendemain, ils allaient nous tuer. Le lendemain, tout était liquidé, tout était brûlé…

Un de ceux qui étaient membres du *Sonderkommando* vit

jusqu'à ce jour. C'est un Grec, Léon Cohen[47]. Il était marié à la fille du directeur d'une banque de Salonique. Quand il a été arrêté, il a été envoyé à Auschwitz, sa femme s'est enfuie avec son père. Cohen, qui pensait que son dernier jour était venu, prit un bout de papier et écrivit : « Celui qui trouvera ce papier le donnera à ma femme et lui dira que je suis mort. » Il signa et enterra le papier dans la cour du crématoire.

Pourquoi le crématoire II ne s'est-il pas soulevé ?

On ne peut pas vraiment dire qu'il ne s'est pas produit de révolte chez nous. Nous étions tout aussi prêts que les autres, mais l'occasion ne s'est pas présentée. Nous devions effectuer le soulèvement une semaine avant, mais, soudain, un renfort de deux mille soldats allemands est arrivé. Nous avons alors pensé que cela ne valait pas la peine de prendre un risque. Ils ont quitté le camp, quelques jours plus tard. Alors, on a fixé au dimanche 7 octobre 1944 la date du début du soulèvement. Nous savions que ce ne serait pas un problème de maîtriser les deux gardes. Après quoi, nous projetions de nous enfuir du camp. À onze heures de l'après-midi, onze soldats allemands munis d'armes automatiques vinrent patrouiller chez nous. Nous étions décidés à les attaquer et à nous emparer de leurs armes, nous pensions bien que quelques-uns d'entre nous seraient tués, mais, si nous avions des armes, nous aurions de meilleures chances d'aller de l'avant et de libérer une partie de Birkenau.

Nous étions aussi en contact avec les partisans : au crématoire I, il y avait un capitaine russe qui avait pris l'initiative de créer un contact entre nous et les partisans. Même les travailleurs polonais au camp nous ont aidé, à garder le contact avec le monde extérieur. Nous avions un plan, mais une occasion propice a manqué.

---

47. Il est « monté » en Israël et a habité Bat-Yam. Il est décédé en 1989.

Pendant le soulèvement du 7 octobre 1944, les hommes du crématoire I devaient nous faire le rapport sur ce qui se passait, mais ils se sont enfuis avant de pouvoir nous faire savoir ce qu'il en était. Nous ne savions rien et nous sommes restés en arrière. Nous avons entendu des coups de feu, nous avons entendu l'explosion, mais nous ne savions pas ce que c'était. Nous étions isolés, et le fait que nous n'ayons pas participé à la révolte nous a peut-être sauvé la vie, sinon il est probable qu'on nous aurait, nous aussi, exécutés.

Quand s'est terminé définitivement le massacre dans la chambre à gaz ?

L'extermination a duré jusqu'au 31 octobre 1944 [48].

Penses-tu que le soulèvement du Sonderkommando *a eu une influence sur l'arrêt de l'extermination ?*

Cela ne changeait déjà plus rien, car il n'y avait déjà plus de grands convois qui arrivaient, vingt jours après la révolte toute l'affaire avait cessé. La destruction des fours crématoires a alors commencé. Pendant tout ce temps, nous étions extrêmement tendus, parce que nous pensions qu'ils nous tueraient pour que nous ne dévoilions pas au monde la vérité sur ce qui se passait à Auschwitz.

Comment avez-vous réussi à vous libérer ?

Le premier novembre 1944, nous avons reçu l'ordre de détruire les crématoires. Jusqu'au 18 janvier 1945, nous

---

48. La date de la fin du massacre par le gaz est le 2 novembre 1944. Voir Danuta Czech, « Kalendarium der wichtigsten ereignisse aus der Geschichte des KL Auschwitz », in *Auschwitz 1940-1945*, Oswiecim, Verlag des Staatlichen Museums Auschwitz-Birkenau, 1989, p. 921.

étions occupés à la destruction des fours, les prisonnières du camp d'Auschwitz étaient avec nous.

Le 18 janvier 1945, à dix heures du matin, en allant au travail, nous avons reçu l'ordre de revenir à toute vitesse. Le « commandant du camp » vint et nous fit savoir qu'il était temps de quitter le camp de Birkenau. Et, alors, on a entendu l'ordre suivant : « Les hommes du *Sonderkommando* – des rangs ! » Nous étions convaincus que notre dernière heure était arrivée et que nous serions exécutés dans l'après-midi.

Te rappelles-tu ce que vous vous disiez entre vous ?

Nous avions décidé, entre nous, de tuer chaque Allemand qui s'approcherait de nous avant qu'il ne nous tue. Nous ne voulions pas être menés comme des moutons à l'abattoir.

Comment vouliez-vous tuer les Allemands ?

Avec des couteaux, nous avions chacun un bon couteau.

D'où aviez-vous ces couteaux ?

Nous avions toujours des couteaux, nous avions toujours sur nous des couteaux. Nous ne les oublions jamais.

Pourquoi aviez-vous tant besoin de couteaux ?

Pour couper le pain, entre autres.

Et pour le travail ?

Non. Quand, enfin, nous avons quitté Birkenau, nous n'avons pas pris les couteaux avec nous. Nous les avons laissés.

Pourquoi, d'après toi, les Allemands ne vous ont-ils pas tués avant l'évacuation du camp ? Ils n'avaient certainement pas l'intention de laisser la vie sauve aux travailleurs du Sonderkommando *?*

Personne ne sait exactement pourquoi, probablement parce que nous nous étions mêlés au reste des prisonniers, et personne ne pouvait déjà plus nous identifier. Il régnait alors un grand tohu-bohu, et les SS n'étaient plus en mesure d'assurer la surveillance comme il fallait.

Heureusement pour nous, au dernier moment, nous avons décidé de nous replier avec tout le reste du camp. Pour commencer, nous nous sommes rendus aux dépôts, et nous y avons sorti du pain, de la margarine, de la viande, des habits et des couvertures. Entre cinq heures et cinq heures et quart de l'après-midi, le 18 janvier 1945, nous avons commencé à marcher de Birkenau au camp de liaison Auschwitz.

Nous sommes restés à Auschwitz jusqu'à minuit. Un vent glacé soufflait, il faisait − 20 ºC, la terre était couverte de neige. Notre marche commençait, nous laissions Auschwitz en arrière. Chaque seconde, nous entendions le bruit des « boum-boum ». Celui qui ne pouvait pas marcher était fusillé. La neige était rouge de sang. Vers dix heures du matin, nous sommes arrivés dans un village polonais. Quelques prisonniers – d'origine polonaise – qui connaissaient le chemin et savaient la langue ont pu s'enfuir.

Puis nous sommes arrivés à Bratislava. Pendant tout ce temps, les Allemands nous surveillaient et marchaient avec nous. Celui qui ralentissait le pas ou qui tombait par terre était fusillé sur-le-champ. Nous avons passé la première nuit dans un village quelconque, près des étables, dans la neige, dehors, tandis que les Allemands dormaient dedans, bien au chaud. Le lendemain, cela fut la même histoire. Le troisième jour, nous sommes arrivés dans une petite ville, nous y avons dormi dans des chambres. Dès le lendemain matin, la marche a repris. Par la suite, nous avons été transportés dans des wagons ouverts pendant huit jours, la neige était notre seule nourriture. Le 2 ou 3 février 1945, nous sommes arrivés à Mauthausen [49]. Là, j'ai vu beaucoup d'Espagnols qui avaient fui Franco et, aussi, des Belges.

On nous demandait : « Comment se fait-il que tout le monde meurt de faim. Il n'y a que vous qui ayez l'air en bonne santé ? » Nous ne leur avons pas raconté que nous étions dans le *Sonderkommando*, nous avons dit que nous avions effectué toute sorte de besognes et que tout simplement nous avions tenu le coup. Pendant tout le mois au cours duquel nous fûmes à Mauthausen, le matin il n'y avait rien à manger. À dix heures, nous mangions une soupe aux radis, quelquefois avec du pain, quelquefois sans.

Après quelques jours, on nous a demandé si quelqu'un voulait travailler et quel était le métier de chacun de nous. J'ai dit : « Imprimeur », ils ont inscrit, par erreur, « graveur », et on m'a amené à Gosen I [50], on m'a placé devant une machine que je ne connaissais pas. C'était une usine d'armement, mais je me suis débrouillé. Il y avait des techniciens français et italiens qui m'ont aidé. J'ai travaillé à la réparation de barillets de fusils.

Je réparais quatre cents barillets par jour. C'est là que j'ai travaillé du mois de mars au 30 avril 1945. C'est ainsi que tant bien que mal j'ai tenu le coup, jusqu'au bout, et que je n'ai pas perdu de poids. Je suis arrivé à Budapest, sain et sauf, mon poids étant de 76 kilogrammes.

---

49. À Mauthausen, on a essayé de détecter les prisonniers du *Sonderkommando* de Birkenau, qui se cachèrent et s'efforcèrent de ne pas être découverts.

50. Gusen – un camp annexe de Mauthausen. Il a commencé à fonctionner le 9 mars 1940.

Déjà, dès le 2 mai, à Gosen I, nous « flairions » la libération. C'est là que nous avons vu pour la première fois, le drapeau de la Croix-Rouge. Dans le camp, on ne voyait plus aucun SS, il n'y avait que des gardiens et des criminels de guerre. Dès ce même jour, le travail a cessé. Nous étions plutôt sales, car pendant tout ce mois nous n'avions pas eu l'occasion de nous laver. Le 5 mai 1945, nous avons dû nous présenter pour l'inspection. Douze mille personnes se présentèrent à l'appel. Au loin, on pouvait entendre les tanks américains qui s'approchaient. Tous ensemble, nous avons crié : « Les Américains arrivent ! » Les gardes allemands nous ont dit que ce n'était pas les Américains, puisque les Allemands avaient gagné la guerre.

Au moment même ou ils commencèrent à nous compter, les portes s'ouvrirent et les tanks entrèrent. Les gardes s'enfuirent immédiatement. Au bout de cinq minutes, le commandant américain a grimpé sur le mirador où se trouvait une mitrailleuse, il l'a déplacée sur le côté et a crié : « À partir d'aujourd'hui, tous les peuples sont frères – sauf l'Allemagne ! » C'est ainsi que je fus libéré.

Nous ressentions un sentiment étrange. Nous ne nous réjouissions pas. Nous savions que la guerre était finie, mais nous, les Juifs, nous n'avions plus de parents, plus de familles.

Personne n'avait survécu.

Ce sont les Français et les Italiens qui repartirent les premiers dans leur patrie. Moi, je faisais partie d'un groupe de cinquante-quatre Grecs, dont seize Juifs et Grecs chrétiens, qui étaient probablement des prisonniers politiques. Nous sommes encore restés là-bas un mois. Grâce à Dieu, j'étais en bonne santé. Moi et trois camarades nous habitions la maison d'un officier allemand. Nous prenions notre nourriture au village, nous y faisions une descente avec vingt autres et prenions de force des poulets et de la viande.

Un camion américain nous a conduits à Oberg, point de démarcation entre l'armée américaine et l'armée soviétique. C'est dans un train russe que nous avons voyagé jusqu'à Vienne, qui, à cette époque, était presque complètement détruite. Nous y sommes restés quatre jours, puis on nous a emmenés en Hongrie, à Budapest. Finalement nous sommes arrivés à Skoplje en Yougoslavie et, de là, à la frontière grecque.

C'est-à-dire qu'après la guerre tu es retourné dans ton pays ?

Oui. J'y suis resté trois mois. J'ai traversé l'Autriche, la Tchécoslovaquie, la Hongrie [où je suis resté un mois et demi] – la Yougoslavie – j'y suis resté vingt jours – pour enfin arriver en Grèce, au mois d'août 1945. Au début, j'ai travaillé en tant qu'imprimeur et aussi journaliste.

Pourquoi es-tu retourné en Grèce ? N'avais-tu aucun blocage à retouner dans ta ville natale ?

Où pouvais-je revenir ? Là-bas, j'avais encore de la famille. Mes oncles étaient encore en vie. Quand je suis revenu, quatre mois après la libération de la Grèce, je pouvais difficilement m'habituer à l'ambiance qui y régnait. Quand j'ai vu Salonique sans sa population juive, cela m'a fait très mal. Je me suis promené dans la ville de mon enfance, j'ai essayé de revenir au sein de la civilisation, mais je n'y suis pas parvenu.

J'ai recherché des membres de ma famille à Salonique, mais je n'ai retrouvé que des amis. On me demandait où j'avais été, dans quelle jungle ?

As-tu raconté à quelqu'un ton histoire ?

Mon opinion était que cela ne valait pas la peine étant donné que j'étais incapable de décrire exactement la réalité qui régnait là-bas. Mais, quand j'ai recommencé à vivre comme un homme parmi les hommes, et à méditer sur le travail que j'avais effectué là-bas, cela m'a fait extrêmement mal. Et cela jusqu'à aujourd'hui, quand j'en parle.

As-tu réussi à retrouver ta femme ?

J'ai recherché Laura, ma femme. Un de mes camarades du camp de la tondeuse I, Pepe Ezrati, est reparti à Mauthausen, après la Libération et, là-bas, par hasard, il a rencontré ma femme et il lui a raconté que j'étais sauf. Je ne savais pas qu'elle avait survécu. À Athènes, me parvint la nouvelle que ma femme se trouvait à Salonique. Je l'ai retrouvée hospitalisée dans une maison de convalescence. Après beaucoup d'efforts, et l'aide de l'un des directeurs grecs du Joint, du nom de Modiano, j'ai réussi à la faire transférer dans une maison de convalescence à Athènes. La rencontre fut pénible. Cela m'était difficile de voir dans quel état elle était, mais nous avons été heureux de nous retrouver.

Jusqu'au 24 mai 1949, nous sommes restés à Athènes. Je travaillais au Joint. Notre fille Rose est née. Des gens ont essayé de me convaincre de passer en Italie, mais nous voulions monter dans la terre de nos ancêtres – en Israël.

Quand êtes-vous montés en Israël ?

Le 21 mai 1949, nous avons quitté la Grèce et, le 24 mai, nous sommes arrivés à bon port, en Israël. J'y avais de la famille qui y était déjà arrivée en 1932. Au début, j'avais pensé me joindre à un *kibboutz*, mais, après avoir rencontré des amis, nous avons décidé de nous joindre à une coopérative agricole, un *mochav*. La vie était difficile, mais nous avions un idéal, nous étions déterminés et nous avions un but. Nous savions qu'ici personne ne nous traiterait de « sales Juifs ».

Es-tu retourné à Auschwitz ?

Il y a quelques années, j'ai eu l'occasion de voyager à Auschwitz. Mais ma femme ne voulait pas rester seule, alors mon voyage ne s'est pas réalisé.

Est-ce qu'aujourd'hui tu penses encore à ce qui s'est passé là-bas ? Est-ce qu'Auschwitz est présent dans tes rêves ?

Non. Parfois je me rappelle Auschwitz, mais je n'en rêve pas. Auschwitz n'apparaît pas dans mes rêves. Je n'en ai jamais rêvé. Le passé, c'est le passé. Moi, je vis dans le présent.

As-tu honte de raconter ton histoire ? De la partager avec ceux qui n'étaient pas là-bas ?

Non, je n'ai pas honte, ma conscience est tranquille. Ce sont les Allemands qui doivent avoir honte, pas moi. Cela fait mal, mais je n'ai pas honte. C'est un peu difficile de raconter, aujourd'hui, ce qui s'est passé avant 1945. C'est difficile de raconter ce que nous avons vu et ce par quoi nous sommes passés. C'est difficile et c'est difficile à croire.
Est-il possible de croire à de telles choses ? Est-il possible de croire à ce qu'ont fait les Allemands ? C'est difficile à croire. En fait, il est impossible de croire à tout cela. Et, pourtant, c'est ce qui s'est passé.

As-tu jamais raconté à ta fille ce que tu as enduré ?

Évidemment. Ainsi qu'à mon petit-fils. J'ai un petit-fils qui a douze ans, il a tout noté.

Même à mes deux petites-filles, j'ai tout raconté. Une a terminé l'école, il y a un an, et elle travaille actuellement dans une étude d'avocat, et la deuxième est en classe de terminale.

Tous sont au courant. J'ai toujours tout raconté à mes enfants, depuis leur plus jeune âge.

Tes enfants avaient-ils envie d'écouter ton histoire ?

Oui et, même, ma femme la leur racontait. Parce qu'elle aussi était passée par Birkenau.

Mais à mon grand regret, les jeunes d'aujourd'hui ne sont pas intéressés à écouter. C'est comme cela que je le vois. Je veux que les jeunes sachent, qu'ils sachent que ce n'est pas un fruit de l'imagination, que cela s'est vraiment passé. Que ce fut, destin du peuple juif. J'ai vu de mes propres yeux des centaines de milliers de Juifs massacrés. D'un autre côté, beaucoup de jeunes se rendent aujourd'hui en Pologne pour visiter Auschwitz et ils voient tout. Je suis tout fait favorable à ces voyages.

Où as-tu rencontré ces jeunes-là ?

J'étais responsable de la sûreté de deux écoles à Kfar-Saba[51]. Même le jour du souvenir de l'Holocauste et de l'Héroïsme[52], j'avais l'habitude de parler aux élèves et de tout leur raconter. J'ai travaillé là jusqu'en 1975, puis je suis passé à la municipalité de Kfar-Saba où j'ai travaillé comme jardinier. Pendant sept ans, j'ai servi dans la défense passive et, là aussi, j'ai beaucoup raconté.

---

51. Localité du centre d'Israël.

52. *Yom ha Shoah Ve haGvoura*, journée traditionnelle de commémoration de la Shoah en Israël.

Que fait ton frère aujourd'hui ?

Mon frère, qui vit aux États-Unis depuis trente-huit ans, était avec moi au *Sonderkommando*. Mais il ne veut ni raconter, ni écouter, ni se souvenir de quoi que ce soit. Il a travaillé aux fours crématoires III-IV et, ensuite, après pas mal d'efforts, nous sommes arrivés à réunir toute la famille. Deux de nos cousins, ainsi que mon frère et moi, nous avons réussi à être ensemble et nous avons travaillé ensemble jusqu'au bout.

Mais, quand nous avons quitté Auschwitz, il est arrivé à Melek [53] et à Avneza [54]. C'est là qu'il a été libéré. Il est retourné en Grèce où il a travaillé comme secrétaire au Joint.

Depuis trente-huit ans, il dirige une grande entreprise de rideaux à Los Angeles.

Est-ce qu'au fil des jours tu penses à cette époque, est-ce qu'elle t'a influencé d'une façon ou d'une autre ?

Tout est passé. Tout passe. J'ai traversé tout cela. J'ai survécu, parce que je suis rentré au camp avec l'espoir d'en sortir vivant. J'ai survécu, parce que j'étais optimiste. Maintenant que je suis ici et que je te raconte tout cela, je me demande : « Comment un être humain peut-il

---

53. Melek : camp de concentration en Autriche, situé sur les bords du Danube. Camp annexe de Mauthausen.
54. Camp de concentration situé en Autriche, au pied des Alpes, c'est un camp annexe de Mauthausen. Il commence à fonctionner le 18 novembre 1943. En 18 mois, le nombre des prisonniers passe de 18 000 à 11 000. Les premiers Juifs arrivèrent au début de juin 1944, c'est parmi eux qu'on enregistre le plus haut pourcentage de morts à cause des tortures, de la faim et des punitions draconiennes.

faire face à tout cela et supporter tout cela ? » L'homme est plus résistant que le fer, crois-moi. Plus fort que le fer. « C'est la vie, mon cher ami [55]. » *To pass, to last, to cast* [56].

Texte traduit de l'hébreu par Catherine Suppé-Hirsch.

---

55. En français dans le texte.
56. « Passer, durer, jeter » [en anglais].

La tragédie des hommes du *Sonderkommando*

par Gideon Greif*

Un ensemble de plusieurs facteurs a constitué la tragédie des hommes du *Sonderkommando*.

Premièrement, sous leurs yeux, ils ont vu s'abattre sur le peuple juif la plus grande des catastrophes. Qu'ils le veuillent ou non, ils ont vu défiler devant eux des milliers de Juifs allant aux chambres à gaz. Ils ne pouvaient pas s'empêcher de les voir comme ils ne pouvaient pas détourner leur regard de la destruction de leur peuple. La scène permanente de l'anéantissement – tel un flot jamais interrompu – devait provoquer chez ces hommes un désespoir des plus profonds.

Deuxièmement, ils étaient obligés de seconder les criminels allemands dans leurs atroces forfaits, la réalisation d'un massacre à échelle industrielle – de jeunes et de vieux, de fillettes et de garçonnets, de bébés et de nourrissons jetés dans les fours crématoires et diverses autres installations. Chacune de ces tâches, même prise séparément, suffisait à faire perdre la raison. De surcroît, les hommes du *Sonderkommando* étaient obligés de participer

---

* Historien israélien, chercheur à Yad Vashem [Jérusalem].

Ce texte est extrait de son ouvrage : *Nous pleurions sans larmes* (*We Wept Without Tears...*) [traduit de l'hébreu par Catherine Suppé-Hirsch], 1ʳᵉ édition Tel Aviv, Yad Vashem, 1999.

au travail de camouflage destiné à dissimuler les crimes perpétrés.

Troisièmement, ces hommes n'avaient même pas le droit de pleurer sur leur peuple et sur leurs proches, qu'ils étaient obligés de jeter de leurs propres mains dans les fours crématoires. Ils n'avaient même pas le droit de s'arrêter pour pleurer leurs morts ou de demeurer un instant avec les vivants et de se recueillir ensemble avant de se séparer pour toujours. Ils étaient condamnés à l'insensibilité et à l'indifférence, à perdre la notion du sacré du corps humain et de l'âme. Les Allemands leur avaient nié tout droit humain, naturel, à pleurer, à ressentir du chagrin, tout droit à prendre le deuil de la perte de leur peuple et des membres de leurs familles, tout droit à dire *kaddish* sur leurs tombes.

De là le titre de ce livre, *Pleurer sans larmes*, qui se rapporte à ce que Yakov Gabbay, un rescapé, a expliqué à l'auteur : pour quelle raison les yeux des hommes du *Sonderkommando* étaient-ils secs de toute larme ? Gabbay ne fut pas le seul, parmi les gens du *Sonderkommando*, à faire remarquer la difficulté à verser une larme, près de la chambre à gaz et dans les bâtiments des fours crématoires.

Zalmen Gradowsky également a écrit, dans un manuscrit qu'il avait enterré à Birkenau, l'impossibilité qu'ils éprouvaient tous à sangloter, à pleurer. Le chagrin qui ne peut pas se concrétiser par des larmes, la solitude terrible, la sensation d'être coupé du reste du monde, qui les renie, en refusant de connaître et de reconnaître dans quelle réalité ils vivent, c'était ce que ressentaient les hommes du *Sonderkommando*. Ils avaient conscience du rôle tragique qui était le leur. Ils étaient loin de s'enfermer dans l'indifférence ou le détachement.

Quatrièmement, chaque membre du *Sonderkommando* savait qu'à partir du moment où il avait été sélectionné pour travailler dans cette unité il était automatiquement condamné à mort, car il faisait partie de ceux qui

« connaissaient le secret ». Ce sont donc des condamnés à mort qui vivaient en permanence dans l'incertitude du moment où tomberait la sentence et qui devaient, en attendant, accomplir les tâches les plus horribles jamais imposées à des hommes.

Cinquièmement, non seulement ces hommes étaient obligés de participer au massacre en masse de leur peuple, mais encore étaient-ils pris dans une situation tragique et paradoxale, dans laquelle leur intérêt, inconscient, était qu'il arrivât le plus de convois possible avec leurs milliers de détenus juifs et que le travail ne cessât pas, car un arrêt ou même un ralentissement dans l'« activité de l'usine de la mort » signifiait pour eux une menace sur leur vie, laquelle dépendait directement de l'arrivage régulier de convois dans le camp.

Le *Sonderkommando* : son image aux yeux des autres et aux yeux de ceux qui y travaillaient.

Dans cette recherche, nous allons tenter de nous faire une idée du monde qui était le leur. Pour ce faire, nous nous appuierons sur deux sources principales confrontées l'une à l'autre, d'un côté, les souvenirs et les témoignages des rescapés du camp d'Auschwitz, publiés ces dernières années, de l'autre côté, les lettres écrites en cachette par les membres du *Sonderkommando* pour faire connaître aux générations futures la façon dont le peuple juif a été massacré à Auschwitz. Ces manuscrits, écrits à l'époque même des faits, donnent l'idée la plus authentique du monde du *Sonderkommando*.

À travers les témoignages formulés par les rescapés du camp, les hommes du *Sonderkommando* sont généralement représentés d'une façon très négative, même si parfois on note un effort de compréhension à leur égard : ils sont laids, dit-on, aussi bien physiquement que moralement, ils vivent au jour le jour, et ils sont devenus indifférents au destin de leur peuple.

La question qui se pose avec acuité, et à laquelle nous allons essayer de répondre, est de savoir si les Allemands ont réussi à tuer l'âme des hommes du *Sonderkommando*. Ces malheureux pouvaient-ils rester humains quand ils avaient l'ordre d'oublier tout ce qui jusque-là avait donné de la valeur et un sens à leur vie ? À cet égard, les opinions se partagent en trois catégories :

– les opinions radicalement négatives ;

– plutôt négatives tout en manifestant pourtant un effort de compréhension et de justification ;

– une attitude de soutien.

LA DÉNONCIATION RADICALE

La position est totalement négative, les hommes du *Sonderkommando* sont représentés comme étant inhumains, cruels envers les victimes qu'ils poussent dans les chambres à gaz. Ce sont les écrivains et les philosophes juifs qui adopteront une position particulièrement sévère à l'égard des gens du *Sonderkommando*. L'acte d'accusation le plus implacable sera lancé par la philosophe Hannah Arendt, qui ira jusqu'à prétendre que les hommes du *Sonderkommando* participaient activement à la tuerie des Juifs pour sauver leur peau. Cette position suscita des controverses passionnées.

Les réserves – une tentative de compréhension

Parmi les écrivains qui ont consacré une partie importante de leur œuvre à Auschwitz, on compte Primo Levi, un rescapé du camp. Lui aussi adopte une position dure à l'égard des hommes du *Sonderkommando*, mais il n'est pas toujours conscient des contradictions qui apparaissent dans ses œuvres lorsqu'il s'agit de représenter les membres du *Sonderkommando*. Il nous les présente comme étant un cas à la limite de la collaboration, mais, par la suite, quand il en vient à énumérer ce qui les caractérisait, ce à quoi on pouvait les reconnaître, il contredit le portrait qu'il en a fait auparavant et qui les présentait pratiquement comme des collaborateurs. Il fait remarquer qu'ils n'avaient pas le choix, il note la capacité d'adaptation de l'être humain qui en arrive à se transformer en esclave dans cette usine qui fabrique des cendres et souligne la tentative des Allemands pour les corrompre et les entraîner dans les fins-fonds d'un abîme de souillure morale.

Ne juge pas, car tu n'étais pas à leur place

Mais on trouve aussi des avis favorables, positifs, à l'égard des hommes du *Sonderkommando*. Plusieurs articles de la main de prisonniers polonais ont été publiés, ils témoignent d'actes courageux de la part de certains travailleurs du *Sonderkommando*, de l'aide qu'ils apportèrent à des prisonniers malades, en leur faisant passer, en secret, des médicaments ou de la nourriture.

D'après les manuscrits secrets, quelle image les hommes du Sonderkommando *avaient-ils d'eux-mêmes ?*

Les sources les plus dignes de confiance qui nous permettent de connaître le monde intérieur dans lequel se débattaient les hommes du *Sonderkommando*, ce sont les manuscrits d'époque, qu'ils avaient écrits en secret : ils nous disent les pensées, les sentiments, la souffrance, les peurs et les tourments de ces hommes. La main tremblante, ils ont écrit des pages qu'ils ont laissées sur les grabats du block, ou qu'ils ont enterrées sous les fours crématoires, tout un trésor caché, qui nous renseigne sur le processus de l'extermination à Auschwitz, qui nous fait pénétrer dans le monde et la philosophie de vie développés par les gens du *Sonderkommando*. Ces écrits nous

435

fournissent des réponses à quelques questions essentielles : Que ressentaient-ils devant la catastrophe qui frappait le peuple juif et qui se déroulait sous leurs yeux ? Que se passait-il entre eux et les victimes au moment où ils les rencontraient lorsqu'elles étaient encore en vie ? Que ressentaient-ils devant les corps qu'ils extirpaient des chambres à gaz ? Que pensaient-ils d'eux-mêmes et de leurs camarades ? Comment voyaient-ils les Allemands ? Essayaient-ils de saboter la machine à massacrer ? Quels étaient leurs derniers espoirs ?

Le portrait qui se dessine de ces hommes à travers les manuscrits retrouvés contredit l'image négative souvent attribuée à une partie du *Sonderkommando*, il montre l'humanité, l'émotion et le cœur brisé de ces hommes devant ce désastre. Les pages écrites au moment même où tout se passe dévoilent le monde intérieur et moral de ces hommes qui n'essayent pas d'embellir ou de brouiller la réalité qui est la leur. Ils ne nient pas l'horreur de leur vie quotidienne, mais ils n'hésitent pas non plus à relater quelques beaux faits qu'ils ont pu accomplir dans l'enfer d'Auschwitz.

La volonté de léguer un témoignage historique

Les hommes du *Sonderkommando* s'étaient engagés à laisser aux générations futures un document écrit de leur main, et qui témoignerait du génocide perpétré devant eux, afin que ce massacre ne soit jamais passé sous silence. Dans ses écrits, Zalmen Gradowski s'adresse directement à celui qui trouvera les pages : « Va chercher dans chaque parcelle de terre, à Birkenau, nous y avons enfoui des dizaines de documents, les miens et ceux d'autres hommes, nous avons voulu jeter la lumière sur ce qui s'était passé ici… Quant à nous, nous avons perdu tout espoir de libération. Malgré les bonnes nouvelles qui nous arrivent, nous nous sommes rendu compte que le monde laisse les barbares anéantir ce qui reste du peuple juif. »

Les hommes du *Sonderkommando* craignaient plus que tout qu'après Auschwitz le monde ne comprendrait pas. Ils étaient convaincus qu'ils devaient léguer au monde une information crédible et précise sur la catastrophe qui s'était abattue sur le peuple juif.

Même quelques instants avant d'être tué, Lejb Langfus s'inquiète du sort de ses écrits et, s'adressant directement au lecteur qui les trouvera, il lui explique comment les rassembler car ils sont cachés dans des boîtes et des bocaux – les uns, sous le titre Déportation, sont enfouis dans la fosse aux os, au four crématoire I, les autres sous le nom d'Auschwitz sont enterrés sous la cendre du four crématoire II. « Je demande qu'ils soient publiés sous le titre *Les Horreurs du crime*... Nous allons maintenant au « Sauna », nous ne sommes plus que 170. Nous sommes convaincus qu'on nous conduit à la mort. Ils ont sélectionné 30 hommes pour rester au Krematorium IV. Nous sommes aujourd'hui le 26 novembre 1944. »

Relations avec les victimes

Il s'avère que les hommes du *Sonderkommando* manifestaient de l'empathie et des sentiments de pitié à l'égard des victimes qui entraient dans la salle de déshabillage et, tout en sachant qu'ils n'avaient pas le pouvoir de les sauver, ils essayaient dans la mesure du possible de soutenir et d'encourager les condamnés dans les dernières minutes qu'ils avaient à vivre.

Plus d'un a exprimé dans ses écrits son admiration pour ces femmes juives, nues, qui savaient ce qui les attendait, mais qui ne jetaient même pas un regard vers leurs bourreaux, ne s'abaissaient pas à les supplier pour qu'ils les épargnent. Il ne se passe que quelques minutes, fugitives, de contacts humains entre les hommes du *Sonderkommando*, totalement impuissants, et les condamnés à mort dans la salle de déshabillage, mais ils parlent tous, dans leurs écrits, de ces moments d'intense souffrance.

L'idée de résistance, l'organisation de la résistance et du soulèvement

Les hommes du *Sonderkommando* s'attendaient à voir et espéraient des actes de résistance, même symboliques, chez ceux qui savaient qu'ils n'avaient plus rien à perdre, surtout quand il s'agissait de jeunes, vigoureux et pleins de vie, qui marchaient en longues files vers leur mort. Mais, mis à part quelques cas d'héroïsme individuel, tous allèrent résignés et passifs à l'abattoir.

L'idée de la résistance et du soulèvement allait germer et mûrir chez les hommes du *Sonderkommando* jusqu'à sa concrétisation à la fin de 1944.

L'unique soulèvement d'Auschwitz : la révolte du Sonderkommando

Le samedi après-midi, 7 octobre 1944, dans la cour du crématoire III, commença l'événement connu sous le nom de la révolte du *Sonderkommando*. C'était le troisième soulèvement entrepris par les prisonniers juifs dans les camps d'extermination nazis, après Treblinka (2 août 1943) et Sobibor (14 octobre 1943).

La particularité de la révolte du *Sonderkommando* est d'être la seule révolte organisée et armée dans l'histoire du camp d'Auschwitz. Le seul acte de résistance organisée dans un camp où étaient internés des milliers de prisonniers non juifs, y compris des membres de différents réseaux de résistance en Europe. Cela ne diminue en rien les actes de résistance accomplis par des individus ou par des groupes dans le camp, mais aucun d'entre eux ne déboucha sur une véritable révolte.

Ce qui confère à ce soulèvement une teinte supplémentaire d'audace et d'héroïsme, c'est le fait que les Juifs étaient complètement isolés et ne pouvaient compter que sur eux-mêmes, tout en étant en contact avec le réseau de résistance générale au camp censé prendre une part active dans le soulèvement général. Le jour de la révolte, aucun prisonnier – que ce soit parmi les détenus non juifs ou parmi ceux liés au réseau de résistance – ne vint à leur secours.

La préparation de la révolte s'est faite dans le cadre du réseau général de résistance (le groupe de combat commun Auschwitz), avec l'aide du noyau juif qui en faisait partie – créé en 1942, et dont le chef était probablement Motke Bailovitch (Mordehaï Halali), il y avait aussi Arié (Leibek) Braun, Israël Gutman, Yehuda Lauper, Moshe Kolka…

Le groupe juif ainsi formé se mit en relation avec le réseau général de résistance du camp par l'intermédiaire de Bruno Baum du réseau international de la résistance. Le réseau de résistance du camp avait l'intention d'organiser un soulèvement général de tous les prisonniers du camp, juifs et non juifs, en comptant sur l'avance de l'armée soviétique et sur le soulèvement polonais hors du camp. Les hommes du *Sonderkommando*, qui étaient coupés du reste du camp, réussirent à créer le contact avec le réseau de résistance générale. Dans le cadre de l'organisation du soulèvement, c'était aux membres du groupe juif, qui travaillaient à l'usine de fabrication de munitions « Union » – qui comprenait une section spécialisée dans la fabrication de la poudre à canon – qu'incombait la tâche de s'approprier des explosifs pour préparer les bombes et les grenades. Israël Gutman et Yehuda Lauper, qui travaillaient à l'usine de munitions « Union », prirent contact avec les prisonnières juives qui étaient employées à la poudrerie, et ce sont elles qui, en prenant d'énormes risques, réussirent à faire sortir de petites quantités de poudre et à les faire parvenir aux hommes du *Sonderkommando* à Birkenau ainsi qu'aux membres de la résistance au camp central d'Auschwitz.

Pendant plusieurs mois, les hommes de la cellule des résistants du *Sonderkommando* essayèrent de persuader les chefs du réseau général de résistance de déclencher immédiatement une opération armée contre les Allemands. Ces tentatives de persuasion allaient en s'intensifiant à cause de l'arrivée en masse de convois de Juifs hongrois depuis le printemps 1944. En revanche, ceux du réseau général de résistance demandaient au *Sonderkommando* d'être patients et d'attendre le moment propice où les conditions seraient le plus favorables à la réussite de l'opération. Ils voulaient éviter qu'ils ne lancent indépendamment une action isolée. Les membres du *Sonderkommando* se rendirent donc à l'évidence : un fossé infranchissable séparait les intérêts et les buts des deux parties.

C'est dans cette atmosphère de désappointement que les hommes du *Sonderkommando* mirent au point quelques initiatives de soulèvement (en mars, en juin puis en août 1944), mais les membres du réseau général de résistance, qui mettaient leurs espoirs dans l'arrivée de l'Armée rouge, sommaient les chefs du *Sonderkommando* de reconsidérer leurs plans, de les différer, ce à quoi le *Sonderkommando* consentit finalement, mais la mort dans l'âme.

Mais, au bout du compte, le *Sonderkommando* prit conscience que le réseau général n'était pas prêt ou n'était pas intéressé à fomenter la révolte, laquelle éclata lorsque le *Sonderkommando* comprit que ses jours étaient comptés et que les Allemands étaient sur le point de liquider l'unité, parce qu'il ne fallait pas laisser vivant un seul témoin des crimes perpétrés à Auschwitz. Déjà, le nombre des hommes du *Kommando* allait en diminuant : de temps en temps, les Allemands faisaient sortir des rangs une centaine d'hommes qui ne revenaient plus. De moins en moins de convois de Juifs arrivaient à Auschwitz. Pour les hommes du *Sonderkommando*, il était temps de passer à l'action avant qu'il ne fût trop tard.

À quelque temps de la date du soulèvement, plusieurs événements vinrent accélérer la décision de passer à l'action : à la fin du mois de juin 1944, s'effectua le transfert de la majorité des hommes du *Kommando*, des baraques du camp des hommes (BIId) aux bâtiments des fours crématoires, afin d'accroître leur isolement du reste des prisonniers. Le 23 septembre 1944, deux cents hommes du four crématoire III furent emmenés par feinte et assassinés. En août 1944, le commandant SS Otto Moll tua le chef *Kapo*, responsable en chef des crématoires, Yakov Kaminsky, un des organisateurs du soulèvement. Quelques jours avant le soulèvement, les agents secrets de la cellule de résistance du *Sonderkommando* firent savoir que la liquidation du reste des hommes du *Kommando* était imminente et, en effet, au début du mois d'octobre 1944, l'ordre était donné de transmettre une liste de trois cents hommes du *Sonderkommando* pour être, soi-disant, transférés dans un autre *Kommando*. Quelques-uns de cette liste firent savoir aux chefs de la résistance du *Sonderkommando* qu'ils avaient l'intention de se battre et de résister.

Les résistants du *Sonderkommando* constataient que leur unité était progressivement mais systématiquement liquidée par les Allemands, mais que le réseau général de résistance d'Auschwitz ne voulait pas sanctionner une action séparée. Le sort en était donc jeté.

À la décision de principe de lancer la révolte vint s'ajouter un fait imprévu, et qui ne laissait plus aucun choix à la résistance du *Sonderkommando* : le *Kapo* allemand de l'unité avait entendu la conversation tenue entre les résistants, dans leur quartier général, au matin du samedi 7 octobre 1944.

Par manque de témoignages et de documents, des lacunes subsistent et des questions se posent en ce qui concerne certains événements – les gestes héroïques et symboliques sont sujets à plusieurs versions. Néanmoins, le recoupement des différents rapports recueillis nous permet de décrire dans ses grandes lignes l'enchaînement des événements qui se déroulèrent selon deux axes différents.

Dans la cour du Krematorium III, après le signal lancé par un des prisonniers, les hommes du *Sonderkommando* attaquèrent les SS en faction dans la cour. Ils utilisèrent des armes improvisées (des pierres, des barres de fer, des haches, des marteaux), ils lancèrent quelques grenades de leur fabrication et tentèrent de sortir de la zone du four crématoire. Certains allèrent du côté du petit bois avoisinant, d'autres se dirigèrent vers le bâtiment du four crématoire IV situé à quelques mètres de là. Au cours de ce combat qui prend les SS par surprise, trois de ces derniers sont tués, tandis que d'autres Allemands, sans qu'on sache combien d'ailleurs, sont blessés.

Quelques résistants réussirent à atteindre les mansardes du bâtiment du four crématoire et, à l'aide de chiffons imbibés d'un produit inflammable, ils mirent le feu aux matelas ; l'incendie se propagea rapidement et l'on vit les flammes sortir du bâtiment. D'après quelques témoignages, les hommes du *Sonderkommando* étaient en mesure de faire sauter le bâtiment du Krematorium à l'aide de grenades et d'autres engins explosifs qu'ils avaient préparés à l'avance et cachés. Après qu'eut éclaté l'incendie dans le bâtiment du four III, et apercevant de loin les flammes et la fumée qui s'en échappaient, entendant enfin les coups de feu des SS, les hommes du four I décidèrent alors d'entrer en action, croyant à tort qu'il s'agissait du signal du soulèvement général dans le camp. Ils commencèrent par se jeter sur le *Kapo* allemand Karl (Karol) et le jetèrent vivant dans le four embrasé. N'ayant aucun contact avec leurs camarades du four III, et voyant avec une angoisse grandissante le renfort de SS qui se dirigeait vers eux, ils tentèrent une percée dans la clôture de fils barbelés. Ils coururent vers la barrière qui les séparait du camp des femmes (BIb) et, avec des pinces, ils coupèrent les barbelés. Ils s'éloignèrent de 8 kilomètres pour arriver à une grange, dans un camp annexe d'Auschwitz. Là, les Allemands les encerclèrent, mirent le feu à la grange et les tuèrent jusqu'au dernier.

Pendant ce temps, les hommes du *Sonderkommando* affectés au four crématoire II ne prirent pas part au soulèvement, car leur *Kapo* les poussa à l'intérieur et s'engagea auprès de l'officier allemand à ce que ses hommes se tiennent tranquilles pendant la révolte. À part un prisonnier qui fut suspecté d'un acte de sabotage et qui fut exécuté, tous eurent la vie sauve.

Au cours de la révolte, 451 prisonniers juifs furent tués par les balles des SS, 212 hommes du *Sonderkommando* restaient en vie. Parmi les morts, il fallait compter presque tous ceux qui avaient été les initiateurs du soulèvement : Yankel Handelsmann, Yosel Warshevski, Zalmen Gradowski, Lejb Langfus, Eisic Kalniak, Yosef Drovinski, Lejb Panitch, Yokel Vroubel.

Avant même que se fût dissipée la fumée du bâtiment des fours, les Allemands commencèrent leur enquête. Les traces d'explosifs trahirent les détenues qui travaillaient à l'usine de munitions « Union », elles furent soupçonnées d'avoir remis des explosifs aux révoltés. L'enquête éclair, menée avec brutalité par la « section politique », révéla que quatre prisonnières – Rosa Robota et ses trois camarades de l'usine « Union », Regina Spierstein, Ella Gartner, Estoucha Weissblum – avaient collaboré au soulèvement du *Sonderkommando*. Elles furent arrêtées et, quoique atrocement torturées, elles ne dénoncèrent pas leurs camarades du réseau juif de résistance. Elles furent pendues – deux le matin et deux à la relève du soir – le 6 janvier 1945, quelques jours seulement avant l'évacuation du camp. Le soulèvement du *Sonderkommando* se terminait par la mort de presque tous ceux qui y avaient participé, mais son importance est soulignée dans les écrits d'Israël Gutman, membre du groupe de résistance sioniste à Auschwitz : « ... la révolte du *Sonderkommando* s'est soldée par un échec. Aucun secours ne vint de l'extérieur, la foule des prisonniers du camp ne vinrent pas non plus à leur aide et ne participèrent pas au soulèvement. Mais ce soulèvement devint le symbole de la résistance et de la revanche des Juifs... qui montraient à l'Europe qu'ils étaient capables de se battre et de défendre leur vie. »

Même dans cet enfer, les hommes du *Sonderkommando* ont ressenti fortement leur identité nationale. Non seulement les Allemands n'ont pas réussi à semer la confusion à ce propos et à réduire à néant leur dignité d'homme, mais ils ne réussirent pas non plus à annihiler leur identité juive.

Rapport aux corps des victimes

Quelques-uns parmi les hommes du *Sonderkommando* subirent les effets du processus d'automatisation et de robotisation, jusqu'à ce que tout, y compris la vie et le corps, perdît de sa signification. Mais beaucoup d'autres sont constamment restés déchirés à la vue des cadavres de leurs frères asphyxiés accumulés dans la chambre à gaz.

La résignation

Les rescapés du *Sonderkommando*, chacun à sa façon, expliquent dans leurs témoignages comment ils pouvaient accomplir les besognes infâmes qui leur étaient imposées : « Ce cœur, ce cœur qui ressent, il faut le tuer, il faut émousser tout sentiment qui fait souffrir... il faut devenir un automate... qui ne voit rien, ne ressent rien et ne comprend rien... »

Lejb Langfus nous a laissé un document intitulé Horreurs

du crime, dans lequel il explique la tragédie des membres du *Sonderkommando* : « C'était tous des gens normaux, humains, ni des assassins, ni des pervers » et, pourtant, en accomplissant les horribles tâches qui leur étaient imposées, sans possibilité de refuser ou de résister, beaucoup s'étaient habitués au « travail », à sa routine quotidienne, jusqu'à regarder avec indifférence ce qui se passait autour d'eux. Mais Langfus s'efforce de bien expliquer au lecteur comment ils ont été amenés à cette situation en tâchant de faire comprendre que les hommes du *Sonderkommando* ne sont pas les coupables. Que seuls sont coupables ceux qui les ont placés dans cette situation infernale.

Camaraderie et entraide

Dans le *Sonderkommando*, la devise n'était pas « Chacun pour soi ». Au contraire, il régnait parmi eux une atmosphère de camaraderie, de solidarité, d'entraide, de soutien mutuel. Ces traits furent particulièrement mis en évidence au moment où les Allemands entreprirent la liquidation systématique des hommes du *Sonderkommando*. Avant l'exécution d'un groupe de camarades du *Sonderkommando* :

« Nous sommes tous sous l'emprise de la tension de ces dernières minutes. Nous ressentons tous… combien ces quinze mois que nous avons vécus ensemble à ce travail horrible, tragique, effrayant ont fait de nous un groupe de camarades unis, des frères que rien ne peut séparer… C'est ainsi que nous resterons jusqu'à la dernière minute de notre vie… »

Vie spirituelle et accomplissement des mitzvot

Aussi incroyable que cela puisse paraître, des hommes du *Sonderkommando* étaient pratiquants et priaient à l'ombre des fours crématoires. Cela nous est rapporté dans les écrits de Zalmen Gradowski : « Plus d'une fois, les camarades regardaient avec ironie et dédain les dizaines de Juifs qui se rassemblaient pour prier *Maariv* ou procéder à la *Kabalat Shabbat*… indifférents à ce que pensaient ceux qui les regardaient. Ils faisaient taire leur amertume, leurs protestations, sans Lui demander des comptes, ils croyaient en Lui, tout simplement et de tout leur cœur… Au début, ce n'était qu'un petit groupe, puis le nombre de ceux qui se joignirent à eux pour toutes les prières de la journée s'élargit de jour en jour. »

Autocritique

Les hommes du *Sonderkommando* nous présentent la réalité sans essayer de la camoufler, de l'embellir ou de transformer les faits. Dans leurs discours, ils critiquent durement ceux qui, parmi eux, se sont dégradés moralement et sont à l'origine de l'image négative qui est celle de tout le *Kommando* aux yeux des autres prisonniers du camp. Nous savons que les juifs pieux, les juifs orthodoxes, qui constituent la majorité de ceux qui ont laissé des écrits, se sont battus sans relâche, avec plus ou moins de bonheur, contre les attitudes négatives qui apparaissaient au sein du *Sonderkommando*. Lejb Langfus se lamente sur ceux de ses camarades qui se sont avilis et, avec indifférence, se sont habitués à leur « travail » : « … Ceux qui tenaient le coup au *Sonderkommando* étaient bien souvent des hommes de basse qualité, des rustres. Avec le temps, plus d'un perdait sa capacité de ressentir, mais cela n'est qu'une vérité partielle car, pour équilibrer le niveau humain du groupe, il y avait des hommes qui ne voulaient sous aucun prétexte payer le prix de la devise : "Vivre aujourd'hui parce que demain nous allons mourir." »

À l'épicentre de la catastrophe

par Carlo Saletti*

Entre 1943 et 1945, quelques centaines de prisonniers juifs [1], immatriculés au camp de concentration d'Auschwitz, vécurent plus près de l'épicentre de la catastrophe que tout autre déporté. Il s'agit des membres du *Sonderkommando*, l'équipe spéciale chargée du fonctionnement de l'appareil de l'extermination mise en place à Birkenau [2]. La quasi-totalité d'entre eux fut assassinée par les SS du camp : seuls une dizaine ont eu la chance de survivre.

---

* Carlo Saletti est membre de la Société littéraire de Vérone et éditeur de *La Voce dei Sommersi* (Les Manuscrits des *Sonderkommandos* d'Auschwitz) en italien, Venise, éditions Marsilio, 1998, ainsi que, avec Ph. Mesnard, de *Au cœur de l'enfer* de Z. Gradowski, *Document écrit d'un* Sonderkommando *d'Auschwitz – 1944*, Paris, éd. Kimé, 2001, 170 p. ; en Italie : Zalmen Gradowski, *Sonderkommando. Diario da un crematorio di Auschwitz, 1944*, Venise, éd. Marsilio, 2002, 221 p.

1. Même si la sélection pour le *Sonderkommando* d'Auschwitz se fit principalement parmi les Juifs déportés, des Polonais et un petit groupe de prisonniers de guerre soviétiques en firent également partie.

2. Voir la description complète et terrifiante des fonctions auxquelles étaient contraints les membres du *Sonderkommando* in Wolfgang Sofski, *Die Ordnung des Terrors. Das Konzentrationslager*, Frankfurt am Main, S. Fisher Verlag, 1993.

L'*Endlösung der Judenfrage* [La Solution finale de la question juive], dont le principal artisan, le *SS-Reichsführer* Henrich Himmler, eut ainsi l'occasion d'écrire « une page de gloire de notre histoire qui n'a jamais été écrite et qui ne le sera jamais plus [3] », se réalisa, en grande partie, d'une façon mécanique et systématisée, dans les camps d'extermination de la Pologne occupée – à Auschwitz-Birkenau, Treblinka, Sobibòr, Belzec, Lublin-Majdanek et Chelmno. Ce fut justement cette phase de la catastrophe à laquelle assistèrent et furent contraints de participer les hommes du *Sonderkommando*.

Juste après la guerre, Rudolf Höss, le premier commandant d'Auschwitz, confessa avoir été convoqué par Himmler à Berlin durant l'été 1941 [4] et avoir appris à ce moment-là ce que deviendrait le complexe concentrationnaire qu'il dirigeait. Dans le mémorial rédigé à Cracovie en 1946, il est écrit : « Himmler fut inhabituellement sérieux et avare de paroles pour faire appliquer les ordres qui lui avaient été donnés. » Lors de cette rencontre, on lui communiqua que Oswiecim (Auschwitz dans la toponymie allemande) avait été choisi pour être le lieu où s'accomplirait la suppression du judaïsme européen. Selon cet ordre qui décrit « quelque chose d'extraordinaire, quelque chose de monstrueux », Auschwitz devait devenir « le plus grand

---

3. Propos d'Himmler tenus à Poznan, le 4 octobre 1943, devant les officiers supérieurs des SS.

4. Il y a désaccord entre les historiens pour déterminer si la rencontre a effectivement eu lieu vers l'été 1941 comme l'a dit Höss. Les historiens Raul Hilberg (même dans la mise à jour la plus récente de son œuvre principale *La Distruzione degli Ebrei d'Europa*, parue en Italie en 1999) et Franciszek Piper semblent accorder du crédit à cette version, plutôt que celle de l'année suivante selon la reconstitution proposée initialement par Gérard Reitlinger, et récemment reprise par Philippe Burrin. Cette question n'est absolument pas secondaire, car aux diverses dates correspondent autant de reconstitutions distinctes de la genèse de l'extermination juive.

établissement d'extermination des hommes que l'Histoire ait jamais connu ». Bien que Höss, comme il aurait déclaré, fût incapable – là, sur-le-champ – de se « faire la moindre idée de l'envergure de cette entreprise et de l'effet qu'elle produirait », il s'appliqua avec zèle, afin que le camp se développât dans le sens demandé. Il ajouta, à propos de ce que lui avait ordonné Himmler : « L'argumentation qui l'accompagnait me fit paraître cette action d'extermination tout à fait juste. À l'époque, je n'y pensais pas : j'ai reçu l'ordre, je devais l'exécuter ? Que cette extermination des Juifs fût nécessaire ou non, je ne pouvais me permettre d'en juger, je ne pouvais pas voir si loin[5]. » Une fois la décision communiquée, Auschwitz se développa dans les mois qui suivirent comme un empire ramifié de la destruction avec, d'un côté, un camp de déportation et de concentration esclavagiste et, de l'autre, une usine de la mort[6].

Après les premières expérimentations de meurtres de masse avec le gaz *Zyklon B*, effectuées entre l'été et le mois de décembre 1941 sur des centaines de prisonniers de guerre russes et des détenus malades, d'abord dans le souterrain du bloc du camp principal et ensuite dans la plus grande pièce de son crématoire (*Krematorium* I), il devint évident que ce serait dans le camp voisin de

---

5. Cette citation et les trois précédentes, en français dans le texte, sont extraites du mémorial de Höss in *Auschwitz vu par les SS*, Oswiecim, Musée d'État d'Auschwitz-Birkenau, 1994.

6. Usine de la mort est une expression récurrente dans les premiers témoignages et les premiers écrits sur les KL (*Konzentrationslager*) d'Auschwitz. Voir à ce sujet l'étude significative de Klaus Ota et Erich Kulka, parue en langue tchèque à Prague en 1948, et qui fut la première reconstitution de l'histoire du camp, intitulée *Tovàrna na smart* et sa traduction en allemand de 1957, *Die Todesfabrik*. C'est seulement dans un deuxième temps que s'étendit l'usage dans la littérature sur ce sujet du terme *Vernichfungslager*, couramment utilisé de nos jours pour désigner les centres mis en activité par les nazis en Pologne pour l'exécution systématique de la « Solution finale ».

Birkenau, en développement rapide, que se réaliserait le complexe technique nécessaire, c'est-à-dire les crématoires modernes et surtout les chambres à gaz perfectionnées. Les bâtiments, au nombre de quatre, entrèrent en fonction au printemps 1943 à l'extrémité nord du camp, après que deux fermes immergées dans les environs de Birkenwald aient servi de chambres à gaz provisoires. Les opérations d'extermination, « actions », comme elles étaient appelées dans la langue de la bureaucratie homicide [7], atteignirent leur point culminant lors du printemps-été 1944 quand plus de cinquante « transports [8] » de Juifs hongrois arrivèrent à Auschwitz et que la majeure partie d'entre eux furent immédiatement envoyés à la mort après sélection. Ce fut à cette période que le *Sonderkommando* atteint son effectif maximal : plus de neuf cents ouvriers, divisés en deux tournées, garantirent durant ces mois-là le fonctionnement ininterrompu de l'appareil de destruction.

Leur mentant, « les recruteurs » demandaient aux prisonniers destinés au *Sonderkommando* – choisis parmi les immatriculés juifs les plus récents – leur métier, leurs

---

7. Indiqué avec le sigle « SB » dans les rapports sur les effectifs du camp et le nombre de victimes envoyées dans les chambres à gaz, acronyme du terme *Sonderbehandlung* « traitement spécial ». Voir Eugen Kogon, Hermann Langbein, Adalbert Rückerl, *Les Chambres à gaz : secret d'état*, Paris, Éditions de Minuit, 1982, p. 13-23 (édition originale allemande *Nationalsozialistische Massent, tung durch Giftgas*, Frankfurt, Fisher Verlag, 1983) et Maxime Steinberg, *Les Yeux du témoin et le regard du borgne. L'Histoire face au révisionnisme*, Paris, Cerf, 1990, p. 155 et suivantes.

8. Le terme RSHA-Transport désignait le convoi des Juifs envoyés dans le camp par la section IVB4 du *Reichssicherheitshauptamt*, le Bureau central de la sécurité du Reich (appelé aussi RSHA). On trouve une vision d'ensemble de l'organisation logistique des convois dans l'étude que lui a consacrée Raul Hilberg, *Sonderzüge nach Auschwitz*, Berlin, Zeitgeschichte, 1987.

compétences et si cela les intéressait d'offrir leurs services à une usine dépendant de l'administration du camp, suscitant de cette manière l'espoir d'un traitement plus humain[9]. Ceux qui avaient été choisis, étaient au contraire destinés à la plus abominable des tâches. « Je fus emprisonné pendant neuf semaines dans le *Bunker* d'Auschwitz – se souvient Hermann Langbein, déporté en 1942 – et là je connus la pire condition des prisonniers, si l'on fait exception de ceux qui étaient affectés au *Sonderkommando*[10] ». Y entrer signifiait ne plus en sortir, exactement comme les bâtisseurs des tombes des pharaons égyptiens, cités par l'officier SS, Heinrich Heydrich, lorsqu'il lui arrivait de se vanter d'être à l'origine des équipes spéciales, destinées à mourir justement à cause des secrets dont elles auraient connaissance[11].

Hommes de l'ombre, les prisonniers du *Sonderkom-*

---

9. Voir à ce sujet Georges Wellers, « Révolte du *Sonderkommando* à Auschwitz » in *Le Monde juif*, 18 avril 1949, p. 17-18 et ce qu'ont déclaré quelques-uns des survivants du *Sonderkommando* in Gideon Greif, *Wir weinten tränenlos... Augenzeugenberichte der jüdischen « Sonderkommandos » in Auschwitz*, Köln, Bölau Verlag, 1995.

10. Hermann Langbein, *Uomini ad Auschwitz. Storia del più famigerato campo di sterminio nazista*, Milano, Mursia, 1984, p. 13-14.

11. Cette information est rapportée par Gitta Sereny dans son étude sur Albert Speer, *In lotta con la verità. La vita e i segreti di Albert Speer, amico e architetto di Hitler*, Milano, Rizzoli, 1995, p. 359 (édition originale *Albert Speer, his Battle with Truth*, 1995). Selon une autre hypothèse, la paternité du *Sonderkommando* reviendrait à Christian Wirth, déjà fonctionnaire dans le programme T4 et plus tard inspecteur des camps de l'« Aktion Reinhard ». Ce serait Wirth qui aurait décrété que les Juifs prisonniers dans le camp d'extermination de Chelmno s'occupent des cadavres des victimes asphyxiées par le gaz. À ce propos, cf. Gérard Reitlinger, *La Soluzione finale. Il tentativo di sterminio degli Ebrei d'Europa*, Milano, Il Saggiatore, 1982, p. 157 et suivantes (édition originale *The Final Solution*, 1953).

mando assistèrent, jour après jour, à la destruction de leur propre peuple, et eurent connaissance, dans sa globalité, du processus auquel les victimes étaient destinées tout en étant dans l'impossibilité de leur révéler la vérité. Contraints au plus abominable des travaux, ce fut justement pour cela qu'ils purent bénéficier d'un traitement d'exception. Ils furent nourris, vêtus, logés comme nul autre prisonnier du camp. Parmi eux, il y en eut qui s'habituèrent, comme l'a attesté Zalmen Lewental, un membre du *Sonderkommando* qui a laissé un écrit précieux retrouvé après la guerre dans les terrains autour des crématoires : « Ils se sont tellement laissés aller avec le temps qu'ils nous faisaient honte. Ils ont simplement oublié ce qu'ils étaient en train de faire […]. Chaque jour ils assistent à la mort de dizaines de milliers d'hommes et [ils ne font] rien. » Il y en eut, certes en nombre restreint, qui décidèrent de s'ôter la vie. La majeure partie vécut désespérée, muette au passage des victimes dont on perdrait jusqu'au nom, humiliée pour avoir rompu, en se prêtant à ce travail, tout contact avec l'humanité. « Vous croyez que ceux du *Sonderkommando* sont des monstres ? Moi je vous dis qu'ils sont comme les autres, ils sont juste beaucoup plus malheureux [12] », déclara l'un d'entre eux.

Quelques-uns des membres du *Sonderkommando* virent avec clarté leur lien avec l'espèce humaine s'affaiblir et se décomposer. Ils sentirent que ce lien était condamné à s'éteindre, ils comprirent que l'unique sortie de secours était la rébellion. Alors, ils conçurent un projet d'action qui eut peu d'égal dans l'histoire des *Lager* et qui devait conduire au soulèvement général du camp. L'histoire du mouvement clandestin interne au camp est trop complexe pour être abordée entièrement ici [13]. Pour

---

12. Cité par H. Langbein, *Uomini ad Auschwitz, op. cit.*, p. 208 (en français, *Hommes et femmes à Auschwitz*, Paris, Fayard, 1975).

13. Différentes études ont été consacrées au mouvement de résistance à l'intérieur du camp. Nous nous limiterons à en indiquer

leur part, les responsables juifs du mouvement de lutte du *Sonderkommando* reprochèrent aux prisonniers « politiques », engagés clandestinement dans le camp, de ne pas avoir voulu accélérer les opérations qui devaient conduire à la révolte. Ils savaient ou considéraient – en tant que *Geheimnisträger*, porteurs du plus terrible des secrets – qu'ils avaient à leur disposition un temps extrêmement limité et réagirent, durant les périodes d'élimination auxquelles le *Sonderkommando* fut soumis, en intensifiant leur requête et en sollicitant l'action. Tout cela est raconté par Lewental. Il décrit l'angoisse déclenchée par les perpétuels renvois à une date ultérieure auxquels la grande action exemplaire fut contrainte. L'idée d'un soulèvement général étant abandonnée, ceux du *Sonderkommando* agirent dans l'illusion extrême et désespérée de pouvoir, seuls, tenter le coup de force.

Quand la révolte éclata, déclenchée par la liquidation aussi imminente qu'imprévue d'une partie du *Sonderkommando* affectée au quatrième crématoire, elle prit au dépourvu la majeure partie des hommes non préparés. Ce fut le samedi 7 octobre 1944 à midi à peine passé. La réaction des SS de garde fut immédiate et conduisit, dans les heures suivantes, à la suppression de plus de quatre cents membres du *Sonderkommando* dont une partie avait

---

quelques-unes dont l'essai général de Hermann Langbein, *Nicht wie die Schafe zur Schlachtbank. Widestand in den nationalsozialistichen Konzentrationslager 1938-1945*, Frankfurt, Fischer Taschenbuch, 1980. Au sujet d'Auschwitz voir, toujours de Langbein, « The Auschwitz Underground », *in* Yisrael Gutman et Michael Berembaum (sous la direction de), *Anatomy of the Auschwitz Death Camp*, Holocaust Memorial Museum/Indiana University Press, 1994, p. 485-502, et de Barbara Jarosz, « I Movimenti di resistenza interni e limitrofi al campo », in *AA. VV. Auschwitz. Il campo nazista della morte*, Oswiecim, Pastwowe Muzeum Oswiecim-Brzezinka, 1995. Plus particulièrement sur la résistance juive dans le camp, se référer à Ber Mark, *Megilat Auschwitz*, Tel-Aviv, Israel Book, 1977.

réussi à fuir et s'était barricadée dans une étable à peu de kilomètres de distance du camp.

L'entreprise d'extermination reprit et, durant les derniers mois de l'existence du camp d'Auschwitz-Birkenau, prit l'aspect absolu et paroxystique de la destruction : aux meurtres de masse qui se poursuivirent dans les chambres à gaz au moins jusqu'aux premiers jours de novembre, à la transformation des corps en cendres s'ajouta le démantèlement de l'appareil technique d'extermination auquel fut assigné le *Sonderkommando*, exécutant les ordres d'effacer toute trace des crimes : l'intention des autorités du camp était de cacher aux yeux du monde ce qui s'était produit là. Le *Sonderkommando* subit une réduction ultérieure : le 26 novembre, une centaine de ses membres fut amenée dans la forêt derrière les crématoires pour y être supprimée. « Moi, je suis dans la dernière équipe de 204 personnes. En ce moment on est en train de liquider le crématoire II […] et il est question de notre liquidation au cours de cette semaine », conclut la lettre, adressée à sa femme et à sa fille, du Juif polonais Chaïm Herman, déporté de Drancy à Auschwitz en mars 1943 et immédiatement affecté au *Sonderkommando*. Ou encore – comme il nous est communiqué dans un autre des manuscrits remontés à la surface de la terre au cours des mois succédant la libération du camp – : « Maintenant nous allons dans la zone. Il reste 170 hommes. »

À partir de la mi-janvier 1945, on donna l'ordre aux prisonniers encore capables de se tenir debout de se mettre en colonne et de prendre la route en direction du Reich. Ce fut le début des marches d'évacuation, nouvelle souffrance atroce imposée à des milliers de déportés. La petite dizaine de survivants du *Sonderkommando* parvint à se mêler à eux. Les rares survivants qui se comptèrent après la guerre étaient parmi ces derniers. Entre le 20 et le 26 janvier, les SS firent sauter ce qui restait des crématoires et des chambres à gaz, de façon à ce qu'il ne restât des installations de destruction que gravats et décombres. C'est dans cet état, couverts d'une épaisse couche de neige, qu'ils apparurent à l'avant-garde de l'armée soviétique qui libéra le camp le 27 janvier.

Au cours de la période durant laquelle Birkenau fut en activité, l'horreur qui émanait de ce lieu dans lequel travaillaient les membres du *Sonderkommando* mais aussi l'isolement auquel ils étaient soumis contribuèrent, dans une large mesure, à construire chez la majeure partie des déportés une image transfigurée de ces hommes. Ceux-ci vivaient immergés dans le cauchemar et étaient perçus comme un produit de ce cauchemar. Selon le médecin André Lettich, « venus de loin, obligés au silence et bien gardés, ils disparaissaient sans laisser de trace, dans un total mystère [14] ». Nous retrouvons un ton analogue dans d'autres témoignages : « Pendant ma détention à Auschwitz – écrit Jacques Stroumsa, Juif déporté de Grèce, employé d'abord comme violoncelliste dans l'orchestre du camp et ensuite comme technicien dans les bureaux de la Union-Werke –, les mots *Sonderkommando* provoquaient en nous une sorte de terreur. Nous savions que ce *Kommando* existait, à quelles tâches il était astreint, mais nous avions peine à le croire [15]. » Dans un mémoire rédigé juste après la guerre pour la revue scientifique Minerva Medica, avec son compagnon de déportation Leonardo Debenedetti, Primo Levi s'arrêta également sur le *Sonderkommando* en faisant référence aux fausses informations qui semblent avoir été le lot commun des déportés ou, du moins, de ceux qui n'avaient pas eu de contact direct avec Birkenau. L'article relatait qu'« Il émanait une odeur nauséabonde de leurs vêtements ; ils

---

14. André Lettich, *Trente-Quatre Mois dans les camps de concentration*, Tours, Imprimerie Union Coopérative, 1946, p. 30.
15. Jacques Stroumsa, *Tu choisiras la vie*, Paris, Cerf, 1998, p. 141.

étaient toujours sales et avaient un aspect complètement sauvage, de vraies bêtes féroces. Ils étaient choisis parmi les *pires criminels* condamnés pour de graves crimes de sang [souligné par nos soins] [16]. » Si de telles méprises sur la réelle composition du *Sonderkommando* peuvent, aujourd'hui, nous apprendre quelque chose sur les rumeurs qui circulaient à l'intérieur du réseau des camps d'Auschwitz, elles attestent, de manière plus générale, de la difficulté intrinsèque – même de la part de celui qui avait vécu aux côtés de l'horreur – d'admettre le fait établi que des Juifs ordinaires aient pu garantir le fonctionnement de la machine de destruction.

Par ailleurs, la connaissance superficielle conduit à des imprécisions factuelles évidentes qui se trament d'esprit en esprit jusqu'à constituer des lieux communs et entrer dans la vulgate. Ainsi, par exemple, dans un livre de l'ex-déporté Oliver Lustig, paru en Hongrie en 1984, on peut lire que « les membres du *Sonderkommando* étaient au service de la mort pendant quatre mois. Puis, avec une précision mathématique, ils étaient envoyés à la mort. [...] 13 *Sonderkommandos* se sont succédés dans les crématoires de Birkenau [17]. » Mais, si cela avait été le cas, le premier des *Sonderkommandos* d'Auschwitz aurait été formé vers la fin de 1940, ce qui veut dire au moins un an avant le début de la déportation juive à Auschwitz. En ce qui concerne le roulement des équipes spéciales, si nous savons que treize *Sonderkommandos* représentent un chiffre loin de la réalité, il n'est toutefois pas aisé d'en

---

16. Primo Levi et Leonardo Benedetti, « Rapporto sulla organizzazione igienico-sanitaria del campo di concentramento per ebrei di Monowitz (Auschwitz-Alta Slesia) », in *Minerva Medica*, XXXVII, juillet-décembre 1946. Cet article constitue le premier écrit consacré à Auschwitz signé par Primo Levi.

17. Ce passage est extrait de la traduction italienne du livre. Cf. Oliver Lustig, *Dizionario del Lager*, Florence, La Nuova Italia, 1996, p. 174.

établir le chiffre exact. Les toutes premières études qui se sont penchées sur ce sujet divergent souvent sur les évaluations. En revanche, nous pouvons estimer à deux mille, et peut-être à plus, le nombre total de déportés qui en firent partie. L'histoire des *Sonderkommandos* qui se sont succédé en réalité à Birkenau ne peut être réduite à un résultat de « la précision mathématique » national-socialiste. Les suppressions des équipes spéciales – qui, toutefois, ne concernent pas les déportés qui remplissent des fonctions spécialisées dans le crématoire (les chauffeurs, par exemple, pour lesquels fut institué au cours des premiers mois de 1943 un véritable cours de mise à jour quand il fut nécessaire d'activer les fours les plus perfectionnés de Birkenau) – furent, en diverses occasions la réponse à des événements spécifiques et, dans ce sens, elles peuvent révéler beaucoup sur l'évolution même du camp, comme dans le cas de la liquidation presque complète du *Sonderkommando* qui, à partir de septembre-octobre 1942, avait vidé les fosses communes de Birkenau et procédé à l'incinération des corps qui y étaient contenus, survenue en décembre de la même année, la tâche assignée à peine portée à son terme, dans l'optique d'éliminer physiquement ceux qui étaient devenus les témoins directs de l'ampleur des crimes commis déjà à cette époque dans le camp. Dans d'autres cas, il y eut des réductions partielles des forces du *Sonderkommando*, comme à la fin de l'été 1944, quand la conclusion des opérations de meurtres de masse des Juifs hongrois rendit moins nécessaire l'effectif atteint pour l'occasion, le plus élevé de l'histoire du *Sonderkommando*.

On peut toutefois observer, de façon générale, que l'attention insuffisante accordée à ce sujet, par rapport à l'intensification des études consacrées à Auschwitz [18],

_____

18. L'événement-Auschwitz a produit jusqu'à aujourd'hui une masse imposante d'études et de témoignages. Pour s'en convaincre, il suffit de parcourir le compte rendu bibliographique, mis à jour en

reflète la carence des études scientifiques sur la collaboration imposée par les bourreaux à leurs victimes, que celles-ci aient été membres des *Judenräte*, de la police juive des ghettos et, à l'intérieur des camps, *Kapos* ou membres des équipes spéciales. Une histoire complète du *Sonderkommando* n'est pas encore disponible et, de toute façon, ce n'est seulement que ces dernières années qu'a commencé un examen plus attentif de ses vicissitudes [19].

C'est George Steiner qui nous rappelle comment le camp peut être le lieu où le cours naturel de « séries d'expériences simultanées », pour autant que l'on cherche « à les mettre dans une sorte de perspective tolérable [20] », prend la valeur d'un paradoxe atroce. Robert Antelme, déporté français à Buchenwald, est arrivé à la même conclusion : « On ne cesse jamais d'interroger l'espace. Il était à peine six heures, moi j'étais ici et chez moi ils dormaient. Ils dormaient bien *pendant que* moi j'étais ici ; et vice-versa, peut-être qu'hier soir ils parlaient de moi *pendant que* moi je dormais. Tandis que je me prenais un coup de verge sur la tête, eux, ils se rappelaient une promenade faite ensemble à Tamaris [21]. » [mise en italique par nos soins]. Le synchronisme des événements se présente de nouveau avec sa charge énorme et

---

1980, publié par le musée d'Auschwitz. Cf. *Bibliografia KL Auschwitz za lata 1942-1980*, sous la direction d'Anna Malcówna, Oswiecim, Wydawnictwo Pastwowego Muzeum Oswiecim, 1991.

19. Se référer en particulier à l'étude du Polonais Franciszek Piper in *Auschwitz 1940-1945. Studien zur Geschichte des Konzentrations- und Vernichtungslagers Auschwitz, volume III (« Vernichtung »)* Oswiecim, Verlag des Staatlichen Museums Auschwitz-Birkenau, 1999.

20. George Steiner, *Linguaggio e silenzio. Saggi sul linguaggio, la letteratura e l'inumano*, Milano, Rizzoli, 1972, p. 182 (éd. fr. *Langage et silence*, Paris, 10-18).

21. Robert Antelme, *La Specie umana*, Torino, Einaudi, 1997, p. 54 (éd. fr. *L'Espèce humaine*, Gallimard).

insupportable d'absurdité à l'intérieur du périmètre du camp d'extermination.

Dans tous les récits des survivants de Birkenau arrive le moment où celui qui parle – le prisonnier qu'il était alors – se souvient d'avoir levé les yeux au ciel et d'avoir vu les flammes s'échapper des cheminées des crématoires à quelques centaines de mètres plus loin. Dans ce ici et maintenant cristallisé dans l'écriture, un hiatus incommensurable sépare le déporté – celui à qui on a retiré son nom, attribué un numéro et qui est entré dans le camp – de la victime sans nom ni numéro, qui a seulement traversé le camp avant d'être poussée dans une des chambres à gaz et brûlée dans un des fours : un espace incommensurable entre celui qui a survécu et celui qui a péri, entre le rescapé et le naufragé.

« Rescapé » et « naufragé » sont précisément les deux termes choisis par Primo Levi pour marquer son angoissante et, toutefois, fondamentale exploration de cette *finis terrae* que fut le complexe concentrationnaire d'Auschwitz. En réfléchissant sur le sens du témoignage rapporté par les survivants, Levi était parvenu à une déchirante aporie. En effet, selon lui, il subsisterait une opposition irréductible entre la position de celui qui, rescapé, rapporte un témoignage et celui qui, naufragé, ne pourra jamais faire entendre sa voix. Aux survivants, des témoignages factices, pour ceux qui, par malheur, n'ont pas franchi le seuil qui sépare l'humain de l'inhumain mais qui sont restés des hommes, la possibilité de rapporter un témoignage intégral est exclue. Ainsi, la majeure partie des comptes rendus sur les camps, la totalité peut-être, justement parce qu'ils sont fournis par les survivants – privilégiés en tant que survivants – ne constituerait pas le vrai témoignage de l'enfer. « Avec le recul des années on peut affirmer aujourd'hui que l'histoire des *Lager* a été écrite presque exclusivement par ceux qui, comme moi-même, n'en ont pas sondé le fond. Ceux qui l'ont fait ne sont pas revenus, ou bien leur capacité d'observation était paralysée par la souffrance et l'incompréhension[22]. » L'absolu du camp serait ainsi destiné à demeurer sans témoins. L'expérience centrale du XXᵉ siècle, l'événement symboliquement désigné par le nom d'Auschwitz, possède, même pour Levi, une essence indicible.

En revanche, les manuscrits des membres du *Sonder-kommando* qui ont été retrouvés attestent que même dans les situations au cours desquelles le mal et son potentiel destructif ont été les plus radicaux, il y a toujours eu quelqu'un, parmi les naufragés, qui n'avait pas perdu sa capacité d'observer et de dire, en ayant à l'esprit son propre rôle de témoin intégral. Ces voix, qui heureusement sont parvenues jusqu'à nous pour nous raconter comment la destruction s'est mise en marche et a été conduite à Auschwitz, entre 1943 et 1945, s'imprimant au moment même où les événements se déroulaient, sont les voix de ceux qui ont écrit avec la pleine conscience d'être les seuls narrateurs à pouvoir rendre compte de l'horreur, là où l'horreur était absolue et que de devoir s'acquitter de cette obligation faisait partie intégrante de l'horreur elle-même.

S'adressant à celui qui trouvera son manuscrit, l'exhortant à creuser encore pour chercher les autres pages enterrées avec les pauvres restes d'un monde disparu, Zalmen Gradowski a énoncé le fondement sur lequel s'érigeait son témoignage : « J'écris ces mots dans un moment où l'agitation et le danger sont à leur point culminant [...] que le monde puisse avoir un aperçu au moins sur un fragment du monde tragique dans lequel nous avons vécu. » Acte accompli non pas dans l'illusion de la survie mais dans la conscience lucide d'être eux-mêmes, « les hommes obscurs » destinés à disparaître dans les fosses communes des bois de Birkenau, les témoins les plus proches de la phase terminale du

---

22. Primo Levi, *Les Naufragés et les Rescapés. Quarante ans après Auschwitz*, Paris, Gallimard, 1989, p. 17.

processus de destruction mis en route par le nazisme. Ce fut de leur part une extraordinaire entreprise de résistance contre l'inhumain qui trouva dans l'écriture le moyen de parvenir jusqu'à nous.

Les fouilles, commencées juste après la guerre, qui ont été effectuées dans le terrain des crématoires, ont rapidement mis en pleine lumière les innombrables feuillets rapportant les observations et les comptes rendus annotés par quelques membres du *Sonderkommando* durant leur incarcération. Ceux qui les trouvèrent comprirent combien leur découverte constituait un document unique sur la catastrophe, le bien le plus précieux qui ait pu être laissé par les Juifs affectés aux opérations d'extermination. Entre 1945 et 1980, on retrouva – contenus dans des bouteilles, des gourdes, des récipients de fortune – les manuscrits de cinq d'entre eux [23] que l'historien Gideon Greif surnomma « les historiens du *Sonderkommando* [24] ». C'est justement le caractère d'exception qui distingue ces écrits qui nous amènent à déplorer la très faible diffusion dont ils ont pu jouir. Même Primo Levi qui est revenu dans son dernier livre – précédemment cité – sur le *Sonderkommando* et sur ses membres, montre

---

23. Par ordre chronologique de découverte, les manuscrits qui ont été ensuite recueillis et publiés par le Musée d'Auschwitz sont les suivants : février 1945, écrit de Haïm Herman ; 5 mars 1945, écrit de Zalmen Gradowski ; avril 1945, écrit de Lejb Langfus ; été 1952, écrit d'un auteur inconnu (attribué ensuite grâce aux recherches de Bernard Mark à Lejb Langfus) ; 28 juillet 1961, premier écrit de Zalmen Lewental ; 17 octobre 1962, second écrit de Zalmen Lewental ; 24 octobre 1980, écrit de Marcel Nadsari. À l'exception de la lettre d'Herman écrite en français et de celle de Nadsari en grec, tous les autres manuscrits son rédigés dans la langue yiddish.

24. Cf. Gideon Greif, « Die moralische Problematik der *Sonderkommando*-Häftlinge », *in* Ulrich Herbert, Karin Orth et Christoph Dieckmann, *Die nationalsozialistischen Konzentrationslager. Entwicklung und Struktur*, vol. II, Göttingen, Wallstein Verlag, 1998.

un certain embarras à exprimer un jugement sur le témoignage qui nous est parvenu. L'auteur de *Si c'est un homme* observa, en effet, en commentant quelques-unes de leurs déclarations : « D'hommes qui ont connu cette extrême destitution de la dignité humaine, on ne peut attendre une déposition au sens judiciaire du terme, mais quelque chose qui tient de la lamentation, du blasphème, de l'expiation et du besoin de se justifier, de se récupérer eux-mêmes. [...] Il nous faut attendre d'eux l'épanchement libérateur plutôt qu'une vérité à face de Méduse [25]. » Que pouvons-nous déduire de la lecture de ces lignes extraites d'un chapitre crucial du livre de Levi ? La réponse la plus immédiate est qu'un tel jugement tire son origine d'une lecture insuffisante des sources de témoignage [26]. Toutefois, nous devons être reconnaissants à Levi pour avoir provoqué une réflexion sur cette zone de la collaboration forcée – baptisée par l'auteur zone grise – dans laquelle on distingue un nœud d'une grande complexité, une zone problématique au sein de laquelle la capacité du mal à offenser se déploie entièrement.

Publiés initialement dans le *Biuletyn Zydowskiego Instytutu Historycznego* [Bulletin de l'Institut historique juif] de Varsovie, respectivement dans les numéros 9-10/1954 (manuscrit d'auteur inconnu), 65-66/1968 (manuscrit de Lewental), 71-72/1969 (manuscrit de Gradowski), les écrits retrouvés furent réunis, seulement en 1971, par le musée d'Auschwitz dans un numéro spécial des *Zeszyty Oswiecimskie* [Cahiers d'Auschwitz] sous le titre : « "W ròd koszmarnej zbrodni." R kopisy cz onkòw *Sonder-*

---

25. Primo Levi, *Les Naufragés et les Rescapés. Quarante ans après Auschwitz*, *op. cit.*, p. 53.

26. Pour ce que nous pouvons arguer de la lecture du chapitre en question où sont pourtant cités les manuscrits qui sont remontés à la surface après la guerre, Levi fonde ses observations sur les sources citées par Hermann Langbein in *Uomini ad Auschwitz*, dont il avait signé la préface de la version en italien.

kommando. » Le musée fit suivre cette première édition en polonais par des traductions allemande [27] et anglaise [28]. Le manuscrit de Lejb Langfus fut présenté en 1973 dans le numéro 14 des *Zeszyty Oswiecimskie* et put être inséré dans la seconde édition polonaise du recueil qui vit le jour deux ans plus tard. On dut attendre jusqu'en 1996, année de la seconde édition allemande du livre, pour pouvoir rassembler tous les manuscrits retrouvés jusque-là [29].

Deux livres, parus en Israël vers la fin des années soixante-dix, se sont ajoutés aux ouvrages précédemment cités. Il s'agit de l'étude importante que Ber Mark, directeur de l'Institut historique juif de Varsovie jusqu'à sa mort, survenue en 1966, avait consacrée à la résistance juive dans le camp d'Auschwitz-Birkenau [30] et du gros manuscrit de Zalmen Gradowski, publié par Chaïm Wolnerman [31]. Si l'œuvre de Mark – publiée en hébreu grâce à l'appui de son épouse et collaboratrice Ester Mark et qui présentait dans sa conclusion les textes de Gradowski, Langfus, Lewental et Herman déjà édités en Pologne – eut une certaine diffusion grâce aux traductions française [32] et anglaise [33], en revanche, l'écrit de Gradowski, dont

---

27. « *Inmitten des grauevollen Verbrechens.* » *Handschriften von Mitgliedern des Sonderkommando*, Oswiecim, Verlag des Staatlichen Auschwitz-Birkenau Museums, 1972.

28. « *Amidst a Nigtmare of Crime* ». *Manuscrits of Members of Sonderkommando*, Oswiecim, Publications of State Museum at Oswiecim, 1973.

29. C'est de cette édition qu'a été tirée la version italienne des manuscrits. Cf. *La Voce dei Sommersi. Manoscritti ritrovati di membri del Sonderkommando di Auschwitz*, Carlo Saletti (sous la direction de), Venise, éd. Marsilio, 1999.

30. Ber Mark, *Megilat Auschwitz, op. cit.*

31. Zalmen Gradowski, *In Harz fun Gehenem [Au cœur de l'enfer]*, Jérusalem, Chaïm Wolnerman, s.d. [mai 1977].

32. Ber Mark, *Des voix dans la nuit*, Paris, Plon, 1982.

33. Ber Mark, *The Scrolls of Auschwitz*, Tel-Aviv, Am Oved Publishing House, 1985.

Wolnerman était entré en possession de l'original immédiatement après la guerre, représentait une nouveauté. Connu jusqu'alors d'un strict cercle de chercheurs, c'était la première fois qu'il était donné à l'impression. L'édition dirigée par Wolnerman à titre privé et proposée dans sa langue originale, le yiddish, était destinée à une diffusion limitée. Plus de vingt ans après sa parution, l'écrit de Gradowski n'a pas encore eu la reconnaissance qu'il mérite et n'est toujours pas traduit dans son intégralité[34].

Ces allusions succinctes au destin éditorial de ces manuscrits devraient suffisamment illustrer la faible diffusion qu'ils ont eue. Les annotations des membres du *Sonderkommando* d'Auschwitz restent très peu lues et substantiellement exclues de la connaissance du corpus du témoignage dans lequel notre culture reconnaît un précieux patrimoine à préserver et à transmettre. « Dans les conditions extrêmes – avertit David Roskies –, chaque bout de papier devient sacré. Plus la destruction est grande, plus les traces écrites sont sacrées[35]. » Les ignorer est un acte que nous ne devrions pas nous permettre.

---

34. La traduction en polonais du second texte de Gradowski qui a été réalisée est inédite à ce jour. Un extrait est paru récemment en traduction allemande. Cf. « Im Herzen der Hölle » in *Theresienstädter Studien und Dokumente*, Miroslav Kàrn et Raimund Kemper (sous la direction de), Prag, Institut Theresienstädter Initiative Academia, 1999, p. 112-139. Une édition italienne du texte entier est en préparation par Philippe Mesnard et par nos soins.

35. David Roskies, « La Biblioteca della catastrofe ebraica » in *Penser Auschwitz*, 9-10, 1989.

Manuscrits des *Sonderkommandos* d'Auschwitz : tenir face au destin et contre la réalité

*par Nathan Cohen**

Si Auschwitz doit être comparé à l'enfer, cet enfer doit comprendre au moins sept cercles. Le septième et le plus terrible ayant été assurément les chambres à gaz et les crématoires – où les membres du *Sonderkommando* étaient condamnés à servir les forces du mal qui apportèrent l'enfer dans la vie. Leur tâche consistait à exécuter la phase terminale du processus d'extermination et à en faire disparaître les preuves : raser les cheveux des femmes et les désinfecter en vue de leur expédition en Allemagne, arracher les dents des mâchoires des victimes et, ensuite, faire brûler les corps, enfin jeter les cendres dans la Vistule.

Des centaines de témoignages et de récits sur Auschwitz ont été écrits par des hommes et des femmes de nationalités et origines ethniques diverses, que le destin avait entraînés dans ce que l'un d'entre eux appelle « les strates les plus profondes de l'enfer [1] ». Nous savons que

---

* Cet article est paru dans *Yad Vashem Studies*, vol. XX, en 1990, sous le titre « Diaries of the *Sonderkommandos* in Auschwitz : Coping with Fate and Reality ». Traduit de l'anglais par Micheline B. Servin.

1. Ce membre de phrase est emprunté au journal de Zalmen Lewental.

tous les prisonniers n'étaient pas informés de toutes les sections et lieux du camp ou ne pouvaient témoigner de leurs propres yeux des réalités de tout ce qui se passait. Cependant, afin de fournir un tableau aussi complet que possible, les auteurs de ces écrits ont pris en compte des récits qui circulaient dans le camp ou des informations rapportées par d'autres détenus.

Les prisonniers du *Sonderkommando* étaient les plus étroitement surveillés du camp. Dans un premier temps, le soubassement du block 11 d'Auschwitz I, tenu pour un block disciplinaire en même temps qu'une ligne de mort, leur avait été assigné. À la fin de l'automne 1942, quand le camp de la mort de Birkenau avait commencé à fonctionner, ils avaient été installés dans un block spécialement réservé. En août 1944, les Allemands ayant été informés d'un projet de révolte, ils avaient été transférés dans les sous-sols du crématoire ; là, leur possibilité de contact avec d'autres secteurs, jusqu'alors très restreinte, fut pour ainsi dire complètement rompue.

Cependant, les auteurs des mémoires et témoignages font référence, malgré cet isolement, les conditions de vie améliorées, sans équivalent ailleurs dans le camp, des membres du *Sonderkommando*, à leur corruption, à leur brutalité et leur sauvagerie [2]. Ce n'est qu'ultérieurement

2. Consulter, à titre indicatif : A. Kraus et O. Kulka, *Auschwitz Death Factory* (en hébreu), Jérusalem, 1961 ; Hermann Langbein, *Menschen in Auschwitz*, Vienne, 1972, p. 226, *Hommes et femmes à Auschwitz*, Paris, Fayard, 1975, et Paris, 10/18, 1994, p. 193 ; Josef Garlinski, *Fighting Auschwitz*, London, 1976 ; *Volontaire pour Auschwitz*, Elsevier Sequoia, Bruxelles, 1976 ; S. Nomberg-Prytyk, *Auschwitz*, London, 1976 ; B. Mark, *The Scrolls of Auschwitz*, Tel Aviv, 1985, p. 207-211 ; une édition antérieure, traduite en français : B. Mark, *Des voix dans la nuit*, Paris, Plon, 1982. On peut aussi consulter *Amidst a Nightmare of Crime – Manuscripts of Members of Sonderkommando*, Oswiecim, Verlag des Staatlichen Museums Auschwitz-Birkenau, 1973.

que sera mentionné le fait qu'ils furent les seuls prisonniers à avoir mis en œuvre le plan d'une révolte armée contre les Allemands.

Il ne fait pas de doute qu'il y a une part de vérité dans ces paroles et qu'elle n'a pas à être contestée. Toutefois, elle ne doit pas être appréhendée indépendamment du contexte, ni des réalités des circonstances d'existence dans lesquelles ces gens dont le destin était sans doute le plus implacable vivaient jour après jour. Par chance, nous disposons d'un certain nombre de documents publiés dans les années passées, par des éditeurs différents ; il s'agit des manuscrits, textes et notes rédigés en yiddish par trois hommes du *Sonderkommando*, qui étaient également actifs dans la résistance : Zalmen Gradowski, Zalmen Lewental et Lejb Langfus. Tous trois ont rendu compte de leurs actions par écrit et, sachant qu'ils allaient être exécutés, ils ont enterré leurs textes dans l'espoir que, plus tard, ils seraient utiles à des historiens pour tenter d'établir la vérité sur le camp en général et le *Sonderkommando* en particulier. Bien que ces textes aient été imprimés depuis plusieurs années, aucun historien, à l'exception de Ber Mark, qui a été le premier à les lire attentivement, n'en a entrepris une étude d'ensemble approfondie ; tous se sont contentés de les citer à titre de preuves, en notes, dans la plupart des cas.

Dans cet article, je me référerai à ces trois documents pour tenter de répondre aux questions suivantes : comment les auteurs, membres du *Sonderkommando*, ont-ils fait face aux réalités qu'ils étaient contraints d'affronter ? Comment percevaient-ils leur destin personnel et celui de leur peuple ? Enfin, quelle responsabilité attribuaient-ils au monde extérieur dans la marche de leur destin ? Que tous trois avaient été des juifs pratiquants acquiert, dans ces circonstances, une importance spéciale, qui soulève une autre question : comment, malgré tout, leur religiosité s'exprimait-elle dans leurs notes et intervenait-elle dans leurs attitudes ainsi que dans les relations avec les compagnons prisonniers ?

Je ferai aussi référence à un manuscrit écrit à Auschwitz en janvier 1945, prévu en introduction à un ensemble de textes écrits par des prisonniers juifs. Les textes n'ayant pu être rassemblés avant l'évacuation, seule subsiste l'introduction [3], qui s'achève sur cette supplication :

---

3. Les journaux ont été publiés, pour la première fois, en Pologne, dans un périodique édité par le musée d'Auschwitz et, plus tard, par l'Institut d'Histoire juive de Varsovie. Cependant, en raison des différences entre ces versions et l'original, plus précisément, la publication de l'original, ultérieurement, hors de la Pologne (à ce sujet, voir M. Piekarz, « L'Épouse du rabbi de Tropkow » au sujet de la Promesse faite par le Rebbe Belz et deux lectures contradictoires de la leçon à tirer des *Décrets du démon* [en hébreu], Kivinim, 24, 1984, p. 59-60), j'ai décidé de me référer aux textes publiés en Israël. Ils sont disponibles dans deux livres. Le premier : Zalmen Gradowski, *In Harz fun Gehenem* (Au cœur de l'enfer), Jérusalem [*c.* 1977], soit Gradowski 1 ; Les Archives de Yad Vashem détiennent un manuscrit, copie de l'original, cote MJ/3793. Le second, est celui de Ber Mark, *The Scrolls of Auschwitz* (Les Rouleaux d'Auschwitz), Tel Aviv, 1985, qui comprend le texte des trois manuscrits, édités et commentés par l'auteur et son épouse. Les sources de Ber Mark sont : Zalmen Gradowski, *Farzeikhhenungen*, soit Gradowski 2, p. 286-350 ; Lejb Langfus, *In Gryl fun Retzikhe* (Les Atrocités du meurtre), *Di 600 Yinglekh* (Les 600 Garçons), *Di 3 000 Nakete* (Les 3 000 Nues), *Reshime* (Sadisme), soit Langfus 1, p. 351- 376 ; Zalmen Lewental, *Farzeikhenungen*, p. 377-430 ; ce dernier couvre un carnet de 94 pages, l'original en comprenait davantage, soit Lewental 1, avec des numéros de pages correspondant à ceux du carnet ; Zalmen Lewental, *Hosafa zum Lodzer Ksav-yyad*, p. 430-435, soit, Lewental 2.

Je ferai aussi référence à un autre document, écrit par Langfus et publié en polonais, dans une transcription incomplète dans : *Wsród Koszmarnej Zbrodn – Rekopisy Wiézniów Sonderkommando Odnalezione w Owiecimiu* (Dans le cadre d'un crime épouvantable – Manuscrits des prisonniers du *Sonderkommando*, retrouvés à

« Puisse-t-elle être Ta volonté, Toi qui n'entends pas les pleurs, d'accomplir ne serait-ce que cela pour nous : recueille nos larmes dans ta gourde de peau et protège ainsi ces pages lourdes de larmes, afin qu'elles tombent dans les bonnes mains et puissent trouver l'apaisement. »

LES AUTEURS ET LEURS MANUSCRITS

Nous disposons des manuscrits écrits en yiddish par des hommes du *Sonderkommando* « au cœur de l'enfer ». Bien que nantis tout trois d'une éducation religieuse, ils possédaient des personnalités très différentes. Dans ce qui suit, je fournirai de succinctes informations biographiques à leur sujet [4] ainsi qu'une brève description des documents et de leurs particularités stylistiques.

Zalmen Gradowski

Il naquit en 1910 à Suwalki, à la frontière entre la Pologne et la Lituanie. Il suivit des études à la *yeshiva* Tiferet Bahurim, fut une personnalité connue parmi les jeunes, et il fut un membre actif du mouvement Betar et

Auschwitz), Owiecim, 1971, p. 12-73, soit Langfus 2. Je saisis cette opportunité pour remercier le Dr Hana Wolowitz pour son aide précieuse pour la lecture et la compréhension du texte. L'introduction dont nous parlons a été publiée pour la première fois in *YIVO Bletter* 27 (1946), p. 194-197.

4. Précisions bibliographiques concernant Gradowski 1 : les préfaces de H. Wolnerman, D. Sfard et Y. Vigodski ; B. Mark, *The Scrolls of Auschwitz*, index ; et un entretien que m'a accordé, le 29 février 1988, à Jérusalem, M. Milton Buki, qui fut prisonnier au *Sonderkommando*. Des informations concernant le recueil intitulé *Auschwitz*, extraites de l'introduction à la publication in *YIVO Bletter*, 27 (1946), p. 194-195.

dans les cercles révisionnistes [5] de sa ville natale. Par la suite, il seconda son père, marchand et homme d'affaires. Après son mariage, il partit s'installer à Luna dans la région de Bialystok. Selon son beau-frère, l'écrivain de langue yiddish David Sfard, Gradowski commença à écrire sans s'attendre à en recevoir des lauriers. Fervent sioniste, il espérait immigrer avec sa famille en Eretz-Israel, mais la guerre fit échouer ses plans. Sous le gouvernement soviétique, il travailla comme clerc dans une compagnie d'État. En novembre 1942, les Juifs de Luna furent transférés dans un camp de transit à Kielbasin, près de Grodno et, en décembre 1942, transportés en car à Auschwitz. Avant la fin du mois suivant leur arrivée, la mère de Gradowski, son épouse, ses deux sœurs, son beau-frère et son beau-père furent emmenés dans les chambres à gaz [6]. Gradowski, lui, fut sélectionné par les Allemands pour le *Sonderkommando*.

Son premier manuscrit a été déterré à proximité du crématoire de Birkenau au début mars 1945 par des membres de la Commission soviétique d'enquête sur les crimes nazis et déposé au musée militaire de Médecine de Leningrad. Il comprenait un carnet de 91 pages, auquel était adjointe une lettre. Le carnet contient une description détaillée du départ du convoi de Kielbasin, en novembre 1942 ; il s'achève sur le constat suivant : l'élan d'espoir engendré par l'imminence de la révolte risque d'être détruit à tout moment, en conséquence de quoi

---

5. Le mouvement révisionniste a été fondé par Jabotinski en 1923. Se voulant fidèle au sionisme politique de Herzl et de Nordau, il comprenait dans ses principes fondamentaux la revendication de la Palestine pour les Juifs et, selon les termes du fondateur, « la transformation progressive de ce pays en un État indépendant sous la direction d'une majorité juive bien établie ».

6. Gradowski 1, p. 21.

l'auteur est sur le point d'enterrer son manuscrit en espérant qu'il soit un jour retrouvé [7].

Gradowski convie le lecteur qui vit dans un monde libre à venir les rejoindre, lui et les siens, sur le chemin de souffrances commencé à Kielbasin, poursuivi par le transport épouvantable en train, la traversée de Treblinka et de Varsovie vers Auschwitz, la sélection, le premier choc, et l'envoi vers le block des « chanceux », les condamnés à la vie. En lisant le texte, reviennent à l'esprit les descriptions du périple en enfer de *La Divine Comédie* de Dante ; il est tout à fait possible que l'auteur, ayant beaucoup fréquenté le chef-d'œuvre italien, l'ait consciemment pris pour modèle. Sur la première page de son carnet, il a écrit, en quatre langues : « Accorde toute ton attention à ce document, parce qu'il contient des informations importantes pour l'historien. »

Le second manuscrit de Gradowski a été découvert par un Polonais, au cours de l'été 1945, dans les décombres du crématoire. Il parvint ensuite entre les mains de Haïm Wolnermann, qui émigra en Palestine en 1947. Ce n'est qu'à la fin des années soixante-dix qu'il en permit la connaissance par une publication, à ses propres frais, sous le titre *In Harz fun Gehenem* (Au cœur de l'enfer). Le manuscrit comprend trois parties : *A Levonedike Nacht* (Une nuit sous la clarté de la lune), *Der Tchekhisher Transport* (Le Transport des Tchèques) et *Die Tzasheidung* (La Séparation) [8]. Compte tenu des conditions dans lesquelles Gradowski se trouvait au moment où il écrivait, on pouvait s'attendre à ce qu'il se fût exprimé dans une prose conventionnelle (par opposition à la poésie), ce qui aurait tout à fait suffi pour bouleverser le lecteur. Le

---

7. C'est plus précisément la lettre qui accompagnait le manuscrit qui précise la raison de cet espoir *(NdT)*.

8. L'ordre de ces trois parties est dû à Wolnerman ; sur les microfilms préservés dans les Archives de Yad Vashem, l'ordre est différent.

fait qu'il ait choisi un mode d'expression plutôt poétique ne me paraît pas devoir être attribué à une décision délibérée, mais davantage au fait que c'était simplement sa manière habituelle d'écrire. La réflexion de Sfard sur les ambitions littéraires de son beau-frère, ajoutée à notre impossibilité à repérer trace d'écrits publiés par Gradowski avant la guerre, tend à corroborer cette supposition. Quel que soit le cas, notre compréhension et notre analyse de son texte n'en sont pas facilitées pour autant [9]. Un exemple significatif d'expression allusive et équivoque employée tout au long du manuscrit est le motif récurrent de la Lune, particulièrement dans le premier chapitre écrit en forme d'élégie. L'auteur recourt à la seconde personne pour s'adresser à la Lune, la haranguant sans ménagement par des phrases et des questions poignantes sur le destin du peuple juif. Prenant en compte que, selon toute probabilité, Gradowski demeurait un juif pratiquant, nous pouvons supposer que cet accès dirigé vers l'un des représentants de l'hôte céleste est le substitut d'un défi direct à Dieu Lui-même. Dans le même temps, cependant, nous ne pouvons écarter la possibilité qu'il affronte de manière délibérée la Lune, maîtresse des « puissances de la nuit », qui le met amèrement à l'épreuve en éclairant les ténèbres et la mort qui cernent sa vie. Il voit en la Lune une créature cruelle dont l'indifférence l'emplit de dégoût et, néanmoins, il se trouve dans l'incapacité d'ignorer sa beauté. Ici, comme en d'autres passages, le texte se prête à diverses interprétations.

Dans la deuxième partie, *Le Transport des Tchèques*, Gradowski se lamente sur le sort de son peuple qui a été précipité au dernier degré de l'humiliation. La lamentation est provoquée par l'extermination du premier groupe

---

9. Concernant la problématique des différences entre la langue prosaïque et le langage poétique, cf. Kenneth Burke, *The Philosophy of Literary Forms* (Philosophie des genres littéraires), New York, 1957, p. 121-144.

de détenus du « camp familial » qui venaient de Tchécoslovaquie. C'est ainsi qu'on appelle le *Familienlager* BII ouvert en septembre 1943 à l'arrivée à Auschwitz de 5 000 Juifs en provenance de Theresienstadt. Les nouveaux arrivants ne subissaient pas la « réception » habituelle infligée aux autres, et les familles unies étaient directement dirigées dans des baraques qui leur étaient spécialement réservées. En décembre 1943, un autre convoi de 5 000 personnes arriva à Auschwitz. Le 7 mars 1944, sans sélection préliminaire, le premier convoi était entièrement exterminé. Gradowski dresse un tableau des prisonniers du « camp familial » condamnés, à qui avaient été octroyées des « conditions spéciales », en décrivant quelques personnes qu'il a choisies et qui sont présentées au lecteur d'une manière sentimentale comme des caractères « élaborés » d'imagination, auxquels l'auteur assigne la tâche de syncrétiser l'ampleur du malheur de chacun [10]. Dans ce chapitre, Gradowski décrit les différentes phases de planification et d'accomplissement du crime : l'arrivée des victimes, l'entrée dans la chambre de déshabillage, le déshabillage, les réactions, le gazage et, finalement, l'enlèvement, puis l'incinération des corps par les hommes du *Sonderkommando*. L'auteur compare le dernier stade du processus, l'incinération des corps, aux flammes de l'enfer ; notons que cette comparaison lui inspire le titre de son texte.

Dans la troisième partie, il livre un témoignage fiable de la complexité physique et mentale de la vie des membres du *Sonderkommando* avec, en arrière plan, l'exécution de deux cents d'entre eux qui, dirigés vers Auschwitz I en septembre 1944, y furent exécutés. Incapables de franchir la barrière psychologique les retenant

---

10. Pour plus d'informations au sujet du « camp familial », cf. O. D. Kulka, « Ghetto in the Death Camp » (Ghetto dans le camp de la mort), in *The Nazi Death Camps* (Les Camps de la mort nazis), Jérusalem, 1984, p. 249-260.

de se rebeller, c'est-à-dire de se suicider, privés de tout espoir dans l'avenir, les survivants du *Sonderkommando* étaient submergés par la désespérance et le sentiment d'impuissance.

Chaque partie commence par un prologue dans lequel l'auteur demande à celui qui trouvera son manuscrit de le publier et de commémorer les membres de sa famille assassinés. La partie intitulée *La Séparation* est signée par des chiffres dont la somme est égale à la somme des valeurs numériques des lettres hébraïques de son nom.

Dans son introduction à ce document, Ber Mark cite le témoignage de Yakov Freimark, natif de la même ville que Gradowski, qui avait gardé le contact avec lui pendant le printemps 1943, jusqu'à Birkenau. Freimark relate que Gradowski était astreint à brûler les corps au *Krematorium IV* et qu'au terme de chaque « jour de travail » il mettait son châle de prière et ses phylactères et récitait le *Kaddish*. Parfaitement conscient de la signification de ce que lui et les autres membres du *Sonderkommando* étaient forcés d'accomplir, il répétait qu'il rachèterait de son sang ses péchés et les leurs. Son nom figure pour la première fois dans le livre de A. Kraus et O. Kulka [11], où il est présenté comme l'un des organisateurs de la révolte du *Sonderkommando*. Les deux auteurs, qui ne le connaissaient pas personnellement et n'avaient entendu parler de lui que par ouï-dire, orthographièrent son nom de manière erronée : « S. Grandowski ». Hermann Langbein [12] et Jozef Garlinski [13] le citent également dans leurs livres comme l'un des chefs de la révolte.

11. A. Kraus et O. Kulka, *Auschwitz Death Factory*, p. 234.
12. H. Langbein, *Hommes et femmes à Auschwitz*, p. 199-201.
13. J. Garlinski, *Volontaire à Auschwitz*, p. 227, 229.

Selon le témoignage de son frère, Lewental naquit en 1918 à Ciechanow, quatrième d'une famille de sept enfants, garçons et filles. Après avoir terminé l'école élémentaire dans sa ville natale, il partit étudier dans une *yeshiva* de Varsovie. À la déclaration de la guerre, il revint à Ciechanow. Dans cette région, l'extermination des Juifs commença en novembre 1942. Le 10 décembre, Lewental et sa famille arrivèrent à Birkenau [13 bis]. Lui commença par travailler dans différents secteurs, et ce ne fut qu'après la liquidation des prisonniers du *Sonderkommando*, suite à la dénonciation de leur plan d'évasion aux autorités du camp [14], qu'il fut sélectionné, avec d'autres, pour les remplacer.

Son manuscrit, qui comprend une centaine de pages, a été découvert en 1962 dans une bouteille déterrée sur l'aire du crématoire III. L'humidité ayant endommagé le papier, l'écriture était presqu'illisible. De plus, les pages n'étaient pas numérotées et, ayant été séparées, l'ordre initial se perdit et ne put être rétabli qu'au prix d'un long et difficile labeur. En maints endroits, des phrases sont interrompues par des blancs. Le texte que Ber Mark a inclus dans son livre comporte 94 pages.

Le texte de Lewental commence par la description de l'acheminement vers le camp et le traumatisme provoqué par la précipitation dans un univers de mort. Il décrit ensuite les conditions de vie des membres du *Sonderkommando*, puis la manière dont s'est développée et affirmée l'idée de révolte et s'est organisée la résistance à ses différents stades, avec citation des chefs – allusion au *Kapo* Kaminski qui aida la résistance – et mention des contacts avec la résistance non-juive. Le 7 octobre 1944, jour du soulèvement, Lewental ne se trouvait pas sur les lieux

---

13 *bis*. Tous les siens furent gazés dès leur arrivée *(NdT)*.
14. Cf. A. Kraus et O. Kulka, *ibid.*, p. 144.

mais près du crématoire III, raison pour laquelle son témoignage sur ce qui advint ce jour-là manque de précision. Néanmoins, il va de soi que sa vision des faits et l'importance qu'il leur accorde sont d'un grand intérêt. Le document est signé et daté du 10 octobre 1944.

Lewental dédie son journal à ses camarades de la Résistance : Yosl Warszawski, Zalmen Gradowski, Lejb [14 bis], Ayzik Kolniak, Yosef Derewinski, Lejb Langfus et Yankl Handelsman.

Un an avant la découverte de ce document, un autre des manuscrits de Lewental avait été déterré ; il comprenait le journal d'un Juif de Lodz et un court texte dans lequel il a écrit qu'il se fait un devoir de protéger ce journal arrivé en sa possession, et il mentionne que d'autres manuscrits ont été enterrés près du crématoire et qu'ils seront de grand intérêt pour ceux qui, plus tard, étudieront ce qui s'est passé. Il ajoute que les lecteurs de son manuscrit (qui n'étaient pas aux côtés des hommes du *Sonderkommando*) doivent se garder d'oublier qu'il n'a pas écrit l'entière vérité et que la réalité dans laquelle lui et ses camarades vivaient était beaucoup plus terrible encore. Il conclut en saluant l'Insurrection du Ghetto de Varsovie et en demandant pourquoi d'autres, qui étaient pareillement condamnés à la mort, n'ont pas adopté la même ligne d'action [15].

---

14 *bis*. Panucz *(NdT)*.

15. Lewental écrit : « Les Juifs de Varsovie ont vécu dans des conditions de ghetto extraordinaires, qui leur permettaient tant de choses : [–], les exaltant au combat pour [–] Lorsqu'on fait connaissance de survivants du ghetto [–] on obtient une réponse nette à tout. » Comme, en maintes occasions, Lewental expose les attitudes des personnes en rapport avec les conditions. Il livre cela à la réflexion.

En 1952, un manuscrit signé אֵ ל אֵ a été déterré sur
l'aire du crématoire III. Les feuillets couvrent la période
allant de l'année 1943 au 26 novembre 1944. Une partie
comprend des descriptions détaillées de faits auxquels
l'auteur a assisté et qu'il estime devoir consigner. Le
texte s'apparente à un rapport dont la plus grande partie
est écrite dans un style proche de celui du journalisme ;
cependant, de temps à autre, l'auteur, ne parvenant pas à
se contenir, donne ses points de vue et opinions. Une
autre partie est constituée du témoignage, recueilli par
l'auteur, d'un homme qui était parvenu à s'échapper du
camp de Belzec pour aboutir à Birkenau.

Les recherches entreprises par Ber Mark et pour-
suivies par son épouse ont appris que des prisonniers
appelaient l'auteur de ce journal *Der Makover Dayan*[16],
c'est-à-dire *dayan* (juge rabbinique) de Makow-Mazowiecki. À partir de l'étude comparée des manuscrits, trois
autres documents lui ont été attribués : deux relatent
l'exécution de 600 enfants et un celle de 3 000 femmes.
Celui-ci contient également un témoignage rédigé en
polonais, auquel est jointe la liste des numéros des prisonniers gazés du 9 au 24 octobre 1944, dont les corps ont été
brûlés dans les crématoires II, IV et V.

Peu après la fin de la guerre, un autre document
comprenant plusieurs feuillets écrits par la même personne a été retrouvé au même endroit ; il semblerait
qu'on ait perdu sa trace jusqu'à sa remise au Musée
d'Auschwitz, en 1970 seulement. Il n'est pas signé, mais
son titre *Der Geyresh* (La Déportation[17]), la citation de

---

16. Quand j'ai cité le nom de Lejb Langfus au cours de l'entretien avec M. Buki (cf. note 4, p. 469), il s'est exclamé : « *Der
Makover Dayan !* » (« Le dayan de Makover ! »).

17. Langfus 2, p. 99, et Langfus 1, p. 368.

son nom « Lejb » par son épouse [18] et la localisation des faits – Makow – au cours du récit autorisent à conclure que son auteur n'est autre que le dayan Lejb Langfus. On y lit une relation de la liquidation du ghetto de Makow-Mazowiecki, le 18 novembre 1944, le transfert à Mlawa, puis, par train, vers Auschwitz et l'arrivée à Birkenau. Le lecteur apprend que l'auteur est marié et qu'il est père d'un fils [18 bis]. Dans la première partie, il décrit leur état d'esprit à la veille de la déportation et, à partir de ce moment, les faits auxquels il assiste, avec la distance d'un observateur. La seule autre mention de sa famille, en une seule phrase, est la description de la sélection à l'arrivée à Auschwitz.

Lejb Langfus naquit à Varsovie et il poursuivit ses études à la *yeshiva* Tzusmir. Au milieu des années trente, il prit pour épouse la fille du dayan Shmuel Yosef Rosental de Makow-Mazowiecki. À la mort de son beau-père, il lui succéda ; et, après le départ du rabbi pour Varsovie en raison de l'invasion allemande, il en assuma également les devoirs. Selon le témoignage d'un collègue du *Judenrat* local [19], Langfus eut tout de suite conscience qu'il fallait non pas faire confiance aux Allemands, mais leur résister. En novembre 1942, les Juifs de Makow-Mazowiecki furent déportés à Mlawa et, de là, dans les premiers jours de décembre, à Auschwitz (à peu près au moment où Lewental y arrivait). Langfus a été déporté avec son épouse et leur fils, qui furent gazés à l'arrivée.

Intégré au *Sonderkommando*, Langfus n'avait pas pour tâche de brûler les corps mais de désinfecter et de préparer les cheveux des femmes en vue de leur expédition en Allemagne [20]. Lewental parle de lui comme d'un

---

18. *Ibid.*, p. 81.

18 *bis*. Son épouse se prénommait Deborah et son fils Samuel (*NdT*).

19. B. Mark, *The Scrolls of Auschwitz*, p. 280.

20. Cf. F. Müller, *Eyewitness Auschwitz*, New York, 1979,

homme intelligent et agréable dont il éprouve des difficultés à comprendre la soumission à la volonté de Dieu [21]. Assurément, son texte révèle que Langfus était un homme de culture. De plus, sa réticence à parler en son nom propre et à mentionner son opinion sur les événements peut inciter à en déduire qu'en réalité il se soumettait au jugement de Dieu. Cependant, il ne faut pas oublier qu'il était parmi les membres actifs de la Résistance au sein du *Sonderkommando* [22]. De plus, quand il relate la liquidation du ghetto de Markow-Mazowiecki, il exprime sa déception que les Juifs n'aient pas alors choisi de mourir et, ainsi, d'ajouter un quatrième cimetière aux trois existant déjà [23].

Un autre document, sous la forme d'une introduction, écrite en janvier 1945, destinée à un ensemble de contributions rédigées par des Juifs prisonniers sur divers sujets (littérature, arts, considérations philosophiques, archives) et intitulé « Auschwitz », met à notre disposition un témoignage riche et captivant. Il avait été prévu que les textes seraient rassemblés puis enterrés dans le camp, avec l'espoir que, plus tard, ils parviendraient dans des mains juives. Une partie seulement du matériau était prêt au moment où le camp fut évacué et le projet ne put arriver à terme. Seule l'introduction put être sauvée par ses auteurs et, après la guerre, elle a été remise aux Archives du YIVO, à New York.

Dans ces quelques pages, les auteurs donnent leur point de vue sur le monde libre et les prisonniers non juifs

---

p. 65-67. Buki (cf. note 4, p. 469) m'a dit que Langfus n'était pas affecté à l'évacuation des chambres gaz ni à la crémation des corps, et que la plupart du temps, il se tenait à l'entrée du *Bunker*, tel un « gardien ».

21. Langfus 1, p. 230.

22. *Ibid.*, p. 19 ; H. Langbein, *Hommes et femmes à Auschwitz*, p. 201 ; J. Garlinski, *Volontaire à Auschwitz*, p. 227, 229.

23. Langfus 2, p. 79.

parmi lesquels ils ont vécu, déplorent le sort amer fait à leur peuple et expriment le confiant espoir que leur document sera trouvé un jour et qu'il apportera un authentique apaisement à l'épouvantable épreuve et au tourment qu'ils ont traversés.

NOTATIONS SE RAPPORTANT AUX ÉPREUVES PERSONNELLES DES AUTEURS

Quels sentiments et réflexions l'arrivée à Auschwitz provoqua-t-elle en ceux qui étaient condamnés à mort, après que les êtres qui leur étaient chers ont été emmenés loin d'eux et qu'ils se trouvaient être les seuls survivants de leurs familles ? Que comprenaient-ils de leur existence présente et quel était leur dessein en rédigeant leurs journaux ?

Langfus, le dayan de Markow-Mazowiecki, s'efforce d'être aussi impassible que possible dans les observations et relations qui constituent son écrit intitulé *In Groyl fun Retzikhe* (Les Atrocités du Meurtre). À l'exception de la dernière partie de son manuscrit, qui contient son testament, il ne parle de lui-même à la première personne du singulier *(Ich)* qu'une seule fois [24]. De même, il ne mentionne jamais sa femme et son fils, ni d'autres membres de sa famille ou d'autres Juifs originaires de la même ville que lui, dont il a été séparé dès l'arrivée au camp. Il glisse une note personnelle dans le passage le plus fort du premier chapitre d'un autre document, dans lequel il fournit une approche sensible et émouvante du sentiment de tristesse et d'impuissance qui s'empara de lui, de son épouse et de son fils, quand, encore chez eux, ils apprirent l'imminence de leur déportation forcée. Bien qu'ils ne fussent pas bien informés de ce qui les attendait à leur

---

24. Langfus 1, p. 230.

arrivée à destination, l'état d'esprit qui prévalait à la veille de la déportation ne permit pas d'éloigner la prémonition d'un destin funeste [25]. À l'exception de ce passage, Langfus ne mentionne rien de ses tourments personnels et cesse complètement d'employer la première personne du singulier.

Lewental arriva à Auschwitz avec sa famille le 10 décembre 1942 et, au moment de la sélection, il fut séparé de ceux qui étaient condamnés à mourir. Il relate qu'au cours de sa première nuit dans le camp il entendit des pleurs, dont il ne comprit la signification qu'ultérieurement après avoir été contraint au « travail » dans le *Sonderkommando*. Alors seulement, « chacun commença à croire au rêve [–] que ses proches [–] n'appartenait plus au monde du vivant et n'y serait jamais plus [–] puisqu'ils les avaient eux-mêmes brûlés ». Puis ils prirent conscience de ce que leur vie impliquait : « Chacun était déjà préparé au pire [26] ». Levental expose comment, dans ces conditions, il s'est trouvé dans une situation précaire – il pouvait penser à une sélection – et poursuit en exprimant son regret qu'ils n'en aient alors pas « fini définitivement avec lui ». S'ils avaient fait cela, dit-il, il leur en aurait été éternellement reconnaissant ; pourquoi continuer à vivre maintenant que les membres de sa famille dont la vie lui était plus précieuse que la sienne propre avaient été séparés de lui [27] ? Après avoir été conduits dans un block spécial, ils refusèrent de se nourrir et de boire, comme des animaux à qui on a arraché la progéniture [28]. Lui et ses camarades étaient isolés des autres prisonniers et, à partir de ce moment, tout contact avec le monde alentour fut coupé. Néanmoins, même si la volonté de vivre les avait abandonnés, ils continuèrent de

25. Langfus 2, p. 79-82.
26. Lewental 1, p. 26 et 28.
27. *Ibid.*, p. 28.
28. *Ibid.*, p. 26.

vivre. « Pourquoi ? » demande Lewental et il répond à sa question : « Chacun peut se présenter avec des centaines d'excuses mais la vérité est que chacun veut vivre à n'importe quel prix [29]. »

Gradowski commence chaque partie par un préambule dans lequel il s'adresse à celui qui découvrira son manuscrit. Il n'écrit pas sur lui-même et il conseille au lecteur qui souhaiterait en savoir davantage à son sujet de s'adresser à des proches qui lui fourniront des photographies de famille. Dans l'un de ces préambules, il fournit même le nom et les coordonnées d'un oncle qui habite New York et qui, affirme-t-il, sera en mesure de lui fournir des renseignements.

Gradowski, comme les deux autres auteurs, était arrivé au camp avec sa famille et c'est aux membres de sa famille qu'il dédie son manuscrit. Sa mère, son épouse, ses sœurs, son beau-père et son beau-frère furent tous gazés le jour de l'arrivée, le 8 décembre 1942. Il affirme avoir entendu, de la bouche d'un homme qui l'avait vu, que son père, qui se trouvait à Vilno quand la guerre avec l'Union soviétique avait été déclarée, fut emmené avec d'autres Juifs la veille de Yom Kippour 1942 [ou ce pouvait être en 1941], mais que, depuis, il ne sait rien. Il a appris aussi que deux de ses frères avaient été déportés dans un camp de travail et que l'une de ses sœurs et son époux, qui avaient habité à Otwock, avaient été assassinés à Treblinka. La partie ayant pour titre *The Separation* (La Séparation) est dédiée « aux camarades et chers frères qui nous ont été si brusquement

---

29. *Lewental* 1, p. 31-33. Concernant le traumatisme provoqué par la première vision du camp de la mort et la complexité du processus psychologique engendré par la résignation et l'accommodement à une réalité nouvelle, cf. T. Des Pres, *The Survivor : Anatomy of Life in Death Camps* (Le Survivant : Anatomie de la vie dans les camps de la mort), New York, 1976, p. 76-91. L'auteur consacre quelques phrases au statut particulier des prisonniers du *Sonderkommando* (p. 99-100).

arrachés » en référence aux membres du *Sonderkommando* « exécutés en septembre 1944[30] ».

Il lui arrive d'écrire qu'il est en colère contre lui-même en raison de son incapacité à offrir pleurs et lamentations à ses proches dont il ne sait exprimer combien ils lui manquent. « Moi, leur plus infortuné enfant, l'époux maudit, je suis dans l'incapacité de gémir et de verser ne serait-ce qu'une larme pour eux[31]. » Il aurait été heureux s'il avait été envoyé à la mort avec sa famille ou, si, au moins, il avait eu en poche des comprimés pour se suicider[32]. « Ce n'est pas un lieu, écrit-il, où une personne peut réfléchir sur son destin ; ici le destin de l'individu se dissout dans les destinées collectives. » Il explique ainsi son incapacité à pleurer : « Chaque jour, je traverse une mer, une mer de sang[33]. » Dans le second préambule, il écrit qu'il sait que son sort est décidé et que la seule inconnue tient à la date de son exécution. Et il poursuit : « La nuit noire est ma compagne, les pleurs et les cris mes poèmes, le feu consumant les victimes est ma lumière, l'odeur de mort est mon arôme, l'enfer est ma demeure[34]. »

Ces trois auteurs (et il y en eut probablement d'autres) ont recouru à l'écriture comme à l'un des moyens de préserver un équilibre mental. Maintenant, déclare Gradowski, écrire est la mission et le but de sa vie ; il écrit dans l'espoir que son manuscrit sera découvert et lu. C'est également le souhait de ceux qui sont encore en vie, autant que de ceux qui sont déjà morts[35]. Le devoir de

---

30. Lewental 1, p. 100.
31. Gradowski 2, p. 110.
32. *Ibid.*, p. 210-211.
33. Gradowski 1, p. 20.
34. *Ibid.*, p. 21, 24.
35. *Ibid.*, p. 19 ; cf. aussi Lewental 1, p. 41. T. Des Pres, *The Survivor*, parle de la tâche que les prisonniers s'étaient assignée – survivre et porter témoignage (p. 31-33). On peut admettre que les trois auteurs dont nous parlons s'estimaient en charge d'un devoir,

tracer des mots sur du papier semble avoir servi plusieurs desseins. En premier, les auteurs cherchaient à transmettre ne serait-ce qu'une impression de l'épreuve qu'ils traversaient : « Laissons au monde la possibilité de les [les manuscrits] tenir ne serait-ce que pour un témoignage très incomplet sur le monde tragique dans lequel nous avons vécu [36]. » Lewental était persuadé que, plus tard, son époque serait étudiée par des historiens et des psychologues qui tenteraient de comprendre ce qu'a signifié précipiter le monde dans le chaos et sa dégénérescence à un degré d'ignominie jamais atteint, cela en conséquence de la haine pour d'autres êtres humains. Ceux qui étudieront pour chercher la vérité auront besoin de preuves. Donc, la préservation de documents sur la vie dans le camp, en général et dans le *Sonderkommando*, en particulier, est d'une importance inestimable [37]. Langfus attache également une grande importance aux documents écrits, raison pour laquelle il s'astreint à rédiger son récit ; il exprime la volonté qu'il soit publié sous le titre *The Atrocities of Murder* (Les Atrocités du Meurtre) [38]. Quant à lui, Gradowski mentionne un but supplémentaire au fait d'écrire : commémorer sa famille. « Si la lecture de son manuscrit amène quelqu'un à verser une larme pour ses proches », écrit-il, ce sera pour lui la plus grande consolation possible : que leur souvenir ne sera pas de si tôt oublié [39].

---

mais, une fois qu'ils eurent compris qu'ils n'avaient aucune chance de survivre, ils ont décidé de léguer un témoignage écrit.

36. Gradowski 2, p. 216-217.
37. Lewental 1, p. 91-94 ; Lewental 2, p. 264.
38. Langfus 1, p. 226.
39. Gradowski 1, p. 20.

Les hommes du Sonderkommando *aux prises avec leurs « tâches »*

Plusieurs semaines après son arrivée au camp, Lewental est forcé au « travail de mort ». Dans un passage décrivant ses sentiments et ceux de ses camarades après une journée de « travail » du groupe le plus isolé et le plus surveillé, il écrit : « [au "travail"] nous avions honte de nous regarder l'un l'autre dans les yeux ». Plus tard, après qu'ils sont revenus au block réservé au *Sonderkommando* : « Les yeux étaient gonflés par le chagrin et la honte [–] chacun se repliait dans un coin pour éviter d'être vu par une connaissance [40]. » Gradowski, également, compare le lit au meilleur ami du détenu du *Sonderkommando*, l'ami à qui chacun pouvait se confier et sur qui il pouvait déverser l'amertume qui emplissait son cœur. Chacun devait refouler ses sentiments et ce n'était que dans la solitude, sur son lit, qu'il pouvait répéter à l'infini : « Pourquoi [41] ? » Dans des fragments de phrases de son journal, Lewental précise qu'il n'aurait pas voulu que son père l'ait vu ainsi.

Il mentionne qu'au cours des premiers jours au *Sonderkommando* aucun d'entre eux ne put s'armer d'assez de courage pour se suicider. Ultérieurement, toutefois, des prisonniers, qui avaient recouvré leur esprit à la suite d'une maladie ou d'un choc psychique, parvinrent à se suicider. Au début, les Allemands eux-mêmes « prenaient en main » les victimes vivantes, étant compris que les prisonniers du *Sonderkommando* disposaient des corps. Selon Lewental, la division du travail aidait les prisonniers à s'habituer à leur tâche, bien que quelques-uns eussent perdu leur image d'humain dans le processus. En tout cas, il revendique d'avoir préservé son humanité

---

40. Lewental 1, p. 30.
41. Gradowski 1, p. 131-132.

envers et contre tout[42]. Afin de parvenir à faire comprendre la détresse et l'impuissance du prisonnier du *Sonderkommando*, Gradowski raconte le rêve qu'il fit d'une famille allant à son épouvantable mort, pendant que lui, un membre du *Sonderkommando*, demeurait « comme mis aux fers – mains et jambes attachées, ne pouvant faire un mouvement[43] ». De plus, l'homme du *Sonderkommando* demeurait seul et désespéré non seulement dans sa vie mais aussi dans sa mort : ses tortionnaires l'emmenèrent et mirent un terme à son existence misérable, sans que quiconque le pleurât ou se souvînt de lui[44].

Deux événements dominent les journaux de Gradowski : l'extermination du « camp familial » des Juifs tchèques, le 8 mars 1944 (jour de Pourim), et l'exécution de deux cents de ses compagnons des *Sonderkommando* en septembre de la même année. L'écriture du récit de l'extermination des Juifs tchécoslovaques ne correspond pas à celle d'un document historique ; l'auteur s'attarde sur plusieurs scènes dont il a été témoin et il les complète avec la description d'autres qui lui ont été rapportées[45]. Dès la fin de l'exécution, il écrit : « Avant peu il va nous falloir assister à notre propre destruction, comment 5 000 personnes [–] des Juifs [–] sous les menaces des criminels courront droit dans les bras de la mort, pendant que nous, leurs frères, nous devrons les y aider » – décharger des gens des wagons, les diriger vers le *Bunker*, les déshabiller et les conduire à la mort[46]. Lui et ses compagnons furent témoins de l'ensemble du processus. Regardant le transfert de femmes préparées pour la mort, il écrit : « Nous

---

42. Lewental 1, p. 36.

43. Gradowski 1, p. 134.

44. *Ibid.*, p. 144.

45. Par exemple, les réactions et les réflexions des prisonniers condamnés à mort au moment où ils étaient changés de secteurs.

46. Gradowski 1, p. 60.

souffrons et notre sang coule avec le leur. Les larmes de nos sœurs conduites à la mort scintillent, et une seule larme de glace reste dans l'œil de leur frère qui maintenant les conduit [47]. » Les prisonniers du *Sonderkommando* n'avaient pas d'autre possibilité que de refouler, que d'étouffer, leurs émotions, de contenir la terrible angoisse : « Nous sommes obligés de devenir aveugles, insensibles, des automates sourds et muets », écrit-il [48]. Gradowski est très conscient des problèmes moraux et existentiels engendrés par l'accomplissement de la tâche, à laquelle lui et ses compagnons sont forcés. Il décrit la réalité telle qu'il la voit, tout en anticipant le jugement qui sera porté : « Que l'avenir nous juge sur la base de mes écrits [49]. »

La seule phrase dans laquelle Langfus parle de lui-même à la première personne du singulier révèle que, pendant son temps de « travail » dans le *Sonderkommando*, il s'abstrait de lui-même quand les victimes sortent de la salle de déshabillage pour entrer dans la chambre à gaz (il apparaît aussi qu'il fait de même après que les corps en ont été sortis). Mais, toutefois, le manuscrit où il décrit son arrivée à Auschwitz et sa première rencontre avec la mort contient aussi une description précise du processus d'extermination et de l'incinération des corps [50]. De la même manière, toutes ses autres notations relatives aux réalités du *Sonderkommando* et au « travail » de ses membres contiennent des descriptions précises de l'état et des réactions des condamnés à la mort, tels qu'il les voyait avant qu'ils ne pénètrent dans les chambres à gaz. C'est l'émotion très intense qu'il ressentait qui l'a incité à les écrire.

Le style sec, factuel, tout à fait choquant par moments, qui est le sien quand il décrit de manière détaillée des

---

47. *Ibid.*, p. 69.
48. *Ibid.*, p. 103.
49. Gradowski 2, p. 347.
50. Langfus 1, p. 222.

scènes du camp, contribue à renforcer la sensation d'authenticité et d'exactitude. Ainsi, par exemple, quand il relate l'histoire de l'épouse du rabbi de Strapivka qui arriva à Auschwitz en mai 1944, venant de Koszo, en Hongrie ; alors qu'elle attendait dans la salle de déshabillage, elle demanda à Dieu d'accorder son pardon au Rebbe Bletz qui avait rassuré les Juifs hongrois sur leur sort, alors qu'il s'était enfui en Palestine[51]. Ailleurs, Langfus relate qu'un groupe de Juifs hongrois invita l'un de prisonniers du *Sonderkommando* à boire Lé 'Haïm avec eux après qu'ils eurent fait leur prière de confession. Le prisonnier en fut si profondément ému qu'il pleura pendant plusieurs heures et cria à ses camarades : « Nous avons brûlé assez de Juifs ! Détruisons tout et réunissons-nous dans [l'acte de] Sanctification du Nom[52] ! »

Cette scène de haute spiritualité qui rompt la « loi » programmée imposée dans le camp peut être mise en opposition avec la description qu'effectue Langfus d'un fait qui révèle l'absolue humiliation du prisonnier du *Sonderkommando*. Il survint à la fin de l'hiver 1943, au cours de l'arrivée d'un convoi d'enfants venant du ghetto de Shavli, suite à ce qu'on a appelé, là-bas l'*Aktion* des enfants, le 5 novembre. Quand un membre du *Sonderkommando* s'approcha d'un enfant pour le déshabiller, sa sœur tenta de l'en empêcher en hurlant :

« Écarte-toi, Juif assassin ! Ne pose pas tes mains trempées de sang juif sur mon admirable petit frère… » Un autre enfant dit : « Mais tu es un Juif ! Comment, pour préserver ta vie, peux-tu conduire des enfants juifs pour qu'ils soient gazés ? Est-ce que ta vie parmi des assassins vaut davantage que les vies de tant de victimes juives[53] ? » On ne peut douter de ces faits relatés par un témoin ; le fait même que l'auteur cite des propos si

51. Langfus 1, p. 222.
52. *Ibid.*, p. 220.
53. *Ibid.*, p. 222-223.

violents indique qu'il s'identifiait à ces enfants et qu'il exprimait ces sentiments à travers eux.

Dans un autre passage, Langfus décrit un groupe qui, à la fin de l'été 1942, arriva de Przemysl ; il comprenait des gens décidés à résister. Un médecin qui se trouvait avec eux les en dissuada, parce que, suppose l'auteur, il pensait qu'il pourrait ainsi sauver sa propre vie. Finalement, tous, le médecin et sa famille compris, entrèrent dans les chambres à gaz [54]. Ailleurs, il décrit encore une scène émouvante mais, cette fois, qui n'implique pas des membres du *Sonderkommando*. Pendant la Pâque 1944, le Rabbi Moshe Friedman, qui arrivait à Auschwitz en provenance de Vittel, s'approcha de l'*Obersturmführer* et lui dit, en le regardant dans les yeux, que les Allemands échoueront dans leur volonté d'exterminer le peuple juif et qu'ils paieraient de dix Allemands pour chaque Juif assassiné. Ensuite, le rabbi et, avec lui, toutes les personnes du groupe, dirent la prière *Shema Israel* ; puis ils allèrent à la mort. L'auteur commente : « Ce moment d'exaltation spirituelle, sans précédent dans la vie de l'humanité, témoigne de la vaillance éternelle du Judaïsme [55]. »

On ne trouve pas dans les notes de Lewental de relations de faits spécifiques ou de descriptions de scènes en particulier, comme dans les manuscrits des deux autres auteurs. Il s'exprime sur ce qu'il éprouve de manière générale sans fournir d'exemples concrets. En revanche, il s'attache de manière précise à la préparation de la révolte et à sa fin inattendue. Ainsi, quand, au printemps 1944, les Juifs hongrois sont arrivés, Lewental et ses camarades décidèrent de mettre un terme à leur tâche dégradante et à leurs vies : « Nos mains porteront-elles aussi le sang des Juifs hongrois [56] [–]. » Bien que les

---

54. *Ibid.*, p. 223.
55. *Ibid.*, p. 222.
56. Lewental 1, p. 51.

membres du *Sonderkommando* eussent été traités mieux que les autres prisonniers, ils sentaient qu'ils n'avaient plus la force de continuer et, en toute lucidité, ils étaient prêts à mourir. Ils savaient très bien que leur avenir était sans espoir. Plus que cela : leur sort serait pire encore que celui des autres Juifs déportés, puisque les Allemands pouvaient disposer totalement d'eux et ils considéraient donc le moment de leur mort comme sans importance [57]. En juillet, le jour prévu pour la révolte, les prisonniers du *Sonderkommando* étaient si pleins d'allant que « les hommes s'embrassaient de joie ». À leur désespoir, cependant, un imprévu survint, et ils furent donc contraints de continuer à brûler les corps des Juifs hongrois assassinés [58].

Le second soulèvement, selon Lewental, n'avait pas été prévu dans ses moindres détails ; cette fois, il s'agissait du véritable acte de révolte. Ils étaient prêts à tout [59]. Gradowski mentionne seulement la révolte dans une lettre dans laquelle il indique l'endroit, dans le secteur du crématoire, où les manuscrits sont enterrés. Écrite le 6 septembre 1944, la lettre se termine par ces mots : « Pendant longtemps, nous, les hommes du *Sonderkommando*, avons cherché comment mettre un terme à l'épouvantable travail auquel nous avons été forcés sous peine de mort [–]. Ce jour peut être aujourd'hui ou demain [60]. » Bien qu'il taise son rôle dans la préparation, on a toute raison de croire qu'il en a été l'un des chefs.

D'après Lewental [61], Langfus a été l'un des membres les plus actifs dans la préparation de la révolte du crématoire. Cependant, Langfus lui-même n'en parle à aucun moment, pas même par la bande, en utilisant la troisième

57. *Ibid.*, p. 59-60, 83-84.
58. *Ibid.*, p. 59-60.
59. *Ibid.*, p. 65-68.
60. Gradowski 2, p. 217.
61. Lewental 1, p. 78, 89.

personne du singulier pour parler de lui-même. Le 26 novembre 1944, lui et 170 membres du *Sonderkommando* furent emmenés et assassinés. Filip Müller se souvient d'« un jeune étudiant rabbin » marchant en dehors de la colonne de prisonniers condamnés à mort, leur parlant du sort qui les attendait et qu'ils devaient affronter avec courage. Ses mots avaient une forte influence et ont laissé une trace que rien ne pourra effacer dans l'esprit du témoin qui les a préservés pour nous les transmettre [62].

RELATIONS AVEC LES AUTRES PRISONNIERS

Le premier *Sonderkommando* à Auschwitz I a été constitué pendant l'été 1942. Au début, il comprenait 80 prisonniers, mais ce nombre n'a cessé d'augmenter ; à l'été 1944, quand le crématoire fonctionnait au maximum, ils étaient un millier [63], pour la plupart des Juifs polonais, le reste étant des Juifs des différents pays d'Europe. Chaque équipe de *Sonderkommando* était constituée de prisonniers de caractères et de milieux d'origine différents qui tentèrent de rester en contact avec leurs amis et ceux qu'ils connaissaient. Cependant, comme nous l'avons vu, d'une manière générale leur attitude, tant envers eux-mêmes qu'envers le « travail » auquel ils étaient forcés, les auteurs des journaux du *Sonderkommando* prirent soin de décrire le sort qui leur était à tous commun ; ils recourent souvent alors à la première personne du pluriel. Toutefois, cette manière de relater n'était pas leur seule règle. Dans le souci de décrire ce qui se passait entre ces hommes conduits à un sort épouvantable, les auteurs, par moments, nous livrent des portraits individuels. Ainsi, dans les heures qui suivirent leur

---

62. Se reporter à ses souvenirs, p. 161-162.
63. Cf. F. Piper, « Extermination », in *Auschwitz*, Varsovie, 1985, p. 116-117.

arrivée ils furent informés par les anciens du *Sonderkommando* de l'assassinat de ceux qu'ils chérissaient. Les faits étaient transmis avec une équanimité semblable à celle qu'ils avaient en discutant du processus d'extermination et de mort. Les auteurs peinent à comprendre que des êtres humains soient capables de « parler ainsi de la mort d'une femme et d'un enfant, d'un père, d'une mère, de sœurs et de frères et d'être encore capable de continuer à vivre [64] ».

Nous nous souvenons de la question poignante posée par Lewental : pourquoi lui et ses compagnons ne parvenaient-ils pas à se suicider ? Par sa manière de répondre, il fournit plusieurs excuses d'ordre psychologique, mais il récapitule en reconnaissant que leur principale faiblesse résidait dans leur impossibilité à prendre eux-mêmes en charge leur sort. Il déclare n'avoir nullement l'intention d'excuser ou de défendre collectivement les prisonniers du *Sonderkommando*. Certains d'entre eux, écrit-il, avaient depuis longtemps perdu leur humanité, oublié la signification de ce qu'ils accomplissaient et, avec le temps, ils s'étaient adaptés, devenant indifférents à ce qui les entourait à un point tel qu'il peine à écrire à leur sujet, « comme s'ils avaient cessé d'être des êtres humains [65] ». D'autres mirent fin à leur vie. Au bout de quelque temps, quand il regarda autour de lui pour regarder qui restait, il réalisa que « seuls des hommes de second rang, de moindre envergure, des gens "ordinaires", survivaient [tandis que] les meilleurs, les plus sensibles, les plus doux étaient partis ; ils ne pouvaient pas tenir plus longtemps [66] ». À titre d'exemple de l'abrutissement et de l'indifférence des prisonniers du *Sonderkommando*, il relate que, lorsqu'ils sortirent par une nuit noire d'hiver, dans le brouillard pour brûler des corps, ils ne pensèrent

---

64. Gradowski 2, p. 333 ; Lewental 1, p. 24-26.
65. Lewental 1, p. 34-36.
66. *Ibid.*, p. 39.

même pas à essayer de s'évader, alors que les conditions étaient propices. À un moment, il semble avoir eu une opportunité de s'enfuir, mais il ne la saisit pas en raison des menaces émises par les autres, le *Kapo* et le *Blockälteste*. Il ajoute alors que, dans de telles circonstances, certains disaient à ceux qui envisageaient de s'enfuir : « Nos frères ne pourraient pas accepter l'idée que l'un pourrait s'enfuir, alors qu'eux étaient contraints de rester, Dieu l'interdit [67] ». Comme s'il n'était pas suffisant qu'un sort cruel les eût réunis, ils obligeaient leurs compagnons à continuer de le subir ; ils ne manifestaient aucune sympathie, ni solidarité envers ceux qui pouvaient prendre ou étaient préparés à prendre des risques et à lutter contre lui.

En opposition à ces prisonniers dont l'esprit avait été brisé par les conditions du camp, il y avait ceux qui incarnaient la dignité. Certains étaient des Juifs pratiquants. Ils faisaient tout ce qu'ils pouvaient pour combattre la routine du camp, refusant d'accepter le jeu du « vivre aujourd'hui, mourir demain ». Étant peu nombreux, manquant d'organisation, ils n'exerçaient qu'une faible influence, perdus dans la masse [68].

Écrivant au sujet de prisonniers pratiquants, Gradowski mentionne qu'ils étaient de ceux qui croyaient encore que tout ce qui se passait avait été voulu par une organisation suprême dont les actes sont hors d'atteinte de l'intelligence humaine. Leur esprit n'avait pas été entamé et ils refusaient de renoncer à leur foi, leur unique consolation : « Ils demeuraient pris au piège de leur foi naïve… s'accrochant toujours à *Leur Dieu* [69]. » Un autre groupe de prisonniers était composé de ceux qui avaient perdu la foi et ne vivaient désormais plus en paix avec Dieu. Ses Actes les emplissaient d'amertume et ils étaient

67. *Ibid.*, p. 37, 47-48.
68. *Ibid.*, p. 36 ; cf. également F. Müller, *Eyewitness Auschwitz*, p. 65-66.
69. Gradowski 1, p. 149 *(c'est nous qui soulignons)*.

incapables de comprendre comment le « Père » pouvait livrer ses fils aux mains des meurtriers. Ils ne demandaient pas à Dieu d'expliquer Ses actes et se retenaient de lui demander des comptes. Refusant une attitude hypocrite, ils se tenaient à l'écart pendant les prières, comme s'ils souhaitaient déverser à nouveau leur cœur devant Dieu mais en étaient incapables. Gradowski situe dans le troisième groupe les prisonniers qui s'absentaient simplement pendant la prière. Ils étaient incapables d'exprimer à Dieu leur gratitude, et de le louer, Lui qui avait autorisé les sauvages à se dresser et à assassiner des millions d'innocents pour la seule raison qu'ils étaient nés juifs : « Ils devaient donc chanter des louanges au milieu du harassement ? Pourquoi ? Chanteront-ils *Hallelujah* sur les rivages d'une mer dont les flots sont leur propre sang ? Le supplier, Lui qui refuse d'entendre les sanglots et les pleurs de petits enfants ? Non ! [70] »

Gradowski se garde de critiquer quiconque appartenait à ces groupes. Au contraire, il multiplie les efforts pour comprendre chacun et il apparaît qu'il les absout tous de toute erreur. Lui-même, un Juif nanti d'une éducation religieuse, se décrit rejoignant les fidèles à l'occasion, ne serait-ce que pour échapper à la réalité environnante et recouvrer une apparence humaine un court moment. Un de ses compagnons témoigne que, chaque jour, après avoir brûlé les corps, il mettait son châle de prière et récitait le *Kaddish* pour ceux qui avaient été assassinés dans la journée [71].

Dans la partie intitulée *La Séparation*, dans laquelle il décrit l'exécution de 200 prisonniers du *Sonderkommando*, Gradowski s'attarde longuement sur son attitude courante envers ses camarades et compagnons d'épreuve. Un matin, en septembre 1944, la sirène retentit pour les convoquer à un appel supplémentaire. Ils s'interrogèrent

---

70. Gradowski 1, p. 152.
71. B. Mark, *The Scrolls of Auschwitz*, p. 262.

immédiatement sur ce que cela signifiait. La veille, une rumeur avait commencé à circuler selon laquelle un convoi de prisonniers sacrifiables du *Sonderkommando* allait partir. Exprimant ses craintes sur la manière dont ces prisonniers seraient emmenés, l'auteur conclut : « Si mes frères ne sont plus nécessaires, alors moi, je suis devenu sacrifiable [72]. » Le sentiment incessant d'un destin partagé mêlé à la conscience d'un sort funeste proche. L'appel se déroulait, les numéros étaient appelés, tous les prisonniers attendaient et priaient en silence pour que cela finît afin qu'ils puissent respirer vraiment. Et après que le groupe eut été coupé en deux : « C'était comme si notre petit morceau de ciel s'était éclairci. » Là, Gradowski s'en prend à lui-même et aux autres. Il avait cru que, lorsque le moment viendrait, ils regarderaient la mort en face, comme c'était le cas à l'appel, que chacun serait dégrisé et qu'alors la haine, la douleur et l'angoisse aboutiraient à un puissant jaillissement de vengeance. Rien ne se passa ainsi, néanmoins : « Ce fut à ce moment que la souffrance de ce que nous faisions, les affres de la vengeance... [mais finalement] la lâcheté avait vu le jour [73]. » Lui et ses camarades ressentirent profondément les regards envieux que leur lançaient ceux qui étaient emmenés à la mort. Ils savaient très bien que les survivants étaient également condamnés, mais, pour le moment, ils vivaient encore ; ils allaient retrouver le « confort » du *Bunker*, alors que ceux qui « venaient » d'être condamnés à mort allaient rapidement être emmenés là vers où tous les arrivants à Auschwitz étaient dirigés [74].

Lewental relate longuement, et de manière détaillée, la manière dont s'est organisée la résistance du *Sonderkommando*. Ce passage contient de nombreuses références

---

72. Gradowski 1, p. 111.
73. *Ibid.*, p. 114,115.
74. *Ibid.*, p. 124.

aux prisonniers qui vivaient avec lui mais également à d'autres, particulièrement aux Polonais, membres de la Résistance, et avec qui il maintenait le contact. Au début, explique-t-il, le groupe des résistants était réduit et veillait à se maintenir secret. Puis, ses membres admirent qu'il leur fallait coopérer avec la Gauche et les intellectuels. Plus tard, ils acceptèrent même de s'entendre avec les Polonais, lesquels les aidèrent à entrer en relation avec la résistance organisée dans les autres secteurs du camp. Ils ont également bénéficié de l'aide de prisonniers de guerre russes incorporés au *Sonderkommando*. Il apparaît que ces derniers pouvaient quitter le secteur du *Sonderkommando* pour aller travailler ailleurs et qu'ils ont fourni à la Résistance des explosifs qu'ils étaient parvenus à détourner[75]. Lewental dit son estime pour ces prisonniers, mais ajoute que, si des Juifs avaient travaillé aux mêmes endroits, ils auraient sans aucun doute récupéré beaucoup plus d'explosifs[76].

La Résistance décida de mettre dans le secret deux Juifs d'origine polonaise déportés depuis la France, Yosef (Yosl) Warszawski et Yacob (Yekl) Handelsman, qui avaient été socialistes et révolutionnaires. Lewental exprime sa profonde gratitude envers ces deux camarades en raison de leurs actions passées et regrette que lui, natif d'une petite ville, se soit contenté d'y vivre dans ses limites étroites, sans se soucier de ce qui se passait ailleurs dans le monde[77]. Dans ce chapitre, Lewental

75. Lewental.

76. Lewental 1, p. 43 ; cf. aussi B. Mark, *The Scrolls of Auschwitz*, p. 127-129. *In* Mark, *Des voix dans la nuit*, p. 273. Lewental remarque qu'alors il n'y a plus que des Juifs dans le *Sonderkommando*, et il s'en interroge ; il mentionne que les prisonniers de guerre russes étaient dans d'autres *Kommandos* et, p. 285, que des jeunes Juives qui travaillaient à l'usine de munitions leur ont procuré du matériel *(NdT)*.

77. Lewental 1, p. 44-45 ; Y. Gutman, *People and Ashes, The*

également critique vivement certains hommes du *Sonder-kommando*. À son avis, plusieurs opportunités de sabotage ratèrent à cause de l'ingérence de quelques prisonniers dans les préparatifs. Par opposition, il cite Kaminski, un *Kapo* juif qui aida la Résistance et fut exécuté, le 2 août 1944, après avoir été dénoncé par un *Kapo* polonais [78], ce qui entraîna le déplacement du *Sonderkommando* sur l'aire du crématoire.

En septembre 1944, un groupe de dix-neuf prisonniers de guerre soviétiques [79] et un *Kapo* [80] en provenance de Majdanek sont incorporés au *Sonderkommando*. Au début, les Russes coopérèrent avec les organisateurs de la révolte, mais, après avoir établi le contact avec d'autres prisonniers russes, ils se retirèrent et refusèrent de participer à la révolte prévue. Le 7 octobre, alors qu'ils étaient sur le point de rejoindre les 300 prisonniers condamnés à mort, quelques-uns des *Krematorium IV* et *V* changèrent à nouveau d'attitude et manifestèrent la volonté de se révolter l'après-midi même [81], toutefois plusieurs démarches les en retinrent. Le lendemain, quand les Allemands arrivèrent au crématoire IV pour emmener les trois cents hommes, la

---

Auschwitz-Birkenau Book, en hébreu (Un peuple et des cendres, Le Livre d'Auschwitz-Birkenau), Merkhavia, 1957, p. 119-121.

78. Lewental 1, p. 50 ; Kaminski était affecté au crématoire III ; il établit, avec le *Kapo* Lemke du crématoire II, des liaisons avec la Résistance dans le camp. On comprend qu'ils avaient prévu soit de s'enfuir, soit de se révolter, mais, suite à la dénonciation du chef *Kapo* Mietek Morawa, Kaminski fut exécuté le 2 août 1944 ; cf. B. Mark, *The Scrolls of Auschwitz*, p. 118-119, 233 ; Kraus et Kulka, *Auschwitz Death Factory*, p. 231-232 ; J. Garlinski, *Volontaire à Auschwitz*, p. 228.

79. L'arrivée de ces dix-neuf prisonniers de guerre soviétiques, et de leur *Kapo*, « un Allemand du Reich », est considérée par le *Sonderkommando* comme une menace « car d'autres venaient pour occuper nos places à la crémation », in *Des voix dans la nuit*, p. 286 *(NdT)*.

80. Allemand *(NdT)*.

81. Lewental 1, p. 74.

révolte éclata. Ceux du crématoire II voyant la fumée au loin se révoltèrent à leur tour. Sur les 663 prisonniers qui étaient au crématoire ce matin-là, seulement 212 étaient encore en vie le soir. La plupart de ceux qui s'étaient échappés furent pris et tués ; ils ne furent que quelques-uns à parvenir à s'enfuir et à se cacher dans le camp [82]. Lewental lui-même n'assista pas à ces événements, parce qu'il était resté sur l'aire du *Krematorium III* et il ignorait ce qui se déroulait ailleurs [83]. Cependant, son absence ne l'empêcha pas de décrire les événements de cette journée et d'exprimer sa profonde admiration pour les trois héros qui demeurèrent à l'intérieur du crématoire dans le but de le faire exploser. Personne, écrit-il, ne peut apprécier à sa juste valeur le courage et l'héroïsme de ces trois hommes, prêts à sacrifier leur vie sans chercher à s'enfuir. Il s'adresse aux insurgés qui sont morts et leur promet que les survivants n'hésiteront pas à suivre leur exemple et que leur action héroïque sera gravée à jamais dans la mémoire de ceux qui comprennent et savent évaluer les circonstances de leur acte. Maintenant, écrit Lewental, après la révolte et le massacre qui s'ensuivit, une fois encore, il est sans personne avec qui vivre. Pire : il n'a personne avec qui mourir parce que, de toute la résistance, ces trois seuls restaient qui, en l'occurrence, échouèrent dans leur tentative de faire exploser le crématoire [84].

Lewental formule de très graves accusations contre d'autres prisonniers du camp n'appartenant pas au *Sonderkommando*, particulièrement contre les membres de la résistance générale du camp, polonais et russes. Il déclare que, dès le premier projet de soulèvement, ils avaient essayé de dissuader la résistance du *Sonderkommando*,

---

82. Pour plus d'informations sur la révolte, cf. B. Mark, *The Scrolls of Auschwitz*, p. 129-134.

83. *Ibid.*, note 93, et la référence au journal de Lewental.

84. Il s'agit de Lejb Langfus, Yosel Warszawski et Yacof Handelsman.

arguant que le front se rapprochait rapidement [85]. S'exprimant sur ce même sujet, Gradowski écrit : « Des hommes du camp, une partie des Juifs, des Russes et des Polonais, usèrent de tous les arguments pour nous retenir et ils nous ont obligés à reporter le soulèvement [86]. »

De manière générale, ajoute Lewental, la collaboration avec la résistance générale était entravée parce que ses responsables avaient prévu d'attendre l'arrivée de Russes qui libéreraient le camp. Il admet que cette tactique était fondée de leur point de vue, mais il explique que tous les autres prisonniers (même les Juifs) affrontaient une menace moindre que les prisonniers du *Sonderkommando* qui étaient certains que les Allemands les liquideraient avant l'arrivée des Russes, en application de la planification minutieuse d'effacer toute trace de leurs crimes et les Russes arriveraient donc trop tard pour les sauver. Leurs efforts pour convaincre la Résistance de la validité de leurs arguments demeurèrent vains et ils n'eurent d'autre choix que d'organiser leur propre soulèvement. Les prisonniers du *Sonderkommando* n'en aidaient pas moins la Résistance en procurant de l'argent, des armes et des papiers (aucun des journaux ne contient d'informations sur les réseaux de contact avec le reste du camp, un sujet qui, en soi, mérite une étude approfondie). Si n'avaient été ces trois chroniqueurs, personne n'aurait su ce qui s'était passé. Seul leur sens du devoir qui les a obligé à fournir des informations et la dédicace de leurs manuscrits ont permis d'avoir connaissance des faits et, ainsi, d'aider les autres.

Les mots les plus âpres concernent les Polonais : « À l'aide de notre argent, au prix de nos privations et de

---

85. Lewental 1, p. 51.

86. Gradowski 2, p. 217. En complément, cf. Gutman, *People and Ashes*, p. 152-153 ; B. Baum, *Widerstand in Auschwitz* (La Résistance dans Auschwitz), Berlin, 1962, p. 74-77.

notre sang, ils se firent connaître et en tirèrent gloire [87] ». Il poursuit en expliquant comment les Polonais refusaient d'inclure des Juifs dans leurs plans d'évasion. À ce sujet, il écrit : « Ils tentaient de s'extraire de ces cercles les plus profonds de l'enfer, tout en nous payant de retour par un antisémitisme que nous sentions à tout moment [88] ». Lewental exprime son espoir qu'au moins un de ses compagnons survivra et qu'il pourra donc démasquer les infâmes qui les dépossédèrent de tout pour seulement les abandonner à leur sort [89].

RELATIONS ENTRE LES PRISONNIERS DU *SONDERKOMMANDO* ET LES VICTIMES

Selon Lewental, les Allemands se chargèrent eux-mêmes, dans un premier temps, de conduire les prisonniers aux chambres à gaz, et le *Sonderkommando* n'entrait en action qu'après l'achèvement du processus d'extermination. Il ne rencontrait donc pas les victimes encore en vie. Cette manière de procéder avait pour but de réduire le « traumatisme », afin que le « travail », pour la satisfaction des Allemands, se déroulât sans heurt. Néanmoins, les prisonniers du *Sonderkommando* furent rapidement envoyés pour intervenir immédiatement après l'arrivée d'un convoi sur l'aire du crématoire. Il leur était donc impossible d'éviter une forme de relation avec les condamnés [90].

Dans la partie de son manuscrit où il relate la liquidation du « camp familial », le jour de Pourim 1944, Gradowski décrit ce qu'il ressentit avant de se trouver face

---

87. Lewental 1, p. 84-85 ; cf. aussi l'introduction au recueil *Auschwitz*.
88. *Ibid.*, p. 88.
89. *Ibid.*, p. 87.
90. *Ibid.*, p. 35.

aux personnes évacuées. « Nous, les victimes les plus infortunées parmi notre peuple, avons été menés en première ligne [dans la guerre] contre nos frères et nos sœurs[91]. » Des camions, chargés à plein, parvenaient sur l'aire du crématoire. Les premières à arriver furent des femmes. Elles se tenaient dans les camions, effrayées, impuissantes et perturbées, ne comprenant pas la cause de toute l'agitation autour d'elles. « Elles se laissèrent descendre du camion sans aucune résistance, et tombèrent sans force, comme des ballots de paille, dans nos bras[92]. » Le *Sonderkommando* n'avait d'autre possibilité que de les conduire sur leur ultime chemin. *En route* (en français dans le texte) vers le crématoire, les femmes racontaient à ceux qui les emmenaient leur vie, les péripéties et les épreuves avant leur arrivée, tel un sacrifice au Diable[93]. Entre la salle de déshabillage et la chambre à gaz, les auteurs voient en chacune de ces femmes nues un monde en soi.

Plus tard, avec l'arrivée des hommes du « camp familial », les prisonniers du *Sonderkommando* espérèrent qu'ils pourraient déclencher la révolte si attendue, qu'ils s'uniraient pour, ensemble, mettre un terme à leur vie. Mais ils furent déçus. « Au lieu de se jeter contre nous et contre eux [les Allemands] comme des bêtes féroces, la plupart d'entre eux sortirent en silence et avec calme des véhicules [–] les mains pendant mollement, les têtes baissées, ils s'étaient résignés à la mort et ils se dirigeaient doucement vers la tombe[94]. » Ce comportement,

---

91. Gradowski 1, p. 60.

92. *Ibid.*, p. 68.

93. Gradowski recourt de manière récurrente à l'image du peuple juif sacrifié en offrande au démon. Cf., par exemple, Gradowski 1, p. 25, 29, 52, 101 ; Gradowski 2, p. 182, 186, 191. Dans son livre, *Code of the Earth* (Code de la Terre), l'écrivain Zetnik utilise également très souvent cette image.

94. Gradowski 1, p. 95.

explique Gradowski, était la conséquence du désastre qui s'était abattu sur chacun d'entre eux, quand ils avaient été séparés de ceux qu'ils chérissaient et de leurs amis. Ils étaient devenus des automates, ayant perdu toute réflexion, hantés par ceux qui avaient été emportés avant eux. Un peu plus loin, il relate un incident, d'une intensité terrifiante, quand les membres d'une même famille se retrouvèrent dans la chambre à gaz et que c'est dans le bonheur d'être réunis qu'ils attendirent la mort [95].

Après l'accomplissement du processus d'extermination qui durait plusieurs minutes, le silence recouvrait tout, les portes de la chambre à gaz étaient ouvertes sur l'enchevêtrement des cadavres. Gradowski fournit une description épouvantable du processus d'incinération : le feu commence par consumer la peau et les cheveux, ensuite les organes, enfin la tête, la plus lente à brûler. Vingt minutes plus tard, ne restaient que des cendres [96].

Comme nous l'avons mentionné, pour la majeure partie de ses notes Langfus utilisait une écriture distanciée pour rendre compte des différentes scènes auxquelles il assistait avant le gazage des victimes. Cependant, il lui arriva de transgresser cette règle stylistique qu'il s'était imposé en donnant son sentiment personnel, par exemple, dans le récit d'un convoi en provenance de Hongrie qui arriva à l'été 1944 et qui devait être transféré du *Krematorium II* au *Krematorium III*. Pour empêcher toute tentative d'évasion, les membres du *Sonderkommando* avaient été alignés de part et d'autre du trajet et les victimes coururent entre les deux rangs comme des « moutons ». Ailleurs, il relate comment des Juifs de Tarnow attendaient en silence leur exécution, quand, tout à coup, l'un d'entre eux se jeta sur le côté et commença à hurler qu'il était impossible qu'ils doivent mourir, que le monde ne le laisserait pas faire. Comme hypnotisées, les victimes

95. *Ibid.*, p. 97-98 ; Gradowski 2, p. 186.
96. Gradowski 1, p. 104.

écoutèrent ce qu'il criait, mais quelques minutes plus tard tous, y compris celui qui avait parlé, étaient dirigés vers le *Bunker* [97].

À deux reprises, l'auteur se trouva dans l'impossibilité de fournir un rapport froid des événements et il fit mention de sa propre attitude. La première fois, quand des Juifs du camp avaient été amenés pour être exterminés. Victimes, ils l'étaient, et si affamés que la seule chose qu'ils réclamaient était du pain. Ils en obtinrent et, à la vue de la nourriture, une lueur de joie délirante éclaira leur regard éteint. Ils déchirèrent le pain à deux mains et mangèrent tout en marchant vers la mort. « Le pain les fascinait tant qu'ils ne virent dans leur mort qu'un événement secondaire [98]. »

La seconde, à cause d'un incident qu'il relate dans *Di 600 Yinglekh* (Les 600 Garçons). Il décrit alors la vision épouvantable de 600 enfants poussés avec sauvagerie et cruauté vers la mort dans la chambre à gaz. Quelques-uns suppliaient les prisonniers du *Sonderkommando* de les sauver. D'autres interpellaient les SS qui, pour toute réponse, les poussaient avec plus de férocité encore dans le *Bunker*. Les cris et les sanglots des enfants retentirent jusqu'à ce que la mort les eût réduits au silence. Alors, à ce moment, la satisfaction se lut sur le visage de leurs tortionnaires. Langfus conclut son récit par une question : « N'ont-ils jamais eu d'enfant [99] ? »

Dans la partie intitulée : *Di 3 000 Nakete* (Les 3 000 Nues), il livre un récit détaillé d'un convoi de 3 000 femmes et de la manière dont les membres du *Sonderkommando* leur prêtèrent assistance sur le chemin qui les conduisait au *Bunker*. Langfus cite un échange qu'il

---

97. Langfus 1, p. 220. Il conclut « Voici comment on peut aliéner des êtres humains et égarer leur esprit », in *Des voix dans la nuit*, p. 246 *(NdT)*.

98. *Ibid.*, p. 220.

99. Langfus 1, p. 227.

eut avec l'une d'entre elles et il en décrit plusieurs dans les affres de l'agonie, alors qu'elles gisaient sur le sol de la salle de déshabillage, attendant la mort. Quand l'ordre fut donné que les femmes entrent dans la chambre à gaz, il s'éloigna afin de n'avoir pas à témoigner de ce qui allait suivre [100]. Alors qu'il s'éloignait, il remarqua une voiture humanitaire de la Croix-Rouge qui apportait le matériau utilisé pour mettre fin à l'agonie et à l'angoisse de ces femmes. Il conclut : « Dans le silence mystérieux, elles rendent leur dernier soupir [101]. »

LES ALLEMANDS

Aucun des trois auteurs n'était un homme ouvert au monde. Chacun avait passé sa vie dans sa ville natale, engagé, d'une manière ou d'une autre, dans les affaires publiques juives et non juives. Nous pouvons, cependant, avancer avec certitude que leurs perceptions premières des Allemands et de l'Allemagne ne différaient pas beaucoup de celles partagées par les Juifs polonais, en général. Dans le domaine culturel, l'Allemagne était tenue pour une force active de progrès et de nombreux groupes de Juifs cultivés la respectaient tel un modèle à égaler. Ceux qui étaient suffisamment âgés pour avoir vécu l'occupation allemande au cours de la Première Guerre mondiale rappelaient combien la condition des Juifs s'était améliorée alors en comparaison de ce qu'elle avait été sous l'autorité tsariste. Mais cette opinion changea quand Hitler arriva au pouvoir. La presse juive, qui était active

---

100. B. Mark, *Des voix dans la nuit*, p. 262-263 : « J'ai vite disparu, sans plus observer la suite des événements car, par principe, je ne suis jamais présent, quand on conduit des Juifs à la mort. Il pourrait arriver que les SS m'utilisent un jour par force pour participer à leurs actes criminels. » *(NdT)*.

101. *Ibid.*, p. 231.

et diversifiée en Pologne, traitait régulièrement, et de manière détaillée, des évolutions en Allemagne ; la communauté juive pouvait donc se faire une assez juste idée de ce qui se passait dans ce pays. Dès le début de l'Occupation, les Juifs polonais comprirent que ces Allemands-ci n'étaient pas ceux dont ils se souvenaient ; ils furent rapidement informés de quelques-unes des méthodes appliquées par leurs oppresseurs avant le déclenchement des convois vers Auschwitz. Langfus fournit un exemple de haine envers les Allemands dans son récit de ce qui précède la déportation à Auschwitz. Les Juifs, dit-il, avaient préféré remettre leurs biens aux Polonais, simplement pour empêcher que les Allemands s'en emparassent [102].

Mais ce fut dans les camps de la mort que la conduite des Allemands atteignit une signification sans précédent et que les Juifs apprirent à mieux connaître leurs assassins. Les trois documents qui nous intéressent fournissent en maints endroits des informations éclairantes, bien que brèves, sur l'Allemagne et sur les Allemands, qui eurent une responsabilité cruciale dans l'extermination des Juifs d'Europe.

Gradowski pense que ce peuple sage et « civilisé » s'était vendu au Diable, et que, dans l'affaire, il se trouva possédé par un sadisme tel que le monde n'en avait jamais connu. Les Allemands devaient livrer les Juifs en offrande à Satan. Ces adorateurs du Diable, civilisés, avaient amené les Juifs de partout en Europe à Auschwitz, l'autel, afin qu'ils fussent brûlés en offrande à leur dieu, pour qui le sang juif était le plus précieux trésor et qui exigeait qu'il ne demeurât plus un Juif en vie dans le monde [103]. La mission de rassembler et de tuer les Juifs devait être accomplie avec efficacité et minutie.

---

102. Langfus 2, p. 87.
103. Gradowski 2, p. 182.

Dans la partie *Le Transport des Tchèques*, Gradowski estime que les préparatifs pour la liquidation – et l'excitation que cela engendrait parmi les SS commençaient plusieurs jours à l'avance. L'état major des officiers était engagé au complet dans la préparation du gazage qui, à la différence de la pratique courante, devait être effectué de nuit [104]. Cet effort sans précédent était destiné à recevoir le grand ennemi : « Des mères juives serrant leurs bébés contre leur poitrine... des jeunes filles pleines de vie... ainsi que des hommes jeunes et vieux, des pères, des fils... Tel est le formidable ennemi contre qui le *Führer* entra en guerre [105]. » Et Pourim fut le jour prévu pour appliquer la sentence. Les Allemands fêtèrent leur succès en transformant Pourim en 9 Ab (*Tisha BéAv*). Pour prévenir toute tentative de révolte et pour se protéger contre une telle éventualité, les Allemands qui étaient armés, utilisèrent les prisonniers du *Sonderkommando* comme un bouclier humain entre les victimes et eux-mêmes, en cas d'attaque. Les victimes saisies par la panique furent conduites directement dans les bras de la mort. Après que les portes furent fermées, deux Allemands portant des boîtes de *Zyklon B* s'approchèrent des ouvertures aménagées dans le toit et « avec calme, des gestes posés et assurés, comme s'ils accomplissaient une tâche sacrée... ils versèrent le gaz [les granulés] fiers, heureux, satisfaits, ils s'en allèrent [106]. » Le travail était achevé.

Gradowski poursuit en expliquant que les Allemands recouraient à diverses ruses pour abuser leurs victimes, pour tromper leur vigilance, pour les réduire au silence – dans le but de repousser toute tentative de résistance [107]. Langfus traite aussi de ce sujet. Rapportant l'épisode d'un

---

104. Gradowski 1, p. 60-61 ; Kraus et Kulka, *Auschwitz Death Factory*, p. 152-161 ; Müller, *Eyewitness Auschwitz*, p. 107-119.

105. Gradowski 1, p. 60-61.

106. *Ibid.*, p. 59-60.

107. *Ibid.*, p. 59-60.

groupe de prisonniers affamés qui oublièrent tout du sort qui les attendait quand ils reçurent du pain, il remarque que de telles méthodes étaient utilisées de manière délibérée.

« Ainsi, l'Allemand pouvait tourmenter l'homme et maîtriser son esprit [108]. » Décrivant Moll, le commandant du crématoire, et ses nombreux actes de cruauté, particulièrement envers des enfants, ses « jeux » sadiques, Langfus note que son stratagème de prédilection consistait à créer une agitation folle afin de les paniquer [109]. Mais les Allemands recouraient également à différents moyens pour maintenir l'ordre au sein des prisonniers du *Sonderkommando* et préserver l'efficacité de leur « travail », par exemple en autorisant les Juifs pratiquants à prier et à étudier. Ils regardaient avec satisfaction les Juifs en prière, estimant que le respect de la religion permettait de décharger la haine qui autrement aurait pu être retournée contre eux [110].

---

108. Langfus 1, p. 220.

109. *Ibid.*, p. 223. Dans le même contexte, Langfus cite aussi le comportement brutal de l'*Oberscharführer* Prost envers les femmes nues au cours du passage entre la salle de déshabillage aux chambres à gaz. Lewental appelle le commandant Moll *Welt Merderer* (criminel mondial), p. 29.

110. Gradowski 1, p. 146 ; d'autres mesures étaient également prises afin d'apporter quelque satisfaction aux prisonniers du *Sonderkommando* ; cf. H. Langbein, *Hommes et femmes à Auschwitz*, p. 191-192 ; Gutman, *People and Ashes*, p. 101 ; A. Kraus et D. Kulka, *Auschwitz Death Factory*, p. 144. [F. Müller, *in Eyewitness Auschwitz*, p. 65, relate que seules quelques personnes savaient que le *Kapo* Kaminski, voulant leur épargner « l'enfer de l'extermination en masse », avait placé quinze Juifs orthodoxes dans la salle de traitement des cheveux] *(NdT)*.

De même que Gradowski, Lewental emploie diverses invectives concernant les Allemands [111]. Ainsi, quand il décrit le processus d'extermination au cours de la première période, il dit que les victimes en vie sont tenues par « des chiens bipèdes aidés par des chiens quadrupèdes [112] », sans parler de manière directe des Allemands. Parmi les obstacles dissuadant les prisonniers du *Sonderkommando* de s'enfuir, il cite la peur des sévices infligés par les Allemands à ceux qui étaient repris [113]. Et, au moment où l'Armée soviétique était déjà aux portes de Varsovie : « Il [Hitler] tient encore la sinistre puissance noire au pouvoir et poursuit son jeu diabolique : fusiller, pendre, gazer, brûler, frapper tous ceux qui peuvent être encore exterminés. Qui aurait cru que, même maintenant, il aurait disposé d'autant de temps pour exterminer la poignée de Juifs qui est encore en vie ici ou là [114]. »

RÉFLEXIONS SUR LE SORT DU PEUPLE JUIF

Les prisonniers juifs dans les camps de travail et les camps de la mort, en général, et les *Sonderkommandos* en particulier, ont vu de leurs propres yeux les strates les plus profondes de l'abîme dans lequel les Allemands ont précipité de manière progressive, mais certaine, les Juifs d'Europe. Ils ont suivi, avec une angoisse grandissante, la frénésie déchaînée avec laquelle l'Allemagne avait entrepris de résoudre la « question juive ». Elle l'a fait en infligeant aux personnes une humiliation sans précédent,

---

111. Par exemple, *Taivel* (diable), Langfus 1, p. 11 ; *banditn* (bandits), *ibid.*, p. 18 ; *Hint of tzvei fis* (chiens sur deux pattes), *ibid.*, p. 35.

112. *Ibid.*, p. 35.

113. *Ibid.*, p. 37 ; cf. aussi H. Langbein, *Revolts and Escapes from Auschwitz* (en hébreu), Yalkut Moreshet, 11, 1970, p. 79-81.

114. Lewental 2, p. 266.

les amenant à un état d'impuissance et de désespoir absolu, pendant que les Allemands eux-mêmes, instruments de la politique allemande, offraient un exemple vivant de cet État. La question posée de manière récurrente par Gradowski et Lewental est : « Pourquoi ? » Pourquoi, au cours du transport en train du camp de Kielbasin à Auschwitz, alors qu'ils traversaient Varsovie, les Juifs ne pouvaient pas acheter un billet comme n'importe qui et voyager vers les destinations de leur choix ? Pourquoi les Juifs étaient-ils emmenés contre leur volonté à un endroit où leur grand ennemi les attendait [115] ? Comment a-t-il été possible d'assassiner tant de milliers d'innocents, parents et enfants, jeunes et vieux ? Comment un tel sadisme a-t-il pu gouverner dans le monde [116] ? Alors que les victimes condamnées attendaient à l'entrée de la chambre à gaz, Gradowski imagine qu'à ce moment précis elles pourraient être tranquillement chez elles. « Qui porte le blâme, parce que ces personnes sont condamnées à mourir ? Pourquoi l'abîme, tel un loup, a-t-il ouvert grandes ses mâchoires pour les engloutir [117] ? » Dans chacune de ses invocations ambiguës à la Lune, il ne cesse de demander pourquoi elle continue de briller dans les cieux et d'éclairer l'enfer, d'où montent les pleurs des victimes condamnées ; pourquoi refuse-t-elle de manifester le moindre signe de sympathie ? Pourquoi demeure-t-elle insensible au terrible supplice des Juifs d'Europe [118] ? À ce sujet, Lewental pose également une question aux victimes : comment peuvent-elles, sachant qu'elles vont mourir, aller à la mort sans opposer la moindre résistance [119] ?

---

115. Gradowski 2, p. 196.
116. *Ibid.*, p. 210 ; Lewental 1, p. 24.
117. Gradowski 1, p. 29-51.
118. *Ibid.*, p. 24-26.
119. Lewental, p. 31 ; Gradowski 1, p. 91, 119.

Le monde se trouvait devant une réalité jusqu'alors inconnue – l'assassinat de personnes pour cause de leur race : « C'est complètement impossible à comprendre – des gens sont assassinés uniquement parce qu'ils sont juifs [120]. » Gradowski redoute qu'aucun témoignage ne subsiste dans le camp et que, de ce fait, on puisse penser que le peuple juif disparut de façon « naturelle ».

Dans son récit de la déportation depuis Makow-Mazowiecki, Langfus comprend la fatale rupture de relations avec le monde entier : « Ils sont si seuls au milieu de la planète Terre qui appartient à tous, tous sauf eux, les Juifs [121]. » Au début, les victimes, condamnées à mort, pensaient encore qu'elles étaient nécessaires en tant que force de travail. Certes, les Allemands avaient besoin de travailleurs, mais la liquidation des Juifs passa avant toute autre chose. Gradowski explique qu'au moment où il rédigeait son journal, même s'il apparaissait que la guerre arrivait à son terme, le sort des Juifs ne changea pas : il avait été décidé, donc lui seul importait. Les Juifs étaient traqués, capturés et envoyés à la mort [122]. À une date aussi tardive que la fin novembre 1944, alors que les crématoires II et III avaient été démontés en vue de leur transport à Mauthausen et Gross-Rosen, Langfus redoute que le but de cette opération ne soit l'établissement d'un nouveau centre d'extermination des Juifs [123].

Gradowski était parfaitement conscient que les victimes n'avaient pas d'autre choix. Elles avaient été capturées et conduites en un lieu d'où personne ne reviendrait. La séparation d'avec leurs familles et le souci de leur propre sort d'un côté, et, de l'autre, l'épreuve totalement incroyable qu'elles subissaient contribuaient à augmenter leur impuissance, facilitant d'autant la tâche des

120. Lewental 1, p. 22.
121. Langfus 2, p. 88.
122. Gradowski 2, p. 217.
123. Langfus 1, p. 226.

sbires d'Hitler [124]. La faim, également, entraînait un engourdissement de leur intelligence et un affaiblissement de leur jugement. Gradowski informe son compagnon [du périple en enfer *(NdT)*] des conséquences néfastes de la faim en ces termes : « Elle fait de toi son esclave, toutes tes pensées se mettront à son service, et plus rien d'autre n'existera pour toi [125]. » C'est ainsi que le prisonnier était transformé en une machine acceptant automatiquement les ordres sans les analyser, ni les juger.

Nous devons nous rappeler que les auteurs avaient en dessein de préserver ce qu'ils avaient vu de leurs yeux et subi dans leur chair, afin que ceux qui viendraient après eux puissent en avoir connaissance et le croire. Cependant, le témoignage écrit ne parvient pas à transmettre l'entière vérité, car « la vérité est beaucoup plus tragique et épouvantable [126] » et quiconque n'ayant pas vécu cette réalité se trouve donc dans l'incapacité de l'imaginer. Gradowski appelle le « citoyen du monde » à venir maintenant à lui, avant que « le déluge » ne soit passé, parce qu'alors nul n'existera plus pour raconter ce qui est arrivé et, pour cette raison même, personne ne le croira [127]. Toutefois, plus tard, son état d'esprit change et, moins sombre, il pense qu'il existe encore des Juifs qui, vivant dans des pays éclairés, ne sont pas enclins à les sacrifier en offrande à une telle barbarie. Le chant *Hatikva*, entonné par les Juifs tchèques au moment où ils étaient poussés vers la mort, avait appris aux Allemands que « la nation des martyrs, le peuple juif, vivra et construira son avenir, bâtira sa maison sur sa terre de toujours... et que le peuple juif ne sera jamais vaincu [128]. » Gradowski lui-même reprend courage après avoir prié ; il est persuadé

---

124. Gradowski 1, p. 30.
125. Gradowski 2, p. 214.
126. Lewental 2, p. 269.
127. Gradowski 2, p. 174 ; Langfus 2, p. 120.
128. Gradowski 1, p. 85.

que, plus tard, l'ennemi sera accablé de malheurs. Demain sera meilleur, le présent doit être ravalé afin que nul ne tombe dans l'abîme du désespoir [129].

Lewental apparaît moins confiant. Il est persuadé que des psychologues et des historiens étudieront les camps, et il sait que seul le témoignage du vécu est fiable ; or, au moment où il écrit cela, il est très conscient qu'aucun d'entre eux ne survivra [130].

Comme nous l'avons vu dans plusieurs des nombreux exemples de remarques sagaces formulées par Lewental sur les prisonniers non juifs, il fustige leur manque de sympathie et de compréhension envers les prisonniers juifs. Ainsi, dans son récit du convoi parti du ghetto de Ciechanow vers Mlawa (*En route pour Auschwitz*), il écrit qu'au départ il avait eu l'impression qu'ils déploraient la cruauté de leur sort avec les Juifs. Cependant, au cours du transport, quand les déportés commencèrent à souffrir de la soif, il remarqua l'attitude de ses voisins polonais : ils demandaient de l'argent en échange d'eau, mais, après avoir été payés, leur vraie nature apparaissait et ils ne donnaient pas d'eau aux Juifs [131].

Selon Gradowski, l'un des principaux facteurs qui facilitèrent la tâche des Allemands a été que les Juifs vivaient parmi les Polonais. « Ils manifestèrent leur joie quand Satan déversa son courroux sur nous. Ils affichaient la tristesse, mais, au fond de leurs cœurs, ils étaient contents [132]. » Ils étaient contents que les barbares allemands fussent venus pour accomplir la tâche qu'eux-mêmes, n'ayant pas encore perdu toute forme de conscience, ne pouvaient accomplir. Les Juifs qui

---

129. *Ibid.*, p. 150.
130. Cf. les observations de Lewental à ce sujet, *in* Lewental 1, p. 51-53, et Lewental 2, p. 268 ; cf. aussi l'introduction au recueil *Auschwitz*.
131. Lewental 1, p. 10.
132. Gradowski 2, p. 187-188.

cherchaient du secours et un abri étaient rejetés. « Partout ils essuyaient le refus – non [133]. »

L'attitude de Langfus enver les Polonais est variable. Il décrit le maire de Makow-Mazowiecki comme une sangsue menée par le désir de déposséder les Juifs et de se rendre utile aux Allemands [134]. À un autre moment il décrit un groupe de prisonniers polonais et juifs conduits au massacre. Une jeune Polonaise s'écarta du groupe et demanda aux membres du *Sonderkommando* de dire que ses camarades et elle étaient morts en héros. Les Polonais chantèrent leur hymne national, pendant que les Juifs entonnaient la *Hatikva*.

« Un destin terrible et cruel a ordonné que se mêlent les accents lyriques de ces deux hymnes différents dans ce lieu maudit de la Terre [135]. » Gradowski décrit une scène semblable dans *Le Transport des Tchèques*. Il dit clairement que les victimes n'avaient aucune rancœur contre les Tchèques et qu'ils ne les tenaient pas pour responsables du désastre qui s'abattait sur eux [136]. Cependant, il a quelques phrases sévères au sujet des peuples et des pays demeurés silencieux et hautains parce que les assassins n'avaient pas mis le pied sur leur sol. Il écrit que la Lune ne doit pas éclairer leurs nuits plus longtemps et qu'ils ne trouveront pas la paix, faute d'avoir refusé d'entendre les plaintes et les pleurs de ceux qui furent aux prises avec la mort [137].

Les trois journaux des prisonniers des *Sonderkommandos* nous révèlent trois témoins qui, malgré l'épouvantable situation dans laquelle ils se trouvaient, non seulement sont parvenus à préserver leur intégrité, mais se sont montrés capables, chacun à sa manière et dans son

133. *Ibid.*
134. Langfus 2, p. 77-78.
135. Langfus 1, p. 221.
136. Gradowski 1, p. 87.
137. *Ibid.*, p. 28 ; cf. aussi l'introduction au recueil *Auschwitz*.

style d'écriture, de porter un regard lucide et sagace sur les réalités auxquelles ils étaient confrontés. Plus, ils étaient très conscients de leur difficile situation, du fait qu'ils étaient les seuls survivants de leurs familles, de leurs proches, de leurs amis. Il va sans dire qu'ils étaient encore plus conscients des implications du « travail de mort » auxquels ils étaient astreints. Tous trois, et chacun à sa manière, tentèrent d'affronter ce sujet. Il semble que l'instinct de conservation et l'inconsciente volonté de vivre, renforcés par le système de défense psychologique qui permet de séparer l'esprit du corps, lui soumis aux ordres émanant de l'extérieur, leur ont permis de tenir malgré tout. L'écriture a été assurément l'un des moyens pour y parvenir.

Les trois écrivains étaient nantis d'une formation religieuse, et ils ont continué à respecter, dans une certaine mesure, les principes du judaïsme. Cependant, au moment où ils rédigeaient leurs témoignages, ils ne tenaient plus les pratiques religieuses pour preuve des qualités spirituelles de l'homme. Bien que Lewental présente les prisonniers pratiquants comme l'antithèse de ceux qui ont perdu leur image humaine, il n'affirme pas qu'eux seuls étaient du côté du « bien ». En fait, il décrit les liens avec le noyau de la résistance constitué de prisonniers animés par des idées de gauche ou des intellectuels laïques, y compris deux socialistes révolutionnaires, Yosef Warszawski et Yacov Handelsman. À travers les phrases concernant ces deux camarades, on devine le regret de s'être retenu d'établir des relations avec de telles personnes et de ne pas avoir bien perçu leur personnalité.

Pour sa part, Gradowski est en sympathie, au point de s'identifier à eux, avec le groupe de prisonniers qui quittait le block au moment où les autres priaient. Il ne discute pas avec eux ni ne tente d'« améliorer » leur opinion. Personnellement, il tient la prière, *inter alia*, comme un moyen d'échapper à la réalité, et c'est la raison pour laquelle il lui arrive de se joindre aux fidèles. Langfus, le juge rabbinique, se retient d'exprimer de manière explicite ses idées sur l'issue. Cependant, son appartenance à la Résistance et ses relations avec les membres de la Gauche et de l'intelligensia, en raison de leur entreprise commune, prouvent qu'il n'était pas en désaccord avec eux. En d'autres termes, on peut avancer que, dans la situation sans équivalent dans laquelle se trouvaient les trois auteurs, leur approbation, ou leur désapprobation, à l'égard d'une personne ne relevait pas de critères traditionnellement admis, mais de leur personnalité, de leurs idées et de leur comportement, en général.

Les trois auteurs, qui réfléchissaient à ce qu'ils observaient et vivaient avec hauteur de vue et lucidité, ne nourrissaient aucun espoir de sortir vivants de l'enfer. Ils étaient également conscients que, même si la défaite de l'Allemagne n'était plus qu'une question de temps, elle ne changerait rien à leur condamnation à mort. C'est la raison pour laquelle tous trois considéraient la révolte qu'ils contribuaient à organiser comme une mission suprême qu'ils avaient le devoir de faire aboutir, quelle qu'en fût l'issue. Pour l'avenir, il leur était évident que la guerre prendrait fin et que le monde reprendrait ses habitudes. Le peuple juif continuerait à exister, peut-être même sur sa propre terre. C'est en pensant à l'avenir que les trois prisonniers du *Sonderkommando* de Birkenau, comme ceux qui, à Auschwitz, avaient eu le projet du recueil *Auschwitz*, entreprirent d'écrire leur expérience de l'horreur et qu'ils enterrèrent leurs manuscrits. Ils étaient certains que le fruit de leurs travaux serait découvert, lu et étudié et qu'ainsi leur dessein serait accompli.

Tableau synoptique
des principaux événements
survenus à Auschwitz
et au *Sonderkommando* (1940-1945)

*par Philippe Mesnard, Carmen Ohlmes
et Carlo Saletti*

Date	Évolution du camp	Crématoires et chambres à gaz	Faits relatifs au *Sonderkommando*	Membres du SK
21-2-1940	Après la visite du *SS-Oberführer* Richard Glücks, inspecteur des camps de concentration, une ex-caserne de l'artillerie polonaise près d'Oswiecim (Auschwitz) est choisie pour y réaliser un camp pour 10 000 prisonniers polonais.			
27-4-1940	Le *SS-Reichsführer* Heinrich Himmler, responsable du Bureau Central des SS, donne l'ordre de préparer le camp prévu à Auschwitz.			
4-5-1940	Le *SS-Hauptsturmführer* Rudolf Höss est nommé officiellement commandant du nouveau camp.			
Mai 1940	Pour les travaux d'installation, il se fait assigner par le bourgmestre d'Auschwitz, 300 Juifs du poste et embauche une douzaine d'ouvriers polonais. Les travaux dureront jusqu'à la mi-juin.			

Février à mai 1940

20-5-1940	Arrivée des 30 premiers prisonniers, criminels de droit commun de nationalité allemande, sélectionnés parmi les détenus du camp de Sachsenhausen et enregistrés sous les numéros allant de 1 à 30. Logés dans le bloc 1, ils ont pour tâche la surveillance des prisonniers.
29-5-1940	Détachés du camp de concentration de Dachau, 39 jeunes prisonniers polonais et un *Kapo* allemand les rejoignent avec pour tâche de réaliser la première clôture autour du camp.
Juin 1940	Renfort de la garnison du *Lager* d'une centaine d'officiers et sous-officiers.
10-6-1940	L'entreprise J. A. Topf und Söhne de Erfurt projette un four crématoire alimenté au coke pour l'incinération des cadavres, pourvu d'un fourneau à double entrée.

Mai à juin 1940

519

Date	Évolution du camp	Crématoires et chambres à gaz	Faits relatifs au *Sonderkommando*	Membres du SK
14-6-1940	Arrivée du premier transport de prisonniers : 728 détenus polonais transférés de la prison de Tarnow.			
28-6-1940		Début des travaux d'aménagement du crématoire.		
10-7-1940	Le premier *Außenkommando* (équipe travaillant à l'extérieur du camp) est constitué avec 30 détenus.			
25-7-1940		La construction du bâtiment du crématoire est terminée.		
Août 1940		Le chemin du crématoire est réalisé.	À la suite de l'entrée en fonction du four d'incinération, des détenus polonais, probablement au nombre de 3, sont employés comme « chauffeurs ». Ils composèrent le premier *Krematoriumkommando*. Durant l'année 1940-41, l'équipe compte un effectif	

Juin à août 1940

Date			qui oscille entre 10 et 20 membres.
15-8-1940		Première incinération du cadavre d'un détenu.	
22-9-1940	Première exécution au *Lager*, concernant 40 Polonais, fusillés pour représailles. →		
7-11-1940		Premières dispositions écrites sur l'incinération des corps dans le crématoire. La *Bauleitung* d'Auschwitz demande à la Société Topf d'Erfurt le matériel et la mise en œuvre d'un deuxième four pour le crématoire.	
9-12-1940		Un projet de désaération est établi pour la salle d'autopsie et la morgue du crématoire.	
31-12-1940	Le numéro 7 894 est enregistré.		
Janvier 1941	Le docteur Otto Ambros, membre de la présidence du groupe IG Farben, repère sur le site de Dwory, à peu de kilomètres du camp, le lieu le plus adapté à l'implantation de l'usine dite *Buna*, pour la construction de la gomme synthétique.		

Août 1940 à janvier 1941

Date	Évolution du camp	Crématoires et chambres à gaz	Faits relatifs au *Sonderkommando*	Membres du SK
2-1-1941	Pour la première fois apparaissent les dénominations des KL Auschwitz I et KL Auschwitz II (dont l'ouverture des travaux est prochaine).			
6-1-1941	Un orchestre composé de prisonniers joue pour la première fois au camp, à la sortie et au retour des groupes de travailleurs.			
20-1-1941		Début de la construction du second four du crématoire.		
1-3-1941	Première inspection de Himmler : il donne l'ordre de porter l'effectif à 30 000 prisonniers et de construire un camp pour les prisonniers de guerre à Birkenau, localité située à trois kilomètres d'Auschwitz. La décision est également prise de subordonner à IG Farben 10 000 prisonniers			

Janvier à mars 1941

	pour la construction d'une nouvelle usine.		
27-3-1941	Début du travail de construction de l'usine *Buna* par les prisonniers du camp.		
7-4-1941	Accord entre le commandant du camp et les hauts dirigeants d'IG Farben sur l'utilisation de la main-d'œuvre des déportés durant 1941 et sur leur journée de travail : 10-11 heures en été, 9 heures durant l'hiver.		
7/12-4-1941	Évacuation des zones voisines à Birkenau en vue de l'agrandissement prévu du camp.		
23-4-1941	Sélection et condamnation à mort, pour la première fois, de 10 prisonniers en représailles à l'évasion d'un détenu.		
Juin 1941		Le détenu polonais Mieczyslaw Morawa (Mietek) est nommé *Kapo* du *Krematoriumkommando*.	

Mars à juin 1941

Date	Évolution du camp	Crématoires et chambres à gaz	Faits relatifs au *Sonderkommando*	Membres du SK
28-7-1941	573 détenus, en grande partie polonais, jugés inaptes au travail, sont sélectionnés et envoyés au centre T4 de Sonnestein pour être assassinés avec le gaz.			
Fin juillet 1941*	Convoqué par Himmler à Berlin, Höss apprend la décision de transformer Auschwitz en principal centre d'extermination des Juifs.			
Août 1941	Adolf Eichmann visite le camp d'Auschwitz afin de communiquer à Höss les détails de la « *Endlösung der Judenfrage* » (solution finale de la question juive).	Première expérimentation de gazage avec le *Zyklon B* sur des prisonniers soviétiques à l'initiative du *SS-Hauptsturmführer* Karl Fritzsch.		
3/5-9-1941		Premier gazage sur une grande échelle, avec le *Zyklon B*, de malades et prisonniers soviétiques dans le souterrain du bloc 11 d'Auschwitz. ⟶	Dans la soirée du 4, le	

* Selon d'autres sources : été 1942.

Juillet à septembre 1941

Septembre à octobre 1941

Mi-sept. 1941*		*Rapportführer* Gerhard Palitzsch constitue une équipe composée de 20 prisonniers du groupe de punition, de deux Polonais et de quelques infirmiers de l'hôpital. L'équipe est chargée du déplacement de 850 corps du souterrain du bloc 11 et de leur incinération dans le crématoire, opération qui durera quelques jours.
16-9(?)- 1941	Installation, dans la morgue du crématoire, d'une chambre à gaz (utilisation sporadique jusqu'au printemps 43). La chambre à gaz du crématoire est utilisée pour l'élimination des prisonniers de guerre soviétiques et des malades (environ 900). ⟶	
Octobre 1941	Internement d'environ 10 000 prisonniers de guerre	Le *Krematoriumkommando* est chargé de l'incinération des corps.

* Selon Pressac : janvier 1942.

525

Date	Évolution du camp	Crématoires et chambres à gaz	Faits relatifs au Sonderkommando	Membres du SK
	russes et début de la construction à Auschwitz II-Birkenau d'un camp pour 100 000 prisonniers de guerre. Le *SS-Hauptsturmführer* Karl Bischoff est nommé à l'intendance des travaux.			
21/22-10-1941		La construction d'un second grand crématoire est envisagée dans le camp principal.		
Novembre 1941	Une commission de la Gestapo, rattachée à Katowice, divise les prisonniers de guerre en quatre groupes. Environ 1 000 prisonniers, placés dans les deux premiers groupes (« *fanatischer Kommunist* » et « *politisch belastet* »), sont destinés à être éliminés. L'activité de cette commission dure environ un mois.			

Octobre à novembre 1941

3-11-1941	La *Zentralbauleitung* de la Waffen-SS et de la police d'Auschwitz est créée afin d'assurer la direction du travail au camp.	
20-11-1941		À cause du travail de manutention et de la construction du troisième four, l'activité du troisième crématoire est temporairement suspendue (elle reprend au début décembre). Les corps sont emportés et enterrés dans des fosses communes.
Décembre 1941		Un troisième four est monté dans le crématoire I.
29-12-1941	Le numéro de matricule 29 149 est enregistré ; au cours de l'année ont été internés 17 300 détenus et environ 10 000 prisonniers de guerre russes.	
15-2-1942		Premier transport des Juifs probablement destinés à être directement tués dans la chambre à gaz dans la morgue du crématoire. Le

Novembre 1941 à février 1942

527

Date	Évolution du camp	Crématoires et chambres à gaz	Faits relatifs au *Sonderkommando*	Membres du SK
Février-avril 1942		transport en provenance de Beuthen en Allemagne n'est pas enregistré. La chambre à gaz du crématoire est utilisée pour l'élimination des prisonniers de guerre russes et des détenus malades.		
Fin février 1942		Décision de construire à Birkenau le deuxième crématoire prévu.		
Mars 1942*		Restructuration d'une ferme à Birkenau pour la mise en fonction de deux chambres à gaz dépourvues de désaération mécanique. La construction est surnommée « la Maison rouge » ou *Bunker* 1 (utilisée durant l'année 1942). Les corps des assassinés de cette façon sont enterrés dans des fosses creusées dans une clairière très proche. ⟶	Une vingtaine de Juifs, sélectionnés dans chaque	

* En mai, selon Pressac.

Février à mars 1942

1-3-1942	945 prisonniers de guerre russes et un certain nombre de détenus polonais sont transférés à Birkenau, encore en construction.	
26-3-1942	Arrivée à Auschwitz, de la Slovaquie, d'un transport de Juifs. C'est le premier envoyé au camp par le *Referat* IVB4, chargé de la « question juive ». Arrivée du premier convoi féminin transféré du camp de Ravensbrück (999 prisonnières de nationalité allemande, classées asociales, criminelles de droit commun et quelques politiques).	convoi, sont chargés peu à peu de l'enterrement dans les fosses et sont ensuite assassinés par l'injection de phénol.
30-3-1942	Arrivée du premier convoi de Juifs de France en provenance du camp de Compiègne.	Immatriculation d'Alter Feinsilber.

Mars 1942

Date	Évolution du camp	Crématoires et chambres à gaz	Faits relatifs au *Sonderkommando*	Membres du SK
Avril 1942			Liquidation probable d'un *Sonderkommando*, composé de 80 membres chargés de jeter les corps dans les fosses près du *Bunker* 1.	
1-4-1942	10 629 prisonniers répondent à l'appel au camp masculin de Auschwitz-Birkenau.			
17-4-1942	Arrivée d'un convoi de Juifs slovaques. →		Durant cette semaine, une nouvelle équipe spéciale a été formée pour le *Bunker* 1. Elle est composée de 45 déportés juifs slovaques immatriculés au camp le 17 avril. Le *Sonderkommando* compte désormais 200 membres : 50 prisonniers sont affectés au traitement des corps des Juifs assassinés au *Bunker* 1, pendant que les 150 restant servent pour l'ouverture de nouvelles fosses.	
4-5-1942	Première sélection effectuée parmi les prisonniers malades du camp de Birkenau. →	Les sélectionnés sont		

Avril à mai 1942

Mai 1942

5-/11-5-1942	Arrivée des premiers Juifs des ghettos polonais de Dabrowa Górnicza, Bedzin, Zawiercie et Gleiwitz. →	conduits dans la chambre à gaz du *Bunker* et assassinés.
12-5-1942		Après la sélection, près de 5 200 Juifs sont envoyés dans le *Bunker* I. À Auschwitz, l'activité du crématoire enregistre une suspension supplémentaire, pour réparation d'une cheminée. Les corps des détenus assassinés sont rassemblés dans le bloc 28. Le 16 mai, le crématoire entre à nouveau en fonction et la centaine de cadavres accumulés durant cette période d'inactivité sont brûlés dans ses fours.
17-5-1942		Début des travaux de terrassement à Birkenau pour le nouveau crématoire.
30-5-1942	Le professeur Clauberg s'adresse au commandant des SS pour demander l'autorisation d'exécuter les	Mise en service du troisième four à double entrée du crématoire d'Auschwitz.

Date	Évolution du camp	Crématoires et chambres à gaz	Faits relatifs au *Sonderkommando*	Membres du SK
Juin 1942	expérimentations de stérilisations des détenus.			
	Première épidémie de typhus à Auschwitz.	Restructuration d'une seconde ferme à proximité du *Bunker* I pour la réalisation d'un complexe de quatre chambres à gaz, elles aussi sans aération mécanique. La structure est surnommée « la Maison blanche » ou *Bunker* 2 (utilisé en 1942 et remis en fonction au cours de l'été 1944). ⟶	Avec l'entrée en service de la chambre à gaz du *Bunker* 2 et l'intensification des gazages, le *Sonderkommando* augmente son effectif jusqu'à 400 détenus.	
17-6-1942	En réponse à l'augmentation de cas de typhus, plusieurs centaines de détenus malades sont supprimés par injection létale.			
4-7-1942	Première sélection effectuée directement sur la rampe ferroviaire immédiatement			

Juin à juillet 1942

	après l'arrivée d'un convoi de Juifs slovaques.	Une partie des sélectionnés du convoi est enrôlée au *Sonderkommando*, qui vit isolé du reste des détenus, dans le bloc 2 qui devient le camp masculin BIb.
17-7-1942	Arrivée des premiers Juifs de Hollande, des camps de Westerbork et d'Amersfoort.	449 Juifs, des 2 000 qui composaient le convoi, sont assassinés dans les *Bunkers*.
17/18-7-1942	Seconde inspection de Himmler. Il donne l'ordre, entre autres, de vider les fosses communes de Birkenwald.	au cours de laquelle il assiste à une sélection d'un convoi de Juifs hollandais et au gazage des « inadaptés » dans le *Bunker* 2.
Août 1942		Le responsable de la *Zentralbauleitung* Bischoff demande la construction de 4 baraquements, adjacents aux *Bunkers*, affectés aux salles de déshabillage des chambres à gaz.
5-8-1942	Arrivée à Auschwitz des premiers Juifs de Belgique du camp de Malines.	

Juillet à août 1942

Date	Évolution du camp	Crématoires et chambres à gaz	Faits relatifs au *Sonderkommando*	Membres du SK
10-8-1942	Se termine le transfert du camp féminin d'Auschwitz dans le secteur BIa de Birkenau, destiné au nouveau camp féminin.	Début de la construction des souterrains du crématoire (qui sera désigné comme II) à Birkenau.		
15-8-1942	L'élargissement du camp de Birkenau est prévu pour une population de 200 000 détenus.			
18-8-1942		Arrivée du premier convoi de Juifs de la Yougoslavie.		
19-8-1942		Au cours d'une réunion à la *Zentralbauleitung* d'Auschwitz, la décision est prise d'installer à Birkenau deux crématoires (II et III), avec cinq fours trimoufle, et deux autres crématoires (IV et V) plus petits avec deux fours trimoufle chacun pour brûler les corps des victimes des *Bunkers* I et II*.		
Début sept. 1942		Début de la construction du crématoire III à Birkenau.		

* Selon Pressac, c'est à l'automne que la décision est prise de doter les crématoires en construction de chambres à gaz, les transfor-

Août à septembre 1942

534

Date		
2-9-1942		Le médecin *SS-Obersturmführer* Johann Paul Kremer, qui a pris son service le 30 août au camp, assiste à un gazage. Il écrit dans son journal : « *Im Vergleich hierzu erscheint mir das Dantesche Inferno fast wie eine Komödie. Umsonst wird Auschwitz nicht das Lager der Vernichtung genant !* » (En comparaison, l'Enfer de Dante m'apparaît comme une comédie. Ce n'est pas pour rien qu'Auschwitz est appelé camp d'extermination !)
5-9-1942		À la suite d'une sélection dans le camp des femmes de Birkenau, 800 femmes juives sont conduites à la chambre à gaz.
7/11-9-1942	L'épidémie de typhus atteint 375 décès par jour.	
14-9-1942		Le commandant du camp obtient, de la WVHA, 5 camions pour les

Septembre 1942

535

Date	Évolution du camp	Crématoires et chambres à gaz	Faits relatifs au *Sonderkommando*	Membres du SK
16-9-1942		*Sonderaktionen* (actions spéciales). Près de Lodz, à Chelmno, Höss et les SS-*Untersturmführer* Franz Hössler et Walter Dejaco visitent une *Versuchsanlage für Feldöfen* (installation spéciale pour l'incinération des corps à ciel ouvert) mise en fonction par le SS-*Standartenführer* Paul Blobel.		
21-9-1942		Selon les nouvelles dispositions, sous le commandement de Hössler, commence l'incinération des corps amassés dans les fosses communes de Birkenau. → Les corps des personnes assassinées sont brûlés sur de grands bûchers à ciel ouvert et, plus tard, dans les fosses de crémation creusées dans les environs de Birkenwald.	Une partie du *Sonderkommando* existant, composée d'environ 300 prisonniers, subdivisés en deux groupes de travail et surveillés par 20-30 SS, est utilisée dans ce but. L'opération se déroule jusque fin décembre. On estime que	

Septembre 1942

536

	les corps exhumés étaient entre 50 000 et 100 000.
1/3-10-1942	Au cours de la sélection effectuée dans le camp féminin de Birkenau, près de 6 000 prisonnières sont envoyées à la chambre à gaz.
2-10-1942	Le WVHA autorise le commandant du camp à envoyer un véhicule avec remorque à Dessau, avec pour mission de prendre « *Materialen für die Judenumsiedlung* » (matériel pour l'évacuation des Juifs), expression utilisée pour indiquer la confection du *Zyklon B*.
8-10-1942	Le *SS-Brigadeführer* August Frank, fonctionnaire du WVHA, communique à Himmler que 50 kg d'or ont été récupérés sur les dents des Juifs décédés.
28-10-1942	Avec l'arrivée du premier convoi en provenance du ghetto de Terezín

Octobre 1942

Date	Évolution du camp	Crématoires et chambres à gaz	Faits relatifs au *Sonderkommando*	Membres du SK
30-10-1942	(Theresienstadt) commence la déportation des Juifs tchécoslovaques. Sur la requête de l'*Arbeitsdienst* (service du travail) une sélection est effectuée chez les détenus juifs internés dans les autres camps du Reich, à la fin de laquelle les plus faibles sont envoyés à la chambre à gaz, pendant qu'environ 800 sont transférés dans le camp secondaire de la nouvelle construction aux environs de Monowitz (Monowice), pour être employés dans l'usine IG-Farben.			
Novembre 1942		Ouverture des chantiers des crématoires IV et V à Birkenau.	L'équipe affectée au crématoire du camp principal compte 12 membres : 9 sont juifs ⟶ et parmi les 3 restants polonais, il y a le *Kapo* Morawa.	Feinsilber est affecté au Krématorium I.

Octobre à novembre 1942

2-11-1942	Arrivée du docteur Horst Schumann qui, dans le baraquement 30 du camp féminin, dirigera les expériences de stérilisation par rayons X.		
7-11-1942	Arrivée du premier convoi en provenance des ghettos polonais du district de Ciekanow (Zichenau).		
8-11-1942	Arrivée du premier convoi en provenance des ghettos du district de Bialystok.		
30-11-1942	La grande épidémie de typhus est terminée, avec environ 20 000 décès.		
Fin novembre			Le *Sonderkommando* chargé de l'exhumation des fosses communes et de l'incinération des cadavres termine son travail. Selon Höss, le directeur du camp, il aurait exhumé et brûlé près de 107 000 corps de victimes juives, polonaises et russes, assassinées ou décédées entre l'hiver 1941 et août 1942.

Novembre 1942

Date	Évolution du camp	Crématoires et chambres à gaz	Faits relatifs au *Sonderkommando*	Membres du SK
1-12-1942	Arrivée des premiers convois de Juifs de Norvège.			
3-12-1942	Un escadron de SS se tient à la gare pour prendre en charge un transport de 93 Tsiganes. Le transport n'est pas enregistré. →		Le *Sonderkommando* cité précédemment est éliminé dans la chambre à gaz du crématoire du camp principal.	
6-12-1942	Arrivée d'un convoi du ghetto de Mlawa.	Très probablement, les déportés sont immédiatement gazés.		Immatriculation de Lejb Langfus et Szlamo Dragon. ↑
6-12-1942			Probable constitution d'un nouveau *Sonderkommando*. →	Parmi eux, Langfus et Dragon.
7-12-1942			Tentative d'évasion de deux membres. Arrêtés le 9, ils ont été probablement fusillés 15.	
8-12-1942	Arrivée d'un convoi en provenance du ghetto de Grodno. →			Immatriculation de Zalmen Gradowski, qui probablement est assigné au

Décembre 1942

540

Décembre 1942			
9-12-1942		Dans le nouveau *Sonderkommando* constitué quelques jours auparavant, nommé probablement *Sonderkommando* II et composé d'environ 200 Juifs, une tentative d'évasion est organisée par six prisonniers.	*Sonderkommando* le jour suivant.
10-12-1942	Arrivée d'un convoi en provenance du camp de transit de Malkinia.		Immatriculation de Zalmen Lewental.
11-12-1942		Deux membres du groupe qui a fui le jour précédent sont repris et pendus, probablement le 17, devant leurs compagnons.	
		Des dizaines de prisonniers arrivés le jour précédent avec un convoi de Malkinia sont affectés au nouveau *Sonderkommando*. Le jour même, ils sont chargés de retirer les corps du *Bunker* et de les incinérer.	

Date	Évolution du camp	Crématoires et chambres à gaz	Faits relatifs au *Sonderkommando*	Membres du SK
13-12-1942	Premier transport de Juifs venant de ladite *Umwanderezentrale* (UWZ) de Zamosc.			
Mi-décembre 1942	Selon le plan établi par le *SS-Gruppenführer* Heinrich Müller, responsable du bureau IV de la RSHA, il est prévu, entre le 11 et le 31 décembre 1943, la déportation de 36 000 Juifs, parmi lesquels 30 000 en provenance du disctrict de Bialystok, 1 000 du ghetto de Terezin, 3 000 de Hollande et 2 000 de Berlin. Environ 10 à 15 000 d'entre eux devront rester en vie et être utilisés comme main-d'œuvre dans la production de l'armement.			
23-12-1942		Suite à l'apparition de quelques cas de typhus, les ouvriers civils employés à la construction des crématoires interrompent les travaux		

Décembre 1942

		en bloquant l'activité des chantiers.
28-12-1942	Dans le baraquement-infirmerie 28 du camp féminin, Carl Clauberg commence les expérimentations de stérilisation.	
31-12-1942	Le numéro 85 264 est enregistré.	
Janvier 1943	Seconde épidémie de typhus.	Dans le bloc isolé du camp BIb, où sont installés les détenus du *Sonderkommando*, une vingtaine de lits sont apportés pour ceux qui sont malades. Le déporté juif roumain Jacques Pach, médecin de profession, est chargé de soigner ceux qui sont hospitalisés. Auparavant les détenus du *Sonderkommando* qui étaient malades étaient éliminés, ce qui continue à se pratiquer pour le *Kommando* en service près des crématoires d'Auschwitz.

Décembre 1942 à janvier 1943

Date	Évolution du camp	Crématoires et chambres à gaz	Faits relatifs au *Sonderkommando*	Membres du SK
5-1-1943		Reprise des travaux de construction des quatre crématoires. Les chantiers sont désignés ainsi : crématoire II (BW, *Bauwerke* 30) ; crématoire III (BW 30a) ; crématoire IV (BW 30b) ; crématoire V (BW 30c). Dans chaque chantier sont employés entre 100 et 150 personnes, 2/3 sont des détenus, 1/3 sont des civils, sous la direction technique de maîtres-d'œuvre de l'entreprise concernée.		
19-1-1943	Arrivée du convoi en provenance du ghetto et des prisons de Cracovie.			
25-1-1943			↑	Immatriculation d'Henryk Tauber. Affectation de Lewental au *Sonderkommando*.
29-1-1943		À la suite d'une inspection aux chantiers en activité, en présence du		

Janvier 1943

| 1-2-1943 | *SS-Sturmbannführer* Karl Bischoff, responsable de la *Zentralbauleitung*, l'ingénieur en chef de la Topf Kurt Prüfer, annonce que le crématoire II sera terminé le 15 février, que le four du III sera en fonction le 17 avril, que celui du IV sera terminé autour du 28 février. Dans un compte rendu de la journée envoyé à l'Office central de la construction de la SS à Berlin, Bischoff déroge à la consigne de recourir à un langage masqué et utilise le terme de *Vergasungskeller* (cave de gazage) qui, officiellement, aurait dû être remplacé par *Leichenkeller* (cave pour les cadavres). | En prévision de l'entrée imminente en fonction du crématoire II, un groupe de 20 prisonniers est sélectionné et, le jour suivant, provisoirement transféré dans le camp principal ➤ | Parmi eux Henryk Tauber. |

Février 1943

Date	Évolution du camp	Crématoires et chambres à gaz	Faits relatifs au *Sonderkommando*	Membres du SK
			d'Auschwitz afin d'y recevoir des instructions sur le fonctionnement des fours. Le groupe reçoit la dénomination de *Kommando Krematorium* II, pour le distinguer du *Kommando Krematorium* I existant déjà. Deux prisonniers tchèques, dentistes de profession, sont incorporés au groupe.	
6-2-1943			Quatre prisonniers polonais sont affectés au *Kommando Krematorium* II.	
11-2-1943		Début du montage de l'implantation d'aération et de désaération dans la *Leichenkeller* 1 (cave des cadavres) du crématoire II, destiné à la chambre à gaz.		
22-2-1943		Le commandant Rudolf Höss fait la demande de transfert dans le *Lager* du prisonnier allemand August Brück, auparavant *Kapo* du		

Février 1943

546

		crématoire du camp de Buchenwald.	
26-2-1943	Arrivée à Birkenau des premiers Tziganes en provenance du *Reich*. Ils sont enregistrés séparément avec un numéro précédé de la lettre Z et sont reclus dans le secteur BIIe, surnommé *Zigeunerlager* (camp des Tziganes).		
Début mars 1943	Phase maximale de l'épidémie de typhus qui cause de 250 à 300 morts par jour.		
2-3-1943		Dans un document de la société Riedel und Sohn apparaît l'exécution à ce jour du *Fußboden betonieren im Gaskammer* (bétonnage du pavement dans une chambre à gaz).	
4-3-1943	Arrivée d'un convoi de Juifs français en provenance de Drancy.		Formation du nouveau *Sonderkommando* du crématoire, avec 100 prisonniers à peine

Février à mars 1943

Date	Évolution du camp	Crématoires et chambres à gaz	Faits relatifs au *Sonderkommando*	Membres du SK
4-3-1943		Essai des cinq fours du crématoire II, qui durera jusqu'au 6, en présence des SS de la *Bauleitung*, de la *Politische Abteilung* (section politique) du camp, des ingénieurs et des techniciens du chantier.	arrivés de Drancy. → Le *Sonderkommando* est logé dans le baraquement II du camp B1b de Birkenau. Transfert temporaire du *Kapo* du crématoire I, Morawa, à Birkenau afin d'assister à l'essai des fours. Les rejoignent, le même jour, les 12 prisonniers juifs qui ont survécu sur les 22 transférés le mois précédent au crématoire I, → 4 Polonais et un cinquième.	Immatriculation de Josef Dorebus, Jankiel Handelsman et David Lahana, qui sont affectés au nouveau *Sonderkommando* destiné au crématoire II. Parmi eux, Tauber.
5-3-1943			Le *Kapo* allemand August Brück est transféré du KL Buchenwald. Spécialisé dans le fonctionnement des fours, il aura la fonction de	

Mars 1943

9-3-1943		*Oberkapo* du crématoire II jusqu'à sa mort, survenue dans le camp d'Auschwitz, le 27 décembre 1943.
		Tentative d'évasion de deux membres du *Sonderkommando* chargés de l'incinération des corps près des fosses de crémation. Ils seront tués tous les deux.
13-3-1943	Essai et mise au point du système de désaération de la chambre à gaz du crématoire II.	
13/14-3-1943	Arrivée d'un transport de la RSHA rassemblant environ 2 000 hommes, femmes et enfants juifs du ghetto B de Cracovie. →	Parmi eux, 1 492 sont assassinés dans la chambre à gaz du crématoire II. →
20-3-1943	Arrivée à Auschwitz des 1ers Juifs de Salonique. →	Gazage d'un groupe de	Durant le temps de ce premier gazage, les membres du *Sonderkommando* ont été isolés environ deux heures dans un autre souterrain du crématoire.

Mars 1943

549

Date	Évolution du camp	Crématoires et chambres à gaz	Faits relatifs au *Sonderkommando*	Membres du SK
22-3-1943		2 191 Juifs grecs, qui provoque un incendie dans une pièce de tirage forcé. Livraison officielle du crématoire IV (il sera mis hors service au cours de la révolte d'octobre 1944).		
23-3-1943	Durant l'appel du soir environ 1 700 Tsiganes enfermés dans le *Zigeunerlager* sont conduits à la chambre à gaz. ⟶	Première utilisation du crématoire IV. ⟶	Transfert définitif de Morawa du crématoire I à Birkenau, où il est nommé *Kapo* du crématoire.	
30-3-1943			Quatre membres du *Sonderkommando* sont vraisemblablement emmenés à l'hôpital d'Auschwitz pour y être supprimés avec une injection de phénol.	
31-3-1943		Après les réparations nécessaires à la suite du dommage subi, le		

Mars 1943

Date	Événement		Transfert de Tauber au crématoire IV.
1-4-1943	crématoire II est remis en fonction.		
4-4-1943	Devis pour l'installation d'un incinérateur à ciel ouvert sous la dénomination de crématoire VI qui, cependant, ne sera pas réalisé.		
	Livraison officielle du crématoire V (en fonction jusqu'en nov. 1944).		
Mi-avril 1943	Fin de la seconde épidémie de typhus dans le camp. En deux mois et demi, elle a causé près de 12 000 décès.		
Fin avril 1943			
Mai 1943	Troisième épidémie de typhus limitée au camp des Tziganes de Birkenau.	On note le mauvais fonctionnement de la cheminée du crématoire II, ce qui conduira à la suspension provisoire de son activité.	
Mi-mai 1943		Un incendie, probablement provoqué par sa surutilisation, cause des dommages à la cheminée du crématoire IV.	

Avril à Mai 1943

Date	Évolution du camp	Crématoires et chambres à gaz	Faits relatifs au *Sonderkommando*	Membres du SK
18-5-1943	De nouvelles dénominations des camps sont introduites : *Stammlager* (Auschwitz), *Birkenau Abschnitt I* (Camp féminin à Birkenau), *Birkenau Abschnitt II* (Camp masculin et pour les Tsiganes à Birkenau).			
30-5-1943	Le docteur Josef Mengele, qui s'est porté volontaire au camp de concentration après avoir été blessé sur le front, devient le médecin du camp des Tziganes.			
9-6-1943		Devis pour la désaération des chambres à gaz des crématoires IV et V.		
22-6-1943		Début des travaux de réparation de la cheminée du crématoire II.		
25-6-1943	Rassemblement d'un transport RSHA de France et d'un autre venant du ghetto de Bendsburg. Parmi les 1 018 Juifs qui viennent de France, 418 sont conduits à la chambre à gaz,			

Mai à juin 1943

	ainsi que les 2 500 qui viennent de Bendsburg. →		
26-6-1943		Première utilisation de la chambre à gaz du crématoire III. Livraison officielle du crématoire III (en fonction jusqu'en novembre 1944).	
Début juillet 1943	Fin de l'épidémie de typhus dans le camp des Tziganes.		Suite au transfert des prisonniers du secteur BIb qui sera inclu dans le camp féminin au secteur BIId, le *Sonderkommando* est logé dans le bloc 13. L'effectif du *Sonderkommando* approche de 400, répartis en groupes de travail journaliers affectés aux tours affectés aux 4 crématoires. Un groupe d'environ soixante prisonniers est affecté à l'exhumation des fosses du *Bunker* 1 et à l'incinération des cadavres.
Mi-juillet 1943		Suspension définitive de l'activité du crématoire I.	
19-7-1943			Transfert à Birkenau de l'équipe des chauffeurs du crématoire I, composée de huit prisonniers. →
			Parmi eux, Alter

Juin à juillet 1943

Date	Évolution du camp	Crématoires et chambres à gaz	Faits relatifs au *Sonderkommando*	Membres du SK
Août 1943			Le *Sonderkommando*, logé dans le secteur BIId est déplacé au bloc 13. Dans le bloc 11, est installé le *Kommando* disciplinaire. Le *Kapo* du crématoire IV Wladislaw Tomiczek est conduit à l'Office de la Section politique du camp où il est assassiné. Son corps, décapité, est mené au crématoire V pour y être brûlé. A l'intérieur du *Sonderkommando* un noyau de résistance se constitue, qui se rattache au réseau de résistance du camp principal. Parmi les premiers membres, il y a Josef Deresiski, Josef Dorebus, Zalmen Gradowski, Jankiel Handelsman, Ajzyk Kalniak, Lejb Langfus, Zalmen Lewental, Lejb Panusz. Le groupe dirige	Feinsilber est affecté au crématoire V.

Date			
	plusieurs activités, avec le projet de se joindre au soulèvement général des prisonniers du *Lager* : il s'agit notamment de récolter les informations sur les crimes commis dans les camps. À diverses occasions, le groupe réussit à faire parvenir aux internés des camps des médicaments et d'autres biens de consommation qu'ils pouvaient acquérir plus facilement. De même, ils font parvenir au mouvement de résistance extérieur au *Lager* des biens précieux et de l'argent pour l'activité clandestine.		
1-8-1943		Institution dans le secteur BIIa du camp dit de quarantaine. Début de la liquidation des ghettos de Bendsburg et Sosnowiec.	
Début sept. 1943			Remise en activité du crématoire II.
9-9-1943		Création d'un camp pour les familles dans le secteur BIIb	

Août à septembre 1943

Date	Évolution du camp	Crématoires et chambres à gaz	Faits relatifs au *Sonderkommando*	Membres du SK
	de Birkenau où sont enfermés 5 006 Juifs déportés le jour précédent de Theresienstadt.			
23-10-1943	Arrivée du 1er convoi de l'Italie en provenance de Rome. ⟶	Sur 1 035 Juifs déportés, 839 sont envoyés à la chambre à gaz dans le crématoire II.		
23-10-1943	Arrivée d'un transport de Juifs polonais provenant du KL Bergen-Belsen. ⟶	Acte de résistance d'un groupe de Juifs de ce transport avant d'entrer dans la chambre à gaz du crématoire II. L'initiative vient d'une des femmes. Durant la lutte qui s'ensuit, un sous-officier nazi est tué et un autre blessé.		
11-11-1943	Le SS-*Obersturmbannführer* Arthur Liebehenschel est nommé nouveau commandant du camp.			
23-11-1943	Liebehenschel établit une nouvelle division du			

Octobre à novembre 1943

complexe concentrationnaire qu'il dirige, dont les responsables en sont respectivement Liebehenschel lui-même, le SS-*Sturmbannführer* Friedrich Hartjenstein et le SS-*Hauptsturmführer* Henrich Schwarz : – KL Auschwitz I-*Stammlager* (camp principal) – KL Auschwitz II-Birkenau – KL Auschwitz III-*Nebenlager* (camp satellite).		
1-12-1943 Le commandant change le nom du sous-camp de *Buna* en *Arbeitslager* Monowitz.		
Mi-décembre 1943 La construction à Birkenau du camp où sont entreposés les effets personnels, « Kanada », est terminée.		
27-12-1943		L'*Oberkapo* du crématoire II, August Brück, atteint du typhus, meurt à l'hôpital des prisonniers.
30-12-1943 Le numéro de matricule 171 352 est enregistré.		

Décembre 1943

557

Date	Évolution du camp	Crématoires et chambres à gaz	Faits relatifs au *Sonderkommando*	Membres du SK
Fin de l'année		Subdivision des grandes chambres à gaz des crématoires II et III (de 210 m² chacune) en deux plus petites.		
Début janvier 1943			Le *Sonderkommando* compte en tout 400 hommes. Quatre ou cinq prisonniers du *Sonderkommando*, parmi lesquels on retrouve le Juif polonais Daniel Ostbaum, en service en tant que chef d'équipe au crématoire IV, tentent de s'évader. Après avoir été repris, ils sont exécutés.	
20-1-1944	Selon les registres, on dénombre : • 18 437 hommes à Auschwitz I • 22 061 hommes à Auschwitz II • 27 053 femmes à Auschwitz II • 13 288 hommes à Monowitz.			

Décembre 1943 à janvier 1944

Date		
10-2-1944		5 prisonniers sont assignés au *Sonderkommando*, relâchés par la Compagnie disciplinaire.
24-2-1944		Le *Sonderkommando* fait l'objet d'une sélection importante : 200 prisonniers, choisis parmi ceux qui effectuent des tâches d'importance secondaire, par exemple les détenus assignés au lavage et à la coupe des cheveux des victimes (composant le *Reinigungskommando*), sont envoyés au KL Maidanek, où ils seront éliminés peu de temps après.
		D'après certaines sources, le partage des effectifs du *Sonderkommando* aurait été entrepris comme mesure de rétorsion, en riposte à la tentative d'évasion organisée quelques semaines plus tôt par un groupe de prisonniers de l'escadron spécial.
29-2-1944	Inspection par Eichmann qui, entre autres, visite le camp	

Février 1944

Date	Évolution du camp	Crématoires et chambres à gaz	Faits relatifs au *Sonderkommando*	Membres du SK
Début mars 1944	pour les familles des Juifs de Theresienstadt. La décision est prise de liquider ce camp.		L'insurrection du *Sonderkommando* est prévue, en parallèle avec la liquidation du camp pour les familles de Theresienstadt. Par défaut de décision commune, le plan doit être suspendu au dernier moment.	
8-3-1944	Exécution du plan de liquidation du camp pour les familles logées dans le secteur BIIb. Tard dans la soirée, 3 791 Juifs tchèques sont chargés sur des remorques et transportés dans le secteur des fours crématoires. ⟶	Les hommes sont exterminés dans les chambres à gaz du crématoire III et les femmes dans le crématoire II.		
31-3-1944	La *Politische Abteilung* détruit les documents distinguant les détenus			

Mars 1944

Date		
11-4-1944	décédés et qui portent les mentions SB (*Sonderbehandlung*, traitement spécial) et GU (*Gesonderte Unterbringung*, isolement). Abandon des travaux d'agrandissement d'Auschwitz II concernant le secteur BIII surnommé « Mexico ». Arrivée d'un convoi de Juifs d'Athènes.	Immatriculation de Jakov Gabbay.
16-4-1944	Du KL Majdanek arrive, avec un transport d'évacuation, le *SS-Oberscharführer* Erich Muhsfeld, commandant du crématoire local.	
25-4-1944		19 prisonniers de guerre soviétiques et un *Kapo* allemand du nom de Karl (Konvoent ?), transférés du KL Majdanek, rejoignent le *Sonderkommando*. Les prisonniers sont logés dans le bloc 13 du camp BIId. Le *Sonderkommando* compte 207 membres : 121 prisonniers sont employés dans les crématoires II et III, et les

Avril 1944

Date	Évolution du camp	Crématoires et chambres à gaz	Faits relatifs au *Sonderkommando*	Membres du SK
Avril-mai 1944	Préparatifs pour la déportation et la destruction des Juifs hongrois. L'arrivée de quatre convois quotidiens de 3 000 personnes chacun est prévue. Il est prévu, entre autres, de prolonger la ligne ferroviaire jusqu'à l'intérieur de Birkenau. Le vieux crématoire d'Auschwitz est transformé en abri antiaérien ; le *Schwarze Todeswand* (le mur des fusillés) dans le couloir du bloc 11 est abattu.		86 prisonniers restants aux crématoires IV et V.	
2-5-1944	Arrivée des deux premiers convois de Hongrie.			
8-5-1944	La succession de Liebehenschel et du SS-*Sturbannführer* Friedrich Hartjenstein à la direction du KL Auschwitz I et du KL Auschwitz II est reprise par Höss (qui revient pour superviser l'opération de			

Avril à mai 1944

9-5-1944	destruction des Juifs hongrois) et par le SS-*Hauptsturmführer* Josef Kramer, commandant du KL Natzweiler.	En prévision de l'extermination imminente et massive des Juifs hongrois, Höss donne l'ordre d'accélérer les travaux de construction de la rampe ferroviaire du camp de Birkenau avec ses trois voies prévues, de remettre en fonction les fours du crématoire V et les chambres à gaz du *Bunker* II, de creuser cinq fosses – trois grandes et deux plus petites – dans le terrain du crématoire V pour l'incinération des cadavres et de rétablir les fosses du *Bunker* 2. Le SS-*Hauptscharführer* Otto Moll, commandant du camp auxiliaire de Gleiwitz I, est nommé à la direction des crématoires. →	Un renforcement considérable de l'effectif du *Sonderkommando* est mis en place.

Mai 1944

Date	Évolution du camp	Crématoires et chambres à gaz	Faits relatifs au *Sonderkommando*	Membres du SK
11-5-1944	Le SS-*Sturmbannführer* Richard Baer est nommé nouveau commandant du camp d'Auschwitz I.			
15-5-1944	La décision de supprimer le *Zigeunerlager* (camp des Tziganes) du secteur BIIe est prise.		Vu l'imminence de l'arrivée massive des convois de Juifs de Hongrie, les effectifs montent avec l'affectation de 100 prisonniers grecs arrivés au camp le mois précédent. → Le nombre atteint 308 hommes.	Parmi eux, Yakov Gabbay.
Mi-mai 1944		Montage du système d'évacuation d'air dans la chambre à gaz du crématoire V, tandis que celui du crématoire IV ne sera jamais installé.	Dès le mois de mai et pendant tout l'été qui suivit, la demande en main-d'œuvre assignée au service d'incinération est telle que les effectifs globaux du *Sonderkommando* augmenteront de mois en mois, jusqu'à atteindre les 903 unités au début du mois d'août (ce qui constitue le nombre le plus élevé jamais enregistré dans les documents officiels).	

Mai 1944

564

Date		
16-5-1944	Tentative de liquidation du camp des Tziganes qui, prévenus la veille, refusent de sortir des baraques. Avec l'arrivée de Hongrie de trois transports RSHA, la déportation massive des Juifs hongrois s'accentue.	Évasion réussie d'Arnost Rosin arrivé au camp le 17 avril 1942 et affecté au *Sonderkommando*, où il est resté seulement quelques semaines après son arrivée. Il est le seul survivant du *Sonderkommando* liquidé en décembre 1942.
27-5-1944		
Juin 1944	Avec l'achèvement de la voie ferrée, les convois RSHA arrivent jusqu'à l'intérieur du camp de Birkenau, là où, dès leur arrivée, les Juifs sont soumis à une sélection.	Devinant le projet nazi d'exterminer la majeure partie des Juifs hongrois, dont la déportation massive avait commencé, les responsables du groupe de résistants clandestins au sein du *Sonderkommando* jugent le moment opportun d'exécuter leur plan de soulèvement dans le camp de Birkenau.

Mai à juin 1944

Date	Évolution du camp	Crématoires et chambres à gaz	Faits relatifs au *Sonderkommando*	Membres du SK
Juin 1944			Malheureusement, le manque de coordination du mouvement de résistance politique du camp ébruite les préparatifs pour un soulèvement général. Les membres du *Sonderkommando* sont transférés et logés à l'intérieur des crématoires : les prisonnier assignés aux travaux des crématoires II et III sont logés sous les toits des deux blocs tandis que les équipes assignées aux crématoires IV et V et au *Bunker* 2 (devenu le 5) occupent le vestiaire du crématoire IV. Une baraque qui devra servir de vestiaire est construite dans la zone du crématoire IV. Dans l'un des deux locaux des crématoires, on installe l'infirmerie pour les prisonniers du *Sonderkommando*. Ceux qui feront fonction de médecins	

Juin 1944

566

3-6-1944			de l'équipe sont les détenus Miklós Nyiszli (dès la la fin du mois de juin) et Charles Bendel (à partir du mois d'août). Suite aux tentatives répétées d'évasion, il est décidé de laisser en fonction l'électrification des barbelés à l'enceinte du camp toute la journée.
16-6-1944	Le *SS-Obergruppenführer* Oswald Pohl, responsable du WVHA, visite le camp. Entre autres, il se rend compte de l'insuffisance de mimétisme des bâtiments d'extermination. ⟶	On ordonne l'érection de palissades de 3 mètres de hauteur autour des crématoires pour occulter la vision des installations aux détenus des camps.	
17-6-1944	Selon les chiffres allemands, environ 340 000 Juifs hongrois ont été déportés à cette date.		
26-6-1944		L'administration des crématoires reçoit quatre	

Juin 1944

567

Date	Évolution du camp	Crématoires et chambres à gaz	Faits relatifs au *Sonderkommando*	Membres du SK
		trémilles (*Siebe*) pour les cendres humaines, commandés au début du mois.		
11-7-1944	Départ des derniers convois de Juifs hongrois pour Auschwitz.			
10/12-7-1944	Liquidation du camp des familles juives en provenance de Theresienstadt (BIIb). →	3 000 hommes et femmes sont exterminés dans les chambres à gaz.		
12-7-1944	Il y a 92 208 prisonniers, répartis comme suit : • 14 386 hommes à Auschwitz I • 19 711 hommes à Auschwitz II • 31 406 femmes à Auschwitz II • 26 705 hommes à Monowitz. Ces totaux ne reprennent pas les Juifs hongrois, maintenus			

Juillet 1944

Date			
14-7-1944	en vie dans le secteur BIII et répertoriés comme *Depothäftlinge* ou *Durchgangsjuden*.		
29-7-1944		L'administration des crématoires commande sept autres trémies pour les cendres humaines.	La section compte 837 unités, réparties en une équipe de jour et une équipe de nuit.
Fin juillet 1944	Les effectifs totaux du *Kommando Kanada*, assignés à la récolte des objets ayant appartenu aux Juifs, sont de 790 détenus.		Selon certains témoignages, un groupe d'environ 400 Juifs grecs sélectionnés pour le *Sonderkommando* est éliminé suite à un refus d'exécuter les ordres.
1-8-1944			Les effectifs du *Sonderkommando* se montent à 903 hommes.
2-8-1944			Pendant la nuit, la figure de proue du mouvement clandestin, Yacov Kaminski, est assassiné par le *SS-Hauptscharführer* du crématoire V Otto Moll.

Juillet à août 1944

Date	Évolution du camp	Crématoires et chambres à gaz	Faits relatifs au *Sonderkommando*	Membres du SK
2/3-8-1944	Pendant la nuit, le camp pour les familles tziganes est liquidé. ⟶	Environ 2 900 hommes, femmes et enfants sont emmenés du secteur BIIe dans les chambres à gaz pour y être exterminés. Leurs corps sont brûlés dans les fosses à proximité du crématoire V.		
7-8-1944	Le nombre de détenus assignés au *Essenwarensammlerkommando an der Rampe*, pour la récolte des denrées alimentaires apportées par les Juifs est augmenté de 20 unités, passant ainsi à 40 détenus.			
9-8-1944		L'administration reçoit quatre trémilles.		
29-8-1944			Le *Sonderkommando* compte 874 membres pour les deux tournées de jour et de nuit.	

Août 1944

Date		
30-8-1944		Un détenu polonais informe la résistance que les fosses d'incinération sont recouvertes pour effacer toute trace d'opération d'extermination.
Septembre 1944		Muhsfeld succède à Moll dans le rôle de responsable des crématoires, charge qu'il avait déjà assumée en partie en mai.
4-9-1944		La Résistance réussit à faire sortir quelques photographies des bûchers, prises dans le crématoire V par un membre du *Sonderkommando*, vraisemblablement en août.
5-9-1944	Un convoi RSHA en provenance de Hollande (Westerbork) amène 1 019 Juifs. Parmi eux, les époux Otto et Edith Frank, ainsi que leurs filles Anne et Margot.	
6-9-1944		Selon des informations communiquées par le

Août à septembre 1944

Date	Évolution du camp	Crématoires et chambres à gaz	Faits relatifs au *Sonderkommando*	Membres du SK
		mouvement de résistance du *Lager*, Moll aurait été chargé d'étudier un plan pour la destruction des crématoires et la suppression des traces de l'activité de destruction du camp de Birkenau.		
13-9-1944	Bref bombardement allié des fabriques de la IG-Farben à Dwory, près d'Auschwitz.			
21-9-1944	Dans le vieux crématoire du camp principal, une infirmerie pour les SS est installée et équipée.			
23-9-1944			Liquidation d'une partie du *Sonderkommando* : 200 membres, utilisés pour le recouvrement des fosses communes, sont envoyés à Auschwitz I pour être tués dans la chambre de désinfection.	
26-9-1944		En prévision du démantèlement du camp, les	La nouvelle de la liquidation d'une partie du	

Septembre 1944

29-9-1944	Un délégué du CICR (Comité international de la Croix-Rouge) rencontre le commandant d'Auschwitz I.	documents et les actes de la Section politique sont emportés dans un des crématoires pour y être détruits.	*Sonderkommando*, exécutée quelques jours auparavant, est colportée par le mouvement de résistance du *Lager* au PWOK.
2-10-1944	815 détenues (*Kanada II*) sont employées dans le magasin des effets personnels de Birkenau.		
6-10-1944	Liquidation du camp de transit pour les prisonniers juifs (« Mexico ») : les détenus sont d'abord transférés dans un autre secteur, puis sélectionnés pour les chambres à gaz.		
Matin du 7-10-1944			Les effectifs totaux sont de 663 prisonniers et se répartissent comme suit : • Crématoire II : 84 pour l'équipe de jour et 85 pour l'équipe de nuit

Septembre à octobre 1944

Date	Évolution du camp	Crématoires et chambres à gaz	Faits relatifs au *Sonderkommando*	Membres du SK
Après-midi du 7-10-1944		Le crématoire IV est incendié et sérieusement endommagé.	• Crématoire III : 84 et 85 • Crématoire IV : 84 et 85 • Crématoire V : 72 et 84. Au début de l'après-midi, une dernière réduction des effectifs est prévue, elle concernera les prisonniers assignés aux crématoires IV et V. Les détenus sont rassemblés sur la place devant le crématoire IV et la sélection, sous la conduite du *SS-Scharführer* Hubert Busch, commence. La révolte éclate et les hommes des deux crématoires et les prisonniers assignés au crématoire II jettent un *Kapo* allemand dans un des fours. Plusieurs dizaines de prisonniers du *Kommando* parviennent à rejoindre le bois voisin. Les forces allemandes, qui encerclent toute la zone, rattrapent les	

Octobre 1944

Date		
	fugitifs et les abattent à coups de fusils. Dans les heures qui suivent, d'autres dizaines de détenus sont fusillés en guise de représailles. Officiellement, les morts allemands sont au nombre de trois et une quinzaine de blessés, tandis que 451 détenus du *Sonderkommando* sont tués. Parmi les victimes se trouvent la plupart des responsables du groupe clandestin : Warzawski de Varsovie, Deresinski de Luna près de Grodno, Kalniak et Panusz de Lomza.	Mort probable de Zalmen Gradowski.
9-10-1944	Le total se chiffre à 212 unités. Les prisonniers qui ont survécu sont logés dans les souspentes du crématoire III.	
10-10-1944	14 membres du *Sonderkommando* qui ont participé à la révolte sont	

Octobre 1944

575

Date	Évolution du camp	Crématoires et chambres à gaz	Faits relatifs au *Sonderkommando*	Membres du SK
			arrêtés et emmenés dans le souterrain du *block* 11 d'Auschwitz I, parmi lesquels Handelsman et 5 prisonniers russes. Quelques déportées sont également arrêtées : Ella Gartner, Regina Safir et Estera Wajsblum, employées dans une usine de munition et accusées d'avoir fourni de l'explosif aux révoltés, et Roza Robota employée dans un magasin d'effets personnels, soupçonnée d'avoir livré le matériel. Le *Sonderkommando* passe de 212 à 198 membres, divisés en quatre équipes affectées au crématoire II, III et V.	
Mi-octobre 1944			La démolition du mur du crématoire IV, endommagé au cours de la révolte du 7 octobre, commence. L'opération est effectuée par	

Date		
28-10-1944		les prisonniers mêmes du *Sonderkommando*. Les effectifs du *Sonderkommando* comptent 200 unités et sont assignés à l'incinération des cadavres.
Fin oct.-début nov. 1944	Himmler donne l'ordre verbal de suspendre les gazages.	
30-10-1944	Dernier convoi, suivi d'une sélection, de 2 038 Juifs en provenance de Terezin.	
2-11-1944	Cessation probable des exécutions dans les chambres à gaz. Les détenus sélectionnés pour être exterminés sont conduits dans des locaux utilisés comme chambres à gaz du crématoire V ou dans la cour, et sont exécutés par armes à feu. Le crématoire V reste en activité aussi comme incinérateur.	
3-11-1944	Arrivée du dernier convoi composé de Juifs slovaques enregistrés sans sélection.	

Octobre à novembre 1944

577

Date	Évolution du camp	Crématoires et chambres à gaz	Faits relatifs au *Sonderkommando*	Membres du SK
17-11-1944	Les détenus sont concentrés dans le secteur BII de Birkenau.			
25-11-1944	Suite au démantèlement d'une partie du camp, → Auschwitz II-Birkenau est incorporé au camp principal et rétabli sous la dénomination commune de KL Auschwitz. Le camp de femmes de Birkenau est renommé « camp de concentration d'Auschwitz-camp externe de Birkenau-camp de femmes ». Il y a 14 206 prisonnières.	Début du démantèlement du crématoire II.		
26-11-1944	Himmler donne l'ordre de détruire les crématoires.		Une nouvelle sélection est opérée. Sur les 200 membres du *Sonderkommando*, environ 30 sont sélectionnés pour le crématoire V et 70 sont affectés à l'équipe spéciale du démantèlement	

Novembre 1944

27-11-1944		Les 100 détenus restants sont vraisemblablement conduits dans le bois, au bord d'une fosse d'incinération, et fusillés.	Parmi eux, Langfus.
Novembre 1944		Les corps des prisonniers tués le jour précédent sont portés dans le crématoire II pour y être brûlés.	
Novembre 1944		Les prisonniers en service au crématoire V sont logés dans un des locaux du bâtiment, tandis que les détenus qui font partie de l'équipe dédiée au démantèlement sont transférés au bloc 13 (ou 11) du camp d'hommes BIId.	
Fin novembre 1944			Mort probable de Langfus et de Lewental.
1-12-1944		Création d'un *Kommando*, pour le démantèlement du crématoire III, composé	

(appelé Abbruchkommando Krematorium). ——→

Novembre à décembre 1944

Date	Évolution du camp	Crématoires et chambres à gaz	Faits relatifs au *Sonderkommando*	Membres du SK
			de 100 femmes (*Abbruchkommando Krematorium III*). Un *Kommando* masculin est en fonction dans le même crématoire sans qu'en soit indiqué le nombre.	
5-12-1944			50 prisonnières sont affectées à l'*Abbruchkommando* du crématoire III. 50 autres prisonnières forment ledit *Gehölzabbruchkommando*, destiné au recouvrement du terrain adjacent au crématoire IV et à la disparition des restes des victimes, qui doivent être tamisés avant d'être jetés dans la Vistule. La zone, une fois aplanie, sera reboisée. Les prisonnières s'efforcent de désobéir aux ordres par des tentatives de sabotage, afin de conserver des traces des crimes commis dans le camp. Le travail de	

Décembre 1944

580

10-12-1944	La force féminine compte 19 236 détenues, dont 13 333 se trouvent à Birkenau.	
21-12-1944		Des photos aériennes américaines montrent l'avancement des travaux : le toit et l'accès des souterrains du crématoire II ont été démolis, comme l'enceinte du crématoire III, et toute la zone est encombrée de gravats.
		démantèlement se poursuivra pendant tout le mois de décembre et les premières semaines de l'année suivante.
Début janvier 1945		Le crématoire V, l'unique en fonction, continue à être utilisé comme lieu d'exécution. Le jour de l'An, on y amène 200 détenus polonais pour être exécutés, condamnés à mort par la cour martiale de la police.
		Les prisonniers du *Sonderkommando* sont déplacés du bloc 16 (du camp BIId). Il s'agit d'un bloc isolé.
5-1-1945		Les cinq détenus polonais appartenant au *Sonderkommando*

Décembre 1944 à janvier 1945

Date	Évolution du camp	Crématoires et chambres à gaz	Faits relatifs au *Sonderkommando*	Membres du SK
6-1-1945			– Agrestowski, Biskup, Ilczuk, Lipka et Morawa, qui avaient été isolés dans un baraquement du camp masculin de BIId après la révolte du 7 octobre – sont transférés au KL Mauthausen, où ils sont fusillés dans les locaux du crématoire, le 3 avril. Les quatre femmes qui avaient fourni de l'explosif au *Sonderkommando* sont pendues dans le camp de femmes de Auschwitz I.	
15-1-1945			À cette date, l'effectif de ce qui avait été le *Sonderkommando* est divisé comme suit : • 30 membres utilisés dans les opérations d'incinération des corps dans le dernier crématoire encore en activité, • 70 dans le *Kommando* 104B affecté au démantèlement et à la	

Janvier 1945

Date			
Mi-janvier 1945			suppression des traces de l'extermination. La démolition des crématoires II et III est en cours d'achèvement. Les implantations et leurs équipements sont démontés et partiellement envoyés dans d'autres camps de concentration, et en partie mis en dépôt auprès de la *Bahnhof*, le dépôt des matériaux d'État du camp principal. Les prisonniers du *Sonderkommando* affectés au démantèlement pratiquent des trous dans les murs des édifices, pour y placer les charges explosives.
17-1-1945	56 789 prisonniers répondent au dernier appel général : • Camp principal : 10 030 hommes et 6 196 femmes • Camp d'hommes de Birkenau : 4 473 • Camp de femmes de Birkenau : 10 381		

Janvier 1945

Date	Évolution du camp	Crématoires et chambres à gaz	Faits relatifs au *Sonderkommando*	Membres du SK
18-1-1945	• Monowitz : 10 223 • Camps satellites : 25 709. Le dernier numéro d'immatriculation (202 499) est attribué à un prisonnier en provenance du camp de concentration autrichien de Mauthausen. Début de l'évacuation du complexe de concentration d'Auschwitz. Près de 50 000 prisonniers se mettent en route en colonne en direction de l'ouest. Les documents des archives de l'hôpital sont brûlés.		Des membres de l'*Abbruchkommando* et des prisonniers utilisés dans le crématoire V parviennent à se mêler aux détenus de la dernière colonne.	
19-1-1945	Les dernières colonnes quittent le camp principal et Birkenau. Environ 3 500 personnes abandonnent Auschwitz.	À midi, les SS font sauter les crématoires II et III.		Tauber, Feinsilber, Dragon et Gabbay, entre autres, abandonnent le camp.

23-1-1945	Les SS mettent le feu à 30 baraques du camp des effets personnels.		
26-1-1945		À une heure du matin, le crématoire V saute.	
27-1-1945	Libération du complexe concentrationnaire d'Auschwitz par l'armée soviétique : environ 7 000 prisonniers malades ou moribonds sont retrouvés dans le camp.		
Dix derniers jours de janvier 1945			Des colonnes en marche, une dizaine de prisonniers du *Sonderkommando* parviennent à fuir. ⟶
Printemps 1945			Parmi eux, Schlomo Dragon, Alter Feinsilber, Henryk Mandelbaum et Henryk Tauber. Feinsilber, Dragon et Tauber témoignent devant la Commission d'enquête sur les crimes nazis en Pologne.

Janvier à printemps 1945

585

Bibliographie sélective

par Philippe Mesnard et Carlo Saletti
(avec la collaboration de Gideon Greif
et Andreas Kilian)

TÉMOIGNAGES

ÉCRITS DES MEMBRES DU *SONDERKOMMANDO*

Auteur inconnu, (retrouvé en 1952) « Wotchlani zbrodni (Kronika oswiecimska nieznanego autora) » [Au centre du crime (chronique d'Auschwitz par un auteur inconnu)] in *Biuletyn Zydowskiego Instytutu Historycznego*, 9-10, 1954.

– [tr. all.] « Im Abgrund des Verbrechens » in *Auschwitz. Zeugnisse und Berichte* [1re éd. 1962], Hans Günther Adler, Hermann Langbein et Ella Lingens-Reiner (sous la dir.), Frankfurt am Main, Europäische Verlagsanstalt, 1994, p. 74-77.

Zalmen GRADOWSKI, (retrouvé en 1945) « Opamietniku... czlonka Sonderkommando w obozie koncentracyjnym Oswiecim » [Journal d'un membre du *Sonderkommando* du camp de concentration d'Auschwitz] in *Biuletyn Zydowskiego Instytutu Historycznego*, 71-72, 1969.

Ibid., (retrouvé en 1945) *In haares fun gehinnom. A dokument fun Ojszwicer zonderkommando* [Au cœur de

587

l'enfer. Un document du *Sonderkommando* d'Auschwitz],
Jerusalem, Chaim Wolnerman, 1977.

- [tr. angl. du 2ᵉ chapitre] « The Czech Transport : A Chro-
nicle of the Auschwitz Sonderkommando » in *The Literature of Destruction. Jewish Responses to Catastrophe*,
David G. Roskies (sous la dir.), Philadelphie, New York,
1989.

- [tr. all. du 2ᵉ chapitre] « Im Herzen der Hölle » in
Miroslav Kárny et Raimund Kemper (sous la dir.), *Theresienstädter Studien und Dokumente*, Prag, Institut Theresienstädter Initiative/Verlag Academia, 1999.

- [tr. fr. du 2ᵉ chapitre] « Megilot Auschwitz – Les Rou-
leaux d'Auschwitz (II) » in *Revue d'histoire de la
Shoah-Le Monde juif*, 171 [*Des voix sous la cendre.
Manuscrits des Sonderkommandos d'Auschwitz-Bir-
kenau*, de Philippe Mesnard, Carlo Saletti et Georges
Bensoussan (sous la dir.)], 2001.

- [tr. fr. intégrale] Zalmen Gradowski, *Au cœur de l'enfer.
Document écrit d'un* Sonderkommando *d'Auschwitz*, Philippe Mesnard et Carlo Saletti (sous la dir.), Paris, Éditions Kimé, 2001.

- [tr. italienne intégrale] Zalmen Gradowski, *Sonderkommando. Diario da un crematorio di Auschwitz, 1944*, Philippe Mesnard et Carlo Saletti (sous la dir.), Venezia,
Marsilio, 2002.

Chaim HERMAN, « Lettre » [retrouvée en 1945] in Ady
Brille, *Les Techniciens de la mort*, Paris, F.N.D.I.R.P.,
1976.

Lejb LANGFUS, *Manuscrit* [retrouvé en 1954] « Wysie-
dlenie » [La déportation] in *Zeszyty Oswiecimskie*, 14,
1972.

- [tr. all.] in *Hefte von Auschwitz*, 14, 1973.

Zalmen LEWENTAL, *Manuscrit* [retrouvé en 1961] « Rekopis
Zelmana Lewentale », in *Szukajcie w popiozach : Paz-
piery znalezione w Oswiecimiu*, Lodz, Wyd. Lodzkie,
1965.

– [retrouvé en 1961] « Zapiski… (wieznia obozu w Brze-zince) » [Annotation… (d'un prisonnier de Birkenau)] in *Tygodnik Powszechny*, 17, 1967.

– [retrouvé en 1962] « Pamietnik czlonka Sonderkom-mando Auschwitz II » [Journal d'un membre du *Sonder-kommando* d'Auschwitz II] in *Biuletyn Zydowskiego Ins-tytutu Historycznego*, 65-66, 1968.

Marcel NADSARI [retrouvé en 1980], « Handschrift von Marcel Nadsari » in *Inmitten des grauenvollen Verbre-chens. Handschriften von Mitgliedern des Sonderkom-mandos*, Oswiecim, Verlag des Staatlichen Museums Auschwitz-Birkenau, 1996.

Recueils de manuscrits

Ber MARK, *Meggillah Auschwitz*, Tel-Aviv, Israël Book, 1977 [recueil des écrits de Zalmen Gradowski, Zalmen Lewental et Lejb Langfus].

– tr. fr. : *Des voix dans la nuit. La résistance juive à Ausch-witz-Birkenau*, Paris, Plon, 1982.

– tr. ang. : *The Scrolls of Auschwitz*, Tel Aviv, Am Oved Publishers, 1985.

« Wsród koszmarnej zbrodni. Rekopisy czLonków Sonder-kommando » [En présence du crime. Manuscrit des *Son-derkommandos*] in *Zeszyty Oswiecimskie*, nr. specjalny 2, 1971 [contient la déposition d'Alter Feinsilber et les écrits retrouvés de Z. Gradowski, d'un auteur inconnu, de Z. Lewental et Chaim Herman].

– tr. all. : « Inmitten des grauenvollen Verbrechens. Hand-schriften von Mitgliedern des Sonderkommandos » in *Hefte von Auschwitz*, Sonderheft 1, 1972

– tr. ang. : *Amidst a Nightmare of Crime. Manuscripts of Members of Sonderkommando*, Oswiecim, Verlag des Staatlichen Museums Auschwitz-Birkenau, 1973.

Wsród koszmarnej zbrodni. Notatki czlonków Sonderkommando [En présence du crime. Notes des prisonniers du *Sonderkommando*], Oswiecim, Panstwowego Muzeum w Oswiecimiu, 1975 [contient la déposition d'Alter Feinsilber et les écrits retrouvés de Z. Gradowski, d'un auteur inconnu, de Z. Lewental, Ch. Herman et de Lejb Langfus].

Inmitten des grauenvollen Verbrechens. Handschriften von Mitgliedern des Sonderkommandos, Oswiecim, Verlag des Staatlichen Museums Auschwitz-Birkenau, 1996 [contient la déposition d'Alter Feinsilber et les écrits retrouvés de Z. Gradowski, d'un auteur inconnu, de Z. Lewental, de Ch. Herman, de L. Langfus et de Marcel Nadsari].

David G. ROSKIES (ss. dir.), *The Literature of Destruction. Jewish Responses to Catastrophe*, Philadelphie, The Jewish Publication Society, 1988.

– Tr. it. : Carlo Saletti (ss. dir.), *La Voce dei sommersi. Manoscritti ritrovati di membri del Sonderkommando di Auschwitz*, Venezia, Marsilio, 1999.

TÉMOIGNAGES DES MEMBRES SURVIVANTS
DU *SONDERKOMMANDO*

Écrits, œuvres, dépositions

Leon COHEN, *From Greece to Birkenau : the Crematoria workers' uprising*, Tel Aviv, Salonika Jewry Research Center, 1996.

Serge KLARSFELD, David OLÈRE. *Un peintre au Sonderkommando à Auschwitz*, New York, The Beate Klarsfeld Founfation, 1989.

Hermann LANGBEIN, *Der Auschwitz-Prozeß. Eine Dokumentation*, Wien, Europa Verlag, 1965 [extraits de la déposition au tribunal d'Auschwitz de Filip Müller, Dov Paisikovic, Milton Buki].

Henrik MANDELBAUM, « ... et je fus affecté au *Sonderkom-mando* » in *Témoins d'Auschwitz*, Oswiecim, Verlag des Staatlichen Museums Auschwitz-Birkenau, 1998.

Filip MÜLLER, *Trois ans dans une chambre à gaz d'Ausch-witz*, Paris, Pygmalion/Gérard Watelet, 1980.

Alexandre OLÈRE, *Un génocide en héritage*, Paris, Wern, 1999.

Rudolf VRBA, Alan BESTIC, *I Cannot Forgive*, Sidgwick and Jackson, A. Gibbs and Phillips, 1963 (éd. française : *Je me suis évadé d'Auschwitz*, Paris, Ramsay, 1988).

Témoignages à partir d'entretiens

Rebecca FROMER, *The Holocaust Odyssey of Daniel Ben-nahmias, Sonderkommando*, Tuscaloosa, University of Alabama Press, 1993.

Gideon GREIF, *Wir weinten tränenlos... Augenzeugenbe-richte der jüdischen « Sonderkommandos » in Auschwitz*, Köln, Böhlau Verlag, 1995 [Entretiens avec Josef Sackar, Shlomo Dragon, Yakov Gabbay, Eliezer Eisenschmidt, Saul Chasan, Leon Cohen].

Claude LANZMANN, *Shoah*, Paris, Fayard, 1985.

Roberto OLLA, *Le Non Persone. Gli italiani nella Shoah*, Roma, RAI-ERI, 1999 [chapitre sur Schlomo Venezia].

Jan POLUDNIAK, *Zonder. Rozmowa z czlonkiem Sonderkom-mando Henrykiem Mandelbaumem*, Katowice-Sosno-wiec, Sosnowiecka Oficyna Wydawniczo-Autorska « Sowa-Press », 1994 [entretien avec Henryk Mandelbaum].

ÉCRITS D'EX-DÉPORTÉS SUR LE *SONDERKOMMANDO*

Marta ASCOLI, *Auschwitz è di tutti*, Trieste, LINT, 1998.

591

Paul BENDEL, « Les crématoires. "Le *Sonderkommando*" » in *Témoignages sur Auschwitz*, Paris, Édition de l'Amicale des Déportés d'Auschwitz, 1946.

Marthe-Hélène BERNARD, *Deux ans dans les camps de concentration nazis, d'après le récit de Georges Wierzbicki*, Paris, Le Déporté, 1958.

Maria Elzbieta JEZIERSKA, « Pamietnik znaleziony w Oswiecimu » [journal d'une sélection à Auschwitz] in *Nowa Kultura*, 7, 1962.

Ibid., « Archeologia oswiecimska » [Archéologie à Auschwitz] in *Tygodnik Powszechny*, 5, 1963.

Wieslaw KIELAR, *Anus mundi. Cinq ans à Auschwitz*, Paris, Laffont, 1980.

Olga LENGYEL, *Souvenirs de l'au-delà*, Paris, Éditions du Bateau ivre, 1946.

André LETTICH, *Trente-Quatre mois dans les camps de concentration. Témoignage sur les crimes « scientifiques » commis par les médecins allemands*, Tours, Imprimerie Union Coopérative, 1946.

Primo LEVI, *Les Naufragés et les Rescapés. Quarante ans après Auschwitz*, Paris, Gallimard, 1989 (1re édition : *I sommersi e i salvati*, Torino, Einaudi, 1986).

Miklós NYISZLI, « *SS Obersturmführer* Dr. Mengele. Journal d'un médecin déporté au crématoire d'Auschwitz » in *Les Temps Modernes*, 65 et 66, 1951.

Ibid., *Médecin à Auschwitz. Souvenirs d'un médecin déporté*, Paris, Julliard, 1961.

Ibid., « Sonderkommando ; In Abgrund des Verbrechens » *in* Hans Günther Adler, Hermann Langbein et Ella Lingens-Reiner, *Auschwitz. Zeugnisse und Berichte*, Frankfurt am Main, Europäische Verlagsanstalt, 1962.

Bruno PIAZZA, *Perché gli altri dimenticano*, Milano, Feltrinelli, 1956.

Helena RAJNER, « O czlonkach Sonder » [sur les membres du *Sonderkommando*] in *Nowa Kultura*, 10, 1962.

Jacques STROUMSA, *Tu choisiras la vie. Violoniste à Auschwitz*, Paris, Éditions du Cerf, 1998.

David SZMULEWSKI, « Umierali stojac » [On mourait debout] in *Za Wolnosc i Lud*, 2, 1963.

Ibid., *Souvenirs de la Résistance dans le camp d'Auschwitz-Birkenau*, mise en forme par Noe Gruss, Paris, 1984.

RENSEIGNEMENTS DE PROVENANCE
NATIONALE-SOCIALISTE SUR LE *SONDERKOMMANDO*

Auschwitz vu par les SS, Oswiecim, Verlag des Staatlichen Museums Auschwitz-Birkenau, 1994.

Rudolf HÖSS, *Le Commandant d'Auschwitz parle*, Paris (1959), La Découverte, 1995.

Anna ZMIJEWSKAZ-WISNIEWSKA, « Zeznania szefa *Krematorium* Ericha Mushsfeldta na temat byLego obozu koncentracyjnego w Lublinie (Majdanek) » [Déposition du commandant du crématoire de l'ex-camp de concentration de Lublin-Maïdanek, Erich Mushsfeldt] in *Zeszyty Majdanka*, I, 1965.

ÉTUDES

SUR L'HISTOIRE DU CAMP D'AUSCHWITZ-BIRKENAU
COMME CENTRE D'EXTERMINATION

Auschwitz. Camp de concentration et d'extermination, Oswiecim, Verlag des Staatlichen Museums Auschwitz-Birkenau, 1994.

Danuta CZECH, *Kalendarium der Ereignisse im Konzentrations-lager Auschwitz-Birkenau 1939-1945*, Hamburg, Rowohlt, 1989.

Ibid., « Kalendarium der wichtigsten Ereignisse aus der Geschichte des KL Auschwitz » in *Auschwitz 1940-1945. Studien zur Geschichte des Konzentrations- und Vernichtungslagers Auschwitz*, volume V, Oswiecim, Verlag des Staatlichen Museums Auschwitz-Birkenau, 1999.

Ota KRAUS et Erich KULKA, *Die Todesfabrik*, Berlin, Kongress-Verlag, 1957.

Franciszek PIPER, *Arbeitseinsatz der Häftlinge aus dem KL Auschwitz*, Oswiecim, Verlag des Staatlichen Museums Auschwitz-Birkenau, 1995.

Ibid., « Die Vernichtungsmethoden » in *Auschwitz 1940-1945. Studien zur Geschichte des Konzentrations- und Vernichtungslagers Auschwitz*, vol. III, Oswiecim, Verlag des Staatlichen Museums Auschwitz-Birkenau, 1999.

Léon POLIAKOV, *Auschwitz*, Julliard, 1964 [contient la déposition pour le procès d'Auschwitz de Dov Paisikovic].

Jan SEHN, *Le Camp de concentration d'Oswiecim-Brzezinka* (Auschwitz-Birkenau), Warszawa, Wydawnictwo Prawnicze, 1961.

Andrzei STRZELECKI, *Endphase des KL Auschwitz. Evakuirung, Liquidierung und Befreiung des Lagers*, Oswiecim, Verlag des Staatlichen Museums Auschwitz-Birkenau, 1995.

Ibid., « Wykorzystanie zwLok ofiar obozu » [L'exploitation des corps des victimes du camp] in *Zeszyty Oswiecimskie*, 21, 1995.

Henryk SWIEBOCKI (sous la dir.), *London wurde informiert... Berichte von Auschwitz-Flüchtlingen*, Oswiecim, Verlag des Staatliches Museums Auschwitz-Birkenau, 1997.

Robert Jan VAN PELT et Debórah DWORK, *Auschwitz. 1270 to the present*, New Haven-London, Yale University Press, 1996.

Olga WORMSER-MIGOT, *Le Retour des déportés. Quand les Alliés ouvrirent les portes...*, Bruxelles, Éditions Complexe, 1985.

Sur l'appareil d'extermination

Jürgen KALTHOFF et Martin WERNER, *Die Händler des Zyklon B. Tesch & Stabenow. Eine Firmengeschichte zwischen Hamburg und Auschwitz*, Hamburg, VSA Verlag, 1998.

Eugon KOGON, Hermann LANGBEIN, Adalbert RÜCKERL, *Les Chambres à gaz, secret d'État*, Paris, Éditions de Minuit, 1987.

Jean-Claude PRESSAC, *Auschwitz : Technique and operation of the Gas Chambers*, New York, The Beate Klarsfeld Foundation, 1989.

Ibid., *Les Crématoires d'Auschwitz. La machinerie du meurtre de masse*, Paris, CNRS Éditions, 1993.

Gitta SERENY, *Au fond des ténèbres. De l'euthanasie à l'assassinat de masse : un examen de conscience*, Paris, Denoël, 1975 (1re éd. Londres, 1974).

Georges WELLERS, *Les chambres à gaz ont existé. Des documents, des témoignages, des chiffres*, Paris, Gallimard, 1981.

SUR LE *SONDERKOMMANDO*

Gideon GREIF, « Die moralische Problematik der Sonderkommando-Häftlinge » *in* Ulrich Herbert, Karin Orth et Christoph Dieckmann, *Die nationalsozialistischen Konzentrations-lager. Entwicklung und Struktur*, vol. II, Göttingen, Wallstein Verlag, 1998.

Hermann LANGBEIN, *Menschen in Auschwitz*, Wien, Europa Verlag, 1972 (éd. française : *Hommes et femmes à Auschwitz*, Paris, Fayard, 1975).

Robert Jay LIFTON, *The Nazi Doctors : Medical Killing and the Psychology of Genocide*, New York, Basic Books, 1986.

Wolfgang SOFSKI, *Die Ordnung des Terrors. Das Konzentrations-lager*, Frankfurt am Main, S. Fisher Verlag, 1993 (éd. française : *L'Organisation de la terreur*, Paris, Calmann-Lévy, 1995).

Eric FRIEDLER, Barbara SIEBERT, Andreas KILLIAN, *Zeugen aus der Todeszone. Das jüdische Sonderkommando in Auschwitz*, Springe, Zuklampen, 2002.

Sur la révolte du Sonderkommando

Bruno BAUM, *Widerstand in Auschwitz*, Berlin, Kongress-Verlag, 1957.

Józef GARLINSKI, *Volontaire pour Auschwitz*, Paris-Bruxelles, Elsevier Sequoia, 1976.

Yisrael GUTMAN, « Der Aufstand des Sonderkommandos » *in* Hans Günther Adler, Hermann Langbein et Ella Lingens-Reiner, *Auschwitz. Zeugnisse und Berichte*, Frankfurt am Main, Europäische Verlagsanstalt, 1962.

Tzipora HAGER HALIVNI, « The Birkenau Revolt : Poles Prevent a Timely Insurrection », *in* Michael Marrus (sous la dir.), *The Nazi Holocaust. Historical Articles on the Destruction of European Jews*, vol. 7 (Jewish Resistence to the Holocaust), Westport-London, Meckler, 1989.

Erich KULKA, « Jüdischer Aufstand in Auschwitz, basierend auf Zeugenaussagen » in *Die Stimme der Auschwitz-Survivors*, 28, 1994.

Hermann LANGBEIN, ... *nicht wie die Schafe zur Schlachtbank. Widerstand in den nationalsozialistischen Konzentrationslagern*, Frankfurt am Main, Fischer Taschenbuch Verlag, 1980.

Ibid., « The Auschwitz Underground » *in* Yisrael Gutman et Michael Berembaum (sous la dir.), *Anatomy of the*

Auschwitz Death Camp, Bloomington, Holocaust Memorial Museum/Indiana University Press, 1994.

Franciszek PIPER, « The Sonderkommando Revolt » in *Pro Memoria*, 3-4, 1996.

Werner RENZ, « "Wir wollten eine große Sache vollbringen". Zum 50. Jahrestag des Aufstandes des jüdischen Sonderkommandos im Vernichtungslager Auschwitz » in *Frankfurter Rundschau*, 7 October 1994.

Henryk SWIEBOCKI, « Widerstand » in *Auschwitz 1940-1945. Studien zur Geschichte des Konzentrations- und Vernichtungslagers Auschwitz*, volume IV, Oswiecim, Verlag des Staatlichen Museums Auschwitz-Birkenau, 1999.

Georges WELLERS, « Révolte du *Sonderkommando* à Auschwitz » in *Le Monde juif*, 18, 1949.

Sur les manuscrits des membres du Sonderkommando

Katerina CAPKOVÁ, « Das Zeugnis von Zalmen Gradowski » *in* Miroslav Kárny et Raimund Kemper (sous la dir.), *Theresienstädter Studien und Dokumente*, Prag, Edition Theresienstädter Initiative Academia, 1999.

Nathan COHEN, « Diaries of the Sonderkommandos in Auschwitz : Coping with Fate and Reality » in *Yad Vashem Studies*, XX, Jerusalem, 1990.

Ibid., « Diaries of the Sonderkommando » *in* Yisrael Gutman et Michael Berembaum (sous la dir.), *Anatomy of the Auschwitz Death Camp*, Bloomington, Holocaust Memorial Museum/Indiana University Press, 1994.

Miroslav KÁRNY, « Eine neue Quelle zur Geschichte der tragischen Nacht vom 8. März 1944 » in *Judaica Bohemiae*, 1, 1989.

Ibid., « Das Theresienstädter Familienlager (BIIb) » in *Hefte von Auschwitz*, 20, 1997.

Krystyna OLESKY, « Zalmen Gradowski. Ein Zeuge aus dem Sonderkommando » *in* Miroslav Kárny, Raimund Kemper et Margita Kárná (sous la dir.), *Theresienstädter Studien und Dokumente*, Prag, Edition Theresienstädter Initiative Academia, 1995.

Ibid., « Testimony From Beyond the Grave » in *Pro Memoria*, 5-6, 1997.

Henryk SWIEBOCKI, « Dokumentacja nazistowskich zbrodni ukryta przez wiezniów w KL Auschwitz » [Document sur les crimes nazis dans le KL Auschwitz] *in Representations of Auschwitz. 50 Years of Photographs, Paintings and Graphics*, Oswiecim, Verlag des Staatlichen Museums Auschwitz-Birkenau, 1995.

Ibid., « Spontane und organisierte Formen des Widerstandes in Konzentrationslagern am Beispiel des KL Auschwitz » *in* Ulrich Herbert, Karin Orth et Christoph Dieckmann, *Die nationalsozialistischen Konzentrationslager. Entwicklung und Struktur*, vol. II, Göttingen, Wallstein Verlag, 1998.

David PATTERSON, *Along the Edge of Annihilation. The Collapse and Recovery of Life in the Holocaust Diary*, Washington, University of Washington Press, 1999.

Référence au Sonderkommando *dans des fictions ou des études littéraires*

Tadeusz BOROWSKI, *Le Monde de pierre*, Paris, Christian Bourgois, 1992 (1re éd. polonaise, 1961, 1re éd. française, Calmann-Lévy, 1964).

Rachel ERTEL, *Dans la langue de personne. Poésie yiddish de l'anéantissement*, Paris, Le Seuil, 1993.

Vassili GROSSMAN, *Vie et destin*, Paris, Julliard, 1983 (1re éd. Lausanne, L'Âge d'homme) ; Le Livre de Poche, n° 30321.

Kurt VONNEGUT, *Nuit noire*, Paris, UGE 10/18, 1996.

Filmographie

Témoignages
Shoah, 1985, France, Claude Lanzmann.
Un homme simple, Allemagne, 1986, Karl Fruchtmann.
Choix et destin, 1993, Israël, Tzipi Reibenbach.
Les Derniers Jours, 1999, USA, James Moll, producteur Steven Spielberg.

Fictions
Triumph of the Spirit, 1989, USA, Robert Malcon Young.
Memoria, 1997, Italie, col., 90', Ruggero Gabbai.
The Gray Zone, 2001, USA, 108', Tim Blake Nelson.

Table

Composition réalisée par Facompo (Lisieux)

Achevé d'imprimer en mars 2008 au Danemark par
NØRHAVEN PAPERBACK A/S
8800 Viborg
Dépôt légal 1re publication : avril 2006
Édition 4 : mars 2008
LIBRAIRIE GÉNÉRALE FRANÇAISE
31, rue de Fleurus – 75278 Paris cedex 06